BESTSELLER

Jesús Maeso de la Torre (Úbeda, 1949) estudió magisterio en su ciudad natal y posteriormente se licenció en filosofía e historia en Cádiz, donde reside. En los últimos años se ha afianzado como uno de los más sólidos valores de la narrativa histórica española con títulos como *Al-Gazal, el viajero de los dos orientes* (2000), *La piedra del destino* (2001), a la que siguió *El papa Luna* (2002), *Tartessos* (2003), *El auriga de Hispania* (2004) y *La profecía del Corán* (2006), obras todas ellas que tuvieron una amplia repercusión entre la crítica y los lectores.

Biblioteca

JESÚS MAESO DE LA TORRE

El sello del algebrista

DEBOLSILLO

Diseño de la portada: Departamento de diseño de Random House Mondadori / Ferran López
Ilustración de la portada: © Alejandro Colucci

Segunda edición en DeBols!llo: julio, 2008

Printed in Spain – Impreso en España

ISBN: 978-84-8346-627-8 (vol. 686/2)
Depósito legal: B-38.333-2008

Compuesto en Fotocomposición 2000, S. A.

Impreso en Litografia Rosés, S. A.
Progrés, 54-60. Gavà (Barcelona)

P 866278

El Mediterráneo y el norte de África en el siglo XIV

El secreto de fray Bernardo

Fray Bernardo presagiaba la cercanía de la muerte.

El semblante pálido y los ojos, profundos como cuévanos, revelaban que pronto entraría en agonía. Esparció cenizas sobre su cabeza y se vistió con un sayal de grosera estameña, aguardando a la parca. Dejó en el alféizar de la ventana su crucifijo, el cuchillo que cada monje benedictino llevaba consigo y las tijeras de herbolario. No los necesitaba para el viaje definitivo. Se echó en el jergón y elevó al cielo una plegaria de arrepentimiento.

—*Confiteor Deo omnipotente* —musitó angustiado.

Por el ventanuco penetraba una luz de insólita fuerza, que iluminó la mustia atmósfera de la celda. Por causa de la comparecencia ante el tribunal de Dios al monje se le notaba un creciente desasosiego. ¿Iba a expirar sin descorrer el cerrojo de un secreto del pasado que le pesaba en el alma como una losa? No podía entregar su alma al Señor con la debida serenidad de ánimo. «¿Debo llevarme el misterio a la tumba?»

Su irreprochable conciencia no le permitía silenciar lo que guardaba desde hacía veinte años, ni demorar ni un instante más revelárselo a su discípulo predilecto, Diego Galaz, a quien llamó con urgencia. Sus labios habían permanecido sellados por un voto inviolable, pero los preceptos de la Regla y las normas del mundo ya no lo ataban; y aunque fuera un sacrilegio, estaba dispuesto a gastar sus últimas palabras en descorrer el velo de un pasado enigmático.

Diego irrumpió con el alma ensombrecida en la celda, donde se respiraba un sofocante olor a sebo de lamparilla, a resina de sandácara y a cera fría. El joven se llevó las manos a los labios y reprimió una exclamación de pena. Vestía hábito de tafetán negro sin capucha, pues aún no había decidido, si profesar en la orden y jurar los votos de pobreza, castidad y obediencia, o marchar al recién inaugurado Colegio de Navarra como maestro de beneficio, para enseñar álgebra y astronomía a los clérigos de la diócesis. Era un hombre de apariencia serena y alma rebelde. De mediana estatura, distinguido perfil, piel del color de las nueces, melena corta y castaña; sus ojos, grandes, oscuros y bordeados de largas pestañas, estaban llenos de pasión. En la Pascua Florida había cumplido veintidós años, y su mirada desvelaba un carácter conciliador.

El moribundo, por la prudencia de su carácter, lo consideraba un alma recta en un mundo deplorable; y aunque le reprochaba su propensión a la independencia, sentía por Diego un afecto como sólo despiertan los seres muy amados. Había ingresado como expósito en el monasterio benedictino de San Juan de la Peña con una próvida dote, y después de cursar el *trivium* y el *quadrivium* en la escuela monacal, había concluido los estudios de *magister docendi* en Álgebra en las universidades de Perpiñán y Lérida.

Desde sus más tiernos años, Diego había sentido una inclinación precoz por la nueva ciencia introducida en al-Andalus por los árabes, siguiendo las enseñanzas del filósofo y matemático Diofante de Alejandría. Y como discípulo de Roger Bacon, había investigado los conocimientos de las cosas naturales del cielo y de la tierra, con el ensayo y el número. Seguidor del doctor Sigerio de Brabante, se había convertido en un consumado matemático y algebrista, partidario de la doble verdad, la razón y el experimento, guías que consideraba indiscutibles para del progreso del hombre.

—*Pax tecum, pater* —lo saludó embargado por la congoja.

—Llegas tarde, hijo —le reprochó sombrío—. Deseo morir como siempre he deseado, en paz con el Creador y con mis semejantes.

Una ola de ternura invadió sus corazones, pues ambos se tenían una confianza ilimitada. Un sudor gélido perlaba el rostro del moribundo. Para hacerle entrar en calor, el joven frotó sus miembros entumecidos, mientras que por la ventana de sus recuerdos desfilaba un cortejo de imágenes junto a aquel sencillo fraile de coro, al que otorgaba la virtud de la honestidad y por el que sentía un afecto inefable.

Confiado a la abadía por un padre sin rostro —Conrado Galaz, adalid de Las compañías de almogávares de Jaime II de Aragón, muerto en Atenas—, las únicas caras impresas en el libro de su memoria habían sido las de aquel monje y la del abad fray Berenguer.

La llama del candil iluminaba sesgadamente el cráneo apergaminado y la nariz afilada del enfermo terminal. Una verruga en el entrecejo le agigantaba su faz macilenta, mientras las manos le temblaban sobre el pecho. El fraile se había despojado del escapulario y la cogulla y yacía en el lecho de paja dejando ver su cuello arrugado como el de una tortuga. Fijó sus ojos blancos como el marfil en Diego y alzó los dedos curtidos por el mortero, el cálamo y la azada. Antes de que su corazón se le cerrara como un puño crispado, murmuró con un hilo de voz:

—Acércate Diego. Hasta ahora he guardado el secreto y tuve que sellar mis labios. Pero ha llegado el momento de revelarte algo de excepcional importancia para ti, por mucho que yo esté atado por un juramento. He sido cómplice de una ocultación que me abruma en mis horas postreras y te ruego el perdón. Me puede más el apego a ti que la obediencia.

A pesar de su falta de nostalgia, las palabras del monje sembraron de inquietud al *magister* quien, ajeno a la revelación, le repuso afable:

—Os escucho, padre, pero no os esforcéis, descansad.

—Préstame oídos, hijo mío. Acepté el engaño y durante todo este tiempo te he ocultado la verdad sobre tu verdadero origen —balbució misterioso, seduciéndolo al instante—. El abad impuso un voto de silencio a los monjes de aquel tiempo. Casi todos han muerto y, si acaso, quedan uno o dos, tan ancianos como yo, que conozcan lo que te voy a relatar. Deseo que no sea demasiado tarde. Y aunque pequé contra el cielo, no deseo morir sin participarte las extrañas circunstancias que rodearon tu llegada a este convento.

—Mi interés es que halléis un atajo que burle a la muerte, nada más fray Bernardo —repuso el profeso—. Y sobre ese período de confusión de mi niñez lo olvidé hace tiempo, aunque nadie me mencionó que ocultara nada inconfesable.

—No trates de convencerme Diego. Sé que sufres desde que eras un rapaz por ese motivo. Déjame ofrecerte mi testimonio antes de que expire. El ser humano es un animal encerrado en el interior de su propia jaula y precisa conocerse para ser libre.

—¿Y qué he de saber, padre? Parece como si hubiera extraviado algo muy valioso de mi vida —dijo sin saber a dónde deseaba conducirlo el monje.

—Escucha —se esforzó—. Nuestro recordado abad fray Berenguer, para no enturbiar la edad de tu inocencia y evitarte preocupaciones vanas, impuso una reserva absoluta, y a mí, tu maestro, me hizo jurar ante los Evangelios que te mantendría en la creencia de que tu padre había sido el capitán de almogávares Conrado Galaz, quien por ignoradas causas te había reconocido como hijo y entregado después a la custodia de este monasterio. Mas ese bulo no se ajusta a la verdad. *¡Miserere mei Domine!*

Un repentino estupor se dibujó en la faz del joven, mientras una atmósfera de misterios se adueñaba de la celda. A lo lejos sonó el badajo convocando a vísperas.

—¿El capitán Galaz no era mi padre? Entonces, aquella figura que yo moldeé en mi mente aniquilando infieles en Oriente, ¿no era la del que me engendró?

—No, Diego, y por ello tal vez pierda mi alma —y emitió un hondo suspiro.

—Pues vuestra capacidad de convicción dio sus frutos. Ningún hermano me insinuó nada jamás. Siempre lo creí así, pero ahora me sepultáis en la más angustiosa orfandad. Unas veces odié a ese hombre por perpetuar en mí su pecado, otras veces lo idolatré, pero siempre aguardé su regreso. ¿Qué enigma infamante me ocultasteis entonces, *pater*? —preguntó ávido.

—Lo conocerás, Diego. Pero exculpa a estos pobres frailes con tu magnánimo corazón. Sólo anhelábamos tu provecho —afirmó fatigoso y tragó saliva—. Antes dame un sorbo de esa pócima. Me cuesta respirar.

Diego escanció del jarro un jarabe de llantén para suavizar las asperezas de su garganta y detener las hemorragias que se cebaban con su cuerpo. El religioso bebió unos sorbos, cerró los ojos, y al rato prosiguió:

—Has de saber que Conrado Galaz, soldado y cristiano viejo natural del valle de Atarés, se ofreció a reconocerte y cuidarte. Te acogió en su hacienda, a una legua de la Puerta de Baltax de Zaragoza, fue tu padrino de bautismo y buscó a un ama de cría que te amamantara hasta que cumplieras los cinco años, para regresar y ser educado según tu rango en la escuela monacal de esta abadía.

—¿Qué rango, fray Bernardo? Me inquietáis —se expresó anhelante.

El monje se esforzaba, pero su respiración era cada vez más irregular. Luego le tendió sus manos febriles. Le costaba hablar.

—Todo lo que te rodeaba sugería alta alcurnia. Aún recuerdo tu llegada como si hubiera sucedido ayer —describió transfigurado—. Atiéndeme. La comunidad celebraba la solemnidad de Pentecostés y soplaba el regañón de la montaña. Antes del rezo del ángelus notamos ajetreo y oímos cascos de caballerías en el torno del monasterio. Yo me hallaba con el hermano herbolario recogiendo tomillo y nos acercamos al pórtico con fisgona curiosidad. Vimos a fray Berenguer con su enjuta figura inclinada, ayudando a bajar de un carruaje a una matrona elegantemente ataviada con túnica damasquinada y galoncillos de marta, que cubría su rostro con velos negros y su cabeza con un extravagante sombrero borgoñón.

Tras sobreponerse de su sorpresa los ojos de Diego se posaron en los del monje.

—¿Una mujer en este retiro de castos varones?

—Como lo oyes —le aseguró—. Pero asómbrate. El trato del abad no fue sólo cortés, sino desmedidamente obsequioso. Fue él quien besó su mano y no al revés, como es preceptivo con un abad mitrado. Incluso le dio a tocar el relicario del *lignum crucis*, reservado sólo a visitantes eximios. Acompañaban al carretón media docena de hombres de armas que esperaron en la puerta. No portaban gallardetes que identificaran su casa o linaje, pero parecían la guardia de un conde, de un marqués o de un príncipe de la Iglesia.

—Descansad unos instantes, no os conviene agobiaros —dijo intrigado.

Tras humedecerse los labios, fray Bernardo retornó a la narración, rompiendo la insonora quietud de la celda, que presidía un tosco crucifijo y un manojo de disciplinas.

—Con gran sigilo salió del carruaje una criada con un hato que apretaba contra su pecho. Súbitamente resonó el llanto de un niño, un sonsonete que nunca se había oído entre estos muros, que rompió la calma benedictina, avivando nuestro interés. Con la mayor de las reservas penetraron en la sala del Concilio y cerraron las puertas tras de sí. Ignoramos lo que allí se trató, aunque algunos religiosos aseguraron que dentro del carro lloraba otra criatura también recién nacida, que nadie la pudo ver.

—Qué extraño. Los asuntos de Iglesia o de los nobles suelen ocultar secretos infames.

—Así lo aseguró el hermano tornero —prosiguió—. Luego, la enigmática visitante se despidió del abad y partió tan secretamente como había llegado, desapareciendo entre la polvareda por el robledal de Agüero. A ti y a la nodriza se os aposentó en las celdas de huéspedes, hasta que pasados unos días te recogió el adalid Galaz, cortesano devoto del señor abad, para trasladarte a Zaragoza. Como ves, tu origen constituyó desde el principio un inextricable secreto que con todo rompió la rutina de nuestra vida.

Diego, atónito con la confesión, hizo un ademán de asombro. Y como si hubiera recibido la mordedura de un alacrán se incorporó del catre. Forzaba su intelecto para obtener una certeza esclarecedora y la boca se le contrajo en un rictus de congoja. La necesidad de saber lo alentó.

—¿Y nunca se conoció la identidad de la dama que me entregó a la caridad de esta casa? —preguntó Diego ávido.

—Vano empeño, hijo —corroboró el monje—. Nuestra imaginación no nos facilitó ninguna respuesta. Los poderosos, cuando ocultan sus apuros, suelen encontrar recios apoyos. Nadie, salvo fray Berenguer, reconoció a la mujer, y eso que el claustro se convirtió en mentidero de las más disparatadas habladurías. Ni un nombre, ni una mención. ¡Nada! En los corrillos se la identificaba con la condesa de Urrea, de Gandía, o de Borja, y también se conjeturó que fuera la esposa del Justicia Mayor de Aragón. La señora enlutada, con cuyo misterio elaboramos fantasías, ofreció un reto a las dotes de adivinación de muchos de nosotros. Mas nunca supimos quién era, pues en su derredor se alzó un tupido muro de silencio —le garantizó con dulzura.

«¿Qué oculta razón podría poseer aquella ricahembra para abandonarme en un monasterio a tan tierna edad y desaparecer para siempre sin dejar rastro?», pensó Diego, aturdido; fray Bernardo seguía sumido en su postración.

La sangre le hervía y, tras unos instantes de cavilación, la nostalgia se apoderó de su ánimo. Sabía que el monasterio donde se había criado atesoraba abundantes fábulas y secretos. Pero éste sobrepasaba cualquier racionalidad.

La espectacular confidencia de fray Bernardo seguía agitando su interior como un vendaval. Irrumpió en sus cavilaciones el rumor de los álamos, mientras el ocaso teñía el aposento de luces amoratadas.

—Comprendo tu turbación Diego, pero aún debes conocer algo más. He de decírtelo antes de que se me escape la vida —confesó el monje.

—Descansad fray Bernardo. Bastante habéis violado ya vuestro juramento —lo consoló Diego, arrodillado a la cabecera del lecho, mientras acariciaba su mano gélida.

—Lo que voy a relatarte no está amparado por el juramento, y por el Santo Grial que reposó entre estas paredes, te aseguro que cuanto te estoy diciendo se ajusta a la verdad. Verás —y se incorporó levemente dejando ver su boca sin dientes, con unos raigones espantables—, la comunidad relegó pronto al olvido el suceso. Pasó el tiempo y regresaste al monasterio antes de cumplir los cinco años, eso sí, con una suculenta asignación que te convertía en un oblato privilegiado y rico.

—Aún recuerdo la vara del maestro y los sabañones que me martirizaban, y, vagamente, la casa de Galaz y los cuidados de una aya, pero velados por el tiempo.

—Pues bien, cuando rebasabas la linde de los siete años se presentó una mañana de Cuaresma un judío de porte majestuoso, como sacado del Libro del Génesis, que al parecer había ocupado el cargo de almojarife real en Castilla. El abad acogió al reputado personaje como si lo hubiera aguardado desde la eternidad, y tras platicar a solas en su celda, insistió en verte.

—¿Un judío? Me resulta difícil creerlo —se extrañó el *magister*.

—Excusa mi desquiciada inclinación a fisgonear. Yo os observaba desde el atrio superior y recuerdo cada imagen del inusual encuentro. El israelita te contempló largamente, te alzó en sus brazos y te acarició con ternura. Luego lo vi sollozar, mientras invocaba una súplica con los brazos en alto, algo así como una patética petición de perdón dirigida al cielo, creí entender. Fue algo conmovedor Diego. Aquel judío anónimo te quería.

—¿Tampoco sabéis su nombre? ¿El abad se llevó también este secreto a la tumba? —le preguntó con una mueca de impaciencia.

Por toda respuesta la boca del monje se abrió como una llaga desgarrada. Introdujo su temblorosa mano en el hábito y extrajo un paño que desató con circunspección, sacando de él un anillo de oro purísimo. Lo enfrentó al haz de luz del postigo, capturando al instante un fulgor fascinante. Lo encajó en el dedo de Diego, quien, dejándolo deslizarse en él, no salía de su asombro.

—Te pertenece, Diego. Es el eslabón que te une a tu familia.

¿Acaso había perdido el juicio aquel venerable moribundo?

El algebrista, aturdido por lo extraordinario de la situación, sentía el corazón desbocado. Estuvo un rato sin quitarle ojo al sello, entre confundido y alucinado. ¿Qué nueva emboscada le tendía el pasado?

El enigma de su vida y la identidad de sus padres habían sido para él dos líneas paralelas, que no se encontraban. Sin embargo aquel anillo las hacía converger, le daba la oportunidad de explorar a través de sus signos el misterio de su infancia.

Diego Galaz comenzó a afilar su inteligencia, a la que se planteaba un desafío enrevesado. Absorto, se preguntaba si el azar podía comportarse de manera tan cruel al ofrecerle el señuelo de aquella presencia dorada, aquel anillo tan extraño como impenetrable.

«El destino lo está disponiendo todo para que este sello se convierta en el gran enigma de mi vida. Pero ¿debo tomarlo como una fuente de dificultad o de esperanza?», se dijo para sus adentros.

La presencia del sello le acarreó una constelación de interrogantes: ¿qué significaban los símbolos burilados por su orfebre? ¿Pertenecía a una cofradía satánica, al sacerdocio de algún profeta bíblico o al capítulo de una Orden de caballería? ¿Era el emblema del ángel sombrío de un Mesías oscuro, del anticristo, de Auristel, el diablo de la sabiduría? Signos así los había descubierto en la biblioteca de la abadía en ocultos grimorios y tratados de demonología, y se intranquilizó.

Además, las parcas explicaciones del fraile, lejos de clarificarle el enigma le hicieron perder el control de su persona. La irrupción del anillo en su placentera existencia le estaba provocando sentimientos complejos, como inducidos por un genio perturbado.

Pero su pasado ya no sería más un lugar inconcluso y desconocido.

Estaba persuadido de que aquel anillo lo completaría al fin. Impaciente, Diego lanzó una mirada de comprensión a fray Bernardo, que en su postración hablaba con un hilo de voz.

—Hijo, tu posees otra casta, otra sangre, como lo pregona este sello que te entrego, y que a partir de ahora se convertirá en lo más precioso de cuanto posees —le decía—. La vida está jalonada de venturas que mudan caprichosamente nuestra existencia, sin modificar por ello el sino que nos tiene trazada la Providencia.

El ánimo de Diego había pasado gradualmente del asombro a la serenidad. Ahora no tenía otra elección. Debía reconstruir su vida a partir de lo que el benedictino le revelara sobre el enigmático sello. Un mundo oculto penetraba en su cerebro subrepticiamente.

Aguardó, con la esperanza de que Dios inspirara las palabras del monje.

El sello del algebrista

Al fin Galaz, poseía una pista veraz sobre su origen.

Diego trató de comportarse con calma, pues la balbuceante explicación de fray Bernardo le resultaba desconcertante. Pero hacía mucho tiempo que ansiaba restaurar el orden de su vida con algo preciso.

El pasado y el futuro se habían fundido con la irrupción de aquel sello esmaltado. Y allí estaba frente al asceta moribundo que tanto amaba, separado de él por el abismo de aquel tesoro, del que hacía sólo una hora, ignoraba su existencia. Tras reponerse de la sorpresa le rogó que le desvelara el misterio que ocultaba. Mientras, un relámpago lejano centelleó en la bóveda celeste de forma sobrecogedora, lustrando sesgadamente sus signos.

Fray Bernardo hizo una pausa dramática y tomó aire. No podía hablar.

—¿Así pues el Señor no se olvidó de trazarme un origen, un pasado, *pater*? Esta extraña pieza así parece confirmarlo.

El clérigo sonrió con amargura.

—El cielo dispuso para ti una infancia de soledad y enigmas, lo sé. Pero también un futuro de virtud, de estudio y de sumisión a la voluntad de Dios.

—Mis años pasados no fueron sino el acertijo de una providencia loca padre.

Pensativo, fray Bernardo le habló con inefable dulzura.

—No digas blasfemias, Diego. Dios marca los propósitos de

nuestra vida y este sello fue uno de los presentes que te legó Zakay ben Elasar, pues ése era el nombre del judío que te visitó. Él fue quien desembolsó la dote que te mantuvo durante años, costeó tus estudios y te amparó durante tu infancia y juventud. El anillo se lo entregó a fray Berenguer con el ruego de que te fuera devuelto una vez que terminaras tus estudios en la *Universitas*. Al morir el abad, me rogó que cumpliera en su nombre esa voluntad, un lastre del que hoy me desligo, pues ha supuesto para mí una carga insoportable. Que el Creador me perdone.

Diego excudriñó el anillo y analizó su incomprensible heráldica. En el monograma tallado en el sello se podía admirar un rombo esmaltado y fraccionado en tres casillas. En una de ellas aparecían, en rojo y amarillo, las barras de Aragón; en la otra, una vara negra con una serpiente enroscada; y en la tercera algo semejante a una «N» mayúscula, en azul lapislázuli. Algo bloqueaba su razón. Cuanto más lo examinaba, menos entendía.

—¿Qué significan estos símbolos? Resultan harto infrecuentes.

—Lo ignoro, Diego —afirmó el monje.

La decepción brotó en el rostro del algebrista y se instaló en su cerebro defraudado.

—¿Que no lo sabéis fray Bernardo? ¿Entonces? —preguntó contrariado.

—Préstame oídos, que algo de luz sí atisbé. Arriba aparece el cuatribarrado aragonés, evidencia tal vez del linaje real. En cambio los otros dos signos son endiabladamente anómalos —se lamentó—. En la parte inferior se muestra una cruz arbórea en la que se retuerce una sierpe, además de una letra que se parece vagamente a una «N». Pero nada concretó el abad sobre el significado. En un principio creí que la «τ» era la de la Orden Franciscana, pero ésta carece de la serpiente.

—Quizás a fray Berenguer la prudencia le recomendaba callarse.

—Tal vez, Diego —dijo fray Bernardo sacando fuerzas de su debilidad—. Yo busqué la procedencia de este blasón en la biblioteca del monasterio y en la Cancillería de títulos de Zaragoza, pero la extraña divisa no figuraba en ningún protocolo de la nobleza aragonesa, ni tampoco del brazo eclesiástico.

Como hipnotizado, Diego contempló las taraceas buriladas en el sello y emitió un lamento.

—Ahora mi pasado me hace sufrir más, fray Bernardo.

—Tu dignidad siempre ha quedado intacta y has sobrevivido, gracias a tu proverbial fortaleza y a toda una sucesión de azarosos acontecimientos. ¿Qué has de temer, Diego? ¿Piensas que no debí decirte nada? —preguntó el benedictino.

—No sé, padre. Me siento abrumado por la fatalidad —respondió acongojado—. Me pregunto el porqué de la presencia impostora de ese judío. ¿No resulta turbador? ¿Por qué tomó tal cuidado por un niño cristiano?

—Lo ignoro. No obstante, luego de su efímera visita, tu vida cambió. Ese hombre te protegió desde entonces con sus bienes y jerarquía. Donó al monasterio una bolsa de más de quinientas doblas como óbolo. Como puedes imaginarte, entonces circularon rumores entre los frailes, quienes al no hallar una explicación a tanta magnanimidad, convinieron en que se trataba de un enviado de aquella desconocida dama de negro que te entregó como expósito, y que había venido a renovar tu dote, o quizás a entregar algún mensaje al abad de tu anónima familia.

El corazón del joven se convirtió en un campo de batalla donde combatían los lemas del anillo dorado y la sorprendente revelación del fraile, que jadeaba de cansancio.

—Parece como si mi vida tuviera desde el principio un propósito premeditado —estalló el joven desconcertado—. ¿Fue ese judío quien insistió en que estudiara astronomía y álgebra? ¿Por qué lo hizo?

—Designios de la Providencia, Diego; pero gracias a aquella petición unimos nuestras vidas. Fray Berenguer, siendo yo ayudante del herborista, me asignó tu cuidado y te instruí en latines, gramática, matemáticas y herboristería.

Fray Bernardo observó a su pupilo como si los fundamentos

de su vocación monacal se hubieran derrumbado con la sorprendente confesión.

—Pues yo no recuerdo ese encuentro por más que busco en mis recuerdos infantiles —se lamentó Diego—. ¿No será fruto de vuestros delirios, padre?

—Estoy cansado, hijo, pero mi cerebro aún conserva algo de claridad —protestó.

Diego acariciaba la mano del monje, en la que detectaba esa gelidez que anuncia la muerte. A pesar de ello, el benedictino se incorporó trabajosamente de la yacija, presto a proseguir con sus confidencias.

—Con el mayor respeto hacia mi Orden, he de descubrirte algo que ni el mismo abad ha llegado a conocer —prosiguió enigmático.

—¿Más testimonios, padre? ¿Referidos también a ese judío?

—Así es, Diego —le explicó con ahogo—. Tú conoces mejor que nadie esta abadía y sabes qué son los rumores en un convento. Pues bien, te confieso que yo no fui menos indiscreto que otros. Por mi destino en el herbolario trataba con gentes de toda condición, así que realicé averiguaciones fuera del monasterio. Nadie tenía el menor dato de la dama y entre las familias nobles no se sabía de ninguna aristócrata preñada indecorosamente. Así que, sin ocultar mi curiosidad, no tuve más remedio que relegar el caso al olvido. Pero se trataba de un enigma que me apasionaba. El adinerado judío personificaba el hilo que podía desenredar el ovillo de tu origen, por lo que seguí en ese rastro.

Diego estaba aturdido; no dejaba de sobar el sello y examinarlo hechizado. Aquellas explicaciones, más que dignificarlo, lo deshonraban; incluso pensó que era una intromisión inaceptable en su vida.

—Indagué con prudencia entre el gremio de los mercaderes que nos surtían de emplastos y remedios —continuó fray Bernardo—. Me preguntaba qué ocultaba el hebreo, la razón de los dispendios en tu educación y su empeño en que nada te faltara en tu formación escolástica y matemática. ¿No parecía raramente anómalo?

—Ciertamente, y esto me causa muchos recelos.

Fray Bernardo calló y cerró los arrugados párpados. Después, como si hubiera tomado fuerzas de una verdad que lo corroía, se acercó a Diego hasta juntar sus rostros.

—Pues asómbrate con lo que acerté a saber —dijo con palabras entrecortadas—. Resultó que, según mis confidentes, el tal Zakay ben Elasar había ejercido como almojarife mayor del rey Fernando IV de Castilla y de su hijo Alfonso XI. Formó parte de su casa y corte hasta que cayó en desgracia por causas ignoradas, aunque me aseguraban que fue por amoríos prohibidos y nigromancias, en las que algo tuvieron que ver los infantes de Aragón. El hecho de despedirse de ti, obedecía a que, exiliado de Castilla, se trasladaba al condado de Besalú, en Cataluña, donde contaba con parientes y con el favor del rey Jaime II. Besalú puede ser el punto de partida de tu búsqueda, por si aún viviera.

Diego lo miró entre conmovido y frío. Luego se interesó:

—¿Antes protegido por el monarca de Castilla y después por el soberano aragonés, adversario a muerte del rey castellano? ¿No os pareció paradójico conociendo los feroces enfrentamientos entre los dos reyes?

Al monje le costaba hablar, y sus esfuerzos eran visibles.

—El ser humano es un pozo de contradicciones hijo mío —balbució.

Cada revelación oprimía más la garganta a Diego. ¿Cómo podían haberle ocultado tales sucesos? Ni en sus sueños más osados había imaginado que en su niñez hubiera personajes tan inconcebibles.

—Desconcertante diría yo —enfatizó Diego—. ¡Pero qué necia ceguera!

—Ese judío, si aún vive, cosa probable pues era un hombre aún joven, es el único mortal que puede aclarar tu pasado —dijo el religioso—. Y para él puede que sea imprescindible encontrarse contigo, dados los sentimientos que mostró aquel día.

Se hizo un espeso silencio. En los ojos de Galaz brilló un súbito fulgor y con gravedad le anunció:

—Buscaré a ese hombre. Me enseñasteis que la mayor victoria del hombre es conocerse a sí mismo, y lo que me habéis descubierto hace irresistible ese deseo. Y por la Pasión de Cristo que él me explicará qué tiene que ver conmigo. No quiero dejar una sola cámara de mi pasado vacía.

—Sabía que obrarías así. Todo esto lo guardé en mi corazón para revelártelo cuando tu madurez lo pudiera comprender, hoy ha llegado ese día. Mis alcances me dicen que ese judío de Besalú conoce tus sombras. No te obsesiones, pero sería bueno para tu espíritu reconciliarte con tu sangre. Y que Jesucristo me perdone mi curiosidad, impropia de mis hábitos.

Diego permaneció mudo junto al monje, en cuya faz se pintaba la sombra violácea de la muerte. El joven desvió su mirada hacia la luna que rielaba tras los riscos de esa fantasía de la naturaleza que era el claustro de San Juan. Luego se sumergió en las evocaciones prendidas en el musgo de su niñez. Pero aunque viviera tres vidas y lo alumbraran seis generaciones de frailes no podría recomponer las piezas del jeroglífico de su origen. «¡Vaya galimatías!», pensó.

Fray Bernardo, monje ordenado en el espíritu trinitario, pusilánime unas veces, tímido otras e inclinado a la filantropía siempre, había sido el padre que lo había amparado. Próximo a entregar su alma al Supremo Hacedor había conseguido vencer las tentaciones y alejar al Embaucador de su lecho, bajo el que escondía cilicios y disciplinas contra el desorden de la carne. Por su perseverancia y por poseer un corazón virgen para amar a sus semejantes, Diego lo reverenciaba.

Con la naturalidad de una simpatía inconsciente, el fraile, en un último acto de rebelión, le recomendó:

—Hijo, nada me mueve más que tu felicidad, pero el demonio de la duda y el misterio se deslizó bajo las ropas de tu cuna. Sé precavido. El engaño y la mentira reinan por doquier y lo más importante es la salvación de tu alma.

El aire estaba saturado de un empalagoso olor a cerote y el aquilino perfil de su nariz denotaba la cercanía de su agonía.

—Aunque con veinte años de retraso, gracias eternas padre mío —le dijo Diego, consternado, y estrechó sus manos heladas.

—Me has compensado con creces con tu lucidez y conducta, Diego. Ahora te hallas en una encrucijada. O te inclinas por una vida oscura y tranquila como religioso de este convento, o te echas al mundo a indagar tu ascendencia, que sé buscarás denodadamente, conociendo tu espíritu insaciable y tu pasión por el riesgo. Deberás renunciar a muchas cosas hijo, pero es el precio que has de pagar.

—Me aleccionasteis desde niño para amar la verdad —lo confortó.

El fraile tragó saliva. Las fuerzas le abandonaban.

—Tu genio se nutre de armonías Diego y tu pasión por el conocimiento siempre fue inagotable, incluso prodigiosa. Sé que tienes el corazón destrozado. Eso me causa dolor, pero tú animaste mi tediosa vida, créeme.

—Os volcasteis en mí y me apoyasteis en la oscuridad de mis comienzos. ¿Cómo no amaros padre? No obstante, existen demasiadas cosas que no logro comprender y otras que ni tan siquiera consigo sospechar; o las desvelo o viviré toda mi vida con un peso intolerable sobre mi alma.

Por toda respuesta, el agonizante lo agarró con sus dedos rígidos y le dijo:

—Pregúntale al judío si sabe algo de un personaje de Aljafería de Zaragoza, o sobre infantes castellanos y catalanes enfrentados entre sí por tu causa. Puede tratarse tan sólo de una patraña, pero llegaron a mis oídos rumores de una trama política de altos vuelos relacionada con ese judío.

Una obsesiva excitación, pocas veces sentida, agitó el confuso cerebro de Diego.

—¿Qué decís, fray Bernardo? ¿Estáis desvariando? —lo interrogó.

—No, pero así me lo aseguraron gentes de la corte de Aragón —dijo, y añadió—: Cuídate del morbo negro y del Maligno, los dos males enviados por Dios a este mundo para probarnos. Son muchos los indicios que advierten de la presencia de demonios vagantes por el mundo. *Consumatum est.*

Luego se serenó y le sonrió más inescrutable que nunca. Diego lo contempló con apego. ¿Él la pieza de una trama de estado y de asuntos entre reyes? Jamás ningún hermano de la abadía le había mencionado semejante disparate. ¿Habría de creerlo o achacarlo al extravío del octogenario asceta cuyo fin tanto le dolía?

La frigidez del tránsito se había adueñado de la faz de fray Bernardo, que dio unas bruscas sacudidas. Después abrió los ojos y pidió la extremaunción. Su vida se desdibujaba, como el pincel difumina un trazo equivocado. Diego avisó al abad y los hermanos lo asistieron. Pusieron cuatro cirios alrededor del camastro, ungieron su cuerpo, le suministraron el viático y recitaron las letanías de agonizantes.

El joven algebrista vagabundeó por los claustros. Quería meditar sobre los testimonios de fray Bernardo, que resonaban en su cabeza como un tambor de batalla. Exhausto, se encerró en su celda con una desgarradora opresión en el pecho. Pasó la noche en duermevela. «¿Por qué estas confidencias han despertado en mi alma tantos sentimientos discrepantes? ¿Por qué mi corazón me exige que luche contra los acontecimientos?», pensaba.

Desenvolvió con desasosiego el trozo de lienzo y descubrió el tesoro más valioso de cuantos poseía, el sello de oro del judío, único rastro de su nacimiento. Admiró detenidamente las alegorías, ignorante de su significación. «Tú, objeto frío y enigmático, eres el único testigo de mi infancia y de mi sangre, la primera prueba de que tengo una familia. Dame fuerzas para esclarecer el gran secreto de mi vida», le habló, como si la joya fuera un ser animado. Aquel anillo dorado constituía un inquietante enigma, ahora compañero inseparable de sus sentimientos: «¿Soy un bastardo? ¿Un hijo no deseado?».

Únicamente las letras sajonas, rubricadas por el abad, de una vieja hoja de vitela de la tonalidad de la miel, que portaba consigo como si su vida dependiera de ella, le había otorgado hasta entonces un frágil atisbo de su origen:

Diego Galaz, descendiente de Conrado Galaz de Atarés, cristiano viejo y temeroso de Dios, fue entregado para su custodia y educación a este convento de San Juan de la orden benedictina. – Fr. Berenguer de Sant Gervás, abad. Confirmans. Anno Domini 1325.

En Diego se había obrado una súbita transformación de la que ignoraba su alcance. Le parecía que no podría seguir viviendo después de conocer aquella mutilación de su pasado. ¿Qué misteriosa mujer ocultaba tras sus velos el secreto de su nacimiento? ¿Volverían a cruzarse en su existencia las misteriosas personas que poblaron el universo de su infancia? ¿Quién era realmente ese aragonés capitán de almogávares que había tenido como padre y a quien ahora aborrecía tanto? ¿Qué motivos tan poderosos habían inducido a quienes lo engendraron a cometer la despiadada acción de abandonarle? ¿Qué papel habría de concederle al poderoso judío de Besalú Zakay ben Elasar?

No cejaría en el empeño de revelar esas incógnitas, aunque le fuera la vida.

—*Requiem aeternam dona eis Domine* —escuchó con impotencia.

El alba traía un aire liviano y las esquilas repicaban lastimeras. Un espasmo sacudió al monje, mientras un velo salado cubrió los ojos de Diego, a quien el ahogo le oprimía las entrañas. La sombra taciturna de la muerte se había adueñado de fray Bernardo, que parecía una estatua de alabastro. Diego se acercó al lecho y cerró los párpados de su mentor. Ahogando su llanto, susurró:

—Despreció lo que el mundo aprecia y su alma ya se dirige hacia Dios. He perdido a un padre por segunda vez.

Luces errabundas y una cruz seguida por dos hileras de monjes encapuchados procesionaban entre vaharadas de incienso, el tintineo de la campanilla y los lúgubres neumas gregorianos del *pro defunctis*. «¿Quién de estos frailes conoce el misterio de mi origen y lo calló? ¿Cuántos se habrán llevado el secreto a la tumba?», especulaba. Inquieto, Diego observó cómo conducían el cuerpo exánime de fray Bernardo a la iglesia, donde pronto compartiría la vida eterna con los abades y los legendarios reyes de Aragón, con sus cetros enmohecidos y su angustiosa carga de secretos. Diego había venerado a aquel hombre y la aflicción nublaba su alma.

—*Liberame me Domine de morte aeterna in die illa tremenda* —imploraba el abad, y el eco luctuoso del oficio de difuntos se perdió por los claustros del monasterio.

—Que su alma compasiva goce al fin de la paz de los santos —oró en silencio Diego, que sintió su alma desollada.

Una bocanada gélida irrumpió por el ventanuco, desvaneciendo el humo de los cirios y haciendo titilar las llamas. En el horizonte fulguraba el relampagueo de un rayo y en las cumbres de Jaca tronaba la tormenta como un torrente crecido.

Diego sabía que había extraviado algo capital de su vida y que debía hallarlo.

Estaba destinado a convertirse en un rebelde, en un hombre errante.

Astún el almogávar

Diego llevaba tras la nuca la mirada del hombre que podía haber sido. «La peor decisión suele ser la indecisión; debo tener mucha seguridad en mí mismo, o al menos aparentarla si deseo conocer la verdad», se animó.

Con su dilema como equipaje, abandonó la abadía. Los rezos canónicos de laudes resonaban en la cueva de monte Pano, donde se encastraba la abadía de San Juan y sus modulaciones parecían dar vida a la formidable caverna que la cobijaba. Eternamente inconformista, Diego repudiaba el letargo y nunca se había integrado en aquel microcosmos de silencios que asociaba a las lágrimas de su niñez, a las plegarias y a los recuerdos insatisfechos.

El paisaje de carrascales, cubierto de una escarcha como el cristal, acompañó sus pasos, guiados por la emoción de lo nuevo. Volvió su mirada y vio a algunos monjes agitando las manos, y al prior, que le había permitido exclaustrarse para indagar sus orígenes. Por un momento se sintió como un fugitivo obligado a encontrar la llave de su salvación. En un rincón de la faltriquera, a resguardo en la miga de una hogaza de pan candeal, portaba su pertenencia más preciada, el sello del judío Zakay ben Elasar, una sombra del pasado, a cuyo indescifrable fulgor se había hermanado.

Después de una discusión con los frailes sobre el camino que debía seguir en sus pesquisas, había decidido, que siendo a los ojos del mundo el hijo de Conrado Galaz, visitaría primero los campamentos de almogávares del río Aragón para buscar algún testimonio de su nacimiento, antes de recalar en Besalú. El fuego de la juventud le hervía en las venas y amaba la aventura. Ni la severidad del invierno ni el ardor de la canícula lo detendrían, y aunque experimentaba atracción por la lógica de los sentimientos, hallar su origen era un desafío que debía arrostrar, o su alma se lo demandaría eternamente.

El aire ábrego del sur dispersaba las últimas estrellas de la noche cuando Diego oyó el alboroto de unos arrieros en viaje hacia Aquitania. Sonaban las campanillas de las yuntas y se unió a su polvorienta huella. Colgó el hatillo y el viático en los borrenes de su mula, palpó la ferralla colgada del cinto con un tahalí de cordobán, y arreó al animal. Por el abad sabía que veteranos de la Compañía Catalana acampaban en los valles de Ansó y Hecho, aguardando ser alquilados por cualquier señor de la guerra que los precisara.

Los almogávares eran tenidos como los mercenarios más terribles de la cristiandad. Diego lo sabía, e incluso se sentía orgulloso de que su idealizado padre hubiera pertenecido a una tropa de hombres de armas tan temidos. Utilizados para luchar en la frontera contra el infiel, vivían del botín que obtenían en sus incursiones, a las que solían acudir con mujeres e hijos. Guerreaban en grupos, eran ágiles e impetuosos tanto en el ataque como en la huida y era proverbial su ferocidad destripando sarracenos.

Vestían una túnica corta fabricada con las pieles de las fieras que cazaban, cubrían su cabeza con una red de hierro, calzaban abarcas y como únicas armas usaban el *coltell*, una espada corta colgada al hombro por un talabarte, un afilado chuzo y tres dardos o azconas que lanzaban con una precisión y virulencia tal que traspasaba los arneses de sus adversarios. No se albergaban ni en villas ni en ciudades, trataban sus cuerpos con severidad y vivían libres en contacto con la naturaleza. No existía en el mundo un cuerpo de ejército de tanta bravura y vida tan espartana.

Despreciaban su pellejo con una arrogancia temeraria y jamás habían rendido vasallaje a ningún monarca, pues su libertad estaba por encima de las riquezas y del poder. Sólo aceptaban el mando de su *almocadén* o capitán y la del *adalid*, de designación real, cuando en la batalla participaban tropas del rey. Los almogávares constituían una república libre de guerreros de acendradas convicciones religiosas e intenso sentido del honor. Jamás delataban a un compañero o lo dejaban a merced del enemigo. Le contaba fray Bernardo en las tardes invernales que entre ellos existía un ideal que los unía ante la fatalidad y, aunque eran tenidos por seres sanguinarios, la víspera de la batalla confesaban, comulgaban y entonaban el *Salve Regina* antes de enfrentarse a los enemigos de la cruz.

Ésas eran las virtudes que Diego admiraba en el hombre que había tenido hasta entonces por padre. Indómitos hijos de las montañas, en su mayoría aragoneses y catalanes del Pirineo, Segorbe, Los Valles y Urgell, dormían en los bosques y se sustentaban con un frugal condumio de pan negro, hierbas y frutas silvestres. Refractarios al cansancio y al dolor, y acostumbrados a las privaciones, estos mortíferos guerrilleros de la montaña escalaban cumbres, cruzaban desiertos y vadeaban torrentes enfurecidos sin aparente fatiga, mientras entonaban fieros cánticos de guerra que hacían temblar al enemigo más audaz.

Sus hazañas habían empezado a correr de boca en boca durante el reinado de Jaime I el Conquistador en la toma de Valencia y luego en el asalto a la fortaleza de San Juan de Acre, en Oriente, auxiliando a los templarios, que alabaron su temeraria valentía. Prestaron también ayuda a Pedro el Grande en Túnez y Sicilia, pero la gloria que cantaban los trovadores en las plazas de toda Europa la habían alcanzado hacía ahora cuarenta años con la expedición a Constantinopla para auxiliar al emperador Andrónico II en su lucha contra los turcos. Comandados por el aventurero Roger de Flor, a quien llamaban el Halcón, cuatro mil almogávares se cubrieron de fama como indómitos guerreros, tras sus victoriosas campañas en Grecia, donde, tras entrar en la capital a los ecos de «*Aragó, Aragó!*», se adueñaron del señorío de Atenas y Neopatria, acogido desde entonces a la corona aragonesa. El Monarca lo cedió a la tutela de Federico III de Sicilia, que nombró a Mateu de Montcada como senescal y vicario de los almogávares y de la Compañía Catalana en Oriente.

El traidor asesinato de su comandante en una cena ofrecida por el emperador, provocó la más implacable de las represalias por los montañeses, que al mando de sus capitanes Entenza y Rocafort, saquearon durante dos años Tracia, con tal ferocidad que su violencia se conoció como «La Venganza Catalana».

Su grito «*Desperta ferro!*», se hizo amargamente famoso en Asia Menor. Y Diego los idolatraba en su mente.

Legua tras legua, los haces del sol crepitaban como cuchillos en los caminos, en las piedras desnudas de las cumbres y en las copas de los árboles. Corrían las aguas de los torrentes del Veral entre prados plagados de florecillas; y a pesar de lo avanzado del estío, verdeaban los sauces y las hayas. El tiempo se desgranaba con pasos perezosos y la marcha se tornaba cada vez más fatigosa entre aquellos bosques impenetrables. Preguntó Diego a unos carboneros sobre el asentamiento almogávar y dónde podría encontrar a algún grupo.

—Días atrás han pasado por aquí huestes del barón de Loarre y un regimiento de montañeses. Van camino de Hecho, pues un grupo de mercenarios de las Compañías Blancas* han cruzado la línea de Francia en busca de botín en Tauste y Sábada —le informó uno—. Tened cuidado, ésos matan y luego preguntan.

—Antes de retirarse, esos franceses han dejado tras de sí campos devastados y alquerías quemadas —le advirtió otro—. Pero no les arriendo la ganancia si los atrapan esas bestias feroces de los almogávares. Les arrancarán el alma, os lo aseguro caballero.

Apesadumbrado por las noticias, dejó la caravana de los mercaderes aquitanos y tras pernoctar en el pajar de un molino de la ribera, se unió a una partida de cazadores de osos que hablaban la jerigonza del *cheso*, el dialecto de los valles pirenaicos, y se

* Partidas de mercenarios franceses que vagaban por Provenza y Aquitania, y que solían cruzar la frontera en busca de botín.

adentró en unas umbrosas gargantas colmadas de espinos en flor, de una belleza sobrenatural. No habían cabalgado media jornada cuando les llegó el eco de gritos imprecisos, el silbido de flechas, el relincho de caballos y un alarido de guerra que erizó los cabellos del licenciado.

—¡Aur, Aur! —sonó en la nitidez de los aires—. *Desperta ferro!*

—Almogávares combatiendo en campo abierto. Es su grito de guerra —informó uno de los cazadores, un bearnés gigantesco—. ¡Ocultémonos!

Corrieron con temor y se resguardaron tras un repecho. A Diego le costaba creer lo que sus ojos contemplaron a menos de cien pies. Entre un farallón de granito y las arenas de un arroyo, la hueste invasora, que se retiraba con el botín de los pillajes, había sido cazada por una disciplinada tropa de almogávares que les atacaba por todos los flancos. Presas del pánico, los francos buscaban su salvación en la fuga en desbandada, mientras eran hostigados por una compañía de jinetes aragoneses y por dos centenares de almogávares, que a pie, y en un movimiento envolvente, caían de todas partes repartiendo mandobles y descabezando adversarios, que escupían sangre a borbotones.

—*Aragó, Aragó!* —gritaban mientras degollaban a diestro y siniestro.

La matanza duró menos que una misa.

Diego, que escuchaba los latidos de su corazón, comprendió por qué algunos llamaban a los almogávares, «los perros de la guerra». Los sonidos del bosque se habían sumido en un profundo silencio y sólo se oían el golpeteo metálico de las armas, el retumbo de las armaduras y el torbellino de los contendientes. Con una saña brutal, los almogávares, individuos de aspecto salvaje y fibrosos como galeotes, descabalgaban a los franceses a quienes les rebanaban los cuellos sin piedad en medio de unos alaridos propios de alimañas salvajes.

Un grupo de almogávares, como lobos atraídos por la sangre, los decapitaban y los destripaban sin piedad, mientras otro centenar de montañeses formaban un muro en el angosto cañón impidiendo el paso a los que intentaban huir. Con un oficio que helaba el corazón, atravesaban con sus venablos a los corceles, que entre relinchos caían al suelo, y degollaban a los jinetes derribados con sus letales espadas.

En un último ataque, no menos sangriento, los almogávares se lanzaron a la carga sobre los que se defendían en las gravas del riachuelo. Los malherían con las azconas o les perforaban las cabezas con los chuzos, aniquilándolos sin compasión. Al cabo, los aragoneses habían impuesto su aplastante oficio de la guerra. La Compañía había sido aniquilada y los salteadores yacían moribundos entre gemidos atroces. Diego pensaba que los heridos morirían de sed, les comerían las entrañas o serían descuartizados por los lobos aquella misma noche, abandonados a su fatal suerte.

Los almogávares y sus mujeres amontonaban mientras tanto los despojos, las celadas paduanas y las guarniciones de plata, mientras los buitres sobrevolaban la cárcava en círculos, aguardando el momento de su festín. Los cuernos de guerra tocaron a retirada y un grito de victoria atronó el aire inmóvil. Los almogávares y los hombres del barón abandonaron el escenario del encuentro ayudando a sus heridos y sin volver la vista atrás.

—¡Aur, Aur! —clamaban las roncas gargantas de los vencedores.

Diego recorrió con su mirada el río y las escarpaduras, convertidas en un yermo campo de devastación. Al poco, la paz de la muerte se había enseñoreado del lugar. Cabalgaduras heridas y sin jinete vagaban por el bosque, cadáveres erizados de flechas flotaban en el río, y lanzas partidas, armas despuntadas y caballos con las entrañas derramadas en un amasijo de vísceras y huesos dislocados a los que les vaciaban los ojos los cuervos, componían su lúgubre visión.

—Ésos se retiran a repartir las presas al campamento de Siresa. Si los seguís a cierta distancia, al anochecer los habréis alcanzado, *micer* licenciado.

Vaciló por el temor, pero agradeció el consejo y siguió precavido el rastro de la tropa, a pesar de que se alzó un brusco viento de poniente que arrojó al suelo ramas y hojas, dispersó los cercados y nubló la visión de Diego, que a pesar de su furioso silbar, siguió adelante.

El atardecer, rojo y sin calor, moría lentamente por el horizonte.

Lo atrajo el fulgor de unos cincuenta fuegos dispersos, la algazara de las vihuelas y los panderos y los vivaques alzados a media legua de la aldea. La campana de San Pedro de Siresa volteaba a gloria por la aniquilación de los mercenarios francos y las mujerucas curaban a sus heridos. La jarana reinaba en el acantonamiento almogávar, que parecía la viva estampa de una sociedad en los albores de la humanidad. Una docena de vigilantes con los arcos en bandolera disuadían a cualquier osado visitante. Un centinela le dio el alto con brusquedad, y Diego dio a conocer su identidad:

—Soy hombre de paz, amigo. Deseo ver al almocadén del destacamento. Mi nombre es Diego Galaz de Atarés, familiar de San Juan de la Peña.

—Seguidme —le ordenó sin dejar de vigilarlo, aunque para un almogávar el cenobio benedictino era un lugar sagrado.

Diego lo acompañó razonablemente esperanzado, como si sus expectativas se hubieran renovado ante la fe de recobrar un fragmento esencial de su pasado. Lo condujo al pie de un castaño gigantesco donde se reunía al calor de una fogata el consejo de la compañía de almogávares, cubiertos de pieles y con las barbas mugrientas. Algunos estaban ensangrentados y con los cabellos revueltos. Al principio se mostraban distantes. Al unísono centraron sus ojos en el recién llegado, al parecer un clérigo o un justicia del rey, a tenor del jubón negro de tafetán, el rostro semioculto por la capucha, las calzas de cuero y la capa de lana segoviana. El centinela le susurró el nombre al oído del jefe, un individuo de torva facha que, sorbiendo ruidosamente un cuerno de vino, lo estudió con severidad.

—¿Qué queréis de nosotros? ¿Nos traéis algún mensaje del señor abad?

—En modo alguno capitán —contestó—. Estoy aquí porque busco indicios sobre mi padre, jefe de almogávares en la Compañía Catalana de Oriente.

—¿Su nombre?

—Conrado Galaz de Atarés —aseveró con falso orgullo—. Antes de confiarme a los monjes de San Juan residía en Zaragoza. Según me reveló el abad, formó parte de la expedición de Mateu de Montcada a Atenas, hace ahora veinte años.

El capitán exhibió una mueca de brutal sequedad y le informó:

—Muy pocos de mis hombres han navegado a Sicilia o a Atenas *senyer* licenciado; y un viejo adalid que podría haberlo conocido, pues embarcó con Roger de Flor y guerreó bajo el mando de Bernat de Rocafort en Tracia y Grecia, murió hace unas semanas de fiebres tercianas. Siento deciros que la mayoría de nosotros no ha traspasado la raya de Aragón, y no creo conocer a nadie que viajara a Neopatria —declaró.

Diego adoptó un aire de abatimiento como si sus ilusiones se hubieran desbaratado de golpe. El almocadén lo tranquilizó con una promesa.

—Entre Benasque y Esera acampa la compañía de Golfines, un grupo de almogávares a los que se han unido aventureros gascones, mozárabes, sicilianos y renegados musulmanes. Allí vive un grupo de hermanos que batallaron en su juventud en Cefiso, tierra griega, aniquilando a los enemigos de Aragón —lo alentó—. Acercaos a cualquiera de los fuegos y haremos correr la voz por el campamento.

—Reconocido por el favor de la hospitalidad —les agradeció el gesto.

Diego se acomodó frente a una de las candelas y aunque fue invitado a la severa frugalidad de su cena, hipocrás caliente y queso de cabra, comprobó que era observado con recelo por los agrios soldados. Se sumergió en sus pensamientos con la mirada fija en las llamas, ajeno a las bravatas que escuchaba, y se arrebujó en el capote como una oruga y con el ánimo desmayado. La decadencia del ocaso atrajo una noche gélida pero colmada de estrellas y notó en su corazón la daga de la soledad.

Pasaban las horas, enmudecieron las gargantas, los almogávares dejaron de trasegar cerveza y el campamento quedó silencioso. Los vigías gritaban el santo y seña, y sólo se escuchaba el ladrido de los perros y las estridencias de los grillos. Entró en el sopor de un dulce duermevela, cuando de repente le pareció advertir tras el tronco de un árbol cercano el parpadeo de un farol y una voz siseante que lo llamaba. Pleno de curiosidad y temor se incorporó, apretando con su mano el pomo de la ferralla.

Se aproximó, y al sesgo de la luz contempló a un viejo almogávar con cara de duende, de músculos formidables, pelo encrespado, rostro lleno de arrugas, como tallado en arcilla, y un brazo en cabestrillo, secuela del enfrentamiento. Parecía un leviatán nocturno y las piernas forradas de pieles de muflón eran como dos arcos enfrentados. Su respiración sonaba como el fuelle de un herrador.

—Eres el que ha preguntado por el adalid Galaz, ¿no es así? —resonó su voz.

—Sí, yo soy. ¿Quién desea algo de él? —preguntó fingiendo seguridad.

—Me llamo Pau Astún, y conocí a tu padre en Grecia cuando era un joven escudero, apenas un rapaz. Sígueme al brocal de ese pozo —dijo misterioso—. ¿Tú eres el niño que dejó de oblato en San Juan y que iba para fraile? Nos habló alguna vez de ti.

Su mirada era penetrante y a Diego se le escapó un gesto de incredulidad y una ansiosa agitación. ¿Cómo conocía aquel hombre asilvestrado semejante detalle de su vida? ¿Sería casualidad o decía la verdad? Esperanzado le prestó oídos.

—No soy un religioso, sino licenciado algebrista. Dios no me ha llamado por el camino de la oración, el ayuno y la penitencia —afirmó Diego.

Alejado de las fogatas, el frío le agarrotaba los miembros, pero aguardó.

—Entonces, ¿no eres un rezalatines? ¡Por todas las furias que me agrada! Tu padre lo creía así, pero agradezco a Cristo Crucifixo que te hayas cruzado en mi camino y que por un ardid del azar el cielo escuchara al fin mis plegarias.

—¿Plegarias, azar? No te comprendo —manifestó Diego con estupor.

—Siéntate y descargaré mi corazón. Si al final de mi confesión quieres delatarme ante el almocadén y que me cuelguen de un castaño al alba, te comprenderé. Llevo muchos años con una culpa colgada a mi espalda como la chepa de un jorobado, y su peso me aplasta las costillas. Es como si transportara una maldición, una saca de botín del infierno del que nunca me puedo desprender.

Al joven *magister* se le cerró la garganta; no podía creer lo que oía.

—No sé lo que pretendes decirme. ¿Tiene algo que ver con mi padre?

—Sí —respondió y pareció avergonzado—. Escucha, joven Galaz. Yo intimé con tu padre en Atenas, donde arribó con Montcada, el gran senescal, y otros adalides para dirigir a los almogávares que nos jugábamos la pelleja a cientos de leguas de Aragón. Me habló de ti, de tus estudios, de su alquería y de su amistad con los infantes, pues había sido cortesano en la Aljafería de Zaragoza y amigo del abad de San Juan, según nos testimonió. Estaba muy orgulloso de esa relación.

—¿Y nunca mostró escrúpulos de conciencia por mí, Astún?

—No, que yo recuerde. Tu padre era un hombre sencillo, pero también un irrefrenable jugador de dados y del escaque, algo bujarrón y reacio a la disciplina. Prefería solazarse con los sargentos, escuderos, mozos y peones. Montcada parecía tener una insidiosa hostilidad hacia él. Ésa era su grandeza y también su miseria —le continuó—. Los robos y las muertes eran corrientes en Atenas, ¿sabes? Una tarde de un sofocante verano, dos camaradas y yo, sin darnos cuenta de lo que hacíamos y acuciados por las deudas de juego, asaltamos la capilla de San Dionisio en el barrio de Kollytos de Atenas, donde robamos un crucifijo ensartado de gemas, que dividimos en tres partes iguales. Luego nos dirigimos a la taberna de Puerta Diomea, donde nos emborrachamos, nos entregamos a las delicias de unas furcias turcas y apostamos la ganancia al *taulet*, el diabólico juego de dardos. A tu padre le gustaban las apuestas. ¡Por la Santa Lanza!

—Así se me hace más próximo y humano —lo interrumpió.

—Era un hombre legal, sí señor, y consideraba al mundo bajo el punto de vista práctico. Pero también era un virtuoso del lanzamiento de arponcillos en las tablas, y poco antes de la media noche me había aligerado la bolsa y también la parte del crucifijo que me había correspondido. Él desconocía la procedencia, creyéndolo parte de un antiguo botín. Regresamos al cuartel borrachos como bacantes, cerca de lo que esas gentuzas llaman el Partenón, el templo de la Diosa Virgen. Pero a la mañana siguiente el maldito cabrón del patriarca de Atenas había denunciado el sacrílego robo al senescal. Montcada, para restaurar la disciplina en la compañía y mantener buenas relaciones con esos *popes* sebosos, hizo sus pesquisas y halló en las pertenencias de mis dos amigos de francachelas, Fuster y Cardona, y en la yacija de tu padre, cada una de las partes de la cruz robada.

—Nada conocía de ese funesto episodio, por santa María —se lamentó Diego.

—Se silenció y nada trascendió a la península, *mestre* Galaz —aseguró—. Nos reunieron en el patio de armas. Un clérigo, negro como un grajo y fofo como un saco de manteca, reconoció a mis dos camaradas, pero no así a tu padre, que sin señalarme manifestó públicamente y por su sangre hidalga que lo había ganado en el juego. Fuster y Cardona fueron condenados a la horca. Tu padre, sin ser acusado pero tampoco exculpado, fue amonestado muy duramente ante la tropa por conducta indigna de un oficial del rey y despojado de sus insignias de adalid.

—¿Y por qué no saliste en su defensa, Pau Astún? —lo reprendió.

—Quizás por cobardía. Pero compréndeme, ¿qué sacaba yo con ello? ¿Ser también ahorcado cuando aún era imberbe? ¿Una satisfacción más para esos clérigos lujuriosos y llenos de codicia que verían con deleite a otro extranjero pendiendo de la soga? Yo sabía que, por el código de honor que nos ata a los almogávares, nadie soltaría la lengua. Pensé que pasaría el tiempo y se olvidaría el asunto. Ya tomaríamos venganza de esos canallas, pero no reparé en el sentido de la caballerosidad de tu padre, que por el ignominioso baldón que había caído sobre sus espaldas, él, un caballero, no pudo soportar. Al día siguiente, en la soledad del Olimpeion se echó sobre su espada, convirtiéndose en el verdugo de su malparado honor.

—¿Mi padre se suicidó? ¡Por las espinas de la Pasión, qué horror! —exclamó.

—Así es, y lo siento, joven Galaz. ¡Pongo por testigo al cielo que no falto a la verdad. ¡Lo juro, y de lo contrario que Atland, el ermitaño que vaga eternamente, me arranque el corazón mientras duermo y pierda mi alma en los infiernos!*

—Eres un maldito cobarde y mereces la carga que has llevado estos años, Astún.

Una ira mal contenida los envolvió durante unos instantes, hasta que el almogávar sacó del cinturón de piel de cervato una daga y se la entregó al joven.

—La vida de los hombres es un velo de dolor, Galaz. Pero, ¿cómo iba a pensar yo, un villano con arrestos pero sin nobleza, en tan repentina reacción y en la fuerza del orgullo de un caballero? Pero toma, siégame el pescuezo o clávamela en el corazón. No merezco otra cosa y así te habrás tomado cumplida venganza. ¡Hazlo, venga, por las barbas de Mahoma el gran hereje!

A Diego le había impresionado que Conrado Galaz, cuidadoso de su respetabilidad, hubiera preferido quitarse la vida antes que seguir viviendo con semejante baldón, y se quedó pensativo.

—¡Enváinala Astún, por Dios Vivo! ¿Qué ganaría yo matándote? Sin embargo, ¿serías capaz de firmar una confesión que ex-

* Personaje de leyenda del Pirineo, de quien se asegura que vaga como alma en pena por cumbres y desfiladeros.

culpara a mi padre de las sospechas de robo y de las falsas imputaciones que seguramente rondaron en la mente de Montcada? Tal vez algún día tenga que lavar su memoria ante algún necio garrulo.

—No sé escribir, pero lo haré delante de los Evangelios y del almocadén si fuera preciso —se comprometió con el rostro ufano—. Cualquier día de estos la puta parca me conducirá a los infiernos y quiero disponer mi vida en paz con los vivos y con los muertos. Pero antes preciso de tu perdón, hermano.

—Si el cielo te absuelve, ¿quien soy yo para oponerme a su perdón? Pero dime, ¿qué fue de su cuerpo y de su reputación?

El almogávar tragó saliva y dijo:

—Lo enterraron unos esbirros griegos en el osario catalán cercano a la Acrópolis. Escupieron sobre sus restos sin rezarle un responso, imponerle los óleos u honrarlo como merecía. Lo sepultaron oscuramente en terreno no sagrado por el pecado nefando de suicidio. Sin embargo yo lo remedié en parte, te lo juro por san Jorge.

—¿Tú, capaz de sentimientos bondadosos? No te creo Astún.

—¡Que pierda mi alma y la arrastren siete demonios si miento! —gritó exasperado—. Para paliar algo mi ruin proceder, a hurtadillas le encargué a un cantero del Ágora una lápida de mármol, que un anochecer oscuro como la boca de un chacal, coloqué sobre el montón de arenisca que lo cubría. Lo aseguro por la salvación de mi alma. Es de color grisáceo y sobresalen unas letras en latín que me dictó el capellán del regimiento: «*Orare pro me ad Dominum Deus nostrum*», la oración que rezamos antes del combate los almogávares. Abajo dice algo así como: «*Conradus Galacis Cesaragustanus. Requiescat in pace et in honore*». No me atreví a ponerle una cruz por si incurría en apostasía y el cielo me castigaba fulminándome allí mismo por blasfemo. Y si alguna vez recalas en Atenas, o te lleva un mal viento a ese lado del mundo, podrás convencerte por ti mismo. Es lo mínimo que podía hacer, por su valor y honradez.

—Nada me llama a aquellas lejanas tierras. Pero te creo y valoro tu intención. Mañana al amanecer te espero en la iglesia de San Pedro y cerraremos este asunto.

—Allí estaré. Pau Astún no se envilece a sí mismo —replicó con severidad.

El aire se hacía irrespirable. Diego, abrumado por las revelaciones del almogávar, consideró que había encajado la primera pieza del jeroglífico de su pasado, dándose por satisfecho.

Una luna cérea hacía palidecer el campamento almogávar y también su ánimo.

«Jamás pude ni imaginar que el que he tenido por mi padre acabara sus días de forma tan deshonrosa, y su alma se halle errando por las inmensidades de la nada.»

Ante el altar de San Pedro, Astún firmó con una cruz y un garabato ininteligible un papel escrito por Diego en el que rehabilitaba a Conrado Galaz, exculpándolo de cualquier implicación en el robo sacrílego de Atenas, así como de las injustas imputaciones de sus camaradas. Un lacre con el sello de la Iglesia y dos llaves pontificias lo validaban ante cualquier autoridad. Con la mirada contrita por la confesión y la declaración sellada, el almogávar abrazó al joven *magister*. Ambos eran conscientes de que habían honrado a un hombre inocente.

—El espíritu de tu padre ha hallado la paz, Diego Galaz, y yo mi sosiego.

—Así es, Pau Astún. Has lavado su negra herencia con una acción tardía, aunque meritoria y valiente, pues podrías haber callado —lo reconfortó.

—Que el dueño de nuestras vidas te proteja, Galaz —imploró Astún.

Abandonó Diego el campamento en actitud conciliadora y comprendió que el poder de los almogávares se basaba no sólo en la bravura de su comportamiento en la batalla, sino también en la reputación de la palabra empeñada y en la camaradería. Había iniciado su guerra particular para recuperar su pasado y, aunque sorda e insidiosa, terminaría ganándola. ¿Qué papel le había correspondido al infortunado adalid Galaz en la historia de su abandono? ¿Había sido realmente un hombre de honor, o había sido empujado al suicido por infames acusaciones? ¿Por qué había aceptado adoptar a un niño desconocido? ¿Era realmente su padre? ¿Qué intereses lo habían movido a ello, la caridad, una orden superior o la amistad? ¿Tenía algo que ver su presencia en Grecia con su nacimiento?

«Una recalada en Zaragoza, tal vez despeje alguna de mis incógnitas», pensó.

Las trochas ardían con el sol de la mañana y las chicharras acompañaban el trote regañón de la mula. Diego Galaz iba por la vida con la cabeza bien alta, como si le fueran a poner una soga al cuello de un momento a otro. Una brisa con olor a pino se propagaba por las laderas de la montaña. Aún quedaba muchos cabos por atar, indispensables para su búsqueda. Pero el destino, océano sin orillas en el libro de la vida, lo había retado y él respondería al envite con esperanza y valor. Camino de Besalú intentaría asentar una a una las piezas de aquel desquiciado jeroglífico.

Quizás aquella parada formara parte de su propio sino.

Isabella Santángel

El río susurraba indolentes rumores entre los huertos y bandadas de golondrinas zigzagueaban entre las torres de Zaragoza. La congoja llenaba el corazón de Diego Galaz, como si los fantasmas de su pasado se confabularan para mofarse de sus empeños. ¿Lograría alguna vez penetrar en el enigma de su origen?

Husmeó en los registros de la Cancillería y en los pliegos de los bautizados en San Salvador sin perder las ilusiones. Sin embargo tras cinco días de infructuosas búsquedas y con las cejas quemadas por los velones de los escritorios, archivos y bibliotecas, se rindió a la evidencia de su fracaso. Su nombre se había borrado de la memoria de sus paisanos.

Diego se preguntaba quién había sido aquel oscuro adalid del rey cuyo apellido acarreaba, y qué papel había jugado en su origen. Aparecía en los protocolos de la Zuda como participante en la expedición de Mateu de Montcada, y nada más; y la alquería donde pasó sus primeros años de vida pertenecía ahora a los Lafuente de Daroca, una familia atenta e industriosa que no conocía al caballero Galaz. No había hallado rastro alguno de su estirpe; y con el alma ensombrecida dio por finalizadas las pesquisas en la capital del Reino. Seguiría camino de Besalú.

Con la confianza de experimentar los sentimientos de afecto que precisaba su corazón desalentado, decidió cruzar la Puerta de Toledo y visitar el barrio de San Pablo, donde vivía un entrañable amigo de estudios, del que a veces recibía noticias y al que estimaba como a un hermano, Nicolás Santángel. Llamó a la aldaba de la casa de su colega, hijo de un médico real y judío converso, compañero de aulas y francachelas en Perpiñán, a quien apasionaban los cursos de los astros y la geomancia. La mansión poseía un raro escudo de un ángel orante que pronosticaba bienaventuranzas a quien rezara ante él y una frase en el frontispicio proclamaba: «Anhelo morar en el templo del Señor todos los días de mi vida».

La alegría del licenciado Santángel fue mayúscula y el abatido Diego, invitado a pasar con ellos las solemnidades de la Santa Sangre, halló entre sus paredes hospitalidad franca y compresión para su problema. Al amanecer siguiente se despertó soñoliento, cuando los bronces de los campanarios de Zaragoza compitieron en tañidos, llenando los aires de alboroto. Para olvidar la amenaza de la epidemia negra, que se extendía como una hidra desde las repúblicas italianas hasta los puertos ibéricos, se celebraron justas en el Campo del Toro, donde hidalgos aragoneses medían sus fuerzas con caballeros de Castilla, Languedoc, Flandes, Gascuña, Aquitania y Hainault. El gentío se mostraba mundano y jubiloso, sonaban las chirimías y vihuelas, improvisaban versos los trovadores y las risas cascabeleaban por doquier. A Diego le entusiasmaban los torneos con las oriflamas al viento, las rutilantes armaduras, los grifos y quimeras de los escudos y las destrezas de los duelistas. Pero también lo arrobaba la pléyade de damas que, en los estrados engalanados con guirnaldas de brezo, jugaban con sus pañuelos y exhibían pícaramente sus escotes, las gonelas de Holanda, los brocados y colas de seda, huyendo del cuidado de las dueñas para escaparse al río con los caballeros de la corte del rey don Pedro, que apareció en la tribuna antes del mediodía.

Diego contempló desde cerca la figura delgada del rey de Aragón, un hombre de voluntad resolutiva, mirada escrutadora y brillantes bucles rubios, sujetos por una corona de aljófar y oro. Lo acompañaban, vestidos con púrpuras y damascos, sus principales consejeros. El pueblo lo recibió inclinando reverentemente la cabeza y aplaudiendo su presencia. A su diestra se sentó un judío de barbas patriarcales, que Nicolás lo señaló como el hispalense Jacob Corsumo, el astrónomo real, que cada día confeccionaba el horóscopo al rey, dada su inclinación a las disciplinas herméticas y a las predicciones de los adivinos y nigromantes que llenaban su corte.

Con el ocaso, el rey de armas dio por concluida la liza, en la que fue proclamado vencedor de la corona de laurel el gran Gilles de Gante, cuyos leones azulados habían conocido más de cien victorias en media cristiandad, que fue coronado por el impasible y grave rey don Pedro. Tras repartir promesas de amor entre media docena de doncellas casaderas, los dos jóvenes regresaron a la mansión del converso. Tomaron un refrigerio, se acicalaron y se instalaron en una solana delante de una mesa con néctares y elixires, bajo el ramaje de una higuera frondosa, donde Nicolás concentraba sus útiles de astronomía.

—Ya sabes que me gusta elaborar horóscopos —le dijo Nicolás, un doncel de pelo ensortijado y prominente nariz—. ¿Deseas que someta tus búsquedas al dictamen de los astros y a las muescas del astrolabio, Diego? Te veo muy preocupado. Quizás ellos te procuren luz.

—Sabes, Nicolás, que me apasiona su influencia, pero ¿qué pueden aventurar los cielos sobre un insignificante mortal que busca un imposible? Y si acaso hallo a la familia que me abandonó, ¿tengo garantizado su afecto? Me he embarcado en una empresa desatinada, pero sea como quieres.

Santángel lo acribilló a preguntas sobre fechas y eventos de su vida y durante más de una hora se enfrascó en el ajuste de las azafeas y en un tratado del astrónomo musulmán Ibn Asim que había adquirido a precio de oro en Toledo y que según el hijo del converso trataba sobre los tiempos de los hombres marcado en los recorridos planetarios.

—La posesión de este libro puede acarrearte serios conflictos con los clérigos de la Seo. Ten cuidado Nicolás, corren malos tiempos —lo aleccionó Diego—. En estos reinos la estrechez religiosa origina intolerancias que se pagan con la vida.

Nicolás encendió candelas y velones y siguió escrutando el

firmamento. Se movía con evoluciones incoherentes, como un sonámbulo, hasta que confeccionó su predicción.

—Tú te conmoverás, pero yo me he sobrecogido con lo que te auguran los cielos —dijo titubeante—. Escucha querido Diego. El *bayt*, el cielo, se manifiesta inequívocamente sobre tu búsqueda. Él guarda la suerte de las criaturas que abarca en su inmenso abrazo. He escudriñado los planetas con el atacin de Azarquiel y aplicado las tablas sirias de la antigua astrología, siguiendo el trazado de tu astro tutelar.

—¿Has observado la estrella de mi nacimiento, Azfar, la garra del león?

—Sí, y contrariamente a mis suposiciones ha seguido un curso inexplicable, sobrepasando a Sirio, en el Can Mayor —le explicó apasionado—. Ajusté con precisión mis instrumentos y calculé los cómputos astronómicos; sistemáticamente se emparejaba con el apogeo de la flamígera Sira Abur, conjunción dudosa en esta estación del año, Diego. ¡Qué sorprendente!

—¿Por qué te alarmas Nicolás? El hombre es libre para elegir su camino y ejercitarse en la bondad o en la maldad con sus semejantes. Las fuerzas del universo se nos escapan a nuestro intelecto. Deja a mi azar que obre libremente —le sugirió.

—Por supuesto que existe la libre decisión de las criaturas, como nos aseguraban los maestros de Perpiñán, pero siempre dentro de la senda de su destino. Sus leyes son inexorables. En cambio, tu estrella ha adelantado extrañamente su trayectoria al mes de Rayab, el de la Reverencia, situándose sobre la morada de Yahha, el Centauro, la misma que amparó al pueblo de mis antepasados, los judíos, en el viaje de Egipto y su posterior éxodo por el desierto del Sinaí durante cuarenta años. Además está bajo su influencia la ciudad sagrada del judaísmo, del islam y del cristianismo, la tres veces sagrada, o sea Jerusalén. Tu destino próximo está unido a la ciudad santa entre las santas —señaló perplejo—. ¿Comprendes ahora mi estupor?

Diego se mostró sorprendido, pero no creía excesivamente en esa ciencia.

—¿Y qué interpretación nos revela ese descarrío estelar?

—preguntó Diego—. ¿Qué tengo yo que ver con vuestra peregrinación y menos aún con Jerusalén?

—Resulta insólito y perturbador para mi corta ciencia —lo intranquilizó—. Tu suerte está grabada en el cielo y ninguna fuerza de la naturaleza puede mudarla. Y lo mismo que tú y yo nos miramos ahora a los ojos, se cumplirá infaliblemente. Tu vida está ligada a la añorada Jerusalén de mis antepasados.

Su incrédulo amigo se sonrió y le palmeó los hombros con jovialidad.

—¿Y cómo se puede explicar semejante desatino? El vino te hace desvariar, Nicolás —comentó Diego, que no obstante se mostró agitado.

—No me negarás que esta predicción conmueve —ratificó el anfitrión—. Estás bajo el signo de un planeta errante y su poderosa estela te protegerá, pero anuncia travesías desconocidas; aunque también he podido equivocarme.

—Está claro que la búsqueda de la verdad lleva aparejado el dolor y la confusión —replicó el huésped.

Diego elevó su mirada al firmamento cuajado de rutilantes luminarias y sintió la melodía del universo sobre su cabeza, mientras pensaba que el hado marcado en las estrellas suele arrastrar al incrédulo pero guía a quien de buen grado lo sigue. Súbitamente, mientras aspiraba el aroma a jazmín del jardín, bajo el pálido reflejo de la luna, observó que una silueta femenina, envuelta en un halo de luz, los espiaba desde una ventana sin desear ser vista. Diego permaneció absorto ante la aparición. ¿Quién sería aquella dama que se ocultaba a su contemplación? ¿Habría oído la sorprendente predicción? Nicolás nunca le había hablado de una joven mujer que habitara en su casa.

Volvió a mirar al ventanal, embelesado, pero la insólita figura había desaparecido.

Diego Galaz trocó su hábito negro y capa de familiar benedictino por un jubón de seda verde, calzas divisadas y ajustadas a la piel, una de color marfil y la otra de añil índigo, hopalanda a juego y una gorra emplumada de Ypres, compradas a un judío del mercado de la Zuda, que le conferían un porte soberbio. Sacó de su escondrijo el enigmático sello y se lo colocó en el dedo anular.

Accedió al salón comedor de los Santángel, que como en cualquier casa de conversos, no se hacía ostentación de signos mosaicos. Sobre los muebles, una profusión de santos, vírgenes y arcángeles, evidenciaban su fervor hacia la nueva religión, que observaban con estricto celo. Rápidamente, la mirada de Diego pasó por la madre de Nicolás, su padre, *micer* Mauricio, que parecía un hidalgo antiguo, con golas y encajes, y un comensal estirado, un anciano de barba rizada que parecía un profeta brotado de un pasaje del Levítico.

Pero en quien fijó sus encandiladas pupilas fue en la joven que había sorprendido la víspera acechándolos desde el balcón. Su rostro le recordó su viaje a Padua con los maestros de su *Schola* para escuchar las lecciones del doctor Ocklan. Aquella muchacha se asemejaba a la Magdalena del pintor Giotto que había contemplado en la capilla de los Scrovegni, derramando su ondulada cabellera de oro a los pies de Cristo crucificado. El rostro rosado con dos hoyuelos, la nariz graciosamente respingona, la breve figura y las manos como dos tórtolas mansas sobre su regazo, lo fascinaron. Una jornea malva con joyas entretejidas y un velo de encaje de Bruselas convertían a la doncella en una aparición de mirada azul que se movía fresca como un lirio rociado de escarcha. Su cabello, adornado con florecillas, descendía como una cascada hasta la cintura.

—Diego —manifestó el anfitrión—, os presento a *mosen* Gadara, alabarca y gran rabino de la sinagoga de Zaragoza, que hoy honra mi casa; y a mi sobrina Isabella Santángel, que perdió a su hermano y a sus padres, banqueros de Gerona y Carcasona, y que mitiga con su dulzura el hastío de nuestra vejez.

El joven inclinó la cabeza y describió con el bonete un amplio gesto.

—Diego Galaz de Atarés, algebrista por Perpiñán —dijo.

El invitado tuvo la impresión de que flotaba en un sueño, cuando se acomodó al lado de la joven beldad. El tibio y accidental contacto con la muchacha hizo aflorar en su corazón sentimientos que hacía tiempo no percibía. Apenas si probó bocado de los exquisitos platos que servían dos criadas moriscas. Pronto se sintió cautivado por la tonalidad de su voz, con la que le explicó que, siendo una niña y tras la quema de la judería de Carcasona, había perdido a su padre y a un hermano, que habían sufrido las iras de las desesperadas turbas de disciplinantes, *pauperes* y vagabundos incontrolados de ambos lados del Pirineo, que instigados por los clérigos los señalaban como culpables de la peste negra que asolaba el condado de Tolosa.

—Nos acusaron de envenenar las aguas del Ródano. ¡Qué perversidad! Aún recuerdo a un abad, obispo o canónigo, que se hacía llamar *mosen* Anton, la ira de Dios. Iba vestido con una capa y una mitra rojas. Gritaba como un poseso: «Yo soy la ira de Dios», y su mirada parecía hipnotizar. Instigaba a las gentes a que quemaran la judería y degollaran a sus habitantes. Aquel día descendí a los infiernos.

—La fe honra a Dios, pero la brutalidad de nuestros eclesiásticos la ultraja. Por eso el cielo nos ha vuelto su rostro —la consoló por pérdida tan espantosa.

Sin estar dotada de una belleza arrebatadora, su piel blanquísima, la cascada de su cabellera dorada sobre los hombros, las cejas claras, los labios carnosos, el cuello grácil y sus ojos azules, como dos jirones del mar, habían prendido la atención del licenciado, embelesado con su risa exquisita y con sus dos hoyuelos turbadores, que al sonreír, llenaban de travesura su faz. A Isabella, conforme se sucedían las horas y profundizaban en su recién iniciada amistad, el corazón se le desbocaba alborotado. Se quedaba fija en los ojos profundamente negros del amigo de su primo, que se posaban en los suyos como si una lluvia de pétalos los acariciara.

La intuición no le fallaba nunca a Diego y comprendió que cuando una mujer lo conturbaba de aquella manera era que su corazón se rendiría muy pronto. Pero no quiso hacerse ilusiones.

Sin embargo, Isabella reía abiertamente con las chanzas de Diego, y sus anhelos avanzaban con extraño vigor por una senda deliciosa, la que conduce al jardín secreto del amor.

Pero no bien sirvieron los postres, cuando el mágico idilio se quebró con un sesgo sorprendente. El gran rabino fijó sus ojos redondos de mochuelo en la mano del algebrista y la señaló con curiosidad. El doctor del Talmud, en quien Diego había notado una gula desmesurada, contribuyó con su descortesía a agriar el momento con una observación que cortó la deliciosa plática de Diego con Isabella.

—No he podido por menos que observar el peculiar anillo que lucís, *micer* Galaz —descubrió sibilino—. Y aunque he buscado signos de una posible falsificación, su representación heráldica me ha conturbado, os lo aseguro.

Los comensales, intrigados, dirigieron sus miradas al anillo que exhibía el huésped en su dedo, que extendió con prudencia sobre el mantel. El algebrista no supo responder y asaltándole una duda inquietante observó la joya. Experimentó desazón, y quiso avanzar hacia una verdad que se le ocultaba.

—¿Sabéis interpretar su heráldica, rabino Gadara?

La estancia se convirtió en un marjal de silencios. Sin la menor sombra de jactancia, el judío enarcó sus cejas desgreñadas y en un tono rotundo afirmó:

—Soy versado en la vieja ley y, aunque lo he examinado de lejos, aún no le he encontrado sentido, pero me produce zozobra. Las barras de Aragón no precisan explicación. Sin embargo los signos inferiores corresponden a símbolos judaicos, concretamente de los levitas del Templo de Jerusalén y de los hijos de Sadoq, el gran sacerdote e ilustrado sabio del tiempo de Salomón. ¿No os parece chocante, siendo vos cristiano, que portéis ese sello?

Los ojos de Diego, titubeantes y asombrados, se cruzaron con los de Nicolás y se abrieron hasta el punto de quedar paralizados. Luego se repuso y declaró comedido:

—Realmente me resulta inexplicable rabí. Ignoraba que esta joya, único eslabón que me ata a la familia que no conocí, llevara burilados símbolos judíos. Detesto las lisonjas y puedo aseguraros que nada tengo que ver con vuestro pueblo.

—Entonces, ¿no os seducen las doctrinas mosaicas?

Diego, en un tono ni neutro ni adulatorio, repuso grave:

—Soy cristiano y estudié vuestra lengua y la Biblia de los Setenta, pero no me adentré nunca ni en el Talmud ni en vuestras escrituras —confesó, notando que pisaba un terreno fragoso—. Y aunque mi fe se tambalea por la tozudez de los administradores de Dios, mis creencias cristianas aún aguantan.

—La fe, aparte de ser una virtud, es un consuelo para el ánimo —afirmó el rabí.

—Que, no obstante, obliga en ocasiones a cerrar los ojos de la razón.

—Yo me aferro a la fe de mis padres, amigo Galaz, como un puente entre la vida y la promesa de la inmortalidad —contestó el maestro judío.

¿Qué certezas y suposiciones conocía aquel judío entrometido, que no obstante parecía tenderle una mano amiga? La insólita referencia a los símbolos de su anillo lo confundían, atrapándolo entre sus interrogantes: «Dios dispone las cosas a su modo, y los mortales somos hilos insignificantes en un vasto teatro de marionetas». «Tu destino, Diego, se halla unido desde tu más tierna niñez a asuntos inextricables», le había dicho fray Bernardo antes de morir. Por si no fueran pocas sus inquietudes, aquel estrafalario hebreo había irrumpido atosigándolo con alusiones que le atañían. Diego le lanzó una mirada de ansiedad.

—Permitidme rabí —dijo alargándole el anillo—. Examinadlo detenidamente. La interpretación de sus marcas se ha convertido para mí en un compromiso, aunque también en una esperanza de hallar mis orígenes.

El barrigudo alabarca se colocó unas lentes de aumento y como una lechuza con antiparras examinó la joya, que brillaba con los candelabros como el carbunclo. Con visajes propios de un brujo conjurador, lo escrutó con detenimiento, mientras los comensales lo observaban en místico silencio.

—¡Es insólito! ¿De veras que no conocéis el signo que habéis exhibido en vuestro propio dedo? —preguntó enigmático el experto hebreo al concluir.

En los ojos de Diego se reflejó un brillo de alarma.

—Así es. Me fue entregado hace sólo unas semanas y ni las meritorias mentes de los monjes de San Juan supieron interpretar esos símbolos. Sólo sé que las barras de Aragón apuntan hacia la familia real de estas tierras.

—*Maese* Diego, me dejáis confundido —replicó—. Habéis de saber que la otra mitad que ignoráis muestra los más venerables y sagrados símbolos hebreos.

La nada tranquilizadora afirmación hizo que interviniera Mauricio Santángel, que los observaba asombrado.

—¿Cuáles maestro? No nos mantengáis en vilo.

El rabino se aclaró la garganta y tras pasear su mirada por la sala, apuntó:

—El Nejustán, amigos míos. El signo de la inmortalidad y el distintivo de los sabios entre los sabios de Israel. ¡Loado sea Adonai por siempre!

Diego, en su perplejidad, pasó repetidamente los ojos desde el sello hasta el rostro del judío sin comprender nada. Hacía veinte años que buscaba un indicio que reforzara su identidad y no estaba dispuesto a desaprovechar la ocasión de conocerla. Debía insistir.

—¡Por las lágrimas de la Dolorosa! —exclamó—. ¿Qué dicen estas alegorías? Explicaos, os lo ruego, señor.

El rabino, tras observar el desconcierto que habían producido sus palabras, afirmó:

—Amigo, aunque no lo creáis, este sello muestra un antiquísimo símbolo del pueblo de Israel. Bajo las barras aragonesas aparece el símbolo de Moisés. Una serpiente enredada en un bastón en forma de «τ», y junto a ella una «N» paleohebraica. Y ese signo no es otro que el sacrosanto Nejustán judío.

La plática se animaba. Diego asintió, y mudo y hechizado le preguntó:

—¿Qué secreto encierra el Nejustán, gran rabí?

—Os lo revelaré —dijo, y dejó pasar unos segundos sabiamente espaciados—. Los judíos del éxodo, perdidos en el desierto, fabricaron una pértiga de bronce ante la que quemaban incienso implorando a Yhavé la merced de contemplar algún día la tierra prometida. Una vez llegados a Canaan se entregó la custodia de la vara a los levitas, que la reverenciaban en el Templo tañendo sus arpas y entonando cánticos sagrados. Pasado el tiempo, el sabio Salomón encargó su cuidado al gran sacerdote Sadoq y a su progenie, hombres ilustrados y conocedores de los secretos de las estrellas, los cielos, el álgebra, las matemáticas y la medicina, y permitió a él y a sus descendientes utilizar en sus enseñas el Nejustán, atributo que inexplicablemente ostentáis.

Diego se quedó inmóvil y compendió en su mente tan sugestivas palabras. Con la mirada animó al rabino a proseguir con su explicación.

—Pero acaeció lo inevitable —siguió el judío con su apasionado relato—: la desgraciada desaparición del símbolo de los símbolos. Ezequías, rey de Judá, lo desbarató y destruyó impíamente, y la estirpe de Sadoq fue desterrada de Israel, aunque su sangre se propagó por las dos orillas del Mediterráneo. Algunos de su casta aún perviven en las sinagogas de Narbona, Zaragoza, Sevilla, Córdoba, Guadalajara y Toledo, y talmudistas, algebristas y cirujanos tan acreditados como Zah Rawi, Inb Zuhr o Isaías ben Elazar, se tienen por sus vástagos. Ésa es, en resumen, la historia de lo que tenemos lo hebreos por emblema de la inmortalidad.

—¿De la inmortalidad decís? —preguntó Diego impresionado.

—Justamente. Textos más antiguos que el Génesis lo vinculan al héroe Gilgamesh, e incluso al mismo Adán. El Nejustán que vos lucís en el sello como un levita más, constituye una alegoría inmemorial para la humanidad y para el pueblo judío. Y vos lo ostentáis como tal cosa, desconociendo su capital importancia. ¿No será que vuestra ascendencia es judía, maese Galaz?

El asombro y los murmullos le llegaron como un zumbido lejano a su cerebro, confundido por los indicios que apuntaban a que podría correr por sus venas la sangre de la raza proscrita. No podía creerlo y se sonrojó.

—Sé que os angustia esa posibilidad, y lo que en estos reinos significa ser señalado como judío —apuntó el rabí penetrando en su alma—. Y comprendo que esta eventualidad os acongoje. Pero no os apesadumbréis. Desde que los descendientes de Yehuda el Santo pisaron por vez primera Sefarad, Hispania, su sangre se ha mezclado ininterrumpidamente con los de esta tierra. Muchos de los que hoy se pavonean en estas tierras de limpio abolengo, incluso reyes, están entroncados con la estirpe de Abraham. Por otra parte, en vos se trata de algo hipotético, que aún habéis de verificar.

—No me apesadumbraría saberme en parte judío, pues al menos puedo presumir de un vínculo reconocido —dijo Diego con circunspección—. Mi religiosidad no ha sido muy exaltada, y tengo por amigos a hombres de muchas razas y credos. Al contrario, si me notáis conmovido es porque vuestra revelación me abre puertas a una certeza, como si una frágil luna apareciera en la negrura de la noche. No he conocido a mis padres, ni sé una palabra de mi origen. ¿Lo comprendéis? Me habéis marcado un camino del que dudaba al salir del monasterio de San Juan. Ahora sé que la verdad me aguarda en Besalú.

—Pues por vuestra paz interior habéis de probarlo cuanto antes.

—Os quedo reconocido, maestro, pero os ruego lo mantengáis en la reserva. Estas cosas terminan por divulgarse y sus secuelas podrían ser funestas —le rogó Diego—. El odio a los judíos prende en Castilla y Aragón como la estopa a causa de la peste.

—Aún resuenan en mis oídos las prédicas del abad Olligoyen, que han inflamando los corazones de los naturales de Navarra y Cataluña, los cuales asesinaron sin piedad a centenares de ancianos, mujeres y niños e incendiaron sinagogas y juderías. Mantenemos esos episodios en nuestras almas —dijo Isabella entristecida—. Y hacéis bien, Diego, en no propalar el origen de vuestra sangre.

El asombro de Diego se transformó en sugestión y permaneció silencioso. Sin embargo, en aquel momento no podía calibrar el alcance real del testimonio del rabino. Tensó su rostro y admiró el enigmático sello, como si sus extrañas tallas hubieran violado los más recónditos entresijos de su espíritu.

«Nejustán —se ensimismó—. He hallado el primer eslabón de lo que parece una larga cadena de misterios. Pero ¿habré de conceder crédito a las palabras del rabí Gadara? La comunidad judía de Zaragoza lo tiene por un sabio del Talmud. La curiosidad corroe mis entrañas. Será el Altísimo el que disponga, pero, o hallo una explicación convincente a este enigma, o todo mi ser se romperá entre la desilusión y la nada.»

La confidencia había añadido más leña a la hoguera de sus ansias, y ya no le cupo más codicia que la de consagrarse a la búsqueda del misterioso Zakay ben Elasar, el dueño del sello, rogando a Dios que aún permaneciera con vida en la vecina Besalú de Cataluña. Omitió el nombre del almojarife a sus anfitriones, y agradeció al rabino sus oportunas manifestaciones.

En la sobremesa Diego no dejó de contemplar los ojos sutilmente añiles de la doncella, su perfil armonioso y su cabellera dorada. No se cansaba de observarla, platicaba, reía y seguía el rastro de su sonrisa, que creaba a cada movimiento los dos hoyuelos rutilantes en las mejillas. Su alma sentía una dúctil sensación que arrasaba su corazón. En varias ocasiones, mostrándose extrañamente osado, acarició sus manos, aunque ansiaba estrecharla entre sus brazos, deslizar sus dedos por su cuerpo de marfil blando y besar sus labios de cereza.

Diego no ansiaba otra cosa que marchar hacia Besalú, pero la presencia de Isabella, hizo que postergara su salida. Pasaban el día juntos, primero en el jardín de los Santángel y luego, cuando la amistad creció, paseando junto a una dueña poco rigurosa por las orillas del río. Se miraban con ardor, se deseaban, se acariciaban con dulzura, se besaban a hurtadillas, se respiraban, se deseaban con ternura, se palpaban furtivamente, se fascinaban mutuamente, se apretaban cuando la servidora no los veía, se estremecían con sus promesas, enlazaban sus brazos, se contemplaban inflamados durante horas, entrechocaban sus cuerpos y se hacían promesas de amor eterno.

Una noche se acercó descalza a su habitación y a Diego le pareció que un arcángel vaporoso o un hada de los países hiperbóreos se le había aparecido. Llevaba sobre los hombros un camisón diáfano, como las alas de una crisálida y la noche se iluminó con el cabello de oro derramado sobre su pecho. Con pasos decididos, Isabella se acercó al lecho de sábanas calientes. Y antes de que la noche flaqueara con la luz del alba, habían recorrido el mapa palpitante de sus cuerpos y habían bebido de sus dulzuras, envueltos en el sudor de sus tersuras. Isabella sentía los placeres del cuerpo por vez primera y temblaba como la llama de una candela.

El algebrista besó sus honduras y sus labios entreabiertos con entrega, succionó su perfume y recorrió sin prisas los declives ondulados de su piel, hasta que sus sexos se fundieron en un éxtasis. Diego, tras la coreografía erótica de la noche, percibió en el duermevela del amanecer que habían expirado los idilios fracasados y las escabrosas relaciones con doncellas. Un estilete había traspasado sus entrañas y por vez primera en su vida se había enamorado perdidamente.

De ella, sólo de ella, de la dulce Isabella Santángel.

Los siguientes días en compañía de Isabella reconfortaron su zozobra.

Se tomaban de la mano abiertamente, mientras el corazón del algebrista tremolaba de emoción. Pero ni sus palabras ni las promesas de amor eterno conseguían sosegarlo. La observaba con mirada arrebatada, jurándose a sí mismo que no amaría a otra mujer en la tierra. Sólo el viaje a Besalú frenaría su idilio de amor por unas semanas.

Diego se avino con unos acemileros que viajaban a Gerona para formar parte de la cuadrilla y protegerse de los salteadores de caminos. Mientras aguardaba la partida, paseaba con la muchacha por el Puente de Piedra, el llano de la Almozara y por la ribera de la ermita del Pilar, contemplando las cúpulas de las iglesias y el manso espejeo de las aguas del Ebro, mientras compartían los anhelos de sus almas. El otoño reforzaba su tibia languidez con brisas que invitaban a las intimidades, mientras Zaragoza, en el arrebato de oro de sus crepúsculos, se convirtió en testigo del nacimiento de un amor que crecía como un torrente en primavera entre la joven diosa hija de conversos y el algebrista de las búsquedas imposibles.

Juntos exploraban el territorio del amor entregado, ensayaban caricias ignoradas hasta entonces y penetraban en sus corazones, como quien descifra un enigma. Hambrientos de amor y absorbidos en una excitación se intercambiaban miradas de enamoramiento que no pasaron inadvertidas a los Santángel. Diego estaba persuadido de que el espíritu de Isabella se debatía en el calvario secreto de perder a su familia, atemperado por su dulzura natural. Creía haber hallado el gran afecto de su vida, y se rindió al influjo de su mirada celeste, su magnetismo y la transparencia de su rostro.

Recorrían las bulliciosas rúas de la capital del reino seguidos de la cómplice dueña de compañía, y asistían a los oficios religiosos en San Pablo. Pero a Diego le parecía que los Santángel, familia de alcurnia en Zaragoza, no bendecían aquella relación, quizás debido a la diferencia de raza y progenie; menos aún mientras su origen siguiera siendo dudoso. Su noviazgo no prosperaría de momento, pero Diego, alentado por sentimientos puros, le prometió regresar y aclarar todo.

—Conocí a otras mujeres, pero detesto las relaciones efímeras. Tú eres una mujer de intimidades, Isabella, y en ti he hallado el refugio de mis búsquedas.

La víspera de su marcha a Besalú, antes de los festejos de San Miguel, apareció sobre Zaragoza un ejército de nubes grises que amenazaban tormenta, y el ambiente refrescó bruscamente. El ocaso desfalleció ante la tibieza de la noche con tonalidades carmesíes. Una suave fragancia ascendía del vergel familiar, mezclándose con el azabache de la noche. Diego, que anhelaba sentir de nuevo la proximidad de Isabella, le envió un aviso a su alcoba. Se vieron a hurtadillas en la pérgola del jardín, empujados por un ardor incendiario. Diego, como prenda de la firmeza de sus sentimientos, le regaló una crucecita dorada, recuerdo de los frailes benedictinos, que había guardado siempre junto a su corazón.

—Según fray Bernardo está forjada con metal del sagrario donde estaba el santo Grial que, como sabrás, se guardó durante años en el monasterio de San Juan antes de depositarse en la catedral de Valencia. Puede más el afecto que la memoria. Guárdala junto a tu corazón, pues estuvo en contacto con la sangre de Jesús de Nazaret.

—Que el Vaso que contuvo la Sangre del Salvador preserve nuestro amor —dijo ella, y la llevó a sus labios trémulos—. Gracias, Diego.

Diego, inclinándose sobre la boca que se le ofrecía la besó con suavidad, aunque la muchacha se resistió con un rechazo debido al dolor de la despedida. No obstante, tras unos instantes de pugna, cedió a su apasionado empuje y se hundieron en un torbellino de caricias. Diego apretó sus mejillas en el rosa pálido del semblante de Isabella, que temblaba. Era la hora mágica de las promesas: abandonados en un abrazo infinito, se dejaron atrapar por la embriaguez de los besos y los estremecimientos del gozo del amor y los roces furtivos. En la urgencia de sus deseos, apretaron sus cuerpos bajo la lluvia de estrellas y el sabor de la pasión traspasó sus corazones. Isabella se dejaba acariciar sus gráciles pechos, su talle cimbreante y sus rodillas, embargada en una culpable delectación. Consumida de vergüenza, apenas si notaba que el joven desligaba gasas y botonaduras.

Sólo le importaba el cuerpo que abrazaba y, olvidándose del pudor, gimió con su boca entreabierta y entregada. Sus piernas se abrieron al apasionado joven y su pecho y sus entrañas se estremecieron como arrasados por una ola devastadora. Invadidos por una calma gozosa, se miraron a los ojos largo rato, mientras las ramas de los árboles se mecían. Renovaron su cómplice afecto con una dulzura inagotable, y Diego, con una voz suspirante, tomó su cabeza entre sus manos.

—Mi dulce aparición, únicamente la muerte podrá borrarte de mi corazón, y te aseguro que mi marcha entristece mi alma —le prometió el enamorado—. Sólo serán unas semanas dulce Isabella. He de viajar a Besalú para entrevistarme con un hombre que puede aclarar mis dudas, y te prometo por este anillo que regresaré antes de San Andrés. Entonces ya jamás nos separaremos. Te lo aseguro.

—Te esperaré, pues sin ti sólo hallo el vacío, Diego —emitió su voz de cristal en la noche—. Pero no me engañes o moriré de dolor.

—Que pierda mi alma y mi espíritu vague eternamente por la nada —le juró.

Los instantes de blandura se dilataron y cuando la dejó en la puerta de su aposento, las entrañas de la joven se vieron zarandeadas por una tristeza confusa, en un sentimiento mezcla de angustia y felicidad. Diego contempló su figura grácil, sus colmados pechos palpitando bajo la jornea, mientras la luz de los flameros transfiguraba su cabello en un fulgor ilusorio. Sólo entonces comprendió que podía emprender el camino a Besalú con el alivio de un amor correspondido y con una fe inalterable en sus afectos. No había sido rechazado y se sentía amado.

—Cerraré la herida de la diferencia de nuestra sangre y volveré.

—Que no te devore ese sueño que ha encendido tu alma, Diego.

Las palabras se mezclaron con la amargura de sus lágrimas. Aunque sabía que aquel hombre le hablaba de corazón, una melancolía indefinible afloró en su rostro. Su mirada parecía preguntarse si cumpliría con su palabra de regresar, o habría de morir de nostalgia con la espera. Con expresión dolorida le tomó las manos y aseguró a su enamorado:

—Te miro y comprendo qué es el paraíso, Diego. Pero no es el miedo a que no regreses lo que me preocupa, sino el sabor de la incertidumbre que vas a desentrañar.

Ambos admitieron que su amor no era ficticio, que sus corazones se veneraban y que habían encontrado el refugio de su pasión. Fuera, una luna grandiosa coronaba la quietud del río, testigo de sus promesas. Diego lamentaba tener que abandonarla, pero su búsqueda era superior a cualquier afecto. Apretó los puños, y le dio la espalda con exasperación.

No se arrepentía de amarla con un exceso inagotable.

El herborista de Besalú

Sin más quebrantos que la dura cabalgada, el descanso en infectas hospederías, la añoranza de Isabella y la inmensidad de los vastos parajes que sobrevolaban bandadas de buitres, la partida de acemileros y mercaderes en la que viajaba Diego Galaz no se tropezó con huella alguna de alma cristiana.

En la vaguedad del crepúsculo del octavo día de marcha, divisaron los farallones del castillo de Berga. Habían evitado con supersticioso temor aldeas maldecidas por la pestilencia y anhelaban el trato con otros humanos, una olla caliente, y un camastro de paja seca donde mitigar el sueño y el dolor de las articulaciones. En el cruce de caminos la caravana se disgregó en dos partidas, la que seguía hacia el condado de Tolosa y la que atajaba por las trochas del Cardoner hacia Barcelona.

Los *bergadans* eran gente acostumbrada a comerciar y los recibieron con atención, aunque con cierto recelo por la epidemia que había causado estragos en el condado. «El mal viene de fuera», pregonaba el dicho popular. Diego pudo curarse de las rozaduras y llagas de sus entrabes y administrar un astringente a un fraile de la cuadrilla que enfermó de disentería al empecinarse en beber aguas del Metge, en cuyas orillas pastaban ovejas. Aquella piadosa acción le proporcionó crédito de sabio herborista, destreza que había aprendido de la sabiduría de fray Bernardo.

Descansaron un día y al alba cruzaron el río en una barcaza. Diego abandonó el grupo cerca de Ripoll, con rumbo a Besalú.

Recorrió las últimas leguas en compañía del monje enfermo y de su compañero, ambos limosneros del convento barcelonés de Nazaret, que transitaban mendigando por el país. Montaban a horcajadas unos jumentos de largo pelaje, entre serones repletos de escapularios y sobados pliegos, seguramente bulas de Aviñón. El fraile sanó de su vientre suelto, pero allá donde advirtiera una moza, se comportaba como un lujurioso mico de Berbería. El otro ventoseaba constantemente y exhalaba un aliento apestoso a ajo y cerveza, como si de un estibador de puerto se tratara. Su conversación, ora en castellano, ora en catalán o latín, no fue sino una machacona letanía de desastres bíblicos que hilaban sin parar, pues pensaban que la Segunda Venida del Cristo, la Parusía, estaba próxima.

—Nos acechan las bestias del Apocalipsis, hermano —le decían con artificial devoción—. El Reino del Cordero se acerca y pronto veremos al Anticristo.

Murmuraban con pavor del azote negro que rondaba con su guadaña los condados catalanes, de nigromantes quemados vivos en Gerona y Tortosa, de catervas de flagelantes que asolaban con furor religioso Llivia y Urgell, de dragones trashumantes que arrebataban doncellas en las aldeas de Vallespir, de mortinatos y de judaizantes falsamente convertidos que irritaban a Dios, hasta el punto de que el algebrista recordaba la tragedia de Isabella, robada de su familia por clérigos ignorantes como aquellos, que tenían a los judíos por la raza maldita y causante de la muerte del Redentor. Entre los graznidos de las urracas que se guarecían en las escamaduras y las maldiciones de los clérigos, a Diego le parecía haber entrado en el reino de las tinieblas, a pesar de contemplar una naturaleza hermosa y de aires perfumados.

Los heraldos del Reino de Dios, insistían con machaconería:

—Pululan muchos herejes por estos reinos, licenciado Galaz, pero la hoguera todo lo purifica. Al fin comerán y beberán su propia maldición.

—¿Y no serían más necesarias la palabra y la compasión que el miedo y la tragedia, hermanos? —aducía Diego—. La peste es un mal terrenal engendrado en la naturaleza, créanme. Así se cree en todas las universidades de la cristiandad.

—Se trata del castigo de Dios enfurecido por nuestras culpas. Un proverbio catalán, hijo, dice que «del mal que uno teme, de ese muere». Por eso sólo nos queda el trámite de la oración y rogar al cielo que nos preserve del vómito negro —insistieron tras santiguarse con sus rosarios.

Al fin, para alivio de Diego, arribaron a Besalú. Una densa bruma enfoscaba la villa y la transfiguraba en un cuadro fantasmagórico.

Tras pagar el pontazgo a un pendenciero recaudador que los examinó por si estaban enfermos de la plaga, cruzaron el puente de piedra de Besalú, burgo de notoria fábrica, que recortaba su pétrea traza en el hialino cielo azul. Entraban y salían viandantes y caballerías que denotaban la riqueza de la capital condal. Alegres muchachas con cestas de ropa limpia en la cabeza regresaban del río cantando madrigales, que hicieron recordar a Diego la risa caudalosa de Isabella, tan fresca como un pámpano: «Qué no daría yo por abrazarla en este puente». Diego y los mendicantes tomaron posada en una calleja limítrofe con la plaza del mercado, y en atención a su compañía los invitó a yantar una pierna de venado con vino del Priorato; obsequió al más mozo con hojas secas de almástiga y cañafístula, y le recomendó:

—Una infusión de estas hierbas os tonificará el estómago, hermano. Veo que la necesitáis, pues vuestro vientre siempre anda turbulento.

—Es una maldición atizada por el Demonio, que así castiga mi gula.

La fonda, de humosa hornilla y pradal abierto de ratas que campaban a sus anchas entre la mugre, se asemejaba más a un burdel que a un reposadero. Al pagar Diego y correr los maravedíes por las tablas, unas mozas de folgar que se contoneaban ante unos troveros, se echaron encima de él, invitándolo entre zalamerías a yacer tras las cortinas en unos catres que olían a establo. Se las quitó de encima y, despidiéndose de los monjes, se dirigió a la judería con el zurrón al hombro. Su agitado corazón no le permitía echar ni tan siquiera un sueño. Ardía en deseos de localizar a Zakay ben Elasar y conversar antes del anochecer con él, más aún cuando el mesonero le informó que la casa de los Elasar se hallaba muy cerca de allí y que eran judíos principales y de estirpe muy respetada en Besalú. Sus venas se alteraron y el corazón se desbocó. Se aseó en una artesa de baños junto al pozo y tras ajustarse el jubón, las calzas divisadas y el capote de rica lana, se escabulló calle abajo.

«¿Qué le diré a ese hombre? Los nervios me paralizan», reflexionó excitado.

La aljama, de piedra canterana, se alzaba apartada de la plaza, al final de un pasaje intrincado de recias casonas. Un arco bajo con dos angostos balcones, dividía el mundo hebraico del cristiano. Un judío, indolentemente apoyado en la esquina, con el preceptivo birrete amarillo, obligatorio según las ordenanzas del concejo, pantuflas azules y el caftán rayado, lo miró con curiosidad y se puso en guardia. El corazón se le aceleró pues parecía el vigilante que guardara el jardín del Edén y la tierra incógnita. Su gesto guardaba un atisbo de recelo.

—Amigo, la paz sea contigo —dijo Diego, nervioso—. ¿Conoces a Zakay, de la familia de los Ben Elasar? Necesito verlo.

El individuo encogió los hombros y con la mirada descompuesta le dio la espalda, tras arrojar al suelo un salivazo.

—¡Eh, por Dios! ¿Vive aquí, o no? —insistió colérico.

—Preguntad por Josef el droguero —le soltó, y se perdió por el callejón.

—¡Madito seas! —exclamó el algebrista con gesto de rabia.

Diego Galaz, alterado por la irritación, volvió sobre sus pasos. Remontó la cuesta que desembocaba en el mercado, donde había advertido varias tiendas de especieros y herbolarios hebreos. Allí preguntó a una comadre por su comercio, que al fin y a la postre resultó ser la más abastecida botica de Besalú. Ascendió un escalón, deteniéndose ante la confusión de una droguería que parecía contener toda la farmacopea del universo. Jamás en su vida había contemplado un lugar tan abigarrado de géneros herbóreos. Escrutó con la mirada los opacos frascos, albarelos, bolsas de hierbas, tarros con raras raíces, ungüentos, higas contra el mal de ojo, ristras de diente de león para curar el mal de amores, pigmentos en morrales de cabrito, así como pergaminos con ensalmos, huesos y muelas ensartadas en bramantes. En fin, un anárquico recetario de elixires y bálsamos que no dejaban un solo espacio disponible en el caótico bazar. En medio del local, entre las sartas de hojas de hinojo y azufaifa, se adivinaba el perfil de un hebreo enteco, de barba rala y greñas grises, que como un Noé bíblico, dueño absoluto del Arca, espantaba las moscas con un soplillo de esparto. El rancio aroma a hierbas maceradas agradó al físico, que aspiró con delectación.

—Sea la paz de Dios contigo —lo saludó, y paseó su vista por los artículos.

—Que perdure en ti eternamente, *domine* —contestó el judío con solicitud.

—Pocas veces contemplé unos brotes tan lustrosos de la humecta azufaifa. Excelentes sus virtudes curativas para suavizar el ardor y la bilis amarilla —aseveró conciliador el cristiano, para vencer su recelo.

—¿Eres quizás un droguero *aromatorio*? —se interesó meloso el judío.

—No, soy algebrista, pero me crié en el herbolario de un monasterio y me apasionan las virtudes curativas de las plantas —respondió.

—Perdona mi atrevimiento: ¿eres judío converso? El acento te delata como aragonés y en aquellos lares abundan los rabinos hebreos convertidos a la Cruz.

—Soy cristiano viejo, si es lo que quieres saber —replicó Diego—. ¿Tu nombre es Josef?

—Ésa es mi gracia, pero ¿has venido tan sólo a curiosear mis mercancías o a solicitar algún remedio para un familiar? Son muchas las tribulaciones que he soportado en mi vida por confiar en cristianos de mala sangre.

Diego se sintió herido por las agrias palabras del tendero.

—Puedo asegurarte por la Madre de Dios que no me trae aquí ninguna intención malsana —confesó Diego—. Justamente busco a un hombre de tu raza.

—Los seguidores del Cristo soléis jurar con frecuencia en vano —replicó con tono crispado—. ¿Y a quién buscas, si puede saberse?

—A Zakay ben Elasar —insistió categórico—. He recorrido muchas leguas para encontrarme con él y que ilumine unas dudas que me asaltan. Y no partiré de aquí sin conseguirlo, pues he hecho de esta búsqueda una cuestión de honra personal.

Si en aquella covachuela, que parecía una cripta habitada por demonios, hubiera aparecido un diablo burlón para hacer un prodigio astral, no hubiera hecho tanta mella en el gesto y en la calma del israelita que, estupefacto, se atusó la barbilla, mientras en su mirada brotaba un fulgor de desconfianza.

—¿Quién eres y por qué razón deseas conocerlo? —inquirió desabrido.

Se produjo un intercambio de hoscas miradas y un grave silencio.

—Eso es cosa mía —objetó Galaz—. Sólo a él le revelaré lo que vengo a saber.

—Pues con tales reservas no tienes otra opción que salir por esa puerta —lo conminó malhumorado el hebreo—. No suelo compartir confidencias con forasteros y menos si éstos son cristianos. Atraéis las desgracias. He de ir a curar unas pústulas al deán, y aprisa. Excusadme, forastero, tengo que cerrar el postigo.

Diego, antes de replicar desabridamente a las hirientes expresiones, hurgó entre los pliegues de su cinturón y extrajo el sello de oro, que guardó en el puño. Luego dijo apasionadamente:

—Mi nombre es Diego Galaz de Atarés; cuando apenas alcanzaba los seis años, Zakay ben Elasar visitó la abadía donde me albergaba. Por una razón incomprensible, me legó este anillo que se ha convertido en un objeto sagrado para mí, señor boticario, y en lo más valioso de cuanto poseo —lo expuso a su vista en la palma de la mano—. Vengo desde muy lejos a descubrir su significado, y os aseguro que no se trata de un vano capricho. ¡A fe mía que he de esclarecer el enigma, con tu ayuda o sin ella, por todos los diablos del infierno!

Por unos instantes se enfrentaron la perplejidad del judío, que no podía ocultar la sorpresa ante el centelleo del Nejustán, y la sincera firmeza del extraño. Josef, el *aromatorio* de Besalú, estaba confundido, y se preguntaba desconcertado: «¿Traerá este mensajero de lo inexplicable algún propósito perverso?». Finalmente, persuadido de sus honestas intenciones, sostuvo su mirada. Vaciló, atisbó luego la puerta con preocupación y dijo, deshecha al fin su resistencia:

—Señor Galaz no os violentéis. Aquí no podemos hablar. Esta noche lo haremos en la seguridad de mi casa. Mi hijo te recogerá a la caída del sol en el pórtico de la plaza. Id con Dios.

Con el semblante serio, el pasmado judío lo empujó fuera y, tomando una faltriquera con apósitos, brebajes y pomadas, se despidió sin decir palabra. Diego salió del bazar con la dignidad recuperada y con un desasosiego mal disimulado. Deambuló por las callejas de Besalú entre el cortinaje de polvo que levantaban las caballerías, y se detuvo a contemplar el légamo de las orillas y el sosegante tono amarillento de los álamos que crecían en el ribazo. Se abismó pensativo en la suave topografía de la villa, en las verdes laderas de las cumbres y en las doradas espadañas de Sant Vicenç, mientras se preguntaba si aquel judío envuelto en un inquietante secretismo, serviría en definitiva a sus propósitos y lo conduciría ante Zakay ben Elasar.

Al punto se le vino a la mente la frase que, como una plegaria, había recitado el monje hidrópico y gordinflón al cruzar la pontana de piedra de Besalú: «Y yo en este puente, entre el cielo y el agua, tambaleándome en la danza del destino».

El asunto daba complicados giros y la impaciencia comenzaba a irritarlo. Caviló que todo misterio es como un velo transparente que pocas veces oculta lo que no ennoblece. ¿Llegaría sin trabas ante la presencia del deseado Zakay? ¿Viviría todavía el anciano? ¿Le esperaría un encuentro no deseado?

Aquel hebreo había sembrado la incertidumbre en su corazón y deseaba vehemente la llegada del ocaso para sosegar sus dudas y escuchar su revelación. Diego respiró libremente. Se sentía satisfecho de su búsqueda, que lo devolvería en unas semanas a Zaragoza, pero ¿le aguardaba el conocimiento o un dilema aún más profundo? Él sabía que, en la vida, ni tan siquiera las certezas más innegables bastan para que el hombre esquive sus infortunios y las complejas formas del mal.

¿Hallaría en la casa de Josef el acertijo de su existencia?

Estaba preparado para cualquier contingencia que helara su corazón.

El Creador se había olvidado de trazarle un pasado y le urgía saberlo.

La estirpe de Sadoq

En la plazoleta no se veía un alma y un perro sarnoso husmeaba en los arriates. El mozalbete llegó al fin; lo llamó mediante un silbido y con un gesto seco lo precedió hasta la judería, mientras daba patadas a los guijarros. Con incombustible paciencia esperaba una acción salvadora del judío Elasar, o de lo contrario sufriría una nueva decepción.

«Ha expirado el plazo de la ignorancia. Estoy dispuesto a saber quién soy.»

Un muro de hiedras y bejucos cabalgantes ocultaban la morada de Josef, como si con la espesura quisiera preservar su intimidad, o tal vez un lujo que vedar a los ojos cristianos. Antes de invitar al huésped a entrar, el chiquillo besó la *mesusá*, una cajita amarfilada que pendía del dintel con versículos bíblicos. En el interior de la casa se respiraba severidad y un aroma empalagoso a sándalo se extendía por los rincones. Diego se sobresaltó. Una claridad mustia, como la de una iglesia abandonada, reinaba en la mansión. Desdibujado entre la opacidad del atardecer columbró al hebreo con los brazos en alto orientados hacia el levante solar y la cabeza revestida por un lienzo inmaculado, meciéndose hacia atrás y hacia delante. Recitaba un *kadish* de su credo.

—«Grande y santo es tu sublime nombre en el mundo que creaste según tu voluntad. Haz que tu reino venga pronto. *Sch'ma Israel Adonai Elohenu Adonai Ekhod.*» («Oye, Israel, Yahvé es nuestro Dios, Yahvé es único. Amén.»)

Galaz aguardó en medio de un mutismo total. ¿Se hallaría allí don Zakay?

Observaba embelesado el ritual, mientras su mirada se excitaba por la intriga que en él había despertado la entrevista. No podía disimular su zozobra y la extrema quietud lo exasperó. Concluida la plegaria, y en un inesperado tono de afabilidad, el israelita lo enfocó con sus ojos vidriosos y lo examinó de arriba abajo. Luego lo recibió con el beso de salutación y le rogó que tomara asiento en una mullida alcatifa andalusí con tracerías de cordobán. La habitación resultaba lujosa a la vista, iluminada por la luz de las candelas y exornada con mullidos *almofallans* y tapices de primorosa hilatura abadí. Una mesita hexagonal con un cuenco de aceitunas y almendras, y una jarra y dos escudillas, los separaban.

—Shalom, *maese* Diego, sé bienvenido a la casa de Josef ben Elasar.

Al escuchar el apellido Elasar se alegró su corazón, pues lo consideró un feliz presagio de dichosas noticias, mientras se preguntaba si aquel hombre sería hijo de Zakay y dónde estaba el anciano.

—Me acojo a tu hospitalidad. Dios bendiga tu hogar.

—Disculpa mi animosidad de esta mañana —se disculpó el judío—, pero hemos sufrido demasiados horrores por la barbarie cristiana, que nos sigue golpeando cruelmente. Las mujeres son violentadas, nuestros hijos quemados vivos y las sinagogas asaltadas y todo nuestro pueblo es víctima de la tribulación. Hasta no ha mucho, las partidas de los *pastorells*, unos brutos desalmados azuzados por los clérigos, han asolado las juderías de Cataluña y Provenza colmándonos de amargura. Hoy nuestros más queridos parientes se han dispersado, forzados a un destierro no deseado.

—La eterna incertidumbre del pueblo de Israel —comentó Diego—. He conocido a una mujer que ha sufrido ese tormento por ser de familia conversa, y sé de los duelos de vuestro pueblo. La brutalidad y el rigor extremo no son dones de Dios, sino de Satán.

—Así comprenderás mejor nuestra aflicción —arguyó el hebreo—. He advertido que no albergas propósitos perversos y parece que eres un hombre bienintencionado.

Apurando la brecha de cordialidad abierta e intuyendo haber hallado un indicio de lo que buscaba, Galaz curioseó:

—Entonces, Josef, ya que conoces el motivo de mi llegada, no me queda otro remedio que implorarte: ¿dónde se halla Zakay ben Elasar? ¿Vive aún? Y no me juzgues mal. ¿Reside en Besalú como me han asegurado? ¿Es ésta su casa? Indago sobre un vínculo del pasado que deseo recuperar. He de conversar con él sin dilación.

El droguero escanció un vino espumoso y, disipada su frialdad inicial, abrió su corazón a la franqueza y reveló con voz estrangulada:

—Zakay es mi tío, y vive aún. Pero desgraciadamente hace más de un año que no sabemos nada de él ni de su paradero. Estamos preocupados por su avanzada edad y por los altibajos de su quebradiza salud. Tu búsqueda es también la nuestra.

Aquellas palabras cayeron como una losa sobre el ánimo de Diego. Una burbuja grandiosa había estallado ante él, destruyendo sus esperanzas. Se revolvió decepcionado en el escaño, sin aceptar la contrariedad. Su rostro se asemejaba a un espejo que hubiera recibido un impacto súbito, pues comenzaba a cuartearse por la desilusión. Josef, viendo su desánimo, tomó la iniciativa y se interesó inquisitivamente.

—¿Y qué relación te une con mi tío?

—No lo sé —confesó—. Sólo me unen a él el anillo heráldico que te mostré y la visita que me cursó a la abadía donde fui abandonado. Pero tu revelación ha añadido una nueva duda sobre mis indagaciones y roto definitivamente mis planes.

—Siento decepcionarte, pero mi tío es un hombre piadoso. Aunque su carácter mudó al regresar de Castilla, su conducta debió obedecer a un dictamen de su recto corazón.

—Lo creo Josef. Pero ya que tú me has abierto las puertas de tu casa, yo lo haré con las de mi alma. Te hablaré con franqueza.

Diego le narró la confesión de fray Bernardo en el lecho de muerte, el azar incomprensible de la aparición de Zakay en San Juan y los conocimientos del rabino Gadara sobre el Nejustán. El hebreo quedó impresionado y aunque jamás arriesgaba en sus opiniones le confió:

—Ni por un momento has de dudar de lo que voy a confiarte —dijo Josef—. Éste es un asunto que guarda nuestra familia en el mayor de sus sigilos. No obstante tu presencia en Besalú ha encendido nuestras alertas. Siempre hemos pensado que tras la vida de nuestro tío en Castilla se ocultaba un secreto infamante que algún día se nos mostraría. Pero tal vez el mismo Dios se sirva de nosotros para hallar al perdido guía de nuestro clan. Está escrito: «Adonai nos sostiene con sus promesas y no defrauda nuestras esperanzas».

La estancia se inundó de una luz translúcida, el último aliento de ocaso otoñal y los utensilios que adornaban los estantes, la *menorá*, el candelabro de siete brazos en bronce dorado, y un *shofar*, el cuerno de marfil anunciador de las festividades de año nuevo, se iluminaron con un fulgor azafranado, colmando la atmósfera de una placidez que invitaba a las confidencias. El judío le susurró:

—Escucha, vas a conocer la historia de mi tío don Zakay. Por su vasto saber y prudencia, siendo un joven matemático, ocupó el cargo de intendente de finanzas del rey Fernando el Emplazado, en el avispero de intrigas que constituía por aquel entonces la corte de Castilla. Hasta en dos ocasiones fue designado por el monarca castellano embajador plenipotenciario, y se entrevistó con el soberano de estas tierras, don Jaime II de Aragón, para restañar viejas rencillas y asegurar la quebradiza armonía entre los dos reinos. Saneó las maltrechas arcas reales, pero también se atrajo la animosidad de muchos nobles, pues así como los señores de Cataluña consiguen sus riquezas del tráfico marítimo, los de Castilla lo hacen con el botín del moro y no entienden de contribuciones al reino ni de operaciones mercantiles. ¿Podría así progresar su renovadora política que preconizaba el joven rey en Castilla?

—Estimo que en modo alguno, Josef —dijo, absorto en sus palabras.

—Te cuento, atiende. —Y siguió desgranando su narración—: Mi tío Zakay se consagró abnegadamente a sanear la descalabrada hacienda real castellana; recaudó los tributos fiscales, e incluso los diezmos eclesiásticos e incrementó la liquidez del tesoro regio y las codiciosas alforjas de la Iglesia.

—Desconocía que hubiera llegado a ocupar tan encumbrada posición.

—Privilegiada diría yo —contestó Josef—. Pero, para su perdición, su eficaz trabajo fue desacreditado por un personaje turbulento de la corte de Toledo, el codicioso infante Juan el Tuerto, que únicamente toleraba a su alrededor judíos entregados, a los que trataba con vejaciones tras robarles sus dineros. Y yo te pregunto, ¿acaso esos nobles incultos son capaces de ocuparse de tareas financieras si tan sólo saben manejar el veneno y la daga?

—El castellano es un pueblo guerrero que repudia esas ocupaciones. Por eso sus reyes han utilizado a los judíos como médicos, escribas y tesoreros. En esa tarea no siempre comprendida se cifra la dignidad de vuestro pueblo, Josef —lo consoló.

—Sin embargo, la envidia le atrajo lo peor para su casa, pues fue injuriado por el sanguinario Tuerto, que lo odiaba con visceral desdén. Y a ese bastardo hay que achacarle su desgracia. Propaló con su lengua ponzoñosa que la hija de Zakay, la bellísima Séfora, embarazada por aquel entonces, frecuentaba los lechos de los infantes, entre ellos el del príncipe don Alfonso, tachándola de concubina del diablo, pues, según su testimonio, danzaba en el bosque en noches de luna llena. Aseguraba a los cortesanos que pronto daría a luz a un súcubo o un engendro de Satán por haber andado entre sábanas adulterinas.

—Espinosa acusación, Josef, siempre hermana inseparable de la envidia.

—Fue una prueba terrible para Zakay —confesó indignado—. ¿Y ante quién podía denunciar tan falsas calumnias si Juan el Tuerto era sangre de la sangre del rey? Sin poder replicarle se hundió en la pesadumbre, hastiado de la ingratitud de los reyes y del desdén injusto de los cortesanos. Los hombres somos capaces de tolerar las deshonras propias, pero difícilmente las que afectan a nuestros hijos, *micer* Galaz.

—Pavorosa prueba —atestiguó Diego tras escuchar subyugado—. Denigrar a un judío es moneda corriente en estos tiempos. Cualquier cristiano envidioso puede denunciaros y acabar en la hoguera.

—Tan duro como cierto es lo que afirmas —deploró abriendo sus vivos ojos—. Desde el Concilio de Iliberris, ahora hace mil años, vuestros frailes siempre nos han señalado como raza proscrita, siervos de siervos de cristianos, carne de pira y acreedores de los oficios más serviles, aunque nosotros amamos más que ellos a Sefarad, la tierra de los padres de nuestros padres.

—¿Y cómo reaccionó Zakay a semejante ataque del infante real? —balbució.

—Muerto el rey Fernando, soportó las calumnias acogiéndose al favor de su heredero, el joven rey Alfonso XI, y de su abuela doña María de Molina, mientras aguardaba el nacimiento de su nieto, el fruto de su hija Séfora y su yerno, un rico judío de Toledo. Está escrito en el libro de la Sabiduría: «Dichosa la virgen ofendida, pues dará fruto en la visita de las almas». Al cabo, Séfora alumbró una criatura sin mácula, aunque infortunadamente, tal vez por la pena, o porque el Altísimo lo decidió así, ambos murieron en el parto, tal como lo testificaron los rabinos castellanos que firmaron el alta de fallecimiento. Zakay, consternado, se vino a Besalú a llorar su penoso destino. Había sido tal el sufrimiento provocado por la doble pérdida sin reparación posible, que selló sus recuerdos en lo más profundo de su ánima, y abandonó la corte castellana junto a su hijo mayor Yehudá y se trasladó con sus bienes a esta judería.

—En la que, según dices, no se encuentra ahora —dijo ansioso Galaz.

—Así es, amigo mío. Desde entonces ha vagado de acá para allá dedicado a los negocios, como si los recuerdos no le permitieran el sosiego. Aquí, recuperado de sus aflicciones, inició una nueva vida junto a su hermano, mi padre Simón, médico y sanador del condado de Besalú, y dedicó sus desvelos a animar a la comunidad judía y dedicarse a un lucrativo negocio en Barcelona, que acrecentó su fortuna considerablemente.

—Entonces, ¿se halla en la capital de los condes? —preguntó anhelante.

—Lo ignoramos, aunque es posible, pues Barcelona es el centro de sus negocios, aunque a menudo navega por el Mediterráneo —le informó—. Siempre regresa para la Pascua a Besalú. Sin embargo una carta escrita en la noche del *nisâm* pascual, enviada desde Alejandría, nos participaba que asuntos esenciales de nuestra ley lo requerían en Palestina, sin dar noticias más detalladas. Por mi fe y la memoria de mis ancestros puedes considerar rigurosamente cierto cuanto te he manifestado, aún no sé por qué. El Altísimo me perdone.

—Porque, como a ti, me mueve tan sólo la verdad —asintió sereno.

Diego se apresuró a asimilar aquel torrente de confidencias. Nuevos personajes alumbraban sus penumbras, sumándose a la cadena de sus enigmas: Séfora y Yehudá ben Elasar, los hijos de Zakay; se conturbó ante la desconocida asociación que pudieran representar para él. ¿Formaría él mismo parte de aquella maquinación contra el judío?

—¿Y estás seguro de que el pequeño pereció en el alumbramiento junto a su madre? —quiso Diego disipar sus dudas.

—Como que las sagradas escrituras nos alientan, *micer* Galaz —dijo con determinación—. El crío resultó ser mortinato y así fue rubricado por el consejo de ancianos. Proclamado está en el Levítico: «No mentiréis ni os engañaréis unos a otros». Mi tío es un *nasí* o príncipe hebreo, y su hija Séfora jamás fue juzgada por la comunidad como una *sotach* o mujer adúltera. Su memoria es recordada con afecto entre nosotros. De haber nacido la criatura, según la ley, hubiera sido circuncidada y entregada a la familia para su educación. Un *nasí* nunca miente, y menos la asamblea de rabinos. Su marido vive ahora en Guimaraes, en el reino de don Manuel de Portugal. Si así lo deseas, él te lo confirmará.

—Exculpa mi apresurada conclusión. A pesar de tu exposición, mis dudas son aún mayores y mi orfandad más profunda. Es una decepción que no se halle aquí. Había confiado en que disipara las dudas que me afligen desde mi nacimiento.

—Siento haberte servido tan poco.

Malograr la búsqueda de las señas y pistas de su origen no lo desalentó.

—Josef, te voy a formular una pregunta que me está corroyendo. ¿Alguna vez te refirió tu tío algo sobre una supuesta *trama cortesana* contra él en la que estaban involucrados príncipes aragoneses y castellanos?

—¿Una trama de Estado? —preguntó perplejo—. Por su oficio sé que frecuentó a personajes ilustres de ambas cortes y que intimó con el rey Jaime II, pero a mí jamás me reveló nada de eso. Siento no poder responderte.

—Olvídalo, posiblemente fueran desvaríos de una mente moribunda —dijo rememorando a fray Bernardo.

La plática se desvió hacia otros temas, pero Josef anhelaba saber más.

—Me extraña sin embargo que mi tío costeara secretamente los estudios de un niño cristiano y en un monasterio de monjes siempre tan hostiles a nuestra raza, ocultándolo a su sangre y señalándolo además con el emblema sagrado de la casta del *kohen gadol* Sadoq, sumo sacerdote de Salomón. ¡Por la escala de Jacob que no me encaja y me llena de dilemas! Y además llevas el Nejustán.

—¿Lo utilizáis también en vuestra familia, Josef?

—Escucha, ese sello ha hecho que se te abran las puertas de esta casa, además de atraer el interés de los míos, que se preguntan qué te ha traído hasta aquí y con qué intenciones. Mis parientes aguardan el resultado de esta conversación y he de informarles de quién eres y por qué llevas ese símbolo tan sagrado para nosotros en tu mano —afirmó conciliador, y se incorporó del asiento.

Hurgó en la alacena y depositó en la mesa unos rollos de escrituras y un cofre, que abrió ante él y cuyo contenido volcó sobre la mesa.

—Compruébalo por ti mismo —invitó, extendiendo el contenido ante Diego, que pasaba de la atención al asombro.

Sobre los bornes de las escrituras, en el aterciopelado paño que los envolvía, en los abalorios y en los engarces de los lazos, que el judío denominó *lulab*, cordoncillos de oro utilizados en la fiesta de los Tabernáculos, se advertía la ya familiar imagen de la T abrazada por la serpiente, semejante al caduceo de Mercurio y Esculapio, y la N del Nejustán. Estudió las alhajas y advirtió que los ojos del reptil estaban tallados con zafiros o bordados con hilos bermellones, lo que daba al símbolo una fuerza a la que no podía sustraerse.

—Es indudable —reconoció Diego, conmovido—. Se trata del Nejustán que figura en mi anillo. ¡Que pierda mi alma si entiendo una sola palabra! ¿Comprendes ahora mi angustia, Josef?

—Sí, claro. Un hombre sin raíces es como una flor tronchada.

—¿Y de dónde procedéis los Elasar? —se interesó el huésped.

—Los Elasar arribamos a Hispania, Sefarad para nosotros, hace más de un milenio, cuando el emperador de los gentiles, Adriano, edificó sobre las ruinas de Jerusalén una ciudad romana, Helia Capitolina. Pero como Herodes destruyó los archivos de las genealogías hebreas, ignoramos de qué ciudad de Judea procedemos. Gracias a un sirio anónimo, que estableció en un documento llamado *La caverna del tesoro* las perdidas ascendencias de las dinastías, los Elasar, astrónomos, físicos, matemáticos y levitas, nos enorgullecemos de descender del gran sacerdote Sadoq, sucesor de Aarón y de sus hijos Nadab y Abiú, en decimocuarta generación.

—Veo que sois una casta esclarecida entre los de vuestra raza. —Diego recordó las conjeturas del rabino Gadara en casa de los Santángel.

—Baste asegurar que antes de la destrucción del Templo de Jerusalén, Ben Ajía Elasar, ostentaba el cargo de médico del santuario; y Judá Leví Elasar dirigía el coro de los levitas. Ambos eran sumos sacerdotes y ancestros de nuestro linaje. También has de saber que mi tío Zakay es un hombre venerado en estos reinos, pues atesora dos títulos muy notables para el pueblo de Dios, *nasí* y *katib*, o sea, gran rabino y príncipe hebreo de Aragón y Cataluña. Por eso nuestra orfandad por su ausencia resulta tan penosa. Somos judíos levitas, y la reputación y el honor nos obligan.

—¿Y no sospecháis a qué se debe su desaparición? ¿Un nombre, un lugar, una señal? ¿No habéis hallado en todo este tiempo un solo vestigio que os conduzca hasta él? ¿Lo habéis buscado? Las colonias hebreas en el Mediterráneo son abundantes y pueden daros noticias de su paradero.

El israelita, aunque hasta el momento no había adoptado discreción en las explicaciones, vaciló. Mordisqueó una almendra y se incorporó del asiento como impelido por un resorte. Se puso en pie y pronunció una única palabra con cólera reprimida, que llenó de tensión la atmósfera del aposento.

—¡*Zonara!* Ése es el impulso que ha provocado su desaparición. Una extraña manía religiosa y una soberbia que ciega los ojos de los creyentes en el Altísimo.

Los dos interlocutores callaron, pero aquella inesperada palabra estremeció los muros y llenó de misterios el espacio. Diego lo miró.

—¿*Zonara?* —le preguntó, ajeno al significado del vocablo, que al parecer era el causante de la desaparición de Zakay.

Por un momento el silencio eternizó el instante. En el algebrista volvió a germinar una duda. ¿Qué ocultaba Zakay ben Elasar, de tan extraordinaria personalidad y títulos? Su imaginación no elaboraba ninguna hipótesis; aquella extraña palabra que exclamó Josef venía a ratificar lo inexplicable de su pasado y a añadir un nuevo enigma a su búsqueda. Sin embargo, ¿no había mostrado Josef una inmensa compasión por la extravagancia de su tío? ¿No parecía que Zakay se hubiera embarcado en un último acto de redención?

Zonara. El intrincado vocablo lo había fascinado.

Zonara

Diego había notado la agitación de Josef.

—*¿Zonara?* ¿Acaso te refieres a una ciudad, o a una mujer, a una razón?

—No, no es nada de eso —replicó el judío—. Pero el asunto reviste suma gravedad. *Zonara* significa en arameo «Mesías», el eje de nuestra fe, el profeta añorado de Israel por el que el pueblo elegido ha amado, matado, llorado y respirado a lo largo de los siglos. El deseado que instaurará el reino de la Paz en el mundo y que solicitamos con nuestras humildes oraciones.

—¿Y aún lo aguardáis? —le preguntó el algebrista—. ¿No visitó ya la tierra y a su raza encarnándose en Jesús de Nazaret, el Cristo?

Con la frente alta y sin avergonzarse, dijo con acritud:

—No para nosotros, Yoshua ben Josef, que murió crucificado en tiempos de los sumos sacerdotes Anás y Caifás y del emperador Tiberio, es un hombre santo más de Israel. Los falsos Mesías germinan en Tierra Santa como la mala hierba.

—Entonces ¿aguardáis una nueva aparición del Enviado en estos tiempos?

—Lo que voy a revelarte contestará a tus preguntas —dijo Josef—. Hace dos años se propaló en las sinagogas de la diáspora una buena nueva que conturbó nuestros corazones. Se anunció que al fin el *Zonara* o Mesías se manifestaría con prodigios en los desiertos de Judea, según pronosticaban las tablas astronómicas de nuestros rabinos alejandrinos. Tan espectacular suceso hizo emerger de un sueño de siglos el delirio de la reconstrucción de la nación judía. Así que los guías más impulsivos de Israel se apresuraron a acoger al iluminado y emigraron a Palestina en busca de señales sagradas. No obstante otros, más cautos, imaginan que algunos canallas esparcen este rumor interesadamente para apropiarse de sus bienes.

—Y pensáis que don Zakay y su hijo han acudido a esa llamada.

—Efectivamente. Ha abandonado Barcelona y sus negocios por ese sueño quimérico —lo ratificó—. Sospechamos que mi tío ha sucumbido como otros maestros del Talmud, la patria espiritual de Israel, a los cantos de sirena del *Zonara*, y que los dos, padre e hijo, se han extraviado en los vericuetos de un sueño muy deseado por el pueblo de Israel, pero imposible. Ignoran que se han empeñado en una empresa que conlleva la amenaza del exterminio, aunque en el fondo los judíos esperamos que esa promesa de salvación tenga un final feliz. Para nosotros se trata de una cuestión capital, y para ellos de vida o de muerte. Así de crudo y de trágico es todo amigo mío.

Diego se había quedado seducido ante la expresión encendida de su rostro.

—Consternados nos preguntamos dónde se hallan exactamente —prosiguió—. ¿En Alejandría, en Berseba, en Petra, en Cesárea, en Jaffa, en Jerusalén quizás? ¿Por qué no nos escriben y esconden su paradero tras un velo? ¿Qué locura los ha seducido tanto como para desaparecer de esta manera? Mi tío Zakay posee la malhadada virtud de contagiar de pasión a quienes lo escuchan, pues su palabra es elocuente y su corazón puro. La indiferencia y la pasividad son pecados para su animoso espíritu.

—¡Qué decepción, Josef! —gimió el aragonés—. Esta huida de tu tío puede sepultar mi búsqueda. Pensaba hallarlo aquí y que contestara a mis interrogantes. Persigo una fantasía, y por la edad de él es muy factible que nunca pueda encontrarlo cara a cara.

—Es más que posible. Don Zakay es septuagenario —dijo.

—¿Y a qué negocios se dedicaba antes de abandonarlos?

—Mi tío, hombre especialmente dotado para los lucros y la banca, mantiene relaciones comerciales con gentes de otras leyes, musulmanes y cristianos. Estamos al tanto de que sus intereses en Alejandría los despacha un mayordomo griego de nombre Ifistos. Pero su verdadero socio, que es barcelonés, debe andar tan perplejo como nosotros por su desaparición. Está escrito en el libro de los Reyes: «Yo añadiré aún más peso a vuestro yugo». Que sea la voluntad de Dios la que nos sostenga en la aflicción. Es cuanto puedo decirte.

La aparición de otros dos nombres en la tragedia de su vida inflamó sus ansias de hallar al escurridizo Zakay, un hombre interesado por los milagros, que al final suelen consumir con el fuego de su ilusión a los que los persiguen.

—¿Un catalán su socio? ¿Y anda por estos reinos? —preguntó Diego sin poder disimular su interés, moviéndose inquieto en el escabel.

—Lo desconozco, pero cuando precisamos cursar un mensaje a mi tío, o a Yehudá, su hijo, lo solemos hacer dirigiéndonos al Consolat de Mar de Barcelona, su refugio habitual —le aclaró Josef.

—¿Y cuál es su nombre? —preguntó ansioso por saber su identidad.

—Jacint Blanxart d'Anglesola —atestiguó—. Es un tratante sagaz y disoluto, y *home d'honor*, o sea caballero prestigioso en la ciudad de los condes. Sus naves navegan por el Mediterráneo y las factorías que posee en Barcelona, Palermo y Alejandría gozan de acreditado prestigio. Controla rutas de maderas preciosas, incienso y las especias del fabuloso País de los Aromas, cerca de las fuentes del Nilo, y es socio de mi tío.

Amante del riesgo y de lo desconocido, aquellos datos espolearon la mente aventurera de Diego. La expectación se sintió en su rostro. Si aquella no era una historia inventada, sus sospechas anteriores al paso por Besalú, se multiplicarían hasta lo inconcebible, hasta lo inesperado. Para Diego, el empeño en hallar a Zakay ben Elasar se estaba convirtiendo en una obsesión de la que no podía sustraerse. Aquel nuevo nombre, Jacint Blanxart, iluminaba las tinieblas que envolvían el paradero de don Zakay y el rompecabezas de su niñez. Pensó en Isabella y en el prior de San Juan, pero un fuego interno lo consumía. Debía seguir aquel rastro. Se lo demandaba su sangre.

—Por tu mirada noto que estás dispuesto a entrevistarte con Blanxart —dijo Josef, que sonrió con ironía.

—En eso pensaba, Josef, sí. Pero no sé si tendré arrestos para desafiar lo que puede aguardarme de aquí en adelante. He hecho promesas y no estaba entre mis proyectos llegar tan lejos. Además, he de reponer mi bolsa y mis pertenencias.

—En Besalú hallarás mesas de cambio y crédito. Yo seré tu garante.

—No olvidaré tu apoyo, Josef ben Elasar, amigo; no cejaré hasta desentrañar el misterio de mi nacimiento, aunque mis afectos hayan de aguardar, y bien que lo siento.

—Entonces, ¿partirás hacia Barcelona? —se interesó el hebreo.

—Sé que lo lamentaré algún día, pero lo haré sin demora, Josef. He prometido estar de regreso en Zaragoza en un mes. Averiguaré el refugio de *micer* Blanxart; luego Dios y el azar proveerán.

—¿No te parece disparatado sumergirte en una ciudad tan desconocida como insegura para ti? La peste negra cabalga con las alas negras de la muerte y *micer* Blanxart no sabe más que nosotros del asunto.

—¿Y condenarme a una vida vacía sin conocer quién soy ni de dónde vengo? ¡No! La rueda de mi tiempo se ha detenido y he de volver a sus primeros giros. De lo contrario se parará para siempre. Ahora he atisbado un resquicio. Te mantendré informado de mis pesquisas, te lo juro por este anillo.

—Que Yahvé te asista, Diego —dijo, rogándole que mantuviera en secreto lo que le había dicho—. Aunque hayas irrumpido como un intruso en nuestras vidas y hemos sospechado de ti, rezaremos a Adonai. Pero ten cuidado: a veces en nuestros deseos más honorables surgen compañías y luces engañosas.

—Tu generosidad me abruma, Josef. Gracias eternas por tu acogida.

Con muestras de afecto lo condujo a un comedor abierto a un patio de adelfas de donde llegaba el borboteo de un surtidor. Lo aguardaban con mirada expectante los hijos y la esposa del hebreo, ataviados con ziharas y bonetes de brocado. Candelabros de sebo almizclado, cera perfumada y candiles de aceite se distribuían por los estantes, mientras en unos braseros chisporroteaban aromáticos granos de ámbar. Josef cumplió con el *hagadad*, la lectura del libro del Éxodo, y se entregaron a la degustación de una *escudella* de cordero al gusto catalán, sazonada con cilantro, picante alcaravea y esencias de azafrán.

Diego no podría arrinconar en el olvido aquellas horas de sincero apego y de confianza. Por vez única en su vida había experimentado el calor de un hogar auténtico donde era aceptado abiertamente. La mujer de Josef lo obsequió con una cadeneta de plata rematada con una estrella de David que el aragonés colgó agradecido de su cuello. Subyugado por la cordialidad que le profesaban aquellas personas, hasta ahora desconocidas para él, desgranó sus recuerdos, que fueron escuchados atentamente por los Elasar y prolongaron la cena hasta la segunda vigilia.

—Empeño mi palabra y os prometo que me veréis aparecer con Zakay por el puente de Besalú —declaró al despedirse, con una expresión de agradecimiento en su mirada—. El deber y el interés me obligan a partir.

—Que El Muy Sabio que escruta los secretos del alma, atienda a tu ruego —dijo el judío, quien le deseó que no lo consumiera su empresa, observando la expresión osada de sus ojos. «¿Por qué lleva ese hombre el sello de los algebristas de Sadoq?»

La infinitud de un cielo sin estrellas recibió el tajo de luz del amanecer. Diego arreó la mula para unirse en el viaje a Barcelona con sus dos amigos, los frailes mendicantes del convento de Nazaret, con los que compartiría viático y cabalgada. Tras la inolvidable cena en la morada de Josef y las libaciones de un espumoso clarete de Rivas y una exquisita malvasía de Sitges, la cabeza le daba vueltas y el estómago le ardía como si tuviera en las tripas un hachón de brea. *¿Zonara?* ¿Barcelona? ¿Jacint Blanxart? ¿Alejandría? ¿Jerusalén? Aunque firme en los estribos, apenas si podía cabalgar; uno de los frailes lo advirtió y le dijo con ironía:

—*Maese* Diego, ¿no halláis en vuestra bolsa remedio para las ardentías? Tomad de este clarete de Alella bendecido por nuestro prior y aliviad vuestra pesarosa mente —y le lanzó un pellejo rezumante, del que el físico probó unos sorbos.

—*Bonum vinum laetificat cor hominis* —sentenció Diego echándose a pechos la bota y eructando.

Tras aliviarse el vientre, reanudaron la marcha, mientras en el firmamento se desvanecían negros nubarrones, dando paso a un inabarcable cielo azul que bañaba los campos y viñas otoñales. Al mediodía desembocaron en la calzada condal, limpia de ladrones desde que las milicias reclutadas por los *consells* catalanes las limpiaran de salteadores que la acechaban como lobos hambrientos.

La marcha no podía ser más tranquila hasta que la alteró el polvo, el centelleo de arneses de acero y los gallardetes que venían en tropel por el horizonte. Era una patrulla del arzobispo de Barcelona, su ilustrísima Françesc Savall, que los interrogó de mala manera creyéndolos mercenarios del señor de Anjou pues buscaban por su mandato a una caterva de monjes errabundos del Condado de Tolosa, herejes turlupines y bergados espiritualistas que andaban soliviantando a los crédulos payeses con sus mensajes de fraternidad universal y apaleando a clérigos disolutos, ideas revolucionarias según el prelado, que serían pagadas con la horca.

—Esos santones y frailes iluminados soliviantan a los labriegos crédulos y a las gentes sencillas, induciéndolas a la herejía —les advirtió el oficial—. ¡Andad con cuidado!

Agradecieron el consejo, pues los caminos cada día eran más peligrosos. Bandas de malhechores y falsos clérigos asaltaban a las gentes, sobre todo a los carros de los clérigos, altos eclesiásticos y patricios para robarles y recordarles la pobreza de Cristo. Ahuyentaban a los mercaderes y labriegos impresionables y se comportaban como almas sin la caridad que decían predicar. Con el corazón en un puño y avanzando lentamente, les llegó la noche.

Unos campesinos de Tona consintieron en que, a cambio de unas oraciones, pernoctaran en el pajar, donde se acomodaron al calor de las bestias. Los tres viajeros dieron buena cuenta de un queso del Vallés y un sopicaldo de avena, tras lo cual los limosneros se aprestaron a recontar las ganancias, que alcanzaban casi el centenar de maravedíes. Extrajeron de su faltriquera un revoltijo de escapularios y pergaminos ilegibles; luego, con místico recogimiento, una arqueta en cuyo interior guardaban unas astillas que los frailes sobaron con unción y ofrecieron a Diego para que las besara. Éste, extrañado, los miró con indiferencia y reclamó una explicación a su invitación. Uno de ellos, el monje hidrópico, se la ofreció con voz paternal:

—Se trata de un *lignum crucis*, hijo mío. Reliquias por las que muchos cristianos han cruzado continentes, derramado su sangre o peregrinado de rodillas a tierras de infieles. ¿Qué es una catedral o iglesia sin una reliquia de la Pasión? ¡Nada, pecador, nada!

La estupefacción se pintó en el semblante de Diego.

—No me tachen vuestras paternidades de blasfemo, pero he besado tantos falsos vestigios de la cruz del Salvador que bien parece como si lo hubieran crucificado junto a los doce apóstoles y todos los santos varones. La cristiandad entera podría reunir toda una algaba de cruces que se dicen auténticas —añadió—. ¿Y son legítimos estos trozos que revendéis a estas incultas gentes?

—¿Cómo puede un algebrista devoto de la ciencia dudarlo tan siquiera? Tan auténticos como la *Vera Creu* de Anglesola —gritó malhumorado el gordinflón—. El *Dies Amaritudinis* o Viernes Santo nuestro superior, tras la consagración del pan y del vino, dispone sobre un lienzo una veintena de fragmentos de un cedro traído de Jerusalén que crece en nuestro claustro. Uno a uno los empapa en el vino del cáliz, convertido en la sangre de Nuestro Señor. Y yo te pregunto, hombre descreído, ¿acaso no ha chorreado la sangre de Cristo por estas esquirlas, como lo hizo en el santo madero del Gólgota?

Diego se negó a aceptar la impostura. Siempre se había mostrado contrario a la falsedad y le resultaban intolerables aquellos engaños con los que embaucaban a los ilusos abates, mosenes y sacristanes de las aldeas perdidas de Aragón y Cataluña, a los que vendían las astillas a precio de oro.

—Bueno, dicho así no deja de ser un sofisma —balbució, siendo interrumpido con crudeza por el monje que despedía fuego por los ojos.

—La fe es lo que cuenta, licenciado incrédulo —le recriminó.

—Eso sólo convence al supersticioso y desamparado pueblo, hermanos.

—Nadie puede discutir que el fluido vivificador de Cristo ha divinizado esta materia ruin. Además, aportamos estos títulos refrendados por el abad, con el *placet* del archimandrita de la diócesis de Cirenaica, Macarios Décimo, que testimonia con sellos y rúbricas la autenticidad de estas reliquias.

Diego no salía de su desconcierto, rumiando el engañoso argumento con el que intentaban persuadirlo. «Vergonzante milagro del demonio, diría yo», pensó. A modo de disculpa, tras deducir que con sus argumentos únicamente conseguiría exacerbarlos más, dio por zanjada la disquisición:

—*Roma locuta, causa finita*, hermanos —y con indiferencia les volvió la espalda para dormir, eludiendo cualquier controversia teológica.

Ufanos por su lúcido juicio, improvisaron unos camastros entre las sacas y tras desearle un sueño sosegado, echaron mano de las disciplinas. En un rincón, a cuatro patas, se sometieron a una tanda de leves zurriagazos, mientras salmodiaban los rezos canónicos de Completas. Diego se arropó en el capote y tras rebullir por el frío se fue adormeciendo, hasta que en el borde de la ensoñación, lo sobresaltó un rumor. Agudizó el oído y avizoró en la oscuridad el perfil de los monjes que proferían jadeantes gruñidos, sumidos como dos súcubos a los goces del *pecado nefando*. El más corpulento ahormaba en su grasiento cuerpo al más joven, que recibía entre gemidos entrecortados su descomunal verga y el deleite del fluyente placer. Diego, lejos de escandalizarse, se sonrió, cavilando cómo no había de vacilar su fe con tales ministros de Dios.

—Avaros rezalatines —susurró para sus adentros, y se durmió.

Los tres viajeros exhibían un aspecto lastimoso y el cansancio los torturaba. Al cuarto día de machacona marcha dejaron atrás las ciénagas y los ondulantes valles de Osona y alcanzaron los altos de Monte Carmelo. Al fin, entre el mágico hálito del atardecer, surgió ante sus ojos Barcelona, capital de Cataluña, agazapada entre los pliegues de las laderas lamidas por un mar magenta. Herida por una difusa claridad, las gallonadas torres de Santa Catalina, Montesión y Santa Ana emergían sobre las murallas trepando hacia el cielo, ávidas de la calidez del ocaso.

Más lejos, la ciudad se ensanchaba con la nueva fábrica de Santa María del Mar y las excrecencias del Tibidabo y de Montjuich que, como ciclópeos vigías, se recortaban en el confín de su alfoz. Sin desmontar, se sumaron al flujo de los transeúntes que al amparo de los matacanes de Canaletes, alcanzaban el Portal de Trentaclaus. No obstante, un funesto anuncio los hizo detener sus monturas, mientras uno de los frailes se persignaba y el otro con los brazos alzados rogaba al cielo.

—¡San Roque y san Sebastián protégenos del vómito negro!

Entre el perfil de Jonqueres se alzaban humos grises y murmullos de antífonas de difuntos, mientras planeaban tétricos pajarracos por los torreones, signos inequívocos de que la peste negra había desenterrado su guadaña de muerte y estaba dejando un atroz rastro de cadáveres y de dolor.

—Hermano Galaz, no existe poder humano que pueda detener el letal aliento de la hidra apocalíptica. Si el Creador no lo remedia pereceremos todos. ¿O acaso tuvo piedad con la reina Leonor, la virtuosa esposa del rey don Pedro, que echó el alma por la boca, atacada por el mal? —se lamentó el fraile bujarrón entre lamentos.

—Si Dios es amor y poder, ¿por qué no lo demuestra y cesa su castigo?

—El cielo escucha y calla; luego castiga para toda la eternidad —dijo el monje.

Pendones de sedas negras colgaban de las garitas de la muralla en señal de duelo, mientras una caótica procesión de frailes y plañideras vestidas de sayal, y entonando lúgubres salmodias, acompañaban a cinco féretros en dirección al *camp* de Sant Pau. Diego y los frailes se detuvieron ante el jubileo de penitentes cubiertos de ceniza y con las espaldas sangrantes. Diego sabía que la enloquecida cristiandad sufría la plaga, que turbas de fanáticos quemaban judíos en una orgía de muertes que se extendía de norte a sur y que los miedos ocultos en su corazón golpeaban a la cristiandad. Un clérigo lanzaba frases luctuosas que encogían el corazón:

—*¡Calamitas calamitatis!* ¡Temed la ira de Dios, hermanos! ¡Penitencia! *¿On son, fills, tants homes bons qui sont passats d'esta vida? ¡La mort se acosta!*

—*¡Ora pro nobis, ora pro nobis!* —contestaban los deudos.

—La cristiandad se ha convertido en una inmensa tumba de apestados —musitó para sí el aragonés—. Apiádate de nosotros, Señor.

Se colaron por el encenagado portalón, y para conjurar el maleficio, hubieron de santiguarse ante una pica que esgrimía la cabeza aún sangrante de un proscrito, antes de encaminarse hacia la Plaça Nova, cerca de la muralla romana. Diego se maravilló con el manejo de un ingenioso artilugio movido por un árbol de levas, que impulsaba una bomba de pellejos y que con una celeridad sorprendente desecaba un cenagal apestoso de aguas fecales. Uno de los frailes le aclaró amistoso:

—Tras la muerte de la reina Leonor de Portugal, nuestro bienamado conde y monarca don Pedro, a instancias del médico real Jaume d'Agramont, ha ordenado desecar las charcas del burgo. Es el soberano que más ha engrandecido la ciudad, aun en contra de los *consellers*, que sólo miran por sus bolsillos. Según el físico ilerdense, estos fangales pestilentes son el origen del mal que asola estos reinos.

—Eficaz innovación y útil medida, os lo aseguro *fratres* —aseguró Diego.

Aquí y allá rebullía un enjambre de canteros que alzaba la catedral, el regio antojo de don Pedro IV, e instalaba las fantasmagóricas gárgolas del Palacio Nuevo, en cuyas escalinatas hozaban los cerdos entre damas, trompeteros y vendedores de falsas reliquias, escapularios y lamparillas. Diego se separó de la pareja de monjes y declinó su invitación para pernoctar en la hospedería de su convento, ya que pretendía albergarse en una fonda del puerto y hablar lo antes posible con el armador Blanxart.

—*Benedicite,* hijo mío. Que el Salvador te ampare.

—Vayan con Dios hermanos —dijo lacónico, y se separó de ellos sin más, abriéndose paso entre una multitud de marinos sicilianos y portugueses, consignatarios alejandrinos, negociantes de la Serenísima veneciana y banqueros judíos, que regresaban de la Lonja discutiendo sobre sus tratos, en medio de un híbrido mestizaje de voces y atuendos que hacían de la cosmopolita ciudad portuaria el ágora mediterránea de las finanzas y del regateo a gran escala.

Preguntó a un mercader por la *plaça* del Blat, donde se abrían al público las afamadas *Taulas de Canvi Santceloni,* y volvió sobre sus pasos. Un hervidero de toneleros, doladores, tejedores y *cambiadors*, publicaban bajo los aleros de los soportales las excelencias de sus productos a los *cavallers* y a sus damas, ataviadas a la borgoñesa con extravagantes hopalandas de cendal. Los maravedíes, mancusos, croats y los besantes mallorquines corrían de mano en mano, y Diego, animado por la bulla, se acercó al banco de trueque. Canjeó cinco sueldos de oro por florines, que guardó en un falso bolsillo bajo el cinto, mientras los menestrales discutían el precio del celemín de trigo, y los domésticos abrían paso a las literas repartiendo bastonazos a diestro y siniestro.

—Paso franco al *conseller* Muntaner —voceaba un criado alejando curiosos.

—¡Muntaner *cabró*! —salió una voz de la chusma, contestada con risotadas.

Pasado el fugaz alboroto, consultó el aragonés a algunos cambistas sobre el paradero de *micer* Blanxart, pero nadie supo darle una orientación segura. De repente, mientras ojeaba los tenderetes, reparó en la presencia de un insolente y harapiento mocoso, pálido y descalzo, de unos diez años quien, apremiado por la gazuza, con el vientre abultado y costras de cochambre en la cabeza, acariciaba su mula. Diego, ignorando sus intenciones lo despachó y atajó por unos callejones jalonados de huertos, instante en el que las campanas de Sant Jaume tañeron provocando la desbandada de los pájaros que sesteaban en el tétrico olmo donde eran ahorcados los salteadores en Barcelona. De repente las moscas de muladar dejaron de revolotear, y el hedor humano y el tufo a bosta se fue diluyendo ante la brisa marina que oreaba el ocaso.

Mientras observaba con la mirada pensativa, le llegó un rabioso olor a pescado frito, a especias y salitre, que aspiró con delectación. Y como las huérfanas tripas le rogaran pitanza, se dirigió a la rúa de Escudillers con el cansancio en el rostro y los ojos rendidos, pues en sus rincones se levantaban animadas mancebías y fondas de mala reputación. Diego detuvo la cabalgadura y desde el promontorio del *castell* de Regomir se suspendió en la contemplación de la ordenada geometría de Barcelona, tan accesible a los sentidos y abierta al dócil Mediterráneo, el mar que hacía libre a la ciudad.

Contagiado por la tranquilizadora visión, desmontó atraído por el reclamo de las vihuelas y folías de un mesón empotrado entre dos míseras casas del arrabal de Viladaus, en el que menudeaban los proxenetas y las rameras sudanesas, morenas como el ébano, y las eslavas tudescas de ojos garzos, acicaladas con almizcles y afeites orientales. El veguer real las había reunido en aquel lugar, despejando la concurrida calle de Claramunt, y dejando la Volta de la Torre, en la Rambla, para las meretrices de más baja estofa. Descubrió de nuevo tras de él al chiquillo que lo había estado espiando antes. En sus ojos adivinó una mirada de necesidad, y cuando se disponía a entrar en el fonducho, el galopín lo avisó:

—*Senyer*, si buscáis buena comida y lecho limpio, unas manzanas más arriba encontraréis la posada de Las Dos Doncellas. Allí no os atormentarán ni los piojos, ni las chinches, y las putas son limpias y gustosas. Os lo aseguro.

Galaz le sonrió y decidió seguir su consejo. Posiblemente a sus tiernos años supiera más de la vida que muchos mozalbetes talludos, y sus únicas enfermedades eran el miedo y el hambre. Le guiñó un ojo y le arrojó una moneda de cobre que el mocoso atrapó al vuelo en una ágil cabriola. Su sonrisa agradecida iluminó la noche, antes de que desapareciera como una rata de alcantarilla, engullido por la oscuridad. Diego, tonificado con buenos aires se preguntó si su abnegación obtendría algún premio y si allí concluiría su búsqueda. ¿Hallaría en la trepidante tolvanera de sus callejas a Jacint Blanxart y al inasible Zakay ben Elasar? Al menos deseaba que una verdad, aunque fuera leve, lo reconciliara con su pasado.

«¿Se esfumarán las pistas que me dio Josef? ¿Se cierne sobre los Elasar algún peligro? —caviló—. ¿Qué sentido tendrá entonces mi sacrificio si no logro borrar el estigma de mi nacimiento?»

La campana del veguer resonó en la ciudad y las puertas se cerraron entre un rumor de postigos atrancándose. Una luna amarillenta emergió de la apacibilidad del mar, colmándolo de sendas luminosas que transformaban la noche en una alborada precoz.

A Diego ya nada lo perturbaba.

El honorable Jacint Blanxart

La frescura de la mañana deshizo el limo de la noche, asistida por la brisa del mar. ¿Cuánto hacía que no había dormido tan intensamente? Diego bostezó, mientras el chillido de las gaviotas lo sacaban de su placentera laxitud.

El aroma a pan recién salido del horno lo animó a solazarse con un bienhechor almuerzo. Sin embargo, cuando iba a sentarse en un banco del mesón lo detuvo la curiosidad. El pilluelo que conoció el día anterior, sentado sobre una piedra frente a la posada, lo observaba mientras mordisqueaba un mendrugo de pan negro dejando entrever sus enrojecidas encías y abrigado en una jerapellina burdamente remendada. Lo contempló titubeante, hasta que la sensación se transformó en despreocupación. Pero al acomodarse, oyó su voz entre los murmullos matinales:

—*Senyer*, ¿os preparo la mula mientras almorzáis?

Diego miró sus ojos cándidos, que disiparon su rechazo inicial. No creía que albergara perversas intenciones, sino que era la forma de menguar su necesidad.

—¿Cómo te llamas rapaz?

—Romeu, *monseigneur* —respondió en un alarde cosmopolita.

—Ven, acércate sin miedo —lo invitó el algebrista.

Con una brusca sacudida de su cuerpecillo raquítico se situó de un salto a su lado; Diego vio que sus pústulas apestaban y que la mugre cubría todo lo que su desgastada saya dejaba entrever. Pero fue el miedo, fijo en sus cándidas pupilas, lo que lo impresionó. Para asegurar su aprobación, echó mano de un subterfugio que no rechazaría:

—Haremos un trato, Romeu. He de permanecer en Barcelona varios días. Tú me servirás de guía y me harás algunos encargos que yo te compensaré, pero a cambio tomarás un baño —lo tranquilizó.

Al chiquillo se le abrieron unas pupilas grises inconmensurables. Acostumbrado a recibir patadas de la chiquillería, salivazos de los criados de los *doncells* y empellones de los legos de los conventos y de los marineros, aquel remanso de comprensión lo sumía en el arrobo. De modo que tras reparar en las fuentes de pan y en la *candelada*, tocino asado que servía una moza, respondió con respeto:

—Romeu Bassa está conforme con el trato.

Mientras daba cuenta de un tazón de leche y una rebanada de pan con torreznos, Diego prestó oídos a la historia de sus cortos años contada con su media lengua, a la vez tierna y risible. Aseguraba ser huérfano de padre, muerto hacía dos años en las luchas entre las irreconciliables banderías que se disputaban el control de la ciudad. Lo habían ahorcado en las almenas de Santa Madrona por defender la causa *buscaire*, la popular, tras la amañada elección de los cónsules del *Consell de Cent* de Barcelona en una borrascosa sesión que avergonzó a la ciudad. Jurados los cargos, los patricios barceloneses, el estamento parlamentario de la *Mano Mayor*, despreciaron públicamente a unos jurisconsultos de la *Mano Media*, la de los mercaderes y maestros gremiales, e insultaron a menestrales de la *Mano Menor*, el tercer estado. Los honrados *consellers* sacaron a sus matones armados a la calle, y pronto la sangre de unos y otros corrió por el burgo marinero, hasta que el rey Pedro, para zanjar el asunto y evitar más crueldades, colgó a media docena de populares elegidos al azar, entre ellos su padre, Miquel Bassa, sencillo *macips* o cargador del puerto.

—A mi padre no le gustaban los señores —reconoció—. Son crueles y ruines.

Ahora se ganaba el sustento con su madre acarreando leña y

carbón en sus famélicas espaldas, desde Creu Coberta y las *hortes* de Sant Bertran hasta las casas de los burgueses; o sirviendo de recadero a los carniceros del mercado. De golpe, la adversidad lo había convertido en un adulto, y debía aguzar el ingenio para sobrevivir en aquella babilonia de lucro e impiedad. Una marmitona de la fonda se ofreció a asearlo en una tina del corral y le procuró un jubón zurcido y unas abarcas de esparto que habían pertenecido al hijo de un arriero muerto de consunción, a cambio de un sonoro florín.

—¡*Verge* María! —exclamó al ver el muchacho sus nuevas galanuras.

—Luego se las mostrarás a tu madre. Ahora me conducirás a la morada de Jacint Blanxart, el armador —le pidió Diego acariciando sus recortados cabellos rojizos.

—¿*A lo senyer* Jacint Blanxart, *el Cargol*? —preguntó ingenuamente—. Mi padre me decía que disfruta siendo un avaro, y que paga mal los remiendos de sus barcos a los calafates y carpinteros, pero que es menos desalmado que otros.

—¿*El Cargol* es un apodo? —se interesó Diego—. ¿Por qué lo llamas así?

—Cuando lo tengáis ante vuestros ojos lo comprenderéis por vos mismo.

Deambularon entre el hervidero urbano que hedía con las heces y las basuras acumuladas en las esquinas del barrio de la Ribera. Algunas calles se hallaban alfombradas con juncos y tablones, y ciertos viandantes de sospechosa catadura expresaban un malsano interés a su paso, por lo que el físico apretó su faltriquera y dejó ver el pomo de su afilada ferralla.

—*A dret*, señor. Blanxart posee casa y cuadra en la calle Montcada. —Y ante su asombro, el imprevisible rapaz se invistió de pregonero personal—: ¡Paso al *mot honorable*, *el mot principal*, el licenciado de Zaragoza, *mestre* Diego Galaz!

—Calla zagal, debemos comportarnos discretamente —le regañó sonriente.

Se detuvieron ante una sombría mansión y golpearon con el

llamador repetidamente. Diego se había engalanado con un jubón verde, calzas de camelín y su gorra de Ypres con pluma rosada. Mientras aguardaban, unos perros ladraron. Luego se oyó al otro lado de la puerta un vozarrón intimidatorio y se hizo el silencio en la casona:

—¡Quietos, *gossos bastards*! —se escuchó gritar—. Voy, paciencia, voy.

Arrastrando los pies, un anciano de presencia patibularia abrió el portón; ante su pretensión de ser recibidos por *micer* Blanxart, resopló por las aletas de su nariz picada de viruelas y dijo hoscamente que su señor podría hallarse en cualquier paraje del Mare Nostrum, pero no holgazaneando en casa. Descaradamente ironizó con una risita sigilosa:

—Quizás mi *senyer* Jacint se halle en la ínsula Córsica trajinando con los infieles de Yerba, o bien en Lampedusa haciendo el corso, o en el puerto de Argostilión cargando esclavos o pimienta, o tal vez asaltando una galera de la Señoría de Génova. ¡Qué sé yo, *senyer*! El caso es que aquí no se halla y no volverá hasta Pentecostés. Id con Dios. No puedo deciros más.

Sin conceder tiempo a que Diego le formulara una sola cuestión, el mayordomo les dio con la puerta en las narices, mientras lanzaba una sarta de improperios de ininteligible comprensión, aunque de grosera insolencia. Romeu le sugirió a Diego que encaminaran sus pasos hacia la Lonja del Mar, donde se daba cita el común de los armadores y mercaderes del reino. Allí se localizaban las singladuras de las naves aragonesas y Diego, recordando la recomendación de Josef, no lo dudó.

—No aletea un sólo pez en el Mediterráneo que no se sepa en la Lonja, *senyer*. Yo os llevaré hasta allí —manifestó el pilluelo pleno de euforia.

La Lonja y el Consolat de Mar, enclaves de la vasta pericia aragonesa en las rutas marítimas del Mediterráneo, se erguían con simétrica esbeltez frente al océano. Ni Sevilla, Génova, Nápoles o Palermo se le asemejaban en actividad. En sus naves, decenas de menestrales y comerciantes tasaban el valor del oro, fijaban a gritos los precios de los esclavos etíopes, de las especias y las sedas de la India y Catay y de las ricas mercaderías llegadas del mundo entero, que atestaban las cercanas atarazanas. Afanosos iluminadores de mapas delineaban cartas y portulanos con tintas multicolores de cinabrio, tierra de Siena y azul cobalto, mientras corros de oficiales del rey proyectaban en el cartulario colgado de los muros las rutas y expediciones a Oriente y diseñaban la política mediterránea, en abierta desavenencia con la República genovesa.

Diego conoció de golpe el inmenso poder de la talasocracia catalana, pero por vez primera experimentaba el proceder de aquellos hombres tan libres de la sujección al terruño y la renta, pecado muy común entre los señores de Castilla y de Aragón. Un acalorado *conseller* trataba de convencer a unos armadores para abrir nuevos mercados en Tremecén, mientras un capitán de las flotillas ítalas negociaba en nombre del rey Pedro las dotaciones de los marineros, esgrimiendo cédulas reales. Los afanosos *barcelonins* maravillaron al algebrista, quien aprovechando un receso en las discusiones le preguntó a uno de los amanuenses si se hallaba entre ellos *el honorable* Jacint Blanxart.

—*Micer* Blanxart navega en estos momentos por los estrechos de Sicilia y el Ponto. Desconocemos si realizará la invernada en Pantelaria o Atenas, o cuando retornará con la *La Violant* a Barcelona —aseguró receloso—. Aunque yo apostaría por lo primero, amigo. Tras la Pascua Florida lo hallaréis aquí a ciencia cierta.

—¿El próximo año, decís? —preguntó terriblemente decepcionado.

—Así es, caballero —dijo, y desapareció.

—¿Otra dilación más? ¡Por las espinas de la Pasión, no puede ser! —musitó Diego, suspendido entre la decepción y el pesar. Habré de regresar sin haber resuelto ni una sola de las incógnitas que me llevaron lejos de los claustros.

Indecibles recelos lo asaltaron, y más conociendo por Josef la voluble fama del mercader catalán. Abandonó el puerto desalentado y regresó a Las Dos Doncellas para mitigar su desengaño en la soledad. De no poder entrevistarse en breve con Blanxart, se vería obligado a regresar a Zaragoza, como había prometido a Isabella, o a la abadía de San Juan antes de la llegada de los fríos, con una nueva frustración a cuestas y el enigma intrincado de su cuna sin dilucidar.

«Soy el vivo ejemplo de la incidencia del fatal destino del hombre. He de improvisar un nuevo plan y concederme unos días para meditarlo», caviló enojado.

Romeu, preocupado por la inquietud de su nuevo patrón y auxiliado por la notable capacidad para escurrirse en lugares inverosímiles y captar conversaciones entre los navieros por baladíes que fueran, hacía guardia en los embarcaderos, visitaba el amarradero de las Tasques, donde recalaban los corsarios y marinos fuera de la ley, y oteaba el horizonte por si avistaba entre los morros de la dársena las panzudas velas de *La Violant* y veía aparecer en la quilla la geta de *mestre* Blanxart.

—Los patrones de las galeras son imprevisibles. No desesperéis *senyer.* Mientras el puerto esté abierto y los mares se puedan navegar puede ocurrir cualquier cosa.

Diego conoció a la madre de Romeu, una mujer de vestidos raídos y envejecida prematuramente, a la que auxilió con algunos maravedíes. Ocioso, acompañaba al rapaz ojeando los costillares y proas de los barcos que arribaban al puerto y se familiarizó enseguida con el olor de la brea y el sebo de los fanales. Instruido por Romeu conoció la diferencia entre un cómitre y un piloto, un calafate de un galeote y un veedor de un remero, el gabón del pañol y la santabárbara de la aguada. Pronto se habituó a la compañía de aquel chiquillo perspicaz que corría por la tajamar como un gamo, husmeando cualquier noticia.

Asaban en el atracadero tocino y sardinas espetadas en juncos, y compartían junto a los pescadores el yantar y la cena, cuando no frecuentaban la taberna de El Patum, anunciada con un dragón de bronce. Una tarde, la mar empujó un delfín muerto, rígido como la mojama, quillas oxidadas, vidrios y cordajes carcomidos, a los que Romeu acopló enseguida una homérica historia, imaginándolos trasuntos de náufragos perdidos en las laderas del

Etna o en las cuevas de Qábes, o trastos abandonados por los piratas berberiscos que empalaban cristianos en sus guaridas de Chergui y Túnez.

Corría el tibio octubre. Un día el firmamento perdió su claridad, y antes del atardecer, una sucia negrura se adueñó del aire y trajo un oleaje intimidatorio. Una tormenta, con su caos de truenos y relámpagos, se desplomó sobre la ciudad cubriéndola con un apretado manto de agua. Diego y Romeu corrieron a guarecerse en El Patum y el algebrista, mirando absorto tras sus ventanucos, entendió aquel fenómeno de la naturaleza como un sombrío presagio: «Este tiempo infernal pondrá fin a la navegación. No hay nada que hacer». Concluido el revuelo celeste se auparon en la mula, y esquivando arroyuelos de agua cenagosa abandonaron empapados el puerto, camino de la posada.

—Romeu, la suerte nos es esquiva y pronto romperemos nuestra sociedad, pues estoy decidido a regresar a mi terruño de Aragón.

—Y yo que le daba por inasequible al cansancio, *senyer*. No me desconsoléis. El Cargol puede aparecer en cualquier momento. Aquí todos mienten.

—Entérate rapaz, los mortales hemos nacido sólo para el infortunio —dijo abatido.

Un plomizo creciente lunar surgió de la bóveda celeste por encima de las torres de la ciudad: «¿Qué diferencia existe entre las estrellas y los mortales? Ambos vivimos en una decadencia inútil a merced de la Providencia y del sino. He malgastado mi tiempo y mis fuerzas para nada, embarcado en una empresa inútil y soberbia. Me abandonaré a las caricias de Isabella y lo olvidaré todo», —reflexionó Diego, en quien la irritación atrajo un húmedo barniz a sus pupilas.

Al rayar el alba del día siguiente, Diego, insomne por la espera y con la mente extenuada por la sucesión de desilusiones, tomó una decisión radical. Aguardaría tres días más, y si no tenía noticias de

Jacint Blanxart, desandaría el camino. Había confiado mucho en un final rápido de su búsqueda, pero el azar estaba regido por la decepción. Así que irreparablemente aburrido, contemplaba el orto del sol brotando como una joya de luz en la lisura del mar, cuando vio a Romeu correteando entre los arcos del Portal de las Drassanes. Lo creía en su cobijo del arrabal de Les Puelles y se extrañó. Al llegar a la posada soltó un regüeldo, y sin aliento le susurró:

—*Micer* Diego, *La Violant* se halla fondeada a medio día de camino de las *drassanes*, en una cala desierta cerca de Sant Boi. Se lo he escuchado cuchichear a un pescador en la taberna. Si la galera ha arribado, en ella debe estar el Cargol. Suelen actuar así para burlar a los agentes reales de la Aduana cuando la carga es ilícita, o para evitar los arenales que barren el puerto. Ese Blanxart es muy astuto.

Cuando se hallaba al borde del derrumbe, aquellas eran noticias celestiales.

—No puede ser, Romeu —se extrañó—. Leí y releí ayer tarde las tablillas de atraques y levas de puerto. La galera de Blanxart no se encontraba entre ellas.

—Seguidme *monseigneur*, yo os mostraré el camino. Nada perdéis.

Como dos vagabundos se escabulleron hasta la ribera solitaria donde tomaron prestado un leño. Bordearon los astilleros y atarazanas, desiertos a aquella hora de carpinteros de ribera, calafates y doladores, aunque aún se podían ver los vigías y sus perfiles movedizos alrededor de los fuegos. Barcos varados y cocas de guerra pudriéndose, cubiertas de hollín, algas y lapas resecas, y otros en construcción, cubrían la costa por donde navegaban con sus fantasmales esqueletos de madera. Sucedió que tras más de dos horas de boga, al amparo de una playa de pescadores, despoblada de bastimentos, tabernas o garitas, se tropezaron con la masa sombría de una nao mecida por el *migjorn*, el apacible céfiro del sur.

Con el palo mayor, las antenas y el trinquete lamidos por los rayos del sol naciente, se acercó fantasmagórica a no más de cien anas, como una ballena que se dispusiera a morir en la orilla, varando al poco en la solitaria rada. Un estandarte con las insignias catalanas flameaba en el astial del estanterol, mientras un pendón con una rueda de ocho radios sobre campo bermellón, lo hacía en la cofia. Próximo al espolón de la quilla, que representaba a una dama de amplios pechos de vivos colores, podía leerse: «*La Violant*».

—¡Por la verga de Satanás si entiendo algo! —se pronunció Galaz atónito.

Aprovechando la bajamar, los remiches adrizaron los cincuenta remos, luego los acorullaron y soltaron anclas. Diego y Romeu, en cuclillas tras la barquilla, contemplaban intrigados la maniobra y más cuando se descolgaron seis falúas de la galera, como si de su panzudo costado escaparan sus crías ávidas de libertad. A golpe de remo se aproximaron a la costa, deslizándose sobre las aguas como tritones. Sólo se escuchaban los golpes del oleaje y los remos tajando la mar, mientras amorfas siluetas, recortadas por las linternas se perfilaban cada vez más nítidamente. Fondearon en medio de un silencio monacal, mientras el que parecía ser el capataz impartía órdenes. De las chalupas descargaron unos extraños fardos que hicieron aguzar la vista a los dos observadores, los cuales se miraron estupefactos sin creer lo que veían sus ojos.

—Son cadáveres amortajados, *¡Deu meu!* —musitó Romeu.

Cubiertos con sábanas de lino, al menos una veintena de cuerpos ocultos con sudarios, eran acarreados por los marineros que habían saltado de la embarcación. —«¿Serán figuraciones mías?», se preguntaba Diego, aturdido. En silencio los encerraron en un cobertizo que al poco se llenó de voces, lo que añadió a la operación un misterio que paralizó a Galaz.

¿Acaso el naviero Blanxart, en otro tiempo honorable miembro del Consell de Barcelona, se había deshecho de la mitad de la tripulación y ocultaba su maldad en aquel escondido antro? ¿Por qué no los había arrojado al océano? ¿Se trataba de una epidemia en alta mar que deseaba ocultar? ¿Eran apestados? ¿Qué clase de individuo podía llegar a ser Jacint Blanxart? ¿Un cruel simulador, un facineroso corsario, un bellaco contrabandista, o por el contrario un armador compasivo con sus muertos?

Diego no escapaba de su asombro, e incluso llegó a temer por su seguridad y la del asustado Romeu, que además de cansado por la boga, temblaba acurrucado a su lado y con sus escasos dientes castañeteándole de supersticiosa aprensión.

—Son muertos, *micer* Diego —susurró pávido—. ¡Que sant Jaume nos proteja!

La mañana discurría lentísima y no sabían qué hacer ocultos entre los arenales, como si hubieran profanado el inconfesable ceremonial de una secta. Tirando de Romeu, Diego se acercó unos pasos hasta el depósito. En una esquina del destartalado bastimento un maderamen sujeto por hierros torcidos declaraba en descolorida caligrafía el lugar donde habían penetrado con la misteriosa carga: «*La Roda. ⊕. Propietat de Jacint Blanxart d'Anglesola*».

—Así se llama la compañía del Cargol —le musitó el chico.

—¿Consignataria marítima o cáfila de malhechores?

—Espanto infernal, *senyer*. Vayámonos —dijo Bassa enquistado en su miedo.

La salada brisa inundó el fondeadero, en tanto el viento atraía las indolentes voces de la lejana ciudad, la algarabía de las gaviotas, los mandos de los sotacómitres sobre las crujías de los barcos y los toques de las campanas anunciando la salve matutina.

—Qué extraño es esto —murmuró el aragonés—. ¿Cómo enlazar esos muertos con la identidad del naviero Blanxart?

Diego deseaba aclararlo. Meditó, y al fin, resolvió abordar el depósito de mercancías mientras la marea retiraba sus aguas en un susurro imperceptible. Sabía que se abocaba al riesgo de un encuentro impredecible, pero se sentía firme para enfrentarse a cualquier vicisitud. No se consideraba un héroe, pero necesitaba hablar con aquel hombre sobre Zakay ben Elasar, antes de que se escabullera y partiera a otros puertos. Dentro, la quietud reinaba sobre un sospechoso silencio.

—Si nos descubren nos cortarán el pescuezo, *senyer* —temió el muchacho.

—Mi extravío y mi angustia me lo exigen Romeu. Ten fe.

Aunque Romeu le suplicó que se escabulleran antes de que acudieran más estibadores, no logró persuadirlo. Diego le hizo una señal de despedida con la cabeza, palpó la vaina y pidió al muchacho que lo aguardara en la barca y avisara al veguer de la guardia si al mediodía no había salido de allí. Le parecía haber perdido el juicio, pero anhelaba destapar el secreto que silenciaba el recinto. La curiosidad le agitó las entrañas, como si cien escorpiones lo azuzaran.

Tras un instante de vacilación, irrumpió en el siniestro espacio.

La Roda

Diego Galaz se detuvo bajo la cumbrera y alzó los ojos hacia la rueda que colgaba de un clavo mohoso. Permaneció contemplándola unos instantes y cruzó decidido el portón.

Aguzando los sentidos observó la visión que se le mostraba ante su mirada. El depósito, repleto de fardos, barricas, jaulas y estantes, se le ofrecía como una colmena de laboriosidad donde la marinería faenaba con las sacas, apilaba embalajes y pesaba los costales y atadijos en las romanas. Una claridad traslúcida se filtraba por los tragaluces inundando los rincones más recónditos y creando caprichosos haces de luz, que, como estiletes de cristal, desintegraban las partículas del polvo en suspensión.

Con indiscreta curiosidad ojeó la hilera de cuerpos envueltos en mortajas blancas, extrañándole su inconcebible tiesura, como si hubieran sido rescatados apresuradamente de una hoguera, o embadurnados de pez o resina. El corazón se le encogió al verlos alineados en el suelo junto a un brasero que crepitaba emitiendo un vaho a haya quemada, que se mezclaba con un dulzón tufo a especias y rancias excreciones de gato, pues una legión de peludos felinos deambulaba entre los bultos, ahuyentando las ratas. Cautivado por la atmósfera, se fijó en el fondo del depósito, donde en un *ecrit,* el escritorio que usaban los burgueses, y en el que el asiento, mesa y estantería constituían una misma pieza, un hombre de ademanes distinguidos anotaba datos y amontonaba pliegos, al tiempo que movía nerviosamente una pluma que insertaba en un ebúrneo tintero. Nadie había reparado en el recién llegado, hasta que un cargador de ojos pitarrosos lo sacó de su arrobamiento:

—¿Buscáis a alguien *senyer*? —y le exhaló su fétido aliento.

—A *l'honorable* Jacint Blanxart —trastabilló con una voz impropia.

—Allí lo tenéis, en el *escriptori*. Pasad.

En aquel momento las miradas se clavaron en él como si hubiera profanado un ritual íntimo. Los marineros que habían desembarcado al amanecer dejaron sus ocupaciones momentáneamente y siguieron con indiscreción sus pasos, chismorreando entre ellos. Diego, inmovilizado por la tirantez del momento, comprendió que aquel lugar no era precisamente una cueva de ladrones o un antro de asesinos, de modo que sus temores comenzaron a desbaratarse como un castillo de naipes, y se sosegó.

Tal vez la tensión de la espera, la dura boga, la sugestión y su imaginación, lo habían conducido a un error imperdonable. Allí no se palpaba ambiente alguno de encubrimiento, sino de afán, orden y trabajo. Pero entonces, ¿qué representaban aquellos amortajados tan rígidos como virotes? El personaje del escritorio, encorvado sobre la mesa, alzó sus ojos con extrañeza. Echó un vistazo apreciativo y le hizo una enérgica señal con la mano. Diego se acercó vacilante. Las manos le sudaban y la respiración se le aceleró.

Jacint Blanxart frisaba los cuarenta años y parecía un individuo templado, aunque su gesto era tan inexpresivo como una máscara de comediante. Vestía con terciopelo de Gante, del color del vino de Burdeos, cuyos pliegues afelpados le caían elegantemente sobre las hebilladas botas. Usaba limosnera de Brujas, que sobresalía de una rica garnacha milanesa, lo que denotaba gusto por el lujo y la vida regalada. En su mano lucía un sellador blasonado con una rueda esmaltada y de su cuello colgaba una leontina de oro, distintivos ambos de innegable prosperidad. Esgrimía una sonrisa formal, y no evidenció gran interés por mostrarse afable.

Al aproximarse a la escribanía, Diego resolvió por qué lo apodaban el *Cargol*, y esbozó una imperceptible sonrisa. Del rico ropaje sobresalía un cuello interminable, sostén de una cabeza desproporcionadamente pequeña respecto a su corpulencia. Unos exiguos cabellos rojizos, como cuernecillos de cobre, un rostro barbilampiño, arrugado y hundido, donde sobresalían unos dientes insignificantes y dos pupilas que sugerían talento, lo asemejaban al torpe y lento animalejo de los herbajes, el caracol. Pronto la evidencia penetró en su cabeza. Aquel hombre de refinado porte no justificaba su desconfianza.

—¿Quién sois? —le preguntó el catalán con frialdad.

—Mi nombre es Diego Galaz, licenciado por Perpiñán, e hijo de Conrado Galaz, adalid de rey de Aragón —descubrió su identidad con cautela.

—El rol de mis barcos no se completa con maestros, amigo.

—No me trae el empeño de ser contratado. He andado muchas leguas para interesarme por un hombre, que creo que es socio y amigo vuestro, señor.

Blanxart, en una actitud patricia, abandonó el recuento de sus notas y las guardó como si ocultara textos prohibidos y heréticos. Lo estudió detenidamente de arriba abajo, mientras uno de sus estibadores le susurraba algo al oído; después asintió y le preguntó curioso:

—¿Sois vos quien ha preguntado a diario en el Consolat por mi arribada?

—En efecto —corroboró Diego.

—¿Y qué mortal merece esas insistentes pesquisas, si puede saberse?

—Zakay ben Elasar —se expresó con su natural franqueza.

El mercader entrelazó sus dedos y se agitó impaciente en el asiento. Aquel desconocido lo había alarmado, pero fingió aplomo. Después, cuando abrió la boca, su voz delató zozobra e incredulidad. No se fiaba del desconocido.

—Y suponiendo que me halle vinculado a esa persona, ¿qué os hace pensar que estoy al tanto de su paradero o que os lo voy a revelar?

—Sus allegados de Besalú así me lo han asegurado —lo desafió—. Vengo de allí.

—Suelo ser reservado con quienes hago negocios —se escabulló Blanxart, grave.

Galaz, por toda réplica, se adelantó, con determinación colocó el sello del Nejustán sobre la lustrosa tapa del escritorio, y luego dio un paso hacia atrás. Blanxart, la tanteó detenidamente, y sin mover un músculo de su apergaminada cara se lo devolvió, más desconfiado aún. El anillo no había mellado su imperturbabilidad.

—Disculpadme, pero si no sois más explícito, no entiendo la relación de ese judío con vos. Ese anillo puede haber sido robado, comprado a un empeñador o extraviado por su dueño.

—¿Identificáis ese emblema con don Zakay, caballero?

—Tal vez —respondió Blanxart—. Me he relacionado a lo largo de mi vida con judíos, musulmanes y paganos. Pero esa imagen me es conocida, sí.

Diego se sentía como un zorro merodeando entre gallinas, pues todo en aquel comerciante traslucía desconfianza. No obstante parecía conocer, y ya lo consideraba importante, al escurridizo hebreo Zakay ben Elasar, y sólo aguardaba algo que lo animara a hablar. Diego acudió a un recurso, que presumía sagrado para todo catalán, confiado de que ejercería la presión oportuna en el naviero. Diego hurgó en la faltriquera y extrajo una carta. Carraspeó, se alisó el jubón y manifestó con gesto duro y resuelto:

—Esta carta del abad de San Juan de la Peña aclara mi identidad, los servicios de mi padre al conde Federico en Atenas y al gran senescal Mateu de Montcada, y mis empeños. Leedla, os lo ruego.

Aunque el pergamino estaba redactado en latín, el mercader lo leyó como si lo hiciera en su lengua vernácula. Diego sabía que sus líneas esclarecían determinados extremos de su investigación y sus conocimientos, entre ellos su conocimiento del álgebra, del poder curativo de las plantas y la elaboración de electuarios medicinales. Por su gesto, conjeturó que el escrito y los lemas burilados en el sello, habían hecho mella en Blanxart.

—He de confiaros que cuanto se desprende de este documento me conmueve y os honra —dijo cambiando el gesto—. Tenéis ante vos a un fiel protector de la abadía de los monjes blancos de Vimbodí, recientemente instaurado panteón de los reyes de Aragón. El abad de San Juan y el de Poblet compartieron asiento conmigo en el *Parlament* del reino. Desde entonces, para alivio de mi alma pecadora, contribuyo con mis limosnas a las obras que ha emprendido en sus claustros mi amigo el *mestre* Aloy, un cantero de excepcional talento. Pero, sentaos. Felip, un escabel. *¡Redeu!*

La curiosidad, primera y última pasión de todo hombre, había despejado momentáneamente los recelos del mercader catalán, como lo probaba la pregunta que le formuló, entornando sus párpados.

—No me habéis aclarado aún la causa de vuestra búsqueda.

—*Micer* Blanxart, os seré franco. Mi pasado es un libro imperfecto donde faltan fragmentos de mi infancia. Abandonado por mi padre, capitán del rey, sin saber aún la razón, don Zakay, contra toda lógica, se convirtió en el valedor de mi niñez y el sustento material de mi infancia. Sin su favor y sus dineros, no hubiera cursado estudios en universidades tan prestigiosas. Y yo os pregunto: ¿no os extraña semejante conducta en el proceder de un judío? Ese inconcebible amparo hacia un niño cristiano oculta un secreto que desentrañaré aunque haya de atravesar mares, el lago Averno o llegar a las fronteras de Tamerlán. Él y sólo él, el que me amparó desde mi nacimiento, está en condiciones de reparar la inconclusa memoria de mi vida. Por eso lo busco, *senyer*.

El naviero se sumió en una profunda cavilación, presa del asombro.

—Ciertamente que no lo entiendo. *¡Redeu!* Y más conociéndolo —se confesó desconcertado—. ¿Sabéis qué es peor que un judío chiflado?

—No sabría deciros, *senyer* —replicó Diego sin saber dónde quería llegar.

—Pues un judío con el sueño del Mesías empotrado en su cerebro —ironizó en tono misterioso—. Bueno, vuestro empeño no merece la callada por respuesta. Efectivamente he de participaros que hasta ha poco, ese terco y místico judío, magnánimo amigo y sagaz tratante, fue mi asociado en negocios que llenaron nuestras bolsas. Gran amigo, pero un loco del diablo, creedme.

—Parece como si vuestros labios resucitaran un pasado que añoráis.

—Sucesos recientes, no creáis. Os he dicho que es un amigo, pero no que confíe en él —reconoció Blanxart—. Hace poco más de un año Zakay ben Elasar se esfumó sin concederme tan siquiera la bondad de una razón, aunque os aseguro que no le guardo resentimiento. Lamenté su marcha tanto como si la parca me hubiera arrebatado a un hermano. Pero debí presagiarlo. Andaba dedicado a disparatadas teologías, con el seso sorbido por esos judíos enajenados de Alejandría que pregonan la inminente Parusía del Mesías hebreo. Cuando partió con su hijo Yehudá, so pretexto de controlar la caravana de Alepo, supe que no volvería a verlo por algún tiempo, como así ha sido. ¿En qué vericuetos se habrán metido ese par de chalados?

—¿Y no lo buscasteis, si tan imprescindible os era, *senyer* Blanxart?

—Cómo no iba a hacerlo —se exculpó irascible—. No hubo caravana en la que no rebuscaran mis agentes. Indagaron entre los beduinos que viajan a Yawa y Battala, en la India, interrogaron a los especieros selyúcidas que cubren las rutas de Siraf y Samarra, e incluso a los mercaderes que se adentran en los peligrosos estrechos de Ormuz y Mascate a comerciar con la pimienta; y también realicé pesquisas en los consulados venecianos de Chipre, Ascalón, Acre y Jerusalén, sin éxito alguno.

—Parece entonces como si la tierra se los hubiera tragado.

—Deben permanecer apartados en alguna sinagoga de Palestina esperando la llegada del Mesías, supongo —sentenció el catalán.

—¿Abandonando sus negocios? ¿No os parece impropio de

un judío? —preguntó Diego. Recordó el *Zonara* de Josef y comenzó a atar cabos sueltos.

—Así lo he creído yo hasta ahora —reconoció Blanxart—. Aunque su mayordomo, un griego desnaturalizado, los cuida en su nombre en Alejandría. ¡Que el maligno le queme las entrañas, *redeu*!

Se produjo un prolongado silencio, durante el que Diego ojeó los cadáveres amortajados, cuya presencia seguía inquietándolo. Advertido el catalán, éste los señaló con su dedo. Con un halo de misterio que lo sobrecogió, le reveló:

—Ese filón que veis ahí lo ideó Zakay. Es un magistral estratega para los negocios y las finanzas. Él consiguió antes que nadie el privilegio de los sultanes mamelucos para exportarlos a Europa, lo que reportó a La Roda ganancias sin cuento —y señaló el rosario de acartonados cadáveres tendidos en el suelo.

La estupefacción creció como la espuma en el cerebro de Diego Galaz.

—¿Ganancias decís? —preguntó sin comprender, más asustado aún.

Diego volvió la cabeza con rostro dubitativo. ¿Resultaba ahora que Zakay era el causante de la aparición de aquellos cadáveres en Barcelona? ¿Qué provechoso negocio podía suponer aquella tétrica hilera? —se repetía incrédulo—. Las perplejidades se despeñaban unas a otras por su mente y su semblante era un espejo de confusión. Blanxart sonrió de forma inquietante, incorporó su fornida humanidad del *ecrit* y lo invitó a seguirlo.

—Felip, tráenos una copa de vino, y tenme al tanto de la marea.

Un gato de pelaje blanco se relamía entre los calcinados restos humanos, pero un certero puntapié de Blanxart lo espantó.

—Me habéis asegurado que sois herbolario, ¿no es así? —lo desorientó más aún—. ¿Y no os habéis relacionado con un revolucionario remedio medicinal contra la peste negra que invade las farmacopeas de Oriente y de la cristiandad entera?

La luz de la mañana incidió en sus pupilas paralizadas, volviéndolas amarillas.

—¿A qué os referís? Me siento confundido —respondió desconcertado.

—Acercaos, *mestre* Galaz —soslayó despreocupadamente.

El mercader y Diego, con creciente curiosidad, se aproximaron al rincón donde los cargadores habían depositado las mortajas en simétrica formación.

—Ahí las tenéis. ¡Momias egipcias! —dijo a su estupefacto interlocutor, que difícilmente podía dominar su desconcierto.

«¡Vaya ridículo! Cuerpos momificados de los faraones del antiguo Egipto», se dijo Diego.

Inmediatamente Blanxart, como si le narrara un relato de abuelos en las noches invernales, abrió sus cuidadas manos y le apuntó con gesto amistoso:

—Os diré que a principios de este siglo, los infieles soldanes relegaron al más infamante de los olvidos la joya de la antigüedad, Alejandría. Prefirieron El Cairo y los canales del Nilo a la capital de los Ptolomeos. Ante tal abandono, mercaderes venecianos, judíos y catalanes nos instalamos en la ciudad arruinada, restaurando su esplendor hasta transformarla al poco en un centro comercial de primera magnitud. En ese momento, un médico judío de ascendencia toledana, Josua Pintadura, fabricó a partir del polvo de las momias faraónicas distintos productos de cosmética femenina, emplastos y aceites, destinados a los harenes de Arabia, Bizancio y Persia y de las favoritas de los sultanes mamelucos. Pero, con el tiempo, las damas de Europa también se dejaron seducir por las sutiles costumbres orientales y llenaron sus arcones de sedas de Cipango, espejos damascenos, brocados de Samarcanda, muselinas de Basora y untos para sus tocadores, extraídos de estas trancas y huesos embalsamados del Egipto faraónico.

—¡No puedo creerlo! —exclamó Galaz, boquiabierto—. Si os dijera que he imaginado horrendas suposiciones, os reiríais de mí. Sin embargo, me asalta una duda: ¿su virtud curativa está probada?

—Únicamente puedo deciros que nos lo quitan de las manos, *micer* Diego —palmeó la espalda del joven—. Tuvo que aparecer la malhadada peste atizada por Satanás y los malditos genoveses,* claro está, para que un erudito de la *Universitas* de Montpellier, Hieronimus de Tilbury, descubriera en el bálsamo de las momias egipcias una panacea medicinal contra la pestilencia, la «droga de momia o mumia» se llama. Resulta insuperable para restañar heridas, restablecer la circulación de la sangre y sobre todo para expeler del cuerpo cuanto de nocivo se adhiera en él, como el temible vómito negro. Y, al parecer, posee milagrosos efectos. Mis marinos y yo la consumimos cuando recalamos en puerto, y desde que apareció el morbo ninguno de mis hombres ha sido contagiado.

A Diego ya nada podía apartarle de aquel asunto y asintió maravillado.

—Sorprendente, en verdad. Os aseguro que no lo sabía.

—Pues fue Zakay ben Elasar, con su inigualable olfato para los negocios, quien reconoció en la erudita opinión de Tilbury una ocasión única para abordar una operación muy rentable, adelantándonos a los venecianos. Baste deciros que por un cantero de pimienta obteníamos unas treinta doblas, mientras que por el extracto de un solo cadáver de éstos, superamos el centenar. La Roda ha subido como la espuma en sus rentas, aunque muy pronto Venecia y Génova nos imitaron, e inhumaron necrópolis faraónicas enteras; incluso fabricaron falsos *momios* con cadáveres de mendigos y esclavos etíopes a los que mataban cubriéndolos de pez, para luego desecarlos al sol del desierto. ¡El Maligno los confunda!

—¡Cuánta maldad! —exclamó Galaz—. Imagino que aún deben subsistir aceites y perfumes de las esencias empleadas en el embalsamiento en estos restos mortales; pero de ahí a considerar medicinal esa fúnebre pócima… prefiero mantenerme en el escepticismo. La peste negra necesita otros cuidados y no cede ni ante potingues ni a mixturas, por muy faraónicas que sean.

* Tradicionalmente, los genoveses fueron los enemigos y rivales de Aragón en el Mediterráneo.

—El Creador manda el mal al mundo, pero también vela por sus criaturas enviándole el remedio. Os aseguro que es un preventivo de alto valor terapéutico —repuso incómodo el armador—. Podíais andar errado y me gustaría que vierais con vuestros propios ojos esa materia resinosa. Por medio de los alambiques y atanores es convertida en un fluido aromático que por su exquisita fragancia hace revivir al cuerpo, protege la piel y revitaliza las defensas de nuestros humores corporales.

—El desamparo por parte del Cielo de los mortales es inequívoco, señor, y el Creador lleva milenios ocupado en otros universos —replicó; y se interesó—: ¿Vos mismo ejecutáis esa operación alquímica *micer* Blanxart?

—Lo realizan por mí en sus alquitaras unos monjes cistercienses aquí, en Cataluña, en un emplazamiento que no puedo revelaros. Obtienen una sustanciosa recompensa por su manipulación, que luego La Roda comercializa. Es la contribución de La Roda a mitigar el dolor de la humanidad.

—Singular negocio. Ahora comprendo la escrupulosa reserva con la que procedéis —declaró Galaz—. El desembarco de la mercancía fue un dechado de sigilo. Lo presencié por casualidad mientras me dirigía a vuestro almacén. Pensé hasta en diabólicas procesiones de almas en pena.

El marino hizo una mueca de confusión, y le aclaró sonriente:

—Se trata de simple discreción. Los odiosos genoveses y los venecianos venderían sus almas al diablo por conocer los obradores donde se extracta el aceite curador. El Consolat de Mar conoce mis operaciones y vela por mis intereses cubriendo mis atraques con un velo de confidencialidad. De otro modo no me arriesgaría a perder el cuello y mi hacienda. Luego satisfago mis tributos religiosamente como mandan las *leudas*, las leyes marítimas de Aragón y Cataluña, y todos en paz y ganando.

—Ahora comprendo la cautela que os precede, *micer* Blanxart, y os comprendo.

El catalán barajó la posibilidad de hacerlo partícipe de sus confidencias.

—Os voy a confesar algo ya pasado, que quizás os turbará. En principio se os tomó por un agente de la república genovesa, aunque la presencia del *fill* de Bassa, y ciertas preguntas en El Patum, aclararon vuestros bienintencionados propósitos. Fuisteis demasiado contumaz en vuestros deseos de saber de mí y bien pudisteis encontraros con una daga anónima hundida en el cuello.

Decididamente a Diego aquel individuo lo intranquilizaba, pero lo había puesto tras la pista de Ben Elasar, y el contento se agitaba en su pecho. Compuso una sonrisa sarcástica con los labios y volvió al judío extraviado.

—Entonces la desaparición de Zakay ha retrasado las acostumbradas transacciones de las momias, supongo.

La voz del mercader sonó desmadejada, alterada.

—Han lesionado gravemente los intereses de La Roda, aunque espero que por poco tiempo. Él y su hijo Yehudá conocen como nadie a los ladrones de tumbas y a los proveedores de momias de Deir al-Bahari, una región diez veces más grande que Cataluña, de donde nos surtimos de esta materia prima —adujo afable.

Blanxart sorbió ruidosamente el vino e hizo un ademán de proseguir con sus cómputos, con lo que pareció dar por finalizada la entrevista. Pero Diego, intrigado al principio y ahora atrevido, decidió que debía buscar al escurridizo Elasar. Aunque la empresa pudiera resultar descabellada, lo atraían la aventura y el riesgo. Aprovechó el desmoronamiento de la rigidez de Blanxart y se dispuso conseguir lo que deseaba. Fue entonces cuando se dio cuenta de la magnitud de lo que le esperaba. Su búsqueda podría prolongarse más de lo que pensaba, pero estaba embargado por la ilusión. Una apasionante empresa se cruzaba en su vida y aunque se veía como un frágil esquife en medio de un océano de peligros, gentes hostiles y sucesos inesperados, estaba seguro de sortearlos con su voluntad.

A pesar del recuerdo y las promesas que había hecho a Isabella y al abad de San Juan, con su comprensión, la plegaria y el coraje afrontaría los peligros. La excitación y la resolución se leían en sus ojos. ¿Acaso no había entrado en aquel almacén con el propósito de hallar una pista fiable y seguirla a pesar de los riesgos que conllevara? No pretendía desaprovechar la única coyuntura posible que se le ofrecía, y se arriesgó.

—Y, ¿regresáis pronto a Alejandría? —inquirió.

Aquel jodido aragonés comenzaba a exasperarlo y su tiempo valía oro. Recompuso su expresión indiferente y lo señaló con el dedo.

—Si pretendéis en vuestra demencia que os portee a Alejandría para husmear los pasos de esos dos locos judíos, andáis errado. Nadie sabe que estoy aquí y trato de salir con el alba e invernar en Ponto Leone, en el ducado de Atenas. Hasta después de Cuaresma no recalaré en Alejandría —dijo mudando su gesto de conciliación—. No contéis conmigo como cómplice de vuestro sueño aventurero y de una más que posible y estéril muerte, si pretendéis seguir la estela de los Elasar. En Oriente no rigen los principios cristianos de la caridad, ni la compasión evangélica. No es un mundo placentero ni fiable. Podríais pagar vuestro empeño con la vida, amigo mío, si no os consumen antes las fiebres, la disentería, el mar, un alfanje mameluco o el calor.

—Despreocupaos por mi seguridad. Yo soy el superviviente del naufragio de los de mi sangre y el vástago de una tragedia familiar —se defendió Diego—. Sé por mis reiteradas visitas a la Lonja que hasta pasada la Semana de Pasión no parten naos para Alejandría. Estoy decidido a buscar a Zakay, así que no os desveléis por mi pellejo. Os ruego por compasión, si partís en breve, me aceptéis como peregrino. A donde os dirijáis, siempre estaré más cerca de mi destino que permaneciendo ocioso en Barcelona o en Zaragoza.

Las grises pupilas del Cargol se clavaron como alfileres en las del aragonés.

—No acostumbro a llevar pasajeros en mis naves. No es buen negocio y vos sois un engorro. Además, ¿por qué habría de ayudaros? —espetó desabridamente.

Diego encajó con aparente indiferencia el comentario, que cerraba cualquier posibilidad de arreglo, pero la decepción le atravesó las entrañas. La presa había volado y la búsqueda en la que se había empeñado estaba resultando cada día más infructuosa, pero ahora se le ofrecía una salida. Aquel duelo absurdo de palabras no daba el fruto apetecido, así que recurriría a la súplica.

—*Senyer* —dijo implorante—, os ayudaré en cuerpo y alma a encontrar a los Elasar, pues he empeñado mi honor en esta empresa y espero mi recompensa. Además auxiliaré desinteresadamente a los enfermos de vuestra galera. Me tengo por experimentado *aromatorio*, pues interpreto las virtudes curativas de las hierbas y puedo ayudaros en la reconversión de las momias. Elaboro electuarios, elixires y afrodisíacos y puedo ayudar a vuestros escribanos como amanuense, ya que estoy versado en latín y lo esencial del hebreo y el árabe, que estudié en Perpiñán. No seré una carga para vos y os pagaré si es necesario. Hoy mismo os demostraré mis conocimientos revelándoos que los monjes benitos de San Juan elaboran un secreto afrodisíaco para rendir a bellas damas, si me proporcionáis sus componentes.

La expresión de desgana del naviero se trocó, por mor de sus súplicas, en interés. Sabía que el excitante erótico elaborado en las abadías de los benedictinos era muy codiciado por ricos vejestorios, cardenales y obispos rijosos y prebostes lascivos de media cristiandad, que lo pagaban a precio de oro. La proposición pareció seducirle. Bostezó y lo miró con intensidad a los ojos. Aquel cambio de humor poseía un aire sospechoso.

—¿Decís que habéis ejercido de herborista en San Juan? Tal vez pueda aprovechar vuestros conocimientos. La gente ha perdido la fe en la Iglesia y en los médicos y curanderos y busca la salud en los fármacos y hierbas orientales. ¡Un negocio, os lo aseguro! Los afrodisíacos se pagan bien entre los soldanes, los jeques y la *jassa* o aristocracia de Oriente. Pero vuestro excesivo celo me refrena.

—Tenéis razón, nada se graba tan fijamente en la memoria de un hombre como aquello que se ha empeñado en olvidar. Pero no puedo aspirar a la felicidad si no desenredo el misterio de mi nacimiento. Puedo aseguraros que la honradez ha acompañado siempre mi conducta. No seré un engorro. Probadme.

En el rostro flácido del Cargol se abrió paso la duda. ¿Estaba pensando que podía servirle de algo, o estaba retrasando su negativa?

—Veamos —declaró fríamente Blanxart—. No sé si realmente merecéis mi atención, pero vuestras intenciones no me parecen perversas. Además, si finalmente sois un embaucador tengo la posibilidad de arrojaros por la borda, desampararos en el desierto, o entregaros a los tratantes de esclavos de Quíos. Sabed que me muevo en las altas esferas de estos reinos y os llevaría a la horca si realmente sois un confidente de los enemigos de Aragón.

La búsqueda le había facilitado una bifurcación definitiva de sus empeños, un ramal definitivo en su camino que debía explorar si no quería arrepentirse toda su vida.

—Os juro por los santos Evangelios que nada espurio me mueve en este negocio. Soy hijo de un oficial de rey que murió por la gloria de las armas de Aragón en Grecia. Además no soy portador de enfermedades venéreas —le garantizó—. ¿Puedo acompañaros?

El Cargol lo miró con fijeza. Aquella escena le parecía ridícula.

—*Redeu*, vuestra osadía me resulta temeraria —dijo con aspereza—. No sabéis el riesgo que acometéis. Gentes hostiles, galeras corsarias, enfermedades terribles y calor sin cuento.

—Esta decisión ha sido largamente madurada, *senyer*.

El armador poseía fama entre sus hombres de obtener beneficio de lo aparentemente despreciable y de emplear cualquier resquicio por baladí que pareciera para incrementar sus beneficios. Era regente de una *comenda*, sociedad mercantil en la que unos contribuían con sus caudales y otros con su trabajo en las naves, almacenes o factorías del consorcio, compartiendo beneficios y cargas. Terminó por ceder con un visible interés.

—¿Y fabricaréis para mí ese afrodisíaco que decís conocer?

Diego hizo un aparte con el armador y le susurró en secreto al oído:

—Señor, lo que os voy a revelar se tiene por gran arcano en San Juan, y lo elaboraré solo y en lugar reservado. He de callar las proporciones exactas y sólo os diré que preciso de hilos de seda, una olla, fuego y carbón, media onza de clavo, nuez, canela, almástiga, pimienta larga, jengibre, miel y tapsia. En menos que se tarda en rezar una *salve regina*, el elixir estará listo para arrancar la tristeza sexual al más infecundo, o saborear las benignidades de la hembra más frígida. Puedo garantizaros que sus beneficios son realmente milagrosos, y lo podéis dar a probar a quien ande flojo de la méntula. Altos eclesiásticos, varones y hasta testas coronadas de Hispania y Francia, lo han probado con resultados sorprendentes —aseguró Diego, misterioso.

El armador le sostuvo la mirada, tratando de parecer amenazador. Ahora le tocaba negociar a él.

—Tengo prisa. Felip, proporciona al *mestre* Diego cuanto os pida. Veamos si es cierto lo que aseguráis. Pondré a prueba vuestros conocimientos —bufó para provocarle, con una mueca de impaciencia.

—Descuidad. Gracias por vuestra confianza —se mostró jovial.

—Podéis quedaros aquí con nosotros —dijo recuperando su autoridad—. Aguardo esa pócima magistral para mañana. Yo regreso a la galera. A la hora prima decidiré si os embarcáis conmigo o no, señor Galaz. Aunque os vigilaremos, no lo dudéis.

Diego se abrigó con la sobreveste y salió a rescatar a Romeu, al que halló asustado, al abrigo de la barquichuela. Nada podía reprochar al mercader y tras apaciguar al chiquillo, buscó a Felip, dispuesto a fabricar el elixir. Un centelleo irreductible irradiaba de sus ojos, mientras pensaba que de sus manos, de su memoria y de la ciencia de los monjes benedictinos, dependía ser aceptado en la galera de *micer* Blanxart como pasajero y seguir los pasos de los Elasar.

«La infinita vanidad del hombre me ha salvado», caviló Diego sonriente.

En pos de una estrella errante

A Jacint Blanxart lo inundaba un gozo lindante con el arrebato.

Por su semblante podría notarse que el armador estaba rebosante de alegría, suelto de músculos y pletórico de humor con los resultados de la ambrosía amatoria fabricada por el licenciado aragonés, que había dormido en el cobertizo. Con aparente indiferencia, pero feliz, le dijo a Galaz:

—*Micer* Diego, vuestro estimulante amatorio es absolutamente prodigioso. Detecto el talento cuando lo huelo y no creo que seáis un impostor. Estoy persuadido de la caducidad de la vida y de la victoria de la muerte sobre el hombre, pero también de que la inteligencia del ser humano puede hacer más grata la espera.

—Ya os lo aseguré —lo satisfizo—. ¿Y lo probasteis vos mismo, *senyer*?

—No os mostréis indiscreto. Sólo os diré que quien lo degustó se comportó como un mozo ardiente, apasionado y rejuvenecido. ¡Portentoso, creedme!

—Gracias, señor. ¿Y qué habéis resuelto de mi petición? —preguntó inquieto.

El armador lo miró con recelo, como absorto en una deliberación. Luego, ni expresivo ni alegre, se pronunció:

—Os lo diré sin ambages Galaz, viajaréis con nosotros pues sois un hombre valioso para mis negocios. Y como no acostumbro a aprovecharme de nadie, si laboráis para mí, lo haréis mediante una estipulación escrita y un sueldo razonable, puesto que no sois socio de La Roda. Así actuamos en Cataluña.

A Diego, la concatenación de sucesos volvió a parecerle una señal favorable.

«¡Qué rumbo inesperado ha tomado mi vida por conocer el afrodisíaco revelado por el bueno de fray Bernardo!» La más que posible impotencia de Blanxart había obrado el milagro. Lo agradeció mirando al cielo con una sonrisa de perdón. Qué antojadizo era el destino, cuyos largos dedos no tenían mejor cosa que hacer que burlarse de él y trazar caprichosas líneas en el mapa de su azar.

—Bertomeu Crespí, mi escribano, os dirá las condiciones —le informó el catalán—. Si os conviene, firmaréis el contrato reservadamente y también la obligatoria *llibre*, un seguro de garantía y amparo que firma todo el que se embarca en una nao catalana. Después de la rúbrica os convertiréis en *aromatorio* y maestro herbario de La Roda por un plazo de un año. ¿Estáis de acuerdo?

—¡Cómo no iba a estarlo, *senyer*! Vuestra generosidad me colma.

—Dentro de dos jornadas, día de las Santas Reliquias, con la primera marea, *La Violant* levará anclas en este mismo lugar. Zarpará con vos o sin vos —decidió como si pronunciara un veredicto—. Y si en algo apreciáis vuestra vida, ni habéis visto, ni sabéis nada de mí, ni de *La Violant*. ¿Entendéis? Poned en paz vuestra ánima, recoged vuestras pertenencias y llenad vuestras tripas. Id con Dios, amigo, sois una joya.

Blanxart, le estrechó la mano y por vez primera sonrió abiertamente, dejando entrever unos incisivos diminutos y unos dientecillos alineados entre sus finos labios. Mientras se alejaba, el mercader se preguntaba por qué aquel algebrista de manos prodigiosas, lucía la divisa de Aragón junto al signo judío del Nejustán y la serpiente del Sinaí, signo hermético de la nación judía, que pregonaban distinción y poder. Aquel hecho lo desorientaba y hacía que lo atrajera indefectiblemente. «¡Qué conjunción de genealogías tan insólitas! —pensó—. Vislumbro en todo este asunto ocultas conexiones que escapan a mi razón.»

Mientras tomaba el portón de salida, un penetrante chillido alarmó a Diego. Bajo un fanal de sebo entrevió una jaula donde tres hurones de pelaje empinado, cazadores de ratas y rivales de la grey gatuna, cubiertos sus babeantes hocicos con bozales, bullían alterados ante su presencia. Inmediatamente sintió que la impaciencia lo inquietaba, y que en aquel pacífico mar en que se bamboleaba gallarda la galera de Blanxart le aguardaban seguros asombros.

A la hora de nona, una brisa de poniente cuarteaba el rostro de Diego, que paseaba frente a las escalinatas de la catedral de la Ribera, Santa María del Mar, cuya construcción estaba casi concluida. Bebió agua en la fuente y contempló reflejado su rostro en el espejuelo de la pila, azorado y deseoso de aventura. Desde que había aparecido en su existencia la extraña pieza de oro se había dejado llevar por un enérgico torbellino, mezcla de azar e intuición, que lo propulsaba a lo desconocido. Pensativo admiró los desnudos arcos ojivales de la iglesia marinera elevándose al cielo, desiertos del ajetreo de mercaderes, canteros y armadores. El tiempo lo apremiaba y se decidió a escribir una carta a Isabella, por lo que dispuso sus útiles de escribanía. Romeu le procuró la pala de un remo abandonado para que le sirviera de pupitre. En el portal de El Patum, en la esquina de la rúa de Canvis, extendió dos pliegos de papiro amarillentos que alisó humedeciendo con saliva los secos gránulos.

Aventó los vapores de la comida y unas moscas zumbonas que lo incomodaban, y bajo la mirada del rapazuelo, la punta de la pluma de barnacla rasgó la aspereza de la hoja, mientras el *atramentum* azulado que untaba en un cuerno las saturaba de signos atribulados, pero también consoladores:

> A Isabella Santángel. Zaragoza. Salutem. ⊕
>
> ¡Qué inesperado derrotero ha tomado mi vida, mi adorado ángel! Así me sucede por jugar con los auspicios de tu primo Nicolás, quien me señaló como hijo de un astro errante, por cuyo

caprichoso poder me veo forzado a partir hacia Oriente en pos del hombre que fui a buscar a Besalú, un individuo huidizo e inaprensible, que según todos los indicios conoce los misterios de mi nacimiento.

Un acontecimiento no previsto, como un cepo que te aprisiona, desbarata nuestros proyectos de futuro. El albur de los seres humanos no es sino una nube de humo que se nos escapa de entre los dedos. Me pregunto si mi búsqueda es un designio de lo alto, una intención arbitraria de las raíces de mi árbol genealógico, que como seres vivos, tienen sus propios proyectos. Ha sucedido de la forma más insospechada y no puedo negarme a seguir su estela; espero que al final seré resarcido de mis empeños. Así que, abandonado a las influencias de mi estrella, habré de dilatar nuestro encuentro definitivo, que se demorará al menos en un año, pues no sería bueno para mi alma permanecer eternamente en la duda. Me conozco y sé que siempre recurro a soluciones extremas, pero este maldito asunto sólo puede arreglarse asiéndolo por el cuello. Ahora creo que siempre he viajado para cerciorarme de lo que busco, porque el deseo de ser diferente de lo que soy es la mayor tragedia con que el destino me ha podido castigar.

Algunos hombres huyen de la verdad. Yo la persigo, Isabella, y unos ánimos, que no creí tener, me han contagiado una inesperada audacia. Aunque no sé si es sensato lo que me dispongo a hacer, lo reconozco, pero me siento obligado por lo extraordinario de la situación. ¿Me esperarás? Corro como el cazador tras su botín en pos del rabí judío que te mencioné la vigilia de nuestra despedida, de nombre Zakay ben Elasar, que anda perdido por Palestina o Egipto, envuelto en un halo de misterio por causa de su fe, que el azar ha hecho coincidir con mi pasado.

Según fray Bernardo, el monje que ejerció como mi verdadero padre, ese desconocido hebreo, es la llave de la verdad de mi origen, mi único vínculo con el pasado. Estoy persuadido de que éste aún no se ha borrado de la memoria de unos desconocidos con los que, estoy seguro, me aguardan encuentros inesperados, pero esenciales. Por nuestro amor y la salvación de mi alma inmortal has de comprender que me veo obligado a rastrear los caminos cegados de mi memoria.

Te aseguro que me aterroriza enfrentarme a un futuro incierto y a un mundo que desconozco, pero mi vida se ha convertido en una sucesión de acontecimientos azarosos en los que siempre aparece ese extraño judío.

Nuestros planes se han hecho añicos, lo sé, pero no dudes de mis promesas y de mi afecto. Lo que hacemos nos encadena a la vida, pero también nos vincula lo que esperamos hacer. Quedo al albur de otros vientos y del paso de un tiempo que no podré domeñar a mi antojo.

Parto en una galera propiedad de *micer* Jacint Blanxart d'Anglesola, conocido mercader y armador de Barcelona, que conoce a este judío y que es hombre de negocios muy respetado en aquellas tierras donde nace el sol. Tiene previsto regresar para la Pascua Florida, una dilación insignificante si lo piensas con resignación. Considéralo como una hibernación necesaria, que con la primavera surgirá, más lozano y fuerte, nuestro amor.

Cuando Nicolás exploró mi suerte en los astros con los astrolabios aseguraba que las estrellas del León y el Centauro regían un enigmático hado que se escapaba a su percepción y del que yo me reí, porque me veía frente a los muros de Jerusalén. Hoy he sabido que Barcelona se halla tutelada por el signo de Sagitario, por lo que compartimos el mismo símbolo estelar. Buen presagio para la incierta singladura que emprendo en dos días.

Mis atormentados pensamientos, cómplices del corazón, te evocan a veces indefensa y siempre despojada de mis caricias. Qué mal se concilian el amor y el alejamiento, amada mía, pero tu imagen ha quedado grabada en mi mente como una marca imperecedera. En mis ensoñaciones te apareces envuelta en un aura dorada, con una clámide de seda, en los vergeles de la Aljafería, entre arpegios de zampoñas y sobre un lecho de rosas.

¡Quién pudiera rescatar aquellos días dorados que vivimos en Zaragoza! Obliguémonos a que nuestra separación no nos aboque a la desesperación, pues todo mi ser te sigue amando con la firme pasión del primer día.

Ése será el consuelo que me sustente en mi incierto viaje al que me conducen mi impaciencia y el ansia de desvelar el misterio. Ahora más que nunca intuyo que en nuestra relación merodean riesgos que pueden socavarla, pues vivimos en un mundo regido por los odios a causa de las creencias. Acrisolemos nuestro amor en la distancia y desafiemos la adversidad, aunque te comprenderé si decides romper. Nadie puede apreciar la pureza de las intenciones de sus semejantes si no se tiene un alma pura. Y tú la posees.

Llevo conmigo a Egipto mi magro morral, un universo nuevo que se abre ante mí y una intensa soledad, mis únicos compañeros de trayecto. También quiero recalar en Atenas y restaurar la memoria de un honrado oficial del rey que formó parte de mi nebulosa infancia y cuyos apellidos llevo, por un pretexto tan insólito como turbador. He hecho un nuevo amigo, aparte del armador Blanxart, quien cada día me muestra más su fidelidad. Se trata de un lúcido muchacho que se ha erigido en mi servidor y guía. No sé por qué, pero su desamparo me recuerda mi abandonada niñez. A su madre, una viuda aún joven pero que parece cargada de años, le he regalado mi mula para que le sirva de sustento y al muchacho le he de procurar algún amparo, que yo sufragaré. Lleva en sus ojos toda la amargura de la orfandad y el azul inconmensurable del Mediterráneo que muy pronto surcaré.

Atisbo en mi porvenir próximo un juego que abro sin conocer ni los dados, ni los tahúres con los que he de enfrentarme, por lo que me acojo a la benevolencia del Creador. Soy consciente del riesgo que corro, y tal vez de tu incomprensión, pero tengo que asumirlo. Lo más excitante de la vida es esa fuerza incontenida que nos hace rebeldes frente a lo establecido; y aunque tengo la sensación que todo a mi alrededor puede quebrarse como el cristal, lo de insospechado que pueda sucederme allá donde voy me hace sentirme poderoso. ¿Descubriré algún día a qué se refería mi recordado fray Bernardo con sus palabras? Así lo espero. Al final, el destino de cada hombre está en el regazo del Supremo Hacedor. A Él me acojo.

Sé que esta noticia significará para ti una cuchillada en el corazón, pero recuerda que tu imagen aletea junto a mí. Y aunque la espera nos parezca intolerable, siempre tutelarás mi alma. Dios y santa María te protejan. Te aseguro que arribaré por la Pascua. Mis consideraciones a tus tíos y al rabino Gadara, al que tanto debo, y un saludo de amistad para Nicolás.

⊕ Tuyo, Diego Galaz de Atarés.

Scripsit. ⊕ Barcelona. Noviembre. Anno domini 1350

Diego dejó que la tinta de *atramentum* se secara sola y se abstrajo en la remembranza de Isabella. La mirada se le enturbió. ¿Lo comprenderá? La garganta se le convirtió en una hoguera y sus ojos revelaron nostalgia. La recordaba fresca como un fruto en sazón, y su voz como música celestial a sus oídos. Pero sabía que aquellas líneas apresuradas alterarían sus sentimientos.

Las evocaciones lo sumieron en la nostalgia y tuvo que reprimir un gemido.

Volvió al mundo y envió a Romeu a la sucursal de la compañía Astolfi, en la plaça de la Llana, donde se encargarían por una moneda de plata de entregar la misiva en Zaragoza. Pero su corazón humanitario no podía dejar al muchacho al albur de su suerte. Por la tarde se dirigió a la institución benéfica de marinos de Barcelona, la Pía Almonia, con una carta de Blanxart. La madre, que sobrevivía por la caridad, consintió en que recibiera educación náutica y el condumio diario, con los gastos sufragados por el compasivo aragonés, lo que sería una bendición para su casa.

Romeu, desarmado por tan imprevista generosidad, lo miró lleno de gratitud.

Con la raya del alba, Galaz se despidió del jovenzuelo, que en la ajetreada playa le besó las manos, mientras le regalaba una mirada de agradecimiento y admiración, de esas que llegan a los pliegues más íntimos del alma.

Nubes algodonosas desmenuzaban la neblina matinal, salpicando el aire de retazos plateados. Del mar ascendía un polvo de luz que cubría los tejados y campaniles de Barcelona, y los perfilaba con una fragilidad diamantina.

Ambos se sonrieron en una cómplice lealtad.

Era el último acto de franca confianza.

Mare Aragonensis

Salpicada por la espuma, *La Violant* rompió impetuosa el oleaje.

En la brumosa lejanía, Barcelona acostada sobre los declives del monte Taber, espiaba a través de los flamígeros ojos de Montjuich y de Vilanova de la Mar la secreta partida de la galera del armador Jacint Blanxart. Muy pocos habían notado su presencia y zarpaba como una embarcación fantasma y corsaria, al margen de las leyes del mar.

El mar batía la quilla con crestas espumosas, mientras embocaba con los soplos propicios las rutas ultramarinas de Berbería y el Helesponto. El estandarte cuatribarrado y la oriflama carmesí de La Roda ondearon al viento en la suavidad del alba, rumbo a las sendas del Mare Aragonensis.

—¡Avante en nombre de la Santísima Trinitat! —tronó la voz del Cargol.

—¡*Força* Aragó, *força* La Roda! —clamorearon los marineros su grito de boga.

Diego ofrecía una discreta presencia a bordo y parecía un extraño entre la tripulación. Callaba, y a nadie puso al corriente de sus desdichas. ¿Qué le había empujado a tomar aquel barco? Blanxart aseguraba que la insensatez y él que el deber. Detestaba navegar y no podía disimular su angustia, pero confiaba en el cielo y en su buena estrella. Los marineros le lanzaban miradas furtivas sin aprecio, como si fuera un objeto más de la embarcación. El vértigo, el mareo, la niebla y las náuseas convirtieron sus primeros días en un tormento. El armador le procuró una yacija de cordajes a popa, donde se hacía un ovillo entre su bolsa, los aparejos y el capote y se adormecía acompasado por el vaivén de la nao y las nostálgicas salomas de los marinos, que entonaban al bogar con añoranza lastimera.

Los días se deslizaron con monotonía y la airosa *Violant* navegaba de cabotaje, al amparo de los puertos. Tras recalar en Mallorca, bajo unos cielos pálidos y siempre tratando de esquivar las naos genovesas y berberiscas, embocó la ensenada de Asinara, en la isla de Cerdeña, para guarecerse de una tormenta que los sorprendió en Spartivento, helada como el rostro del diablo. Los lupanares habían cerrado y la tripulación apenas encontraba alguna taberna abierta o un animado putiferio donde solazarse y calentarse con vino de Etruria.

Un amanecer, el algebrista se dirigió a la amurada a aliviarse el vientre, instante en el que por la mano del diablo, la cebadera, la vela móvil del bauprés que colgaba fuera de *La Violant*, golpeó contundente contra su brazo. Le pareció que se lo arrancaba de cuajo; percibió un dolor punzante y entró en una espiral de sopor y confusión mental, como si penetrara en el túnel de la muerte. Había perdido las luces mientras se precipitaba a la cubierta, no sabía si vivo o muerto. Cuando recuperó el resuello estaba en manos del barbero que le había vendado el hombro e intentaba hacer que bebiera una infusión de láudano.

—Amigo, no os habéis ido al fondo del mar de puro milagro. ¡A quién se le ocurre evacuar cerca de la cebadera! No era vuestra hora, está claro.

—Gracias, maese sacamuelas. Creí haber cruzado la Estigia de esta vida ¡Me siento destrozado! —replicó el mareado Galaz.

—En dos semanas estaréis como nuevo, pero os dolerá hasta que cicatrice.

—Os dije que esto no era para un rezalatines, pero allá con vuestro capricho —le reprochó el armador, que parecía arrepentido de haberlo enrolado.

—*Micer* Blanxart, este incidente me hará más avisado. Descuidad.

Poco después, Diego sufrió el primer temporal serio como navegante de *La Violant*.

La galera se movía como un frágil esquife entre las olas, sacudida por fuertes golpes de mar. Sobresaltado, Diego se acurrucó entre las jarcias sintiendo el miedo en sus entrañas. Soñaba con naufragios, monstruos marinos y con Isabella llamándolo desde el ultramundo, despertándose aterido y cubierto de un sudor gélido. La niebla, espesa y del color de la ceniza reseca, mezclada con la salitrosa cellisca, lo hacían temblar de frío. Pero lo que más le dolía es que nadie de la marinería tomara cuenta de su presencia. Y cuando la bruma se espesaba más, presentía que un demonio lo arrastraría sin remisión al fondo de las aguas. «Santa María protege a este hijo tuyo desamparado en medio del Tártaro.»

El mar dejó de sacudirlos, y algunos ruidosos albatros acompañaron la boga.

«Alabado sea el Clemente por su misericordia», rezó Diego agradecido.

La pestilencia también se dejaba sentir en los fondeaderos del Mare Nostrum, y prosperaban por doquier los fuegos purgadores y el pintado de las casuchas con cal viva. Diego tenía el frío metido en los huesos, y además del dolor en la espalda hubo de soportar una fiebre y una comezón en la garganta que lo postró varios días, no sabía si por la contusión o por sus pulmones enfriados. Experimentaba sacudidas compulsivas. Expectoraba una tos seca y en su delirio llamaba a fray Bernardo y a Isabella.

Sin más aprietos que un crudo viento de costado, cubrieron en una semana el trecho que los apartaba de los estrechos de Pantelaria, atentos al horizonte por si divisaban el estandarte de la Cruz Encarnada y el *Sanjorge* de la República de Génova, para poner millas de por medio.

—Los hideputas de los genoveses —sostenía Blanxart—, parecen oler antes un barco catalán que el oro del Sudán.

Mientras, Diego corría más que reposaba, arrojando por la borda cuanto comía del perol, o acuclillándose sobre la amurada para defecar lo poco que le entraba en el estómago. Dolorido por la atroz herida de su hombro, imploraba al cielo y se afligía pues se le iba dibujando una fea cicatriz blancuzca y mellada. Blanxart, taciturno, dominaba a la dotación, pero apenas si mediaba palabra con él, pues lo consideraba un estorbo.

El Cargol solía recluirse en su camarote, un recoleto santuario en el castillo de popa donde convivía con sus cartas, mapas y hules de marear, sus tesoros más queridos, y con una barragana siciliana de nombre Lauretta, mujer desprovista de pudor, de concupiscentes redondeces y cabellera rojiza, que tañía la viola con maña, para entretenerlo en las horas de holganza. Diego pensaba que era con ella con la que había probado la bondad del afrodisíaco y sonreía con mordacidad.

La furcia se ocultaba a los ojos de la marinería para evitar pendencias y desvaríos, pero la coima no perdía ocasión de mostrar sin recato sus contorneadas honduras y agacharse para mostrar los pechos rosados y llenos, sus piernas perfectas y sus caderas opulentas. Se aseaba al anochecer en un barreño en el castillete y enseñaba lo que un hombre no debe ver si no quiere espolear sus más bajos instintos. A la hora de Completas se arrodillaba y rezaba entregándose a golpes de pecho con su mano izquierda, práctica que intrigaba a la chusma, que la observaba y la deseaba, para en la clandestinidad de la noche masturbarse con el recuerdo de sus prietas carnes.

Aguaron en un villorrio de Sicilia, de miseria espantosa, colgado sobre un talud que sobrevolaban los buitres atraídos por algún cadáver muerto por la pandemia de la *purula* o la *descarná*, como llamaban en los reinos de Hispania a la pestilencia. Los naturales, ladrones de naufragios y contrabandistas, con las caras embrutecidas, famélicos y ataviados con sayas negras, permitieron acercarse al embarcadero sólo a cinco marineros por miedo al contagio. Todo lo extranjero era sospechoso y aún no se había olvidado la tragedia de la última plaga negra llegada del mar Negro, una catástrofe peor que la más encarnizada de las guerras.

La suciedad se propagaba por todas partes y la pontana hedía a descomposición y carne quemada, entre piras, cortejos funerarios, romeros quemados, pendones negros y plegarias. Aseguraban que habían muerto casi todos los hombres del pueblo y que muchas mujeres habían enloquecido arrojándose con sus hijos al mar desde los desfiladeros de Marsala, aterrando a los catalanes, que levaron anclas, tras encomendarse a todos los santos. Concluida la aguada, Vadell, el timonel puso rumbo a las fragosas costas de Iliria y a los archipiélagos de Cefalonia, donde otearon naves aliadas de la Serenísima Veneciana, de la Orden Hospitalaria y dromonas del Imperio de Bizancio, que guardaban sus límites con vigilante agresividad.

Las aldeas blancas se apiñaban en las laderas de los cerros verdemar, como copos de nieve prendidos en sus escarpaduras, donde menudeaban las cabras y las espadañas de los monasterios ortodoxos. Y si el mar de Barcelona refulgía como un arroyuelo del Pirineo, aquél brillaba en una paleta de tonalidades glaucas. Al día siguiente, en aguas del Jónico, la quietud de *La Violant* se trocó en pánico y cundió un pavor agorero entre la marinería. Fue Lucetta quien dio la voz de alarma, sacando a Diego del marasmo en que se encontraba desde hacía días, tendido entre las jarcias como un gusarapo pisoteado, sucio y desfallecido.

—¡*Santa Croce*, la pestilencia! —gritaba—. ¡Piedad Jesucristo!

Algunos tripulantes andaban espantados y con los rostros pálidos como el estuco. Vomitaban feas hieles, y otros, asomando sus traseros a las bandas de estribor, soltaban al agua los chorretones de sus incontinentes cólicos. Y ni el jarabe de *momio* les servía. Todos creían que la peste negra había prendido en *La Violant* y se auscultaban las ingles, temiendo la aparición de los letales bubones. El barbero sanador creía que era una epidemia del llamado Fuego de San Antonio, el que abrasaba las tripas y que sólo el santo podía sanar. No daba abasto, prescribía pócimas de limón y tomillo y aplicaba sangrías, pero sin remedio alguno.

El pavor crecía como las espumas del mar. El mismo Blanxart contrajo la diarrea y muy pocos se libraron de los desgarradores espasmos. Se llegó al paroxismo cuando uno de los remeros murió de la disentería y de los vómitos. El silencio y el miedo se adueñaron de la galera, donde cualquiera era sospechoso de portar el mal. Fue lanzado al mar después del rezo de la Salve. La tripulación, formada frente al pendón, rezó compungida la oración de apestados concebida por el papa Clemente de Aviñón:

—¡Señor Jesuscristo, retira la llama de tu ira y protégenos. Amén!

Pasaban las horas varados en alta mar, sin fuerzas para ejecutar una sola maniobra y sin atreverse a recalar en puerto por miedo a ser tratados como apestados, y soportando además las ráfagas inclementes de un bronco viento del norte. Diego se ovilló en un rincón aguardando acontecimientos, sin mostrar miedo ni decepción, sólo desconcierto. Pronto la superstición cundió entre la marinería que intuía nefastos presagios en el morbo, que parecía conducirlos sin remisión a la muerte, aunque en ninguno aparecieran los estigmas de la peste negra. Habían dejado de comer por pura superchería y únicamente bebían agua, mientras elevaban oraciones a san Roque, patrón de los apestados, y a san Jaime de Compostela, valedor de peregrinos. Pero las fiebres y espasmos de vientre, lejos de aminorar con las oraciones y timiamas proporcionadas por el saludador, crecían en virulencia.

—¡San Roque aparta de nosotros el vómito negro! —oraban desesperados.

Especulaban, murmuraban en corros y como fantasmas deambulaban por cubierta preocupados por las virulencias que les mandaba Dios en aquel siglo negro y fatídico. Con la mirada desencajada, rezaban desesperados rosarios de padrenuestros temiéndose lo peor. Las facciones cetrinas de los marineros, los ojos hinchados, las ojeras con una coloración negra y el destello enfermizo de sus gestos, preocuparon a Diego, quien seguía la patología del brote extremando los cuidados propios, aunque no deducía por los síntomas que fuera de la peste negra, que de ser cierta, ya debería haberse cobrado la vida de la mitad de la marinería. Miraban el cielo por si advertían algún prodigio cósmico que explicara la dolencia, en tanto que remiraban en la bodega y en los pañoles buscando algún ensalmo oculto que les atrajera el mal.

Como hurones husmeaban entre los higos de Esmirna, en el vino de Chipre, las manzanas, los limones o las salazones, la presencia de un amuleto maligno.

Diego, mientras la marinería holgazaneaba, examinó por su cuenta las barricas del agua, las cubas del pan, el tocino y las sacas de frutas, e hizo sus propias conjeturas, dados sus conocimientos de herboristería y farmacopea. Pero enmudeció pues nadie había solicitado su parecer, y la nave se regulaba por estrictas obligaciones entre unos y otros, la mayoría, propietarios de *La Violant*. Muchos participaban en la compañía con sus ahorros, y el barco, según las informaciones de Jaume Felip, el piloto, estaba dividido en compartimientos que pertenecían a distintos dueños, muchos de ellos cómitres y marineros de la dotación.

—Este barco navega bajo las reglas de una *comenda* o sociedad. Los peligros de la navegación requieren compartir los riesgos y las ganancias. Nuestros sudores y sueldos están a merced del azar de perder o ganarlo todo. La cubierta donde dormís es justamente propiedad del judío que buscáis, pues la nao está dividida en treinta partes, lo que me demuestra seguridad y una justa equidad.

Pronto los enfebrecidos cerebros de unos pocos, ofuscados por el pánico a morir, rompieron la ley de la galera y transformaron sus terrores en rencor y malicia. Un malencarado remero, de nombre Pere Espart, azuzó arteramente a la marinería señalando a Lucetta, la barragana de Blanxart, como la que había provocado la ira de Dios sobre la nao, y por ende la aparición de las enigmáticas dolencias. Conocían su pasado: adepta a los vagabundos monjes de Campania y cansada de errar por media Europa exigiendo la cabeza de los rollizos obispos, había recalado en la taberna de El Patum de Barcelona, donde Jacint la había conocido, convirtiéndola en su concubina, a pesar de estar casado con una noble mujer de los Farriol de Andrat, de Mallorca.

Espart consiguió que parte de la chusma se amotinara y se dirigiera al puente soliviantada para manifestar sus exigencias al armador. En contra de las leyes del mar y las *leudas* catalanas, asaltaron en tropel la carroza de proa, ante el sobresalto de Blanxart y los pilotos. Se sucedieron gritos, voces, insultos y destrozos de cuanto encontraban a su paso. Un ramalazo de terror se apoderó de todos y Diego temió lo peor. ¿Hasta dónde pueden llegar los sentimientos humanos, cuando se pierde la ecuanimidad ante el pavor a morir?

—*Mestre* Blanxart, entréganos a esa pecadora para que la pasemos por la quilla. Ella atrae las desgracias desde que navega en *La Violant*. Exigimos su sacrificio.

—La hemos sorprendido persignándose con la mano izquierda —dijo un cabecilla—. ¡Es una concubina del Maligno! ¿No lo veis claro, capitán?

—Está poseída por el Diablo. ¡Acabemos con el maleficio de una vez!

El Cargol, que salió a traspiés del camarote con una espada de grueso filo desenvainada, fue auxiliado por sus oficiales y timoneles, también armados. No perdió la calma y se enfrentó a la turba con temeridad, mientras los taladraba con su mirada dominante. Diego, acurrucado en un rincón, se acercó al puente asiendo con fuerza su ferralla toledana y se alineó con el armador. La mar rizada y la marea hacían bambolear la nave y crujir las jarcias, y él sentía que su barriga se alborotaba y su cabeza le bailaba en los hombros.

—¡Os estáis jugando la cabeza, y sabéis que podéis ser colgados de las vergas! —los conminó Blanxart asiéndose al barandal a causa de su debilidad.

—Somos fieles a La Roda, pero deshaceros de la mujer y la pestilencia cesará, señor. Es una nigromante que anduvo con herejes y enemigos de Dios —arguyó Pere Espart.

—Esa hembra trae la mala ventura y la ira del cielo. ¡Moriremos todos! —insistieron otros.

Porfiaron en medio de la tensión. Los amotinados proferían duras amenazas que exasperaron al armador, quien veía acercarse el peligro de motín y no tenía fuerzas para detenerlo. Espart empero, no cejaba en el empeño, y arrojando espumarajos por la boca, reclamaba la inmediata inmolación de la entretenida, que se hallaba a buen recaudo en la camareta. Blanxart trataba de persuadirlos con razonamientos, mientras el algebrista rumiaba su temor.

—Vuestra pretensión no es sino un ruin asesinato, que cuando sea conocido por los cónsules del Consolat de Barcelona, acarreará represalias para todos.

Espart, no obstante, esgrimiendo una faca descomunal, azuzaba a sus cómplices a que tomaran por la fuerza a Lucetta y la arrastraran a la quilla. Blanxart palideció ante la presión, y Diego lo advirtió. El resentimiento y la lascivia se dibujaban en los patibularios rostros de aquellos bastardos.

De repente, Galaz, con una serenidad que a él mismo le extrañó, pues temblaba, se adelantó a la chusma como un condenado sumiso. Retuvo el aliento, mientras el corazón le daba un vuelco. Luego habló sereno a los insurrectos:

—¡Amigos, escuchadme! Soy herborista además de matemático y puedo aseguraros que la peste no ha contagiado esta nave. Vuestra enfermedad es otra.

Todos los ojos se clavaron en Galaz, pero la tensión, lejos de aminorar, creció más aún, entre murmullos desaprobatorios. Diego, empero, prosiguió:

—He revisado el pañol de aprovisionamiento, alarmado como todos por la enfermedad, y no he notado presencia del mal, ni de herrumbre o suciedad, pero sí he advertido algo inusual y dañino para la salud. Transportáis gran abundancia de huevos en redecillas sumergidas en las cubas de agua potable, de las que luego bebemos sin más, con sólo apartarlas con el cazo. El método me ha asombrado, pues el líquido ciertamente impide la rotura de los cascarones pero resulta una fuente de contagios para el agua, pues muchos se rompen y se descomponen en el fondo de los barriles.

—Siempre se ha procedido así y nunca ha acarreado enfermedades. ¿Vas a venir tú ahora desde los terrones de Aragón a cambiar nuestros usos? —gritó Espart.

—¡No! Pero puedo jurar por los Evangelios que ése y no otro es el origen del mal que sufrimos todos con mayor o menor virulencia y no esa mujer aterrorizada con vuestras amenazas que tratáis de sacrificar estúpidamente —y señaló el camarote, a sabiendas de que podía correr la misma suerte de la muchacha, del armador y de sus atemorizados oficiales.

La vacilación se extendió entre los sediciosos, que se miraron frustrados.

—¿Y cómo sabes tú, rezalatines de Satanás, que ahí radica el mal que sufrimos? —preguntó el cabecilla—. ¿De qué murió entonces el infeliz Miquel?

—Posiblemente de un cólico miserere o del flujo del vientre, pero no de la plaga negra —atestiguó Diego categórico—. He purgado varios días mi estómago a causa de un resfrío, pues comprobaréis que mi respiración parece el soplillo de un forjador. Desde entonces no he bebido agua directamente de las botas, sino que la he hervido con hojas de nébeda en las hornillas. Así que he deducido que el agua es el origen de la contaminación y no el mal pestilente, como suponéis erróneamente.

Un alargado silencio se adueñó de los levantiscos, que rebajaron sus humos. Blanxart, desde la proa, los observaba absorto y asombrado.

—Yo tampoco he tomado un sorbo de los toneles y a la vista está que no he contraído el morbo —ratificó el timonel—. Galaz puede estar en lo cierto.

—Claro, tú no bebes agua porque sólo engulles Cariñena y morapio del Penedés —dijo un remiche, y todos rieron, lo que hizo enrojecer al marinero.

Diego, sin darles tiempo para replicar, les expuso el plan que ya había madurado si arreciaba el desarreglo y prendía virulentamente en la marinería. Lo había visto hacer a fray Bernardo decenas de veces cuando la diarrea atacaba a los monjes de la abadía de San Juan.

—Si *micer* Jacint lo aprueba, propongo vaciar los toneles del agua y limpiarlos con recuelo cáustico. Podemos recalar hoy mismo en el puerto de Argostolión, que sólo se halla a unas millas y rogarles a los monjes guerreros de San Juan del Hospital que nos lo faciliten, así como las hierbas que preciso para elaborar un jarabe limpiador y astringente de probadas virtudes curativas. Os garantizo que expulsaremos los humores de nuestras tripas en menos de tres días. Elegid este remedio, un motín aventurado o la muerte cierta.

Blanxart lo observaba y no daba crédito a lo que oía. Pero se encontraba tan débil para juzgar la apurada situación que aquella salida le pareció hasta airosa. Aquel licenciado poseía arrestos, además de un espíritu rebelde, no le cabía la menor duda. El acuerdo de sus cómitres le llevó a reconocer que no le quedaba otro camino si no quería enfrentarse a la enfurecida turba, y a una más que segura rebelión, de consecuencias tan imprevisibles como funestas para la nave y su carga.

—Sea, maese Diego, contáis con mi licencia —ordenó Jacint—. Y vosotros, volved a vuestras obligaciones, *redeu*, ya hablaremos cuando ésta concluya.

A regañadientes, los revoltosos cedieron y volvieron a sus quehaceres: no las tenían todas consigo y su número disminuía. Aprovechando los vientos favorables, *La Violant*, con Blanxart en la caña del timón, batió la inmensidad de las aguas jónicas con las velas desplegadas y los remos a media adriza, por lo que tras unas horas de derrota, divisaron el puerto griego.

Dos embarcaciones catalanas, *La Oliveta* y la *Sant Pau*, se les unieron para navegar juntas, mientras tres carracas del Priorato del Hospital la escoltaron, deshaciéndose en cortesías a la vista de las insignias rojigualdas que se enarbolaban en la corulla.

La patria de Ulises, Ítaca o Kafallenia, como la denominaban los lugareños, se mostraba como un regalo para los sentidos: verdosa como si clarearan miríadas de esmeraldas y acogedora como los senos de una cortesana romana. En la recalada, y durante dos días enteros, *La Violant* se convirtió en un dechado de actividad y pulcritud. Renovaron la aguada en una fuente de manantial, baldeando las barricas a las que cubrieron con lienzos de lino, y recolocaron los huevos en cestas de mimbre.

Diego, que anudaba su cabello con una cinta, se había convertido en improvisado veedor de galeras. Aunque más delgado, sus ojeras habían desaparecido y una expresión de precavida serenidad reflejaba que había vuelto al mundo de los vivos.

A continuación del canto del Ángelus, en medio de la cubierta, y bajo un cielo de nubes tan rojas como los labios de una ramera de Villadalls, hirvió una redoma en el hornillo de Blanxart. Rodeado de la tripulación, como un nigromante convocando a un pandemonio de súcubos, elaboró un sirope con hojas de ajenjo, mirobálamo de Kabul y raíz de sebestén, invención de fray Bernardo, de rico paladar y mejor olor.

—*Micer* Blanxart —aseguró, mientras le ofrecía un cuenco—, este elixir posee gran poder desecativo y elimina los humores espesos de las vísceras. Probadlo vos el primero, os aliviará.

Durante unos segundos el Cargol frunció los labios, con la idea de hallar una frase de duda, pero se limitó a beber un buen trago y pasar el perol a sus cómitres. Luego transmitió instrucciones al marmitón para que distribuyera en las horas de prima, nona y vísperas un jarrete del potingue a los tripulantes, sanos o enfermos, y que hirviera cuanto cocinara para el rancho. Blanxart impartió providencias a los pilotos para que visitaran la bodega, tiraran los alimentos descompuestos y efectuaran una nueva anona, comprando víveres en el zoco. Con oportuna liberalidad, concedió dos noches libres a la marinería para que desahogaran sus rencores en los lupanares del puerto.

Diego constató que a partir de entonces el mercader comenzó a considerarlo de otra forma, hasta el punto de invitarlo a su camareta y expresarle una amistad sin ambages.

—Mestre Galaz. Quizás os deba la vida y la paz de mi tripulación. Gracias.

Al cuarto día, bien por la benignidad de la pócima de Diego, tal vez por el alivio de sus urgencias viriles en los catres de las rameras de Vazi, o bien por las incontables jarras de vino corintio trasegadas en las tabernas de la isla, el caso es que la disentería y la abrasadura de las fiebres remitió, hasta concluir el tan temido morbo. La dotación fue recobrando fuerzas y se reintegró a sus labores.

Todos sin excepción agradecieron al aragonés su determinación y saber.

El Cargol, tras un *Tedeum* de acción de gracias, convocó en cubierta a la gente de mar; tenía a su lado a su veedor y a su cómitre, que portaba el estandarte de San Jorge, donde se habían juramentado al formalizar la sociedad o *comenda* de La Roda. Todos tenían una actitud seria y reservada. Un silencio temeroso presidía el cónclave marinero, mientras el sol espejeaba la mar, convertida en una amalgama de tonos cárdenos. Con voz cadenciosa, Jacint Blanxart se dirigió dominante a sus hombres, tras caminar con pasos lentos por la proa:

—Hace ahora dos años, en Barcelona, tras firmar las estipulaciones en presencia de los Honorables, juramos en Santa María, *bona fide*, y ante la sagrada flámula catalana, que enarbola nuestro timonel para refrescar la memoria de algunos, nuestras obligaciones en la mar. Yo he cumplido. Los rumbos han sido tomados acertadamente, las raciones estibadas de rancho conforme a lo estipulado y las haciendas administradas con largueza. ¿Pueden decir otros lo mismo?

Jacint interrumpió su arenga; en la cubierta sólo se oía el drapeo del velamen, el crujir de las jarcias y el jadeo de las respiraciones. Parecía como si la incertidumbre del momento suspendiera la fuerza de *La Violant*. Pere Espart y sus tres cómplices más señalados tragaban saliva y sus dientes castañeteaban, con los semblantes céreos como un velón de Cuaresma. Su miedo era real.

Blanxart, sin disimular su repulsa, arqueó las cejas.

—Hasta hoy hemos unido trabajo y lealtad; pero algunos no se han mantenido como corresponde a su conciencia y se han convertido en reos de traición, que se castiga con la pena capital. Inculparon con infundios a una inocente llevados por su falta de caridad y su lascivia, colocando en grave peligro la seguridad de la nave, mi autoridad y la venturosa conclusión de nuestros negocios. Así que según lo estipulado en las capitulaciones de la sociedad, los cuatro instigadores, Espart, Nebot, Farineta y Arenós, se someterán a la decisión inapelable de los socios de la *comenda*.

—El Cielo dispensa su justicia a quienes merecen el castigo. ¡Ahorcadlos, *senyer* Blanxart! —gritó uno de los cómitres.

Con la misma crudeza que había expuesto la situación los cortó tajante.

—¡Se hará conforme a ley, *redeu*! O presos en la bodega y ahorcamiento al regreso en el olmo de la plaza de Sant Jaume, o sometidos a la decisión de las piedras. No obstante, si los incriminados lo pidiesen, pueden acogerse al arbitraje del rey don Pedro, representado en estas tierras por el conde Federico, señor de Atenas y Neopatria. Pero que decidan los hombres libres de esta nao. Tenéis el tiempo en que se reza un *Confiteor* para decidiros, y que Cristo guíe vuestra decisión.

—El mar nos hace libres —gritó Felip—. Decidamos según nuestra conciencia.

Los tripulantes sabían que transgredir la ley en plena navegación tenía adversos efectos, pero nada comparable a someterse a las prácticas de los verdugos turcomanos de las mazmorras atenienses del primo del rey, Federico el Bastardo, como se le conocía, vicario real de los ducados de Grecia, una alimaña coronada que no solía ejercitarse ni en la piedad ni en la misericordia. Sin embargo los amotinados no tenían otra elección. Preferían ser colgados por sus propios compañeros en la mar, que siempre se emplearían con más compasión y les darían un entierro cristiano, que acabar en las cárceles del conde. Pere Espart cuchicheó con sus asociados mientras una quietud pegajosa sustituía al viento de la vigilia. Luego paseó una mirada retadora entre los presentes, que los observaban impertérritos. Diego se mantenía al margen de la disputa, fijos sus ojos en la reacción de los amotinados.

—Elegimos las piedras —se decidió Espart escupiendo en el maderamen.

Felip expuso de forma escrupulosa y a la vista dos talegas que vació en la mesa que ocupaba Blanxart. Dos montones de piedrecitas, uno de un blanco inmaculado, y otro de un color parduzco, casi negro, se esturrearon por la tablazón.

—Blancas, absolución y olvido del asunto —recordó el timonel—. Negras, horca en las vergas de *La Violant*. ¿Estamos de acuerdo?

—¡Sí, *senyer*! —gritó la tripulación a una.

Diego pensó que así se diluían culpas y responsabilidades con estricta justicia.

Respetuosamente, los copropietarios de La Roda, Diego contó treinta y dos, tomaron sendas guijas, una de cada parva, y regresaron a sus hileras. Con gesto adusto aguardaron la orden de Blanxart para manifestar su decisión soberana.

—Que los hombres libres emitan su inapelable veredicto —resolvió el armador.

Con los puños cerrados se acercaron al pupitre. En la bolsa que les ofrecía Felip introducían la que habían elegido. Consumado el plebiscito, el sotacómitre las vació y las colocó a la vista. La suerte estaba echada.

—Veintisiete negras y cinco blancas. ¡La horca en las vergas! —sentenció.

A Pere Espart le resultó más fácil culpar a sus socios que a su lujuria.

—*¡Fills de puta!* —se defendió a patadas y salivazos.

En medio del barullo les anudaron las sogas al cuello y cuatro marineros, que treparon como ardillas por las jarcias, las sujetaron a la arboladura.

—¡Piedad, piedad! —gimoteaban los otros—. ¡Por san Jorge, misericordia!

Se hizo un silencio de cementerio y los cuatro amotinados fueron suspendidos por el cuello; sus pies descalzos rozaban la cubierta en una danza siniestra. Los rostros se les amorataron con las sacudidas y sus lenguas se les escapaban de los gaznates en mueca atroz. Diego volvió la cabeza con repugnancia, mientras Blanxart, apretando sus minúsculos incisivos, seguía impávido la ejecución desde la carroza. No se oía ni una respiración, tan sólo el roce crujiente de las maromas en los palos y los sofocados jadeos de los reos.

De repente, Jacint alzó su mano y ordenó a los ajusticiadores:

—¡Deteneos! —y las miradas convergieron en él.

Sobre el implacable silencio que reinaba, se oyó su nítida y ronca voz:

—Quiero usar la prerrogativa del capitán para ejercitar la clemencia, si lo creyere provechoso para el consorcio. Por ello, y en aras de la cristiana misericordia, he decidido conmutar la pena de ahorcamiento por otra de menos rigor, aunque igualmente aleccionadora. Propongo sean desnarigados estos cuatro felones y se olvide para siempre la maldad de los bergantes. Pero a la próxima no habrá piedad.

—¡Sea! —gritó Marc Felip, y respondió la tripulación—. ¡Sea!

En un abrir y cerrar de ojos los descolgaron del palo mayor y de los trinquetes, medio asfixiados y lívidos como el cerote. Los amorraron en las batayolas de la borda, donde un remiche morisco, entre los alaridos de la chusma y los sollozos agradecidos de los encausados, les cortó aseadamente la nariz en menos que se entona un avemaría; ya mutilados, quedaron al cuidado del barbero, que les cauterizó las sangrantes tajaduras. Diego, que asistía junto a Felip a la ejecución, se mostraba feliz, primero por una práctica de democrática justicia, y finalmente por tan magnánima generosidad. Evidentemente los hombres de la mar se regían por otras normas más liberales y compasivas que los que pisaban la tierra con abarcas y espuelas.

En tierra, las referencias eran el severo señor, la picota, la dura cosecha, o a lo sumo el cielo consolador, pero en el mar el hombre se sentía dueño de su suerte, como los vientos y sus aguas. Pero no acabó ahí su satisfacción, pues el naviero alzó su vozarrón desde la tarima de proa, llamando la atención:

—¡Amigos! Resulta innegable que esta situación tomó un rumbo satisfactorio tras la feliz iniciativa de *micer* Galaz, quien acabó con el morbo y sus consecuencias. Por ello he decidido hacerlo copartícipe de nuestra *comenda* con la cantidad inicial de veinte besantes, que yo aporto de mi propio peculio. ¿Estáis de acuerdo?

—*¡Chus, chus, chus!* —exclamó la marinería con su habitual y arcaico grito de boga, dando a entender que lo aceptaban como cofrade.

—Regresaremos a Barcelona cargados de botín, ¡escoria del mar! Lo presiento, pues sois gente bragada y ecuánime. La fortuna y sant Jaume nos alientan.

—Por *La Violant* y san Jorge. *¡Chus, chus!* —vitorearon a su capitán.

—Diego, desde hoy cuéntame entre tus amigos —le susurró Jacint llegándose hasta él para abrazarlo—. Te llamaré hermano, pues has librado de graves tropiezos a esta expedición, a La Roda, a nuestras preciadas vidas y también a esa mujer que me tiene sorbida el alma. Gracias infinitas, maestrillo.

Por toda respuesta, Diego sonrió con delectación. Presentía que los hechos acaecidos hasta aquel día no eran sino jalones del torcido itinerario que le había trazado la Providencia y que se cumpliría incluso contra sus indecisiones y flaquezas. ¿No había estado antes ofuscado por la ceguera de la duda? ¿Acaso Dios no lo había recuperado de su debilidad de espíritu para guiarlo hasta allí? Su estrella le aclaraba el camino y sonrió con alborozo.

—La piedad corrige los caminos del enfrentamiento, Jacint —lo tuteó—. Con tu sabia decisión, tus hombres te respetarán eternamente.

—Jamás había derramado sangre de mi gente hasta hoy, y espero que el castigo haya sido ejemplar —y oteó el viento que se levantaba tempestuoso.

Acordado el derrotero y tras consultar los portulanos, Blanxart ordenó:

—¡Timonel, rumbo a la bocana de Zante en nombre de la Santísima Trinidad!

Bordearon el Peloponeso espartano entre una miríada de barquichuelas de pesca, que pululaban a estribor como larvas marinas, recelando siempre de las naves genovesas, que tenían su guarida en la cercana isla de Quíos. Aprestaron los falconetes y lombardas, doblaron los vigías, y los remeros, chusma a sueldo, bogaron con todas sus fuerzas hasta quedar exhaustos. Sobrepasaron luego la que decían morada de los dioses paganos y de los héroes legendarios de la antigua Hélade, embocando la isla de Cítera, punto de las transacciones entre catalanes, venecianos y bizantinos.

Diego vio dibujarse la línea de la costa, con la blancura de innúmeras islas.

Los marineros suspiraron de júbilo, pues navegar por aquellas aguas producía el miedo a ser hechos esclavos por alguno de los muchos enemigos de Aragón, o caer en la pestilencia en que estaba sumido el mar Negro. Con cielos brumosos y en sólo tres singladuras, salvaron a vela y remo el dédalo de islas del Egeo, divisando el día de San Ambrosio la nebulosa rada de Ponto Leone, El Pireo, dominio aragonés, feudo de almogávares, fin de trayecto y refugio para la invernada, tras dos meses de boga. Una sonora salva de bombarda se oyó a lo lejos, acompañada del aleteo de las gaviotas. Blanxart se detuvo y, tras un instante de indecisión, preguntó a Felip:

—¿Has oído la descarga de pólvora? Nunca se nos recibió en Atenas con tanta solemnidad. ¿Le ocurrirá algo al cabrón del conde Federico? Algo raro pasa, Felip.

—Más bien parece que nos estuvieran aguardando y avisaran a alguien de nuestra llegada —opinó Felip. Blanxart movía la cabeza desconfiado. Después se dirigió a Diego: ¿acaso semejante novedad no era lo bastante desacostumbrada como para escamarse?

—Esa urbe y sus antiguas grandezas, aunque abandonadas y en ruina, te fascinarán. Serás huésped de mi casa de Pórtico Atala, hasta que tras el invierno zarpemos para Alejandría, o hasta que tú lo decidas —se ofreció sincero—. Relatan los atenienses que Zeus, padre de sus deidades paganas, impuso a los atenienses el deber de la amistad hacia los extranjeros que la visitasen. Te aseguro que en las tabernas del Ágora gozarás de placeres como jamás habías experimentado antes. Todos necesitamos un descanso, *¡redeu!*

Amarraron la galera en el malecón de Cea, dejando a la izquierda la ensenada militar de Kantharos, repleta de naves de combate de Aragón. En lontananza se divisaba la muralla que unía el puerto con Atenas, rodeada de olivares, viñedos y corrales de cabras. Encaramado en la Acrópolis, se perfilaba el Partenón, el templo de Atenea la Virgen, convertido por los catalanes en la seo cristiana de la Verge Maria de Cetines. Blanxart, en un alarde de sabiduría y como un admirable pedagogo, dijo:

—Diego, los turcos pretendían arrasar ese templo grandioso, pero fuimos nosotros, los aragoneses y catalanes, quienes lo evitamos. Todo sea por la civilización.

—Quizás mi padre interviniera en esa meritoria acción.

—Hoy mismo podrás honrar su memoria, buen amigo —dijo Jacint.

Diego respiró aliviado al saber que en breve pisaría tierra firme y recordó la historia que le narró Astún el almogávar en las laderas del Pirineo. Ardía en deseos de visitar la tumba olvidada del adalid del rey, Conrado Galaz. Al fin olvidaría el acre hedor a salitre y las ratas correteando por su cara, y su inestable cabeza recobraría el equilibrio, que creía haber dejado en Barcelona.

Sin embargo, un hecho anómalo rompió la monotonía del atraque. Al saltar Blanxart a tierra, el engolado y poderoso cónsul real de Oriente, Albert Rocabertí, al que acompañaban unos ballesteros con las insignias de Aragón, se presentó ante él y lo saludó con extrema ceremonia. Le dio la bienvenida con cortesía y le entregó un despacho. Blanxart rasgó el lacre parsimoniosamente, desdobló el papiro y leyó el mensaje. Su expresión pasó de la decepción y el fastidio, a la sorpresa y al envanecimiento; después sonrió taimadamente. Desde la nao no escuchaban su conversación, pero algo no marchaba bien, y todos los miraban con interés.

—Ésa es mucha autoridad para recibir a un naviero aunque éste sea el Cargol. Aquí se cuece algo raro —auguró Felip al piloto mayor; ambos observaban a su patrón desde la cubierta, extrañados por tan inusitado protocolo.

—Esto me huele a navegación imprevista y al demonio la invernada, Joan. No me gusta unir asuntos comerciales y políticos —dijo Felip, que golpeó el timón.

Jacint Blanxart, ante la perplejidad del funcionario real, que respondía de los treinta consulados catalanes de ultramar, volvió la cara hacia la nave, donde Diego, los cómitres y la marinería, observaban mudos la escena, aguardando de su capitán una palabra o un gesto que los sacara de su desorientación. Pero la única aclaración que recibieron no fue sino una sonrisa de connivencia hacia el aragonés, sacudiendo su testa con maliciosa incredulidad. Mientras Jacint Blanxart acompañaba con un furioso malhumor al Conseller al torreón del puerto, susurró para sus adentros:

«¿Que poderosa estrella te ampara, Galaz del diablo?»

Diego se preguntaba qué habría ocurrido para que la tripulación murmurara entre sí y en los semblantes de los pilotos hubiera una expresión de preocupación. Tartamudeó ante Felip, como si aquella decisión constituyera un milagro.

—¿Acaso ha surgido un imprevisto?

—Eso parece, Galaz. Seguro que partimos muy pronto, aunque no sé a dónde.

¿Ponía en peligro la nueva orden sus pesquisas y el perpetuo dilema de su origen? Sin quererlo se le vinieron a la mente unas palabras que solía advertirle fray Bernardo, cuando le preocupaba algún suceso imprevisible: «Mira, Diego, no existe fuerza ni virtud humana que pueda impedir lo que el destino o la Providencia hayan determinado de antemano. Así que abandónate en sus manos invisibles y espera a que Dios toque ese misterioso instrumento con sus manos sabias y nos haga danzar como muñecos de cómicos».

Y bien parecía que la ventura de aquellos hombres había cambiado inesperadamente. El acerado gris del cielo se fusionaba con el azul de las aguas que lamían dóciles las rocas carcomidas del embarcadero, mientras el chillido de los cormoranes se convertía en el contrapunto ideal para que Diego Galaz recordara a Isabella, pensara con preocupación en el incomprensible secreto de Zakay ben Elasar y evocara al capitán Conrado Galaz. ¿Habría arriesgado tanto y había llegado tan lejos para nada?

«¡Qué burlón derrotero ha tomado mi destino», pensó, mientras se extasiaba contemplando las colinas de la legendaria Atenas.

La cruz de la salvación

Nicolás advirtió que la tristeza poseía a Isabella, su prima.

Ella leía por enésima vez una carta que le había llegado de Barcelona entre las sacas de especias de los Astolfi. Su alegría se había esfumado, estaba presa de la confusión y unos lamentos mudos la sacudían. ¿Le había ocurrido algo irreparable a su amigo Galaz? Sin decir palabra, Isabella dejó caer la carta como si su mensaje le hubiera taladrado el alma. Pálida, con un velo de lágrimas en los ojos, se derrumbó en el escabel. El abarquillado pliego fue a caer ante las botas de Nicolás, que pasó los ojos por el texto. De su boca escapó una exclamación de incredulidad al concluir su lectura.

—¿Se ha marchado a Alejandría?

—Eso parece, y algo me dice que ya no lo veré nunca más —se lamentó la joven—. Esta carta más bien me parece una despedida, una excusa para romper nuestra promesa.

Desorientado, Nicolás le recordó su horóscopo y la caballerosidad de su amigo. Pero Isabella no tenía la flema suficiente como para iniciar con su primo un coloquio erudito sobre astronomía. ¿Se había equivocado sobre las intenciones de Diego Galaz? Era evidente que el correo la había herido. Respetaba su decisión y posiblemente los sueños de Diego eran grandiosos, pero su determinación de zarpar a Oriente la habían hundido en la desesperanza: «No desea ataduras y escapa de mí», reflexionó.

Los días pasados junto a él, en medio de una complicidad sin límites, habían sido un deleite para su corazón. Había conocido al fin a un hombre que actuaba sin ambición, que era proclive a la generosidad, recto de intenciones, amante apasionado y refractario a la mentira. Para ella la carta era como si se hubiera arrepentido de la promesa que le había hecho. Su espíritu no podía tranquilizarse y temía un futuro amargo, pues el más bello amor que había vivido acababa de perderse, quizás para siempre.

—Yo creo que Diego se expresa de forma recta y que es absurda tu aprensión. Con los días, tu tristeza se desvanecerá.

—La carta no puede ocultar que me abandona por ese loco deseo de buscar su origen. Pero su caligrafía es indecisa y esconde más que lo que dice —se lamentó la joven entre sollozos—. ¿Quiénes son ese niño del que habla y esa joven viuda a la que ha ayudado? ¿Estuvo antes en Barcelona? ¿Acaso no parece que se haya refugiado en sus brazos? Además asegura haberse embarcado en una aventura al fin del mundo. ¿Será cierto? La espera eterna, o quizás su muerte, terminarán por aniquilar el destino que habíamos prometido juntos.

—No creo que Galaz sea un embaucador; si algo significa para ti, serena tus lágrimas —le rogó—. Diego es un hombre digno, lo conozco bien. Espéralo.

Isabella secó sus lágrimas con su pañuelo de Ypres, y se envalentonó.

—¿Acaso mis exigencias eran inmoderadas? ¡Me ha dejado por ese anillo endiablado! ¿Cómo lo voy a disculpar, primo? No regresará. Lo intuyo en sus palabras.

La muchacha estaba dolorida y no podía reprimir su llanto. Nicolás lamentó que la carta hubiera herido tan gravemente el temple de Isabella. Celosa de su respetabilidad, hizo un esfuerzo para que su rostro no dejara traslucir su desolación. Aprovechando la mejoría de humor de su prima, Nicolás la indujo a pensamientos más bondadosos acerca de Diego.

—Ponlo a prueba durante el tiempo que te ruega.

—¿Y resignarme a aguardarlo como si fuera la esposa de un marino o de un guerrero, y que un día me anuncien que está muerto? —protestó con vehemencia.

Isabella apretó entre sus menudos puños el áspero pliego de papel que le tendió Nicolás y lo arrojó al fuego del hogar. Luego, más comedida, sin acusarlo pero tampoco sin exculparlo, dijo:

—Poco importa si es verdad lo que me dice Diego en su recado, pero me ha transmitido la noticia de su marcha con tan poca piedad que ha devastado mi alma. Sin embargo, me interesa tanto que únicamente quiero saber la verdad. Y te juro por los huesos de nuestros antepasados que la sabré.

Isabella alzó sus ojos al cielo donde una nube acababa de ocultar un sol entristecido. En el silencio se oyó un suspiro de aflicción, como si la burbuja que envolvía su vida hubiera estallado dejándola sin protección. ¿Le había contado Diego la verdad, o se trataba de una disculpa para abandonarla? Una fuerza misteriosa la unía no obstante a aquel hombre, y el miedo a perderlo para siempre era tan real, como el papiro que consumían las llamas. Isabella volvió su rostro, de nuevo apesadumbrado, se incorporó y se abrazó a Nicolás expresando su aflicción.

—Te ayudaré a que desentrañes la verdad. Seré tu cómplice Isabella —anunció su primo.

Aquel atardecer le pareció el más lento y triste de su vida.

Conforme pasaban los días, Isabella se veía más en un callejón sin salida que la conduciría a una existencia odiosa e insoportable. Su semblante expresaba pesar; distante de su familia, únicamente le placía estar sola. Antes de las festividades de la Pascua de la Natividad, mientras lloraba apoyada en su almohadón, su primo, su tía y su tío Mauricio entraron de puntillas en la alcoba. En sus caras se dibujaba la preocupación. Tras conversar con ella y consolarla, la hicieron partícipe de una noticia que le dejó helado el corazón.

—Querida, hice algunas pesquisas con Alberico Astolfi, mercader amigo mío, que me asegura que el armador Jacint Blanxart zarpó el verano pasado de Barcelona y que no ha retornado aún —aseguró Santángel—. Falta de la ciudad desde hace un año y según el Consolat no regresará hasta primavera. Diego Galaz no ha podido embarcase con ese naviero. Resulta evidente que esconde una mentira. Creí que debías saberlo.

—Seguro que todo esto tiene su explicación, padre —terció Nicolás.

—Restaña las heridas de tu corazón y olvídalo, sobrina. No te faltarán pretendientes —insistió su tío, que le besó la frente con intensa ternura.

Isabella asimiló la noticia que venía a confirmar sus presentimientos. En sus largos insomnios había agotado sus lágrimas. Trataba con severidad su cuerpo, aborreció la comida, y a medida que pasaban los días se consumía en la tortura del recuerdo de Diego. Su vitalidad se resintió y su rostro, antes gracioso, se transmutó en una máscara de tonalidad violácea. Para mitigar el sufrimiento de la revelación y escapar de los consejos de sus tíos, Isabella se refugió en la soledad aromática de la iglesia de San Pablo, donde oraba largas horas y a veces murmuraba imprecaciones contra el cielo.

Una semana sucedió a otra e Isabella empezó a pensar en romper aquella espera interminable. Notaba que no estaba dispuesta a resignarse. Y, o poco se conocía a sí misma o viajaría a Barcelona para conocer la verdad, pues la explicación de la carta de Diego no la había convencido, pero tampoco el testimonio de su tío. Evocaba constantemente los ojos castaños de su amante, y esbozaba una ligera sonrisa de placer. El alma instintivamente rebelde de Diego Galaz le fascinaba, y no estaba dispuesta a perderlo. Su carácter era demasiado orgulloso para exponerse a un desaire y, aunque se movía con una conducta reservada, incluso tímida, pocos conocían su valor.

No necesitaba confiarse a otros y su sangre fría, después de los peligros pasados tras perder a su familia, no sólo no había desaparecido, sino que se había afirmado. Todos la tenían por una criatura ineficaz, deliciosa incluso, impresionable y de dulzura angelical, sonriente siempre, y asequible a sus semejantes. Pero como en todos los seres humanos, su espíritu era un saco de contradicciones. Pasaba encerrada las horas en su aposento tocando el órgano hidráulico, como abismada en el ensueño de la pérdida de Diego Galaz, el objeto de su adoración, diciéndose: ¿cómo, siendo mujer, me permitirán obrar libremente?

Su tío Mauricio llegó a preocuparse por su salud, pues, después de semanas de mutismo, enfermó. Para la Epifanía quedó postrada en cama, de la que salió sólo por los ruegos reiterados de Nicolás. Isabella se acostaba y su imaginación volaba al mar de Barcelona, como si fuera el único lugar del mundo donde su recuerdo permanecía inviolable. Una melancólica tristeza se había apoderado de la joven, a quien sólo los oficios divinos, los rosarios y las retahílas de padrenuestros, conformaban su corazón de judía convertida.

Se mortificaba con una severidad irracional, como si fuera culpable de la separación, y vivía minuto a minuto una tortura que minaba su frágil cuerpo. Bebía un veneno atroz que arrasaba día a día su espíritu selecto. Un pesar angustioso se enseñoreó de su interior, como si un rayo maléfico le hubiera caído del cielo. Se mostraba incapaz de comunicarse con el resto del mundo, y hubiera perecido de inanición de no ser por su primo Nicolás, que la asistía como el mejor de los físicos. Farfullaba incoherencias, derramaba un llanto inconsolable y más parecía una masa inerte tendida en el lecho, que una joven deseable.

Nada de lo que la rodeaba la inducía a seguir viviendo.

«¿Cómo voy a resignarme a perder a un hombre tan fascinante, original en sus ironías, entusiasta sin condiciones y que ama la amistad sin nubes? ¿Por qué ha faltado a la verdad diciendo que se ha embarcado, cuando no ha sido así? ¿Se hallará enfermo del morbo negro y lo oculta?»

Ausente, paseaba por los rincones umbríos del jardín acompañada por el picoteo de los pavos reales y el zureo de las palomas a las que participaba sus penas, aunque no la entendieran. Enferma del alma, oprimida por una melancolía delirante, cada día se hacía más fuerte su añoranza. El ser lejano e invisible, Diego Galaz, que la había despertado a la vida, era el alimento que le faltaba a su espíritu. Sin embargo una inquietud silenciosa se agitaba en su pecho, ordenándole que extrajera las espinas de su corazón como se extraen las flores muertas de un estanque.

«La única medicina que disiparía las dudas que ha sembrado

Diego en mi corazón sería ver con mis propios ojos lo que me ha asegurado, y saber si me dijo la verdad», cavilaba.

Una mujer judía era respetada en la sociedad conversa, pero no se tenían en cuenta sus sentimientos. Isabella anhelaba saber de Diego, pero ¿cómo hallar un camino para lograrlo? Había adoptado las maneras de una viuda, poseía su misma inconsolable blancura y la recatada castidad de las mujerucas vestidas de negro de la parroquia. Escaparse sería romper los vínculos con una familia a la que sólo debía gratitud. No quería contrariarlos, pero tenía que hallar una excusa poderosa para salir de Zaragoza.

—Los infortunios del azar los puede cambiar uno mismo con su esfuerzo, Nicolás —le decía a su primo—. Somos nosotros los que creamos nuestros duelos. Diego se ha enseñoreado de mi vida y estoy segura de que se halla en Barcelona por una causa que quizás por prudencia calla. Mi situación es angustiosa. Ayúdame a ir a buscarlo, te lo ruego. Quiero salir de este lugar amado, pero maldito para mí —dijo y lo besó en las mejillas.

—No permitiré que este asunto destroce tu corazón. Te ayudaré.

El cielo vino a hacerle justicia un frío día de San Blas.

Las ventiscas del norte habían cesado. El sol, que nacía moteado de gris, se mostraba más vigoroso. El cielo se desplegaba en una infinitud de tonalidades azuladas, y los días se alargaban. Isabella detestaba el aullar del viento; la humedad del río la hacía encerrarse en su aposento, donde hilaba en la rueca, bordaba con hilos de oro y se entretenía con su labor más querida, tañer el laúd y cantar.

Aquella mañana de febrero una luz inquieta latía en la atmósfera. A Isabella le llegó nítido el repique de los carillones de la Seo del Salvador y de los campaniles de la Aljafería y la Zuda, cuyo eco resonaba por encima de las torres y las almunias del Campo del Toro. ¿Qué ocurriría de extraordinario para que las campanas doblaran a horas tan intempestivas? Isabella se asomó al ventanal y escuchó el rumor de una lenta corriente de vecinos que, abandonando jergones y yacijas, acudían del Puente de Piedra, congregándose en la cercana iglesia de San Pablo. Una invasión pacífica de peregrinos, disciplinantes y penitentes que seguían una cruz gigantesca de avellano, rugosa y ensangrentada, se había adueñado de Zaragoza. No se escuchaban ni clarines ni timbales, ni el piafar de caballos, sino rezos y *letabundi* de penitencia dirigidos a Dios.

Isabella estiró el cuello intentando adivinar qué pasaba. De repente, la comitiva irrumpió en el ámbito de su visión. Un clérigo barbudo vestido con hábito de estameña, coronilla tonsurada, de aspecto seráfico y rostro del color de la ceniza, era conducido en un pollino por prebostes del Concejo y prebendarios de la catedral. Sus ojos fulguraban como el carbunclo entre las ranuras de unos párpados entornados; como Cristo en su entrada en Jerusalén, era aclamado por el pueblo y también como el Redentor, era acompañado por un cortejo de disciplinantes y peregrinos con bordones de madera de encina.

Portaban dos reliquias que decían milagrosas, ante las que la multitud se inclinaba: *La Creu de la Salvació*, un madero que decían había sido talado cerca del Tiberíades, y una asombrosa urna de cristal donde yacía el cuerpecillo momificado de uno de los Santos Inocentes. Los disciplinantes aseguraban que había sido traído de Tierra Santa por Raimundo de Tolosa, el conquistador de Jerusalén, tras la primera cruzada. Como si fuera un príncipe de la Iglesia, una legión de discípulos y ascetas de raídas cogullas acompañaban al guía espiritual. Tras ellos, una multitud de monjas y beguinas de tocas blancas anunciaban la segunda venida del Cristo y el fin de los tiempos.

Isabella quedó sobrecogida por la procesión.

—Prima, ¿has visto? —le preguntó Nicolás que irrumpió en la sala alarmado.

—¿Quién es ese predicador al que agasajan como a un obispo, primo?

—Es conocido como el Profeta de Aínsa, y también como fray Guifré de la Creu. Es un ermitaño al que no se le conocen órdenes sagradas. Vanagloriándose de su santidad, predica la caridad evangélica y la pobreza de la Iglesia.

—Su imagen me resulta vagamente conocida y sus ojos han dado un vuelco a mi corazón. Y si no fuera porque aquél vestía de rojo como un obispo y este parece un asceta del desierto, con esas barbas y el cuerpo artrítico, diría que son una misma persona. Aún no se ha borrado de mi memoria aquella frase horrible de «Yo soy la ira de Dios» y el olor a hogueras que devoraban carne judía, que yo amaba o conocía.

—¡Cualquiera sabe! Eras muy pequeña y es poco probable, aunque que más da sea éste o aquél el que prendió la hoguera. Este anciano va por los caminos reformando rameras y pecadores contumaces, y su nombre es distinto al de aquel cruel mosén Anton y su caterva de iluminados asesinos.

—¿Y qué predica? ¿Más quema de aljamas?

—No. La llegada del Apocalipsis y el fin del mundo —repuso Nicolás—. En su arrebato anticlerical aseguran que apalea a los clérigos lascivos y a los capellanes indecentes con los que se encuentra. Los obispos no lo ven con buenos ojos y los rabinos le temen, pues han quemado dos sinagogas en el valle de Boltaña, donde el brote de la peste negra se ha recrudecido, avivando el pánico. Por donde pasa es aclamado por el pueblo y se le unen pobres, proscritos, apóstatas de la fe, vagabundos y cristianos con graves culpas que ansían regenerarse.

—¿Y por qué esa aversión a nuestro pueblo? ¿Afrentamos quizás a Dios?

—La tradición cristiana vaticina que el Anticristo nacerá de la tribu judía de Dan. Hasta Tomás de Aquino y los escolásticos lo aceptan. Esto unido a que nos creen culpables de la muerte de Cristo, causantes de la pestilencia y envenenadores de pozos y manantiales, nos hace el blanco de sus iras.

—¿Y adónde se dirigen, Nicolás? —inquirió interesada.

—Huyen de la epidemia negra; son gentes de Loarre, Sábada y Gurrea. Van a venerar las reliquias del monasterio de Poblet y de Santes Creus y luego a Barcelona, donde predicará ante el mismísimo rey don Pedro, un monarca ansioso de vaticinios y propenso a los visionarios y echadores de ensalmos, que se cree el Rey del Fin de los Días. Algunos dicen que su intención es encaminarse con ese tropel de mendigos y *pauperes* en un viaje sagrado a Rodas y de ahí a Jerusalén, para postrarse ante el Santo Sepulcro. ¡Insensatos! Allí hallarán la muerte a manos de los feroces mamelucos —afirmó—. La era de las cruzadas ya concluyó.

—Ese predicador posee una majestad natural y unos modales humildes que impresionan, pero su mirada me ha despertado recuerdos que me inquietan. ¿Nos acercamos a verlos, primo? —le rogó Isabella persuasiva.

—Los guías de la salvación que predican la pobreza apostólica me escaman, pues aceptan cuantiosas limosnas. Meten miedo a las gentes que se pegan asustadas a los faldones de sus hábitos. A mí me parecen unos embaucadores que se aprovechan del pavor del pueblo. Pero vayamos si así lo quieres.

La multitud los empujó dentro de la iglesia. El clangor de las esquilas y los cantos gregorianos atronaron la atestada nave, iluminada por cientos de candelas. Las campanas dejaron de doblar y la multitud se apiñó frente al altar. El irrespirable tufo a humanidad, comida rancia y sudor, apenas era aventado por las vaharadas de incienso. El Profeta se disponía a hablar y un mar de cabezas impacientes se agitaba como espigas en un trigal. Sólo se escuchaba el chisporroteo de los velones y los gemidos de las beatas. Un grito del predicador heló la sangre de los asistentes.

—¡Almas pecadoras, empedernidos herejes que os dejáis llevar por las trampas del Maligno, por la gula, la soberbia y la lascivia! —clamó con los ojos inyectados en sangre—. La muerte danza con su guadaña ante nosotros y ya se acercan las plagas del Apocalipsis. Sufriréis hambre, terremotos y pestilencias, la tierra y los cielos se abrirán y se alzarán falsos salvadores que harán portentos y milagros. ¿Y qué hay después? Si no hacemos penitencia, las llamas del infierno eterno y legiones de demonios torturadores a vuestro alrededor. *¡Dies Irae!*

—*¡Tu es doctor mirabilis celestis, incarnatio Sancti Spiritus!* —exclamó uno de sus seguidores con el rostro congestionado.

—¡Amén, Señor! —le contestaron los demás.

El gentío que llenaba la iglesia, lejos de apaciguarse, gimoteaba y aclamaba al santo viviente, que de improviso alzó su barba flotante, cerró los párpados y entró en un trance que a Nicolás le pareció simulado. Los rostros, atenazados por la invectiva prédica, aguardaron impacientes. De repente abrió sus ojos aterradores como si fuera el enviado del Reino de la Redención.

—¿Os sentís culpables, blasfemos de Dios? —exclamó echando saliva por la boca—. Rezad conmigo el *Benedictus* y el *Confiteor*, pues de lo contrario jamás entraréis en el reino de los Bienaventurados, la Jerusalén Celeste. Desconfiad de los clérigos fornicadores, esa raza de Caín que ha erigido un altar a la avaricia y a la lujuria y que ha emergido de las profundidades del abismo para perdición de la Iglesia.

Concluida la charlatanería apocalíptica, los penitentes se cogieron de las manos y rodearon el presbiterio. Olían de una forma pútrida, pues no se aseaban, vestían el mismo sayal y la sangre formaba repugnantes costras en sus espaldas.

—¡Disciplinantes del martirio puro, yo os llamo ante Dios! —los convocó.

Dócilmente, una veintena de mugrientos flagelantes, con los rostros ocultos, se prosternaron con los brazos en cruz y con la cara pegada a las frías losas. Inmediatamente otros cofrades, esgrimiendo flagelos con clavos de plomo y huesecillos, pasaban sobre ellos y los azotaban con saña. No se oía un solo gemido, sino los cánticos de los peregrinos entonando loas a la Gloria del Cordero, a las llagas de la Crucifixión y la Sangre vertida por el Salvador. Cuando finalizaron los himnos, todos cayeron al suelo al unísono, como impelidos por una mano gigantesca. El Profeta, satisfecho, pasó entre ellos solemne, contemplando el aquelarre de sangre y purificación.

—Son tiempos de muerte e infortunio. ¿Por qué os escondéis

de la presencia de Dios, pecadores? —les decía—. ¡Arrepentíos! El Juicio Final se aproxima! Cargáis con todos los pecados del orbe y sólo la ceniza y el castigo del cuerpo os redimirán. Padre de la Misericordia no tengas en cuenta el ejemplo de tus simoníacos ministros y de sus corrompidas almas y salva a tu pueblo. ¡Misericordia, misericordia!

La severa ceremonia prosiguió con una nueva lluvia de golpes. Los cuerpos se convirtieron en un amasijo de sangre y jirones descarnados. Isabella, ante la sangrienta y escalofriante visión, volvía el rostro, pues la flagelación la amedrentaba. Los azotes contraían los miembros de los penitentes, que parecían estacas carmesíes. La sangre salpicaba los paños del ara, a los fieles de las primeras filas y las columnas del santuario, mientras un Cristo escuálido y de ojos vacuos, presidía el bárbaro ritual de penitencia en su desagravio. Algunas mujerucas se lavaban el rostro con la sangre y embadurnaban a sus hijos con la esperanza de que los preservara del morbo pestilente. En medio del delirio, algunos disciplinantes se arrancaban las costras y bubas ensangrentadas, que sufrían por castigo de Dios.

—¡No queremos morir, piedad Señor, piedad! —gritó una mujer, enloquecida.

La feligresía, arrebatada con la prédica, rogaba su bendición como en el sermón de la Montaña. Muchos alababan al Profeta, otros gemían, los más se daban golpes de pecho, aterrados por los vaticinios del santón, que repartía aspersiones con un hisopo, mientras los fieles llenaban un mantón de monedas y viandas para el errático cortejo de sus disciplinantes.

—El reloj de la humanidad ha llegado a su fin —proclamaba el Profeta—. Quien de vosotros desee seguir a la mesnada sagrada de los Últimos Días, que se acerque para que yo lo toque y lo conozca —dijo como si fuera el ángel exterminador del Armagedón—. ¡Uníos al ejército de Dios y la Cruz de la Salvación y purgad vuestras culpas!

No fueron muchos los que decidieron dar el paso de dejar sus comodidades y braseros para patear los caminos de Aragón y Cataluña. De repente, Isabella, de pie y en silencio junto a Nicolás, percibió un estremecimiento en su pecho. Se sintió suspendida en el aire inmóvil, subyugada por un fulgor supraterrenal en el que parecía ascender al cielo, rodeada por el santo Profeta y el arca de cristal del Inocente, que parecía una formidable crisálida levitando sobre el altar. Era la ocasión que aguardaba desde hacía semanas. Como si fuera algo largamente meditado, Isabella se alisó su vestido verde salvia, se recompuso y se deshizo de Nicolás, de quien se escabulló como un pez en el agua. Cuando quiso darse cuenta, Isabella ya estaba arrodillada junto a otros devotos ante el Profeta, que le preguntaba por su nombre, familia y deseos de integrarse en la hermandad de flagelantes de los Últimos Días.

—Isabella, de los Santángel de Gerona y Carcasona —declaró sonrojada su identidad—. Ansío encontrar la paz de mi alma y al ser que da sentido a mi existencia.

—¡Dios también derrama su gracia sobre las familias conversas, pero debe probarlas con ayunos y penitencias! —y la bendijo con una complaciente sonrisa—. Hija, el día de Santa Eulalia, te unirás al grupo de beguinas* y te ligarás a mi hermandad errante. Que Jesús te lo premie con su gracia.

Cuando regresó al lado de Nicolás, éste la reprendió tirándole del brazo.

—¡Estás loca! Sé por qué lo haces, prima. Estás trastornada por la pena y el desamor. Quieres reunirte con Diego Galaz y ésta es una oportunidad, aunque llena de peligros inciertos. ¿Sabes lo que has hecho? Mi padre se opondrá y no lo consentirá.

Ella lo contempló con piedad. No había comprendido el dolor de su alma.

—El espíritu del Señor nos acompaña. ¿Qué he de temer? Así no viajaré sola y estos hombres santos me protegerán. Lo haré quieras o no. Una promesa sagrada hecha ante el ara del altar no la puede impedir ni Dios mismo.

Nicolás no entendía si la súbita decisión de su prima era suti-

* Mujeres sin voto de pobreza que hacían vida monacal.

leza femenina, pérdida del sentido común o devota impresión ante el iluminado predicador. El caso es que su corazón lo había decidido y comprendía que o se hace todo por el amor, o no se hace nada.

Súbitamente a Isabella le subieron por la garganta crecientes vapores. La muchacha ingresó en un blando sopor. La azafranada luz de los cirios le mareaba y un calor agobiante la transportaba a un mundo de silencios. Los clamores de los fieles reverberaban en su cerebro, como si la estructura del templo se tambaleara y su maciza armazón cayera sobre sus cabezas. Sintió que un confuso sonido le taladraba las sienes y le faltó el aire. Temerosa se sujetó al brazo de Nicolás. No oía el latido de sus pulsos y se sumió en una oscuridad abismal, en un descenso a las tinieblas que la privaba del discernimiento. «Seguidme en esta peregrinación sagrada —repercutió el mensaje en su cerebro—. Seguidme, seguidme, seguidme.»

Cayó en el suelo como un fardo, sin sentido. Luego vino la nada.

Los rayos del sol se filtraban a través de los encajes del dosel del lecho.

Una hora después Isabella se retorció entre las sábanas y gimió. Estaba aturdida y el astro de luz, que asomaba y desaparecía de su embotada visión, danzaba frente a sus ojos. La cabeza y el hombro le dolían y estaba demasiado débil para preguntar. Su mente entumecida no podía enviar palabra alguna a su boca, y parecía que el aire inmóvil la sostenía en el aire. Mientras, escuchaba una voz que surgía de su cerebro, y que ascendía y descendía como un recordatorio de sus laxos pensamientos, ordenándole en medio de su aturdimiento:

«Seguidme —resonaba rumoroso—, seguidme.»

—¿Te encuentras bien Isabella? Gracias a Dios que te has recuperado.

Ante su mirada desfilaron los rostros queridos de sus tíos, de

Nicolás, de un físico de nariz ganchuda y de los sirvientes, que manifestaban su alegría a verla recuperada. Inmediatamente recordó con nitidez los instantes anteriores a su privación, los cuajarones resecos de los flagelantes, la feroz tensión que sufrió, aquellos ojos inflamados del Profeta, que le recordaban el más ominoso suceso de su infancia, y su lengua ardiente que les conminaba a seguirle. Entre el mudo estupor de sus familiares, como rumiando una idea que su cabeza había formado mientras estaba inconsciente, balbució con apenas un hilo de voz, descorazonando a todos:

—He decidido seguir los pasos del Profeta y unirme a sus peregrinos —les soltó.

—¿A qué viene ese disparate Isabella? No se habla de otra cosa en la vecindad. Son una banda de facinerosos —dijo su irritado tío, que no salía de su asombro.

—Se han unido otras mujeres más, entre ellas la hija del archivero del rey.

—¿Estás acaso desquiciada? ¿Cómo puedes abandonar una vida de lujos y holganza por ese loco? ¡No! No te unirás a esa reata de andrajosos alumbrados.

—Hija, tus muestras de excentricidad son cada día más patentes —dijo la tía desabridamente—. Has añadido una prueba más de que tu cabeza no rige con sentido. ¿No eres feliz en esta casa bendecida por Dios con paz, salud y risas?

¿Quién la entendía en aquella casa? ¿No comprendían que no podía aceptar aquella situación de dudas y que su determinación respondía a un proyecto cuyo resultado serían el sosiego y la felicidad? La tragedia y la culpabilidad que le habían martirizado habían concluido y se negaba a escuchar a sus familiares, quienes como un coro quejumbroso trataban de impedir su marcha a toda costa.

—No lo comprendéis queridos tíos. Él, Jesús, lo quiere, y lo haré en contra de vuestros deseos o con vuestra anuencia. Lo he prometido ante la Cruz —reveló terminante—. No tengo sino agradecimiento por vuestros desvelos y no quisiera que sufrierais por mí, pero mi alma ya lo ha decidido. Sobrevivo con una pena desmesurada dentro de mi corazón y sólo la entrega a Dios me redimirá. Me uniré a otras mujeres penitentes de Zaragoza y cuando mi corazón esté sosegado regresaré, si me aceptáis. Dios me lo rogó antes de desmayarme y en sus manos deposito mi vida. Media Europa peregrina buscando la salvación, no me neguéis este ferviente deseo, tíos. El Creador me llama y su ira caerá sobre esta casa si os oponéis.

La alcoba se cargó de una desagradable y tensa calma.

—Intuyo tus verdaderos propósitos sobrina, y espero que lo hayas meditado —dijo desabrido—. Sabes que me puedo oponer. Me amparan las leyes judías y cristianas.

Dejó escapar un profundo suspiro, como si le contrariase la actitud de sus seres queridos; y su faz se transformó en firmeza e ira.

—Ni los decretos de los jueces, ni los preceptos de los reyes o de los rabinos pueden estar por encima de los mandatos del corazón y de un juramento hecho a Dios —insistió con tenacidad.

Nicolás, que se mantenía a distancia, se adelantó con gesto cándido.

—Padre, escúchame. ¿Sabes que esa turba ha incendiado dos sinagogas y asesinado a varios conversos antes de arribar a Zaragoza? ¿Deseas que nuestra judería arda por los cuatro costados y esta casa sea arrasada hasta sus cimientos con sus moradores dentro? Ese santón conoce nuestra identidad y la promesa de Isabella de seguirle. Déjala ir. Una masa fanática y enfurecida es más peligrosa que la peste.

—Jamás nos perdonaríamos si le pasara algo. Una mujer sola es una presa fácil para cualquier desaprensivo por muy religioso que se muestre. No, no insistáis.

—Las peregrinas y monjas zaragozanas se protegerán entre ellas —insistió el joven—. Además las beguinas, mujeres de santas costumbres que lo siguen, se ocupan de las doncellas, y en esa cofradía parece reinar la virtud y la integridad. Antes de la Pascua Florida estará de vuelta, con su ánimo sosegado y en paz con su alma. ¿Habéis olvidado ya lo que ha sufrido? Sé indulgente padre, te lo ruego. Sabe defenderse sola y tenemos amigos a lo largo del camino.

La solidez de sus razones y el recto juicio de Nicolás hicieron mella en maese Mauricio quien, enfurruñado, depuso su actitud; contó con el apoyo de su esposa, que asintió con la cabeza. Oponerse podría convertirse en una tragedia familiar, conocido el carácter irreductible de Isabella. Nicolás esbozó una sonrisa de complicidad con ella, que lloraba de contento.

—Espero que tu corazón herido se libere con esa descabellada peregrinación —se resignó su tutor—. Si tienes alguna contrariedad, enfermas o deseas regresar, acude a las juderías por donde pases. En Barcelona utiliza los correos y la caravana de *micer* Astolfi. Me debe favores y parte para Zaragoza todos los lunes desde las Atarazanas. Que el Altísimo te acompañe, hija. Cuídate y busca la protección de ese hombre de Dios en todo momento. Rezaremos por ti, pero has llenado nuestro corazón de desconsuelo.

—Regresaré sana y salva y bendecida por el Altísimo —contestó agradecida.

Una furiosa cellisca se desencadenó al amanecer, cuando el Profeta y sus seguidores salían de Zaragoza por la puerta de Baltax. Isabella, junto a las penitentes de la ciudad, volvió la vista atrás, dejando a sus espaldas la placidez y el afecto de los suyos, aunque con la firme convicción de hacer lo que debía. Con una capa, sayal y cofia de mujer dedicada a la oración, un fardel con sus pertenencias, una bolsa oculta y un bordón de romera, seguía a los disciplinantes, a los que bajo la lluvia se les notaban los azotes, como rúbricas trazadas con tinta roja en sus miembros.

El Profeta, a quien Isabella observaba intentando reconocer en él al causante de la muerte de sus padres, se había rodeado de un halo misterioso e inaccesible; salvo sus más fieles, que controlaban las limosnas y dineros, nadie se le podía acercar, lo que acrecentaba su fama de santo intocable y, sobre todo, intimidaba a sus seguidores.

«¿Será él quien causó la muerte de los míos? ¿Recuerdo ese grito que me pareció oír cuando arribaron a Zaragoza, su mirada de halcón asesino? Quizás lo fuera, aunque bien pueden ser figuraciones mías», cavilaba.

Caminaban por los caminos como si barruntaran el Apocalipsis.

No obstante, prefería pensar que todo era fruto de su mente enfebrecida.

Con el ardor de su juventud, caminó pletórica, pisando los pequeños charcos y oyendo las oraciones del Profeta y las llamadas de las campanas despidiendo a la cofradía itinerante de los Últimos Días. Como una hilera de almas en pena, el ultraterreno cortejo de flagelantes, al que se habían unido algunos peregrinos de espurias intenciones, se perdió por el camino real. Isabella Santángel, en el fondo de su corazón desdeñaba a aquellos visionarios y los compadecía, pues respiraban más herejía que los obispos y cardenales a los que aborrecían.

Pero seguirlos era la forma perfecta de saber de Diego Galaz. ¿Se despejarían sus incógnitas por sí solas? Isabella ignoraba que aquella caterva de penitentes, cuando los fulgores de la luz eran vencidos por las sombras, se entregara a una vertiginosa lucha entre lo sagrado y lo mundano, lo místico y lo real, lo puro y lo más vil, con victoria incierta de la virtud.

Degustaba su libertad y la batalla por su amor, pero se sentía sola, vulnerable y frágil en un mundo desconocido. ¿Podría mantener, rodeada de lobos, el voto de castidad entregado a Diego en nombre del amor, y superar los peligros que la acechaban? Con tristeza, se dio cuenta de que, para lograr lo que deseaba, tendría que caminar por el filo de la navaja. Un temblor le corrió por la espalda, pues las cosas no parecían ser lo que esperaba.

Atrás quedaron las aguas plácidas del Ebro, y más allá la marca Catalana, con sus montañas, ciénagas y bosques jalonados de cruces y tumbas. Isabella miró al frente, mientras los cofrades del Profeta, con los ojos ansiosos, olían herejes, marranos, judíos o descreídos, prestos a quemarlos o cercenarles el cuello, mientras entonaban antífonas a Cristo Salvador, tras la fantasmagórica sombra de la Cruz de la Salvación y el Inocente momificado, que infundía más pavor que devoción.

Isabella se envolvió en la capa como si fuera su único hogar.

El rescate

El baluarte ateniense aparecía inusualmente vigilado por una numerosa fuerza de almogávares. A Blanxart le sorprendió tanto secreto y cautela.

Una macilenta claridad despuntaba entre ráfagas cargadas de humedad. Diego, inmovilizado por el frío, se arrebujó en el capote, con la vista fija en el fortín donde había entrado el armador. ¿Qué habrá sucedido para guardar tanta reserva? ¿Sería verdad, como aseguraban los pilotos, que peligraba la invernada y que partirían en breve con rumbo desconocido? La tripulación murmuraba, dispuesta a oponerse.

El cónsul real en Atenas, un hombre de cráneo rapado y ademanes decididos, se acomodó en un solio de alto respaldo e invitó a Blanxart a secundarle, y a tomar vino de Volpaia. El ministro era tenido por un hombre disoluto y hedonista que solía caer en los vicios de la carne y la gula, aunque era muy sagaz para los negocios. Un tapiz en tonalidades doradas representando un combate mitológico entre Aquiles y Héctor el troyano, decoraba las paredes del glacial torreón. Los blasones, los velones gastados y las panoplias que colgaban de sus muros, refulgían con la remisa luz que penetraba por las troneras, aumentando el perfil anguloso de Albert Rocabertí, amigo del Cargol, quien fijó su mirada en el dignatario, atendiendo a sus palabras.

—Dominar a los enemigos es el único fin en política, Jacint, y ese poder puede esfumarse si no lo sostienes con la astucia —dijo, mientras jugueteaba con un reloj de arena—. De modo que evitar la imagen de vulnerabilidad y llevar la iniciativa son extremos esenciales en la partida que juega Aragón en esta parte del mundo.

Ignoraba a qué se refería, pero el asunto debía de ser grave por su evidente nerviosismo.

—El poder es un bien que hay que utilizar con exactitud, Albert —sancionó Jacint, a sabiendas de que se refería a algún conflicto con los genoveses que le fastidiaría sus proyectos más próximos.

—Así es, y la real orden por la que te he retenido no puede ser más categórica —dijo mirándolo fijamente a los ojos—. Debes partir urgentemente para Alejandría y cumplir con un encargo confidencial del rey nuestro señor don Pedro y de su primo el conde Federico, pues su descuido puede acarrear gravísimas amenazas para nuestro comercio en Oriente.

—Y siendo una cuestión de gobierno, ¿no pueden solventarla los capitanes del rey que holgazanean a su alrededor? Una dotación de almogávares arreglaría el asunto de forma resolutiva. Yo sólo soy un marino y mis hombres no son guerreros.

—No, en modo alguno —lo cortó tajante—. Hemos de ser cuidadosos con la respetabilidad del trono. No debe implicarse ningún representante de la corona, ni tampoco del consulado de Grecia, por lo que te explicaré enseguida el plan.

—Existen amistades extraordinariamente gravosas —le reprochó.

Luchando contra el aturdimiento que lo embargaba, Blanxart prestó oídos.

—Escúchame. Don Federico se muestra tan amigo tuyo como mío. Es socio antiguo de La Roda, participa en sus lucros y te protege con barcos y soldados. En estos momentos resulta preciso que le demostremos lealtad en este servicio, que además nos reportará generosos provechos.

El Cargol le vio algo productivo al asunto.

—Sé que no puedo negarme. Lo aceptaré como un acto de servicio, e incluso de fe. Desembucha ya, Albert. Estoy en ascuas

—le rogó inquieto—. ¿De qué se trata esa acción que hasta las gaviotas han enmudecido a mi llegada?

Al cónsul le placía dar vueltas al plan que había ideado y recrearse con los beneficios políticos y materiales que le acarrearía. Así que, tras obsequiar a Blanxart con una sonrisa, miró hacia uno y otro lado por si los escuchaban oídos ajenos. Misterioso, se dispuso a repetir la orden real.

—Préstame atención, Jacint. Aragón está siendo acosado en el mar oriental por sus enemigos naturales, los genoveses. Poseemos señales y un testimonio patente. Por fin hemos despojado de su máscara a la República de Génova. A nuestras espaldas, en el territorio donde tenemos nuestros negocios, han fraguado una treta diabólica, con la intención de arruinar nuestra credibilidad en esta parte del mundo.

—¿Te refieres al País de los Aromas quizás? —y se estremeció Jacint al decirlo.

—Has atinado, Jacint. Escucha —dijo el cónsul, reservado—. Conocíamos ha tiempo que unos tratantes genoveses merodeaban por Nubia y el bajo Nilo. No intuimos un riesgo inminente y los dejamos hacer. Fue el cónsul veneciano de Jerusalén, *micer* Buffalmacco, el que nos alertó y puso a nuestro servicio su red de agentes. La sorpresa no pudo ser mayor: ayudados por corsarios turcomanos, los genoveses, rompiendo su neutralidad, pretendían acosar la región donde se mueven nuestras caravanas, mediante un golpe espectacular que nos colocaría en una situación embarazosa ante el Gran *Nigusa* de Etiopía.

La luz de los velones iluminó la faz contraída de Blanxart.

—¡Que el demonio les queme los bofes, *redeu*! Esos piratas de Génova no dudan en aliarse con infieles y paganos sin alma con tal de desprestigiar la corona de Aragón y envenenar las relaciones en ese país tan vital para nuestras mercaderías.

—Yo afirmaría que es una estratagema desesperada. Ese enclave comercial nos resulta imprescindible y resultaría descorazonador perder su control. Hemos de echar el resto en esta operación, Jacint.

—¿Y qué pérfida maquinación se han atrevido a perpetrar esos *fills de puta* en nuestras narices? ¿Asaltar las caravanas de la ruta de las Islas de las Especias? ¿Aliarse con los piratas del mar Rojo? Suéltalo ya Albert, o reviento.

El cónsul enmudeció, dejó pasar unos instantes de espera juiciosamente destilados, y cuando observó que Blanxart se tranquilizaba, dijo:

—Nada de eso Jacint. Los genoveses han perpetrado un rapto espectacular.

—¿Qué? ¿Un rapto? ¿De quién? —replicó con incredulidad.

—Por San Miguel, coincidiendo con las solemnidades que se celebran en el reino cristiano de Aksum, unos salteadores turcos secuestraron en Lalibela al príncipe Yekuno, nieto del *Nigusa Nagast*, nuestro aliado y abastecedor de especias de la Arabia Feliz. ¡Una catástrofe!

Blanxart se estremeció como si le hubiera mordido un alacrán.

—¡No puedo creerlo! ¿Cómo han podido secuestrar a un miembro de la familia real etíope? Ese incidente puede dar al traste con nuestros acuerdos y las pérdidas serán irreparables para La Roda y para Aragón.

—Así lo pensamos en esta cancillería de Grecia —afirmó Rocabertí—. Hemos sabido que condujeron al príncipe rehén al puerto de WadiGâsur, en Nubia, y de ahí, Nilo abajo, a Damieta, donde lo aguardaba una galera genovesa. Inmediatamente enviaron al *Nigusa* el mensaje habitual entre esas gentes. Un código secreto y temible que yo desconocía hasta ahora, y que me heló la sangre.

Jacint, que seguía como petrificado la narración, se ensimismó en una muda deliberación interior. Al fin le contestó con ironía:

—Conozco la señal, Albert, una cuerda con tantos nudos como talegos de oro exigen. Y tal vez la mano, o varios dedos del infeliz. ¿No es así?

—Una oreja exactamente. Por cada nudo piden mil *mitqales*, o sea cien mil maravedíes. Con esa cantidad los genoveses podrían comprar arneses para todo un ejército, o armar treinta naves de combate para infectar el Mediterráneo. Si tenemos en cuenta, además, que la guerra entre Aragón y Génova es cuestión de meses, el asunto no deja de presentarse peliagudo. Ese desorbitado rescate tiene un doble objetivo: lucrarse y debilitar a Aragón.

A modo de respuesta, el airado armador golpeó la mesa.

—Albert, esta tragedia afectará a la armonía que mantenemos con el *Nigusa*. Para él todos los europeos componen una única raza regida por el Papa de Roma. Nos asociarán con el secuestro. ¡Que se condenen eternamente esos genoveses de Belcebú, *redeu*!

—No van por ahí nuestros temores, Jacint. El *Nigusa* sabe a ciencia cierta que nosotros no hemos participado en el robo de su nieto, pero le indigna que el conflicto que mantenemos con los genoveses se traslade al patio de su casa. Además, el rescate lo pagaríamos los catalanes, pues el costal de pimienta pasaría de veinte doblas a cincuenta. Ese precio arruinará a la larga el comercio de las especias y las maderas preciosas, así como la excelente relación con el rey etíope. ¿Comprendes ahora la ruina que se nos avecina? ¡Nos va la vida en este asunto!

—Pues amigo Albert, permíteme mi opinión. No existe mortal que arregle este desvarío. De modo que no cuente el conde con que me juegue el pescuezo intentando amansar a ese viejo chocho. Esta vez gana Génova, aunque las secuelas en el mercado de las especias pueden ser devastadoras para Cataluña y La Roda.

A pesar de su desazón, el cónsul esbozó un rictus de ironía.

—Aún no hemos malogrado nada, Jacint, no seas impaciente. Más bien diría yo que hemos triunfado. El prestigio de Aragón ante el *Nigusa* se consolidará aún más —repuso con tono misterioso—. Y ante una más que inminente guerra con la República, cobraremos una ventaja incuestionable. Te lo aseguro.

Blanxart no sabía dónde pretendía llevarlo con aquella paradójica consideración. ¿Qué subterfugio ocultaba el viejo Rocabertí, que ironizaba con una situación tan grave? En los ojos de Blanxart surgió un repentino brillo de incredulidad.

—¿Has bebido acaso, Albert? —le reprochó—. Nos hallamos

ante una situación ruinosa, ¿y tú me hablas de victoria? No estoy para bromas, te lo aseguro.

La primera reacción del canciller fue de ocultación. Después adoptó una pose conciliadora y luego carraspeó socarronamente. Ante los atónitos ojos del naviero dio dos palmadas, ordenando al escolta que vigilaba la puerta:

—¡Donat, trae al muchacho! —y Jacint se sumió en la más absoluta confusión.

Ante su perplejidad, apareció un almogávar con un mozuelo de tez tostada como el ébano, al que le faltaba una oreja. El chiquillo se hallaba al borde del sollozo. Se malvestía con una descabalada túnica que le llegaba a la altura de los tobillos, una barreta emplumada y los brazos y pies aparecían adornados con ajorcas de oro del Sudán. El cabello le crecía ensortijado, y su nariz y labios, lejos de ser pulposos como los de su raza, se perfilaban finos y rectilíneos. ¿Quién era aquel niño?

—Tienes ante ti al príncipe Yekuno, nieto del *Nigusa*. El tesoro más buscado del Mediterráneo —anunció triunfal Rocabertí—. Sano y salvo, y en nuestro poder.

El Cargol contuvo un reniego por respeto. En su mirada un brusco viso de asombro descubrió su sorpresa. La inquietud le recorrió el cuerpo. Venció el primer instante de estupefacción y, balbuciente, pidió una explicación.

—¿Estás de chanza, *conseller*? ¿Qué broma es ésta? Creía que… —dijo balbuceando, y desde ese momento estuvo pendiente de sus labios.

—Te contaré lo que ha acontecido tras el rapto. Tres galeras de su majestad y dos cocas venecianas apostadas en el golfo de Sirte, aguardaron tres semanas a la galeaza genovesa que transportaba al regio mozo. Los espías del embajador de Aragón en Túnez, Bujía y Trípoli, *micer* Fortuny de Monteanit, no lo perdieron ni un solo instante de vista, avisándonos con fogatas, mensajes cifrados, rápidos jabeques y palomas mensajeras. A finales de octubre fondeó en una guarida de piratas de Cirene, y a la anochecida, burlando a los vigías, cien almogávares irrumpieron en la nave y ejecutaron un aseado, discreto y expeditivo abordaje. Rescataron al príncipe amordazado en las bodegas y la nave fue hundida en un santiamén con sus malparidos genoveses dentro, para así evitar explicaciones en las curias de Europa.

—Sorprendente —alegró el Cargol la cara—. A veces, lo perfecto existe.

—Además, intuyo que su capitán arde en los infiernos preguntándose qué hideputas le arrebataron el negocio con el que ya se relamía de gusto. Esta parte del mar pertenece a Aragón y no permitiremos veleidad alguna a esos ligures de Satanás. Ha sido una advertencia ejemplar que les servirá de escarmiento.

—De modo que habéis salvado la situación. ¿Entonces qué deseáis?

—Salvado a medias Jacint. Únicamente hubo que ejecutar un plan preciso para rescatar al muchacho antes de que lo estrangularan, cosa nada fácil. El mismísimo dux de Venecia, Andrea Contarini, y su Consejo de los Diez, nuestro bienamado rey don Pedro, el señor de Corinto, al marqués de Bondoniza y el conde Federico, autorizaron la operación. Y a la vista están los espléndidos resultados.

Por pura fórmula, ni sarcástico ni cordial, preguntó qué le correspondía ahora a él y a sus hombres en aquel negocio.

—Y ahora hemos de devolver el cabritillo a su redil, ¿no es cierto?

—Cómo me gusta tu clarividencia —sonrió el cónsul—. Así es, Jacint. Y nadie como tú para llevar a cabo ese trabajo, pues pasas por amigo de los traficantes nubios y etíopes. Se ha pactado que su *Idenu* o virrey, se traslade a recogerlo al puerto de Massana, en el mar Rojo. Yo te esperaré en nuestro consulado de Alejandría, pues hasta que no concluya la operación no respiraré tranquilo. Llevarás una carta del rey don Pedro, en la que se lamenta del proceder de los genoveses, denuncia su vil conspiración y renueva su amistad y antiguos pactos. Serás recibido por el Rey de Reyes como un héroe vengador. ¿Aceptas la misión y juras mantener el secreto?

—No tengo otra opción. No obstante, el viaje entre gentes hostiles presenta riesgos —dijo el Cargol sin reservas—. Quiero saber qué parte nos llevaremos mis hombres y yo en esto. ¿Mitigarán los peligros las ganancias de las que me hablabas?

—Con creces, Jacint. El viejo rey Makonnen, advertido de la eficaz justicia con los raptores, se ha comprometido a retribuir a quien le plante al nieto ante sus ojos, la nada despreciable cifra de cincuenta mil maravedíes. Treinta mil para la corona y veinte mil para ti. Con esa recompensa tus hombres renunciaran a la invernada, a las borracheras y a sus coimas, y antes de la Cuaresma podemos estar de regreso para disfrutarlos. ¿Te seduce el negocio? Los azares te compensarán con el brillo del oro del *Nigusa*.

Blanxart respiró relajado; hasta parecía desear ver con sus ojos que sus mercados en Etiopía seguían tan inalterables como acostumbraban. Ahora echaba de menos a Zakay, amigo personal del rey etíope, pero ¿qué hacer con el terco judío?

—Nos cambiaremos de jubones, afeitaremos las barbas y aguaremos. Después nos haremos a la mar, para seguir con el vuelo de los íbices hacia el noreste de África. Navegar, siempre navegar. Es mi sino, cónsul. Pero soy viejo y me siento cansado.

Un apretón de manos selló el acuerdo. Pero cuando el funcionario salía, se revolvió de improviso y le dijo con gesto reservado:

—¡Ah! A propósito, Jacint. Con todo este ajetreo de soplones de acá para allá, me ha llegado una confidencia que te interesará. A tu extraviado socio, ese judío Ben Elasar y a su hijo, los han visto en Eritrea hace dos meses. Al padre lo sorprendieron en la ciudad de Aqîq, en una comunidad copta, rodeado de místicos y rabinos, anunciando al mundo la venida inminente del Mesías hebreo y la instauración de la nación judía en Palestina. Los soldanes mamelucos andan también tras ellos, pues no toleran en su imperio rebeliones y mucho menos proclamas de elegidos y enviados. Eso es todo, pensé que te interesaría.

En los ojos del Cargol apareció un brillo singular, pero no se inmutó.

—Magnífica noticia, Rocabertí, pero más aún para un amigo

que me acompaña en *La Violant*, y que con su sabio proceder me salvó de un tumulto entre la marinería. Ya lo conocerás, pues asegura ser hijo de un adalid de almogávares de Montcada. Curiosamente también busca a Zakay y posee como yo mismo una inclinación morbosa por el riesgo. Parece como si hubiéramos unido nuestra suerte a los Elasar. ¿Crees en la coincidencia de destinos, Rocabertí?

El cónsul se mesó la barbilla y pareció recordar algún episodio pasado nada tranquilizador. Hizo una mueca dubitativa y le aclaró en tono reservado:

—Jacint, ¿tú sabías que Zakay ejerció en otro tiempo como almojarife del rey de Castilla y que un asunto de brujería, dicen, lo obligó a emigrar a Cataluña? Fue un hecho oscuro y siniestro que llegó entre chismes cortesanos al castillo de la Aljafería de Zaragoza, donde yo servía como alférez real. Además, no sé por qué razón, mantenía una relación, yo diría que hasta amistosa, con el viejo rey Jaime. ¿No te parece extraño? Ese judío excéntrico siempre me inquietó, créeme.

—Nunca tuvo conmigo esa confidencia —la duda cruzó su mente—. De todas formas, su reaparición hace que este viaje adquiera un sesgo más seductor.

Jacint presuponía que gran parte de la recompensa del *Nigusa* etíope iría a parar a su faltriquera, pero Rocabertí significaba la garantía de los intereses de La Roda en aquel lugar del mundo y convenía adularlo y no censurar sus actos.

—Bien, Albert, sea pues la voluntad de Dios, del rey y del conde Federico.

—Y que el dominio de Aragón en el Mediterráneo se dilate en el tiempo.

Al cruzar Blanxart el portón, la alargada sombra del estandarte de Aragón cubrió las figuras de los dos hombres, como si un élitro protector los arropara entre sus cuatro poderosas barras carmesíes.

Los matojos secos crujían bajo las botas de Diego y de Felip, el piloto.

Debían apresurarse, pues antes del canto de la Salve del ocaso, la tripulación habría de formar en cubierta. El capitán Blanxart iba a comunicarles un cambio de rumbo que los había intrigado sobremanera, aunque se prometían cuantiosos beneficios y provechos añadidos, por lo que la marinería había aceptado de buen grado saltarse el merecido descanso. Pero Diego sentía la ineludible necesidad de visitar el cementerio catalán y verificar con sus propios ojos que Conrado Galaz había existido realmente y que no era un espejismo de la mente febril de fray Bernardo, o del atrabiliaro Astún, el almogávar.

Compró una cruz destartalada de bronce en el mercado del Ágora y con su amigo Felip treparon por un camino que serpeaba entre colinas sembradas de viñas, que dominaban el mar. El agotado sol rielaba alto, y desde el gris de las laderas de la Acrópolis, el que llamaban castillo de Cetines, contempló las ruinas del Odeón de Herodes Ático y el templo de Teseo, convertido por los catalanes en santuario de San Jorge, lamidos ambos por un fulgor rojizo.

La serena belleza lo estremeció cuando se detuvieron a recuperar el resuello.

Luego aceleraron sus pasos. Diego quería pagar el altruismo del soldado Galaz y al menos rezarle una oración que rescatara su alma de las tinieblas y restañara las heridas del suicidio. El osario, que se abría caótico tras el cementerio, no era precisamente un dechado de pulcritud y orden, sino un zarzal tomado por las ratas y las lagartijas, donde crecían por doquier las malezas y hierbajos. Sólo las hileras de cipreses, alineados frente a los muros, comunicaban con sus esbeltas siluetas a los moradores con el Altísimo. Las lápidas estaban en su mayoría hundidas, torcidas o cuarteadas y montones de piedras y arena sepultaban los restos de muchos guerreros aragoneses.

Al estar desierto, hubieron de buscar por sí mismos durante un buen rato, hasta que Diego, recordando su muerte, husmeó en un rincón donde los sepulcros carecían de cruces. Al poco descubrió, cubierta por la herrumbre y el moho, la tumba de Conrado Galaz. Sus entrañas se encogieron y las piernas le temblaron. La lápida no era de granito, como le había asegurado Pau Astún, sino de tosca pizarra; en ella habían garabateado en ocre, y no tallado a cincel, una frase en latín, aunque aún podía leerse el nombre del malogrado adalid del rey.

Con sus manos, Diego cavó un hoyo e hincó la cruz, en la que colgó un ramo de florecillas raquíticas que había recogido de la trocha. Luego, con la amistosa anuencia del piloto, rezaron un *paternóster* y un responso de difuntos, rogando al cielo que perdonara el pecado de aquel hombre misterioso y extraño, cuyos apellidos llevaba. Sin saber por qué, antes de abandonar la necrópolis, el nudo que oprimía su garganta se desató y dio rienda suelta a un lloro leve que se mezcló al susurro del mar griego y con el aire de la Acrópolis, donde fulguraba el Partenón, el templo que guardó la imagen de oro y marfil de la virgen Atenea Partenos.

Aunque había expuesto su frágil hombría al examen de Felip, éste le dijo:

—Si no se llora por un padre, ¿por quién se ha de llorar? —lo consoló—. Algún día habrás de contarme su historia. Qué incierto es el destino de los mortales, *micer* Diego. ¡Venir un aragonés a morir a este lugar tan lejano, sin el calor de su terruño! Quiera el Creador que mis huesos reposen en mi Mallorca amada.

En medio de un silencio espeso abandonaron el campo santo, mientras a Diego lo asaltaban los fantasmas de su pasado. «¿Quién sabe realmente la verdad sobre mi nacimiento? Está claro que mi estrella me tiene destinado a nacer dos veces.»

El destemplado cuerno de *La Violant* resonó en el puerto convocando a la dotación, mientras el sol se desvanecía por un horizonte amatista. Una luna, virginal y menguante, se alzaba por poniente, como un vidrio salpicado de aljófar.

Alejandría

Flotaba en el aire de Atenas un aroma lozano y un fulgor purpúreo acariciaba el mar, los templos ruinosos, los capiteles medio enterrados, las estatuas decapitadas y los pedestales arqueados, con los que sus antiguos habitantes habían honrado a las deidades de la Hélade. Lo más granado de Ponte Leone se congregó en el embarcadero para despedir a *La Violant*, a la que acompañaban cuatro naos de guerra provistas de bolaños de hierro, culebrinas y bombardas pegadas como lapas a sus costados.

Habían untado de sebo las poleas y abastecido la bodega de leña, pez y alimentos; Diego, melancólico como un pajarillo en jaula ajena, se acomodó al abrigo de la amurada sobre el fardo de sus pertenencias, contemplando con gesto adusto la ciudad ática, la madre fecunda que había legado su herencia a la cristiandad, que rielaba como el oro. Rindió un tributo de gratitud a Pitágoras y a Tales de Mileto, dos genios del álgebra que había estudiado en las aulas, y a los maestros Platón y Aristóteles, cuyas obras eran lectura obligada en las *Universitas* de Perpiñán y Lérida. Ello mientras la traza de la prodigiosa Atenas se encogía hasta esfumarse en el horizonte como un garabato gris.

Diego se sentía querido por los marineros; no había tripulante que no acudiera a él en busca de algún remedio o de un consejo amistoso, incluso Pere Espart, por lo que su crédito crecía día a día. Blanxart lo cubría con el manto de la amistad; le había avisado sobre el posible paradero de los Elasar y expuesto con crudeza los azares a los que se exponía siguiéndoles hasta Eritrea; pero el algebrista se mostró firmemente decidido a aceptar las incertidumbres de la aventura africana, tras encomendarse a Dios y a su estrella errante.

—He escogido el atajo apropiado y la compañía precisa. Os acompañaré.

Rebasaron el mar de Creta, donde hubieron de capear olas arboladas y un mar de fondo levantisco cerca de Rodas, por lo que se mantuvieron a barlovento. La galera cabrilleaba y los marineros recorrían desorientados la cubierta de una parte a otra, ateridos y empapados hasta los huesos de agua gélida y salitrosa. No obstante la marinería, tras un arduo regateo, se hallaba optimista ante la promesa de espléndidos lucros y navegaba feliz, a pesar de retrasar por unas semanas la invernada en Grecia.

El *conseller* Rocabertí y el asustado príncipe Yekuno, asistidos por Lucetta, ocupaban un camarote en el castillo de popa, pero apenas si asomaron la cabeza fuera de la cobija. Sin más contratiempos que una boga fatigosa de bolina, para mantener la escuadra junta, arribaron al puerto de Alejandría, agazapado entre la isla de Faros y la blanca ribera. Fondearon en el pantalán del oeste, donde estuvo el faro de Sotastros, y escoltados por la guardia almogávar atravesaron la muralla por la puerta de la Luna entre la indiferencia de los alejandrinos.

Una nube de mosquitos recibió a los extranjeros, que hubieron de cubrirse con los capotes. Alejandría, *al-Iskandariya*, como la llamaban los lugareños, se ofreció a los ojos de Diego como el lugar mítico de remota magnificencia. La urbe, perdidas sus maravillas y requemada por un sol inclemente, se había convertido en un inmenso erial donde sólo podrían guarecerse las arañas, los lagartos y la langosta. Diego seguía a la comitiva contemplando a su derredor un conjunto anárquico de ruinas cubiertas de matorrales y sucias lonas donde se refugiaban astrólogos parlanchines, bandidos, arrieros y mercaderes con sus miserables mercancías.

Los palmerales, los sicómoros y los cinamomos crecían entre sus ruinas: pilastras arrumbadas, arcos demolidos y santuarios desmedrados. La feroz rapiña de sus conquistadores y la desolación del olvido la habían despojado de la hermosura de su rostro heleno.

—¡Higos y albaricoques del Nilo! —ofrecían los mozalbetes a su paso.

Diego se esforzaba en identificar entre los vestigios el barrio de Bucheion, el sepulcro de oro de Alejandro, su fundador, el palacio de Cleopatra, teatro de ardorosas pasiones, el templo del Serapeion, el Museo y su afamada Biblioteca, la luz que iluminó durante siglos al género humano y donde se guardaban más de medio millón de rollos sobre el saber universal. Todo en vano: el fuego, la implacable piqueta de los siglos y el saqueo incesante los había devorado para siempre.

Observó cómo aprovechando los sillares griegos, romanos y egipcios, se alzaban entre las rojas techumbres, las mezquitas de alminares azules, las iglesias coptas y las sinagogas judías. Creencias sobre creencias, un Dios sobre otro Dios, campanas cristianas velando las llamadas de almuecines y rabinos enseñando sus preceptos en las aljamas, en una mestiza comunión de razas y credos.

Sin embargo, aquella demencial ciudad había recuperado con el tesón de los judíos, aragoneses, catalanes, venecianos y pisanos, parte de sus energías y belleza. Entre el puerto y el lago Mareotis, se hallaban las intendencias de La Roda y la residencia de Blanxart y de Zakay ben Elasar, y a ellas se dirigieron. Cruzaron zocos y calles atiborradas de reatas de burros, palanquines y camellos cargados de cántaros, entre el enloquecedor estrépito de voces y enjambres de moscas e irritantes tábanos:

—*Sahif*, por un dirham. ¡Agua fresca perfumada de rosas!

Al término de varias laberínticas revueltas, Diego sorprendió el mismo símbolo carcomido por el verdín que ya había visto en Barcelona colgado de un vástago de madera; esta vez, en griego, catalán y árabe: LA RODA. Los almacenes de la compañía despedían un intenso aroma a azafrán, clavo y canela. Diego consideró que era un buen punto de partida para la búsqueda de los Elasar.

Tras dejar a buen recaudo sus pertrechos echó una ojeada a las dependencias de Zakay. Allí encontró bostezando a Ifistos Diamantinis, el intendente griego que velaba por los intereses del judío en Oriente. Se trataba de un hombrecillo de cabellos pringosos, picado de viruelas, con unos repulsivos dientes amarillos meneándosele en las encías. Resultaba evidente que abusaba del vino, como delataba una nariz roja surcada de venillas azuladas. Diego le ofreció el estímulo de un franco saludo, pero tras interesarse por los Elasar, éste le replicó esquivo:

—No sé nada de ellos, extranjero. Meteréis las narices donde no os llaman y seguramente la perderéis. Además si algo supiera, dad por seguro que no sois la persona a quien se lo confiaría. —Y rehuyéndole la mirada, se escabulló arrastrando sus pies entre los fardos de especias.

—¡Maldito Diamantinis del demonio! —replicó Diego enfurecido.

Aquel enojoso griego, no sólo no le agradaba, sino que le inspiraba desconfianza, pues o se hacía el débil mental, o realmente lo era. Abandonó el almacén y aguardó ocasión más propicia para sonsacarle algún testimonio. «Debo encontrarlos antes de que una familia entera se extinga.»

Jamás había sentido tanta fragilidad y desamparo como aquella tarde, desde que saliera de Barcelona. Agotado, sediento, casi en los huesos, y a miles de leguas de su abadía, sólo tenía como referencias un extraño sello y la promesa de que los Elasar andarían por aquellos pagos del Diablo anunciando la llegada gloriosa del mesías judío.

A pesar de haber tomado precauciones, al segundo día de estancia en Alejandría Diego sufrió en sus carnes el cambio brutal de la temperatura. La piel se le resecó y sufrió una aflictiva disentería, como si un demonio le corroyera las entrañas. Hubo de guardar cama en un cuarto oscuro y fresco del ala oeste, bajo el cuidado de una esclava etíope de cabellos negrísimos, manos y pies tatuados de arabescos y belleza desafiante. Se la había proporcionado

Blanxart, quien lo visitaba a diario, animándolo a recuperarse antes de la partida al País de los Aromas, cuyos preparativos estaban disponiendo en secreto.

—No partiremos sin ti, maestrillo. Así que limpia tus humores pronto —lo animaba.

Le costaba trabajo respirar, e ingería a regañadientes las tisanas que le administraba la africana, gracias a las cuales el brío comenzó a fluir de nuevo en sus entrañas. El estómago se le vació por entero y el vigor retornó a sus órganos adormecidos. A la cuarta mañana eructó sin pudor y arrojó una gacha biliosa por la boca. Entonces deseó incorporarse y andar, pero la abisinia se lo impidió con dulzura, y, tras asearlo con agua de rosas, bálsamos y almizcle, lo masajeó con un ungüento de olor a tomillo y agáloco que tensó sus músculos y su hombro herido. No obstante se sentía incapaz de caminar y de sostenerse en pie, así como de recuperar recuerdos.

En medio de tan perezoso sopor, un atardecer, la muchacha se despojó de la túnica ante sus ojos atormentados, dejando al descubierto su incitante hermosura de ébano. Colocándose a horcajadas sobre su torso, se entregó al masaje como cada tarde. Diego hizo un ademán para apartarla, pero sus manos se resistieron. La piel atezada, las caderas firmes, sus senos y pezones endrinos, se confundían con la negrura de la habitación, en la que se distinguía su perfil sólo por la línea del brillo de bronce y el sudor de su piel. Las facciones de Diego enrojecieron y su debilitada mente deseó vivamente poseer la esplendidez de la esclava. De un tirón, la hembra le despojó de su camisa, que cayó al suelo arrebujada y lo abrazó con brusquedad, ofreciéndole su boca entreabierta.

Las ajorcas sonaron en el silencio, como los pífanos de una guerra amorosa.

Diego, hurtando su corazón a los sentimientos sucumbió a sus tersuras. La etíope exploró cada palmo de su cuerpo, del que extrajo emociones salvajes, mientras en su piel de abenuz se reflejaban los destellos de la luna. La hembra desbordó su cabellera en el torso del joven y apretó la redondez de sus pechos contra él. La africana, en una mezcla de habilidad y voluptuosa codicia, mordisqueaba la viril turgencia del aragonés, provocándole tal cúmulo de sensaciones que desfalleció, rindiéndose al paroxismo carnal. Palpitaron entre gemidos, mientras el físico se perdía entre las suavidades felinas de la etíope. Aunaron sus sexos, pujaron con fuerza, y a Diego le pareció que el fuego los devoraba por dentro. La muchacha contraía su vientre en un ardor furioso, mientras el extranjero besaba los pezones que parecían moras en su boca. Por fin, suplicantes, se retorcieron en un deleite supremo y vaciaron sus cuerpos en un indescriptible y fluyente embate.

«¡Qué fascinante y qué extraña me resulta esta mujer!», se decía.

Esas dulces prácticas las repitió con la esclava a diario. Diego supo que se llamaba Akaina, y refugió su soledad en su apasionado regazo. Aún le dolía y le picaba la cicatriz que le produjo el golpe de la cebadera de *La Violant*, pero la etíope la cuidó con agua de beleño. Cuando el joven quería reanimar sus sentidos, la buscaba, y ella se ofrecía como una dulce gacela. Con una mueca de añoranza, Diego se sometía a las artes amatorias de la etíope y con sólo su delicado roce se extasiaba estremecido. Soñaba con los brillos de su piel tostada y se refugiaba en sus brazos ardorosos, abandonándose como un niño en los hormigueros del sueño nocturno.

Como dos cómplices, en la soledad de la estancia, y con los ojos perdidos en sus pupilas ceñidas de obscuras pestañas, desgranaban cada día una nueva historia de pasión. En la calidez del ambiente, Akaina desplegaba sus encantos en una atmósfera de rumores perezosos, y Diego la poseía con avidez, como hechizado.

Sin embargo no podía guardar un sólo resquicio de su corazón para el amor.

El aire, más que nunca, se nimbó de un aroma a jazmines.

Diego redobló sus esfuerzos y consiguió abandonar el catre. Se vistió a la egipcia, con túnica de lino y tailasán anudado a su frente, para soportar el tórrido bochorno. Paseó con Akaina por los huertos cercanos al puerto que exhalaban tufos dulzones a damascos, y entre las moreras blancas que sombreaban las calles de la ciudad. Visitó al príncipe Yekuno, custodiado férreamente por la cuadrilla de almogávares, con el que trabó una amistosa y correspondida relación, pues el zagal se sentía solo y asustado, y recuperó paulatinamente sus fuerzas.

Junto a Blanxart visitó la poderosa judería, sede de la Academia Hebrea, la sucesora de la escuela filosófica neoplatónica, con objeto de indagar sobre los Elasar. Uno de los rabinos, un anciano de barbas venerables, les comunicó que corría un fervor mesiánico entre sus correligionarios de Oriente, pero que nadie conocía el paradero exacto de Zakay ben Elasar, el *nasí* judío de Sefarad.

—Lo mismo podréis acertar con él en Siria que en Armenia, Palestina o Etiopía. Únicamente el Altísimo conoce el lugar donde le sirve —les aseguró—. Pero no debe andar lejos, pues la Parusía o venida, se acerca. Según los rabinos, su primer destino era Aqiq, donde está la sinagoga más antigua del mar Rojo.

Diego insistió ante Ifistos, que hablaba en *koiné*, un griego vulgar inteligible, pero apenas si lo entendía. Le regaló una vasija de vino de Chipre, y aunque se mostró más abierto que en el primer encuentro, negó una y otra vez conocer dónde se hallaban sus amos. Pero se notaba su falsedad, ya que no miraba a los ojos cuando respondía con laconismo. Y cuando embriagado eructaba y ventoseaba como un arriero, hastiaba a Diego con su descortés conducta, hasta que lo abandonaba tirado sobre las sacas del cobertizo.

—Insolente y soez griego, que el cielo te confunda. Tienes el cerebro muerto de tanto trasegar botijas de vino y cerveza.

La víspera de la partida, Diego, Felip, Blanxart y Rocabertí callejearon por las plazuelas del barrio de Nebi. Deambularon por las inmediaciones de las catacumbas de Kom, donde se recrearon en la contemplación de un Cristo con los símbolos de Osiris, que maravilló a Galaz por su singularidad y hermetismo. Husmearon luego en las tienduchas de la mezquita de Abdel Rizaq, perfumada por naranjos, donde los chamarileros vendían escarabajos de oro que protegían de las maldiciones, joyas expoliadas de sarcófagos antiguos, elixires con vetustas fórmulas sacerdotales del dios Tot, ennegrecidas estatuillas de terracota y papiros exhumados de los hipogeos de Tebas, que rechazaron por creerlos falsos.

Con el ocaso en ciernes, visitaron el solar que ocupó la ilustre biblioteca de la ciudad; sintieron como si en aquel lugar latiera todavía algún secreto grandioso, ahogado bajo las cenizas, el polvo y los bejucos. Diego rindió cumplido respeto con su pensamiento a su maestro Diofante de Alejandría, el primer algebrista del mundo civilizado y autor de un tratado con el que seguramente había impartido la docencia en aquella aula inmortal. Del Museum sólo quedaban los sótanos, algunas columnas cercenadas, esquirlas de mosaicos griegos hechas añicos y lascas rojizas del Círculo del Zodíaco, el colosal rosetón que adornaba el techo, así como restos de la fuente de su gran sala, que humedecía con sus exhalaciones acuosas los libros y papiros. Diego se preguntó dónde podrían esconderse los escritos de los filósofos que precedieron a Sócrates, Aristarco, Platón, Aristóteles o Ptolomeo, y que durmieron en aquel perdido bastimento de la ciencia, sin precio para el conocimiento universal.

—Aunque descubramos en nuestro interior el espíritu del macedonio, de su arquitecto Dinócrates, o de sus mecenas los Ptolomeos, la esencia y el saber atesorado en Alejandría se nos escapó para siempre —se lamentó el cónsul.

—*Micer* Albert, este lugar se ha convertido en un rincón sólo para la fantasía y los sueños. La ciencia se esfumó —replicó Diego, absorbido por aquella adormilada ciudad del Delta a la que los siglos habían arrebatado su fasto y riqueza.

—Pues la destrucción de lo mucho que quedó tras el incendio de César se debe en gran parte a los fanáticos eremitas cristianos que incitaron al populacho a arrasar con todo, por creerlo demoníaco y herético —se lamentó Blanxart.

—Desgraciadamente nuestros clérigos siempre han tachado al

progreso como abominación y arte del Maligno. ¡Ciegos y cicateros! —exclamó Diego.

Abstraídos por la hermosura de las reliquias alejandrinas se mezclaron con el torrente de mercenarios sirios, vendedores de tesoros, pordioseros, astrólogos y perfumistas. Diego, recordando a Akaina, le compró un escarabajo de oro, procedente de la tumba de una faraona según su vendedor, para regalárselo como prueba de su reconocimiento. Y ante la pertinaz insistencia de un tendero tuerto, se hizo con un papiro auténtico de la Sabiduría de Amen-em-Opet. Estaba escrito en griego y en egipcio, y había sido expoliado de una tumba de Tebas. Decía así:

> No impulses tu corazón en pos de las riquezas, pues el alba nunca entrará en tu casa. Se verá su lugar, pero él no estará. El suelo ha abierto una boca para tragarlo y se hunde en el mundo de las tinieblas.

¿Significaba una advertencia para él ante su empresa?

Se colaron después en la calle de Afrodita donde meretrices de atrevidos afeites y escasas sedas sesteaban ante los muros del antiguo teatro romano. Al fin, extenuados, se sentaron en una tabernucha próxima a la necrópolis, donde dieron cuenta de unas escudillas de cordero asado con especias indias y bebieron generosamente vinos de Samos y Nutirka; con las primeras horas de la tarde, regresaron al frescor de la mansión de Jacint y de su perdido socio Zakay ben Elasar, el judío errante.

Los porteadores, alumbrados por candiles de sebo, apilaron los pellejos de agua, las armas y las sacas de provisiones, sujetando las correas del palanquín donde se instalaría la «mercancía» más preciada de la expedición, el mutilado príncipe Yekuno, al que guardarían dentro de un palio de raso y arpillera. Las mulas coceaban y se resistían a ser aparejadas y los camellos mordían y esputaban al sentir sobre sus jorobas los equipajes. Veinte ballesteros, almogávares del Pirineo de espantable presencia, unos castellanos, otros catalanes y los más aragoneses, más Marc Vadell, Jaume Felip, Diego Galaz, Jacint Blanxart, el príncipe y siete trajineros árabes, componían la secreta expedición al País de los Aromas.

Diego ataviado a la musulmana, con holgados ropajes, borceguíes de cordobán y un turbante con bandas anudado en la cabeza, se cruzó la bolsa de viaje en bandolera y embutió la daga en el cinto. Aun en la oscuridad de la alborada, pudo entrever a la etíope encaramada a uno de los ventanales, entre los palmerales, viendo alejarse a la partida. Brindaba a su mirada su perfil moreno y perfecto. Una imagen inolvidable de Egipto para Diego, una sombra protectora en medio del oasis, que lo acompañaría como un dulce recuerdo en aquel viaje incierto.

La mujer de ébano lucía la joya que le había ofrendado y cubría su esbeltez con un brillante *yabrah* negro, distintivo de los habasat, su tribu. Por sus pómulos prominentes rodaban lágrimas de aflicción. Diego alzó su mano, y la esclava esbozó una sonrisa de nostalgia. Él sabía que la dejaba como un ruiseñor sin nido, como una cervatilla herida, y lamentaba renunciar a la fuente donde había saciado su soledad. Luego desapareció del ventanal, con el rostro, que parecía modelado por un escultor exquisito, cubierto con un velo.

Blanxart los había reunido la tarde anterior en un patio sembrado de limoneros y adelfas, bajo la vigilante mirada de Albert Rocabertí, que aguardaría en Alejandría su regreso, tras advertirles de los peligros y precisar la ruta que debían seguir. Diego rezaba por hallar en alguno de aquellos lugares a Zakay.

—Al amanecer nos dirigiremos a la escollera de Rhasid y por el curso fluvial de Nilo ascenderemos hasta Jaba, donde nos uniremos a las caravanas que se adentran en las Ciudades del Oro —había informado Blanxart—. Tomaremos luego dirección este hasta alcanzar Massana, fin del trayecto. Encomendaos a la *Santa Verge del Mar* y conciliad vuestra alma con Dios. Recemos un *paternoster* y roguemos por nuestros pecados.

En medio de una estruendosa algarabía de cascos, rebuznos y

sacudidas de las armas contra los arneses, se dirigieron a la Puerta del Sol y después enfilaron la cenagosa senda de levante, adentrándose en las fértiles margas del Delta, que anegaban las pantanosas marismas, enclaves de terribles bandoleros. Los primeros rayos, deslizándose sobre las planicies de sus herbazales infinitos, dibujaban un paisaje acuático esplendoroso, ante el que Diego se extasió.

«¿Qué me empuja a viajar hasta el fin del mundo tras una quimera?»

Mientras la comitiva desaparecía, al otro lado de la ciudad, el portón trasero de La Roda se entreabrió con un imperceptible chirrido que cortó la quietud del albor. Una figura escurridiza se recortó cautelosa ante el haz de luz del farol y su sombra se alargó espectral en las tapias del callejón.

Al poco se introdujo en una casucha de carrizos, de las que usaban los *fellahs*, los agricultores egipcios, para guardar los aperos y simientes. Apartó unas ánforas de *hek*, la dulzona cerveza egipcia, y se oyó el zureo de unas palomas que revoloteaban en una jaula. El intruso abrió la pajarera y apartó un pichón torcaz de plumaje tostado, al que anilló una argolla en su pata, y atada a él, un trozo de papiro. Abrió el ventanuco, contuvo la respiración y lo echó a volar con violencia. El ave mensajera emprendió un frenético aleteo y se perdió en dirección del sol naciente.

—Vamos, Zulema, anuncia al amo que ande precavido. ¡Hala! —la azuzó, despertando a unos murciélagos que dormían colgados del techo.

Después regresó cautelosamente al almacén y arrojó un salivazo al suelo con gesto áspero, mientras la luz del fanal se agitaba fantasmal en el desordenado chamizo. En sus ojos brillaba un iris opaco y una amenazadora fijeza, como la de un chacal que se ha burlado de su cazador.

El falso profeta

Silbaba la ventisca y rodaba la grava bajo los pies de Isabella. El miedo y la inquietud se habían convertido en sus compañeros en el día y en la noche.

«¿Qué demonio me ha trastornado para emprender este viaje? ¿Qué locura me ha lanzado a esta peregrinación descabellada tras la Cruz de la Salvación y esa urna de cristal que me infunde pavor?», se preguntaba mientras las piernas le flaqueaban y los pies se le convertían en una pura llaga. La niebla, los vientos y los aguaceros le resucitaban los fantasmas de sus seres amados y lloraba.

El camino por donde vagaban los flagelantes de los Últimos Días era una cinta blanca entre los campos oscuros de Aragón. Los encenagados caminos de Osera y Fraga y los torrentes que descendían de las cumbres de Alcubierre brillaban como sables. A lo lejos resplandecían las selvas sepultadas por cielos amarillentos, mientras bandadas de cuervos batían sus alas en busca de algún ciervo descarnado por los lobos. A veces Isabella se veía tan desesperada que, titiritando de frío, las lágrimas le recorrían su faz. «Tengo que seguir. He de mantenerme fuerte.»

Corría el tiempo de Cuaresma, pero el viento del este delataba que la primavera se adelantaba. Las brumas, antes glaciales grumos, adoptaron una tonalidad azulina y el aire se respiraba saludable. Los espinos de los senderos estaban en flor y la estación florida se enseñoreaba de los campos y de las laderas. La compañía del Profeta, seguida del ejército de penitentes cubría legua a legua el trayecto entre plegarias. El iluminado predicador cabalgaba erguido sobre su mula, asido a las riendas, como si fuera el liberador del Santo Sepulcro. Las gentes se inclinaban a su paso, rogándole la caridad de imponerles sus manos.

—Nuestros hijos mueren de la peste y del hambre. ¡Salvadnos! —le pedían.

Fra Guifré se investía de un aire hierático y los consolaba.

—¡La Parusía está cerca hijos míos! Vivimos el siglo negro de la humanidad. ¿Acaso no oís el retumbo de las Trompetas del Apocalipsis? El jinete pálido se acerca y el Séptimo Sello se ha roto. Yo soy la ira del Todopoderoso y vuestras almas se condenarán si no mostráis contricción y rezáis con arrepentimiento. ¡Penitencia, penitencia! Acabemos con la tiranía del Papa de Roma y de sus grasientos cardenales y recuperemos la pobreza del espíritu evangélico —declaraba, bendiciéndolos con su mano artrítica.

Cruzaban por las calles de los burgos en olor de santidad. En los puentes, murallas y plazas se arremolinaban los aldeanos, que se arrodillaban ante la gran cruz de madera y la urna de cristal del santo Inocente pidiendo indulgencia. La procesión de flagelantes pregonaba con sus llagas el fin de los días y, cubiertos de harapos, macilentos, con las encías ensangrentadas y mal alimentados, eran recibidos en los pueblos como si fueran las huestes salvadoras del Cordero Celestial. Allá por donde pasaban se reiteraban las sangrientas imágenes que Isabella había contemplado en Zaragoza y se repetía la misma exaltación apocalíptica. Los enfermos se acercaban para que los salpicara la sangre de los disciplinantes, y los quejidos se mezclaban con sus imploraciones, los humos del incienso y el crepitar de los látigos, temerosos del morbo negro y esperanzados en la venida del Redentor.

Tras la predicación, sus discípulos mendigaban por las casas; aprovechándose del miedo que inspiraban y la superchería instalada en sus corazones, llenaban las alforjas de limosnas, pan, vino y viandas. Isabella, a medida que pasaban los días, percibió desolada que algunos seguidores del Profeta, valiéndose de la consideración de viajeros de Dios, se habían transformado de mendicantes en fornicadores y de peregrinos en consumados ladrones de hogares crédulos.

Camino de Lérida hubieron de cruzar boscajes y pendientes que causaban vértigo, donde el trinar de los pájaros se hizo más insistente, pues la estación de la vida se despertaba de su sueño invernal. Los cerezos florecían en los paisajes nevados y las aguas de la montaña cubrían de florerillas los prados. Isabella se ensimismaba en las nubes viajeras que cubrían los taludes, pero, atormentada por la ausencia de Diego, no se recreaba en la belleza de la naturaleza. No existía para ella la exhuberancia circundante, sino sólo un camino que la llevaría a Barcelona. Bebían agua en los manantiales y en los atardeceres solía caer una lluvia menuda; entonces Isabella se cubría con su capote de estameña, aunque no podía soportar los picores de los parásitos que se habían instalado en las costuras de su hábito talar; sus pies, desde el primer día de la caminata, eran una pura llaga.

A la puesta de sol, el hambriento cortejo de los Disciplinantes de los Últimos Días se detenía al toque de un cuerno de carnero, como el Pueblo de Dios cuando vagaba por el Sinaí. Una de las beguinas convocaba con una campana a los seguidores y alrededor de los carros distribuía un sopicaldo de nabos, tocino rancio y zanahorias. Lo acompañaba con un arenque que apestaba con su tufo y que extraía de unas barricas regaladas por el obispo de Zaragoza.

—Conviene mortificar el cuerpo para no caer en la gula —solía decir.

Isabella apenas si lo probaba y luego buscaba un lugar donde dormir, mientras los más adictos montaban la tienda del Profeta, al resguardo del viento y de la lluvia, y entonaban las antífonas de Vísperas alrededor de la arqueta del Inocente. Luego daban cuenta de las viandas más opíparas sin escatimar ni coste ni prodigalidad. El resto de los seguidores, demasiado numerosos para alojarse en posadas, pajares y cobertizos, dormían al aire libre, al resguardo de algunas ruinas o bajo las lonas, en donde se calentaban unos a otros con sus cuerpos.

Isabella detestaba dormir en ellas, pues el viciado olor de los cuerpos humanos la angustiaba. Muchos necesitaban de los cuidados de un físico, pues les brotaban espantosas bubas que los hacían gemir de dolor, aunque todo lo fiaban a la oración y al poder del Profeta, que no daba ejemplo ni de continencia ni de generosidad.

La comitiva se había convertido en el enardecimiento de la mortificación y del dolor por el dolor. «¿Cómo puede satisfacer a Dios esta locura?», se preguntaba Isabella, que inconsolable sufría con las visiones de las llagas, el duelo público de los azotes y las plegarias de perdón a Dios, como si el Apocalipsis se hubiera adelantado, mientras el Profeta entraba en su éxtasis particular, como un borracho titubeante. ¿Había hecho bien abandonando el hogar de los Santángel, la mayor riqueza de su vida? Echaba de menos su laúd, el órgano de agua y su zanfonia, las tardes de danza en la casa de su tío Mauricio, sus vestidos de anchas mangas y ricos cinturones. Y, sobre todo, el calor afectuoso de Nicolás.

Pero el recuerdo de Diego y su decisión, que olía a huida y desengaño, podían más que su nostalgia.

Isabella le tomó cariño a una niña, de nombre Melisenda, hija de unos piadosos flagelantes de Sierra Guara, que habían perdido a sus hijos varones por la epidemia y que seguían al Profeta según ellos desde hacía años. La envolvía un halo de pureza y a la vez de tragedia. Estaba enferma y raquítica y en sus ojos azules se relejaba todo el calvario, el espanto y la confusión de la niñez ante el caos que reinaba en el mundo. No se acostumbraba a la soledad, a la extraña conducta de sus padres y a las largas marchas, y los piececitos, abrigados con trapos sucios, le ardían como ascuas. Con sus ojos desmesuradamente abiertos le preguntaba sobre la razón de aquella locura que su cándido intelecto no comprendía.

—Yo no escucho la trompeta del Juicio Final, ¿y tú, Isabella? —le consultaba.

—Existe mucha ignorancia y miedo. Yo sólo oigo y veo la maldad del hombre, pero también te veo a ti que eres hermosa. El mundo es como lo hemos hecho los seres humanos Melisenda, no te engañes. Pero todo pasará y volverán a crecer las mieses, y volverás a jugar en el arroyo de tu aldea. El hambre y la pandemia pasarán.

—Tengo miedo de fra Guifré. No le gustan los niños.

—No entiende el universo de las mujeres, ni el de la infancia. Nos cree sólo podredumbre y escoria. Pero nosotras somos dichosas haciendo la voluntad de Dios.

Cada noche, viendo que deambulaba sola, la cogía de su mano cubierta de sabañones y la calentaba en su regazo, acariciándole el cabello como se acaricia el plumón de una paloma. La niña sufría las abrasaduras de una fiebre que no presagiaba nada bueno, pues tenía los pies ulcerados y apenas si podía respirar. Por ella supo que el Profeta sufría ataques epilépticos, la enfermedad sagrada, que él sostenía eran conversaciones con Dios, la Virgen, santa Eulalia y los santos. Chillaba como una comadreja entre los bastidores de aquel teatro ambulante, y los flagelantes y beguinas más apegados proclamaban que eran éxtasis mesiánicos.

Una de aquellas noches se le acercaron las penitentes que se le habían unido en Zaragoza al Profeta, y la llevaron a un lugar reservado. Tenían el gesto adusto y agrio.

—Isabella Santángel, cuando la ocasión se preste, nos volvemos a Zaragoza.

La conversa no comprendía la urgencia de aquella súbita decisión.

—¿Por qué? ¿Ya no os infunde devoción esta peregrinación de Dios?

—¡De Dios o del Diablo! —la conminó la más vieja—. No te has dado cuenta de que fra Guifré y sus más cercanos adeptos pertenecen a la secta herética de los *turlupin*. Han sido perseguidos en Provenza, Francia e Italia y muchos de ellos lo pagaron quemados en la hoguera. No nos fiamos y regresamos a nuestros hogares.

—¿Y qué tienen de herejes esos turlupines? Los presentáis como si fueran hijos de Satanás. Me habéis metido el miedo en el cuerpo hermanas.

Una de ellas, conocida beguina de un convento, abrió desmesuradamente sus ojos:

—Escucha hermana. Hemos sido engañadas. Yo los conozco bien pues tuve en mis celdas a dos profesas de esta secta —le reveló—. Llevan predicando desde hace años la llegada del fin de los tiempos y se creen que son los únicos herederos del mensaje de pobreza de Cristo Jesús. ¡Y sólo son unos impostores y unos vividores!

—A mí me subleva que se crean los garantes del regreso del Salvador —dijo otra—. Son unos hipócritas. Sus partidarios más fanáticos comen por la noche manjares y se mofan de todo lo divino, mientras los demás padecemos hambre y frío. Yo he sido testigo presencial de uno de sus banquetes, impropios de un enviado del Cielo.

—Yo no he llegado a advertir ninguna de estas conductas —se excusó Isabella.

—Pues abre bien los ojos si no quieres verte rodeada por las llamas de una pira —exclamó la monja, que bajó el tono de su voz y siguió convenciéndola—. ¿No ves, Isabella, que rechazan cualquier jerarquía o ley eclesiástica? Para ellos el único bien es la pobreza; el mal son la riqueza y la ostentación. Veneran a un conocido hereje que murió en la hoguera, Eón de la Estrella, un personaje rayano en la locura, cuyas enseñanzas siguen a pies juntillas esa cohorte de disciplinantes.

—Pero ¿y las llagas de los flagelantes? ¿No son verdad? —preguntó.

—Es lo único verdadero de esta delirante comitiva, y en verdad que conmueve.

—Pero ¿es que no has advertido, muchacha, que predica la comunidad de bienes y la promiscuidad? —le preguntó otra—. En su tienda aseguran que en las vigilias, cuando todo el mundo descansa, organizan bacanales que harían palidecer al mismo Nerón. Hay que huir cuanto antes de aquí, Isabella Santángel. ¡Síguenos!

Isabella reflexionó. ¿Cómo iba a revelarles el verdadero motivo de su presencia entre aquellos andariegos? Estaba en una situación difícil, como cogida en un cepo enterrado en la hojarasca. Con mesura les mintió:

—Estoy aquí por una promesa hecha a Dios. No puedo abandonar.

—No sabes lo que haces —insistió la cabecilla—. La mayoría son monjes exclaustrados y no pararán en mientes si deciden abusar de tu virtud cuando les venga en gana. Han sufrido y el furor episcopal en varios reinos de la cristiandad y su ira antisacerdotal les ha acarreado hogueras y cárceles. Creen al clero indigno de representar a Dios en la tierra. Consideran virtudes su radicalismo y el furor destructivo. Únete a nosotras y olvida a estos herejes.

La conversa movió la cabeza, como si estuviera sumida en una deliberación.

—¿Y qué es ese ejercicio de humildad y caridad que predica el Profeta? —preguntó con una falsa defensa.

—Puro fingimiento. ¿No ves que estos herejes rechazan el bautismo, la confesión, la eucaristía, el matrimonio y las plegarias por los difuntos? Propugnan incluso la destrucción por el fuego de los crucifijos, a los que consideran un instrumento del suplicio de Jesucristo.

—¿Y la cruz de la salvación? La reverencian con unción. Es su símbolo —arguyó.

—Se trata de un objeto para embaucar a las gentes sencillas. No creen en nada. Al final, este peregrinaje terminará volviéndose contra ellos. Y nosotras no queremos estar cuando esto ocurra y todos sean presos por los guardias de cualquier obispo. Piénsatelo. Hemos cumplido advirtiéndote.

—Pues pese a lo que decís, hermanas, jamás he visto a fra Guifré y a sus penitentes adoptar actitudes de impiedad —se excusó Isabella.

—¡Allá por donde pasamos claman contra los frailes de vida relajada! ¿Tan absorta estás en tus oraciones que no te das cuenta? —reiteró una de ellas—. No se ganan el pan con su conducta intachable, sino embaucando a las gentes asustadas con esa falaz reliquia del niño inmolado en Belén.

Una de las peregrinas zaragozanas, exaltada como un batracio, le espetó:

—¿Tú también crees que ese infante momificado sea unos de los santos Inocentes sacrificados por Herodes en Belén? Lo único evidente es que atesora en la tienda dos arcones repletos de monedas, valiéndose de esa reliquia imaginaria.

—¿Quien es él para vender indulgencias y aprovecharse de esa antigualla? —dijo la beguina—. Se llama a sí mismo predicador de Dios, cuando es un falsario, una serpiente que repta por los caminos y los mancilla.

Isabella bajó los ojos y por su boca escapó una frase de excusa no sentida.

—Os agradezco vuestra advertencia, pero perseveraré en mi juramento. Dios me auxiliará —replicó, a sabiendas de que les asistía la razón.

Isabella sabía que alrededor de fra Guifré reinaba la codicia y no el amor a Dios, y que más que una peregrinación a Tierra Santa aquello se asemejaba a un lupanar ambulante. Ni siquiera la fe apaciguaba sus angustias. La Cofradía de los Últimos Días era la hermandad de la apariencia y la coerción. Isabella se sentía a veces como una prófuga y temía cualquier encuentro desagradable, pues aquel iluminado carecía de compasión.

«¿Habrá sido una advertencia del cielo el aviso de estas mujeres?», pensó.

La comitiva siguió su marcha, mientras el Profeta seguía aprovechándose de los rumores engañosos y de las supersticiones de los pobres aldeanos con sus sermones terroríficos. Se cruzaban con salteadores de caminos y frailes escapados de los monasterios, que lo aclamaban como a un Mesías por un trozo de pan y una frase de consuelo. Acudían descalzos a oírlo y les predicaba con tanta vehemencia que rayaba la temeridad y la demencia.

«¿Cómo se puede acumular tanto escarnio, tanto sacrilegio y tan groseras blasfemias?», cavilaba la muchacha mientras lo escuchaba con miedo.

Se sentía débil, agotada y aletargada, pero lo que menos deseaba era volver atrás. Un vértigo de inseguridad la hacía tambalearse. Sin embargo, su corazón le decía que debía seguir su marcha y concluir su único propósito, hallar a Diego Galaz.

En las tierras desheredadas de La Noguera, fra Guifré, rodeado de los vendedores de bulas y limosneros, se exhibió ante los lugareños:

—¡Adelante, hacia Jerusalén! Dios lo quiere —clamaba como un Pantocrátor—. Nos aguardan las ciudades santas del Fin de los Tiempos, las siete iglesias que nombrara san Juan en el Apocalipsis, Éfeso, Esmirna, Pérgamo, Tiatira, Sardes, Filadelfia y Laodicea.

La gente tenía miedo de la epidemia y de que apareciera la Bestia profetizada por el Apocalipsis y lo escuchaba embelesada, como un halo de esperanza que los confortara. Los caminos estaban infestados de campesinos que habían dejado sus campos de labor y que se ofrecían a proteger al Profeta, que los acogía como un padre protector, tras entregarle lo poco que poseían, pues creían que el Señor inspiraba sus palabras.

—Vengo a poner fin a los sufrimientos de la humanidad —les aseguraba—. ¡Rezad conmigo ante la urna del santo Inocente! Vuestras limosnas os ayudarán a ganar el cielo y a escapar del infierno. Uníos a esta cruzada de Dios.

Todos sus seguidores aguardaban un prodigio del Profeta, que nunca llegó.

Sin embargo, un episodio horrendo vino a confirmar los barruntos de las convecinas de Isabella. En la ribera opuesta de un riachuelo cruzado por un puente de madera se tropezaron con un villorrio de casas de adobe con una desvencijada iglesia de madera. El Profeta ordenó detenerse para pernoctar. Se acogerían a la caridad de aquellas gentes sencillas, las que según él, más amaba Dios, pero que él despreciaba en lo más profundo de su corazón. Los cofrades acusaban el cansancio de una jornada larga. Había habido algunas deserciones; pero, lejos de carcomer el ánimo de fra Guifré, parecía que los abandonos de sus condiscípulos lo reconfortaban.

—Nuestra hermandad está por encima de las estrellas y muy cerca de Dios. El Cielo tomara en cuenta su conducta y arderán para siempre en el Averno.

Fra Guifré, que cabalgaba a la cabeza, cruzó el puente a horcajadas de su mula. Los recibió un cura estrafalario, barrigón y locuaz, que se extendió en alabanzas sobre la misión del Profeta, por miedo a ser corregido por éste si no le caían bien sus costumbres. A su verborrea vacua se unió la aparición imprevista de una jovencita, casi una niña, desgreñada, de pechos gráciles y melena leonada. Ajena a lo que se le venía encima, la muchacha se abrazó al sacerdote y le dio de comer una mora sazonada, mientras le besaba las mejillas.

Estaban perdidos y no lo sabían.

Ambos componían una lastimosa imagen contraria a la ley de Cristo y a los preceptos del Profeta sobre el sacerdocio. Debían recibir un escarmiento ejemplar. El guía de peregrinos inmovilizó la cabalgadura y afiló su mirada como se afila una espada.

—Hermano, ¿convives quizás con esa coima que te abraza? ¿Es tu barragana, tu amante, o simplemente una feligresa que te reverencia con exceso de celo? Responde de una vez, cura sacrílego.

Un súbito rayo de perplejidad y miedo ensanchó su rostro mofletudo.

—No deseo corregir a tan alto hombre de Dios —confesó para aplacar al santón, pero la intranquilidad emergió en su voz—. Lo que veis no es más que el afecto de una pobre pecadora que así agradece mis misas, rezos y desvelos por su alma.

Más agresivo que nunca, fra Guifré contrarrestó sus razones con sentencias que aterrorizaron al clérigo. El descrédito de la clerecía tenía que ser ahogado en sangre y cortarlo por lo sano, por muy ignorantes que fueran.

—¡Vives en pecado! —gritó enfurecido.

El Profeta movía la cabeza como aplacando su ira interior. Para ese sagrado cometido lo había enviado Dios al mundo, y estaba firmemente persuadido de ello. Y como había advertido un atisbo de insolencia en la muchacha y en el mismo capellán, decidió desacreditarlos ante sus feligreses, que habían acudido sobrecogidos al contemplar la marea humana que se les venía encima, como una plaga de Egipto.

—¡*Fraternitas perversa, infidelis Dei et luciferini servi.** Sois reos de la ira de Dios!

El obeso abate palideció. Debía prepararse para lo peor.

—¡Vamos, cura del Diablo, desnudaos los dos y caminad hacia la iglesia!

—Penitencia, penitencia —clamoreaban sus seguidores.

El preste y la muchacha no creían que fuera verdad, pero al ver acercarse a una multitud de penitentes que los amenazaban con las disciplinas, obedecieron al instante. ¿Quién era aquel santón que parecía el anticristo? ¿Un demente, un iluminado? Acataron la orden y pronto dejaron al aire sus castidades y dos cuerpos no habituados precisamente a las austeridades. La jovenzuela era pura redondez, con un sexo velludo, y una piel sonrosada. El cura no le iba a la zaga. Su vientre seboso e hidrópico, cebado con las limosnas de sus parroquianos, le tapaba las partes pudendas; era una mole de grasa que con el pavor temblaba como un pastel de melaza.

Un colérico penitente le propinó un puntapié, y los conminó:

—¡Camina cura indecente! Tu tonsura y tus órdenes no pueden ser más indignas.

La mente de los dos infelices estaba ocupada por el terror. Debían claudicar a sus razones, o sus vidas peligraban. Mientras ascendían desnudos el repecho hacia el caserío miraban hacia atrás por si eran abatidos por un tiro de ballesta.

—Mirad cómo corre con su marrana ese cerdo asustado —gritó un cofrade.

La fortuna había dado la espalda al cura y a su barragana, que de reojo observaba al guía terrible por si en las profundidades de su mirada descubría algún atisbo de misericordia. ¿Podían esperar

* Hermandad perversa, desleales de Dios, seguidores de Lucifer.

clemencia de aquel rabioso perturbado? ¿Era uno de esos locos *pastorells* o turlupines que años atrás asolaran la cristiandad? El vicario, atenazado por el miedo, se desplomó de bruces en el barro y fue conminado por los secuaces del Profeta a incorporarse con golpes y puñetazos. Isabella comprendió al instante que aquella mesnada hambrienta de pureza quería verlos morir.

«Este mundo se reduce a una lucha entre víctimas y verdugos», pensó.

A empellones los metieron en la miserable capilla. Tras ellos entraron, con cilicios en la mano un grupo de leales del Profeta. Había que purificarlos. Algunos peregrinos pedían en voz alta que el fraile fuera ahorcado, empalado o decapitado y finalmente muerto al lado de su coima, ante el escándalo de Isabella, que temblaba.

—¡Fra Guifré, nuestro Padre celestial está impaciente y precisa de un sacrificio que atenúe su cólera divina. ¡Aplicad vuestra justa vara de medir pecados —le pedían.

El Profeta, que se asemejaba a un Zeus olímpico sobre su cabalgadura, dijo:

—Antes deben purgar la ponzoña que encharca sus almas. ¡Castigadlos!

El más absoluto mutismo se adueñó mientras tanto de aquel lugar.

Olía a paja podrida, a humazo de los carboneros del bosque y a putrefacción. Se escuchaba el chillido de las ratas y el goteo de la humedad chorreando por las paredes de la iglesia. Había que mantener la reputación de su misión divina. Un servidor les ató los pies a una cadena pesada que pendía de una argolla. El hedor era inmundo y la inquietud de Isabella irrefrenable. ¿Los atormentarían hasta morir? Los esbirros del Profeta, llevados de un celo brutal, los sujetaron con correas que los laceraban y los suspendieron de una viga del techo, mientras los azotaban y les echaban cera ardiente del altar en las heridas abiertas.

Con los mismos látigos, flagelos de plomo y pinchos de hierro negro de las penitencias, sus verdugos los sometieron a los más horribles tormentos. El sacerdote gritaba, pero los sayones lo flagelaban con saña. A la moza le hicieron beber a la fuerza agua helada hasta vomitar la bilis y la purgaron con un bebedizo repugnante que le hizo retorcerse de dolor y vaciar sus tripas. Los dos inculpados sentían calambres en sus músculos, que les dolían como si los taladraran con cuchillos.

—¡Echa todo el veneno que tienes metido en tu vientre, ramera! —le gritaban.

Entre tormento y tormento, los interrogaron; el aterrado presbítero confesó que tenía dos hijos de su relación con la mujer. En tan sólo una hora de suplicio sus aspectos sufrieron una pronta transformación. Las mejillas se les hundieron, los huesos se les dislocaron y los tendones de las piernas se les desgarraron. Los chasquidos escalofriantes de los flagelos, los ganchos que los despellejaban, el olor a carne quemada y el ruido de sus huesos, no los olvidaría jamás Isabella, encogida sobre sí misma mientras escuchaba los alaridos de la pareja, que sonaban en sus sienes como el martillo de un herrero.

Los gritos le erizaban los cabellos, cuando Melisenda escapó del regazo de su madre y se refugió en los brazos de la joven, que maldijo a aquella perversa peregrinación que hacía sentir pavor a una niña candorosa, cuyas únicas medidas eran el cansancio, la enfermedad, el hambre, y ahora el horror.

Cubierto de sangre, arrojaron al cura encima del ara del altar, incapaces de sacarle otras palabras que no fueran las de la exculpación y de misericordia por su pecado de estupro y profanación de votos. La concubina se agitaba convulsivamente mientras gritaba vocablos ininteligibles. Al cabo se abrió la puerta de la iglesia y los seguidores del Profeta que permanecían en el exterior lanzaron un grito, mezcla de satisfacción y de horror.

El cura y su joven amante comparecieron horrendamente lacerados.

Les sangraba la cara y el semblante les ardía, tumefacto y amoratado, lamido por un sol caduco. Una tos blanda atormentaba al clérigo y un líquido blancuzco se le escapaba por los labios azulados. Los traían agarrados por los brazos y atados por las manos; apenas si podían tenerse en pie. Los habían azotado cruelmente, habían llenado sus pulmones con agua gélida y los habían punzado con pinchos candentes. El clérigo mostraba la nariz partida y costras de sangre seca asomaban por el mapa de su cara. Parecía como si sus fuerzas lo hubieran abandonado. Insultos de indignación, seguidos de un alboroto censurador, estallaron en la plazoleta. Fra Guifré no apartaba sus pupilas grises de los encausados y frotaba sus manos de placer. En un tono reprobador, con la mano mesándose la barba, los taladró con sus pupilas escrutadoras. Su ronca voz hizo temblar a los reos, que lo miraron sobrecogidos.

—De tu respuesta depende mi clemencia o una sentencia ejemplar que os haga pender en una jaula de hierro en vuestra misma iglesia, hasta que os coman las entrañas las alimañas y muráis de hambre y de sed.

Falseando un sentimiento de culpa que no sentía, el cura suplicó aterrado:

—Ya lo he repetido mil veces a vuestros hermanos. Mi pecado sólo es de lujuria. Es eso y nada más lo que me indujo a cometer ese imprudente error por el que ya he pagado con creces. Ejerced vuestra clemencia con este pecador, os lo suplico.

—¿Sólo has pecado contra la carne? ¿Y la gula, el robo y el engaño, maldito?

—Soy un pobre pecador y os pido clemencia, padre amantísimo —rogó llorando.

Dándole un manotazo exclamó enrojecido de rabia:

—¿Clemencia, perro lascivo? La Iglesia escupe sobre la sangre derramada por Jesús. Son los pecados de sacerdotes como tú los que han desencadenado la peste negra. Por eso no acatamos la servidumbre del Papa y detestamos a los párrocos libidinosos, a los frailes sibaritas y a los obispos simoníacos, que están manchando el cuerpo de Cristo de inmundicia.

De repente la mujer acopió fuerzas y defendió al cura.

—Piedad señoría, os lo ruego por la pasión del Señor. Mosén Trobat es un hombre bueno. Castigadme a mí. Yo, y sólo yo, soy la causa de sus tentaciones —rogó la muchacha con la boca sanguinolenta de la que le habían arrancado varios dientes.

—¡Calla, ramera deshonesta! Las mujeres sois el germen del pecado —contestó furibundo—. Rezad durante la vigilia y mañana decidiré sobre vuestra suerte.

Y mientras los tendían en el escalón de la capilla, desnudos, torturados y ateridos, varios de los turlupines amontonaron leña en la plazoleta y alzaron una picota, donde presumiblemente serían ajusticiados al amanecer el cura y su joven manceba, que gritaba arrasada en un llanto lastimero que rompía el alma de los peregrinos.

—¡Misericordia Señor, misericordia! Tened lástima de nuestras vidas.

Isabella se apiadó de su suerte y lamentaba estar padeciendo tantas fatigas para nada. ¿Y si el cielo quería escarmentarla con aquella experiencia tan aterradora? Aquel juicio le pareció una señal, pero por más que lo intentaba, no conseguía disimular su angustia. ¿Debería abandonar como sus paisanas de Zaragoza y olvidarse del paradero de Diego Galaz?

La conversa volvió a pensar en soluciones extremas, pero sus angustias no habían cesado. Lo alto le enviaba una prueba de intolerable severidad. Secaba sus lágrimas dispuesta a coger su ración. Caía la noche y las beguinas repartían los corruscos de pan y los arenques. Se arrebujó en un rincón con la escudilla y el jarrillo, cuando de repente el corazón le dio un vuelco. Aunque con sus hábitos pasaba inadvertida sabía que por sus ojos delicados y los cabellos rubios fascinaba a algunos hombres de la comitiva. Y aunque ahuyentaba la mirada, sí notaba que era observada cuando se peinaba o aseaba.

Pero en aquel atardecer sombrío, marcado por el sufrimiento de aquellos desventurados, notó las miradas lujuriosas de un peregrino fornido que se hurgaba en la bragueta impúdicamente. A la par le sonreía mostrándole una boca renegrida, mientras componía los gestos de un acto erótico. Isabella escupió en su dirección, pero la mirada lasciva y sucia la sentía en toda su piel. Ella era un alma rebelde, pero retuvo el aliento como una condenada sumisa.

¿Debía temer a aquel bellaco o tomarlo como una simple burla? El temor la anonadó, pues el gigantón seguía excitándose mientras simulaba poseerla.

«¿Habráse visto? —protestó—. ¡Que un rayo del cielo baje y parta en dos a estos herejes y a ese impúdico sátiro! ¿Tendré que hacer frente a ese baladrón en el curso de este viaje maldito?», se preguntó, y todo su cuerpo le tembló como una caña ante el vendaval.

Por un instante supo que a partir de aquella noche su peregrinación se había convertido en un acto desesperado. Aturdida por las sacudidas del viento que descendía a ráfagas por las colinas, rezó por el clérigo y por su mantenida, hasta quedar rendida por el sueño, con Melisenda acurrucada en su cobijo.

Al amanecer, el cuerno de la peregrinación bramó en la placidez de la primera luz. Los peregrinos, entre los rezos de laudes, se pusieron en marcha. De imporviso sintió un aliento tras su nuca, caliente y repugnante, que olía a ajo y vino. Miró hacia atrás y descubrió aterrada al impúdico masturbador de la víspera que reía con una sonrisa de fauno.

—¡Maldito hideputa! —le espetó, y se escabulló aterrada entre las beguinas.

Isabella olvidó al libertino y miró en dirección hacia la iglesia, interesándose por el cura y su manceba. La pira permanecía intacta. No había habido inmolación por el fuego. Los cuerpos de los torturados permanecían inmóviles en la grada de la iglesia. ¿Habían expirado por el terrible suplicio al que habían sido sometidos? ¿Los había ajusticiado el frío de la noche? ¿Aguardaban que aquellos demonios de la pureza abandonaran el poblado y pudieran ser curados por sus asustados feligreses, que miraban agazapados tras los portillos?

Isabella nunca lo sabría, pues la itinerante Cofradía de los Últimos Días abandonó aquellos marjales tras desvalijarlos de víveres y acopios.

Un olor acre a humo y ceniza le llegó después a sus fosas nasales, y rezó.

El País de los Aromas

Diego, atormentado por la sed, bebía del odre un agua que olía a boñiga de camello y sentía náuseas y vértigos. El aire se incendiaba y los escasos arbustos se teñían de un rojo cárdeno.

«¿Qué demencia me ha lanzado a estos desiertos de fuego?», se preguntaba.

El chasquido de las chicharras y las moscas lo martirizaban, mientras cruzaban un paisaje donde el sol abrasaba los guijarros y las arenas interminables. Sólo de vez en cuando aparecía una lengua del río, un oasis o una noria donde descansar y aplacar el agarrotamiento de sus miembros. Blanxart, preocupado con unos salteadores que los habían seguido desde Alejandría, ordenó detenerse bajo un palmeral donde comieron granadas para mitigar la sequedad de la boca. En secreto, el Cargol dictó una orden por la que variaba el rumbo, ante el estupor de Diego, que temió por sus vidas. Un horizonte de campos de labor se esparcían entre los siete brazos del delta del Nilo.

—Abandonaremos este camino y atajaremos por al-Qahira, El Cairo, aunque lo lamenten nuestras posaderas. Tenemos que despistar a esos condenados —informó, y espoleando los rezongones camellos, reemprendieron la marcha.

—¿Algún peligro inesperado, Jacint? —dijo sin disimular su angustia.

—Sólo precaución, Diego. Son ya muchas las expediciones que he realizado al reino de Aksum y desconfío hasta de mi sombra. Este lugar de Satanás está infectado de ladrones y con la carga que llevamos no podemos concederles ventajas. Esos desalmados que nos siguen nos aguardarán en las dunas de Rhasid para sorprendernos y ahogarnos en sus ciénagas o en algún brazo del río, aunque se llevarán un chasco. En El Cairo nos uniremos a alguna caravana de las que trafican con sal y bajo su amparo llegaremos sanos y salvos a Sukmah, en el mar Rojo. No temas nada.

Diego pensó que la aventura les reservaba más de un azaroso lance.

Divisaron aldeas calcinadas por el sol, malezas pardas, colinas coronadas de rocas y valles bañados por la luna. Hubieron de atravesar en barcazas los canales del río y el aragonés descubrió un exótico mundo de feraces sembrados y bancales floridos, alimentados por los ramales del Nilo. Los plataneros, las acacias, las palmeras y sicómoros despuntaban tras las casuchas de los campesinos y los palacios de los señores mamelucos. Una suave brisa acariciaba los juncos, los mirtos, los lotos blancos e índigos y los nenúfares que crecían en las orillas de los ribazos. Ibis rosados y grises zoritas cruzaban bajo un cielo azul añil, surcado de vuelos alocados. Al atardecer del día siguiente, al otro lado del Nilo, cárdena como el cobre, surgió entre el polvo caliginoso la imposta de al-Qarhira, la Victoriosa, la capital de los fatimíes, ahora sede de los mamelucos turcos.

—Ahí tienes El Cairo, Diego —le informó Jacint—. Edificada con las piedras que robaron de la faraónica Menfis. Se halla regida desde hace cien años por los belicosos mamelucos, esclavos de los sultanes ayubíes. Ahora son los temidos dueños de un imperio que abarca Egipto, Siria y Palestina. Debemos tener cuidado con ellos, pues son crueles como lobos hambrientos.

—¡Por las espinas de la Pasión! Parece un crisol de oro en medio de las arenas —contestó Diego, que se detuvo en su contemplación, desdeñando su desfallecimiento y el agudo dolor de sus articulaciones. La ciudad le pareció un espejismo por su hermosura.

—Y en el horizonte se perciben las míticas pirámides de Giza, los templos de la eternidad o al-Ahram, que aquí llaman de Kafra, Menkaura y Kufu,* prodigios de la arquitectura egipcia —lo ilustró el catalán con su apabullante saber.

Diego detuvo la cabalgadura para absorber la opulencia y los rumores de la ciudad.

Los almuecines congregaban a los creyentes con sus llamadas a la oración, y un bisbiseo de plegarias se elevaba por encima de las bolas doradas y las medias lunas de los alminares, como si una nube de plegarias envolviera en un vasto abrazo el alma de sus moradores. Cientos de esquifes de velas blancas se desplazaban por las aguas del Nilo como luciérnagas silenciosas. El calor era bochornoso, pero un perfume a arrayanes y jazmines aromatizó sus sentidos. Fustigaron a las recuas y penetraron en la urbe por el camino de Sakkara, mezclándose con la marea humana y las caravanas. Los griegos y coptos habían sido absorbidos por los musulmanes, y no se apreciaba otro indumento en sus trepidantes callejas que las *ziharas* rayadas, los gorros o *tarbush* rojos, los cadíes de turbantes cónicos, y las recatadas mujeres con la cara cubierta por *yabrah* negros.

Sortearon el arrabal mameluco de Bulak, para evitar malos encuentros con los mercenarios del sultán, y transitaron bajo las laderas del *Alcázar de la Montaña*, el palacio de Saladino; luego bordearon la grandiosa mezquita de Hasan, con sus minaretes recortados como estiletes en el horizonte escarlata. De ella salían decenas de estudiantes y ulemas o doctores del Corán, con las esterillas y manuscritos bajo el brazo y unos turbantes estrambóticos que cubrían sus cráneos rapados. Los extranjeros pernoctaron en el *harrah* de los comerciantes, conocido como *El brocal de José*, un meandro de callejuelas angostas donde bullían los mercaderes y las incitantes rameras persas, rodeado de papiros y nelumbos en los que se posaban bandadas de jilgueros. Centenares de camellos, caballos y asnos espantaban moscas con los rabos, mientras rumiaban paja y lamían bolas de sal, tirados en los cobertizos.

* Kefrén, Micerinos y Keops.

El príncipe Yekuno pasaba inadvertido entre el tropel de arrieros y mercachifles, ante el beneplácito de Blanxart, que no le perdía ojo. Diego se acercó al asustadizo zagal y en su árabe elemental trató de consolarlo, ganándose su confianza, pues era un joven atemorizado, que precisaba del aliento de la amistad. Tras asearse en un lebrillo las llagas de las manos y las ingles doloridas por la joroba del camello, apenas si pudo tragar el guisado de cordero y se echó sobre las sacas, por las que trepaban arañas como puños y algún desorientado escorpión, donde se adormeció.

Sin quererlo, sospechó que Isabella, en la seguridad de la casa de los Santángel, tal vez auscultara el cielo zaragozano en aquel preciso momento junto a su primo Nicolás, y la evocó con añoranza, ajeno a su nuevo derrotero.

«Me reconfortaré amándote a través de los astros, amada mía.»

Se despertó con el centelleo de las negras pupilas del príncipe Yekuno, que lo miraban ora con insolencia, ora con ingenuidad.

—¿Cómo ha dormido el extranjero de mirada acogedora? —le dijo.

—Estoy deslomado pero vivo, jovencito, que no es poco en estas tierras.

—Quiero que me cuentes cosas de tu tierra, de tu rey, del Papa de Roma y del agua infinita que separa a nuestros pueblos. ¿Lo harás?

—Largo será el camino y oirás de mí historias que a mí me narraba un monje de buen corazón, muy lejos de aquí. Te lo prometo —le aseguró Galaz.

Retumbó la orden ronca de Blanxart y la cuadrilla se puso en pie.

Diego se compró un cántaro de vino dulce de Ayos para el camino. ¿Era una sensación que el Cargol estaba preocupado por la partida? El catalán gritaba y ordenaba que no perdieran de vista al príncipe, quien al parecer se había escabullido por el caravasar. Salieron entre los gritos de los acemileros de los caravasares cairotas, unos con derrotero a la reina del desierto sahariano, Tombuctú, donde se intercambiaba el sándalo y la pimienta por el marfil y los esclavos de Guinea; y otros hacia la legendaria Tash-Kurgan, «La Torre de Piedra», en las mesetas iraníes, punto de arribada de los tratantes chinos que negociaban sus mercancías, la seda, la porcelana y el vidrio, por los tapices de Samarcanda y Jurasán, el incienso de Arabia y el oro del Sudán. Diego percibía en sus sentidos el aroma de efluvios ignorados para él, el sorgo, la cúrcuma, el ámbar gris, el ñame, la malagueta o la mirra, que pasaban ante sí en una sucesión interminable de fardos y costales. Se unieron a una caravana que transportaba sal y ahumados del Sahel, que luego trocarían en los zocos portuarios del mar Rojo por esclavos de Afar. Aquella ciudad era la abundancia y la maravilla.

—En vez de ascender por el Nilo, y para despistar a posibles aprovechados, rumbearemos hasta Eritrea por el mar Rojo, que si bien está infectado de piratas, lo controlan los mamelucos. Agudiza tus sentidos y ten presta la daga Diego, pues mil peligros nos acecharán de aquí en adelante —lo previno Blanxart—. Algo me dice que en alguna de esas infectas ciudades hallaremos al loco de Zakay ben Elasar. Ten fe.

Al dejar atrás El Cairo, el aire, lejos de ventear un calor sofocante, acarició sus rostros con una brisa agradable. Diego, mientras cabalgaba, observaba a los chiquillos chapoteando en el gran río, junto a las norias movidas por búfalos y famélicos asnillos, atentos como vigías a los amenazadores cocodrilos que merodeaban por las orillas. Todo a su alrededor era prodigalidad y frescura, extremo que sorprendió al aragonés.

—Nunca creí, Jacint, que esta parte de Egipto ofreciera a la vista un verdor tan exuberante. Tenía la certeza de que en estos parajes olvidados de Dios, la lluvia escaseaba y todo era sequedad, moscas y polvaredas insufribles.

—Y estás en lo cierto, Diego. Aquí no llueve nunca —contestó el catalán—. Ese vergel se debe al flujo y reflujo del Nilo, que hace crecer sus aguas con una precisión cíclica y matemática. Es curioso que los egipcios no lo llamen Nilo, palabra griega que significa «limo», sino *Iterw* o *Yem* que quiere decir, «río» o «mar».

—Akaina la etíope me aseguró que su ascenso se debe a las lágrimas de Isis.

—Prosaica explicación —se rió el catalán—. En primavera el nivel de la hierba es raquítico y sopla además el seco *jamsin*, un viento que esparce arena tan abrasadora como un tizón de Satán, cubriendo las aldeas de un légamo amarillento y seco. Pero en verano, exactamente a las siete semanas, deja de bufar y cambian los vientos. Lo llaman el *soplo de Isis*, e inicia la crecida de las aguas, rojas como la sangre, que descienden de las tierras arcillosas de Abisinia, aportando a Egipto un barro fertilizante, el *limo*, que hace de estas tierras el fecundo vergel que ahora ves. Los abnegados *fellahs*, los agricultores, lo aprovechan para las siembras. Milagroso, ¿no crees?

A Diego se le vinieron a la cabeza los relatos de las plagas bíblicas que le había relatado fray Bernardo y observó absorto a los campesinos de pieles tostadas que empujando los *shaduf*, largos palos con contrapesos, sacaban agua del río con jarras de terracota y odres de piel de camello. Siguió conversando con el aterrorizado príncipe Yekuno al que relató fábulas de la lejana Hispania, de encuentros entre mahometanos y cristianos, de los reyes legendarios de Iberia y de Santiago Matamoros, capitaneando a las huestes castellanas, que lo dejaban boquiabierto. Por las noches, cuando detenían la marcha, leía algún pliego de las Cartas de Séneca, o platicaba bajo el palio del firmamento con Jacint Blanxart, de quien descubrió entusiasmo por los clásicos y una conversación culta, comprobando que una recíproca franqueza se instalaba en su reciente amistad. Sus mentes convergían, mientras sepultaban sus mutuos recelos.

—Mañana entraremos en lo que los egipcios llaman el Desheret, «la Tierra Roja», el desierto, donde reina la inmensidad de las arenas y la ley de los bandidos.

En la fatigosa cabalgada, el algebrista acunado por el bamboleo del camello y el monótono eco de los yegüeros, abandonaba su mente pensando en los Elasar, en el sello del Nejustán y en Isabella, mientras se extasiaba ante la belleza de las dunas engañadoras que emergían y desaparecían al antojo del viento de Isis.

La marcha hacia Eritrea resultó espantosa para Diego.

Hervideros de moscas de muladar, que picaban como alacranes, tolvaneras de polvo que penetraban a través de los turbantes, un silencio recortado por los chillidos de los chacales, el crujir de los guijarros y el tormento de la sed, mortificaban la lenta cabalgada de los viajeros aragoneses. Por la noche, bajo la bóveda negra, sufrían heladas que encogían el alma, pero Diego, poco acostumbrado a aquellas penurias, soportaba el tormento con resignación. Había adelgazado y su piel rosada había tomado la tonalidad del cuero viejo, bajo una barba castaña y cerrada.

Sólo el grupo de almogávares, hijos del montaraz Sobrarbe, ataviados con ropajes orientales, resistían la azarosa marcha sin rechistar y con el ánimo henchido, entonando sus feroces cánticos y manteniéndose sólo de dátiles y leche de camella. Vadell y Felip se encomendaban a todos los santos y también blasfemaban en su bendito nombre. Los pedregosos páramos se prolongaban sin término, hasta que al fin, al quinto día de marcha, tras unos quebrados amarillentos, divisaron Ayn Sukmah, la puerta del mítico mar Rojo. Unas aguas mansas, de un azul intensísimo, desvelaban lo impropio de su nombre, pues Diego pensaba que las aguas del mar serían de coloración carmesí.

En el legamoso fondeadero de la ciudad, repleto de algas negruzcas, holgaba una flotilla de embarcaciones árabes, jabeques descoloridos y barcazas desvencijadas con los vientres agrietados, que compartían el espacio de la pontana con falúas de pesca no menos destartaladas, amarradas a los bitones con sogas mugrientas, y que por el aspecto patibulario de sus marineros, no ofrecía dudas de que éstos eran traficantes que se dedicaban a la piratería. Un cúmulo de desechos se amontonaba en los alrededores de las atalayas de ladrillo rojo, donde Blanxart regateó con un barquero el precio por transportar la expedición hasta Masana. Llegados a un acuerdo, se embarcaron en un panzudo batel de color indefinido y velas recosidas, en el que se hicieron a la mar.

El príncipe Yekuno, al que ya ni las historias narradas por Diego lo contentaban, fue motivo de una intensa preocupación, pues se negó a tomar alimento y expulsaba el agua con asco. Se tumbó entre los cordajes con los ojos apagados, como si se le escapara el alma por la boca. Blanxart palideció y temió que unas inoportunas fiebres lo despacharan al otro mundo y sus planes fracasaran, con lo que su cabeza y la de todos los expedicionarios correrían tal vez igual suerte.

Desaforado, acudió a Diego, que de inmediato encontró una mordedura purulenta de alguna tarántula en el brazo del nieto del *Nigusa*, que le producía la atonía y la calentura. El algebrista le sajó con su cuchillo requemado el acceso y se lo limpió con agua del mar y polvo de *piedra xantrax*, un mineral de las serranías de Córdoba que cicatrizaba las heridas y que llevaba en el zurrón de hierbas de *La Violant*. Improvisó también un bebedizo con hojas de llantén, vino y raíz de valeriana que el mozuelo bebió. No se quejó y le sonrió agradecido, durmiéndose después.

—Aguardemos unas horas y veremos cómo reacciona, Jacint.

—Puede irnos la cabeza en este negocio. Recemos para que este zagal se cure, ¡por san Jorge y sant Jaume, *redeu*! —invocó el catalán con gesto horrorizado.

La boga era tan parsimoniosa, como enconada la intranquilidad de Jacint por el regio muchacho, que deliraba y temblaba chirriándole los dientes. Estaba lívido y respiraba con dificultad, mientras el tiempo boqueaba y la monótona boga los hacía bostezar. Imponían los farallones del estrecho corredor que ocupaba sumisamente el mar Rojo que parecían estrangular los navíos que se dirigían al Yemen o a la India en busca de especias, o a La Meca, la ciudad santa del islam, atiborrados de peregrinos.

Tras el mediodía, el flemón de Yekuno, rojo y abultado como un huevo, se abrió como una flor y arrojó un líquido viscoso. El joven, aterrorizado, bañó su rostro en lágrimas, abrazándose a Galaz como un niño perdido en la tormenta. El reventón de la purulencia y el pus amarillento se escaparon mano abajo, acarreando con él la malignidad del veneno, y su curación. Diego se alegró indeciblemente y el mozuelo se serenó esgrimiendo una sonrisa amplia. Las alarmas del naviero catalán cesaron, y su gesto y el humor de la partida cambiaron. El joven heredero se sentía débil y la mirada turbia, pero todos intentaban consolarlo con palabras y gestos.

—Ya creí que habríamos de darle el viático, Diego. ¡*Collons*, qué mal rato! —exclamó Blanxart—. Es la carga más delicada que jamás he transportado.

Yekuno estaba acostumbrado a los hechiceros del palacio de Sebha, que simulaban alternar con el mundo inmaterial de los espíritus mientras sus enfermos se morían. Aquel extranjero, sin ritual alguno, con sólo el prodigio de sus manos, unas hierbas y una extraña piedra rosada, le había extraído la ponzoña que lo atormentaba, salvándole de la muerte. Así que consideró a Diego un curandero aliado con lo sobrenatural, y lo llamó desde entonces *Alamá Rumis*, «Romano Sabio».

Diego le sonrió, pero se quejó por la latitud de la singladura, ya que apenas si avanzaban. Entonces Blanxart se le acercó y susurró al oído con disimulo:

—¿Te sorprende esta lentitud? Pues para ti no tengo secretos —se acercó con reserva—. Por estos mares bufa un potente viento, el *mausím* o monzón, que por designios del divino Creador resopla entre junio y septiembre del mar al continente y luego a la inversa. Estamos en los meses en que sopla de tierra y por eso la boga resulta tan calmosa. No lo divulgues a nadie, te lo ruego. A mí me lo confió secretamente un piloto árabe de este mar y muy pocos cristianos conocen su manejo. ¡Quién sabe si hemos de precisarlo para regresar!

Diego asintió. Cada día que transcurría, su fidelidad hacia el Cargol crecía. Ponderaba la erudición de aquel marino prudente e incondicional amigo. Al fin, sin un mal encuentro pirático que lamentar, y tras una cala abrupta llena de esquifes, surgió un cantil arenoso. Jacint, con gesto de respiro, manifestó:

—Amigos míos, nos hallamos frente a *Bilad as-Sudán*, la Tierra de los Negros, y también del oro, de los zafiros, el incienso, las maderas preciosas, la mirra y el marfil. Pocos bautizados y creyentes del Papa de Roma han puesto sus pies en estos paraísos. Demos gracias al Señor por contemplarlos sanos y salvos.

—¡Amén! —dijo Felip persignándose.

Galaz miró de hito en hito la costa africana, que creía quimera y fábula de marineros. La frontera imaginaria del legendario reino del Preste Juan se le ofrecía ante sus ojos con un tropel de negros vestidos de ropajes de magníficos colores que los observaban en la orilla. Los arrogantes estibadores, seguramente piratas del mar Rojo, parecían demasiado seguros de sí mismos, como si tuvieran protectores en palacio.

Un palmeral frondoso empañaba de sombras y luces el acantilado, mientras la gabarra buscaba el abrigo del puerto de Aqiq, primera ciudad del País de los Aromas, donde los agentes venecianos descubrieran meses atrás a Zakay, y donde el gran rabino de Alejandría aseguraba que tenía previsto arribar para predicar la venida del Mesías. A dos leguas, tal como el armador había previsto, vararon en una franja de marismas rojizas a fin de que Diego mitigara el ardor de su ansiada búsqueda y pudiera visitar la sinagoga. El licenciado recelaba que los Elasar siguieran aún en aquel villorrio perdido de Dios, pero aun así, las piernas le temblaban, mientras atracaban con celo por miedo a encallar en los arrecifes coralinos que infectaban la costa eritrea.

—¿Crees que ese trasero de mal asiento de Zakay sigue en esta aldea?

—Si se ha empeñado en que el Mesías ha descendido a este valle de pesar, andará revolviendo aljama tras aljama de aquí hasta Armenia —le contestó Diego.

—Esta infecta aldea no es lugar para revelar la venida del hijo de Dios, ¡por todos los diablos! —se quejó el catalán—. Pero algo me dice que está por aquí, *redeu*.

—Jacint confiemos en el destino. Siento el fuego ardiente de la sangre que me llama —comentó el algebrista con ansiedad.

¿Por qué no habremos de encontrar aquí al almojarife real? Confío en mi fortuna.

Con un leve temblor en el estómago, saltaron a la escollera que olía a pescado podrido y orines rancios. Al instante se acercaron pedigüeños, cojos, ciegos, vendedores de abalorios y frutas, en una algarabía que los asediaba. Diego, al poner pie en tierra, observó la miseria en la multitud de chiquillos y el hedor a putrefacción, y no dudó un momento en evitar su proximidad. Tomaron leche de camella y vino egipcio que les ofrecían unas muchachas, y cubriéndose el rostro con el tailasán mascó hojas de nébeda, hasta que Blanxart preguntó por la sinagoga, que se hallaba al otro lado del amarradero.

—¡Ojalá este encuentro mitigue mi impaciencia y halle al fin a Zakay!

Sobre sus muros se abatía un sol tórrido, sólo menguado por la sombra de una iglesia copta con cúpulas azules de atractiva prestancia, que se encaramaba sobre un montículo pelado. Subieron la empinada cuesta y, jadeantes, se detuvieron bajo una higuera para recuperar el aliento, frente a la entrada de la vieja aljama. Dos almogávares se quedaron vigilando. Diego se decidió a entrar. Apartó la estera de esparto y penetraron a la frescura de una cámara de paredes enjalbegadas que olía a pergamino. En un pebetero crepitaban granos de sándalo, mientras un armario ventrudo, con una atestada recopilación de rollos, parecía reventar con su erudita y venerable carga. El algebrista sintió un nudo en la garganta, pero no se arrepentía de la temeridad de haber cruzado medio mundo hasta allí para hallar a Zakay.

Subyugados por el aire de misterio que flotaba en el ambiente repararon en unos rabinos de tez negra de rodillas sobre esterillas, meciéndose hacia atrás y adelante, mientras leían pasajes del Talmud o la Torah y los hermetismos del Shefirot hebraico. E inmersos en la lectura, no hicieron caso de los recién llegados, lo que hizo crecer la indecisión de Diego y Blanxart, que sentían como otros ojos los vigilaban desde algún rincón escondido. ¿Habrían profanado el lugar con su intromisión?

—Zakay no es ninguno de éstos —le informó Jacint susurrando.

—No es precisamente un alivio. ¿Se hallará en otro lugar de este recinto?

De repente un rabí de ojos saltones les tocó el hombro y los sobrecogió.

En un griego culto, como salido de un círculo platónico, les preguntó maliciosamente qué fisgoneaban en aquel bendito lugar, sólo permitido a circuncidados. Blanxart, más habituado a conversar en la jerigonza ateniense, manifestó sus identidades y le rogó los condujera ante el *nasí* rabino, después de explicarle de dónde procedían y qué propósito los había traído. Al cabo, de entre los maestros prosternados se incorporó uno de avanzada edad, ropajes negros y bandas pajizas bordadas con epígrafes de La Misná, ocultas por sus larguísimas barbas y cabellos atirabuzonados. Huesudo y desgarbado, se revestía de un porte mayestático que intimidaba al hablar.

—*Shalom* —saludó sin levantar la mirada y con las manos entrelazadas.

—Perdona nuestra ingerencia y el haber perturbado vuestros rezos. Dios nuestro Señor os colme, maestro —alegó Jacint en heleno—. Venimos de Hispania aprovechando los fletes comerciales de mi naviera. Nos han asegurado que mi socio, Zakay ben Elasar, el gran *nasí* hebreo de Aragón, predica o ha predicado en esta sinagoga. Este hombre lo busca para resolver una relación del pasado y restaurar sus recuerdos. Nada perverso nos ha traído a este sagrado tabernáculo, rabino.

Como sacudido por una convulsión grata, los saludó en castellano.

—¡Si me olvido de ti, oh Toledo, que desdeñe mi diestra! —dijo asombrándolos—. Escrito está: «Venid de todas las naciones y caminemos a la luz de Adonai». Aún recuerdo a la sagrada Tolethot. *Ele Tolethot Noach*, «la ciudad de la nueva generación de hombres». Se asegura en el Talmud que fue el primer emporio construido por los hijos de Noé tras el diluvio. Toledo siempre estará unida al nombre y al pueblo de Israel.

Sus palabras tranquilizaron a los visitantes que no salían de su asombro al ser correspondidos en lengua romance. El rabino prosiguió circunspecto:

—En mi juventud estudié en la academia del astrólogo y geomántico Juan David Toledano, a quien tenían por nigromante, siendo como era un hombre fervoroso de Dios. La capital de la Alcábala, Toledo, ciudad madre de las ciudades de Sefarad. Las palabras proféticas del maestro aún alumbran a los sabios de Israel de todo el orbe —se mostró acogedor—. Pero decidme, ¿qué queréis de mí?

Reanudaron la plática y Diego le contó sus desventuras, resumiendo su interés por los Elasar. El maestro pareció asombrarse por su insólita narración y sus persuasivos argumentos, maravillándose de que hubiera acometido viaje tan comprometido por una causa que para otros resultaría trivial.

—Tal vez nos ayudéis en mi busca.

El rabino y su discípulo los acompañaron a un patio aledaño a la sinagoga donde fluía un surtidor que regaba una lobelia y un cidro. Olía a jazmín y los limones parecían arrojar lumbre con la torridez del calor que acuchillaba la aldea. Con obsequiosa hospitalidad les ofreció un cuenco de vino chipriota y sin mediar palabra el rabí ponderó los méritos del tan buscado judío, hasta la más elogiosa de las exaltaciones.

—Amigos de Sefarad, ésta es una época de prodigios y ha llegado la hora propicia para poner fin al éxodo de Israel. Se abolirán los reyes y las leyes injustas de los hombres y una Edad de Oro surgirá sobre la tierra. El pueblo elegido se halla inmerso en la era mesiánica. La *Amad*, la aparición del Mesías davídico se acerca. Esta sinagoga tuvo la ventura, y yo la fortuna, de conocer al rabí Zakay ben Elasar, nuestro hermano *mebaqer* o visitador de las comunidades de Occidente y gran custodio de la Ley. Él nos ha alentado a perseverar en las profecías, que unos aceptan y otros rechazan —manifestó.

—Entonces, y viendo que habláis en pasado, ¿ya no se halla en esta judería? —preguntó Galaz consternado, viendo que se esfumaba otra oportunidad.

—Así es, mi impetuoso buscador. El *nasí* Zakay, del ilustre linaje de Sadoq, glorifica la verdad y venera la Ley. Es un judío de notable talento que ha abandonado sus quehaceres mundanos por otros más inapreciables. Los rabinos de las sinagogas de Oriente lo invocan y lo llaman maestro. Se ha convertido para nuestro pueblo en uno de los intérpretes de la voluntad de Yahvé, pues antecede al Redentor del Tiempo, como el más adicto y humilde de sus discípulos.

—Me pregunto, rabino, por qué existe una sinagoga judía en un país de cristianos y la causa por la que recaló aquí el rabí Zakay.

El anciano acarició con su mano huesuda la barba y le explicó:

—¿Por qué se adora aquí el Dios verdadero? ¿Conocéis la historia de Salomón y su concubina etíope? Escuchad. El libro de los Reyes cuenta que el séquito de mil jóvenes judíos que acompañaron en su viaje de regreso a Makeda, a la que vosotros conocéis como la reina de Saba, decidieron quedarse a vivir en estas tierras. Descendemos de ellos y nos llaman los *falasi* o judíos negros. Desde aquellos remotos tiempos, la Casa de Israel es respetada en estas tierras. Otros hermanos emigraron al sur, a las montañas de Tigré, cerca del lago Tana, donde también guardan la ley de Moisés. Ésa es la causa del paso de los Elasar por estas tierras, y también explica por qué Azarías, uno de los hijos del sacerdote Sadoq, formó parte de esa expedición. Zakay lleva su sangre. ¿Comprendéis ahora?

Al evocar ese nombre, a Galaz le sobrevinieron recuerdos lastrados; pensó en el Nejustán, el símbolo de los descendientes de Sadoq, el amigo del rey Salomón y mil conjeturas pasaron por su mente.

El rabino, pensativo, con su gesto habitual de pedagogo, siguió explicando:

—Como el padre Jacob, Zakay ha conmocionado nuestras vidas. El pueblo de Dios precisa de un prodigio y Elasar es su mano en la tierra. Viaja de un lugar a otro en una relevante función, alentando sobre el *Zonara* a los suyos sin muestra de cansancio. No necesita más que una estera para reclinar su cabeza y unas aceitunas para nutrirse. ¡Qué felicidad haber percibido la magnanimidad de su alma!

El vejestorio no le inspiraba gran confianza a Diego, que insistió:

—Entonces, ¿ni él ni su hijo se encuentran entre vosotros?

—No, y sólo Dios sabe dónde han alzado ahora su tienda —aseguró—. Pueden hallarse en Antioquía, en Jaffa o tal vez en Alejandría. Aunque no puedo asegurarlo. ¡Qué sé yo! Sois un hombre herido desde la cuna. Seguro que Dios os bendecirá con la evidencia que buscáis, pero yo no puedo deciros más. El pueblo elegido vive en estrecha vigilancia y sufre. Pero si se trata verdaderamente del Libertador deseado, pondrá fin a nuestras desolaciones y al yugo mameluco.

Diego, decepcionado, ya no prestaba oídos a las vaguedades del rabino, que en su cháchara mezclaba citas sagradas con la inminente venida del Mesías judaico. Diego titubeó y su ánimo se derrumbó. Súbitamente el anciano, con un gesto paternal, paseó sus ojos por la mirada atribulada del joven, que no pudo repelerla. Con gentileza, manifestó en una revelación apasionada:

—Me ha causado una gran conmoción vuestro aire melancólico y que hayáis venido desde el extremo de la tierra en busca de Elasar. Mi corazón destila misericordia hacia vos por tal sacrificio. Dios me empuja a facilitaros el bálsamo de un conocimiento, pero tampoco deseo pecar contra él como hombre inviolable para mí y mi pueblo. Así que como los cristianos también examináis las Sagradas Escrituras de Israel, os revelaré un versículo del libro de Samuel, que contestará a vuestras preguntas, si llegáis a descifrarlo.

La voz gozosa de Galaz se alzó preguntando calurosamente:

—¿En la Biblia se halla la respuesta?

Con una risita burlona, el desconcertante anciano se expresó:

—Así es. Pero se trata de un ardid adivinatorio, como el enigma de la Esfinge.

A Diego lo exasperó que el vejestorio quisiera probarlo con una adivinanza.

—¿Habláis de un acertijo rabínico? —le preguntó Diego desconcertado—. ¿Acaso lo merecen las leguas y los peligros sin cuento que hemos dejado atrás?

—¡Adonai no escarnece la palabra salida de su boca o la de sus profetas —protestó disgustado—. No os hablo de una broma, sino de la palabra del Altísimo. Os halláis bajo la inmunidad de un santuario de Dios, refractario a la mentira y a la chanza.

Trastornado por haber faltado a su credibilidad y comportándose como un conjurador, el rabí descargó al aire bochornoso del jardín lo que a Diego y Jacint se les asemejó una amenaza apocalíptica o un maldito jeroglífico egipcio.

—¡Oíd incrédulos! Dice el profeta Samuel: «El rey partió en busca del ungido, recalando en la perdida Ciudad de la Sal. Y El Altísimo le habló: Aquí lo tienes, te lo entrego en tu mano. Y él abrió sus oídos a maravillosos misterios».

Los extranjeros se quedaron boquiabiertos, mirándose entre sí aturdidos. ¿Tan censurables eran sus dudas? Aquellas palabras les habían producido una gran excitación, pero no las comprendían.

—En mis muchos viajes a Oriente nunca escuché a nadie citar a esa ciudad. Pudo existir en los tiempos bíblicos, pero no ahora. Este rabino no está muy cuerdo, Diego —le susurró Jacint al oído—. ¡Vámonos, me exaspera! Parece el cómplice de Dios.

El rabino humedeció sus labios en la fuente y, espantando a unas tórtolas se esfumó por un portillo, ante el disgusto de los forasteros. Pero la confusión creció hasta el asombro cuando el discípulo que los había recibido, les manifestó irónico:

—Nuestro maestro os ha esclarecido con naturalidad dónde levantará su tienda Zakay ben Elasar. Si regresáis a Alejandría, preguntad allí por los *hasidim*, la Raza Eterna de los Piadosos. Ellos son sus portavoces en Oriente y os orientarán mejor que nosotros, pues de aquí partió para esa ciudad —dijo, y añadió aún más incertidumbre a sus entendimientos.

Diego disimuló mal su sorpresa. Y a medida que progresaba en tan irracional conversación, más se sorprendía. ¿Había salido de Alejandría malgastando tan suculento testimonio y exponiendo su vida en aquellos desiertos, cuando era allí, en la ciudad de Alejandro, donde se hallaba lo que con tanto denuedo buscaba?

—¡Maldita sea esta búsqueda insensata que me volverá loco! —exclamó mostrando una expresión de amargura—. Rabí, el paradero de Zakay parece el secreto mejor guardado del universo. No obstante, ya consultamos en la sinagoga de Alejandría, pero no conocían su paradero. ¿Estáis seguro que allí hallaré la verdad?

El hebreo se rascó la barba con fruición e insistió en un tono altivo:

—¿La sinagoga? ¿Acaso mi maestro o yo hemos mencionado ese lugar? Visitasteis el lugar equivocado. Oíd. Cerca de la Puerta de la Luna, en un palacio ptolomeico se reúne la academia de los judíos más helenizados de Egipto, *Los Algebristas de Onías*, en su gran mayoría *hasidim* o piadosos. Ellos conocen el paradero exacto de Zakay ben Elasar, pues es uno de sus guías espirituales. Y no os puedo decir más, pues el gran rabino me azotaría con espinos secos si supiera que os he proporcionado esta información. Id en la paz del Señor de los Ejércitos. *Shalom*.

El algebrista abrió los ojos de par en par.

—Aguarda amigo, ¿por quién debemos preguntar?

Con brusquedad el israelita los empujó a fuera, al tórrido ambiente del villorrio, como si fueran unos proscritos o unos blasfemos. Diego, decepcionado con la información, se repetía una y otra vez el críptico versículo en forma de acertijo del rabino, así como las claves lanzadas por el discípulo, para grabarlos de manera indeleble en su mente antes de que se le olvidaran.

«Tal vez sirvan para algo. ¿La perdida Ciudad de la Sal? ¿Acaso existe en la Biblia alguna con ese nombre? ¿El libro de Samuel?», se dijo Diego, y preguntó a Blanxart:

—¿Quiénes son los Algebristas de Alejandría y esos piadosos *hasidim*, Jacint?

—Deben de estar bien escondidos, Diego. Llevo muchos años recalando en Alejandría y jamás oí hablar de esa endiablada secta —aseguró Blanxart—. Estos judíos de Beltcebú se han reído de nosotros. Olvida cuanto has escuchado o enloquecerás.

—Otro intento estéril, pero no pierdo la esperanza de hallarlo —dijo con amargura.

—Esto se está convirtiendo en un galimatías cuyo final no puede traer nada bueno —le auguró grave—. No se trata de impresiones mías, ese sello que llevas en tu mano no te acarreará sino problemas. Vano esfuerzo.

—Pero es lo más precioso que tengo, Jacint —protestó con paciencia.

La visita había producido en Diego una conmoción. Apretó sus puños con rabia, mientras se quitaba de encima a los pordioseros que los hostigaban. No hacía sino recordarse a sí mismo que su búsqueda, lejos de resolverse, se enredaba indeciblemente. Su escepticismo se había desvanecido pero quiso creer que estaba en el camino correcto. Su corazón caviló: «¿Qué habrá de cierto en las palabras de esos locos rabinos? ¿Será una señal enviada por la Providencia advirtiéndome de la inutilidad de mi misión?».

Un torbellino de aire caliente comenzó a levantarse y cientos de langostas aparecieron en la bóveda celeste como una nube errátil, sepultando las aguas estancadas, los chamizos y el embarcadero con sus alas correosas. Huyendo de la voracidad del hervidero de insectos, la gabarra se hizo a la mar. Los tripulantes ocultaron sus rostros con los talaisanes, mientras a Diego lo roía la duda. Su vida se había convertido desde que salió del monasterio de San Juan de la Peña en la desquiciada existencia de un fugitivo. Sentía un vacío interior sometido a indomeñables influencias.

¿Alcanzaría por fin en Alejandría la paz que buscaba? Antes debían de acatar la orden del rey y remediar la cuestión del príncipe Yekuno. Diego recordó un consejo de fray Bernardo: «El azar, que agita a su antojo los actos y destinos de los seres humanos, a veces nos golpea duro y de improviso. Y no existen lágrimas que puedan borrarlo». Lo tendría en cuenta.

Sus actos ya no los dictaba la serenidad, sino la impaciencia. Su búsqueda era como una lamparilla de aceite a la que sólo le quedaban los posos para consumirse. Vacilaba, pronto se extinguiría. Tan largo viaje no había acarreado ningún resultado a su enigma, y su desazón no se había apaciguado ni un ápice. Los últimos fracasos no podían dejarlo indiferente y la fatiga y los remordimientos por haber abandonado lo que más quería lo abrumaban. Era como si todo lo que había emprendido no fuera sino insensatez, inconsciencia y ceguera de mente.

Echaría mano del poco arrojo y decisión que aún le quedaban.

El León de Judá

—La aventura puede ser loca, pero los aventureros deben estar cuerdos, Diego.

—Nada tememos, Jacint. Estamos aquí para ayudarnos —le replicó.

Los hombres de La Roda, Diego Galaz y los almogávares del cónsul, siguieron navegando por la costa de Eritrea, amenazados por vientos de tormenta, pero el algebrista no podía olvidar la entrevista con los excéntricos rabinos. Apenas si distaba una legua de la bahía de Archico, donde según Jacint se realizaría la entrega del príncipe, cuando las negras nubes del mar Rojo, convocadas por un invisible clarín celeste, se reunieron amenazadoras. Se entenebreció el firmamento y descargó un diluvio acompañado de truenos y rayos. La tempestad arrasó el puente y derivó la nave hacia las escolleras con riesgo de sus vidas.

—¡Por todos los *ifris** del infierno, arriad el trapo! —vociferó su capitán.

El príncipe Yekuno, desconcertado por los bramidos del viento y temiendo que la barcaza se partiera en dos en los arrecifes, corrió por la cubierta gateando y se acurrucó junto a Diego, que se protegía del chaparrón con su capote. Rogó a santa Bárbara que las cuadernas de la embarcación no saltaran hechas pedazos contra los rompientes, pues morirían irremisiblemente. La tor-

* Demonios.

menta atravesó como un vendaval el mar, empapando los cuerpos y haciendo crujir las rodas y cangrejas. El tumulto era ensordecedor y resonaban las órdenes del capitán, ansioso por huir de aquel infierno. Diego serenó al amedrentado muchacho.

—Yekuno, el mar ruge porque te da la bienvenida a tu casa. Pronto abrazarás a tus padres y esta aventura será para ti como la gesta del héroe que regresa victorioso a la patria.

—¿Y seré el más admirado de los príncipes de la sangre del *Nigusa*?

—El más distinguido y el más afortunado —dijo, y el joven se apretó a él.

Al cabo, el vendaval amainó y las aguas del golfo de Sula se hicieron tan mansas como una charca de melaza, animando a los marineros a manejar el timón y arriar la vela. Yekuno tiritaba y los cristianos secaban sus ropas como podían. Evitaron los bajíos y enfilaron diestramente el estuario de Masana, fin de su viaje, en el reino de Aksum. Blanxart alabó la maniobra; respiraba por poder conservar su pelleja, la del regio desorejado y la de sus hombres, que permanecían inquietos.

—Gracias Madre del Cielo por habernos protegido y que no nos haya caído ninguna desgracia —agradeció devoto.

—Yekuno, tus gentes te aguardan. Compórtate como un príncipe y olvida este mal trago —lo animó Diego, mientras le ayudaba a recomponer su atuendo.

—Lo haré, pero no olvidaré nunca al sapiente *Alamá Rumis* que me confortó en la desdicha y me curó cuando ya no tenía deseos de vivir —replicó reconocido.

No tardó en aparecer en el embarcadero un ruidoso cortejo de etíopes, avisados de la llegada del príncipe. Era un villorrio de nombre inquietante —Masana, la Ciudadela de la Calavera Negra— y con una silueta nebulosa, envuelta en una confusión de ruidos. Desde la barcaza se escuchaban los ritmos de sus cánticos, que crecieron en intensidad cuando saltaron del navío. La dársena, de madera carcomida, estaba tomada por oleadas de virulentos moscones que mortificaban a cuantos allí se arremolinaban bajo los parasoles. Los nativos del lugar, los *nigré* y los *habasat*, eran, a decir de Jacint, negros en toda regla. No hablaban de otra cosa que de la vuelta del vástago real. Se cubrían con abalorios, embozos blancos, pingos y bonetes adamasquinados, pero muchos estaban casi desnudos. A pesar de su atezada piel, los etíopes, camitas árabes, resaltaban por sus delgados perfiles, aunque ennegrecidos por las tórridas temperaturas de Aksum. La ola humana, que entonaba loas de agradecimiento, abrió paso a la comitiva; los cánticos y los tambores cesaron al aparecer Yekuno, que caminaba insensible a las aclamaciones y ansioso por abrazar a los suyos.

—Etíope significa en egipcio, *el que tiene la cara quemada*, y son tan cristianos como tú o como yo, no lo olvides Diego. Eso sí, son una raza desapegada, amén de contumaces herejes monofisitas que sólo reconocen en Cristo su naturaleza divina. Pero al fin y al cabo somos hijos de un mismo Dios —le explicó Jacint eruditamente—. Sus sacerdotes son muy influyentes y entre mi nómina de sobornos, además de miembros de la familia real, se encuentra algún epíscopo copto. Los distinguirás por los birretes negros y las cruces pectorales. Son una ralea de chacales insaciables.

Hubieron de ascender un sendero flanqueado de higueras frondosas, hasta acercarse a una empalizada coronada de lobelias y helechos arbóreos, donde los aguardaba un grupo de palafreneros protegidos del sol bajo palios de seda. Enarbolaban oriflamas carmesíes en las que ondeaban las estrellas de David y unas Tablas de la Ley ceñidas por dos letras de oro, una extraña «S» y una irreconocible «Y», que sorprendieron a Diego por su singularidad.

Presidía el séquito de recepción el todopoderoso *Idenu*, gran mayordomo de palacio, virrey y hombre de confianza del soberano etíope o *Nigusa*. De extremidades grotescas y gran papada, como una bola de grasa, se pavoneaba engalanado como una ramera de puerto con un manteo bordado con hilos de oro y un solideo de pedrerías. Los aguardaba arrogante, apoyado en su báculo de oro y marfil, mientras dos esclavos nubios, uno con un sahumador y el otro con un baleo de plumas de avestruz, le espantaban los insectos.

Conocía a Blanxart de anteriores visitas y le sonrió tibiamente, con la falsedad de una hiena. Solemnemente se le acercó y le estampó tres besos en las mejillas, halagándolo con unas vacuas palabras de agradecimiento. El jovenzuelo echó a correr y se fundió en un abrazo con un cortesano de altiva apostura, cubierto de amuletos y estolas de leopardo, que resultó ser su padre, el hijo menor del *Nigusa*. Después se apretó contra el maestresala, que dejó correr unas lágrimas de júbilo. Concluidos los recibimientos, el *Idenu* proclamó a los cuatro vientos con una voz casi femenina:

—Bendito sea el Señor de los Ejércitos que nos devuelve nuestra sangre.

—¡Amén, aleluya! —replicaron los cortesanos, comprobando que el daño sufrido por el rapaz no había resultado irreparable.

—*Ahlan wa Sahlan* —sed bienvenidos, saludó a Blanxart el hidrópico chambelán.

Los extranjeros fueron invitados a acomodarse en unos carros entoldados con muselinas, tirados por cebúes de cuernos descomunales, donde se trasladarían a la vecina Aksum para cumplimentar al *Nigusa Nagast*. Blanxart, comenzó a experimentar una sutil alarma, pues no había advertido el entusiasmo de otras ocasiones y sí una imperceptible animosidad. El Cargol no se equivocaba. Un abrupto sendero se abría ante ellos, despoblado de vegetación y de vida. Obeliscos de piedra rojiza se alzaban a uno y otro lado; Diego reparó nuevamente en la estrella davídica y las raras iniciales que surgían por doquier. De modo que acuciado por la curiosidad, preguntó al naviero qué significaban las enigmáticas letras y las alegorías de los estandartes, pues también los descubría en los gallardetes de los jinetes etíopes que los escoltaban y en las estelas del camino.

—Mencionan dos nombres inmortales de su raza, asociados al País de los Aromas. La «S» hace referencia a Salomón, rey de Israel. Me contaba el *Idenu* que la hermosa Balkis o Makeda, la mítica reina de Saba y princesa etíope, acudió a Jerusalén atraída por la sabiduría del saber hebreo; de aquel regio encuentro nació un vástago, Menelik, quien con el tiempo y tras hurtar a su padre las Tablas de la Ley y el Arca de la Alianza, huyó de Jerusalén y fue aclamado como rey de estas tierras. El preciado tesoro, según ellos, lo ocultaron los monarcas etíopes en Lalibela como su más preciada reliquia, aunque luego lo trasladaron a la capital, donde lo custodian día y noche más de cien guerreros armados. Ése es el origen de uno de estos antiquísimos atributos heráldicos.

—Curiosa fábula. Pero ¿y la «Y»? Parece más una cimitarra tártara que una letra.

—Así es, y recuerda a un antepasado del *Nigusa*, Memnón el etíope, un caudillo legendario que combatió en Ylion, Troya, y sostuvo, según Homero, un combate singular contra Aquiles. Fue tal la fama con la que retornó de Grecia, que unos colosos en piedra perpetúan su nombre en el Valle de los Reyes de Nubia.

—Los creía una turba de bárbaros, con franqueza —puntualizó Diego.

—Y lo son, no lo creas. Aquí la vida es un bien muy perecedero.

Perdieron de vista Masana y se internaron por un camino infernal, pero de cegadora luminosidad. Miserables chozas de paja trenzada y terracota se perfilaban en el horizonte, mientras entre los saltos del carromato, el yermo paisaje ascendía y descendía con una monotonía mortificante. Por fin, casi asfixiados por un calor bochornoso, tras dos horas de marcha, aparecieron los ansiados verdores de los baobabs y eucaliptos, y las techumbres rojas de Aksum, la ciudad regia. Una bandada de siniestros buitres sobrevolaba el paraje. A medida que se aproximaban a los oteros donde se alzaba la milenaria urbe etíope, una pavorosa visión y el hedor a putrefacción, conmocionó a los extranjeros, a los que se les encogió el corazón.

A una orden del *Idenu* se detuvo la comitiva y los huéspedes descendieron de los carruajes guarnecidos de jaeces. El ministro, que Diego tachó de embustero y capaz de ocultar sus intenciones tras una máscara de hipocresía, tomó de la mano al príncipe Yekuno y le señaló una hilera de cuerpos bárbaramente martirizados colgados de cruces y expuestos al escarmiento público. Relamiéndose con la venganza, se ensoberbeció:

—Ahí tenéis, mi príncipe, a los piratas turcomanos que osaron desafiar el poder del *Nigusa* y os raptaron con engaño y coerción. ¡Malditos sean y que sus almas se condenen eternamente en los infiernos! Pero la ira del divino Rey de Reyes aún no se ha aplacado.

A los recién llegados se les heló la sangre, pues el presagio no podía ser más funesto. Uno de los almogávares se persignó. Una quincena de piratas del mar se exhibían en un macabro patíbulo, comidos por las moscas, la intemperie y las hormigas. Crucificados unos, empalados otros, y con las cuencas de los ojos vaciadas, las manos y pies como un amasijo de muñones sanguinolentos, componían un cuadro desolador. En el suelo se esparcían ramas de esparto teñidas de sangre reseca con las que probablemente habían sido golpeados antes de ser colgados.

Sobre el montículo, en un rótulo de madera donde se pregonaba su delito, exhibían a los tres cabecillas. Un ajusticiado había sido mutilado y colgaba atado de los pulgares con la cabeza metida en un foso de excrementos de camello, otro asomaba su testa roída por las alimañas, enterrado hasta el cuello en una hoya de cal viva, mientras el último, agonizaba despellejado, con los miembros salvajemente descoyuntados y con las heridas cubiertas de sal.

¿Habían aguardado su llegada para ejecutarlos? ¿Con qué propósito?

—Una suculenta recompensa hace milagros *dominus* Blanxart. No llegaron a confesar con el suplicio, pero otros indeseables escarmentarán —informó el inquietante anfitrión, que añadió—: Así acabarán cuantos intervinieron en la ofensa al Rey de Reyes y en el secuestro del príncipe Yekuno, sangre de su sangre.

—Persuasivo argumento, poderoso *Idenu*, y tan expeditivo como el ordenado por mi rey en Gabes —dijo espantado, tapándose la nariz ante el tufo.

«Este pervertido mundo no cambia. Las mismas crueldades allá donde recalo, sean cristianos o paganos —caviló Diego, notando que se le revolvían las entrañas—. ¿Y serán esos infelices realmente los raptores?»

Jamás lo sabrían. La sospecha comenzaba a sofocar a los extranjeros, que lo tomaron como una advertencia del Cielo. Vadell, Felip y el grupo de almogávares se agitaron amedrentados. ¿Intuían en sus mentes alguna amenaza o traición? Diego y Jacint se miraron con gesto de intranquilidad, conscientes de su vulnerabilidad y dudando si aquel ministro ambicioso y vengativo garantizaba su seguridad. Tan contundente método de ejercer la justicia los había conturbado. En patético tono, Jacint le confió a Galaz:

—Siento mi reputación y la de La Roda inseguras. Planea algo inquietante en el ambiente y me preocupa. Permanezcamos alerta.

Vacilaron al poner el pie en el pescante de la carreta, instante en el que una fiera emitió un chillido espeluznante. «Que el Todopoderoso nos preserve.» Diego unió más temor a las tensiones del viaje. Un escalofrío les corrió por la espalda y los almogávares echaron mano de sus chuzos y aceros, ocultos bajo los ropones.

Los etíopes y las gentes del vecino reino de Meroe aseguraban que el *Nigusa Nagast* era el monarca más poderoso del universo; y que sus antepasados, árabes del Yemen, habían hallado en aquellas tierras la luz de la verdad al convertirse su rey Ezana a la verdadera religión de Jesús de Nazaret. Sentado en el trono del León de Judá, oculto por una cortina escarlata tras la que rara vez se dejaba ver, gobernaba a sus súbditos con mano de hierro y cicatera prodigalidad. Aquel día feliz, había roto su añeja costumbre y aguardaba a los occidentales a la vista de todos, anheloso por abrazar a su nieto predilecto, Yekuno Nagast.

—Jacint —le llamó la atención Diego al comparecer ante el rey.

—¿Diego?

—Ahí tienes a un reyezuelo estrafalario enseñoreado de un pueblo hambriento. ¿Conocen acaso la caridad cristiana, aun estando bautizados?

—Se comporta como un auténtico tirano, pero somos sus huéspedes.

La embajada de Aragón se había trasladado desde una fortaleza de adobe guardada por un ejército de guerreros de indómita presencia hasta una plaza donde se alzaba un monolito cuadrangular con signos irreconocibles. Una olorosa fragancia brotaba de los árboles, pero se mezclaba con el hedor a estiércol, sirle de cabras y humanidad, así como el de dos colgajos de carne pútrida infectados de moscas, que pendían de otras tantas horcas. Bajo la esbeltísima mole de la piedra labrada, habían asentado el trono real para recibir a la embajada. El polvo apelmazado despedía un ardor irrespirable y un pegajoso tufo a almizcle; y aunque se ataviaban con finos linos, sudaban copiosamente. Adornado con púrpuras, plumajes, oro, esmeraldas y topacios, el séquito del *Nigusa*, hijos, nietos, concubinas, eunucos, esposas, esclavos y clérigos se agolpaban sobre las escalinatas como si fuera la corte celestial en la tierra.

Sobresalía la figura del *Idenu*, el mayordomo real, quien rodeado de oropel, conversaba con un eclesiástico de barba bífida, el patriarca copto. Diego depositó su mirada en una alcándara de oro colmada de pájaros de aspecto desconocido para él y que parecían tallados por un orfebre admirable en los más inimaginables esmaltes. Tordos de plumas azabaches, avecillas de pechugas azules y amarillas, aves trepadoras de picos multicoles y cólidos de crestas malvas, piaban en una armonía de exóticos trinos. Súbitamente, un estrépito de chirimías acalló el parloteo y un heraldo anunció:

—¡Gloria al Rey de Reyes; el León de Judá; el Rostro de Dios; el Calígrafo de los Santos Evangelios, Makonnen, hijo de Salomón, de Agabo, de Ezana y de Lalibela!* *Lux illius Christus est.*

Se hizo un silencio unánime y todas las miradas se fijaron en el rey.

De una *harmamaxa* egipcia, un carro real con ejes argentados, palios y sedas, descendió una figura enjuta, deslumbrada por el sol.

* Reyes legendarios del reino de Aksum. Agabo era el padre de la famosa reina de Saba.

Protegido bajo un quitasol rojizo, los contempló inexpresivamente y con majestad. Con ademán cortés invitó a acercarse a los forasteros, que se ampararon en la sombra benefactora del palio y en el frescor que propagaban los espantamoscas de pavo real. Diego divisó entre la familia real a Yekuno junto a una atractiva mujer, que le regaló una sonrisa inefable, a la que respondió con cortesía. Sin embargo, cuando ascendían los escalones, como impelidos por un resorte invisible, Jacint y Felip se detuvieron en seco, resistiéndose a proseguir. Un león de zarpas vigorosas y melena pletórica los miraba a través de sus pupilas amarillentas.

—No sintáis temor, amigos. Es dócil como una musaraña —los animó el *Idenu*, sonriendo maliciosamente—. Representa el símbolo del reino de Aksum, el León de Judá.

Prosiguieron temerosos el ascenso, pues la fiera rugía roncamente y se inclinaron ante el *Nigusa*, que vestía una túnica bordada con leones y águilas, se calzaba con unos burlescos pantuflos y se adornaba con una cruz de ágatas y un talismán de dientes de cocodrilo engastados en albayalde. Coronado con un aro de oro, se ceñía con un cinturón de cordobán del que colgaba una vaina incrustada de aljófar. Habían tintado de alheña su poblada barba, a la usanza de los sultanes árabes; y el rostro, como tallado en pino, inmutable y ausente, no desentonaba del de las momias con las que traficaba Blanxart. Una giba le desfiguraba la espalda, haciendo de su cuerpo un caricaturesco garabato. Diego reparó en su tos espasmódica y en su semblante, y pensó que padecía una grave enfermedad de los pulmones.

El monarca tenía el rostro renegrido y avejentado y parecía amargado.

No pronunció una sola palabra y el recelo creció entre los europeos que evocaban la cruenta imagen de los piratas ajusticiados y la animosidad del poderoso ministro. A través del *Idenu*, que recitó las grandezas genealógicas del monarca, agradeció la restitución de su nieto y recibió de Blanxart un crucifijo griego engarzado de gemas, presente del conde Federico, que alegró su semblante. Como si saliera de un letargo, abrió sus rugosos párpados, que parecían los de un cocodrilo del Nilo. Les habló en griego, y no en la jerga amárica de los naturales de Etiopía.

—Participa mi gratitud al Rey de Romanos de Aragón y al conde Federico de Sicilia y Atenas, a quienes Cristo ensalce eternamente por restituirme la sangre de mi sangre. Sus padres, el príncipe Aseb, mi hijo, y su madre, la bien nacida Zagwe, os guardarán en su corazón eternamente. Trasladadle en mi nombre estas dádivas y aseguradle que mantendremos los pactos conforme corresponde a la palabra de soberanos temerosos de la ley de Cristo Nuestro Señor.

De las bocamangas extrajo dos cajitas, unas *bussolas* venecianas, que abrió torpemente con sus dedos nudosos. En su interior se exhibían, nimbados de resplandor, dos huevos dorados con el anagrama del Crismón cristiano, cuya contemplación suspendía el ánima. Un murmullo de admiración se elevó entre los cortesanos etíopes, salvo en el *Idenu*, en quien Diego sorprendió un rictus falsamente laudatorio y una evidente inquina hacia los extranjeros. «Este ministro rezuma tanta inteligencia como perfidia —pensó—. Me fiaría más del rugido del león que de su palabra.»

—En nombre de mi señor don Pedro Cuarto, soberano del reino de Aragón y conde de Cataluña y Atenas, os quedamos obligados *Nigusa Nagast*, y en sus manos los depositaremos —lo agradeció el Cargol con cortesía.

Un estruendo de tubas y atabales atronó el recinto al aire libre. Pero de repente, cuando aún no había cesado el eco de la fanfarria, acaeció algo fuera del protocolo que enfureció ostensiblemente al chambelán. El príncipe Yekuno, alentado por su madre, salió de entre la estirpe regia e invitó a Diego a que ascendiera al estrado real, abrazándolo con la candorosa fogosidad de un niño. Se coronaba con una diadema, vestía una túnica blanca de hilaza y su aspecto nada tenía que ver con el chicuelo asustado que viera por vez primera en Ponte Leone. Ante la mirada de los palaciegos le entregó al algebrista una daga de la India de damasquinados arabescos, que él mismo envainó en su cinto.

—Para que el *Alama Rumis* de manos milagrosas no olvide a

Yekuno, el príncipe etíope —se expresó el joven, mientras unas lágrimas le corrían por sus mejillas.

Diego, que no salía de su desconcierto, creyó obligado corresponder a su presente, por lo que se hurgó entre los ropajes y descubrió el talismán davídico que le había regalado la esposa de Josef de Besalú, que impulsivamente anudó en su cuello. Luego, posando su mano sobre su hombro, manifestó en árabe:

—Yekuno, poseer un amigo es valioso, pero es en la adversidad donde hemos de probarlos. Te recordaré siempre, allá donde el sol se oculta del mundo.

El odioso *Idenu*, que parecía tener prisa porque la ceremonia concluyera, carraspeó descortés y con un gesto conminatorio señaló a un lacayo, que situó a los pies del armador dos talegas de piel de gacela. Las abrió, introdujo su ebúrneo cayado en su interior y removió las monedas que sonaron tintineantes.

—Habéis servido a mi soberano honrosamente y éste es el galardón por acción tan meritoria. Es lo acordado, *dominus* Jacint. Cinco mil *mitqales* etíopes. Con ellos podríais comprar en Alejandría, Menfis o El Cairo una caravana de sal —se expresó aludiendo al sistema ponderal de Aksum, y su valor en aquellos confines del orbe.

—Gracias Rey de Reyes. Hemos actuado como corresponde a aliados —dijo.

El sol regía cegador en su cenit cuando la ceremonia concluyó.

El soberano invitó a los extranjeros a disfrutar de la hospitalidad de la opulenta ciudadela real de Aksum, dando por concluida la ceremonia. Torpemente, seguido por el cenáculo de cortesanos, el *Nigusa* desapareció entre unas arcadas afiligranadas de estuco. Blanxart y sus hombres respiraron satisfechos y olvidaron sus suspicacias, pues la acogida del soberano etíope no podía haber sido más deferente.

Diego, acuciado por el calor, salió al balcón y contempló la singular ciudad donde se traficaba con los zafiros, el ébano, el incienso, las especias y las ricas maderas del país de Punt, y que en su infancia creía eran sólo leyendas de marinos y mercaderes enfebrecidos. Y allí estaba, a miles de leguas de Aragón, tras las huellas de su sello misterioso, evocando la figura fresca de Isabella, un oasis para su soledad, seguramente hilando en la rueca plácidamente, o tocando el laúd con sus manos de nácar, en el hogar de los Santángel de Zaragoza. La conversa había devorado su voluntad y sólo podía imaginar su vida bajo la influencia de sus sonrisas. Luego paseó su mirada y observó la prosperidad de la capital etíope, las aguas glaucas de sus cascadas, los exóticos clérigos con túnicas de colores y bonetes negros y los naturales vestidos de blanco, sesteando bajo árboles gigantescos.

Posó su mirada sobre la cúpula verdemar de una iglesia que se alzaba en una apartada loma, que Blanxart le había citado como Santa María de Sión. Según los etíopes, allí se guardaban y veneraban el Arca de la Alianza y las Tablas de la Ley de Moisés. Diego lo dudaba, pues no tenía por estúpidos ni a Salomón ni a sus ministros como para dejarse robar tan capital tesoro para Israel, pero un tropel de guerreros custodiaba sus puertas como si Dios mismo habitara entre sus muros. ¿No era extraño?

Sudoroso y cansado se tumbó en el catre y se abandonó en medio de una semipenumbra ardiente. Tomó del zurrón el fajo de pliegos de las Cartas de Séneca y se sumergió en su lectura, mientras saboreaba unas almendras empiñonadas con guirlache y almíbar, sobras del banquete que había ofrecido el *Idenu* a la expedición hispana. La piel le ardía, como si mil demonios lo atormentaran, y a ratos detenía su lectura para agitar un abanico de esparto, escuchando el trajín de los esclavos en el patio y el bisbiseo de los insectos, las moscas y las abejas. En aquellas tierras, tanto en el alba como en el ocaso hacía el mismo abrasador bochorno y ni un elixir enfriado con alcanfor y nieve refrescaba su gaznate reseco.

Un fastuoso ocaso coronado de jirones granas dio paso a una luna rotunda que blanqueaba la noche, bañando los muros con su pálida pureza. A veces detenía su lectura y se hundía en la evocación reconfortante de Isabella; uno a uno, los recuerdos del periplo por el País de los Aromas se le agolpaban en su mente y, siendo sincero, reconocía que muy pocos contratiempos se les habían presentado, si bien la experiencia de Jacint los habían librado de graves tropiezos.

Un embriagador aroma a perfume de agraz y el chirrido de la portezuela, cortaron sus pensamientos. Dejó los pliegos sobre el lecho, se enderezó vigilante y echó mano de su daga, barruntando un mal encuentro. Apenas audible, se abrió con levedad e irrumpió súbitamente en la estancia la princesa Zagwe que, vestida con un exquisito raso celeste dejaba entrever sus senos, las torneadas piernas y su vientre, se apostó frente a él. Diego, encandilado por la augusta belleza de la madre de Yekuno, que ensalzaba su vaporosa veste, enmudeció. Sublime hasta la perfección, de ligereza felina y con el cabello trenzado con peines de plata, se asemejaba a una faraona de Tebas. Sus pezones se erguían y palpitaban con la respiración, mientras su cuello, recamado de ajorcas de ámbar, se hinchaba con un leve temblor. Sus ojos trigueños, pintados de lapislázuli, chispeaban excitados.

—¿Habláis en árabe señor, quizás el *herz*? —preguntó como si quisiera excusarse—. Soy una *falasa*, o lo que es lo mismo, descendiente de los mil judíos llegados de Jerusalén con la reina de Saba, y no domino bien el griego, ni el amárico etíope.

Disimulando sus dudas, Diego le contestó con un leve tartamudeo.

—No ha mucho un rabino me narró esa historia de los judíos etíopes y la creí una falsedad, pero ahora veo que es cierta —le aseguró afable—. Modestamente entiendo el hebreo y algo el árabe, señora. Pero ¿qué deseáis?

—Escuchad, sólo permaneceré unos instantes aquí, pues resultaría comprometedor para ambos si me sorprendieran en vuestra cámara —manifestó.

—¿Y bien señora?

La princesa lo obsequió con una expresión de afabilidad confortadora, tras la que habló de forma apasionada y enigmática.

—Mi hijo fue separado de mí y de su padre mientras cazaba, y ha sobrevivido a una experiencia traumática de la que espero se recupere. Además, en el convite he podido observar que en vuestro anillo mostráis un signo sagrado para mi pueblo, el Nejustán, el emblema de Sadoq, uno de cuyos hijos, Azarías, vivió en estas tierras. ¿Sois quizás de la raza de Moisés?

—Lo ignoro, princesa Zagwe, y ése es el motivo de hallarme tan lejos de mi patria. Buscar mis orígenes, y rastreo mi sangre para saber quién me engendró.

—Muy loable en un hombre buscar sus raíces. Sois un hombre decidido y lamento que hayáis carecido de un espejo materno donde miraros de niño. Por mi hijo sé que os adornan muchas virtudes. En su angustia sólo vos habéis dulcificado con el bálsamo de la compasión a un joven asustado, y eso una madre jamás lo olvida.

—La piedad habría de ser un atributo propio de todos los seres humanos. Vuestras palabras me reconfortan y espero que no sean rumores engañosos.

—Pero la misericordia no es corriente en este mundo cruel, pese al cielo. Seré breve, señor, y os ayudaré por mi hijo y por ese sello que portáis —y mostró sus dientes rutilantes—. Aprovechando la incapacidad del rey, mi suegro, y a sus espaldas, el ávido y marrullero *Idenu* y el *Abun*, el patriarca copto, manejan los hilos de este reino en beneficio propio y para saciar sus ansias de poder. Se me escapa la razón, pero el primer ministro, el *Idenu*, se muestra partidario de quitar del monopolio de las especias, la mirra, el incienso y las maderas preciosas a los cristianos, en beneficio de los árabes yemeníes; el patriarca se manifiesta insólitamente inclinado a limitar los privilegios de los aragoneses y catalanes. Aunque por poco tiempo, pues el *Nigusa* comparecerá pronto ante el tribunal de Dios y el heredero no se dejará manejar por ninguno de esos dos buitres carroñeros.

—Señora, no estoy al tanto de los avatares políticos de este reino, pero es evidente que los genoveses, rivales de Aragón, están tras todo esto.

—No lo entiendo en verdad, pero a veces presiento que mi desamparado Yekuno no ha sido sino un títere en manos de estos ambiciosos cortesanos. Pero lo que más me indigna es que haya servido a intereses bastardos de esa ambiciosa bola de sebo del chambelán, al que detesto con toda mi alma, pues ha sumido a este reino en una espiral de intrigas, crueldad y corrupción.

—Yekuno ha regresado sano y salvo. Dad gracias a Dios —dijo, y aguardó; la dama, como si fuera portadora de un misterio aterrador, bajó la voz:

—Pues oíd atentamente. Estos dos cortesanos os han tendido una trampa.

Diego la contempló estupefacto y el espanto le atenazó la garganta.

—¿Qué decís? —rogó con asombro.

—Lo que habéis escuchado, señor —musitó—. Estos hipócritas han propalado a los cuatro vientos, e intencionadamente, que regresáis a Alejandría con las alforjas repletas de monedas de oro; desde la tercera catarata del Nilo, hasta Nubia, las islas Dahlak y el puerto de Masana os aguardan los sicarios del chambelán y la peor calaña de estos territorios, a fin de asesinaros y robároslas. El oro es un poderoso aliciente, y vuestro grupo lo pagará caro por poseerlo. Con esa carga no saldréis vivos del País de los Aromas. Y así, tan cruelmente rotundo, ha llegado a mis oídos.

—Tortuosa confabulación —reconoció Diego—. Nos sentimos desarmados en un país extraño y hostil. ¿Poseéis pruebas de cuanto decís?

—Únicamente la gratitud de una madre reconocida y el llanto de un niño asustado, pero devoto de vos —declaró con afabilidad.

—Os creo, mas, ¿cómo podemos escapar de aquí? —tartamudeó.

—He pensado que sobornando a los chalanes de palacio, un hombre sólo y no toda la expedición, podría esconderse en algún caravasar de los que parten de Danakil hacia Alejandría, escabulliros entre un grupo de tratantes beduinos o en algún jabeque sabeo de los que transportan peregrinos a La Meca. En caso extremo podríais solicitar ayuda a los ladrones de tumbas de Luxor o de Tebas. Por un buen puñado de oro pueden encubriros y ayudaros a salir del reino. Pero resulta muy peligroso.

Diego, consternado, no daba crédito a las inquietantes palabras.

—Los ojeadores aventan la caza. ¡Malditos sean! Lo pondré en conocimiento de *micer* Blanxart —dijo con incredulidad—. Es una pavorosa revelación, creedme señora. Aún no he disfrutado de la mitad de los placeres de la vida y ésta pende de un hilo.

La princesa, con la voz temblorosa, balbució un ofrecimiento.

—Sacar de aquí a todos resultaría ilusorio, pero si decidís salvaros vos, puedo ocultaros hasta llegar al Yemen. Poseo parientes nabateos que os acogerían y, pasado un tiempo, podríais retornar a Alejandría sin riesgo de vuestra vida. Así cumplo un ruego de mi hijo. ¿De qué os vale el botín si no viviréis para disfrutarlo?

La mujer merecía su gratitud y reconocimiento, pero se negó a aceptarlo.

—No se trata de fortuna, sino de lealtad y amistad, princesa Zagwe. He unido mi suerte a la de Jacint Blanxart y sus hombres. Con ellos moriré o viviré.

—Lo comprendo y eso os honra —declaró azarosa—. ¡Ah! Un consejo. No solicitéis el favor del *Nigusa Nagast*, pero excluidlo de toda sospecha. Él lo ignora. No reveléis a nadie la conspiración, pues sabrán que os han alertado y entonces vuestras vidas no valdrán un mitqal de cobre. Os cortarán el cuello aquí mismo, u os echarán a una sima con víboras de Seba y venenosas serpientes mamba. Deshaceos de la recompensa y marchaos como si nada supierais. Después, que el Altísimo y vuestra pericia os amparen, *sahib* Diego.

La mirada del aragonés, que exploraba inquieta de un lugar a otro de la estancia, escapó para posarse en la exhuberante hembra, mientras la luz vagabunda del candil iluminaba su fisonomía avasalladora y cobriza. ¿Había llegado a su fin la aventura por causa del Nejustán? Ya jamás abrazaría a Isabella, lo presentía. Sintió vibrar sus venas y acosado por un fuerte deseo, le correspondió:

—Señora, que Dios os lo premie. Os manifiesto mi gratitud.

—Son las buenas acciones las que las merecen —y le regaló una sonrisa afligida y dulcísima, que enajenó a Galaz—. Que el Omnisciente os proteja.

Se inclinó y besó las mejillas del extranjero apretando sus hombros. Diego olió de cerca su perfume sublime y sintió la efímera dulzura de su piel pegada a la suya. Y como había llegado, se desvaneció sigilosamente en el laberinto de corredores del alcázar real, amparada por las sombras. Un aroma envolvente se propagó por la estancia y Diego lo aspiró con delectación.

Diego se quedó desolado, aunque se esforzó por tranquilizarse.

«Hemos incitado la avidez y la rapacidad de esos chacales ¿Qué podemos hacer?»

Se tendió en el lecho y quedó pensativo escuchando ulular a una lechuza, que tomó como un presagio funesto. ¿Cómo se había dejado dominar por esta locura? ¿En qué alma había germinado primero, en la suya o en la de fray Bernardo? Sabía que se había metido en la boca del lobo a causa de su deseo de buscar una explicación al sello que portaba, y que su búsqueda no le atraería sino peligros, e incluso una muerte atroz a miles de leguas de su añorada Aragón y de Isabella. Condenado además a no descubrir el enigma de su nacimiento.

Hizo una mueca de disgusto por la amenaza y se echó agua de una jofaina para refrescarse. Mientras rumiaba su temor, se contempló el rostro contraído y se dijo: «Es mi propia congoja la que contemplo en el agua?». Fuera brillaban las luciérnagas en sus vuelos errátiles y de los oscuros matacanes, donde refulgían los fuegos de los hachones, arribaban las voces de los vigías, que en su pavor le parecía que brotaran de las tenebrosas regiones del Averno.

¿Debería pensar en huir en solitario? Su instinto de supervivencia le exigía separarse de la caravana.

La proposición de la princesa era lo más sensato y desprendido que le habían hecho en aquella tierra. Estuvo cavilando durante un largo rato y se decidió.

Su buena estrella lo había abandonado.

La cofradía de los últimos días

Envuelta en un halo de dignidad herida, Isabella perseveraba.

El rudo castigo del clérigo y su barragana la habían hundido en la desesperanza.

«Un hombre incapaz de ser compasivo no es un hombre, es una alimaña.»

En los primeros días había intentado pasar inadvertida tras la hilera de monjas, pero el hombretón que la incomodó la vigilia del tormento, volvió a fijar sus ojos en aquella joven extremadamente delicada, de trenzas rubias y rostro luminoso. Su tez cautivaba a quienes la miraban, ya que por su exquisitez compendiaba la seducción femenina. Ella convertía su faz rosada en una amapola y se ruborizaba cuando la observaban. Furiosa pero recatada, apartaba la vista cuando el lascivo peregrino la miraba con no muy buenas intenciones. Sin embargo no dejó de notar las insistentes ojeadas obscenas del desconocido, un hombre de barbas hirsutas y cuello de toro, que le sostenía la mirada y le mostraba la lengua.

Uno de los atardeceres, la comitiva se tropezó con un grupo de juglares galaicos, unos cómicos de *legua y camino* que venían de Compostela que pidieron la merced de rezar con ellos y compartir su condumio. Al verlos el colérico Profeta, se indignó con su presencia y los echó con cajas destempladas, pues decía que los trovadores y los titiriteros no tenían alma y que debían ser considerados como excrementos. Isabella pensó aterrada que seguirían la misma suerte que el sacerdote y su coima.

—¡Sois simiente de Satanás y Dios os rechazará el día del Juicio! ¡Fuera!

Melisenda e Isabella sintieron una gran compasión, pues fueron apedreados y obligados a coger otro camino entre improperios. Al pasar junto a ellos Isabella sacó de su zurrón una hogaza de pan y un arenque, y sin que nadie la viera extrajo una moneda escondida en su refajo y se la entregó a una chiquilla de ojos inmensos e inocentes, que gimoteaba inconsolable.

En la raya del alba, después del rezo de Laudes, frente a la Cruz de la Salvación y el santo Inocente, Isabella solía compartir un trozo de zanahoria y cebolla con Melisenda, para emprender el camino con las fuerzas necesarias. Otros se alimentaban de raíces, ajos y panes de cenceño horneados en tejas de arcilla. Al décimo día de marcha, la santa procesión franqueó un cruce de caminos, donde colgaban los cuerpos de tres bandoleros ajusticiados por oficiales del rey con los cuerpos pavorosamente lacerados. Los buitres de las cárcavas sobrevolaban en círculo, prestos a mondar los cadáveres. Gentes desesperadas de las aldeas devastadas por la peste, se unieron a la comitiva de flagelantes y se arrodillaron ante la ensangrentada cruz, rogando piedad al Altísimo, mientras la besaban con unción.

—¡Cristo Crucifixo, aparta este azote de nosotros, por caridad! —le pedían.

«No saben a qué caterva de maleantes y facinerosos se unen», masculló Isabella.

Aldeanos de Caspe y Mequinenza y prófugos de la pandemia, con los fardos en las espaldas y camino de la montaña, rogaban la bendición del ermitaño, que los acogía como el padre bíblico al hijo pródigo. Y con su mirada hipnótica conseguía que le dejaran a sus pies vituallas y buenas limosnas. A lo lejos se veían los fuegos y humos purificadores de la peste y a Isabella se le helaba la sangre. ¿Y si Diego ha sido víctima de la plaga? El hombre grueso y velloso que simulaba rezar constantemente, seguía persiguiendo a Isabella con la mirada rijosa.

Por las noches, cuando se apartaba tras un zarzal para descansar, se le insinuaba lascivamente y se palpaba ante sus ojos el miembro viril, aunque el látigo castigaba el adulterio y la fornicación entre los peregrinos. El Profeta había impuesto a las mujeres el velo y a no dirigir la palabra a los varones, pero todo era falsedad, pues aquellos indeseables campaban por sus respetos, como si el santón fuera su cómplice. En las sombras de la noche imperaba la ley del más fuerte y el reinado de Satanás, e Isabella temblaba de pavor. Mientras fra Guifré y sus seguidores más cercanos vivían en su pabellón la fiebre de Dios y se atiborraban de capones, pan y vino, Isabella maldecía al visionario que la había arrastrado a aquella empresa de dudosa redención.

A los pocos días invadieron como la langosta el pródigo valle donde se asienta la ciudad de Lérida.

El resonar de las campanas de la capital del condado, los lastimeros salmos gregorianos, los vapores de los incensarios, los latigazos y los cantos a la Cruz, convertían el momento de la entrada en una escenificación estremecedora de exaltación religiosa de la grey de Dios, que alzaba las manos al cielo apelando a su misericordia. Los flagelantes cantaban las estrofas de los Siete Dolores de Santa María, y lloraban por sus culpas.

—*Stabat Mater dolorosa, juxta crucen lacrimosa, dum pendebat Filius.*

—*¡Ora pro nobis Sancta Virgine Maria!* —replicaban los penitentes.

Al caer la noche el Concejo permitió a los peregrinos a pernoctar en los graneros y montoneras de extramuros. Se escuchaba el croar de las ranas y el chirrido de los grillos y la impaciencia se había adueñado del corazón de Isabella. Anhelaba llegar a su destino y recelaba de las intenciones de fra Guifré y de su acosador, un hombre de rostro cubierto por horribles cicatrices y risa estridente, que según los caminantes había pertenecido a una banda perseguida de *pastorells*. Se cubría con una pelliza de piel de oveja, lobo y conejo, era irascible y se mostraba desdeñoso con sus acólitos. Hacía comentarios obscenos del Profeta y era conocido en la comitiva como Pilós, *el Velloso*, pues su torso, barba y brazos, se asemejaban por su abundante vellosidad a los de un simio. Las luces de las aldeas tintineaban como luciérnagas en la lejanía, y los errabundos penitentes se echaron sobre el calor de las pajas.

«Ha ido a fijarse en mí el discípulo más aventajado del Profeta», pensó.

Tras el rezo de Completas se apagaron las candelas del disperso campamento e Isabella se ovilló en el rincón del establo y cerró los ojos pensando en Diego. De repente escuchó el bisbiseo de rumores y voces bajas a su alrededor. Sombras imprecisas se incorporaron de los lechos, se ocultaron en las tocas y salieron del pajar sigilosamente para no llamar la atención. Pasó el tiempo y no volvían, por lo que Isabella, llevada por la curiosidad, se envolvió en su capa y salió sin hacer ruido, pues andaba al acecho y esperaba cualquier maldad de aquellos falsos hijos de Dios. Aspiró el frescor de la noche, y a la luz de una luna creciente, advirtió que en un silo cercano parpadeaba un candil y se oían murmullos apocados.

Al parecer nadie estaba despierto y sólo los fuegos que rodeaban la tienda del Profeta permanecían llameantes. Se acercó discretamente al sotechado, con cuidado de no pisar ninguna rama, pues ignoraba con qué podía encontrarse. El portón de pino estaba cerrado, pero se oían cuchicheos y risas dentro. ¿Rezaban? ¿Tramaban algo? ¿Holgaban? Rodeó el granero y en una esquina advirtió una madera perforada que dejaba escapar un tenue destello de luz. Se cercioró de que nadie había reparado en ella y aproximó sus pupilas intrigadas. Y lo que contempló dentro le hizo amortiguar un chillido de incredulidad.

En el angosto orificio de su perspectiva se vislumbraba una amalgama de cuerpos desnudos entrelazados entre sí, sudorosos y ávidos, que en una orgía de lubricidad, copulaban entre sí frenéticamente. La rojiza luz confería a la bacanal un color anaranjado que estremecía por su concupiscencia. Ocho o nueve mujeres, con las melenas sueltas, se entregaban a otros tantos hombres, entre ellos su despreciable perseguidor Pilós, en posturas tan voluptuosas, que a Isabella la estremeció, pues no tenía noticia que existieran tales conductas en el ejercicio del amor.

Entre jadeos, risas, alucinaciones y gemidos, unas eran penetradas por detrás, como las bestias, otras succionaban las turgencias de sus amantes y los hombres acariciaban con apasionamiento los senos de las mujeres, sus rotundas caderas y sus sexos, en una vorágine de lascivia, que paralizó sus pulsos. Chillaban de forma extraña, inmersos en un estremecedor deleite de los sentidos y parecían trasladados al mundo del embeleso carnal, con los ojos en blanco y sus miembros poseídos por un delirante frenesí. No le cabía duda de que se hallaban bajo los efectos de alguna droga. Se frotó los ojos, creyendo que soñaba, mientras se recuperaba de la impresión.

Antes de salir huyendo volvió a fijar su mirada en el apasionado grupo, que magnetizaba por su sensualidad. Súbitamente apercibió que el hombretón de grueso cuello, el Pilós, no se hallaba ya entre el grupo. Se alertó y sus piernas se le paralizaron. Tenía que escapar de allí. Algo iba mal. Pero entonces se vio atrapada por una garra descomunal. Su hercúleo galanteador, cubiertos los hombros con una capa, pero con su verga enhiesta y agresiva entre las piernas, la asió por el hombro esgrimiendo su risa repulsiva. Parecía borracho o drogado y se tambaleaba amenazador con su cuerpo animalesco y repugnante.

—Sabía que vendrías gacelilla. Vamos, acompáñame y conocerás placeres de los que nunca has oído ni hablar y probarás el hechizo de Venus la pagana —balbució con voz melosa—. Toma, prueba de esto y te verás transportada al paraíso. Vamos a morir de la peste negra, ¡qué más da! Disfrutemos de la vida y de sus goces ahora que podemos.

Isabella, desorientada, escudriñó con angustia su catadura brutal llena de costurones y temió que la violentara allí mismo, pues se asía el miembro viril acercándose a su vientre. El velloso hombretón hurgó en el capote y le puso ante sus ojos una seta mordisqueada, que a Isabella, con la escasa luz le pareció un *bolet* o seta del Pirineo, exactamente una belladona, pues el fanfarrón tenía las pupilas dilatadas y el rostro abotargado. Ella conocía por su tío Mauricio que era un potente alucinógeno y un eficaz afrodisíaco que se usaba para obnubilar al paciente en las trepanaciones de cráneo.

—¡Vicioso bellaco! —gritó airada, y estrelló el níscalo en su cara, mientras se deshacía de su manaza y echaba a correr en dirección a los fuegos que ardían ante el tabernáculo de fra Guifré.

«Huyo de un demonio lascivo para buscar protección en un cruel vengador», se dijo.

Mientras corría aterrada, con el corazón galopando bajo su pecho y clavándose las espinas del suelo, lloraba lágrimas amargas, pues no pensaba entregar su cuerpo de modo tan soez e indeseado. Escuchó a sus espaldas una carcajada aterradora que le hizo perder el pie y caer al suelo. Sintió un dolor intenso. Se palpó la cara; un líquido caliente le corría por el pómulo magullado.

—¡Ya no podrás librarte de mí palomita! ¡Volverás a mí, volverás! —aulló Pilós tambaleante, como sumido en una borrachera de los sentidos.

—Dios santo, rescátame de esta pesadilla —rogó, mientras se levantaba herida.

Conmocionada por lo que había presenciado y el recuerdo del demoníaco Pilós, rezó al cielo. No conocía a nadie de confianza en la hermandad en quien refugiarse, salvo los padres de Melisenda. Pero no estaba allí para censurar a nadie y señalarse, sino para servirse de la cofradía y llegar sana y salva a su destino. Se hizo un ovillo y se recostó con los ojos abiertos cerca de la acogedora lumbre de la tienda del Profeta, donde podría gritar si la importunaba de nuevo.

Alzó sus ojos velados por el llanto hacia el firmamento, donde las estrellas titilaban en la negrura. El cuarto de luna se le asemejaba un amenazante alfanje turco. Las tinieblas la intimidaban, envolviéndola en un sudario empapado de escarcha.

«¡He de ser fuerte, fuerte!», se repitió una y otra vez.

El sol calentó los huesos de los flagelantes, tendiendo su fulgor hasta las montañas de la sierra de La Llana, impregnadas de colores añiles. Los rayos enmarcaban las agujas de la catedral de Lérida, de la Zuda árabe y de los campaniles de San Lorenzo, que galleaban bajo una bóveda dorada. Nubes arreboladas cubrían el firmamento, confiriendo a los torreones un delicado color granate. Su imposta, dominadora de las aguas del Segre, recibió con honores a la procesión de los penitentes del santo de Aínsa. Los bronces de las iglesias y conventos tocaban a arrebato con la llegada de la sangrante comitiva, a la que saludaba una hilera de leprosos haciendo sonar sus carracas, pero sin acercarse al iluminado. La puerta de la ciudad se abrió y fue cruzada por las filas de peregrinos, que parecían haber alcanzado al fin la Jerusalén Celeste.

—¡Yo soy la ira de Dios! ¡Temblad ante mi presencia! —gritaba el Profeta.

Isabella se quedó paralizada. La invocación volvió a dejarla muda. ¿No era aquella frase la que repetían una y otra vez los incendiarios de su judería de Carcasona, que se le había quedado esculpida a sangre y fuego en la memoria? Los rostros de los hombres palidecían ante la santidad de fra Guifré, arrogante ante la turba. Las llagas de los flagelantes los conmovían, pero no a Isabella que traía a su mente imágenes de horror y muerte, y a su padre y a su hermano, degollados a sus pies. El Profeta pregonaba sobre su montura las bondades del Altísimo con la cadencia irrefutable del que frecuenta a Dios.

Las gentes, fuera de sí, besaban la cruz, se acercaban a tocar la mula, las sandalias del santón y la urna del Inocente. Se restregaban los rostros con la sangre de los disciplinantes y se sumaban a los cantos de los peregrinos, en un aquelarre de fervor apocalíptico, temerosos de la pestilencia y del hambre. *Ante portas* de la catedral, que se hallaba en lo más alto de la ciudad, fra Guifré, entre nimbos de incienso y decenas de cruces, exhortó con su voz seductora sobre el fin de la humanidad, de la molicie de los clérigos de Roma y de la necesaria penitencia. Unos dos millares de creyentes gemían de arrebato, arrodillados en la atestada plaza, intentando tocar con sus manos la Cruz de la Salvación.

—¡Lo profetizado por san Juan se está cumpliendo! —predicaba—. El agua se convierte en sangre, las aldeas son devastadas y el Anticristo, la Bestia cornuda, resopla por la cristiandad. Pero tened cuidado. Os seducirá con su plática meliflua y con sus supremas mentiras para conduciros a los Infiernos. El Cordero aparecerá en los cielos, triunfante sobre una cruz de oro, y encenderá con su fulgor la tierra, salvando a los que le fueron fieles. ¡Rezad pecadores! ¡Penitencia, penitencia!

Mientras tanto, Isabella comenzó a ver al guía como a una bestia surgida de su memoria y repetía sus letanías como una autómata. Temerosa, se ocultaba tras el grupo de beguinas con Melisenda, y recelaba de cruzarse con su obsesivo perseguidor, que la acosaba sin tregua, acariciándole los bucles que escapaban de su cofia y expresándole desbarros impúdicos. Polvorienta y extenuada, con el rostro fatigado, se hallaba sumergida en la melancolía y el horror. Tenía miedo y se le notaba en su mirada atormentada. «No temo lo que yo misma pueda imaginar de esa bestia lasciva del Pilós, sino lo que no puedo imaginar de lo que es capaz», cavilaba.

—Señor Dios dame fuerzas para llegar salva a mi destino —suplicaba sin parar.

Por las calles de Lérida y la plaza de Sant Joan erraban los vagabundos y lisiados y los perros famélicos, arrebatándose las presas y basuras en luchas furiosas. Los ciegos, cojos, leprosos e impedidos anhelaban ser tocados por la mano milagrosa del Profeta, que en aquella triunfal jornada colmó de limosnas sus alforjas y de monedas un viejo arcón sobre el que dormía.

Por la noche, la duda no dejaba dormir a Isabella y llevaba a su imaginación las escenas de su infancia y de la aljama incendiada. Un ánimo imprevisto la contagió de arrojo. Dudaba que los padres de Melisenda hablaran del inaccesible Profeta, pero el calor de la hoguera, el vino aguado que habían bebido y los cuidados que dispensaba a su hija, que cada día estaba más débil y pálida, la animó a preguntarles sobre el oscuro pasado del guía espiritual.

—¿No os parece que nuestro santo maestro se deja llevar a veces por un excesivo celo vengador? A los ojos de Dios las muertes de sus criaturas son reprobables.

La madre, una mujer obsesionada con la purificación del espíritu, la observó escandalizada. Pero enseguida recompuso una expresión de desagravio.

—¿No ves que es el instrumento de Dios? —la reprendió—. El Cielo exige hogueras de pecadores para que el reino de la Bestia no se instaure en la tierra. Es el precio que hay que pagar para que la humanidad se salve. Ya hace años tuvo que recluirse en una cueva perdida de la montaña para huir de los clérigos y obispos barrigones. Lo acusaban de ser un arrebatado discípulo del Maligno. ¡Qué error!

Había abierto una brecha en su esquiva confianza y decidió cebarse en ella. ¿Cómo había tenido el suficiente valor de desenterrar lo más doloroso de su pasado?

—¿Entonces no sirve a Dios desde el inicio de esta peregrinación? Creía que…

La mujer bajo la voz, se acercó a su oído y misteriosa descorrió el velo.

—¿No lo sabes, Isabella? —porfió con desgana—. Procura no divulgarlo, no le gusta al maestro. En los años que estuvo fuera del mundo ayunando y orando en su santa cueva, recibió la vista de un ángel del Señor que lo animó a seguir con su tarea salvadora. Cambió su nombre y se echó a los caminos como el Bautista para pregonar la llegada redentora de Nuestro Señor. El Creador habla por su boca bienaventurada.

Isabella accionó el resorte oculto que más perdía a aquella mujer, el alcahueteo.

—¿Y cómo se llamaba antes? Parece un designio de Dios —mintió.

Su incombustible fe en el Profeta paralizó su lengua. Se resistía a seguir.

—Debería callar. Pero si me prometes no divulgarlo a nadie, te lo revelaré.

La conversa, simulando que había sido herida en lo más hondo, alegó:

—¡Me duelen tus escrúpulos! Sabes que soy de vuestra total

confianza. Sólo mi veneración hacia ese hombre al que reverencio me anima a saber de su pasado. Dejé el mundo y sus pompas por él y su causa. Juro por lo más sagrado que seré una tumba.

—Mujer, es una muchacha que ama a Melisenda como a una hija —dijo el padre.

La madre asintió convencida. El muro de desconfianza parecía haberse desmoronado. Se rodeó de un halo ostentoso y balbució:

—Antes, el nombre de religión de nuestro guía era el de mosén Antón.

Isabella estuvo a punto de perder su imperturbabilidad.

—¿El que llamaban sus adeptos el Azote de Dios? —simuló extrañarse, mientras dominaba un sentimiento de repulsión y de ira—. Un hombre justo y terrible en verdad.

—El mismo —corroboró—. Su labor purificadora no fue comprendida por los altos prebostes de la Iglesia y fue perseguido injustamente, acusado de *turlupin* y condenado, como nuestro Señor. La Esposa de Cristo precisa una renovación y él lo conseguirá.

Encajó la confesión con aparente indiferencia. Capeó el temporal de su corazón con agilidad, y aunque le pedía venganza, asumió la triste evidencia.

—Pero gracias al Cielo ha vuelto para convertirse en martillo de pecadores —lo defendió Isabella de manera fingidora.

—El guía santo nos llevará a postrarnos ante el Santo Sepulcro. No lo dudes.

Isabella había corroborado con espanto lo que ya barruntaba. Sus gestos de ira estuvieron a punto de delatarla, pero intentó dominar su desbocado deseo de asaltar la tienda del Profeta y hundirle un cuchillo en el corazón. Como quien descifra un misterio insoluble, la vida le había tendido otra emboscada. Al fin podía identificar el rostro del hombre que más había odiado desde sus más tiernos años. Aturdida por la revelación, un sudor frío salpicó sus sienes. Todo su pasado se le apareció de una forma vívida. Apretó los puños y se retiró a llorar en silencio.

La sedante inercia de la peregrinación había concluido.

Sólo deseaba escapar de allí.

Era mediodía y el cielo se tachonaba de un azul lustroso.

Los techos de las casas relucían con el sol primaveral, cuando Melisenda se acercó a Isabella con un hilito de sangre en la barbilla. La terrible consunción de sus pulmones la estaba matando. Parecía cansada y el semblante le temblaba, devorado por una fiebre que no le remitía. Le atormentaban sus menudos pies deshechos y traspasados de espinas y la fatiga la estaba dejando en los huesos.

Para hacerle olvidar su mal estado, Isabella jugó con ella en las escalinatas y le narró fabulosas historias de caballeros andantes y princesas enamoradas de Granada, Camelot, Provenza y de la corte de Toledo. Comieron los restos de unos pichones guisados que una matrona compasiva les dio por caridad, y que sus tripas pegadas agradecieron. ¡Era tan doloroso soportar el hambre! Para Isabella significaba una experiencia desconocida que le causaba espanto.

A media tarde, cuando ambas dormitaban pegadas al muro bajo la tibieza de la solana, la niña entró en un estado de convulsiones y vómitos que alertó a la muchacha. Hinchaba su pecho raquítico por la inflamación malsana, intentando respirar, pues se ahogaba. Antes de que sus padres acudieran, sonrió a aquel benévolo ser humano que la había cuidado con un gesto angelical y cerró sus párpados. Melisenda exhaló su último suspiro con su cabecita en los brazos de Isabella, mientras ésta le cantaba una canción provenzal. Lo más puro de aquella enloquecida comitiva había pasado a mejor vida. Su muerte la dejó anonadada y el pesar más profundo cayó sobre su alma.

—¡Dios mío, esta criatura ha expirado! —prorrumpió aterrada.

Acudieron sus padres y algunos peregrinos, y una algarabía de llantos despertó a la aletargada comitiva del Azote de Dios, que en todo veía la mano de la intervención divina. Los lamentos crecían y una procesión de plañideras se hizo cargo del cuerpo inerme de la criatura, tan liviano y pacífico como el atardecer. Isabella, arrebujada en la capa, secó sus lágrimas y maldijo al Profeta y a la enloquecedora experiencia que le había tocado vivir. Inmediatamente, fra Guifré sacó partido de tan penosa desgracia e hizo correr la voz por las calles de que el Maligno, envidioso por la santidad de sus flagelantes, se había cobrado la primera víctima.

—¡Una mártir pura que ha caído fulminada por las garras de la Bestia! La flor más casta de la cofradía. Éste es el signo de Dios que esperábamos —proclamó exaltado—. ¡Estamos limpios de pecado y ya podemos alcanzar la Jerusalén Celeste!

A pesar de las reticencias del obispo y del senescal de la ciudad, colocaron un catafalco bajo el atrio de la catedral, rodeado de antorchas y cirios morados de Cuaresma. El cenáculo de disciplinantes, al que pertenecían sus inconsolables padres y el Profeta, orante, boca abajo y con sus brazos en cruz, velaron su cadáver. Melisenda, con su cuerpecito cubierto con una túnica inmaculada, las manos juntas sobre el pecho, los cabellos peinados y cubiertos con una corona de florecillas blancas, se asemejaba a un querubín descendido del Edén.

—*Domine, non secundum peccata nostra quae fecimus nos* —rezaba una y otra vez el Profeta, mirando a la niña.

—¡*Ego sum qui peccavi!* —contestaban los flagelantes.

Durante toda la noche, los cofrades de los Últimos Días rezaron ante el túmulo, incapaces de contener al gentío que anhelaba ver a la santa mártir, demandar una reliquia o tocarla como seguro de vida contra el contagio. La capilla ardiente se atestó de flores, de viandas para los romeros y de presentes y dineros para el viático de los disciplinantes. El negocio para la Hermandad no podía haber sido más oportuno y abundante, y ni la urna del Santito de Belén ni la Cruz de la Salvación habían conseguido jamas tal cúmulo de limosnas.

Las teas humeantes, las luciérnagas sobrevolando el féretro y la caja acristalada, los cirios con sus volutas azuladas, las estatuas de los santos lamidas por la luna y la ola de rezos, parecían el presagio de que allí iba a acontecer algo sobrenatural en cualquier instante. La gente, muda, aguardaba la aparición de algún santo del Cielo.

En la raya del alba, un prebendario de la catedral celebró el oficio de difuntos ante la ciudad entera, presidido por el Profeta, que se vistió para la solemne ocasión con una aparatosa capa pluvial roja y un bonete del mismo color. «Es el mismo indumento rojo con el que se ataviaba quien ordenó la quema de judíos en Carcasona. Lo recuerdo con claridad subido a una mula como el Ángel de la Muerte. ¡Es él! Más viejo y encorvado, pero es él!», dijo para sí alucinada Isabella, a la que ya no le cabía duda que aquel era el arrebatado santón causante de su orfandad.

Las cabezas juntas, como el ganado ante el trueno, llenaban la plaza. Las mujeres, a punto de asfixiarse, pretendían vencer la cadena humana que la protegía, intentando alcanzar el cuerpo exánime de Melisenda y tocarlo.

—¡Dios desciende a la tierra a través de las reliquias de sus santos! *Miserere mei Deus secundum magnam misericordiam Tuam* —retumbaban los muros con las invocaciones.

Nadie se atrevía a hablar y un llanto contenido helaba las bocas en una mueca de fervor y de fe. Los leridanos habían colgado tapices para el entierro y la comitiva, precedida por el desapacible sonido de los cuernos, los salterios de los flagelantes y los lamentos de las plañideras, abandonó lentamente la plazoleta. El gentío que desembocaba en las callejas, acompañaba el ataúd de pino cubierto con un paño negro. Le lanzaban azucenas y violetas y un bosque de manos alzadas lo tocaba enfebrecido, mientras entonaba un luctuoso *Libera me, domine*.

—¡No he venido a llamar a los justos, sino a los pecadores! —proclamaba el Profeta sobre su cabalgadura tras el féretro—. Mártir de la Santa Cruz, ruega por nosotros. ¡Para los duros de corazón, ésta es la señal de que Dios nos acepta y nos ama!

Así salieron de la ciudad; con los ánimos enfebrecidos y los talegos llenos.

A dos leguas de las murallas, en un torrente seco, fue enterrada la desdichada Melisenda, el único lazo de afecto que unía a Isabella con aquella fraternidad de flagelantes, en la que no le faltaban malhechores y cristianos con malos instintos fiel espejo de su guía y maestro. Cortó unas adelfas blancas del camino y sembró unos tallos sobre el túmulo: «No te olvidaré nunca Melisenda. Ahora gozas de la paz eterna, blanca con estas flores en un paraíso limpio de miserias», murmuró con lágrimas en sus ojos, mientras rogaba al cielo por su alma pura, expiada por el sufrimiento.

—No gozaste de los placeres de la vida, pero te llenarás de los celestiales —concluyó su plegaria.

La vagante marea de fra Guifré crecía día a día, arrastrando penitentes deseosos de ponerse en paz con Dios, pero también de truhanes sin escrúpulos. A Isabella se le complicaron las cosas. Sus paisanas, con las que apenas si había intimado por su condición de conversa, aprovechando el paso de una columna de cortesanos y soldados del rey, regresaron a Zaragoza como habían prometido, quedándose en la más absoluta de las orfandades. ¿A quién acudiría si era atacada por el Pilós?

El insolente acosador prosiguió con sus amenazas, cada día más virulentas. Se había encaprichado de la jovencita de hoyuelos fascinantes, cabellos de oro y párpados anacarados.

Sin embargo la joven se iba endureciendo. Isabella, cuando se aseaba, siempre se encontraba con su mirada lasciva tras de sí y con su mano velluda hurgándose las partes pudendas. La perseguía cuando se reunían sobre algún collado, cuando comían o rezaban, y sus retorcidas groserías la sonrojaban. De nada servía denunciarlo a fra Guifré, a quien aborrecía y odiaba más que a él, o a su cohorte de flagelantes y beguinas, pues ellos vivían en otro mundo y podía costarle una severa penitencia por fijarse en un hombre.

El bravucón, incitado por su ardorosa adolescencia, exhibía su lengua, que Isabella parecía sentir pegajosa en todo su cuerpo. Ella, una fuente sellada por el amor, se evadía pensando en Diego y en Melisenda, mientras escupía al suelo para mostrarle su rechazo y rezaba al Cielo, rogando que un rayo lo partiera en dos, o un mal viento lo apartara de su lado.

A un tiro de arco de Anglesola, mientras Isabella escalaba una pendiente para buscar moras y saciar su hambre, apareció tras unos matorrales su impúdico galanteador y, cogiéndola por el brazo, la amenazó sin miramientos.

—He apostado con mis amigos que en el *monestir* de Poblet, donde se celebrarán los festejos de la Cruz Santa, te haré mía —la amenazó babeante—. Y juro por mi fe, que así será. Por las buenas o por las malas, palomita. Ve haciéndote a la idea, y si abandonas la peregrinación te perseguiré hasta dar contigo. Muy pronto lameré tus pechos.

Isabella no pudo reprimir un gesto de repulsión. Jadeó, pues no le llegaba el aire a la boca, y le escupió a la cara. Presa de la desesperación, de sus labios temblorosos escapó una sarta de maldiciones que duraron hasta que perdió de vista al miserable, que volvía la vista atrás con ademán provocador, para intimidarla, mientras se palpaba la entrepierna con lujuria.

¿Qué perversiones estaba decidido a exigirle? ¿A qué pozo de indignidad pensaba arrastrarla aquel rufián corrompido? Para Isabella, desde aquel momento las horas adquirieron la frenética cualidad del miedo y de la prisa por desaparecer. Pero ella, desde que mataron a sus padres en Gerona, había decidido controlar su vida y nadie la doblegaría. Sin embargo, la amenaza había penetrado en las fibras más íntimas de su corazón y una sensación de ahogo se aferró a su garganta.

—Necesito librarme de esta putrefacta peregrinación —protestó para sí decepcionada—. Fra Guifré es un asesino, un visionario, un servidor del Mal. ¿Por qué los ministros de la Iglesia están tan lejos del Evangelio?

Desde allí hasta Barcelona aún le quedaban muchas leguas, aunque en medio del recorrido poseía la seguridad de los monjes cistercienses de Poblet y de Santes Creus, que podían socorrerla si lo necesitaba. Pero ¿creerían a una mujer? ¿Tenía posibilidades de sobrevivir si viajaba sola expuesta a los riesgos del camino y de aquel miserable acosador? El juramento del fanfarrón de Pilós no la dejaba reflexionar. ¿Acaso no había asegurado que la poseería? Se secó las perlas de sudor que la rabia provocaban en su frente, en un supremo esfuerzo por mantener la calma. Atormentada, permanecía al acecho.

Cómo hallaría el modo de alcanzar su meta lo ignoraba, pero estaba firmemente decidida a reconquistar su libertad y arrostrar cualquier peligro, aunque le costara la vida. ¿Lo lograría con las solas armas de su afán? Pero entonces, ¿qué sentido tenían sus sacrificios y su abnegación, si al menos no intentaba alcanzarla?

Una cosa era cierta: fra Guifré era el asesino de sus seres queridos.

Ahora su futuro dependía del albur y de la pasión de su corazón.

La trampa

Los torreones de la muralla de Aksum se recortaban agresivos. Un aire vaporoso quebraba la diafanidad de la alborada, y ráfagas de viento del desierto descarnaban las paredes de estuco. Era conveniente llevar el asunto con discreción.

Jacint Blanxart, avisado por Diego, reunió secretamente a su grupo en las cuadras antes del amanecer; nadie se daría cuenta, ya que era el lugar donde se aliviaban de las necesidades, se aguaba y dormían los escoltas montañeses con los equipajes, armas y mulas. Apostaron dos guardias y encendieron un candil. Diego, en una resuelta exposición, les expuso las revelaciones de la princesa Zagwe.

En medio de una atmósfera de preocupación se intercambiaron miradas oblicuas. ¿Tenían que creerla? ¿Era una trampa dentro de otra celada aún más espectacular? Los ojillos de Blanxart, mezcla de desconcierto, se enturbiaron y adquirieron el tono de la ceniza. A Marc Vadell y Jaume Felip les corroía la impotencia ante la inminencia del peligro. Incluso los almogávares de Rocabertí, acostumbrados a azares inciertos, temieron por su pellejo. Felip masculló:

—Somos víctimas de un engaño y corremos peligro de morir. Y, por descontado, de volver con las manos vacías. Más nos vale confiar en un milagro.

—Ni Damocles de Siracusa se vio tan amenazado con su espada como nosotros, ¡*collons*! —se lamentó el armador, desesperado—. ¡Maldito negocio hemos hecho!

—En esta maniobra se reconoce la mano de la República genovesa, que acosa nuestros intereses en Berbería y Atenas; y ahora han conseguido husmear con sus sucios morros en esta ambrosía, los muy cerdos —señaló Vadell que pateó el suelo.

—Lo presentía, y esto viene a confirmar mis barruntos. La guadaña de la muerte nos codicia, hermanos —comentó Diego con la dignidad herida.

—Desde que arribamos a Masana sospeché y mantuve las orejas estiradas. ¿Y cómo he caído en la trampa? Nunca debí aceptar semejante encargo —protestó el Cargol—. El oro de la recompensa puede convertirse en una dorada mortaja.

—Al cabrón del *Idenu* primero le hicimos el trabajo sucio eliminando a los genoveses en Gabes, luego él ejecutó a unos piratas que le estorbaban, y ahora nosotros picamos el anzuelo como aldeanos. Así cumple su venganza dejando libre el mercado a los árabes yemeníes —opinó Felip—. Jugada maestra, no cabe duda.

—Nos hallamos ante una situación peliaguda. Pocas veces hemos escapado de trances tan comprometidos —los animó el Cargol—. No existe un solo genovés y menos aún unos herejes sin alma que me arredren, *redeu*. Tenemos que pensar en un plan para evadirnos, mientras el barrigón del chambelán cree cebarnos para el matadero.

Los extranjeros sabían que Blanxart había sido uno de los autores de la formidable expansión de Aragón en el Mare Nostrum; y quizás el más enérgico defensor en su país de los acuerdos comerciales con Egipto, Etiopía y Arabia, sirviendo a la causa con heroicas y lucrativas empresas. La jugada se ofrecía clara. Génova había arrojado el guante, extendiendo sus ruindades hasta la misma África.

Las moscas los atormentaban, y el hedor de la caballeriza se hacía irrespirable. Pasó el tiempo y las más peregrinas ideas, unas violentas, otras inejecutables y las más descabelladas, se expusieron a la consideración del temeroso grupo, que las rechazaba una tras otra. Pero la desesperación por una muerte probablemente segura, o tal vez un rapto de repentina inspiración, llevó a Diego a aventurar el insólito plan ideado en el lecho, que expuso a su consideración usando su acento más convincente.

—Amigos míos —apuntó enigmático—. He repasado paso a paso en mi magín cuanto nos ha acontecido desde que arribamos al País de los Aromas, y puedo aseguraros que el mismo *Idenu*, sin pretenderlo claro está, nos ha ofrecido galantemente la clave para salir de aquí sin menoscabo de nuestras vidas.

Un silencio espeso se adueñó de la partida. Lo creían un loco.

Las pupilas desmesuradamente abiertas de sus compatriotas convergieron en Galaz, que los miraba cohibido, pero seguro de su ardid. La opinión del algebrista gravitó en el aire unos minutos, sorprendente, excitante.

—¡Estás ciego, Diego! El calor te ha afectado. ¿Ofrecernos ese perro sarnoso el remedio, si lo que desea es colgarnos por los testículos? Presiento amigos que ya no veré más los granados de mi Andratx natal —gimió Felip.

Galaz elevó el tono de su voz e insistió esta vez con gravedad:

—Creo tener la solución amigos. El miedo suele parir ideas salvadoras. No habrá salvación para nosotros sin un acto desesperado. Escuchadme, os lo ruego. ¿Qué nos impide marchar vivos de este infierno? ¿Ser extranjeros? ¿Mercaderes quizás? ¿Cristianos tal vez? ¿O el oro de las alforjas?

—¡El oro indudablemente! —apostilló Blanxart con los ojos chispeantes.

—Pues el *Idenu* lo expresó abiertamente al pagarte la recompensa, Jacint. Pronunció exactamente estas palabras: «Con este tesoro podríais comprar una caravana de sal». Pues hagámoslo así y el panal se quedará sin miel. Sin oro no hay asaltos ni asaltadores —continuó sarcástico—. Sin esa atractiva jalea, ya no acudirán ni las ávidas abejas, ni los amenazadores tábanos de los ladrones. ¿Quién va a robar en Etiopía sacas de sal, pimienta o de alguna otra especia? ¿En qué mercado las malvenderían? No sacarían ni la décima parte de lo que valen. Librémonos del oro comprando especias y salvaremos la vida, aparte de hacernos con un cargamento que valdrá una fortuna en Alejandría. Así de sencillo.

Se miraron dubitativos, como sumidos en un letárgico vacío.

El plan rezumaba indudable juicio y perspicacia y no era cuestión de desdeñarlo, pues carecían de otro mejor. El armador, con una sonrisa exultante, y mostrando una complicidad sin límites con Galaz, manifestó:

—De todos los seres humanos con los que me he encontrado en mi vida, y no han sido pocos, sólo con dos o tres podría hablar de amigo a amigo. Y uno de esos seres eres tú. Si la cristiana decencia no me lo impidiera, te besaría en los labios *maestrillo* del demonio. Es una idea talentosa e inspirada que yo elevaría al título de genial y astuta *redeu*.

—Se trata simplemente de tomar un atajo y burlarlos. Mi plan es cambiar el oro por otros artículos de igual valor en mercados de este mismo territorio, pero repudiables para los bandidos etíopes, árabes o egipcios. Algo que no les interese robar y con lo que no se pueda comerciar en estas tierras, pues sobra; pero que nosotros sí podamos vender luego en mercados donde sea una mercancía cara —especificó Diego—. Medítalo, Jacint, pues puede convertirse en la solución que buscamos.

—El recurso me parece inteligente, Jacint —se exaltó Marc Vadell—. No nos queda otra solución que desprendernos del oro y canjearlo por productos naturales de Etiopía, como dice el *magister* Galaz, que luego alcanzarían un precio exorbitante en las lonjas europeas. Apruebo la medida y que san Jorge nos ampare.

—La fijeza en las monedas del diablo me habían impedido desenmascarar la diabólica treta. Nunca habíamos transitado antes por estas tierras con oro, pues las transacciones se realizan en Alejandría con sus agentes. ¿Cómo pude estar tan ciego? —se lamentó el Cargol—. Es el oro el que nos puede acarrear contratiempos. Así que nos desembarazaremos de esas bolsas y las emplearemos convenientemente.

Resueltamente, Blanxart comenzó a rumiar los pormenores del proyecto ideado por Galaz. Ufano, manifestó a sus hombres:

—Comunicaré al *Idenu* que quedamos obligados a sus cortesías, pero que nuestros negocios nos obligan a partir sin demora a

Lalibela, donde hemos de concluir un negocio que nos encargó el cónsul. Jugando con sus mismas armas, le proporcionaremos una aleccionadora réplica a su trampa —y lanzó una risita triunfal que extirpó de golpe el resquemor de sus hombres—. Diego, salgamos o no inmunes del proyecto, La Roda te queda reconocida. Te llamaré hermano, pues amigo es poco.

—La calma es la característica de la fuerza. Dios nos ayudará —dijo Diego.

Habían tomado conciencia de su vulnerabilidad en un país adverso y lejano, pero confiaban en el expeditivo Blanxart y en Galaz, siempre pletórico de recursos a pesar de que el miedo a lo desconocido suele afectar cuando un mortal se halla lejos de sus lares, disminuyendo la percepción del bien y del mal.

El sol emprendía su viaje por el arco de un cielo traslúcido. Con su fulgor había sorbido el rocío de los árboles gigantescos. Pronto sofocaría a hombres y bestias.

Lalibela, la ciudad santa de Etiopía, era un oasis rodeado de selvas, donde vivir y morir era considerado como un privilegio del cielo. La Jerusalén etíope, la capital fronteriza del reino de Aksum, se ofrecía a los extranjeros como un dédalo de casas rojas con cruces en sus tejados y cobertizos de barro donde las caravanas se protegían de las tormentas de arena. Según Blanxart era tenida por la última ciudad cristiana del mundo, antes de adentrarse en las tierras paganas de Ifat-Adal y en las fabulosas Ciudades del Oro, donde algunos aseguraban se hallaban ocultos por las junglas, el país de Punt de Ptolomeo y los dominios del Preste Juan, quien con la ayuda de la cristiandad, aplastaría un día el dominio del islam en África.

—Para estas criaturas cada piedra de esta urbe es sagrada. Lalibela hace honor al nombre de su príncipe más glorioso, «aquel cuya majestad es conocida por las abejas». Es su ciudad santa, aunque estos cristianos son algo herejes en sus credos.

A la vista resultaba un poblado destartalado y fantasmagórico que se desvanecía como un espejismo entre un horizonte de polvo pajizo. Bestias, mercancías, caravanas de camellos, murallas de arcilla roja, plataneros y palmeras cimbreantes, poblaban su paisaje. La visión se alteraba a menudo con la repentina ventolera de cenizas de los herbajes quemados por los campesinos, que enturbiaban el cielo. En las atalayas, de barro amasado, flameaba el estandarte con la estrella de seis puntas y el León de Judá, como lenguas de seda que succionaran la única brisa respirable. A uno y otro lado se cimbreaban las ramas de árboles gigantescos de raíces como garras y ramas poderosas, que se perfilaban sobre los cerros terrosos.

La hueste se sumó a una multitud compuesta por nativos *habasat* vestidos con albornoces blancos; mercenarios montados sobre camellos y muleros nubios, seguramente espías del virrey, y una caravana de esclavos de Dara. Con tan variada compañía ingresaron en sus callejas, montados en asnos, tras Jacint, que con la mirada perdida, tejía su plan de trueque y huida. Él sabía que la confianza de sus hombres era infinita, a pesar de sus miradas nerviosas. Conforme se adentraban en la población, Diego notó que sus construcciones daban la impresión de no haberse concluido nunca. Su único adorno eran unas estelas coloreadas de arabescos vidriados, de hechura fálica, e insólitas cruces templarias que campeaban en las iglesias coptas. Confusas hileras de casuchas de bálago, las míseras *peul* de los negros, se sucedían en desorden, protegidas por matacanes de adobe que lucían espantosos dibujos de ídolos.

Pero súbitamente, conforme penetraban en la ciudad, el semblante del aragonés se maravilló al observar una red de construcciones bajo los cascos de los caballos de las que ascendían vaharadas de incienso, el eco de plegarias y un tufo a aceite y velas encendidas. En el centro de la ciudad se alzaban media docena de iglesias cristianas excavadas en la tierra, cuyas cúpulas y tejados quedaban al ras del suelo. Un tropel de sacerdotes ataviados de negro, eremitas con turbantes, monjes coptos y decenas de devotos, rezaban ante iconos que representaban a Cristo, los doce Apóstoles y la Virgen, y pululaban por sus pasadizos como si fueran topos menudeando por sus gazaperas, a la vista de los curiosos que transitaban por las calles.

—¡Las iglesias de Lalibela están edificadas bajo la corteza del suelo!

—Diego —le explicó Jacint—, aquí no exhiben sus bellezas en las alturas, sino en las profundidades, en esos en hoyos profundos, pero de una belleza mágica.

—¿Cómo han podido realizar semejantes construcciones, Jacint?

—Es arenisca volcánica y muy fácil de tallar, pero ciertamente parecen madrigueras en vez de templos. Ahí abajo al menos no se asarán como nosotros ahora.

Una jauría de perros babeantes vagaba azuzada por pandillas de pilluelos andrajosos, mientras una luz deslumbradora y un calor abrasador los hacía cubrirse los rostros con los tailasanes. Jacint le murmuró al físico:

—Más allá de las murallas cuentan que se alzan los desiertos inhabitables y las regiones extremas donde moran los carbunclos, los monóculi y las bestias hostiles. Es el continente antípoda, el *alter orbis*, donde retozan los rinoceros unicornes en idílicas espesuras pobladas por aves del paraíso. Allí no llegan los rigores del invierno, pues la primavera es eterna. Daría un brazo por adentrarme en sus secretos. Tal vez algún día emprenda ese viaje, Diego. La linfa de la aventura me excita.

—La perenne nostalgia del Paraíso perdido, Jacint, la *terra incognita*, el sueño que nos hace fantasear con lo desconocido. Y aunque te creo capaz de todo, lo que más me preocupa en este momento es salir de aquí indemnes. ¿Lo lograremos?

—Confía en mí. Tengo un plan y mañana nos habremos esfumado. —Le sonrió dejando entrever sus dientecillos diminutos.

Dejaron atrás las chozas y enfilaron la recua hacia el zoco. Diego se sintió de inmediato transportado por el bullicio, por los olores y la exuberancia de mercaderías que trastornaron sus sentidos. Provistos de espantamoscas, balanzas y pesas, los traficantes egipcios, nubios y los *shonas* negros de las Ciudades del Oro, se daban cita en un monumental recinto circular, alrededor de un miraguano formidable, cuyo fruto florecía en copos semejantes al algodón.

—Por mi salvación que nunca vi ante mí tanta abundancia y rareza de mercaderías. ¡Qué exhuberancia! —se maravilló Diego atónito.

—Ahí tienes el mayor mercado de África —exclamó Blanxart.

En un revoltijo de sacas apiladas, y bajo un mar de guiñaposos pabellones que hacían el papel de toldos, cubriendo el pradal, se exhibía la totalidad de las mercaderías africanas posibles: sorgo, especias, plátanos, ungüentos, perfumes, esclavos, alhajas, hierbas alucinógenas, animales exóticos, sombrillas, esteras de esparto, pieles de leopardo, ámbar gris, cuernos de rinocerontes, azogue, plumas de avestruz, mirra, puntas de lanza, maderas, telas tintadas con índigo, yamen tostado, hojas de pobo, mirra, caballos y dromedarios, raíces de cola, colmillos de elefante y marfiles tallados. La bulla y la efervescencia reinaban en el pintoresco mercado, en un tumulto de voces, gritos, lenguas que no comprendían, risotadas, riñas, cantos e insultos chillones en cien idiomas y dialectos que los hispanos ignoraban.

Los aguadores, con anillos en las orejas y narices, las vendedoras de *hawi* de cordero, los sacamuelas, los escribanos y los halconeros con las alcándaras de azores, se paseaban por el recinto junto a los fabuladores de cuentos y los encantadores de serpientes, hindúes de rostros quemados y espantosamente tatuados, que usaban monos amaestrados para llamar la atención de sus clientes. En las tabernas, que parecían babeles donde comían y se emborrachaban criaturas de todas las razas, algunos traficantes nabateos se divertían con las truhanas, en medio de una algazara escandalosa e indecente y de un viciado olor a almizcle y a sudor humano.

Blanxart, como parte de la maniobra, rogó a sus hombres que se dejaran ver por los lugares más frecuentados del zoco, se insinuaran en los baratillos y husmearan en los tenderetes, donde por su calidad de extranjeros pronto se harían notar. Inmediatamente pregonó a cornetilla y vocero, que Jacint Blanxart, *el catalán* o *el rumi*, como lo conocían en aquellos pagos, buscaba al mercader

Ibrahim al-Malik, para proponerle un ventajoso trato. Al cabo, de entre un grupo de carcamales encapuzados, surgió la figura de un personaje estrafalario, un traficante árabe al que una fea cicatriz le cruzaba la cara. Su nariz era achatada y agitaba una fusta y un espantamoscas de pelo de camella. Su semblante inquisitivo y su barba recortada denotaban empero penetración y astucia.

—Que Allah el Misericordioso refresque tus ojos, Cargol —lo recibió exhibiendo unos dientes negruzcos—. ¿Qué desea de este humilde vendedor el *rumi* que es tenido por sabio entre los exportadores de especias de Alejandría?

Jacint respiró con calma, sonrió ladinamente y haciéndolas sonar, enarboló las dos bolsas de oro de la recompensa, como si del Santísimo Sacramento se tratara, a la vista de los mercaderes y curiosos, que las contemplaban con sorprendido interés y no menos codicia. La treta resultaba única, pues el rescate del que tanto hablaban aquellos días los caravaneros del territorio, se hallaba allí ante sus ojos, presto a cambiar de dueño. Pero ¿cómo osaba esgrimirlo tan temerariamente y con qué propósito? —se preguntaban. Aguardaron impávidos sin perder detalle.

—*Salam Aleikum*, Ibrahim —dijo Blanxart en un árabe gutural—. Verás, no me hallo a gusto tan lejos de Alejandría con este oro. Los que llevamos en la sangre el rito sagrado del trueque y el mercadeo no ansiamos atesorar oro, sino procurar ganancias, hoy perdiendo y mañana ganando. Créeme, amigo mío, el oro me quema en las manos y vengo a regatear contigo. Posees mercancías que pueden interesarme.

Ibrahim esbozó una risita amistosa, pero inquietante y ladina.

—Conozco esa divina carcoma pues nací con ella —apostilló el árabe—. Y es una sabia medida, pues tan ricos zurrones no son la mejor compañía para un viaje sin sobresaltos y con bandas de bandidos acechándoos. ¿En qué pretendes invertir ese oro, *sahif*?

Los curiosos se agolparon en derredor de los extranjeros, atisbando por encima del hombro de los de delante. Se alzaron susurros de duda e, impávido, Jacint se expresó:

—En pimienta negra y en *momios* nubios.

El musulmán, que tosió desconfiadamente, no se sorprendió, pues traficaba con aquellos productos. Blasfemó ininteligiblemente y simulando indiferencia, invitó al forastero a entrar en un maloliente cuchitril que poseía en uno de los rincones del zoco. Los expedicionarios lo siguieron y penetraron tras el Cargol, Felip y Diego.

El resto, incluidos los almogávares, montaron guardia cerca del sórdido tenducho. La fascinación por conocer el universo de las negociaciones picó a Diego, que jamás había asistido a una almoneda de tanta envergadura y que en aquellas latitudes había de concluir antes del mediodía por mor de las altas temperaturas, o postergarse hasta el día siguiente. Conoció los recovecos de un contrato, los ardides con los que se ayudaban los tratantes, las treguas de silencios, las señas veladas, la invitación interesada del anfitrión y los simulados abandonos. El ritual resultaba fascinante.

Supo que los beduinos de Deir el-Medina vivían del repulsivo negocio de la muerte, expoliando las necrópolis del Valle de los Reyes, donde exhumaban las momias de los señores, escribas y faraones egipcios, a quienes tras su muerte los sacerdotes les habían extraído las tripas, los sumergían en salmuera y sosa cáustica, luego los perfumaban con mirra, agáloco y esencias de Arabia y terminaban comprimiéndolos con más de una legua de vendas de lino. Pero lo que ignoraban los embalsamadores es que su sueño eterno sería roto por los ladrones de tumbas, que por unos miserables mitqal, los convertirían en ungüentos, pasados los siglos. Con llana arrogancia el árabe cerró el trato de los *momios*, y descubrió luego dos lebrillos de arcilla con pimienta, que el mercader llamaba por su nombre genuino, *pipalt*, cubriéndolas de exagerados elogios:

—*Shaif* Blanxart, esta *pipalt* negra procede de Malabar, cosechada en verano junto a las verdes palmeras que les sirven de cobijo. Esta otra, la blanca, proviene de Benín, y ha madurado sin cáscara, causa de su níveo fulgor. Pura delicia, creedme. Haréis el negocio de vuestra vida si os la lleváis.

Jacint la saboreó detenidamente, como si degustara en su paladar las simientes de una fruta sazonada. Al cabo sopesó en sus manos unos y otros granos e inició un tira y afloja con el islamita, mientras ambos degustaban una infusión negruzca y amarga de semillas de *yamen* que Galaz nunca había visto, y que animaba el espíritu. Después de la hora sexta, cerca del mediodía, concluyeron los inacabables arreglos, que incluían el alquiler de una recua de camellos y la servidumbre de diez cargadores que los acompañarían hasta puerto. Apretaron sus manos, se besaron las mejillas y Jacint dejó en medio de la alfombrilla las dos talegas que contenían el oro del rescate. Astutamente dispersó las monedas ante sus ojos, para que no hubiera duda de que el árabe era el nuevo dueño de la cornucopia de oro de la recompensa.

—La Roda se complace con el pacto, ilustre Ibrahim —concluyó el navarca.

—El Omnisciente ha bendecido el acuerdo, esclarecido *sahif* Blanxart. Hemos conseguido el *maat*,* y ningún hijo nacido de madre podrá romperlo.

—Qué conclusión tan inaudita. El rescate de un príncipe pagado con *momios* y pimienta. ¿Se podría pensar algo semejante, Felip? —le susurró Diego al cómitre, que sonrió mientras salía tras el naviero.

Al cabo de una hora no había un tratante, acemilero o ramera de Lalibela, que no supiera que los cinco mil mitqales de la gratificación del *Nigusa Nagast*, tintineaban ahora en la faltriquera de Ibrahim al-Malik, y pronto sería propalado a los cuatro vientos. La añagaza ideada por Diego y llevada a cabo con precisión de cirujano por el honorable Jacint Blanxart, significaba la seguridad para la expedición y un viaje de regreso sin sobresaltos, pues, ¿qué podrían hacer los ladrones con una carga de momias que temían y detestaban, o con unos fardales de pimienta que ni siquiera podrían malvender en el cerrado mercado de Alejandría, coto privado de los europeos, si antes no los colgaban por asaltar una caravana de especias, el crimen más perseguido desde Aksum a Egipto?

* Para los egipcios, árabes y etíopes el Maat era sinónimo de «lo justo, lo verdadero, lo ordenado».

En las especias se cimentaba la riqueza del reino, y ni la corona etíope y ni el ambicioso *Idenu* se atreverían a romper las normas del milenario comercio. Unos restos que aún podían contener los espíritus vengativos de los faraones y unos granos resecos no significaban un señuelo apetecible para los ladrones. No, no se atreverían, y el oro se les había esfumado a los extranjeros.

Al salir del bazar, a Diego le acaeció un contratiempo que nunca olvidaría.

Curioseaba entre los tenderetes donde se vendía cuarzo etíope, cristal de roca del Sinaí, lapislázuli o *khesber* y joyas de esteatita, cuando reparó en un encantador de serpientes que gritaba y apartaba a la gente que presenciaba sus mañas, pues había perdido el control del peligroso reptil. No podía dominar a una cobra que galleaba con sus temibles alas desplegadas y la lengua bífida babeante. El algebrista, ajeno al peligro, se tropezó de improviso con el escamoso ofidio que parecía magnetizarlo con sus ojos de obsidiana. Aterrado pensó que iba a atacarle, pues se balanceaba mirándolo fijamente, ante el pavor de su dueño que no podía abatirla con el cayado. Se había formado un corro de atemorizados mirones, que no le quitaban ojo al extranjero. Una niña que se hallaba junto a él, le dijo en árabe:

—¡No le quitéis la vista de encima u os atacará *Shaif*! Saltad hacia atrás con todas vuestras fuerzas. ¡Ahora, saltad!

Diego, hipnotizado por la serpiente, reunió todas sus fuerzas y brincó como un autómata sin dejar de observarla, dominando la parálisis de sus miembros. Panza arriba, mientras era alzado por los asistentes, suspiró profundamente. El algebrista cuando se vio a diez pies de la serpiente, que era reducida por su aterrado encantador, recibió el auxilio de los observadores que le palmearon la espalda. Luego, pálido como la cera, se acercó a la jovencita de ojos sesgados que le sonreía con sus dientes mellados, al tiempo que le ofrecía unas primorosas estatuillas que admiraron al algebrista. No eran más grandes que un palmo, aunque sí de un encanto fascinante. Una representaba a un guerrero egipcio de vivísimos colores con una cabeza de chacal, y la otra una dama de atributos principescos con un loto en la mano y la cabeza de halcón. Se percibían su indudable antigüedad y rareza. Diego se encaprichó de inmediato. Las tomó en sus manos y las contempló maravillado.

—*Shaif*, por una moneda de plata os podéis quedar con estas dos *usebti*.

—¿*Usebti*? ¿Qué es eso? —se interesó seducido.

—Pues criados que velaban en las pirámides el sueño de los faraones. No son ídolos señor y pueden complacer a vuestros hijos —aseguró—. Son auténticas.

Diego pensó que a Isabella le seduciría poseerlas, por lo que las compró decidido, consiguiendo de la mocosuela una sonrisa agradecida. ¿Formaba parte el juego de la cobra del ofrecimiento de la mercancía?, pensó. No debía fiarse.

Felip se le acercó admirando los fetiches y terció entre chanzas:

—Puras paganías, Diego, y bien pudieran estar poseídas por los demonios.

—Dos meros trozos de madera no me van a condenar. ¿Y qué me dices de los momios, *micer* piloto? Estas imágenes al menos aguardaban fuera de los sarcófagos sus sueños eternos, pero las momias son cadáveres auténticos.

Felip soltó una sonora carcajada y palmeó el hombro de Diego, que rió.

Blanxart tocó el cuerno que llevaba colgado del cinto y reunió la caravana en un rincón del zoco. Diego decidió silenciar el episodio de la cobra y escuchó atentamente al armador, quien avisó de los próximos pasos:

—No retemos al destino y guardemos el secreto de nuestro itinerario. Hemos de mostrarnos precavidos. El *Idenu* y el patriarca copto, confabulados o no, no tardarán en descubrir el ardid y pueden entorpecer nuestro retorno por despecho. Ibrahim tendrá dispuesta la caravana esta misma noche. Partiremos antes de alborear. Nos ha costado un buen puñado de monedas sobornar a algunos para que pregonen el uso que dimos a la recompensa y nuestro embarque en el norte, en Masana. Pero no lo haremos así:

nos trasladaremos hacia levante hasta la costa del mar Rojo. Luego, en un navío de peregrinos musulmanes, nos dirigiremos hasta el delta del Nilo. Que Dios y san Jorge nos protejan, pues el demonio es sagaz y anda tras nuestra pelleja.

El sol provocaba espejismos cuando la caravana de Blanxart partió de Lalibela por el sendero que conducía a Masana. Pero no era sino otra de las tretas preparadas por Cargol. Al anochecer acamparon en las cercanías de un villorrio de no más de diez casuchas techadas con hojas de palmera, cerca de un brocal. Cuando la noche cayó a plomo con su vasta negrura, la expedición aragonesa y los guías de al-Malik, levantaron el campo sin apenas un crujido que los delatara y variaron el rumbo. Amparados en las sombras, se escabulleron por los intrincados caminos del sureste en dirección al fondeadero de peregrinos de Arafeli, a varias jornadas de marcha. Cuando advirtieran su desaparición, estarían a muchas leguas de allí.

Cruzaron cenagales, torrenteras y míseros lugares, donde sus afables pobladores, la mayoría perfumistas y aguadores les ofrecían agua, pájaros y los frutos de los mangos y plataneros. Al segundo día, Diego, Felip y los almogávares desfallecían en la asfixiante atmósfera de los caminos, incapaces de habituarse a las temperaturas de aquellos parajes, parecidas a tizones del averno resbalando sobre su piel requemada. El desierto parecía haberse puesto de pie. Cabalgaban fatigosamente, se tropezaban con manadas de okapis, gacelas y antílopes que desaparecían huidizos ante la fantasmal hilera de recuas. Acosados por las moscas, cargados de morriones de cuero con la pimienta de Malabar y los *momios* sobre las jorobas de los camellos, sufrían infames desazones y escoceduras. Para calmar la sed, Blanxart les ordenó que se metieran en la boca un trozo de cuero, pues mientras lo rumiaban, mitigaban la sequedad.

Uno de los almogávares, de nombre Uzendo, con el ropón andrajoso pegado a su cuerpo nervudo, y al que Jacint había encomendado los mulos de las provisiones, enfermó repentinamente. La fiebre lo consumía y pareció perder el seso. Su agresiva rudeza se había resquebrajado. Se tambaleaba en el arzón y hubieron de desmontarlo y darle unas hierbas con agua que olía a boñiga, pues veía visiones; hasta tuvieron que maniatarlo, pues en sus delirios creía distinguir ejércitos de infieles y cruzados combatiendo por la fe, y tomaba la espada para ir a auxiliarlos. Perdida la mollera, imaginaba aguas inexistentes, preocupando al armador, que temía por su vida.

—¡Ven contra mí, Saladino maldito, que te sacaré las tripas. Soy el cruzado de Dios —gritaba al solitario viento, mientras encogía el corazón de sus camaradas—. Acabaré con todas las huestes infieles del reino del Diablo!

Los escasos árboles habían sido arrasados por la langosta. Ni una nube quebraba la armonía del calcinado firmamento, cuando avistaron al fin las márgenes del mar Rojo, frente a las islas Dahlak, donde una gabarra nabatea los aguardaba para transportarlos al otro lado del País de los Aromas. Solitarios en la desértica inmensidad de los pedregales abrasadores del reino de Aksum, no encontraban un oasis donde refrescarse, encender un fuego o guarecerse de las tempestades de arena y de los violentos aguaceros. Marcharon ininterrumpidamente, hora tras hora, siguiendo los milenarios surcos de la ruta de las especias, observando con desconfianza sus espaldas, con el rostro blanqueado por el polvo y las gargantas resecas, por si surgía alguna banda de forajidos. Amedrentados por los aterradores rugidos de los leones extraviados y de los chacales hambrientos, temían por sus vidas.

¿Cómo conservarían la fe y el brío en aquel demoníaco recorrido? ¿No podría decirse que la Providencia u otra forma divina estaba deseosa de que perecieran en aquellos desiertos? Diego se compadecía de su propia suerte y deploraba padecer tantos disgustos tal vez para nada. Sin duda el Redentor del Mundo quería castigar su osadía y determinación. Pero de nada servía capitular ante el abatimiento y se sobrepuso a las penalidades de la marcha. Mordisqueó una horma de queso, bebió unos sorbos de agua que sabía a tufo de camello, mientras el sol le resecaba los labios y la piel de los pómulos, hasta despellejárselos.

Los almogávares maldecían el día en el que salieron de Atenas, pero ni la sed, ni el peligro a los asaltos, ni las privaciones los detenían. Hasta Uzendo, que sufría el extravío de imaginario guerrero de Dios, cantaba extravagantes canciones para animarlos en la marcha, alentándolos a proseguir, pues en el horizonte, decía, los esperaba el caballero Galván con el santo Grial y san Jorge con su grímpola de la cruz, animándolo a combatir contra los sarracenos de Nur el-Din, el sultán de Damasco. Comían el sustento miserable con avidez y algunas mulas y asnillos, sin fuerzas, murieron bajo el peso de los fardos.

A Galaz le punzaba la vieja herida del hombro y se rascaba hasta que le salió una costra purulenta que le ocasionó una febrícula que lo abatió, abrasado por una sed espantosa. Parecían la Santa Compaña y no podían vencer los temores de sus alucinaciones, la soledad y el terror a morir a cientos de leguas de su patria con los ojos extraviados; la huida les resultaba odiosa, eterna e inalcanzable su fin.

—Jacint, si muero en estos desiertos, prométeme que enterrarás mis restos en el cementerio de Santa María del Mar, a cuya vera nací, y que me dirán las treinta y tres misas de rigor por mi alma. ¡Júralo! —mascullaba Vadell aterrado.

—Lo confirmo Joan, pero queda tranquilo. Mañana al anochecer alcanzaremos la costa —replicó el Cargol con el rostro lívido por el cansancio.

Diego había desafiado a su suerte embarcándose en aquella aventura, un juego peligroso para su supervivencia, pero las mudas palabras de su corazón le aseguraban que no había errado y que su estrella no desfallecería hasta dar con Zakay ben Elasar.

¿Alcanzarían la segura Alejandría cuando tenían que cruzar sin aliados el peligroso mar Rojo infestado de piratas, salteadores sin alma y espías al servicio de ese adorador del Diablo que era el *Idenu*? Blanxart y los suyos, aunque lo pensaban, habían adquirido tal caparazón de insensibilidad, que no temían más que a perder su alma.

Todos aceptaron los designios del destino con frialdad.

Los algebristas de Onías

La mirada del cónsul Rocabertí arrojaba llamaradas de desesperación.

Había palidecido y se comportaba como si hubieran agraviado su dignidad consular. La alegría sin límites que había iluminado su semblante cuando, tres días antes, había visto aparecer en una embarcación de peregrinos a la desastrada expedición de Jacint Blanxart, se había extinguido. Flotaba en el ambiente un halo de silencios que lo inquietaban. Rocabertí había dispensado a los expedicionarios un banquete reparador y había concertado a la mañana siguiente una entrevista con el Cargol, para hablar de los resultados. Pero lo que veía no le agradaba.

Su rostro estaba tan furioso como el de un batracio acosado. La amistad cesaba cuando se trataba de negocios. Se revolvió enfurecido.

—¡Por santa Eulalia bendita! ¿Dónde está el oro Jacint? ¿Os lo han robado? —clamó incrédulo, farfullando una retahíla de reproches y mirando con ojos airados al armador, que sostenía su mirada con gravedad, para no zaherir su orgullo.

—Lo tienes ante tus ojos, Albert —refutó señalando los *momios* reunidos en el almacén de La Roda y las sacas de la pimienta de Malabar—. Su trabajo ha costado.

Rocabertí se impacientó. Su boca se entreabrió y preguntó confundido:

—¿Qué? ¡No te burles de mí que ya peino canas! El conde

Federico puede colgarme de los testículos si lo decepciono. ¿Unos andrajosos cadáveres momificados y una carga de talegos de hojarasca son la recompensa? ¡Vaya por Dios!

Nuevamente entró en liza Blanxart, insistiendo socarrón y triunfal.

—Exactamente, incrédulo. Y mañana alcanzarán en el mercado de Alejandría un valor de más de ochenta mil maravedíes. Treinta mil más que el premio prometido por el *Nigusa*. ¿Te parece mal negocio, Albert?

Se produjo un dilatado mutismo. El *conseller* puso la mano en su mentón y reflexionó durante un rato, mientras paseaba frente a las sacas. Meditó sobre la cuestión creyendo que estaba de chanza, mientras calculaba en su cerebro los beneficios de la estratagema. El Cargol aguardaba su reacción, y tras su arrebato, rebuscó en su cerebro y dijo con una sardónica sonrisa de aprobación:

—Espera que lo imagine. Tuvisteis problemas para sacar el oro de Aksum y hubisteis de tramar este ardid, ¿verdad? —inquirió certero—. Tu inteligencia no tiene precio. ¡Astuta estratagema, sí señor! Prodigioso Jacint. Pero ¿acaso os injuriaron? ¿No os recibieron calurosamente? Existe un protocolo firmado que nos obliga a mantenernos en un tono civilizado.

—El *Nigusa* nos acogió espléndidamente, pero no así el *Idenu*, ese chambelán cruel y vengativo —se lamentó el armador—. Hay que poner freno a los desmanes de ese bastardo, o La Roda quebrará irremediablemente.

—Ese bellaco tripón está obligado a justificarse y lo hará. Aclararemos las sospechas y recuperaremos el prestigio perdido, no lo dudes. Deja en mi mano este enojoso asunto —dijo el cónsul, airado—. Aragón nunca será sojuzgado por sus enemigos.

—Pudimos no regresar nunca, de no tener éxito la artimaña ideada por Galaz, el hijo del adalid del rey. Nuestros huesos podrían estar pudriéndose en los desiertos de Eritrea. Toma —replicó y le entregó un pliego donde se explicaban numéricamente los resultados de la operación y un informe detallado de lo ocurrido para la cancillería real.

—Vuestro mérito es mayor aún y el rey don Pedro y el conde lo conocerán. Hablaremos mañana en el consulado de los pormenores de vuestra aventura y de las consecuencias para los genoveses que se muerden la mano de cólera. Ahora recuperaos en la invernada y sosegad vuestras ánimas —se congratuló y miró a Diego—. *Micer* Galaz, os quedamos reconocido y os debemos una merced.

—Ha sido una experiencia insustituible, cónsul —replicó Diego.

A los recién llegados se les advertían inequívocos indicios de las penurias sufridas y habrían de pasar semanas hasta reponerse y sanar de las ampollas y llagas de sus cuerpos famélicos. Diego aprovechó la oportunidad para acercarse al paradero de los Elasar, y solicitó al patricio:

—*Senyer* Rocabertí, pasáis por persona influyente entre las comunidades judías de la ciudad. Animado por vuestro ofrecimiento, os ruego que me concertéis una entrevista con el rabino de una academia llamada Los Algebristas de Alejandría, vital para una investigación con la que me he comprometido. ¿Lo haréis?

El *conseller* reflexionó durante unos instantes y luego asintió:

—Se trata de una enigmática cofradía de eruditos hebreos y no resultará fácil, pero tendréis esa entrevista, os lo prometo, amigo mío.

El ministro ató el cuero del legajo, mientras calculaba con precisión la ganancia, y evaluaba el beneficio personal logrado con el asunto del príncipe secuestrado. Había salido airoso de un problema peliagudo para la corona y la corte de la Aljafería no pasaría por alto tan meritorio servicio al rey.

Fuera, en la ardiente Alejandría, no soplaba ni la más leve brisa.

Diego dejó atrás la confusión del Serapeum, de atestadas travesías y vergeles perfumados. Subyugado por aquella maraña de ruinas, templetes sin tejados y pilastras desmochadas, caminó hacia las señas que le había indicado Albert Rocabertí, un abandonado templo pagano y antigua sinagoga de Onías, ahora sede de la Escuela Hebrea de Alejandría. Encontró enseguida el palacete, oculto entre las angosturas de un laberinto de mansiones cuarteadas por la intemperie y la dejación.

Los bejucos, las zarzas y las trepadoras madreselvas crecían incontroladas y conferían al edificio una pátina de abandono. Empujó la cancela y entró despacio. No vio a nadie, por lo que aguardó la comparecencia de algún rabino. Bajo el dintel del pórtico, escoltado por dos estrellas davídicas, podía leerse: «*Szma Israel, Adonai Elohenu Adonai Echad*», «El pueblo de Israel vivirá eternamente por el favor del Altísimo». Constituía su primera incursión en el mundo esotérico hebreo y sus sentidos se abrieron a cualquier susurro, a una voz, a una pisada. No le cabía duda de que lo vigilaban y que una presencia furtiva lo seguía desde que había puesto el pie en el selvático jardín. Giró la cabeza y de repente un hombrecillo menudo, de tez arrugada, vestido con una túnica talar y tocado con un turbante negro, surgió de la nada, saludándolo en un griego impecable:

—Supongo que sois el amigo del cónsul, el *kuros** Rocabertí. Suelo tener relación con él, pues nos compra tratados de demonología y de astrología para el rey Pedro, al parecer gran amante de las ciencias ocultas, el hermetismo y los signos de los astros.

—Así es —repuso el aragonés—. Mi nombre es Diego Galaz. Dios os guarde

—Seguidme. El episkopos de la sinagoga de talmudistas, el maestro Samuel Tibbón os espera en el *hammam*.**

Ingresaron en el destartalado palacio, y lo que fuera proclamaba abandono, dentro se convertía en un muestrario de suelos marmóreos, arquitecturas valiosas, paredes de pórfido y cortinajes aterciopelados. Cruzaron cámaras provistas de estantes abastecidos profusamente de manuscritos y luminosos *scriptorium,* donde una

* Señor en griego.

** Baño.

veintena de rabinos y alumnos departían sobre las sentencias de los padres de Israel y los escritos de Platón. Grabados en la piedra se apreciaban signos geométricos y letras griegas de los conocimientos cosmogónicos y geománticos de la antigüedad. Diego notó una sensación fulgurante. En aquel momento, un educador mantenía una reñida pugna dialéctica con sus alumnos, que le replicaban como si recitaran una plegaria.

Diego se detuvo un instante y escuchó seducido:

—¿Quién es el sabio entre los mortales? —preguntaba el rabí.

—Aquel que aprende de cuanto lo rodea —declamaban los discípulos.

—¿Quién es el héroe de cada día? —inquiría el rabino.

—El que vence sus instintos, el hombre magnánimo y generoso.

—¿Quién es el rico en este mundo material?

—El que se contenta con su trabajo.

—¿Quién debe recibir honores de sus semejantes?

—El que honra a los demás.

Cesaron las preguntas y respuestas y Diego admiró su sabiduría. Paseó su vista por la biblioteca, donde otros rabinos hojeaban palimpsestos antiquísimos y vitelas pajizas, mientras discutían en voz baja. Otros rabinos lo saludaban a su paso con inclinaciones de cabeza y proseguían con su labor, en tanto los aprendices recitaban los artículos de fe de Maimónides, o los Sefirot, las diez esferas divinas de la mística hebraica. Pisadas fantasmales se sucedían por doquier, puertas que se abrían y cerraban, místicos, que en actitud contemplativa, rezaban en los rincones, alertando los sentidos de Diego, quien aspiró el olor añejo de los rollos de papiro y los vetustos volúmenes de los anaqueles. ¿Quizás vestigios de la Biblioteca?

Desembocaron luego en un *impluvium*, un patio de columnas, donde un grupo de doctores medían las distancias de los astros y trazaban complicadas operaciones matemáticas. Diego los identificó como astrónomos, físicos y algebristas por sus largos bastones negros y los ábacos que sobresalían de sus bolsillos, tan conocidos por él. Paulatinamente se sosegó y sintió que aquello le era familiar, aunque estaba fascinado por la aureola de misterio del lugar. Bajo el arco de entrada lo aguardaba el *mebaqqer* o episkopos de la Academia, un anciano de solemne presencia y barbas rizadas, cuyo semblante irradiaba humanidad.

—Bienvenido a la Academia Hebrea de Algebristas. El *kurós* Rocabertí, a quien tengo por amigo, me ha puesto en antecedentes de tu empeño y responde por ti de tus intenciones. Pasa. Asegura que eres algebrista. ¿Es eso cierto?

—Me licencié en las enseñanzas de Pitágoras, Tales y Diofante de Alejandría en Lérida y Perpiñán. He experimentado con sus ecuaciones y con los números angulares y espero convertirme pronto en Maestro de Mérito en alguna universidad de mi reino, cuando resuelva una búsqueda que ha ocupado mi tiempo.

Descendieron por una escalera de caracol, que parecía conducir a un universo inviolable, vedado al exterior. Pero cuando se disponía a seguir al rabí, se detuvo, como sujetado por una garra vigorosa. Un tapiz de marchitos tonos, sobre el dintel de un aula, ostentaba el hermético símbolo de la «T» arbórea con la serpiente circundando el tronco. No podía creerlo, era el símbolo de su sello.

—Dios Santo, ¡el Nejustán! —exclamó.

—¿Conoces la alegoría de la inmortalidad? —le preguntó desconcertado.

El hispano replicó añorante.

—¿Conocerla, maestro? Es el único patrimonio de un huérfano sin raíces. Este símbolo es la causa de que haya cruzado el mundo de parte a parte. Me acompaña como un amigo inseparable —repuso, y le mostró el sello—. Fue el obsequio de Zakay ben Elasar a un niño cristiano apartado de sus padres, a quien quiso convertir en algebrista y matemático. Lo sé, para vos como para mí es un rompecabezas, pero ésta es la incontestable realidad.

La sola presencia del sello, desbarató el temor del rabino.

—¿Hablas de ti, hijo mío? —cuestionó, meneando la cabeza ante el anillo.

—Así es, maestro Tibbon. Mis orígenes me fueron ocultados. Fui abandonado por mis padres, pero protegido por el todopoderoso almojarife real de Castilla y amigo de Jaime II, rey de Aragón y Sicilia, duque de Atenas y Neopatria. ¿No os parece insólito tan raro apego de un judío hacia un cristiano?

El anciano dudó en continuar, pero el anillo no lo había dejado indiferente.

—Inexplicable, sí. Y aunque no pretendo precipitarme, Zakay se lamentaba a menudo de haber renunciado en Castilla a parte de su alma. Una culpa horrenda lo atormentaba día y noche.

Esperando que la respuesta no fuera negativa y le rompiera el alma, se interesó:

—Entonces, ¿conocéis a Zakay ben Elasar?

Después de unos instantes en los que dudó, declaró prevenido:

—Sí, y me honro con la amistad de un hombre sabio y santo como él. Pero ¿eres tú esa pesadilla y a la vez la bendición de su casta a la que se refería siempre?

—Qué sé yo. Voy como una hoja seca de un lado para otro y mis fuerzas se agotan. Puede ser así rabino, aunque lo ignoro. No obstante no creo que nos una ningún lazo de sangre. Él sólo fue el testigo de los sucesos de mi nacimiento. Mi padre fue un capitán del rey que murió en Atenas —le explicó seguro de lo que decía.

Un inmenso alivio penetro como un huracán en su corazón, y sonrió.

—Solamente puedo asegurarte que llevo meses buscándolo. He de ligar mi presente con mi pasado. Zakay ben Elasar es la única persona en el mundo que puede hacerlo. ¿Sabéis dónde se halla? —preguntó anhelante, aunque fue respondido con una evasiva propuesta.

—La confianza se alimenta de la paciencia, hijo —afirmó; luego, en una rápida ojeada, fijó sus pupilas en la alianza del extranjero—. ¿Sabes que el Nejustan sólo lo llevan los elegidos del pueblo de Israel?

Antes de responder, el anciano lo invitó con desconocida amabilidad:

—¿Te seduce un baño reparador? Allí conversaremos. Sígueme.

El agua de las albercas resplandecía con la mañana. Hacía calor, pero entre el frescor de los surtidores y los vahos estimulantes de las hierbas, desentumecería sus miembros aún agarrotados por el viaje al País de los Aromas. Además le parecía el lugar idóneo para meditar sobre su experiencia, procurar el acercamiento con el rabino y penetrar en los enigmas de aquella hermandad de eruditos que tanto le atraía. Profusamente decorado con azulejos persas, el *hammam* ofrecía un dédalo de cámaras y estanques, unos de agua caliente, otros fríos, tinas vaporosas y una docena de cuchitriles de masaje con olor a ungüentos de Arabia y a aceites aromáticos de Bizancio y Samarcanda.

Platicaron ajenos al tiempo y a dos mudos sirvientes que los masajeaban con guantes de crin, tendidos sobre una mesa de alabastro. Diego, mientras sentía la fricción, relató al rabí su vida en el monasterio de San Juan y en las *Scholas* de Lérida y Perpiñán, así como el viaje a Zaragoza, Barcelona, Atenas, Egipto y Eritrea, persiguiendo a los Elasar. Le refirió las frustraciones y esperanzas que bullían en su cerebro y entre el anciano y el joven afloró una fraternidad franca. Ingresaron al cabo en otra salita, el sudatorio, un cubículo circular con motivos mitológicos, donde unos faunos copulaban con ninfas. Ardía un brasero con granos de agáloco, romero y algalia, que animaron a Diego a interesarse por el hebreo.

—Maestro, es proverbial la frugalidad de los rabinos. ¿Cómo entonces residís en un espacio tan suntuoso? Vuestras costumbres se alejan del arquetipo de lujos, comodidades y riquezas que veo por doquier.

—Este refugio fue antes templo y albergue de los sacerdotes de Amón, luego de pitagóricos griegos y de filósofos romanos. Hoy congrega entre sus muros a un círculo de cabalistas hebreos, además de una antiquísima institución de investigación algebraica. Eso es todo. Las comodidades y el deleite de los sentidos no nos seducen. Preservamos el saber perdido del mundo hostil mediante un lenguaje críptico y no nos espolea ni la codicia ni el poder. Nos hemos enclaustrado aquí para paladear lo arcano.

Diego pensó que eran un grupo de iluminados, ajenos al dolor del mundo. El resplandor de los velones convertía en amarillas las pupilas del rabino, que exaltado le narró las rutinas de los rabinos de la Academia.

—A algunos vuestra vida podría parecerle estéril y voluble.

—Sin traicionar la reserva de este lugar de sabiduría —le sonrió—, te haré partícipe de algunas intimidades de los algebristas de Alejandría, que no son misterios banales, como algunos propalan. Eres un algebrista del número, como la mayoría de los que aquí servimos a la ciencia, y aunque desconocemos si por tus venas corre la sangre de Abraham, todo apunta a que tu relación con Israel es más que hipotética.

—Os presto oídos, rabí —asintió no muy convencido.

La figura del rabino apenas se distinguía entre el vapor. Tenía los párpados cerrados, pero su voz sonaba como la campana de una ermita perdida.

—Sé que puedo fiarme de ti, lo sé, pues eres hombre indulgente.

—Confiad en mí como el crío confía en el seno materno —dijo Diego para afirmar su discreción.

El anciano no se hizo de rogar y esbozó una mueca de bondad.

—Escucha. Bajo el secreto nombre de los Algebristas de Alejandría se agrupan tanto los hermanos que en un afán espiritual anhelan poseer la experiencia de la presencia de Adonai, como los talmudistas y los que perseguimos los secretos de la naturaleza. Nos sentimos seguidores del filósofo Filón de Alejandría, de Platón, Pitágoras, Diofante y de Maimónides, el doctor de Córdoba, el gran conciliador del racionalismo con la verdad revelada por Dios. Ni viviendo dos vidas podríamos absorber el saber que aquí se amontona. Por otra parte, nosotros, los algebristas y geománticos, veneramos la belleza del número perfecto. En eso no nos diferenciamos de los que adoran únicamente la letra de las escrituras por encima del dolor de la humanidad.

Diego admiró su inteligencia y el poder de seducción de sus palabras.

—Admirable disparidad. Participo de vuestro espíritu, rabí Samuel. —«Pero ¿hasta donde estará dispuesto a hablar?», se preguntaba—. ¿Estáis sometidos a alguna regla monástica? He observado a algunos miembros de la hermandad ataviados con vestiduras blancas de eremitas.

—Debería ser reservado, pero te diré que se trata de los hermanos *hasidim*, «los devotos, los piadosos», los que persiguen las esferas superiores de la epistemología cabalística, interpretando la Torá y la Cábala. Discrepan fraternalmente con los que armonizamos el espíritu griego con el de las sagradas escrituras, pero convivimos armoniosamente desde hace años.

Diego se interesó por los ascetas e insistió en sus pesquisas. Aquellos rabinos lindaban con lo sobrenatural y se maravilló con sus prácticas.

—¿Zakay es entonces un *hasidim*?

—En cierto modo sí —dijo—. El *nasí* Zakay ben Elasar tomó precisamente esa senda. Siempre lo consideré un hombre atormentado por su pasado, y desde que arribó a Alejandría abandonó sus negocios para ejercitarse en el cultivo del Talmud, nuestra base espiritual. Parece huir de un tiempo indeseable. En ningún lugar halla el sosiego necesario para penetrar en la norma contemplativa. Últimamente aguardaba al Perfecto Justo, el *Zadik Gamur*, el que reconocerá al Mesías o *Zonara*, de la estirpe del rey David. Él, como descendiente del linaje sacerdotal de Sadoq lo ha divulgado por las sinagogas de África y Palestina. Una trágica locura, pienso yo. —El rabí se incorporó del escaño donde sudaba y como si saliera de una ensoñación, declamó ante un desconcertado Diego—: «Cuando las espadas se conviertan en rejas de arado, una estrella saldrá de Jacob y un cetro surgirá de Israel», dice Yahvé.

A Diego le pareció significativa la alusión del rabino y le sugirió:

—La eterna tragedia de vuestro pueblo aguardando a un Mesías que nunca llega. Sólo hay que recorrer el mundo para verificar que las espadas siguen desenvainadas. El fin de los tiempos aún queda lejos y sólo el Creador lo conoce. La humanidad seguirá tan descarriada como siempre, pues Dios no la soporta.

—Así lo creo yo también. El día de la Retribución es impredecible. Éstos no son los signos que precederán la venida del *Zonara* esperado por Israel. Los arrebatados *hasidim* han errado en sus cálculos sobre el advenimiento mesiánico y sufrirán la ira de los crueles carniceros del sultán de El Cairo. Los hijos de la luz contra los hijos de las tinieblas. Ése será el final.

—¿Los consideráis entonces heréticos? ¿Desorientados tal vez?

—No, pero muchos han degenerado en una exaltación patriótica que les acarreará problemas. Sus proclamas de que vivimos en la Era de la Gran Apostasía, provocan inquietud en el pueblo de la Ley y soliviantan a los sultanes mamelucos, encarnizados gobernantes que cortarán cualquier rebeldía con sangre. No me gusta el derrotero que han tomado, créeme.

—Percibo que barruntáis un incierto peligro, maestro —receló Galaz.

—Sinceramente sí. Temo por la vida de Zakay y de mis hermanos visionarios —afirmó en tono inexpresivo—. Efectivamente las escrituras proclaman que el Elegido redimirá a todas las naciones, y hasta los eremitas del mar Muerto, continuadores de los esenios, también aguardan la venida del Mesías el Día de la Resurrección. Mas ¿vendrá de forma inminente como ellos proclaman? Todo este tumulto escatológico me resulta una locura.

Las palabras del rabino cayeron demoledoras sobre el ánimo del huésped.

—Tanto en Oriente como en Occidente se habla del final de los tiempos y de la Parusía. Existe una crisis de valores morales y la Iglesia de Jesús lo quiere arreglar todo con hogueras, condenaciones eternas y excomuniones. ¿En verdad se ha cumplido la edad del hombre en la tierra?

Diego notó la mano del rabí que le apretaba el hombro.

—Mira, hijo, aquí estudiamos el *Libro de Zohar*, o *El Resplandor*, como los llamáis los cristianos. En él se asegura que las estrellas chocarán y caerán del firmamento y reinará la confusión, el caos, las guerras, el hambre y la injusticia. Cada raza posee su propia estrella, como Israel, que está protegida por el signo de Saturno, Sisar o Shabetaj «el shabat», como se llama nuestro día sagrado. El Talmud muestra que Enoc el profeta bajará de los cielos y entrará triunfante en Jerusalén, iniciando la era del *Zonara*. Pero eso no ocurrirá ahora, como aseguran los *hasidim* erróneamente, sino cuando hayan transcurrido cuatro veces cuatro, los cuatrocientos cuarenta y cuatro años desde la destrucción del templo de Jerusalén por las legiones romanas de Tito. O sea, dentro de aproximadamente mil años, cuando acabe la esclavitud y el éxodo de Israel y todos los hombres sean justos. Escrito está.

Diego reflexionó sobre el sorprendente secreto confiado por Tibbon, pero seguía inquieto por la suerte que pudiera correr el hombre que buscaba y que debía desvelar los secretos de su nacimiento. Aprovechando la comunicación, volvió a interesarse por el asunto.

—Habéis mencionado antes a los esenios. Oí hablar de ellos en Etiopía. ¿Quiénes fueron?

—Precisamente ahora, con los sueños mesiánicos y finalistas, surge de nuevo la leyenda dorada de los esenios. Se trata de una comunidad religiosa hebrea surgida doscientos años antes de nacer Jesús de Nazaret. No ofrecían sacrificios y honraban a Dios con el saber, el celibato, la obediencia y la pobreza —le informó susurrando—. Y sin que me tengas por blasfemo, vuestro Cristo se identificó como el cumplimiento de las profecías esenias que anunciaban su llegada. Es más, muchos lo tenemos por esenio, como un ideal de nuestra raza y como uno de los Maestros de la Rectitud.

—¿Es eso cierto, rabí Tibbon? —y Diego avivó su curiosidad.

—No es dogma de fe, hijo mío, pero Yosua ben Josef, el profeta humilde e iluminado por Dios, se tiene por el Hombre del Mundo entre nosotros, el sabio anunciado por los esenios. Los Algebristas de Alejandría surgimos también como un brote del tronco de esa congregación que llegó a seducir a Filón, el filósofo griego. Muchos rabinos se tienen por adeptos de sus principios.

—Entonces, rabí, ¿no ejercéis vuestra ciencia según la sabiduría de Moisés?

El rabino se aclaró la garganta y explicó:

—Estamos abiertos a todos los métodos científicos y credos. Habrás observado que el Nejustán no es un emblema usado sólo por los judíos. En el caduceo de Esculapio y de Mercurio también se exhibe la sierpe del Sinaí. No desdeñamos el Talmud, o las enseñanzas del Levítico, pero hemos absorbido el saber griego, el hindú y el árabe de Averroes. Sin embargo, gravitamos en el hermético magisterio de los esenios, extraído de los papiros egipcios de la isla Elefantina. Los atesoramos desde hace siglos como el secreto esencial de nuestra hermandad.

Aquella conversación se animaba y nada existía en el mundo que lo sedujera tanto como un texto esotérico, un grimorio o un enigma oculto del pasado. Sin embargo, el rabí eludía hablar de Zakay con terca obstinación.

—Luego hablaremos del gran *nasí* de occidente. La posesión de ese sello tan inapreciable para nosotros te hace acreedor a intimar con algo muy sagrado que guardamos en este recinto dedicado a los Onías* —dijo Tibbon—. Me pareces un hombre digno de toda confianza. Sígueme, te mostraré algo que te maravillará.

Ingresaron en un recinto que rezumaba humedad y negrura. El rabino encendió un candelabro con seis velones, que esparcieron su luz por el lugar. Lo formaban dos salas conectadas entre sí donde se amontonaban pilas de rollos, libros, códices y vitelas sin catalogar. Diego tuvo que quitarse unas telarañas que se le pegaron en la frente y que brillaban como luciérnagas. Aterrado pensó que de un momento a otro se encontrarían con el Ángel Negro, cuya cabeza estaba rodeada de estrellas. La falta de aire le produjo al aragonés un vahído, hasta que respiró hondamente y se recuperó. Las paredes estaban recubiertas de estantes con valiosos manuscritos y grimorios que olían a hollín y polvo seco. De uno de ellos el rabino entresacó un papiro, parduzco y ajado.

* Familia de Sumos Sacerdotes del Templo de Jerusalén entre los siglos IV al I a. C.

—Este antiquísimo pergamino escrito en arameo arcaico se llama precisamente, «El Nejustán frente a Lilith la Serpiente». Presta oídos a lo que dice, buscador de la verdad. Así comprenderás la trascendencia del signo que portas en tu dedo —le refirió, y leyó enfático—: «Desde los tiempos del padre Adán se le ha concedido a la serpiente el signo celestial de la luna, la que asciende, la que decrece, resucita y muere al alba. Ella es la regidora de las mareas, del rocío, de la fecundación, de la vida y de los ríos que pueblan la tierra. Pero también es la causante de que Adán y Eva, felices en el Jardín del Edén, dejaran de contemplar el rostro del Altísimo, *el Shekhinah,* y se sintieran desnudos para sufrir, padecer y morir. Adán significa para su descendencia, "hombre, tierra, polvo, sangre y amargor". Lilith la sierpe, el insondable y cambiante espíritu femenino. Suyos son los símbolos del fuego, del veneno y del agua; y cuando se muerde la cola, simboliza la circular, movediza y esférica tierra que habita la humanidad».

—¿Tierra circular y esférica, rabí? —apuntó, pensando en tan extraña teoría jamás oída en Occidente—. Me enseñaron, siguiendo las teorías ptolemaicas, que la tierra es plana, como el disco de un atleta. Pero proseguid. Desde que abandoné Aragón me estoy habituando a los prodigios.

—Eso mismo nos preguntamos aquí en la Academia. Pero este antiquísimo texto, escrito en la esclavitud de Egipto, asevera que es esférica. Remotos papiros de Tebas, Menfis o Luxor así lo confirman. Es un arcano más de la sabiduría hermética que nos proponemos demostrar en este santuario del saber.

—Resulta asombroso, aunque tal vez sólo sea un símbolo, rabí.

—Metáfora o no, un texto posterior sigue afirmando esto mismo. Escucha: «La serpiente es el símbolo de los sueños, la mediadora entre Dios y los hombres y el signo de la fertilidad. Ella fue antes que los hombres en la creación y decir serpiente es decir sabiduría, aunque el profeta Isaías dijera por boca del Creador "Castigará Yahvé con su espada a Leviatán, la huidiza serpiente"». —Concluyó la lectura y le rogó que lo acompañara a la otra sala interior, tétrica y lúgubre, pero que no pronunciara una sola palabra, pues podían pecar.

Diego había entrado en un letárgico asombro. La promesa del rabino lo había sitiado con un muro de irrealidad y el corazón amenazaba con traspasarle el pecho. Embriagado, pero luchando con el desasosiego que lo embargaba, siguió al rabino a la estancia iluminada por un tragaluz que enviaba un único haz de luz. La viciada atmósfera olía a humo adherido a los muros, y parecía que su tufo le dejaría definitivamente sin aliento y que caería de bruces en el suelo plagado de excretas de ratas. En la pared de levante estaba dibujado un triángulo dorado, adornado con los signos zodiacales y los siete astros.

—¡El *Tetraktys*! —exclamó Diego.

—¿Conoces ese signo esotérico? —preguntó el maestro, intrigado.

—¿Qué algebrista no ha buscado ese secreto, rabino? Todo matemático que se precie debe convivir con él —insistió—. Sus propiedades místicas son conocidas en Occidente. Con él demostramos la naturaleza matemática del universo, al que también se puede llegar por la armonía musical, pues el triángulo lo consideramos como una lira infinita con intervalos medibles por el álgebra. El universo es una admirable consonancia escrita en cifras. Cada palabra se compone de letras y cada letra se corresponde con un número. La letra *alef* es la unidad y el millar. K*af* la centena y *taf*, quinientos, y así sucesivamente. El día en el que los matemáticos encontremos la conexión entre los caracteres y los números, y éstos con la música, hallaremos el secreto del cosmos, que es como conocer a Dios. Soy algebrista, no lo olvidéis, rabí.

—¿Es lo que llamáis en Occidente la Armonía de las Esferas? —concretó el rabino.

—Efectivamente —replicó Galaz, maravillado—. Las distancias entre los siete planetas siguen las mismas proporciones aritméticas. Con el álgebra se pueden medir las fuerzas y órbitas del cielo, que se hallan unidas entre sí por cuerdas o líneas, no por puntos, como muchos sabios han creído hasta ahora. Por eso el *Tetraktys* es sagrado para nosotros y abrirá un mundo cosmológico nuevo.

El rabino estaba asombrado con su saber y suspiró aliviado. Era de los suyos.

—El Talmud y el sabio rabí Gamaliel sostienen que los fundamentos del mundo son cuatro: la verdad, la ley, la paz y el número. Eres un hombre sabio, pues disciernes entre lo falso y lo verdadero. Ahora vas a contemplar algo que hallamos aquí al tomar posesión de este edificio. Como devotos de Yahvé lo abominamos, pero viene a corroborar lo que has escuchado —aseguró el rabino, que tras arrancar un paño aterciopelado de la pared, volvió el rostro hacia atrás, tapándoselo horrorizado con las manos. ¿Tan terrible era lo que había destapado?

Los nervios lo hicieron entrar en una espiral de vértigo y luchó por no desmayarse allí mismo. ¿Qué iba a hacer? El aire le faltaba. Escrutó lo que el rabino le quería mostrar, intentando descubrirlo en la opacidad de la estancia. Creía firmemente que hallaría a algún licántropo de aspecto grotesco encadenado, a un homúnculo cuadrúpedo, a una bestia repulsiva o a un batracio de lengua bífida y garras afiladas, pues algo brillaba y crujía en el bulto.

Entrabrió los ojos y en un principio le pareció que se trataba de una quimera que vivía en aquel antro irrespirable; luego el proyecto utópico de una creación diabólica y finalmente un santuario dedicado al Príncipe del Mal, donde se celebraban aquelarres sangrientos.

Pero aquello era otra cosa bien distinta. Se colocó ante él y lo admiró atónito.

El altar de Hermes

Ante el huésped apareció una indescifrable herma griega, un altar dedicado al Thot egipcio, el Hermes o Mercurio clásico, la deidad del saber hermético y del comercio, adornado con dos laureas de plata, que se cimbreaban con levedad, centelleante a la luz vibrátil de los velones.

La estatua de jaspe rosado del hijo de Zeus, mensajero de los dioses, protector de viajeros, conductor de las almas a los infiernos y maestro de los hombres, a los que enseñó la ciencia divina, esgrimía un caduceo de metal en el que se enredaban dos serpientes de lapislázuli. A sus pies, un reptil enhiesto y un falo, ambos de bronce, componían la insólita representación. Diego lo examinó embelesado.

—¡Un altar al padre de la sabiduría, el salvador del género humano! —exclamó.

El rabí lo apremió.

—Los filósofos, matemáticos y algebristas, para honrarlo, solían cubrirlo con un manto de rosas, de la altura de una vara. Ocúltalo ya, no sea que nos induzca a pensamientos sacrílegos —le ordenó, ante el miedo de que se complaciera con aquellos arcanos no permitidos por sus preceptos mosaicos.

El invitado, mientras el judío echaba el paño sobre el marmóreo Hermes y lo remetía para resguardarlo del polvo y la humedad, disfrutó de una gran turbación estética, observando que en los rincones se amontonaban cajas de cuero de las que sobresalían en caótico desorden decenas de cilindros con papiros antiquísimos y pergaminos roídos por el tiempo y sucios por el hollín. A la luz de la lucerna pudo leer algunos de sus títulos en griego, y ahogó una exclamación de admiración. Ante su mirada estupefacta surgían los títulos de libros perdidos de Herodoto, el apreciado *Corpus Hermethicum*, la sabiduría de Hermes, el *Libro de las Balanzas* de Geber, el *Compendio de la Medicina* de Clemente de Alejandría, la *Ciropedia* de Jenofonte, las enseñanzas de Zoroastro, el *Libro de los Muertos*, o el extraviado *Libro de Anana o de los Ojos*, un epítome sobre oftalmología, uno de los libros más codiciados del Serapeum de Alejandría.

«Por las lágrimas de la Dolorosa, qué tesoro del conocimiento se pudre en esta cueva», pensó.

Descubrió también textos sueltos de Platón, Aristóteles, Dioscórides, Tales y Pitágoras, de la *Sabiduría* de Amón, de la *Astrología caldea* y toda una sucesión de títulos del saber humano que se creían perdidos tras el incendio de la Biblioteca y el definitivo expolio de los cristianos coptos. El corazón le palpitaba.

—¿De dónde han salido esos escritos, rabí Tibbon? —se interesó fascinado.

—Es cuanto nuestros antecesores pudieron rescatar del último saqueo cristiano de la Biblioteca de Alejandría, que según sus clérigos olía a azufre de los infiernos. ¡Qué espantosa es la ignorancia! El monumento más fastuoso erigido por el hombre e irremisiblemente perdido para la humanidad.

Diego estaba tan absorto ante lo que contemplaba que miraba anhelante los labios del anciano aguardando más novedades. Éste iluminó la pared sur y expuso a su contemplación una Virgen con el Niño en su regazo, semejante a las que esculpían en las nuevas catedrales de la cristiandad los maestros flamencos e italianos.

—Nunca pude imaginar que en un santuario antes pagano, se adorara a la Madre de Jesús de Nazaret —se extrañó Diego—. Incita a la plegaria.

El rabino, ante el asombro del joven, le reveló:

—Es que no es María, la esposa de José, el descendiente de

David, sino la diosa Isis con el niño Horus. Vuestras imágenes cristianas son copias exactas, tomadas por los primeros cristianos, de este modelo de las deidades egipcias. Se diferencian por que éstas llevan en su pecho el amuleto de Ma, la diosa de la verdad.

—¡Son totalmente análogas, maestro! —prorrumpió Galaz, atónito.

Antes de abandonar la cripta dedicada al patrón de la sabiduría, Diego alzó su linterna y de soslayo admiró un bronce que representaba el primer mapamundi elaborado por un mortal. El algebrista sintió un brinco en el estómago, pues bien podía ser el primer cristiano que lo contemplaba.

—Guardáis el primer diseño del mundo, el de Anaximandros de Mileto. Se creía extraviado y destruido, rabí —dijo estupefacto.

—Y perdido seguirá mientras reine el fanatismo y el caos —le replicó.

Transcurrió el tiempo, y en el rabino parecía haberse experimentado una rara metamorfosis. Sudaba copiosamente y las gotas cubrían su frente. La confusión ahogaba su cerebro. El maestro, como si hubiera desvelado un misterio insondable y se hubiera arrepentido, no quiso ir más allá. Con suavidad empujó hasta la puerta a Diego, quien abandonó aquellas estancias atestadas de incógnitas, consciente de que jamás olvidaría aquella gruta del saber, que requería un esfuerzo intelectual sin parangón para sacarla a la luz. «Qué aflicción que este mausoleo siga oculto al mundo», se dijo.

—Si un sabio en las Españas poseyera todo esto sería quemado por brujo y hereje.

—Aquí la herejía es cosa de sabios y filósofos, que son exaltados, Galaz. Olvida lo que has visto. Y ya sabes, ese anillo comporta sabiduría entre el pueblo elegido y te convierte en mediador entre Dios y sus criaturas. No es vana tu carga, hijo —apuntó.

—Terrible responsabilidad, rabí, y os agradezco vuestra confianza. —¿Qué secretos del pasado no ocultaría la mente del cabalista que tenía ante sí, o los reservados aposentos de aquel palacio de Onías?

El sol reinaba en sus dominios celestes y la tibieza del aire resultaba un perfume.

Diego observaba los gestos del rabino que discurseaba con sencillez sobre los temas matemáticos pero que no soltaba ni un solo indicio del paradero de *nasí* Elasar. El deseo de saber el paradero de Zakay le roía, como si una larva insaciable lo fuera consumiendo por dentro. Desembocaron, tras transitar por unos pasillos con efluvios de oleína, al frescor de un patio de columnas de alabastro, donde asperjaba una fuente de chorros que caían como leontinas de plata. Sólo se escuchaba el borboteo del surtidor y el zumbido de los insectos. De pronto, el rabino arrancó a hablar de lo que le interesaba a Diego:

—¿Querías conocer el destino de Zakay? He de callar lo que sé, pues me está vedado difundir dónde se hallan nuestros hermanos. Vivimos tiempos de persecución y toda discreción es poca.

—Debe ser una consigna extendida entre vosotros, pues el rabí de la sinagoga de Aqiq tampoco consintió revelármelo, aunque me despidió con un enigmático trabalenguas, que según un discípulo contestaba a mi pregunta.

El rabí se mostró sorprendido con la revelación.

—¿Y qué frase pronunció ese rabino irresponsable y temerario?

—No la recuerdo con fidelidad —aseveró Diego—, pero me advirtió que leyera el libro de Samuel. Pronunció en forma enigmática algo sobre el ungido y una ciudad con minas —creo que de sal— extinguida de la antigüedad y que nadie considera real, incluso los caravaneros. Una experiencia tan extraña como oscura, os lo aseguro.

—¡Irreverente y superficial rabino! No debe de estar muy cuerdo y fantasea. Pero como te presumo hombre de bien y confío en *micer* Albert y en la señal que llevas en tu mano, te proporcionaré una pista que has de jurar mantener en secreto. Y si lo incumples, que la ira de Adonai te aniquile. Desconozco si aún vive ese loco de Elasar, pero según mis noticias, en la última Pascua se hallaba en una comunidad de nuestra ciudad santa, Jerusalén, una *haburot* donde aguardan al Verdadero Maestro.

Galaz lo miró con pasmo, como si hubiera violado un recuerdo antiguo.

—¿Jerusalén? —exclamó, y recordó la predicción de Nicolás Santángel en Zaragoza que lo unía a la ciudad del rey David, y que consideró algún desarreglo de los astros—. Nada me detendrá hasta conseguir hablar con él.

—No alces la voz, te lo ruego —lo exhortó el rabino colocando su índice en la boca—. Deberías renunciar a su búsqueda, pues le acechan muchos peligros. No obstante, tus exigencias son justas y modestas. Y si finalmente te aventuras a seguirlo, deberás estar dispuesto a arrostrar inciertas dificultades. La delación nos persigue y los gobernantes musulmanes de Palestina aprovecharán cualquier desliz para añadir más desolación al pueblo de Israel. Su brazo es largo y vengativo.

En la faz curtida de Galaz se abrió un gesto de satisfacción.

—La inconmovible determinación de conocer lo que significa este sello del Nejustán, la tomé hace tiempo. Es inútil convencerme de lo contrario. Lo buscaré, tanto si me dais información como si no lo hacéis. Ponedme a prueba.

Tibbon bajó los ojos.

—Si es así, escucha. Te ayudaré —y bajó aún más el tono de su voz—. Si decides dirigirte a Jerusalén, hospédate en la posada de Janan el Egipcio. Una vez allí pregunta por la sinagoga de los Libertos o Alejandrinos, en el arrabal de Ofel. Su rabino, Neptalí ben Megas, se formó aquí mismo, es mi amigo y te escuchará si pronuncias mi nombre. Y si advierte como yo la benignidad de tus intenciones, te conducirá ante él, ante Elasar. Pero ármate de reserva, prudencia y humildad, o nunca lo verás.

Diego le expresó su dicha con una mirada inconmensurable.

—Haré de vuestra confianza una virtud —le prometió—. Recibid mi gratitud, rabino Tibbon.

—Pero no partas hasta finales de febrero —le aconsejó—. Dice un dicho hebreo: «Reza para que tu huida de Jerusalen no sea en invierno». El paso de Bet-Horon se vuelve intransitable con las lluvias; y el de Abu-Dis, un hervidero de ladrones, no es aconsejable. Duplica tus cuidados, no seas crédulo y evita viajar solo. Hazlo con peregrinos o comerciantes, o no regresarás jamás a tu tierra de Occidente.

Diego no hacía sino rumiar la valiosa información del maestro hebreo. Necesitaba una pista segura y ya la había conseguido después de tantas frustraciones. De modo que, sin pensarlo y en un impulso inexplicable, le besó la mano, que el episkopos judío apartó paternalmente. Su búsqueda había cedido al hechizo del rabino Tibbon, como si el alejandrino hubiera conjurado los inconvenientes con un acto de caridad hacia un semejante que sufría y que había recorrido el mundo con el propósito de conocer a quien poseía la llave de su pasado.

—Extranjero, he constatado tu erudición, así como tus rectos propósitos. Dudé de ti, pues te creí primero un indigno y luego un judío escrupuloso de los que nos aguijonean con su ortodoxia hipócrita. Te invité al *hammam* con objeto de desenmascararte y aunque decididamente no eres un circunciso, tampoco pareces un espía o un delator. Eres un hombre de ciencia y eso me ha bastado.

—Puedo jurároslo por la salvación de mi alma. Desechad cualquier recelo, rabí.

—Desconozco si portas o no sangre hebrea, pero deseo que la oscuridad de tus orígenes se disipe si encuentras a Zakay ben Elasar. Desconfía de los mercenarios mamelucos y de los charlatanes de taberna, y si finalmente regresas y se cumple mi presunción, la Academia Talmudista de Algebristas de Alejandría guardará una esterilla para ti. Siempre serás bienvenido.

En aquel momento resonó la recitación de un *hasidim* a la que replicó una veintena de gargantas: «Dijo Yahvé por boca de Ben Azay: No tengas nada por imposible, pues no existe mortal que posea su propio porvenir, ni búsqueda que no le llegue la hora de su remedio. Y si me olvido de ti oh Jerusalén, que olvide mi diestra». ¿Podía ser más certero aquel versículo bíblico y más sugestivo para sus oídos? Diego inclinó la cabeza y salió de la mansión de Onías.

El sol cargaba el firmamento de nubes caliginosas que crecían como la ansiedad del aragonés. Calle abajo, se cuestionaba por qué el rabí Samuel se había mostrado esquivo ante el enigma del rabino de Aqiq sobre la ciudad de la sal. ¿Le escondía algo? ¿Por qué esa insistencia en diferenciarse de Zakay y de los *hasidim*. ¿Por qué tanta inquietud por su suerte? Se sentía ilusionado y no dejaba de pensar en el altar de Hermes y en el texto arameo sobre la serpiente y la increíble *terra sphaerica*, hasta que lo asaltó un pensamiento inquietante: «¿Sobrevivirá aún Zakay para explicarme los misterios de mi ascendencia?».

De todas formas, pensaba que el rabí Tibbon tenía miedo.

El aire parecía más ligero aquella noche, cuando Diego acudió al pabellón de Akaina la etíope, el mismo que había acogido sus impetuosos encuentros de amor. La luz tenue del fin del día parecía más rutilante y las sombras de la noche se resistían a comparecer. Antes de partir para Jerusalén, Diego ansiaba verla. No quería sentir dolor al despedirse de ella, ni que lo compadeciera. Su belleza seguía velada por un halo de tristeza, pero su sonrisa era luminosa como un amanecer.

—No soy un hombre libre, Akaina, pero tampoco tu prisionero. Me marcho.

—¿Tienes una mujer en tu tierra? —preguntó a su antiguo amante

—Sí, y jamás podré traicionar su confianza. La amo —aseveró Galaz.

—Yo sólo soy una esclava y no me está permitido sentir afectos. Abrázame por última vez, extranjero —replicó enojada, como si la hubiera ofendido.

Como una jovenzuela en su primer acto de amor, se mostró silenciosa. Diego la tomó entre sus brazos sin apenas cuidarse de si las puertas estaban abiertas o cerradas a ojos ajenos. La desnudó perezosamente, le desasió los lazos de la túnica y la empujó hasta el lecho, donde por vez primera se experimentaron como amantes. Galaz se tendió a su lado y disfrutó de su cuerpo de color del cobre y de sus palpitaciones ansiosas, y olió su perfume de algalia y agraz. Con ardor se apoderó de sus senos; un gemido salió del pecho de la muchacha, arrastrada por el placer. Las caricias de los amantes se multiplicaban, mientras se consumía la cera de las velas, únicos testigos de su última escaramuza. Akaina sintió que su alma ya no le pertenecía a ella, sino al ser ardiente que hacía gemir sus labios.

La africana le ofreció su cuerpo y Diego se deleitó en su contemplación. Se acariciaron, se entrelazaron con fuerza y sus miradas se cruzaron destellos de pasión, mientras que del rostro de la etíope brotaba una sonrisa de culpabilidad. Diego colocó su cabeza sobre el pecho de Akaina, que entreabrió la boca y cerró los ojos, lanzando un suspiro de abandono. Besó sus ávidas comisuras y se complació largo rato con el fruto maduro que le ofrecía la mujer. Él le susurró que nunca podría amarla, pero que la deseaba con el furor del mar. Akaina murmuró palabras de abandono. Se abrazaron con arrebato y Diego la amó con ternura y vigor. Sus cuerpos se golpearon mansamente y la noche se convirtió en una vigilia milagrosa.

Fulminados por el deleite, los dos cuerpos relajados se dejaron caer iluminados por las lamparillas que flameaban en el rincón. Tiernamente abrazados, cobraron conciencia de que era la última vez que se amaban.

Y cuando Diego clavó su mirada en las pupilas de la etíope, ella admitió que aunque jamás perteneciera al extranjero de ojos almendrados, cuando la poseía su alma vacilaba entre el éxtasis y la pasión. Diego se despidió con un adiós sincero, alzando la mano y abriendo su sonrisa. Fuera, los sicomoros se teñían de blanco con el fulgor de la luna.

Se detuvo y volvió la mirada para contemplar su felina imagen.

La Violant, a la que acompañaba una coca de nombre *Sant Nicolau*, se mecía en las aguas del fondeadero de Gaza, entre un remolino de naos armenias, bizantinas y venecianas. La sobrevolaba una bandada de alborotadoras gavinas que graznaban sobre las cofias. El Cargol y sus hombres regresaban a Atenas, donde cumplirían el mes de invernada que les restaba. En sus ojos se leía la felicidad por el descanso y por el premio conseguido tras el aventurado lance del País de los Aromas. En singladura de cabotaje y tras algunos zarandeos y rociadas cerca de Damieta, se habían desviado para recalar en el puerto palestino y evacuar al amigo de todos, *micer* Diego Galaz de Atarés, quien se disponía a poner un pie en Jerusalén, cumpliendo su compromiso de acertar con el paradero de Zakay ben Elasar y su hijo Yehudá.

—Quedas en buenas manos, Diego —le aseguró Jacint—. Esdras Naim, el mercader con el que compartirás viaje hasta la ciudad santa, me debe favores y es hombre precavido, aunque decididamente avariento. Posee factorías en Siria, Palestina, Arabia y Egipto y te protegerá, pues conoce los engaños de los nómadas y pastores de Hebrón y las debilidades del gobernador mameluco.

—¿Qué me dices de mis nuevas hechuras, Jacint? Me siento como un perjuro disfrazado de judío —preguntó mesándose su barba cerrada y sus indumentos hebreos.

—Me agrada esa nueva identidad que has adoptado. ¡Jacob de Sefarad! —exclamó irónico—. Tu aspecto semítico así lo proclama. Diego, Yago, Tiago, Jaime, o Jacob, son un mismo nombre. Pareces un judío del *Call* de Barcelona te lo aseguro. Nadie notará el disimulo. La idea de hacerte pasar por circunciso sefardí resulta ingeniosa. Así podrás adentrarte en ese avispero de infieles y hebreos que se odian a muerte. Como cristiano no vivirías para contarlo. Cuídate Diego.

—Que el Altísimo perdone mi blasfemia, Jacint, pero mi amor al riesgo y la aventura me atraen como un imán, créeme —se excusó—. Si esto lo conociera uno solo de los monjes de San Juan, me expulsarían sin remisión de sus claustros.

—No debes mortificarte. Tu búsqueda lleva aparejada la indulgencia. Dios sabe de tus méritos. Tu abnegación y valentía merecen un premio. Dominas aseadamente el hebreo y el árabe y tus rasgos mediterráneos te hacen pasar fácilmente por semita, siempre y cuando no tengas que exhibir la méntula, pues entonces estarás perdido, amigo mío —bromeó el Cargol, y lanzó una sonora carcajada, a la que respondió Diego con hilaridad.

—Procuraré no mostrar la verga y evitaré los baños públicos. Una temporada de mortificación, impureza y abstinencia, no me harán mal —contestó sonriente.

Se miraron en silencio, fruto de la fuerte estimación mutua. Luego, Diego le formuló una pregunta que jamás había osado exponerle antes:

—Jacint, en aras de nuestra amistad y antes de partir he de manifestarte una cuestión que me roe desde hace tiempo. ¿En alguna ocasión don Zakay te mencionó una trama en la corte de Aragón en torno a su vida?

—¿Una conspiración real? Me dejas perplejo, Diego. Jamás citó algo parecido. Pero estoy convencido de que ese viejo judío y ese anillo que llevas son las claves inequívocas de tu origen.

—O posiblemente tan sólo la invención de un judío burlón.

—El tiempo te sacará de dudas *redeu*. Ve con Dios. Hemos de aprovechar la marea y partir. La exigencia que sostiene tu espíritu obrará milagros y hallarás lo que buscas con tanto denuedo, loco amigo.

—Y *La Violant*, ¿cuándo recalará en Alejandría? Tendréis que esperarme.

—En la Pascua de Resurrección. Para Pentecostés zarparemos de retorno a Barcelona. Si no regresaras a tiempo, aunque andas sobrado, no te apures, pues para Adviento se hacen a la mar otras naves de la *comenda* que te repatriarán a Aragón. Guárdate, Diego. Jacint Blanxart y La Roda no pueden prescindir de ti, maestrillo del diablo. ¡Que santa Eulalia y san Jorge te amparen!

Emocionado, Jacint lo abrazó mientras el cuerno de *La Violant* atronaba al levar anclas. Marc Vadell, Felip, los marineros y remeros de la galera lo saludaron palmeando ruidosamente los bancos y pretiles. Diego no pudo contener la emoción que lo embargaba y, con la cabeza baja, abandonó a grandes zancadas la ensenada en busca del mercader judío que lo conduciría hasta su destino.

A lo lejos oyó el marinero grito de «¡*Força* La Roda y Aragó».

Un ciclo indescifrable comenzaba aquel día, para él y para su estrella.

Por su mente acechaban negros presagios y su proverbial fortaleza parecía deshacerse en la preocupación. Diego no estaba seguro de nada y notaba gran confusión en su mente. El viaje a la ciudad santa lo intimidaba, aunque era preciso. Pero ¿por qué su destino lo enviaba a una cita tan comprometida?

Se sentía solo, y para confortarse, trajo a su memoria el rostro afrutado de Isabella, creyéndola tan cercana como si se hallara frente a él. Luego volvió el rostro apesadumbrado y descubrió en la línea del horizonte la marinera silueta de *La Violant*. Una culpable pena lo embargó, pero su alma insistió en la vehemencia de su deseo.

La caravana de Esdras Naim partió de Gaza tras cargar productos que luego venderían a los tratantes sirios en Palmira. Sus serones rebosaban de cinamomo, cañafístula y ánforas de aceite de Berseba, que tendrían que defender de los salteadores y de los avarientos aduaneros que se hallaban a las puertas de los villorrios por donde pasaban, dispuestos a cobrar su peaje.

Al amanecer se internaron en la abrupta *Vía Maris* romana, el viejo camino de Damasco. Diego, convertido en Jacob de Sefarad, a horcajadas sobre su mula, permanecía mudo para preservar su identidad. Ataviado a la usanza beduina, seguía al contingente de bestias inmerso en sus pensamientos. Componían la partida no menos de cien asnos de pelaje negro, otros tantos camellos cargados de fardos, ventoseando y gruñendo, así como un centenar de muleros y mozos a pie que obedecían con veneración al jefe de la caravana, el mercader Esdras.

El tratante hebreo era un sujeto magro y de hablar gangoso que blandía constantemente una vara con ademanes iracundos, dejando al descubierto unos brazos tatuados que espantaban. Había comprado la seguridad de la caravana a los patrulleros mamelucos y a los forajidos de Gath, desembolsando mil *zuzs* o denarios, por lo que la andadura era un tránsito tranquilo y sin sobresaltos. Pero para Diego la marcha resultaba un tormento y odiaba el estrépito de los acemileros, los zurriagazos y relinchos y el hedor a estiércol y a pellejos resecos. Transitaron en hilera por el valle de Sefela, plano como la palma de la mano, sembrado de majadas pastoreadas por nómadas cananeos y cruzaron feraces campos salpicados de norias, palmerales e higueras frondosas, que dejaron atrás para adentrarse en caminos más áridos, minados de bandoleros.

Con el vaivén de la mula, Diego se sumió en una grata languidez, mientras traía a su mente nostálgicos recordatorios de Isabella y de su tranquilizante influencia, de fray Bernardo, de Yekuno, de Akaina y de Jacint, contemplando con los ojos hinchados por la polvareda las torrenteras que recorrían las arideces de Palestina. Avanzaban entre cálidas ráfagas del sur, a más de una legua diaria. Por las noches, frías como el filo de su ferralla, acampaban junto a los pozos, bajo firmamentos estrellados.

Se encendían fuegos y los chalanes se lavaban los pies y se despiojaban unos a otros, para luego cantar y brincar alrededor de las fogatas al compás de los panderos y flautas, hasta caer rendidos. Se atiborraban sin mesura de vino de Samaria, de gachas de avena, saboreaban *hawi* de cordero con aceitunas, leche y dátiles y se ayuntaban sin recato alguno por un siclo de cobre con las furcias beduinas, que tapaban sus rostros con velos adornados de abalorios. Diego compartía la hospitalidad de Esdras dentro de su tienda y apenas si tenía contacto con los gañanes, para no delatarse.

Al sexto día de camino, cuando descendían por los altos de Ain-Karin, a pocas leguas de Jerusalén, la caravana se detuvo inesperadamente, alertada por una barahúnda de lamentos y gritos desesperados, el entrechocar de armas y arneses y el piafar de caballos al galope. Diego despertó de la modorra aupándose sobre su montura. Se destapó el rostro y divisó en el horizonte las techumbres de las legendarias ciudades de Belén y Betania y gentes que huían apresuradas por el camino de Hebrón, casi ocultas por una columna de polvo.

—¡Alto! —ordenó Esdras con el rostro desencajado—. ¿Qué ocurre?

El mercader, Diego y los capataces se adelantaron con cautela hacia un repecho, y allí aguardaron quietos como estatuas, mientras observaban a un tropel de asustados judíos de vestes inmaculadas y con ramos de olivo de las manos, que gritaban y señalaban con gestos trágicos las quebradas que conducían a Jerusalén.

—¡Socorrednos, por piedad! —suplicaban los perseguidos.

Enseguida, Esdras ordenó proseguir dando un rodeo sobre el curso de un riachuelo seco. Al descender el último repecho, una dolorosa contemplación les cortó el resuello, provocando el pavor entre los caravaneros. El extranjero notó encogérsele el corazón ante tan horrendo espectáculo. Un escalofrío le corrió por la espalda, pues su arribada a la ciudad santa no podía presentarse más nefasta y desdichada. Se sintió tan vulnerable como un cervatillo rodeado de lobos.

—Por las espinas de Cristo y su Pasión, ¡qué espanto! —balbució, abriendo desesperadamente sus pupilas, ante cuadro tan pavoroso como aterrador.

Diego Galaz permaneció inmóvil. Su miedo era real. Permaneció asido a la bestia mientras observaba el indescriptible panorama que se abría ante sus ojos. Sobrecogido caviló: «¿Es ésta la Ciudad de la Paz con la que sueñan los creyentes?».

La danza de la muerte

El aliento se le cristalizaba a Isabella con la escarcha del alba. Con un cuchillo en el regazo y durmiendo vigilante, notaba la helada en el rostro. Desde el episodio del cura y su barragana y las carnales proposiciones del Pilós, no podía calmar su espíritu y giraba la cabeza intentando descubrir a éste tras ella, pues la acechaba como el cazador a la presa. La angustia le atenazaba la garganta; anhelaba desvanecerse entre la niebla y aparecer a muchas leguas de aquel lugar.

Avanzaba la Cuaresma y en las iglesias aún colgaban los paños morados. Los crucifijos se ocultaban y las campanas no sonaban. Sólo prédicas, ayunos y disciplinas eran la norma de la itinerante cofradía del Profeta. Avistaron el *monestir* de Santa María de Poblet, un fortín místico donde los monjes del Císter guardaban el sueño eterno de los reyes de Aragón. Ceñido por ciclópeas murallas, sólo se atisbaba el campanario de la iglesia, el tejado rojo del palacio que albergaba a la familia regia en el tránsito de Zaragoza a Barcelona y los aleros de los claustros. El abad, que los aguardaba en el Pórtico Real, permitió a fra Guifré orar ante el altar mayor, pero negó la entrada a sus disciplinantes con la excusa de que podían estorbar el silencio y la oración de los monjes, aunque lo hacía por miedo a contagios, arrebatos místicos, o a escenas de delirios espirituales, como los que las gentes de La Noguera relataban con horror: «Son como una calamidad apocalíptica, por muy santo que sea su guía».

Como contrapartida, le ofreció medio centenar de cestos colmados de viandas, además de sus bendiciones, invitándolos a que asistieran al sermón y a un auto sacramental sobre la Resurrección de Cristo, que se representaría para fortalecer la fe de los colonos de la abadía en el atrio de la iglesia conventual, junto a la muralla.

—Os rogamos hermano Guifré —le solicitó el abad con falsa adulación, observando el detestable pelaje de sus seguidores—, que vuestra grey pernocte en las vaguadas del Francolí, para así preservar la vigilia de mi comunidad.

El iluminado aceptó a regañadientes, aunque convencido por la contrapartida del padre abad, todopoderoso señor de vidas y bienes en aquel condado.

Con la caída de la tarde las nubes se habían deshecho en jirones y el firmamento desplegaba legiones de estrellas. Sobre los bastiones del monasterio había caído la oscuridad, pero la luz biliosa de centenares de teas y hacheros confluían sobre un estrado alzado por los cómicos, que transfiguraba el atrio en un arco de fulgor. Isabella advirtió que era la misma compañía a la que fra Guifré había expulsado semanas antes, pues vio a la niña a la que había socorrido disfrazada de ángel con el rostro coloreado de blanco.

Fascinada admiró el estrellado telón de color azul, que representaba una cohorte de querubes orantes. Isabella recordaba, antes de emigrar a Carcasona, haber presenciado de niña, bajo la arcada de Sant Pere de Galligants de su Gerona natal, una representación del martirio de los santos patronos Felix y Narcís, interpretado por una compañía de comediantes ingleses que lo llamaban un *miracle play.*

Se agitaba temerosa, pues el bravucón de Pilós la asediaba sin tregua y había puesto como plazo para cobrarse su virginidad una de aquellas noches, aunque aún no lo había visto entre el público. Los monjes, sus cabezas tonsuradas y cogullas emergiendo por la torre de la iglesia abacial, observaban el santo espectáculo. Sonó un clarín y el auditorio, olvidando empujones y algazaras, enmudeció, obrándose en la masa un silencio monacal. Un monje se subió al estrado y pronunció una sermón sobre los horrores padecidos por el Salvador en la Pasión que conmovió a los peregrinos y labriegos. Apareció luego por el forillo una mujer que gesticulaba llorosa, y que el narrador presentó como María Magdalena. Histriónicamente y con unos cabellos de lana amarillenta, declamó sobre la Resurrección del Señor entre el recogimiento de los oyentes, que no perdían palabra.

—*Alleluia. Resurrexit Dominus in sepulcro.* «Resucitó el Señor del sepulcro» —dijo.

—¡Aleluya! —contestaban a coro los entusiasmados cofrades del Profeta.

La Magdalena avanzó hacia el borde del escenario y entre lamentos dijo:

—Cristo resucitó por todos nosotros, pero pronto echarán nuestros cuerpos sobre la tumba si sigue con su virulencia el castigo de Dios. Nuestra vida no es eterna, caduca como un suspiro, hermanos. Tan sólo Nuestro Señor se ha librado de la corrupción de la carne, pues ha resucitado de entre los muertos. ¿Qué ha quedado de la gloria de Babilonia, de Roma, de Ciro el Grande, de Salomón, de Nabucodonosor, de Julio César, de Nerón o de Babel? ¿Dónde están el erudito Cicerón o el sabio Séneca? ¿Qué nos queda de la gloria humana? Pasan de este mundo como una rueda abandonada por el carretero entre el polvo y la miseria. ¡La guadaña de la muerte se cierne sobre nuestras cabezas!

A Isabella, la declamación le pareció aterradora y se conmovió.

De repente se oyó el tañido de una trompeta y la impresión de los espectadores se trocó en temor reverente por una visión que se abrió paso en el escenario. Una sombría figura de la muerte, vestida de negro, con una calavera pajiza pintada en su rostro, surgió acompañada de don Carnal, un obeso actor con una copa en la mano, una corona de abedul en la cabeza y una ristra de morcillas al cuello, además de un caballero vestido con un jubón del color del vino. Por el otro extremo surgió un demonio y los ángeles desaparecieron por el cortinaje. El temor cundió entre los asistentes, muy afectados por la plaga negra. El diablejo, ataviado con una capa de rojo pelaje, agitaba trencillas amarillas y rojas, que simulaban las llamas del infierno, mientras soltaba en el aire chispas con una carraca de madera y pedernal.

—¡*Avis, gravis, seps, sipa unus, infans et virgo coronat!* —gritó el lucifer, enunciando un sortilegio muy conocido por el vulgo, que los llenó de espanto.

—Mirad mi cara carcomida. Así será pronto la vuestra, fea y sucia —djo la muerte.

Y para infundirles más pavor resonó en la noche el lúgubre órgano hidráulico. La *muerte*, representada por un actor altísimo y encorvado inició una macabra danza, mitad ascética mitad sarcástica, a un ritmo cansino, mientras con una voz ronca, cantaba mirando fíjamente a los ojos de los asistentes:

—¡Ya no siento mis miembros y muy pronto caeré de palmas en la tierra —clamaba—. En los palacios y chozas daré por medidas sepulcros hediondos, y por manjares, gusanos royentes que coman desde dentro la carne podrida!

Balanceaba por encima de las cabezas su guadaña y el auditorio se encogía.

—¡El clérigo reza, el caballero combate, el labrador los alimenta, y yo me los llevo a todos debajo de la tierra! —cantaba la parca con su danzar calmoso.

Escenificaron después pantomimas y cabriolas prodigiosas, mofándose de los señores, de los abades, de los condes y de los lascivos prelados, levantando la hilaridad de la multitud con su burlesca exhortación. La *muerte*, entretanto, de un salto se colocó en el borde del entarimado y se carcajeó del Profeta y de sus flagelantes, resonando un grito de pánico entre el público.

—¡Yo soy la igualadora, la cazadora de vidas, la hacedora de justicia, la que desviste al papa y al emperador, al rey y al obispo, al caballero, al peregrino y al arcediano, al recaudador, al penitente y al asceta! —cantó, mientras el relator tocaba una dulzaina—. ¡Ya no folgaréis más, pues yo hago descender a los altos, y preparo las mortajas, despreciando los privilegios de los poderosos! Yo despojo de la máscara de hipocresía al falso santo y al obispo fingidor, y lo haré muy pronto.

Isabella dio un respingo. Su corazón anhelaba la ejecución de la premonición.

—Mis calderas y fuegos están preparados y tú serás el siguiente, ¡pecador! —dijo el diablillo, que señaló con el dedo a un pobre campesino, que se sobresaltó.

El satán estremeció al público con sus alaridos, mientras los imprecaba a que no creyeran en las palabras de la santa de Magdala. Aseguraba que sus vidas estaban amenazadas por la guadaña de la parca, que balanceaba sobre los mudos espectadores. De repente, el Profeta, como preocupado por el verismo de los comediantes y temiendo la ira de Dios, se alzó del estrado y gritó con su vozarrón:

—¡*Vade retro* Satán. Tente, Muerte traidora, somos hijos de la luz! —y fue contestado por sus discípulos, atenazados por el espanto—: ¡*Vade retro*. «Atrás»!

«Maldito hipócrita. Este pobre actor ha recordado tus abusos y excesos», pensó Isabella, que se agitaba ante el hedor que exhalaban sus compañeros.

Aquella interrupción había significado un suspiro de alivio entre el público, que aplaudió, pues vivía la pantomima como si el príncipe de las tinieblas y la Dama Negra estuvieran allí verdaderamente. El tiempo pasaba y el narrador, un histrión cornudo cubierto con una almilla arlequinada, agradeció los aplausos y anunció que en el nuevo cuadro, una mezcla de tramoya trágico-cómica, los ángeles y la Magdalena recitarían en latín y romance versículos piadosos de la Resurrección del Señor, mientras escenificaban el encuentro de las santas mujeres con el ángel.

—*Angelus Domini descendit de caelo, et dixit mulieribus: Quen quaeritis surrexit sicut dixit, alleluia.* «El ángel del Señor descendió del cielo, y dijo a las mujeres: A quien buscáis resucitó según dijo.»

—¡Aleluya! —replicaron al unísono los asistentes.

María Magdalena desapareció por entre los cortinajes entre una aclamación, y de nuevo la parca y el demonio saltaron al escenario, esta vez acompañados de un oso danzante, al que sujetaban con una cadena. Se recrudecieron los silbidos, pero los actores iniciaron un baile grotesco, la siniestra Danza de la Muerte, entre los gruñidos de la fiera domesticada. Sobre las prominentes torres del monasterio se proyectaban las sombras de los dos mimos y del viejo animal, que tenían aterrorizados a sus oyentes, y rezaban en voz baja por sus almas.

Súbitamente resonó el órgano y llegó el cenit de la representación. Activado por un artilugio de poleas que rechinaban entre las bambalinas, apareció un sepulcro de madera del que surgió triunfante Cristo Resucitado, un actor barbado con una túnica inmaculada y un estandarte con la cruz en su mano. El público enmudeció ante la aparición. Y como estimulado por un resorte oculto, se alzó del suelo, persignándose arrobado.

—*Ascendo ad Patrem meum et Patrem vestrum.* «Asciendo a mi Padre y Padre vuestro» —declamó con una voz el actor, sosegando el pavor del auditorio.

Y tan majestuosamente como había aparecido, desapareció en las alturas del escenario, entre el caluroso palmoteo de la multitud que se estremecía con el triunfo de Cristo sobre la muerte.

—¡El Redentor ha resucitado! Hemos alcanzado la liberación —exclamó el relator—. ¡Aleluya, hermanos, hemos vencido al Maligno y a la muerte!

—¡Aleluya! —dijeron los flagelantes, que aclamaron a los cómicos y lanzaron al escenario una lluvia de florines de cobre.

Isabella, mientras contemplaba el ingenio del cuadro y la danza, había olvidado la amenaza que pesaba sobre ella. Pero fue un mero espejismo. Volvió el rostro por inercia, y vio tras de sí la aborrecible figura de su perseguidor, que le sonreía babeante, mientras se rascaba el selvático vello de su pecho. Se asemejaba al ángel de la muerte, con la capa parda, las horrendas cicatrices, la cara de chivo viejo y con sus ojos vidriosos desnudándola a cada mirada. Como de costumbre estaba ebrio o drogado con belladona y olía a cerveza y ajo. Se sujetaba para no caerse en el bordón de peregrino, con el que en más de una ocasión había visto apalear a más de un camarada y a alguna de sus coimas.

—¿Ves aquella choza del cerro, palomita? Vamos a asar los cuartos de un puerco. Tenemos vino, pan tierno y exquisitas viandas. Allí te aguardo —vomitó el canallesco agresor con sorna, mientras le acariciaba con sus dedos sucios las puntas de sus cabellos—. Te conviene ir, o de lo contrario te iremos a buscar. Y entonces lamentarás no haberme obedecido, pues perderás algo más que la inocencia.

Isabella no replicó. Un fuego devorador le subió del estómago a la garganta, y en sus facciones se instaló la máscara del miedo. Sintió como si un demonio la hubiera rozado con sus alas viscosas. Una bofetada resonó en la cara del cazador de doncellas. Pero el Pilós no se inmutó. La asió del brazo como si fuera una zarpa de hierro, mirándola con fiereza:

—Esta noche me beberé el néctar de tu virginidad y secaré el sudor con tu pelo de oro, ¡damita! No quiero violencias delante de los frailes y del Profeta. ¿Comprendes?

Pero el instinto de Isabella estuvo más ágil y astuto que nunca.

«No me inclinaré ante este desafío; más bien me opondré a él con arrojo.»

—Déjame que recoja mis pertenencias Pilós. Están en los carros —declaró con aparente conformidad—. Estoy harta de penitencias y mis tripas me devoran. ¿Dónde conduce esta estúpida romería? A ningún sitio. Sí, espérame. Allí estaré.

La faz de Pilós se abrió de un placer inesperado y largamente deseado.

—Eres lista mozuela, ¡diantre! Pero no trates de engañarme —la amenazó—. El monasterio está cerrado a cal y canto, y los caminos llenos de secuestradores y lobos. De aquí no puedes escaparte. Tú eliges, o la muerte, o el placer.

—Ya he elegido Pilós. Te elijo a ti y a la buena vida —dijo, y rió con disimulo.

La joven había sopesado su situación y fraguaba en su cerebro los preparativos de la huida. Pero para ello habría de comportarse con determinación. Ya no era la cándida doncella de los Santángel, y conocida la mala reputación y las amenazas del fanfarrón, no tenía otra salida. Curiosamente el acoso del Pilós le había producido una energía que la hacía todavía más dueña de sus actos.

«Aunque el diablo me sedujera, defenderé mi honra con uñas y dientes.»

Isabella se remangó la túnica, y simulando agrado no se dirigió al carromato de las beguinas, donde las mujeres guardaban bolsas y zurrones, sino al de los cómicos, instalado tras el claustro de San Esteban. Dio un sigiloso rodeo a la muralla por si la seguían y fingió contento y disposición. Buscó a la niña disfrazada de ángel, que alimentaba en la jaula al oso. Se volvió y vio ante sí a la peregrina que la miraba desde las profundidades de sus ojos añiles con un ademán de compasión.

—No puedo perder un solo instante. ¿Quién es el jefe de vuestro grupo?

—Mi padre —replicó abriéndole una sonrisa afable—. Está ahí, en el carro.

Se asomó fatigada, y avivando sus ojos reidores se dirigió al cómico que había actuado de Jesucristo y que aún tenía yeso en su rostro. Isabella le rogó con dulzura:

—Señor, me llamo Isabella Santángel, y por la sangre de Jesús y la salvación de vuestra alma, os pido ayuda. Necesito abandonar esta compañía, pues unos desaprensivos intentan seducirme, abusar de mí y perderme para siempre.

Jacobo Penas, que así se llamaba el actor, un hombre taciturno de cabellos ensortijados, la miró de arriba abajo. Luego preguntó.

—¿Y cargar con la ira de ese santón que nos ha maldecido y que casi nos descalabra? No, no. Déjanos en paz. ¡Márchate, maldita sea!

Isabella se sintió avergonzada por tener que humillarse y rogar su apoyo.

—Creedme, si mañana una plétora de endriagos transportaran por los cielos a la mitad de los peregrinos, el Profeta ni lo notaría —insistió—. Os lo aseguro. Ahí reina Satán, no Cristo. Nadie lo advertirá, salvo ese facineroso sin Dios que me persigue.

Penas era un hombre escrupuloso con sus obligaciones y no deseaba arrastrar a su compañía al desastre e implicarla en un acto de secuestro. Inmune a cualquier ejercicio de magnanimidad se refugió en una capa de reserva.

—¿Por qué razones he de ayudarte? Sufrimos tiempos de tribulación. ¡Márchate muchacha!

—Estoy dispuesta a pagaros treinta florines. Es cuanto poseo —suplicó llorosa.

—No puedo ayudar a todos los perjudicados por ese colérico profeta.

Isabella comprendió que no saldría viva de aquel campamento si se negaba.

—También, si lo deseáis —rogó de nuevo—, podéis incluirme entre la nómina de vuestros cómicos. Sé tocar el órgano, la vihuela y el laúd. Canto canciones profanas y religiosas y sé leer en latín, lengua de oc y romance. Probadme, y si falto a la verdad dejadme abandonada en el camino.

—¿Y a dónde te diriges, mozuela? —preguntó mirándola de soslayo.

—A Barcelona. Sigo a estos flagelantes para asegurarme protección. Nada más.

A pesar del sentimiento de culpabilidad que podía acarrearle, replicó serio:

—¿Una joven viajando sola? Mal asunto, aunque la humanidad trota en una carrera de desesperación y caos. Lo siento, no puedo admitirte en mi agrupación. Vete.

El desvarío comenzaba a adueñarse de su mente y no sentía ganas ni fuerzas para defenderse de Pilós. Haría un último esfuerzo.

De repente comenzó a caer una lluvia repentina, como si el cielo la expulsara con desgana. El pelo rubio se pegó al rostro de Isabella, que recibía impertérrita las picaduras de la llovizna.

—Os lo suplico —imploró con sollozos y con el vestido empapado—. Tened compasión de mí. Un chivo cabrío de esa procesión me importuna para deshonrarme, o cortarme el cuello si me niego. ¿Acaso no tenéis corazón?

—Nunca me gustaron las penitencias públicas —replicó, aunque sin mirarla—. Esos flagelantes están llenando de pavor a los pobres campesinos y aldeanos que ya no desean presenciar nuestras representaciones.

—Así es, señor —dijo con persuasión, viendo que se negaba a admitirla.

—Apenas si tenemos qué llevarnos a la boca y no quiero que me acusen de rapto y me cuelguen los oficiales del rey en un árbol —negó con la cabeza.

Una mujer de proporcionadas facciones, la actriz María Magdalena, que había quedado fascinada por los modales de la muchacha, se compadeció al verla mojada y tan vulnerable. Luego habló con serenidad.

—Jacobo, no sabía que tenías un corazón de piedra —lo reprendió—. Esta muchacha nos puede servir. Sanchuelo se niega a tocar el órgano con el reuma y sus dedos artríticos y un ángel más en el escenario tocando la dulzaina no nos vendría mal. ¡Vamos, déjala que se quede! No creo que coma mucho y asegura que puede pagarlo.

El cómico la miró con cierta lástima, como se mira a un pajarillo que se ha caído del nido, y vaciló. La fugaz tormenta cesó, y vio cómo la muchacha temblaba de frío con las sayas chorreadas.

—Se haría notar demasiado —refirió indolente.

La niña actriz, que había permanecido alejada de la discusión protegiéndose bajo el toldo, se adelantó tímidamente unos pasos. Poseía una extraña mirada, como si sus pupilas fueran brasas. Tiró de la túnica de su padre y se interpuso entre los dos.

—Padre —intervino con docilidad—, esta mujer fue la que nos ofreció comida y una moneda cuando ese fraile loco nos despachó con insultos y pedradas. Sé compasivo, ayúdala. No la condenes a la muerte o a la vergüenza. Piensa que fuera tu hija.

Jacobo Penas sintió como si le extirparan de cuajo sus prevenciones y dudó.

—No puedo poner en peligro al grupo, Lorenzana —dijo.

—Padre, si le ponemos el vellón rojo del diablo, el casquete cornudo y la coloreamos, nadie sabrá si es un hombre o una mujer. ¿Quién podrá reconocerla?

¿Quién sino ellos, unos pobres bufones, podrían ayudar a la muchacha, cuya amargura parecía desollarle el corazón? Después de no pocos cálculos, al fin el actor decidió acogerla en la compañía:

—Bien, que se quede. Pero nos atendremos a esta previsión. Descansaremos vestidos con los ropajes de escena, para despistar a quien la busque. Con la primera luz saldremos y pondremos millas de por medio. Pero te ganarás el sustento con tu trabajo. ¿Entendido?

—Ya nadie podrá detener mi marcha, ni siquiera las fuerzas del infierno. Gracias, señor —dijo Isabella con su hermosa mirada llena de agradecimiento.

«De todas formas —pensó—, no puedo concederle ninguna oportunidad a ese rufián. Nunca se vence un peligro sin riesgo y debo permanecer alerta.»

Parecían personas clementes, aunque hurañas. Pero ¿se podía fiar de ellos? Eran la forma menos arriesgada de alcanzar las murallas de Barcelona y confió.

Isabella escuchó amedrentada la campana de Nocturnas de la medianoche, pero la indignación y la ansiedad seguían instaladas en su corazón. Elevó sus ojos a las arpilleras del monasterio y vio cómo las nubes de la tormenta se disipaban al cruzar el nacarado gajo de la luna. De repente escuchó voces sordas y amenazadoras. El lascivo Pilós y tres hombres más, con las gorras en la mano, una tea encendida y las espaldas encorvadas, husmeaban entre los corros de andariegos, chapoteando en los charcos y lanzando improperios y maldiciones.

A la joven se le aceleraron los pulsos. La boca se le puso áspera como el esparto y el aire se convirtió en plomo derretido: «Si me descubren soy muerta».

Olfateó su fétido olor a sudor, humanidad y comida podrida, y ante sus ojos se cruzaron las grandes y ennegrecidas abarcas de Pilós. Rodearon las carretas y miraron en su interior, mientras lanzaban juramentos a cada paso. Capaces de cualquier fechoría, sus gestos denotaban una cólera mal contenida. Las miradas del *demonio* disfrazado y de su brutal perseguidor se cruzaron durante unos instantes, pero no la reconoció. El disfraz no podía ser más certero.

Isabella, *el demonio*, se hallaba paralizada y sin la menor capacidad de reacción, mientras observaba las centelleantes pupilas de Pilos, enrojecidas de odio e ira.

—Os lo he dicho. Esa rapaza está entre las faldas de las beguinas. ¡Vamos allí! Lo que no sabe la muy lela es que más de una ha degustado nuestra verga —dijo uno.

—La perseguiré hasta la frontera, o hasta las mismas puertas del infierno. Ese manjar será mío esta noche. ¡Lo prometo por Dios mismo y por mi patrón Noé, el primer borracho de esta podrida humanidad! —se juró con fiereza Pilós.

Isabella, sobrecogida, vio cómo se revolvía, como si la hubiera olido. Palideció.

Se quedó parado frente a ella. La joven sintió su agrio aliento a un palmo, como si un lobo codicioso la hostigara detrás de las orejas, o un escorpión reptara por su cuello. Una pasividad gélida paralizó sus miembros y el pulso acelerado le golpeó el corazón, pero contuvo su pavor, mientras sonreía como hiciera el diablo en el escenario. Con el estómago revuelto y el ánimo horrorizado esperó. Sus perseguidores volvieron la vista desconfiados y pareció que volvían sobre sus pasos, pero se perdieron camino del río vomitando exabruptos. El aire no le entraba a Isabella por la boca, pero al fin exhaló un suspiro de alivio. Aún desconfiaba, pero el primer peligro de la noche había pasado.

Oyeron a los monjes recitar los nocturnos *psalmi prostrati* de Cuaresma y el oficio de Maitines, cuando aún no había salido el sol. Ninguno de los comediantes había dormido. Uncieron las mulas, mientras una luz tenue iluminaba las copas de los árboles y los muros de la abadía. Nadie los oyó partir.

Isabella huía de un lugar donde la iniquidad alzaba su trono.

A lo lejos contempló la cruz de avellano, la Cruz de la Salvación que ella tildó más bien de la condenación, recortada como un coloso con los brazos abiertos en la línea del horizonte. La oscuridad era desgarrada por las fogatas de los peregrinos de los Últimos Días y por algunas teas parpadeantes que se movían en el cerro y en la calzada de Zaragoza. ¿La buscaban por allí?

Salieron sin hacer ruido por el empedrado camino de Barcelona, como salteadores en la noche. Una fina lluvia comenzó a caer e Isabella mojó sus cabellos, como si realizara un ritual de limpieza, o se sintiera sucia. Olió la tierra mojada como si fuera perfume de algalia, un deleite para su nariz, que aleteó de dicha, sabiendo que ponía leguas de por medio de su burlado cazador.

La peste iba creciendo en las aldeas y alodios como una mortífera ola de niebla. Se percibían humos en las laderas que bordeaban las cumbres del Montblanc, y los postigos de las casas estaban claveteados por miedo al vómito negro. Isabella se tapó con un pañuelo de Ypres la boca y la nariz.

Al entrar el carro de la farándula en el poblado de Santes Creus, vieron con horror cadáveres de apestados arrojados en las calles, mientras sus bubones eran lamidos por los perros. Enfermos enfebrecidos erraban por las cercanías del *monestir* cisterciense en busca del bálsamo de la oración y del socorro. Los frailes auxiliaban a los enfermos en las escalinatas de la iglesia, pero impedían el paso al cenobio. Dos hermanos legos acumulaban los cadáveres en una carreta, que luego arrojaban en una vaguada rellena de cal viva y rodeada de avellanos, donde aguardarían el Juicio Final. Se sucedían los lamentos, los gritos de histeria de las mujeres y las luctuosas oraciones de los monjes.

Jacobo Penas ordenó seguir por miedo al contagio, y administró pañuelos para taparse la nariz y la boca, y guantes de lana a los miembros que componían la familia teatral, rogándoles que extremaran su higiene, bebieran el agua hervida, no hablaran con nadie, comieran sólo de la olla común, y que al menor síntoma de bubas, fiebre o vómitos se lo comunicaran. Siguieron la marcha con el miedo metido en el cuerpo, e Isabella dirigió sus ojos hacia el rosetón de la abadía y rezó con corazón contrito una plegaria a san

Roque y san Sebastián, ambos abogados de la temible calamidad.

Los campesinos los miraban con recelo allá por donde pasaban, mientras aguardaban mejores momentos para el esquileo y la cosecha, negándose a admitirlos en sus aldeas, aunque les vendían viandas, contra la promesa de que se marcharan. Los carneros balaban enloquecidos y los caballos resoplaban en las haciendas, percibiendo la escasez de pasto y la indolencia de sus amos, pues las granjas se hallaban desasistidas y yermas. Hasta a los ciervos, corzos, zorros y liebres se les veía correr por los marjales, abandonando las madrigueras y los veneros donde bebían.

Isabella, en agradecimiento a los cómicos, compró una cabra, un cántaro de malvasía y un saco de harina a unos molineros, que regaló a Jacobo, quien no había querido cobrarle nada por su protección. Atravesaron campos de viñas que florecían en medio de un frescor exuberante, y donde la pestilencia aún no se había mostrado con virulencia. Las gentes tenían ganas de diversión y en Vilafranca actuaron para los agricultores del condado. Isabella, trajeada de serafín, tocaba el armonium y cantaba acompañada por la vihuela, cosechando el beneplácito de los payeses del Penedés que le requerían una y otra canción, que entonaba en lemosín, en catalán y en la poética lengua de oc de Aquitania.

Una unión afectiva nació entre la fugitiva y la familia de actores, que paulatinamente la consideraron un miembro más de la parentela errante. Era tan pura, tan delicada, tan cortés, que su afabilidad los contagiaba. Isabella poseía la confianza y el vigor de la juventud, y esquivaba la autocompasión, pero se había quedado en los huesos, más delgada que un galgo.

Estaba lista a pelear a dentelladas hasta dar con Diego Galaz. Había aprendido a espantar la desolación desde la desolación misma. Isabella, ajena a todo, e inmune a cualquier sensación de pena, se notó más fuerte.

Un relámpago, como el zigzag de una espada vengativa, fracturó el cielo en dos.

Los místicos de Qumran

Los ulemas, oráculos y estrelleros lo habían pregonado desde los tiempos de David y Salomón: Jerusalén, por deseo del Altísimo, sería para los hombres la *tienda* de la paz, pues había sido fundada bajo el atributo de Géminis, el signo de la concordia. Entonces, ¿por qué su historia estaba escrita con letras de la sangre derramada por la arrogancia de sus habitantes?

Diego, arqueado en su mula, a la vista de la urbe santa, era testigo de una sanguinaria matanza. La polvareda levantada por las cabalgaduras de los asesinos del sultán, dejaron entrever lo que acontecía. Ante ellos se materializaba una escena enloquecedora de muerte y horror. Una romería de lo que parecían pacíficos orantes, vestidos con túnicas blancas y agitando ramos de olivo, estaba siendo perseguida por un escuadrón de *mamelucos sarrasín*, la máquina de matar más terrible creada por el legendario Saladino. Los caravaneros, con Esdras y Diego, observaban la carnicería desde el altozano, rogando que la furia de los matarifes no los alcanzara. Las víctimas, sorprendidas por la súbita irrupción de la horda del *qaid* musulmán, lejos de defenderse, oraban pidiendo la aparición del Mesías.

—*¡Milhamah, Milhamah!** —clamaban mientras sucumbían ante las cimitarras islamitas—. Envía Adonai a tu Mesías. *¡Milhamah!* Pronto presenciaréis el prodigio celeste y creeréis.

—Estos locos *hasidim* buscan la muerte, aun sabiendo que el

* En hebreo, «guerra».

gobernador ha advertido de la prohibición de procesiones—informó Esdras—. Muchos de mis hermanos se han vuelto locos con esa predicción de la llegada del Ungido.

Los soldados los hostigaban implacablemente, aplastando cráneos, saeteando las espaldas de los ancianos y acribillándolos sin compasión, para luego vaciarles las tripas y seseras. En las sucesivas cargas, la piel endrina de los mercenarios brillaba con el sudor, mientras proferían chillidos atroces invocando al Profeta. Los sables culebreaban en el aire, entre una algarabía de lamentos. El camino se fue llenando de cuerpos de agonizantes, cuyo provocador cántico exacerbaba aún más a sus asesinos.

—Hacia Jerusalén miran mis ojos y suspira mi alma. Allí hallaré la dicha, pues nadie más que a ti, ciudad santa, desea mi espíritu ir. Los hijos de Israel recuperarán las moradas que les pertenecen pues el Elegido descendiente del monte de Sión. *¡Milhamah!* —seguían rezando en los últimos estertores de la muerte.

En una confusión, los corceles resoplaban pisoteando a quienes se arrastraban hacia los huertos para evadirse del exterminio y a los arrodillados que imploraban un fin rápido. Los *sarrasín* ataban de los pies a los ancianos, arrastrándolos por el pedregal, hasta que expiraban despedazados con los riscos. Al cabo, exhaustos por la degollina, los esbirros del gobernador insertaron en sus picas las cabezas sanguinolentas de los decapitados; y saldado su exterminio, se lanzaron al galope hacia Jerusalén con sus pelambreras al viento y enarbolando sus trofeos.

—¡Así acabarán cuantos se alcen contra la voluntad del sultán Hasan Rud, Príncipe de los Creyentes! —voceó el capitán con mirada retadora, que heló los pulsos al aragonés—. *¡Allahu Akbar!* ¡Alá es el más grande!

—Nos hemos salvado porque estaban hartos de sangre —aseveró Esdras.

Un sucio celaje, como el aliento de una deidad vengadora, ocultó las grupas del regimiento de la muerte. El silencio los envolvió y les llegó alguna queja y el rebuzno de un asnillo olisqueando el cadáver de su amo, que yacía en el camino con la cabeza hundida y el espinazo partido. Las túnicas de los muertos, antes inmaculadas, aparecían manchadas de sangre y excrementos apelmazados.

—Estos imprudentes me recuerdan a los macabeos y a los zelotes que dieron sus vidas por Israel en otros tiempos —se lamentó Esdras, que volvió la cara horrorizado—. Somos un pueblo hostigado desde que nuestros padres, Abraham, Isaac y Jacob, montaron sus tiendas en estas tierras. ¿Hasta cuándo tanto derramamiento de sangre?

—Los falsos profetas y los iluminados suelen acarrear estas desgracias —contestó Diego.

El lugar olía a heces de caballo y el calor y las moscas, con su pegajoso tormento, se unían a la desolación. Esdras, algunos de sus capataces y Diego, descabalgaron y se acercaron al lugar de la carnicería. Los cuerpos de los desventurados se desparramaban por doquier y únicamente algunos resollaban suplicando agua o ayuda. Diego, con las botas salpicadas de sangre halló a un muchacho aún vivo. Se aproximó a él, preguntándole en su elemental hebreo.

—¿Quiénes sois vosotros? ¿Por qué os habéis dejado aniquilar sin luchar?

Con un imperceptible hilo de voz, balbució:

—Somos *hasidim*, hermano. El Reino de Dios está cerca. ¿Qué importa la vida? Sin embargo vosotros seréis dichosos pues presenciaréis la llegada del Mesías —y feneció con un gesto cándido en su semblante.

Diego sintió una presión insoportable en la cabeza y el sol le pareció que se oscurecía, hastiado de tanta sangre estéril derramada en nombre de Dios. El tufo de la devastación se le metió en las entrañas y, dando arcadas, se tapó la nariz, próximo al vómito. Aquellos desventurados no habían muerto con bravura, sino estúpidamente, como ovejas en el matadero. Titubeante se dirigió a un anciano de barbas venerables. Una herida mellada le atravesaba la cara. Su aliento desprendía el frío hedor del tránsito a la otra vida.

—Rabí, decidme, ¿se encontraba entre vosotros el *mebaqqer* Zakay ben Elasar? —le preguntó sosteniéndolo en sus brazos.

—Apenas si te oigo hijo, pero nadie sobrevive a los engaños

del mal. Reza por mí a Yahvé y que las almas de estos paganos sean atormentadas en los infiernos. El Elegido, el Hijo de David, el *Zonara* está al llegar. Eres afortunado.

Esdras el caravanero elevó sus ojos al cielo y entonó un *hadish* judío, una elegía de condolencia que fue contestada por sus hombres. Al cabo, los familiares comenzaron a llegar al lugar de la matanza, y los lamentos se reavivaron. Se mesaban los cabellos y se arañaban el rostro, en un espectáculo que abatió al algebrista. La caravana prosiguió con una bandada de cornejas sobre sus cabezas, dejando tras de sí un campo de aniquilación.

«Malos presagios. Nuca los cuervos auguraron nada bueno», pensó Galaz.

La reata de asnos de Esdras Naim se aproximó con calma por el valle de Tyropeon a *Ieru-Shalom*, la Ciudad de la Paz, la Aelia Capitolina romana de Adriano de Itálica, la *al-Quds* musulmana, la Celeste Hierosólima.

Se mostró a la mirada de Diego entre el vaho dorado de sus cúpulas y alminares. Efímera como un sueño, se recostaba como una cortesana sobre la topografía de una colina terrosa, entre palmerales, cipreses y un vergel de huertos en flor. Arrobada por la blancura de sus murallas, la cúpula anaranjada de la Roca, los arcos del Santo Sepulcro y el mar de azoteas, parecían levitar por encima de sus bastiones.

Diego se detuvo hechizado con su fulgor, y musitó un rezo.

Sin embargo no percibió el aura invisible del Valle de Josafat, la Jerusalén Gloriosa que aseguraban los cruzados contemplar al rescatarla de manos infieles. ¿Acaso él no poseía la misma fe de Bohemundo de Tarento, el príncipe poeta, de Raimundo de Tolosa, o del piadoso conde Godofredo de Lorena? Los peregrinos que llegaban al monasterio de San Juan aseguraban que le sucedía a todo cristiano que la descubría en gracia de Dios. ¿Acaso él era un descarriado? Pero su espíritu hervía, y la impronta de la urbe, nimbada por el sol, no obró el milagro esperado en su alma.

Es más, no advirtió ni tan siquiera el rumor de la vida, ni el repique de las campanas bizantinas de San Salvador, o el reclamo de los almuecines desde la mezquita de al-Aqsa. La tensión por la matanza de los *hasidim* lo había paralizado dejándolo incapaz de sentir emociones. Diego recordó a su amor distante, Isabella, y a su amigo Nicolás, quien le había predicho su inexplicable relación con la urbe santa. Un zumbido de abejas adormecía los campos que la circundaban y bandadas de vencejos revoloteaban sobre los matacanes en planeos alocados.

Confundiéndose entre la batahola de acémilas y viandantes, la caravana de Esdras se acercó a la Puerta del Agua, donde no se hablaba de otra cosa que de la venida del Mesías, de la matanza de *hasidim* y de la dura represión del gobernador Amir. Tras abrevar con el miedo metido en el cuerpo, las recuas siguieron pegadas a la muralla, camino de Galilea. Esdras, deseándole lo mejor, se despidió del extranjero, quien tras agradecerle su protección y besarle las mejillas, se adentró en las estrechuras de la ciudad, excitado por la conmoción, aunque atento a cualquier peligro.

La tensión se había apoderado del arrabal judío. Como alaridos de lobos le llegaban los gemidos de las plañideras llorando a sus muertos. Los cascos de las patrullas retumbaban en las callejuelas, atentas a cualquier intento de motín mesiánico, mientras el terror colectivo crecía en la comunidad hebrea. Se abrió paso entre las bestias que se agolpaban en la fuente de Siloé, y preguntó a un beduino por el barrio del Ofel, la ciudadela de David.

Asomados a sus tienduchas, los alfayates y zapateros trabajaban rodeados de ruidos y los plateros pregonaban las excelencias de sus dijes de plata, los almuecines de las mezquitas proclamaban las *aleyas* coránicas, los rabinos sus *hadish* funerarios, y los monjes griegos los responsos, en un pandemónium de plegarias.

—Con tanta plegaria estéril Dios Padre no puede sino sentir confusión —musitó para sí.

Diego, ahora convertido en el sefardí Jacob de Sefarad, compró a un rapazuelo un cuenco de leche con canela que bebió con fruición. Al poco, al término de un adarve, se encontró con el arrabal y con una casucha que lucía en su cumbrera un cartel desvaído: JANAN EL EGIPCIO. Era la taberna indicada por el rabí Tibbon de Alejandría. Suspiró y sus ojos se alegraron. Veía cerca el final de su búsqueda. Apartó una tiritaña deshilachada que hacía las veces de cortina y un viejo que se rascaba sus cabellos casposos, lo miró de arriba abajo, examinándolo.

—¿Buscáis posada? Yo soy Janan, el ventero —se identificó empalagoso.

—Así es, amigo —contestó Diego en un arameo de dudosa perfección.

—¿No habláis el *yiddish*, el dialecto judío de la diáspora? —receló el mesonero.

—No, he estudiado la Cábala y el hebreo antiguo —se excusó para ser respetado—. Vengo de Sefarad y hablo la lengua romance.

—¿Y a quién he de servir si puede saberse? —preguntó inquisitivo el tabernero, tras estudiar sus hechuras y comprobar que era un hombre de condición modesta, limpio y de respeto, aunque ignoraba de dónde provenía.

—A Jacob de Sefarad —expuso decidido su nombre y procedencia.

Janan no era egipcio, sino un judío griego. Receló del acento de Diego y se mostró esquivo, aunque pérfidamente lisonjero. Pero al pronunciar el nombre del rabí Samuel Tibbon y del maestro Neptalí ben Megas, acogió inmediatamente al recién llegado y le regaló una sonrisa hospitalaria. Luego le ofreció por un *zuz* diario un rincón con un jergón de paja para dormir libre de piojos y chinches, la seguridad de que no saldría de allí desvalijado, y un pozo con brocal, tomado en aquel momento por mercaderes nabateos, donde asearse. Lo invitó a beber vino de Megido y un trozo de queso de Gabaón, que Diego saboreó.

—¿Qué te trae por Jerusalén y por la Eretz Israel?*—le preguntó para disipar dudas—. ¿Negocios, tal vez peregrinar a la

* Tierra de Israel.

tumba de David, o eres un devoto *hasidim*? Habla sin trabas, estás entre gente amiga.

Con una inequívoca franqueza que transmitía seguridad, se sinceró:

—Busco a un rabino de mi país y confío en que Megas me conduzca ante él. Ese empeño me ha traído desde Alejandría.

—No es por decepcionarte, pero el rabí de los alejandrinos, el gran maestro Neptalí ben Megas, acuciado por las delaciones, abandonó hace tiempo Jerusalén, dispersándose con los miembros de su sanedrín. Unos emigraron a Armenia, otros a Persia, y los más se han diseminado por las comunidades de Galilea, el Sinaí y Galaad, salvo los que desafiando los bandos del gobernador Ibn Amir, han sido aplastados brutalmente por los *sarrasin* al anunciar al *Zonara*.

Diego se sintió incapaz de contestarle, pues el estupor de la frustración lo deprimió. «¡No, otra vez no! Este Zakay parece esfumarse cuando rozo la hebilla de sus sandalias», se dijo entre el fastidio y la exasperación. La huida repentina del rabino Megas, fatalidad del azar, lo obligaba a mendigar una nueva pista de Zakay en tierra tan hostil, y ya no le restaban fuerzas para seguir en una empresa a la que el destino gravaba.

Y ahora que creía tener al fin al almojarife real al alcance de la mano, otra vez un hado nefasto lo encubría con un velo de misterios. La prueba resultaba exorbitante para un hombre. O recibía una señal pronta o abandonaba la búsqueda.

—No puedo recorrer Oriente visitando una a una todas las sinagogas —confesó Galaz—. Algo me dice que no veré jamás a ese hombre. Resulta evidente que no lo desean ni Dios Vivo, ni mi esquivo sino.

El mesonero renunció a formularle preguntas sobre el prójimo que buscaba, pero para reconfortarlo, le manifestó confidencialmente:

—En Jerusalén existe una tradición que consiste en colgar de una ventana una tela blanca cuando la familia no se encuentra en la casa. Esa señal la contemplarás suspendida en la tronera de la Sinagoga de los Libertos. El día que desaparezca, es que el rabino Megas ha regresado. Ten paciencia, hermano Jacob.

Diego, abatido por su momentánea derrota, asintió con gravedad.

Se sentó en el pretil y escrutó el crepúsculo que enrojecía los naranjos del patio. Al poco, una luna biliosa espejeaba las azoteas y un aroma a jazmines saturaba el aire inmóvil. Su imagen mansa se reflejó en las aguas del pozo. Diego quedó magnetizado contemplando el astro de la noche preso en la oquedad, como se hallaban sus ilusiones aprisionadas entre sus murallas.

Entre un torbellino de luz, Diego salió a recorrer la ciudad. Un leve vientecillo movía los sicómoros de la torre de David. Las alondras y vencejos revoloteaban por la colina del Templo y la Cúpula de la Roca, tan unida a Abraham, a Mahoma y a los caballeros del Temple. Desde el primer momento se hizo pasar por un hebreo excéntrico, gastaba en las tabernas dinero, que guardaba en un cinturón bajo faja, y se movía por los cuatro barrios, el musulmán, el judío, el armenio y el cristiano, arrabales con puertas independientes que poseían sus propios lugares de culto y costumbres. Gustaba de transitar por la Vía donde caminó Jesús con la Cruz, por la iglesia del Santo Sepulcro, construida por los mercaderes italianos de Amalfi, y rezaba una plegaria con los labios de su corazón en las arideces del Gólgota y el Monte de los Olivos, rogando al cielo la vuelta de Ben Megas.

Las ejecuciones se habían multiplicado en Jerusalén con la llegada del Mesías, sembrando el miedo entre la comunidad hebraica, que recelaba de todo extranjero sospechoso. Comprobó la señal de la ausencia de la familia Megas en la arcada de la sinagoga, un paño blanco y vagó por las callejuelas judías, buscando un vestigio, bien de Megas bien de los Elasar, pero sin éxito. Presenció la comitiva de entierros camino de Getsemaní y conjeturó que no podía haber arribado a Jerusalén en ocasión más adversa. Con el temor que enrarecía la atmósfera del Ofel, difícilmente le harían partícipe de alguna confidencia. Los ánimos estaban soliviantados y en cada esquina se adivinaba una amenaza. Con su rara pronunciación preguntó a un anciano por el paradero de Megas, y no sólo no le contestó, sino que creyéndolo un espía de Amir, lo amenazó blandiendo la cachaba y atrayendo hacia sí la animosidad de unos familiares, que la emprendieron a insultos y pedradas.

—¡Malditos seáis, vosotros, los Megas y los Elasar! —se revolvió enajenado.

Decepcionado ante la hostil acogida que le habían dispensado, volvió sobre sus pasos, introduciéndose por unas intrincadas callejuelas que lo condujeron al lienzo amurallado del monte Moriah, el lugar de la alianza de Abraham con Yahvé, que amparaba la mezquita musulmana, en otro tiempo Templo de Salomón y palacio de Herodes. Anónimo con su veste hebrea, se deslizó calle abajo hacia el Muro de las Lamentaciones, donde una hilera de deudos de los muertos lloraban su desgracia.

Otra de las mañanas se echó a la calle y penetró en un figón de alegre ambiente donde platicaban unos beduinos que vendían velas y crucifijos a un grupo de peregrinos. Sin poder remediarlo pensó que era un soñador que impulsado por una locura disparatada desatendía sus deberes y afectos, y que Isabella bien podía reprochárselo.

Un lampadario iluminaba una estancia abigarrada de toneles donde los feligreses libaban vino de Samaria y Corinto, mientras sobaban a unas meretrices medio desnudas. Una de ellas colocó insinuante sus pezones coloreados de carmesí ante sus ojos, mientras intentaba conducirlo a un cuchitril donde una cofrade trajinaba con un soldado del gobernador. Diego se unió a la bulliciosa grey y animado por el clarete departió con algunos parroquianos judíos, camelleros y arrieros, a los que preguntó por Megas.

Ganada su confianza le auguraron una búsqueda imposible, ya que el gran rabino, por ser uno de los cabecillas *hasidim* que aguardaban la supuesta llegada del Ungido de Dios, tenía puesto precio a su cabeza, por lo que resultaba improbable que regresara a Jerusalén. Diego, desalentado, regresó a la posada de Janan, pensando en dar por concluidas sus pesquisas y buscar la forma de regresar a Gaza antes de la llegada de las lluvias, para luego zarpar en un navío cristiano rumbo a Alejandría.

En el patio emparrado, los huéspedes se atiborraban de huevos fermentados con cidra y limón y de un guiso de cabrito, cuyo aroma a alcaravea y cilantro, lo animó a probarlo. El mesonero lo acomodó en un rincón donde crecía un granado. Sobre una piedra de amolar le sirvió el condumio y un jarrillo de vino. A su diestra se sentaba un individuo paticojo tocado con una *kipá* grasienta, de esqueléticos miembros y de barba puntiaguda, que sorbía un caldo de escudilla y murmuraba jaculatorias a cada sorbo.

Por las palabras que decía de sí mismo, que era un exégeta de Dios y un *qados* o santo, más bien parecía un charlatán embaucador que vendería a su madre por un vaso de vino. Gustaba meterse en asuntos ajenos, y se ganaba la confianza con adulaciones. Iba de ciudad en ciudad y de posada en posada rogando por los difuntos, mendigando y vendiendo trozos de papiro con versículos de las sagradas escrituras que afirmaba conocer al dedillo. Se arrodilló y disertó sobre la venida del Mesías, mientras las moscas se posaban en su cráneo apergaminado.

—En Yerusulaym he alcanzado la paz, hermano —se dirigió a Diego—. ¿Sabías que Dios repartió las diez porciones de la belleza del mundo, y que nueve se las otorgó a Jerusalén? Hoy es víspera del *sabath* y por ello te voy a regalar una de mis oraciones a cambio de un jarrillo de vino. Tal vez así se disipe el pesar del corazón atribulado que presumo en ti. Confía en Neemías el Cojo que rezará por ti al Creador.

Del revoltijo de su zurrón entresacó un *sidur*, el libro de oraciones judío, y un papiro renegrido. Diego, que no le había prestado oídos, mostró su sorpresa, comprobando que además de su aspecto menesteroso, uno de sus ojos mostraba un absceso infestado. Diego, animado por la curiosidad abrió el papel. La letra apenas si era legible, pero leyó: «Provienes de una gota maloliente y vas hacia un lugar de podredumbre y destrucción. El Santo sea alabado».

—¿De qué versículo del Libro Sagrado has entresacado estas funestas palabras?

—De ninguno. Se trata de una sentencia del patriarca Aqabia ben Mahalalel. ¿Acaso revela algo de tu futuro, hermano sin nombre? —arguyó el entrometido.

—El tiempo lo dirá, hermano Neemías. Pero antes deja que yo te corresponda con otra piedad. Veamos tu ojo. Necesitas una cura, o lo perderás —dijo Galaz en un hebreo deleznable.

El Cojo no deseaba acabar el diálogo sino seguir hurgando en sus intenciones.

—No has nacido en Palestina, ¿verdad? Eres un hijo de la *galut*, la diáspora, condenado a nacer lejos de la tierra prometida. El pueblo de Israel siempre sufriendo las vejaciones de los tiranos. ¿Hasta cuándo, Señor de los Ejércitos?

—Provengo de Sefarad, Hispania, y mi nombre es Jacob.

—Sefarad, la tierra de los milagros y la abundancia. «La plata laminada que arriba a Israel de Tarsis», dice el *nabí* o profeta Jeremías —declaró jactancioso.

Diego solicitó al ventero que le hirviera en la hornilla hojas de hinojo, camomila y arrayán, y le limpió las úlceras; luego conversó con el viejo, con el que, por su desamparo en tierra extraña, entabló una llana camaradería.

—¿Tú también crees en la inminente llegada del *Zonara*?

—La contestación es fácil, hermano —le aclaró el Cojo—. Es un sueño absurdo. ¿Se puede restañar en unos meses una herida abierta en el pueblo de Israel hace siglos? No. Adonai aún debe probar a su pueblo elegido y puede que hasta el Juicio Final no comparezca ante nosotros.

Diego entendió que no era un fanático del *Zonara* y optó por refugiarse en sus pensamientos, rogándole que si por su oficio de trotamundos oía algo del regreso del rabí Megas, o del *nasí* Zakay ben Elasar, lo avisara de inmediato.

—Comparto tu preocupación; en mí has hallado un aliado.

Diego adoptó el papel de un furtivo vagabundo y vigiló los aledaños de los mercados, en los caravasares y tabernas. Era su sino. Buscar

Cada día, envuelto tras una fachada de respetabilidad, Diego pasaba ante la sinagoga de los alejandrinos y contemplaba la colgadura, cada día más pajiza y ajada. No tenía noticias de Ben Megas o de las *haburot* dispersas a causa de la persecución, y se desesperaba. El ventoso mes de adar expiró y, con los primeros días del nisán, el barrio judío fue cobrando una inusitada vida con los preparativos de la Pascua, la más gozosa conmemoración judía que rememoraba la liberación de la servidumbre del pueblo de Dios. Las familias judías aseaban sus hogares y amasaban los *mazzol*, el pan ácimo, en las tahonas del Ofel.

El día señalado, Neemías leyó en la cena pascual del *Seder* un texto del Éxodo, el *hagadad*, que el hispano oyó con curiosidad, mientras Janan servía las hierbas amargas, el *harosset*, mejunje de manzanas y nueces, y el cordero desangrado, muy apetitoso según el paladar de Diego, que observaba el ritual y lo seguía con devoción. «Al menos tengo la oportunidad de explorar los credos de otras gentes.» Por espacio de los siete días de la solemnidad, se sumó a las celebraciones junto a los huéspedes de la posada, sin expresar rechazo, pues la vida podía irle en alguna inoportuna blasfemia, o una desconsideración.

Diego se había concedido un plazo, pero sus ganas y sus costumbres se habían relajado. Con Neemías visitaba las tabernas del barrio armenio, merodeaba por los conciliábulos de mendigos de la Torre de David y la Puerta de Damasco, vagaba por los mercados frecuentados por los rabadanes que ejercían su oficio por los desiertos de Judea, espiaba a los orantes del Muro de las Lamentaciones, pero no logró sacar ni una sola información sobre el paradero del rabí Megas o sobre el *nasí* Elasar. En la ciudad, donde deambulaban, árabes, mamelucos, niños de ojos oscuros, turcos, judíos y peregrinos llegados de todas las partes del mundo, pasaba desapercibido. Y muchos, por su aspecto dudoso y desaliñado, lo consideraban de la casta de los *quppah* o pobres.

Con el paso de los días desesperaba, y su tiempo para regresar a Alejandría, concluía. Una tarde, Galaz andaba abatido y decidió regresar al albergue. De improviso se encontró junto a la Puerta de Jaffa con su amigo Neemías el Cojo, quien sosteniéndose a duras penas en su roñosa muleta, sermoneaba a un grupo de beduinos, para sacarles unos cobres. Su ojo presentaba una franca mejoría y sonrió al ver ante sí al judío hispano. Neemías, que quería agradecerle la curación y sus caridades, lo invitó a beber en una almunia de Ghión, unas cortesanas. Diego se excusó, pero el charlatán le susurró al oído:

—Tengo una información para ti. Más tarde te la revelaré lejos de oídos indiscretos —aseguró en voz baja, para luego exclamar con amabilidad—: ¡Dios cuide tus manos milagrosas, Jacob! Mis pupilas ven hasta lo que no debían. Tus mejunjes y el milagroso aire jerosolimitano me han sanado, buen amigo.

A Galaz le extrañó la dadivosidad, pero su desinterés era proverbial en la casa de Janan, y la información que guardaba lo convencieron para aceptar. El interior de la mancebía estaba sumido en una penumbra cómplice. Los candiles y lamparillas arrojaban un fulgor tembloroso. De los muros colgaban hermosos tapetes, como llamaban en Jerusalén a las alfombras de Sardes, «más blandas que el mismo sueño». Diego tuvo que acostumbrarse a la escasa luminosidad del prostíbulo, donde se quemaban varillas de sándalo.

Las figuras de las meretrices babilónicas parecían irreales entre los vapores de las lámparas. Unas flautistas griegas, las *auletridas*, tocaban una melodía que enardeció el corazón del extranjero. Neemías habló con el truhán que regentaba el burdel, quien le sirvió dos jarrillos de *zythos*, la cerveza dulce de Chipre, y puso a su disposición un cuarto donde varias muchachas sesteaban adormecidas en unos almohadones.

«Valioso debe ser el favor que le deben», receló Diego, que no obstante bebió varias jarras de la bebida fermentada.

Una de las jóvenes, una persa de ojos negros y rasgados se adelantó con un vaso de alabastro. Con melosidad le dio a beber un elixir, que a Galaz le pareció de opio de Catay y menta. Otra de las rameras, cuya piel blanquísima estaba marcada con tatuajes, incluso sus pechos y el sexo, le ofreció unos dulces, que ella llamó *lukum,* y un *falafel* de carne y sésamo que al extranjero le pareció sublime.

La cortesana le sonrió y al aragonés le pareció que con el bebedizo se le excitaban los sentidos y la linfa de sus venas le corría como un corcel sin amo. Se dejó llevar hacia los cojines donde la joven le frotó el cuerpo con esencias de Arabia, mientras el Cojo, cuyos ojos brillaban de lujuria, danzaba al son de las flautas un baile grotesco, acompañado de dos furcias. Diego se incorporó y bailó con su amigo, pero sus piernas no le obedecían.

La meretriz lo abanicó con un baleo de plumas, mientras dejaba entrever sus pezones tintados de ocre a través de una gasa translúcida que cubría su cuerpo.

Estaba esmeradamente maquillada, y una guirnalda de flores le nacía en la melena, que caía sobre sus hombros. Diego se recostó en el diván y se embebió en su voluptuosa belleza, abandonándose a sus cuidados. Había caído en un suave sopor, hasta el punto que creía que acariciaba a Isabella, recordando el tacto de su piel de azucenas. Besó sus senos y sus tersuras, arrebatado en una ola de deleites. Cuando tras una hora de escarceos amorosos la poseyó, reparó en el andar ingrávido de Neemías y las otras cortesanas; y dejándose caer, reclinó su cabeza en el regazo de la persa, y cayó en un prolongado sueño.

Bajo un cielo amoratado y manso, Diego y Neemías salieron del burdel con las cabezas embotadas. Hundieron sus rostros en las frías aguas de una fuente con verdín frente a las murallas. El frescor del chorro en las sienes lo había devuelto a la realidad: «¿Se habrá dado cuenta Neemías de que no estoy circuncidado y que soy un impostor? —se preguntó—. He de andar con cuidado de ahora en adelante. ¿Me habrá tendido una trampa este trotacaminos? Ha sido un error grave y lamento mi estupidez.»

Silenciosos cruzaron el torrente de Cedrón y entraron por la Puerta de Siloé, desierta a aquellas horas del alba, tras unos pastores de cabras. El Cojo le pasó un pellejo de vino de Berseva para recuperar los ánimos, mientras parangonaba la hermosura de las cortesanas.

—¿Has hallado al fin a quien buscabas, hermano? —le preguntó con retintín.

—No, y he decidido volver a mi patria. La fortuna no está de mi parte. Abandono mi empresa —respondió lacónico—. ¿De qué deseabas hablarme, Neemías?

El charlatán lo miró como se mira a un enfermo terminal, con compasión.

—He conseguido hablar con uno de los discípulos de Ben Megas —le reveló confidencial—. Siento desengañarte Jacob, pero el rabino no regresará a Jerusalén mientras continúe como gobernador Ibn Amir, un mameluco de atroces sentimientos. Y si ese otro hermano de Sefarad que buscas pertenece a los *hasidim*, renuncia a indagar sobre él, pues puede ocultarse en cualquier lugar de Oriente. Un pueblo sometido es como un rebaño conducido al degolladero, dice el piadoso *nabí* Isaías. Creo, no obstante, que si untas con una buena bolsa a Janan, el ventero, y le metes los dedos, tal vez ése te diga dónde se hallan con exactitud. Oculta más de lo que dice. Inténtalo al menos.

—No es ésa mi forma de comportarme. Ya te lo he dicho, regreso a Alejandría y olvido mi búsqueda, a pesar de mis sacrificios y de haberme expuesto al riesgo de la muerte —replicó descorazonado, bajando los ojos—. Esta rutina está alterando mi vida y llenando mi misión de fracaso.

—Tu entrega resulta encomiable, pero buscas una aguja en un pajar. Janan es tu última oportunidad. Tardarías una eternidad en recorrer las comunidades de *devotos* dispersadas por Antioquía, Jericó, Armenia, Engadda, Egipto, o quizás en las cuevas desperdigadas por las antiguas Ciudades de la Sal, emporios de leyenda.

Repentinamente el semblante de Diego se iluminó y su pulso se aceleró. Aunque aturdido por la bebida, su memoria se vio obligada a recordar. Enrojeció a causa del olvido. Asió del brazo al Cojo y le soltó:

—¿Qué nombre has pronunciado en último lugar Neemías? ¡Repítelo!

El pícaro se quedó boquiabierto. Enarcó las cejas e insistió:

—Las Ciudades de la Sal. ¿Qué te ocurre? ¿Acaso te trae algún recuerdo olvidado? —dijo interesado—. Confíamelo. Mi empeño es ayudarte, ya lo sabes.

Resucitada por la alusión del Cojo, en su cerebro se hizo presente la entrevista de la sinagoga de Aqiq, cuando se dirigían a entregar al príncipe Yekuno; del olvido surgió una por una las palabras de su informador, el rabino etíope. Hasta entonces había permanecido en su cerebro sin que le concediera el menor crédito. Pero de repente cobraba un inusitado valor.

Ahora, cuando estaba apunto de rendirse, su alma necesitaba acogerse a cualquier vestigio por fútil que fuera, como el náufrago se agarra al madero salvador. Le refirió la entrevista con el rabino del País de los Aromas, así como su no menos desconcertante respuesta y el desconocimiento que tenían los caravaneros de esas ciudades. El charlatán lo escuchó grave, eructó dejando entrever su boca que hedía a vino. Tras unos instantes de espera golpeó el hombro del sefardí carcajeándose y, con la misma contundencia que lo hiciera el discípulo en Aqiq, replicó:

—Qué insensato fuiste, Jacob —y rió con una carcajada—. El rabino te indicó el paradero de forma tan ingeniosa como exacta. Ese lugar legendario, ahora sin vida ni actividad, existe, y no muy lejos de aquí. ¡Por las barbas de Senaquerib el idólatra!

Aquella emboscada del destino lo llenó de júbilo.

—¿No te burlas de mí?

¿Había poseído la clave del destino de los Elasar y no había sido capaz de descifrarla, perdiendo un tiempo inestimable? ¿Por qué el maestro Tibbon no le había abierto los ojos? ¿La había ocultado por una razón desconocida? No podía elegir, ya era tarde. Se pondría en manos de Neemías, del que recelaba, y más ahora que sabía que no era judío. Pero era lo único que tenía y lo escuchó:

—Escucha, Jacob. Estudié en mi juventud con los más doctos rabinos de Israel y su interpretación resulta incuestionable. El primer libro de Samuel dice: «Y el rey partió en busca del ungido atravesando la Sure ha-Yeelin [La Roca de las Cabras], hasta recalar en la perdida Ciudad de la Sal. Y allí le dijo Yahvé "Aquí lo tienes, te lo entrego en tu mano"». ¡Por todos los ángeles caídos! ¿No lo ves tan claro como el poder de Adonai?

Diego estaba demasiado absorto para argumentar. ¿Podía ser cierto que había hallado al fin el lugar tan buscado?

—¿Y bien? —Su tono era vacilante.

—Resulta tan diáfano como la luz de la alborada, hermano —repuso el Cojo con una sonrisa triunfal—. Aquel a quien buscas no es otro que el «rey» que anda tras el «ungido». Ben Elasar recaló, según tú, en Palestina, atraído por la aparición del Mesías. Y como predice el texto sagrado que te reveló el rabino, «te lo entrega en la mano», detallándote el lugar donde se halla, ahora convertido en su refugio. ¡Quién lo diría!

Tras sobreponerse a la sorpresa de la interpretación del texto sagrado, insistió.

—Sigo sin entender, Neemías.

—Escucha —le aseguró triunfante y babeando—. El rabí conocía el paradero del hombre que buscabas, pero por precaución, lo ocultó entre las líneas de ese versículo bíblico. Las ruinas de la Ciudad de la Sal, ahora abandonada por los hombres, se encuentran en el mar Muerto, al norte de Ain Giddi, a tres horas de camino de Jericó y cerca del oasis de Ain. Allí se alzan antiguos cenobios esenios, los *hombres de las cuevas.* Esos lugares, que se extienden por el Sinaí, los ocupan comunidades de *hasidim*, que han huido de la persecución del gobernador. Adonai ha querido que yo me cruzara en tu camino.

—Los esenios de los que me habló Tibbon. ¡Ése es el lugar! —exclamó Diego, gozoso.

—El hermano que buscas aguarda con toda seguridad la venida del Elegido, o en las cercanías de Engadda, o en Sure Ha-Yeelin, poblados que trafican con la sal y el azufre. No puede decirse más claro, y te aseguro que ese escondite se halla a menos de dos jornadas de aquí —insistió.

La sorprendente conclusión dejó mudo a Diego que lo miró de hito en hito, con la seguridad de haber dado al fin con la huella para encontrar a los Elasar. Ya no había tiempo para especular y prefería no pensar en la información que le desvelaba el embaucador de peregrinos. Para antes de Pentecostés habría de hallarse en el puerto de Jaffa y embarcarse a Alejandría, para regresar a Barcelona.

El tiempo lo acuciaba y no podía detenerse a pensar en contrariedades y en la fascinación que le había producido la revelación. *La Violant* y Jacint Blanxart no podían esperar, pues les iba el negocio de todo un año. Sería el último riesgo que correría, pues en su ánimo ya no cabían más decepciones.

—A veces el azar acierta a hallarse en terrenos imprevisibles. Gracias por tus empeños, Neemías, y te ruego que guardes reserva del asunto.

El Cojo hizo como si estuviera enojado.

—¡Jamás me serviría de los apuros de un semejante! —afirmó irritado.

Diego se notaba ansioso por partir.

—Pues aunque tan sólo sea una probabilidad, me has proporcionado un gran alivio —dijo, y le cogió las manos en símbolo de gratitud.

—La impaciencia por alcanzar la meta te ha ofuscado —lo consoló el viejo.

—Sin duda los acontecimientos me han sobrepasado —aceptó Diego el reproche.

—Escucha Jacob: Habla con los pastores que llevan su ganado por la tarde a la fuente de Siloé. Ellos pueden conducirte hasta las ruinas esenias de Qumran y a los poblados de la sal. La búsqueda en las cuevas es ya cosa tuya. Es tu única oportunidad, a no ser que el rabino de Aqiq se comportara como un loco burlón —y esbozó una risita jovial.

—Hoy estás invitado en la taberna de Janan. Espero que nuestros caminos se crucen alguna vez, Neemías, y así pueda devolverte el favor. De todas formas déjame que te agradezca tus servicios —declaró, y lo recompensó con diez *zuzs*, denarios hebreos, que dejó caer en su mano, para así silenciar su boca.

El tullido, mostrando su único diente, se lo agradeció con una mirada incondicional. Y cogidos del hombro se encaminaron a la posada. Del fondo le llegó el dulce son de las chirimías y los acordes lo reconfortaron. En su mente renacía el irreductible ánimo que lo había llevado de una a otra parte del mundo arrastrando peligros y privaciones. En aquel instante la voz del almuecín resonó en la Cúpula de la Roca y pensó en Isabella; quizás en aquellos momentos estaba hilando en la rueca o tañendo el laúd. Mujerucas de túnicas negras se detenían a rezar, mientras con la luz de la mañana, Jerusalén, la perdurable, cobraba una inusitada vida para Diego Galaz de Atarés, el algebrista errante.

Diego se ató las sandalias y se ajustó el tailasán a la cabeza.

Con afecto se despidió de Neemías el Cojo y de Janan, cuando el sol clareaba tras las colinas de Getsemaní. Unos pastores de Hebrón, amistosos a pesar de los rudos modos, se habían prestado por unas monedas a servirle de guías. Diego cruzó con los rebaños la Puerta de Sión, donde los mudos hablaban y los sordos escuchaban las palabras de Jesús, según le había narrado tantas veces fray Bernardo. En la fuente de Siloé las lavanderas recogían agua, disputándosela a los aguadores en una algarabía de gritos mientras hileras de olivos se ordenaban a uno y otro lado del torrente de Cedrón, ondulante y pajizo.

Al cabo, la traza de la *Hlierosolima Terrenalis*, la inmortal Jerusalén, la de los cien nombres, se fue alejando de su vista y sintió en su corazón pesadumbre. En pos de su última oportunidad y consciente de su vulnerabilidad, montó en un asnillo y siguió al hato de cabras. Como un visionario, dudaba si era la fatalidad la que lo guiaba hasta las cuevas, si eran los disparatados desvaríos de un rabí lunático, o las palabras de un consumado nutridor de patrañas, como consideraba a Neemías.

Caía el sol de plano, cuando emergieron al oeste unas casitas blancas entre un mar de amapolas, como minúsculos rostros asustados que emergían de la tierra. Diego se interesó por aquel lugar:

—Es Betania. En antiguo arameo «la casa de la miseria», aunque desde aquí la veas tan frondosa —le explicó el rabadán, un hombre huraño y poco hablador.

Ganaron las primeras cotas del desierto de Judea; el paisaje no podía mostrarse más desolado y la calina más asfixiante. Diego, con el zurrón de sus pertenencias en bandolera, se asfixiaba sobre los lomos del pollino. Los pulmones le quemaban, por lo que sorbía tragos de la bota, y los rayos del sol le abrasaban como carbones. El cielo se volvió amarillo, como los cauces de Qumran, por cuyos caminos transitaron hasta que el sol declinó por el ocaso. No se divisaba un solo árbol y parecía que la vida se resistiera a brotar en aquel desierto de rocas. Pernoctaron en unas cuevas ennegrecidas por los fuegos que apestaban a ganado.

Diego permanecía temeroso y dormitaba con un ojo abierto, pues temía que alguno de los pastores pudiera rebanarle el cuello y robarle cuanto llevaba, por lo que le costó conciliar un breve sueño. Al día siguiente, tras aceptar un cuenco de leche, se adelantó al rebaño y contempló entre las escarpaduras la difusa línea del mar Muerto, su destino, que rutilaba como un espejismo. Al punto sintió que el corazón se le escapaba por la garganta. Deseaba lanzarse en carrera por la ladera y extraer de sus entrañas su desazón, pero se contuvo, y respiró para serenarse.

—Amigo, ahí tienes las ruinas de las aldeas donde habitaron los sabios *magarriyah*, los hombres de las cuevas —le informó un pastor—. ¿Estás seguro que se trata del cenobio que buscas? Hay muchos más de aquí a Mageddo, casi un centenar.

—Al parecer sí, y en eso confío —contestó—. Me adelantaré a vosotros, pues me urge hablar con el rabino Ben Megas.

—No puedes ocultar tu impaciencia, hermano —ratificó el cabrero.

—Los fantasmas del pasado me impiden el sosiego. He recorrido medio mundo, desde la diáspora de Sefarad, para disfrutar de este momento. ¿Me comprendes?

—Ve con Dios, pero ten cuidado con las aguas de ese mar. Despiden una fetidez a azufre que espanta, y algunos han muerto con sólo olerlas.

—Que el Altísimo pague vuestras caridades —dijo, y se despidió.

El descenso por las escarpaduras, quemándole la sesera, se le hizo inclemente, y el pollino se resistía a seguir. Las chicharras le taladraban los oídos y sus músculos estaban tan tensos como la cuerda de un arco. Bebió de la bota y sus labios agrietados se suavizaron. Un chacal gruñó en la soledad y una nube de tábanos que se arracimaban en el esqueleto de un carnero, se cebaron en él.

—Esto parece el horno de Dios —deploró al asfixiante calor.

Súbitamente se elevó un canto salido de las gargantas de los moradores del monasterio esenio y resonó el cuerno de la oración. Diego siguió pendiente abajo a punto de descalabrarse. Lo que un principio creyó una construcción abandonada, se le ofreció como un confortable baluarte donde destacaba una torre enlucida de cal. A su alrededor se alzaban en anárquica formación, edificaciones de adobe, una sinagoga, celdas y las dependencias de uso de la comunidad. Y arriba, en las laderas, las tan buscadas cuevas esenias.

Una alberca y un acueducto de piedras milenarias comunicaban las cisternas con el torrente de Qumran. Por los humos y rumores constató que el cenobio se hallaba habitado, aunque no divisaba a nadie. ¿Estarían de oración? Pensó no dirigirse directamente al retiro, tal vez porque su ánimo se resistía a encajar otra decepción que terminaría por hundirlo. Así que prefirió ordenar sus ideas, y, dando un rodeo, arreó la acémila y bajó hasta el oasis de Ain Feshah, que se divisaba a un tiro de piedra de la orilla del mar Muerto.

El apacible paraje espoleó su corazón impaciente.

Los manantiales brotaban, hermoseados por cañaverales y juncos. Le parecía inconcebible que a sólo unos pasos del inhóspito desierto de Judea pudiera germinar semejante edén. Espantó con su presencia a una plétora de estorninos, tordos de Siria, y a un ibex que pastaba tras el palmeral, y se aproximó al pozo. Un grupo de mujeres beduinas que trabajaban en la entrada de una tienda de pelo de cabra y hojas de palmera, lo recibieron entre risas. Cortaban tallos, mientras unos ancianos de rostros quemados elaboraban esterillas, o secaban racimos de dátiles. Otros daban agua a un rebaño de ovejas en la charca, que hervía de pececillos grisáceos.

—*Salaam* —los saludó Diego en árabe.

—Que el Misericordioso te refresque los ojos, extranjero —le respondió un anciano que sostenía un cayado y que le ofreció un cuenco con leche y dátiles, que Diego apuró, agradeciéndole la hospitalidad—. ¿Buscas a alguien, o te has extraviado?

—Aguardo a que aquellos hombres santos concluyan sus oraciones y rogarles refugio y atención para unos asuntos que me traen de muy lejos —repuso.

—El Creador siempre amparó con su manto a los hombres de las cuevas.

—¿Y cómo se llama el lugar donde se asienta ese *ribat*?

—Unos lo llaman Hibet Qumran y otros los escombros de la Ciudad Maldita de la Sal —testimonió el viejo sin dejar de mirarlo—. En esos riscos vivieron en otros tiempos los esenios, luego el rey Ozías lo convirtió en un fortín, que aprovecharon los *rumis* o romanos para aplastar las rebeliones judías. Regresaron nuevamente los hombres de las cuevas, y tras siglos de abandono unos pacíficos hijos de Israel, los *hasidim,* lo han reconstruido y viven santamente entre sus muros y en las cuevas de las montañas.

Se despidió de los nómadas agradeciendo su acogida. Por un sendero espinoso se acercó a la orilla del mar Muerto que, como una mansa laguna, era abrazado por montañas azules. Espejeaba tan sosegado como si las aguas fueran de sirope. A lo lejos se distinguía la sinuosa línea del monte Nebo, desde donde Moisés contempló la tierra prometida. Unos rizos espumosos se acumulaban en sus riberas, blancos como la cal. Diego aspiró su brisa salada y le dio la espalda impresionado. Ascendió por la pendiente que conducía al refugio de los místicos, que estaba envuelto en un halo de misterio. Distintos pensamientos se agolpaban en su cerebro. Sentía por igual que, víctima de un engaño, podía sufrir un encuentro desagradable, o por el contrario lograr el remedio de sus pesadumbres.

Permaneció unos instantes observando el retiro, entre confuso y hechizado. Disfrutó del silencio y de los fulgores del sol en las moles blancas.

Un anciano encorvado, vestido con una túnica de lana grosera, arrojaba grano a unas palomas que, entre zureos, revoloteaban en un nidal. A Diego le extrañó que muchas estuvieran anilladas. Exploró con sus ojos los alrededores y sin querer perturbar su quietud, lo saludó en un tono cálido:

—*Shalom*. Soy un hombre de paz que busca al rabí Megas y al *nasí* de las comunidades de Sefarad, Zakay ben Elasar —declaró para disipar desconfianzas—. ¿Se hallan por ventura en esta comunidad, hermano, o he buscarlos en las cuevas?

El viejo, con una gravedad augusta, se volvió hacia el recién llegado y pronunció unas palabras que lo desconcertaron.

—Te han precedido avisos y señales indudables. Te aguardábamos.

El *nasí*, Zakay ben Elasar

El recién llegado y el anciano se intercambiaron miradas de sorpresa.

Acudieron más místicos del cenobio *hasidim* de Qumran. No estaban acostumbrados a recibir visitas y menos de desconocidos. Decenas de ojos se clavaron en el visitante, que se sentía sobrecogido como una moza en una justa de guerreros.

El aire se sazonó de expectación; un eremita se adelantó y le ofreció un aguamanil en el que el huésped se enjuagó las manos y la cara. Otro le ofreció un cuenco con el pan y la sal de la hospitalidad hebrea, que Diego palpó con sus dedos, que se llevó luego a los labios.

Entretanto, dos figuras que permanecían sentadas bajo una higuera, se incorporaron. Por el fulgor de sus miradas Diego entendió que lo esperaban. ¿Hallaría al fin entre aquellos ascetas el misterio de su cuna? Uno de ellos, un anciano de enjuta complexión, barba mosaica y rostro surcado de arrugas, avanzó con torpeza ayudado por el más joven, un hombre achaparrado. Seguramente una enfermedad pulmonar atormentaba al viejo, pues respiraba con dificultad. Por su mirada parecía que los fantasmas del pasado se reencarnaban desordenadamente en él. Por un instante pareció que el mundo se detenía, que los anacoretas, no más de una treintena, caminaban de forma pausada, y que sus sayales, blancos como la nieve de Hebrón, los envolvían como sudarios.

Medían sus gestos con frialdad. Con la luz del crepúsculo percibió que aquél era el lugar perfecto para que su ánima encontrara el sosiego tan largamente buscado. Pero ¿su destino lo determinaría así? Los dos *hasidim* se plantaron ante él. El anciano lo estudió con ojos amables. Alzó luego las manos sarmentosas con delicadeza, sin brusquedad, y esperó.

—¿Sois Zakay ben Elasar? —preguntó Diego en romance.

Su interlocutor estuvo un rato sin quitarle ojo, como seducido con su aparición.

—¿Quién pregunta por él? —salió al paso el acompañante.

—Diego Galaz de Atarés —proclamó su apelativo cristiano.

Por los surcos del rostro que en el viejo había abierto la vida, corrieron unas lágrimas. Y como si en las entrañas de aquel hombre hubiera resonado una campana, sus temores se quebraron, como aliviando los pesares de su vejez. Miró de soslayo el sello que lucía Diego, su obsequio, y sintió en su corazón una sensación exultante. Aquel hombre no podía exteriorizar sus emociones. Sin embargo la respuesta más buscada por el algebrista surgió del anciano con sorprendente facilidad: como un arpa que sonara en medio del desierto, salió de sus labios finos:

—Yo soy Zakay hijo de Elasar. Éste es mi hijo Yehudá, el sostén de mi vejez.

Diego pareció ahogarse en su sensación de gozo irrefrenable. Al fin había concluido su tormento. ¿Y aquel anciano? Como Saulo camino de Damasco, la llegada del cristiano pareció provocar en el viejo *hasidim* una revolución interior de efectos demoledores. Lo saludó y adelantándose ungió sus cabellos con aceite. Luego besó sus mejillas y manifestó embelesado:

—No deseo censurar tu decisión, pero te has expuesto a peligros incontables viniendo hasta aquí. Aunque, ¿acaso no habría que esperarlo de ti?

—Sopesé los pros y los contras, y el premio me pareció seductor, Elasar —replicó Galaz con un cuidado exquisito.

—El valor y la abnegación jamás se pueden reprobar en un hombre —dijo el anciano—. Al fin has venido a reconciliarte con tu sangre y Dios me ha concedido el don de que mis ojos te contemplen antes de morir.

¿Qué le daba a entender con aquella frase? En su pasado había muchas cosas que Diego no lograba ni tan siquiera imaginar. Estaba marcado por un nacimiento misterioso, pero en aquel instante notaba como si una marea de calor deshiciera el hielo de sus orígenes. ¿Qué sabía aquel hombre? ¿Por qué lo trastornaba la ternura que destilaban los ojos de aquel hebreo, en otro tiempo poderoso almojarife real de Castilla?

Zakay le tendió los brazos, mientras musitaba:

—Aunque mi vida se mide por varas de sinsabores, Yahvé me restituye la sangre de mi sangre y te ha protegido hasta que llegaras a la tierra de tus padres. «Sal de tu casa y ven a la tierra que te mostraré», dice el Señor —continuó en castellano—. ¿Qué deseas saber, hijo?

—¿Por qué os habéis ocultado de mí, ocasionándome un daño irreparable? La orfandad es un infierno, y muchos me señalaron con su desprecio. ¿Por qué tanto dolor innecesario?

Con ademán compungido, Zakay respondió:

—Restituiré lo que te pertenece Diego. Estos años estériles en que sufriste abandono y frialdad te serán compensados. Un secreto infamante nos destruyó, pero tu llegada restaurará la paz de los Elasar. ¿Quién soy yo para ir contra la voluntad de Adonai, nuestro Dios?

Diego había soportado en su infancia pesadillas atroces que lo obligaban a rechazar las frases del anciano. Exigía la verdad, clara y concisa.

—¿Por qué habéis hablado de restitución? ¿Porque comprasteis mi vida? Aún no comprendo nada. Explicaos, os lo ruego.

El hebreo percibió un paternal afecto.

—No la compré, sino que la alenté y protegí. Siempre supe dónde te hallabas, qué enfermedades padecías, qué amigos tenías, cómo crecías y qué estudios emprendías. Ahora tenemos sosiego para aclarar tu pasado y conceder una oportunidad al perdón. Fuiste el origen, el propósito, el fin y la discordia de tu familia, y también el blanco de ambiciones bastardas. Pero jamás te dejamos de la mano, te lo prometo por el Libro Sagrado. Y si no permanecimos a tu lado fue porque, siendo judío en Castilla o en Aragón, tu vida hubiera sufrido aún más penalidades. Llevé tu recuerdo como una losa, pero mirándote ahora me parece que fue una carga benéfica y que Dios me tenía reservada una gran merced.

—Son tantas las preguntas que he de haceros, señor… —se lamentó.

—A pocos hombres les ha dado la Providencia un destino tan abrumador. Pero has vencido en duras pruebas. El primer libro de tu vida se cierra hoy. Entra en la sinagoga, hemos de agradecer a Yahvé este feliz encuentro.

Diego, entre desorientado e inquieto, siguió al enigmático anciano. Se fijó en Yehudá, su hijo, un rechoncho judío con una kipá en la coronilla. Éste tomó del brazo a Diego y le aseguró que sentía nostalgia y añoraba los huertos de Besalú y Guadalajara, donde había nacido, y anhelaba que pronto concluyera la mística aventura de su padre para regresar a Occidente. Diego le habló de su vida; Zakay se conmovió cuando mencionó la muerte de fray Bernardo, su estancia en la casa de su sobrino Josef y la entrevista con el rabino Tibbon.

—Los descendientes de Ben Ajía Elasar se regocijarían en sus tumbas. Eres digno de llevar el Nejustán, el signo de los algebristas hebreos de Aarón, el hermano de Moisés. Tú eres uno de sus descendientes, hijo, un honor nada desdeñable en la congregación de los Hijos de Abraham.

Diego no sabía qué decir. Su faz se ensombreció y pidió una explicación.

—¿Por qué os marchasteis sin decir nada y dejasteis consternados a *micer* Blanxart y a vuestra familia de Besalú?

Zakay cerró los párpados y con más alivio que decepción, refirió:

—Como *mebaqqer* o custodio de la Ley y *nasí* judío de Aragón me vi en la obligación de testimoniar con mis propios ojos si la *Amad*, la aparición del Mesías en Eretz Israel, resultaba cierta, como proclaman las profecías. Los estudios que emprendí en Alejandría con los Algebristas así lo anunciaban. El Mesías davídico apacentará a su pueblo y concluirá la diáspora. No podía permanecer ajeno a acontecimientos tan trascendentales para mi pueblo, que están por encima de la familia y de los negocios.

—¿Por qué estáis tan seguros de que Cristo Jesús no era el Mesías anunciado, sino el que esperáis ahora? ¿Y si el día de la llegada el enviado no es el Ungido? Y de serlo, ¿cómo lo reconoceréis? —se interesó Diego.

El anciano carraspeó y se aclaró la voz, pues respiraba con dificultad.

—Tú preguntabas en Jerusalén por el rabino Megas, ¿verdad, Diego?

—Ciertamente —aseveró sin saber dónde quería llegar.

Tras una pausa, como si se tratara de un ritual, continuó:

—Pues el rabí Neptalí ben Megas, a quien pronto conocerás, es para nosotros el último *maestro de justicia* que proclaman las sagradas escrituras. Aquel que prepara la llegada del Mesías o *Zonara*, el guía que interpretará la voluntad divina. Megas lo reconocerá y contemplará al Enviado cara a cara. «Una estrella sale de Jacob y un cetro surge de Israel.»

—¿Y decís que vuestro Mesías se presentará de forma inminente?

—Los estudios del Talmud, los cálculos genealógicos y cabalísticos, y los oráculos mesiánicos nos revelan que ocurrirá en domingo, el decimoquinto día del tercer mes esenio del siván, en la fiesta del *Shevuot* o de las Semanas, el Pentecostés cristiano. Acontecerá el prodigio en algún lugar de Palestina que desconocemos. Los *hasidim* así lo creemos. Dios nos alienta a preparar el camino de la ansiada era mesiánica. ¿Comprendes Diego?

El recién llegado se quedó paralizado. ¿Era el mismo fanatismo que había visto en los clérigos cristianos y en los *sarrasin* mamelucos? Sin embargo jamás había conversado con un hombre tan seductor y de personalidad tan arrolladora. Conforme pasaba el tiempo, Zakay ben Elasar dilataba el momento de la revelación de su origen y se negaba una y otra vez a hablar de la relación que los unía. ¿Por qué callaba? El aragonés se lo preguntó.

—Diego —respondió Zakay—, mañana es el *sabath* judío, por lo que aguardaré en la soledad de la sinagoga suplicando a Yahvé por mis pecados y mostrándole gratitud por tu arribo. No puedo hablar en toda la jornada, pues si lo hago pecaré gravemente. Al día siguiente conocerás cuanto desgarra tu corazón. Ten paciencia. Has esperado más de veinte años. ¿Qué más da aguardar un día más? Hasta que muera te pediré perdón, pues una culpa horrenda agobia desde tu nacimiento mi alma.

—Hasta entonces, deseo formularos una sola pregunta. ¿Por qué ha dicho el anciano que me ha recibido con rotunda certeza que conocíais de antemano mi llegada?

El *nasí* lo miró, dejando entrever una sonrisa caudalosa.

—Vivimos tiempos de aflicción y los cuidados son pocos. El sultán mameluco del El Cairo, el sanguinario Hasan Rud, no consiente exaltaciones religiosas en sus estados, que ataja con crueldad su brazo ejecutor, el gobernador de Jerusalén. Por eso urdimos una red de escuchas y empleamos palomas mensajeras para avisarnos del peligro de infiltración en nuestras comunidades. Ifistos Diamantinis, el administrador de los bienes de la familia Elasar en Alejandría desconfió de ti y nos avisó de tus intenciones. No hay nada que reprocharle. Él no sabía de tu existencia, compréndelo. Pero mi corazón saltó de gozo al saber de tu llegada y pensé trasladarme a Alejandría. Tú te has adelantado. No obstante, tu estancia en Jerusalén se nos ocultó y eso me preocupa.

Sus miradas confluyeron por azar y una corriente de afecto los unió. Zakay lo abrazó arrasado en lágrimas, que le caían por los pómulos. Con lentos pasos y torturado por sus miembros artríticos, desapareció por el entramado de celdas del Qumran, mientras los ascetas cantaban: «Creados por Dios los cielos y la tierra, el séptimo día descansó. Bendito sea el séptimo día».

Al poco, el silencio se adueñó del cenobio, resultando grandioso.

El sol se había batido en retirada y por las rendijas se colaba la luminosidad de la luna que enjalbegaba la celda. Diego la contempló tendido en el lecho. Le aterrorizaba seguir sumido en la oscuridad: se preguntaba qué alarmante secreto guardaba Zakay ben Elasar.

En la noche del *sabath* Diego no pudo conciliar el sueño, desvelado por sus pensamientos. Parecía como si el bochorno bullera bajo su yacija mientras las sombras de su pasado se agolpaban en su cerebro como las luciérnagas en el candil. Al amanecer, Diego se levantó.

Había llegado el día de la revelación del gran secreto de su vida.

Oyó pisadas, el arrullo de las palomas, el chapoteo de los baños en la alberca donde los *hasidim* se refrescaban cada amanecer y el chasquido de las sandalias en las esterillas. Degustó una escudilla de leche de cabra y una hogaza de pan con miel y se vistió pulcramente. Salió al exterior, ansioso por encontrarse con el anciano Elasar. Y allí estaba, frente a él, aguardándolo con los ojos fijos en su figura y los rizos de su barba cayéndole en cascada. Lo recibió con una prolongada sonrisa y musitó:

—Sígueme, Diego.

Lo condujo hasta la sombra de una higuera silvestre. La quietud los envolvía. Se acomodaron en un banco tallado en la roca, rodeados por la abrupta topografía de las rocas de Qumran, que serían testigos mudos de sus confidencias.

—¡Cuántos años sin verte! Más de quince —inició el anciano la plática.

—Así es, y veo que lleváis bien la cuenta —lo atajó el joven—. Siendo así, habéis de saber cuanto me concierne sobre mi orfandad en el monasterio de San Juan y, ante todo, sobre mis padres. Saber eso me ha animado a proseguir mi búsqueda. He cruzado el mundo para veros, no dilatéis mi desesperación un instante más. Bastante sufrí con la separación que padecí.

Las facciones del *nasí* se oscurecieron y le preguntó:

—¿No has pensado que saber tal vez duela más a tu corazón?

—Estoy hastiado de tanta ocultación. He viajado del este al oeste, y recorrido las tierras del Señor y del demonio. ¡Sí, deseo saberlo! ¿Quién me engendró?

Diego aguardó, mientras sus pulsos le bombeaban sangre al cerebro. El judío, con un gesto paternal le acarició su mano. Al cabo, de su boca salió la tan ansiada información, como si hubiera destapado de golpe el tesoro de un corsario o los misterios de la vida.

—Escucha Diego, tus padres fueron mi hija Séfora ben Elasar y el príncipe don Joan, hijo del soberano don Jaime II de Aragón —descargó terminante.

Diego se quedó anonadado. Intentó mostrar una mueca de indiferencia, pero el estupor le golpeaba las sienes. ¿Así que el nonato que le citó Josef sí había sobrevivido? La declaración se le antojaba insensata, pero el anciano no le parecía un farsante. La revelación cancelaba las conjeturas que su imaginación había inventado. Había sospechado otro pasado, pero no precisamente aquel.

Diego era la viva imagen del desconcierto. Incrédulo, escrutó a Zakay, como si la verdad lo hubiera paralizado. ¿Qué desatino le revelaba aquel hombre? ¿Lo habría inventado su mente enferma? ¿Pretendía embaucarlo con una patraña cuyo propósito no alcanzaba a adivinar? ¿Era un descarado enredador?

—¿Cómo decís? ¿Os habéis vuelto loco? —soltó, intentando asimilarlo.

—Ésa es la auténtica verdad que tan denodadamente has buscado, Diego.

Desarmado por la confidencia, balbuceó.

—No puedo creerlo, por Dios Vivo. Se halla fuera de toda lógica.

—Que Dios me prive del paraíso y me condene a vagar eternamente por las tinieblas si mis palabras no son ciertas. Si lo deseas, me arrodillaré ante ti como me arrodillo ante Dios el día sagrado del Yom Kippur. Soy tu abuelo, como también lo era el rey de Aragón, don Jaime II. Tú eres en verdad Diego Aragón Elasar. Ése debería ser tu verdadero nombre.

Galaz trataba de asimilar la nueva.

—¡Por los clavos de Cristo! Lo que reveláis me sigue pareciendo un desatino —replicó, y recordó las palabras del gran alabarca judío de Zaragoza: «Vuestro sello manifiesta distinción y alcurnia».

—Llevas en tus venas sangre de la estirpe real de Aragón, y por otra del sumo sacerdote Sadoq, el confidente del rey Salomón. Y que el Altísimo me envíe la lepra si miento —aseveró tajante Zakay.

El algebrista no precisaba más pistas. Era un hombre distinto.

—De modo que por esa razón me protegiste y ocultaste desde mi nacimiento, como un hijo del pecado —lo censuró.

—Ni una cosa ni otra, pues tus padres se amaron con adoración. Nada vergonzoso has de lamentar; si acaso el haber sido perjudicado por la insidia de una corte depravada donde imperaba la ambición.

—¿Debo entender que mis padres y yo mismo fuimos víctimas de una maquinación y que por eso me abandonasteis en un monasterio?

—Aunque te cueste creerlo, así es. Tras tu alumbramiento te convertiste en una de las piezas cruciales y más deseadas de la alta política entre Castilla y Aragón. Y por tanto en un sabroso bocado para las habladurías.

Para Diego aquello no resultaba nada tranquilizador.

—Siendo el hijo de una judía no lo comprendo.

La afirmación le pareció odiosa al *nasí* Elasar.

—No una judía cualquiera, sino la hija del almojarife real de Castilla, una doncella pretendida por tres príncipes, puedo asegurártelo, Diego.

No estaba dispuesto a perdonar a sus progenitores y menos aún a los que los taparon.

—¿Y mi padre? Jamás oí hablar de su existencia.

—Fue un hombre de sangre real, de vasta erudición, además

de mecenas de artistas y poetas. Era el tercer hijo del rey de Aragón, promovido luego como cardenal primado de Toledo y, antes de morir, arzobispo de Tarragona y patriarca de Alejandría, aunque, como es costumbre, sin órdenes sagradas. ¿Te parece poca dignidad hijo mío?

Galaz permanecía a la espera, observando la boca de Zakay, pues lo que le transmitía era difícil de asimilar y de creer.

—Ni aun siendo el más ingenioso trovador de Provenza hubiera imaginado nada igual. Pocos hombres en Aragón podían ni soñar con sangre tan distinguida.

Ahora comenzaba a comprender tanta ocultación y tantos labios sellados. Pero lo que nunca hubiera imaginado era que tras su oscuro nacimiento se encubriera una cuestión de Estado.

—Entonces, más que un expósito, ¿he de considerarme un bastardo real? Sinceramente no sé que es peor —se lamentó Diego inclinando la cabeza, que cubrió con sus manos.

Zakay lo contempló con piedad. Su vida aún poseía la oportunidad de ser rescatada por la verdad.

—A los ojos del mundo siempre serás hijo del adalid de almogávares, Conrado Galaz, y nunca podrás probar otra cosa. Pero créelo, Diego, la relación entre tus padres no fue una cosa pasajera o un arrebato de lujuria, sino un acto de amor y ternura, aunque nacidos del pecado. No fue un cariño ficticio, y te aseguro que jamás conocí a dos personas que se respetaran tanto como Séfora y don Joan. Eran dos almas gemelas tocadas por el soplo de Dios. Tu madre se había casado con Efraín de Zafra, un recaudador de impuestos que trabajaba para mí y que prefería vivir a centenares de leguas de su hogar entregado a sus vicios, antes que proteger y amar a su esposa. Nunca lamenté lo suficiente esa unión. Para cualquier judío, tu madre se comportó como una *sotash*, una adúltera, pero en su defensa te diré que fue despreciada por su marido, hombre resentido que no la respetó ni cuando se hallaba en la corte y que la repudió mucho antes de hallarse encinta de ti.

—Sufrir un desamor es dejar la puerta abierta a otros afectos, lo admito.

—Sin embargo puedo garantizarte que muy pocas personas conocieron la verdad, pues entonces vivíamos en la corte de Castilla, lejos de la comunidad hebrea de Guadalajara, donde su memoria fue siempre respetada al ser de casta levítica y de conocimientos dilatadísimos a pesar de ser hembra, causa por la que congenió con don Joan d'Aragó, hombre erudito.

—Mi pasado todavía puede salvarse —habló con ironía—. ¿Cómo llegaron a intimar y a conocerse?

—Creo que necesitas conocer la historia completa, o nada encajará. Préstame oídos con el corazón crédulo.

—Os escucho.

En un tono rotundo, hiló las hebras de su narración.

—Entonces escucha atentamente. Mis palabras te seducirán y te ayudarán a amar a tus padres. Corrían los desapacibles años de la minoría de edad de don Alfonso XI de Castilla. La ruina, el hambre y la devastación asolaban el reino. Nobles contra infantes, arzobispos contra abades y el desprecio más absoluto por la ley. Sobre toda esa miseria, un zafio personaje dominaba el escenario político, Juan el Tuerto, tío del rey niño y hombre de naturaleza pervertida. Desde el mismo instante en el que supo la relación de tus padres intentó desbaratarla por el solo hecho de ser tu madre judía. ¡La raza maldita! En medio de tanto atropello, el entonces rey de Aragón, Jaime II, decidió sacar tajada de la frágil situación de Castilla, que gobernaba como regente doña María de Molina, abuela del pequeño Alfonso. Don Jaime intrigó hasta casar a su hija mayor, María, con el tutor del rey castellano, el conde Pedro; de esa unión nació doña Blanca de Castilla y Aragón. Así que, con las narices en el reino vecino y rival, don Jaime comenzó a manipular los asuntos castellanos a través de su hija.

—Los intereses de los gobernantes no conocen los escrúpulos. A su lado todo huele a podrido, como sus intenciones, y esa posibilidad me entristece —lo interrumpió Diego.

—Ante esta frágil situación —siguió explicando Zakay—, se formaron dos bandos irreconciliables en torno al rey niño. El *aragonés*, con el que simpatizaba tu madre, y el *castellano*. En los actos cortesanos de Burgos, Valladolid o Toledo merodeaban los príncipes y agentes aragoneses. Entre juegos, fiestas y galanterías, en la primavera de 1317, se unió como huésped en la corte de Castilla el infante don Joan, que visitaba a menudo a su hermana María. Era un príncipe cautivador. De inmediato intimó con tu madre, pues ambos amaban la poesía, los libros y la astronomía. Frecuentaban la biblioteca de la sinagoga del rabí Tob para estudiar la *Clavicula Salomonis*, una obra prohibida de astrología y examinar libros caldeos y griegos, costumbre que a la postre resultó ser su ruina.

—Infelizmente, en Castilla la imagen del judío siempre estuvo asociada con la usura, la hechicería y a la nigromancia —sugirió el joven que seguía fascinado con la narración.

—Don Joan jugó con fuego y le resultó fatal —prosiguió Elasar con pesar—. Juntos escrutaban las estrellas y en su gabinete se instruían sobre la eficacia de las hierbas curativas. Pero pronto, el Tuerto, aspirante perpetuo al cargo de canciller de Castilla, tuvo ante sí un motivo para desprestigiar a la facción catalanoaragonesa y enlodar la amistad de tus padres. Propaló el rumor de que Séfora, tu madre, era una bruja que bailaba con la luna llena y que preparaba diabólicas pociones con acónito y estramonio con las que había seducido al infante aragonés y también al joven Alfonso. Hizo correr el rumor de que realizaba sortilegios con ensalmos, que mantenía relaciones secretas con leviatanes, e incluso con el Maligno mismo, en secretos y oscuros aquelarres.

Diego, en respetuoso silencio, no podía admitir que la mujer que lo había engendrado y a la que no había tenido la oportunidad de querer hubiera sido vilipendiada por un vicioso personaje de la no menos pervertida corte de Castilla.

—La maledicencia indulta a los cuervos y se ensaña con las palomas. En Perpiñán llamaban a esas hierbas, *veneno de lobo* y *hojas del diablo*. Para los crédulos que confían en hechizos, bastarían para llevar a cualquiera a la hoguera —comentó Diego—. Yo he heredado de mi madre ese interés por la farmacopea.

—Diego, el único veneno que corría por aquellos pasillos era la lengua maledíciente de ese bárbaro privado de honor, Juan el Tuerto —recordó con enojo—. Ambos llevábais el espíritu erudito de los algebristas del Templo. Tu madre era una mujer que ansiaba conocer lo oculto.

—¿Y los denunció ese ruin personaje?

—Lo intentó, pero en vano. Hasta llegó a espiarlos a través de unos agujeros en la pared cuando se hallaban en la intimidad —contestó el anciano.

—Lascivo canalla —dijo Galaz quitándose el sudor de la frente.

—Pues escucha algo más, Diego —continuó Zakay en tono reservado—. En el verano de 1319, ocurrió una trágica circunstancia, la infanta María perdió a su marido don Pedro en la guerra de Granada. La muerte significó un duro golpe para el clan aragonés, que no obstante contaba con el inestimable apoyo de un noble castellano, mayordomo y albacea testamentario del infante muerto, Garcilaso de la Vega, que por cierto amó en silencio a tu madre y veló conmigo su muerte. Este caballero defendió contra viento y marea los derechos de doña Blanca, quien con tan sólo dos años de edad, se convirtió en una rica heredera y en dueña de estratégicas posesiones en la frontera entre Castilla y Aragón. Esa niña, rubia como las mieses en junio, fue el objeto de deseo de los dos bandos opuestos, pues si morían los herederos, bien podía ser reina de cualquiera de los dos reinos, o de ambos a la vez.

—El azar administra a su capricho la vida de los mortales —aseguró Galaz.

—Ciertamente. El caso es que la reina regente de Castilla doña María de Molina y el rey de Aragón lucharon denodadamente por mantenerla cada uno de ellos bajo su tutela y utilizarla contra el otro, pero Garcilaso se convirtió en un fiel cancerbero que la defendió de tan voraces depredadores. Las cancillerías de Aragón y Castilla bullían como una marmita a causa de la infanta de cabellos dorados.

—Ahora entiendo las enigmáticas palabras de fray Bernardo y

de vuestro sobrino Josef, que me hablaron de una trama entre infantes reales. Es asombroso y cuesta creerlo.

El anciano, como quien recompone un artilugio desarticulado, siguió uniendo piezas.

—Y no puedes imaginarte qué trama tan retorcida, Diego, y cuento con pruebas fehacientes. Menudeaban los espías, corrían los venenos, se propalaban falsedades y los correos se prodigaban a diario —le expuso—. En este estado de cosas, el rey don Jaime II, perdida una pieza esencial en el tablero de sus intereses, se procuró una nueva influencia en Castilla, en una jugada que podríamos considerar magistral.

—Todo me hace pensar que concernía a mis padres, ¿no es así?

—Directamente. Tu abuelo, el rey aragonés, consiguió del Papa el nombramiento de tu padre, un infante sin ocupación, para la sede vacante del arzobispado de Toledo. Pujó fuerte y consiguió convertirlo en cardenal de la Iglesia de Aviñón y gran canciller de Castilla. Astutamente apostó una pieza fundamental en el campo enemigo, Toledo.

—¿Mi padre un eclesiástico? Parece como si soñara. —Galaz estaba asombrado.

—No te alarmes. Era un nombramiento sólo para cobrar rentas y gobernar el alma de los castellanos, pero sin tomar las órdenes sagradas. Y he de decirte que a decir de propios y extraños, ejerció su cargo con rectitud. Luego, tras permanecer ocho años como cardenal primado de las Españas, tú cumplías los siete como oblato en San Juan, pasó por petición propia a ocupar la sede episcopal de Tarragona. Allí murió en el año del Señor de 1334, cuando tú iniciabas tus estudios en la *Universitas* de Perpiñán. Fue un hombre cabal y amó a tu madre con pasión mientras permanecieron juntos.

Diego, que no sintió una especial inclinación por el infante, inquirió:

—¿Y supo don Joan alguna vez que yo era su hijo? ¿Me consideraba una pieza más en la ecuación de sus intereses?

—Jamás intuyó ni tan siquiera que existieras. Ni yo ni su hermana María, entre los pocos que conocíamos tu existencia, se lo dijimos nunca, y a las murmuraciones de sus enemigos no concedía crédito. Cuando abandonó la corte de Castilla —siguió relatando— para hacerse cargo de la sede tarraconense, a tu madre Séfora no se le notaba la preñez y ella juró no habérselo comunicado. Después por mor de su cargo y para acallar las maledicencias de «el Tuerto», dejó a tu madre, aunque yo sé por personas allegadas, que la amó todos los días de su vida y lloró amargamente su muerte.

A Diego le pareció mucho más consolador. Un error, un abuso o el desdén lo hacían menos padre.

—Y entonces aquella dama de negro que colmó la fantasía de los frailes de San Juan y que me entregó en el monasterio, ¿quién era? No sabéis la polvareda y los chismorreos que levantó entre los frailes.

Zakay calló unos instantes. Tras una pausa le desveló:

—Esa hembra principal oculta tras los velos de la viudez no era otra que la hija del rey Jaime II y hermana de tu padre el cardenal, doña María de Aragón, la madre de la deseada niña Blanca, que aquel día viajaba contigo en el palanquín tan secretamente como tú. Esa mujer te quiso y te protegió como una madre, créeme.

A Diego Galaz el conocimiento de su origen se le antojaba sorprendente y a la vez intolerable. Pero era el suyo. Aquellos personajes, en su mayoría de estirpe real, permanecían ligados no sabía si por el afecto o por el interés. Pero él se veía como la víctima, sin lazos afectivos que les uniera a ellos, arrastrado por un sino que la mayoría prefirió ocultar. ¿A quién le exigiría explicaciones pasados más de veinte años, si todos los implicados compartían su parte de culpa? Lo único claro era su bastardía real y ser el fruto de una relación adúltera.

Le daba igual, y con aire displicente puntualizó:

—La historia que me narráis resulta inconcebible. ¿Y qué ocurrió en mi nacimiento, que me privó del ser único que hubiera deseado conocer?

—Obramos de común acuerdo don Garcilaso, doña María y yo mismo, pues el Tuerto, con su enquistada animosidad hacia los dos amantes, no pudiendo imputar a tu padre ningún deshonor, propaló por la corte que eras hijo de la cópula de la judía y del diablo, que había que aniquilarte o entregarte a las llamas. Tu madre, próxima a dar a luz, entró en un gran abatimiento, y parirte le costó la vida.

—Lo que aflige al alma, a la postre afecta al cuerpo. ¡Qué terrible fin para mi madre!

Zakay le sostuvo la mirada un momento, pero después la bajó como si guardara un secreto infame.

—Todos los que intervinimos compartimos responsabilidades, Diego —se excusó—. Garcilaso y yo pensamos que el Tuerto intentaría una nueva villanía contigo, y que tu vida en Castilla no sería agradable, pues no pararía hasta mostrarte como hijo de la perdición. Comprometerían a tu padre e infamarían a tu madre como bruja. Séfora era para ese monstruo, la esquiva, la del pelo de miel, la hermosa quimera, la que no se daba fácilmente, la que nunca sería suya.

—¿Cómo podía ese ser humano vivir con el peso de sus ambiciones, ruindades y crímenes? —exclamó intrigado—. Ese hombre me resulta abominable y odioso.

—Si un alma es mezquina, goza con la maldad —respondió—. Pensamos que tu vida se convertiría en un tormento allá donde te hallaras. Serías señalado con el dedo de la maledicencia como hijo del adulterio y de la bruja Séfora. Además, el Tuerto quería utilizarte contra tu padre el cardenal. Y te juro que, conocida su bellaquería, no hubiera dudado en utilizarte como moneda de cambio para desprestigiarnos y servirse de tu inocencia. Así de duro resultaba, Diego.

—Qué mente más perversa —afirmó Galaz, atónito—. Es evidente que fui parte de una trama de Estado. ¿Quién iba a decirlo?

—En política nada ocurre por azar, recuérdalo. Por eso te ocultamos en el claustro de San Juan, abadía protegida por el rey de Aragón y bajo los auspicios de fray Berenguer, hombre santo y comprensivo. Te buscamos un padre cristiano, un caballero oscuro y sin familia del palacio de la Aljafería de Zaragoza, con objeto de que el tiempo borrara los acontecimientos de tu nacimiento. Alejado de la corte y a buen recaudo, cuidamos de que nada te faltara, siempre atentos a tu bienestar, pero ocultando tu egregio nacimiento. Que te olvidara el Tuerto y perdiera tu rastro significaba tu seguridad. Perdónanos si no obramos con el afecto que merecías, pero la muerte de tu madre lo alteró todo. Ella jamás hubiera permitido que te hubiéramos apartado de sus brazos. Pero había muerto, para nuestra desgracia.

—Ahora todo empieza a encajar. ¡Así que la mitad de mi sangre es judía!

—Ironías del destino, Diego. Como la de muchos reyes, nobles y cardenales de Hispania —intentó tranquilizarlo.

—Lo único cierto es que no llevo ni una sola gota de Conrado Galaz —se consoló el joven algebrista—. ¿Sabíais que el caballero Galaz, el padre de mi infancia, se convirtió en adalid de almogávares y sirvió al rey en Atenas, donde se quitó la vida tras un asunto que al parecer comprometió su honor?

Zakay contrajo la piel marchita de su cara y su maraña de cejas blancas se volvió temblorosa. Lo miró y estalló negando lo que había escuchado.

—Estás equivocado, Diego. Las cosas no son lo que parecen —sentenció.

El visitante, sin saber qué decir, se limitó a guardar silencio. ¿Existía otro enigma más en el adalid de los almogávares? ¿Le había mentido Pau Astún?

—No creo que se suicidara por voluntad propia —dijo terminante el *nasí*—. Lo conocí y sé por don Garcilaso que intentó sacar tajada del asunto. Lo que él creyó que era un nombramiento honorífico fue una orden del rey para quitarlo de en medio por si hablaba más de la cuenta. No convenía comprometer a don Joan, entonces cardenal de Toledo. Fue una designación política y el exilio en Oriente, forzado. Fue víctima de su propia ambición y codicia. Así es el corazón del hombre.

Diego se recobró del estupor, tras unos instantes de sorpresa.

—¿Qué decís? ¡Galaz un bellaco! No puedo creerlo. Ni Homero habría ideado una historia tan patética. Visité su tumba cerca de la Acrópolis de Atenas y sentí conmiseración por él, os lo aseguro. ¡Qué burla del destino!

—Los únicos heridos y burlados en este aciago asunto fuisteis tu madre y tú.

Diego se iba rindiendo ante lo que le desvelaba su abuelo materno, descendiente directo de la dinastía de los sacerdotes algebristas de Sadoq. En su rostro se leía la sorpresa. Pero ¿quién había sido realmente el responsable de sus desgracias? ¿Sus padres, sus abuelos? ¿El veleidoso destino? A la única que exculpaba en aquel momento era a la mujer que lo llevó en su vientre.

—¿Cómo fue la muerte de mi madre? Debisteis conocer a excelentes físicos hebreos, los mejores del reino, que bien pudieron auxiliarla —preguntó grave.

Imperceptiblemente, un matiz de remordimiento afloró en la mirada del anciano *nasí*. Se acarició la barba y movió nerviosamente sus manos, antes flojas en el regazo, como si aquel recuerdo le acarreara pesar. Contestó sin desear hacerlo.

—Nunca lloraré suficientemente la muerte de mi hija Séfora, tu madre. Nos hallábamos en Guadalajara y no me fue posible contar con ningún médico de nuestra raza. Días antes del parto tuvo furiosos flujos de sangre, perdió el tino y hubo que precipitarle el parto. Después todo se sucedió contra natura, tú viniste al mundo con dificultades y ella murió, para mi desventura, en el alumbramiento. Tan sólo don Garcilaso y doña María de Aragón me ofrecieron su hombro y su compresión.

Diego estaba demasiado abatido para reprocharle nada.

—Fray Bernardo —recordó con circunspección—, el sostén de mi infancia y mi verdadero padre, afectuoso y tierno con un niño desvalido, me reveló que cuando os despedisteis de mí en el claustro del monasterio de San Juan, rogaste al cielo perdón e incluso llorasteis con amargura. ¿Es eso cierto?

Aquella confesión pareció molestarle, como si hubiera irrumpido en su alma. Enigmáticamente, afirmó:

—Mil veces he declamado esa jaculatoria del libro de los Números y no recuerdo por qué la recité en aquel momento. Lo único cierto es que no sé si habrá servido para aplacar a Dios. «Sabio Eloheim, ten piedad de este pecador» —rogó grave elevando los brazos al cielo—. Ésa fue, creo, la invocación que pronuncié, Diego.

Movió la cabeza e inexplicablemente se negó a hablar más de su hija, sumiéndose en un silencio que sorprendió al joven. ¿Por qué Zakay ben Elasar rogaba el perdón divino con tanto abatimiento? ¿Qué pecado encubría el anciano? ¿Debía creer que su padre putativo, Conrado Galaz, había sido asesinado por razones de Estado? ¿Ocultaba alguna otra verdad? ¿Por qué su corazón comenzaba a amar a su madre Séfora que demostró tanta abnegación en vida? ¿Debería aprovechar en el futuro su privilegiada cuna?

El misterio de su nacimiento se había desvelado al fin y los fragmentos del rompecabezas de su pasado se ensamblaban. Pero no dejaría que un pasado en el que fue juguete de la pasión, la crueldad y el interés de Estado, influyeran en sus sentimientos. A los lejos escuchó las plegarias de los místicos *hasidim* y sus versículos le llegaron como una premonición: «Será noble en la tierra y todos le amarán, pero como un cometa efímero, como una ilusión, así será su Reino, que será devastado por los que no se despojan de la espada».

¿Debía confiar en Zakay ben Elasar? Era mucho más consolador pensar que la muerte de su madre, Séfora Elasar, había sido un error de la naturaleza o un designio de Dios, que el resultado de una vileza de los hombres. Sus cavilaciones habían hallado una respuesta sedante.

Diego había explorado el vasto territorio de su memoria y colmado su deseo de saber.Y aunque le faltaban las caricias en su niñez, al fin había descifrado el enigma que lo había inquietado y por el que había recorrido de parte a parte el mundo. Mientras, las montañas de aquel olvidado paraje arrojaban el fuego de su calor sobre el cenobio *hasidin* y las dunas de Qumran.

El velo de las tinieblas había dejado paso a la luz de la verdad.

Pero Diego, tras sobreponerse a las sorprendentes revelaciones, posó sus ojos en el venerable anciano, que lo miraba arrobado con sus retinas grises. Dudoso aún, se preguntó: «¿Me has dicho la verdad, Zakay ben Elasar? ¿No parece como si me ocultaras la pieza crucial del jeroglífico?».

Dies Amaritudinis

Barcelona vivía bajo la amenaza del morbo negro y el imperio del pavor.

Gentes llegadas de los condados y veguerías se refugiaban bajo sus murallas, huyendo de los salteadores que devastaban las villas y degollaban para robar a quienes se arriesgaban a enfrentárseles. Las plazas se hallaban abarrotadas de payeses, de mendigos y de campesinos arruinados que aseguraban que el fin de los tiempos había llegado.

Una ola de miedo y oscura religiosidad, de plegarias y el humo del incienso, se habían enseñoreado de la vida del emporio mediterráneo. ¿Cómo no hacerlo si hasta la virtuosa reina Leonor, la esposa de don Pedro IV de Aragón, había muerto en su palacio de Lérida fulminada por el azote divino?

Los predicadores dominicos instigaban a la grey de Dios a quemar libros, estatuillas paganas, tableros de ajedrez, joyas y ungüentos de tocador, tras los que se escondía el Maligno y la simiente de la plaga negra, según sus prédicas. La capital condal se había sumergido en la alarma y el dolor, y en las puertas de las casonas se quemaban romeros y espliegos contra el mal. No había barcelonés que no llevara un talismán o una higa oculta contra el mal de ojo en la camisa, mientras los clérigos, desde los púlpitos y las escalinatas del Castillo Viejo, donde se hallaba el cuartel del veguer, prescribían ayunos y oraciones que llenaban los corazones de espanto.

—¡Esa estirpe avariciosa de los judíos que ajustició a Cristo y ha envenenado las aguas convirtiéndolas en pestíferas es la culpable del mal, *filiori mei*. Y también las mujeres disolutas, germen del pecado original que han provocado la ira del Altísimo. Sería temerario negarlo, pero, por su infinita misericordia, la plaga pasará si hacemos penitencia! —clamaban en las tribunas.

Los cómicos compostelanos, que entraron por el Portal de L'Àngel, observaron a los ciudadanos que cuchicheaban sobre los prodigios que aseguraban haber avistado en los cielos. Doctores de la *Schola* de París argumentaban que Saturno, Marte y Júpiter habían entrado en una infausta conjunción cósmica y aldeanos venidos de Solsona afirmaban que plagas de langosta y fuegos celestes habían asolado los campos de la plana de Vic.

Conforme avanzaban por la ciudad, notaban que la histeria iba en aumento.

—En Montserrat se han escuchado las trompetas del Apocalipsis —explicaba una mujer—, y la Virgen ha regresado milagrosamente a la Cova Santa, pues el Anticristo y su ejército de bestias están a punto de aparecer en el mundo. ¡Señor, misericordia!

—¡Las gentes lo oirán y se separarán de la obediencia de Dios! —gritaba un fraile exaltado—. La era de los últimos tiempos ha llegado, hermanos. ¡Penitencia!

Isabella asumió la miseria de la vida y el riesgo de la peste. ¿Se habría contagiado Diego del mal?

Separada de su enamorado, sola en tierra extraña, ante la situación de pánico y con el peligro de contraer la enfermedad, creía a pie juntillas que el tiempo de la humanidad se había cumplido en la tierra, aunque ella nunca abjuraría del Señor. «¿Tendré la fortuna de ver descender de los cielos a la Majestad del Cordero con la Cruz triunfante y su cohorte de ángeles y bienaventurados? Qué no daría por contemplarlo abrazada a mi añorado Diego», pensaba. La fatiga, la inquietud y la debilidad habían arañado su piel, pero su corazón seguía cargado de coraje.

Durante los días previos a la Semana de Pasión, el negocio no les pudo ir mejor a los cómicos que llenaron de florines y viandas sus magras bolsas. Actuaban en los mesones, tras los ábsides de las iglesias y en las murallas romanas, ante un público anheloso por contemplar con sus ojos el triunfo del Señor.

Pero Isabella estaba ansiosa por saber de Diego Galaz, al que buscaba con la mirada a cada paso que daba por la urbe. Al amanecer del tercer día peinó sus dorados cabellos, ensombreció de antimonio los párpados y espolvoreó de ocre sus labios y los hoyuelos de su rostro, cincelado por la naturaleza con la mayor delicadeza. Se atavió con una jornea de ribetes esmeraldas y cuando apareció en la taberna del mesón ante sus compañeros del teatro ambulante, éstos creían que tenían ante sí a la viva imagen de la pureza y la fragilidad.

—Pareces la dama de un caballero de Camelot —la lisonjeó Lorenzana.

—¿Ginebra tal vez? —chanceó—. Me conformo con ser una mujer amada, no olvidada.

Con Jacobo, su esposa y Lorenzana se dirigieron primero a la casa del armador Blanxart, donde su casero, un anciano atrabiliario y desagradable, casi les echó los perros al preguntarle por su amo y les cerró el portón en las narices.

—¡Ya estoy harto, *collons*! Cuántas veces he de decir que mi amo está en Oriente y que hace más de un año que no calienta su culo en estas paredes. ¡Condiós!

Cariacontecidos preguntaron por Jacint en las Atarazanas, en los cobertizos del astillero, en los muelles y en algunas hospederías en las que se albergaban los marineros. Escudriñaron en las tabernas, en los albergues, en las iglesias y plazas, y a la hora nona, extenuados de tanto andar y de nada esclarecer, comparecieron en el Consolat de Mar, donde los recibió la activa algarabía de los cartógrafos, nautas y mercaderes. Tras sobornar con unas monedas a un oficial, Isabella pudo leer con sus propios ojos que *La Violant* había zarpado hacía más de un año, y que, según las anotaciones de los escribanos reales, se hallaba atracada en Alejandría, por lo que Diego no podía haberse embarcado en la galera del mercader Blanxart, como aseguraba en su carta.

¿Por qué le había mentido? ¿Escondía algún secreto deshonroso? ¿La había dejado para siempre? El oficial se extrañó de que aquella comediante, un ser sin alma como aseguraba la Iglesia, mujer por demás, que no podía asistir a los oficios divinos y que sería enterrada en tierra no bendecida, supiera leer y se expresara con aquella soltura y gentileza. Observó en su mirada un dolor indescriptible y sintió congoja por la joven de gestos delicados.

—Gracias señor. Habéis clarificado mi mente, pero también llenado mi corazón de pesadumbre. Con vuestro testimonio confirmo mis sospechas. Me ha dejado.

—No obstante, id al Patum, una taberna cercana a Santa María —añadió—. Os pueden dar alguna razón de quien buscáis. Allí vagabundea la chusma de la mar. No desesperéis, gentil dama, y que Dios os ayude.

Isabella no deseaba dejarse llevar por sus corazonadas, pero avivó su ánimo cuando un calafate de ribera, ante la promesa de una jarra de vino de Palermo, aseguró recordar al licenciado Galaz, al que acompañaba un rapaz de ojos vivos, aseado, bien compuesto y locuaz, y que preguntara en el barrio de Villadaus, donde paraba el doncel aragonés, hombre afable.

—Hace tiempo que no se les ve por aquí, ni al niño ni al caballero. Y os puedo asegurar que no se embarcaron en ninguna nave catalana. A Tomeu Fuster, *macip** de ribera, no se le escapa ni un gazapo de esta madriguera. El *mestre* Galaz no llegó a embarcar, creedme señora. No obstante quizás sepan de su actual paradero en algún mesón de esas rúas. ¡Pero por las escamas de las sirenas que nunca pudo enrolarse en *La Violant*! El Cargol no admite pasajeros y además está muy lejos de aquí. Desde hace muchas estaciones no se ve por aquí la enseña de La Roda. No, no es posible.

Isabella, abatida, se internó con Jacobo Penas en el barrio de los prostíbulos, Villadaus, el que frecuentaban las cortesanas. El destino de Diego se había convertido en una obsesión que la aho-

* Estibador.

gaba. ¿Por qué ha inventado ese viaje? ¿Adónde se ha dirigido realmente? Una de las rameras de Las Dos Doncellas, con sarcástico tono, decía haberlo conocido, pero les aseguró con las faldas remangadas que había desaparecido con su criado y una mujer de aspecto raro.

—Ocultó hacia dónde se dirigía, como si en ello les fuera la vida —confesó la furcia—. Pero no se embarcó, señora. Os lo aseguro, pues en esos días no zarpó barco alguno del muelle.

Con estas noticias, Isabella se sintió tan humillada, que se prometió romper las promesas con su enamorado. Visitaron también lazaretos y posadas donde se reunían forasteros, viajeros, enfermos de la peste y mendigos. Nadie sabía nada del licenciado Galaz, que había desaparecido como transportado por un mago burlón. Si no había embarcado, ni nadie lo había visto partir, ¿dónde se hallaba?

—Parece que se lo hubiera tragado la tierra Isabella —la consoló Penas—. Más no podemos hacer. Resígnate y confía en sus promesas, aunque las evidencias las rechacen.

—No puedo seguir eternamente esta búsqueda. Estoy desolada.

—Nada puedes reprocharte. Te has comportado con exceso de generosidad.

—Ya sólo me queda, o creer en lo que me decía en su carta, a pesar de que todo esté en contra, o aceptar que me ha abandonado. Pero ¿por qué habrá obrado con tanta ligereza? ¿Me habrá traicionado? ¿Quién es realmente ese niño anónimo y esa extraña mujer que lo acompañaba? ¡Dios, este no saber me volverá loca!

—Que sean el tiempo y el devenir quienes lo exculpen. Confía en Dios, Isabella. —La tranquilizó Penas.

—No deseo calumniarlo —se sinceró la joven—, porque lo amo, pero esta extraña desaparición se escapa a mi razón y me llena de dolor y deshonra.

Diego y ella eran dos líneas convergentes, pero ahora, para su desdicha, le parecían dos vías paralelas que jamás volverían a encontrarse.

El albor primaveral invadía Barcelona con una fuerza insólita. Pero en su alma reinaba la más mustia de las luces.

Los días se sucedían entre procesiones, misas, confesiones y rogativas.

El Viernes Santo, el santo *Dies Amaritudinis*, Barcelona bullía de fervor bajo el abrazo de un firmamento encapotado. El gentío, desde el burgués más pretencioso al remiche de la más baja estofa, se había congregado la plaza de la Seu, frente a la catedral, para implorar la ayuda de la Providencia. Al furor de la terrible peste negra sólo se le podía oponer la defensa de unas reliquias poderosas, como las de la mártir santa Eulalia, sepultadas en la cripta de la catedral.

Corría por la ciudad la noticia de que los flagelantes de fra Guifré de la Creu, se hallaban en la ciudad y que participarían en la procesión. A Isabella el corazón se le encogió y procuró no dejarse ver con el miedo metido en sus entrañas.

«¡Impostor, criminal y desalmado Satanás!»

Se decía en los mentideros de la urbe que el santo eremita había sido recibido en el salón regio del Tinell por don Pedro IV, al que el vulgo llamaba «el Puñal», por su firme voluntad de defender sus reinos, y que habían departido sobre los signos que anunciaban la Parusía, pues el rey sentía gran apego por las profecías escatológicas y siempre estaba rodeado por estrelleros y astrólogos. Todos conocían la inclinación del rey de Aragón y conde de Barcelona a las ciencias ocultas, a los iluminados y a los horóscopos, que elaboraban sus astrólogos *micer* Gilbert, Dalmau Planes y el judío Jacob Corsumo, quienes aseguraban que el soberano aragonés estaba llamado a convertirse en el monarca de los Últimos Tiempos.

El sabio astrónomo Bartolomé Trerbens había publicado en la capital una proclama sobre el fin del mundo, vaticinando la muerte de la segunda esposa del rey, la reina Leonor de Portugal y la conclusión de la vida humana en la tierra, siendo don Pedro el

Rey de Reyes de la cristiandad que acompañaría a la diestra al Cordero Glorificado en su definitiva venida al mundo, donde premiaría a los justos y juzgaría con mano dura a pecadores, paganos e infieles.

—*¡Clementísimi y Piísimi Rex Petrus Aragonennsis!* —sostenía Trerbens—. Vos habéis sido designado por el Creador para sostener el brazo del Juez Inflexible en el día en el que se producirá el crujir de dientes de la humanidad.

Y el crédulo rey de Aragón así lo creía y lo difundía entre sus iguales.

Isabella había acudido a la procesión oculta entre los actores, pues recelaba.

De repente se alzó un rumor entre la muchedumbre, momento en el que el Profeta de Aínsa, antecediendo a la gran cruz y a la urna acristalada del Inocente de Belén, ingresó en la plaza ante el clamor popular y entre la algarabía de cánticos, oraciones y lastimeros *letabundi*.

—*¡Dies irae, dies illa!* —gritaba con su vozarrón—. ¡Penitencia, hermanos!

Convencido de su misión divina, fra Guifré incitaba a los disciplinantes a que azotaran sus espaldas, mandato que ejecutaban con fiereza, implorando el favor eterno, único camino para expulsar la peste del reino. Los látigos chasqueaban destempladamente y las gotas de sangre atravesaban las volutas de incienso, erizando los cabellos de la multitud reunida en la explanada. En los muros de la Seo flameaban los estandartes de san Jorge, las cuatribarradas aragonesas y los crucifijos de los conventos y las congregaciones de las Ànimes Benaventurats y de la Bona Mort.

—*¡Miserere mei Deus, secundum magnam misericordiam team!* —imploraban.

Sonaron las campanas y los clarines de la guardia real, cuando asomó el relicario de la santa martirizada por el emperador Diocleciano, transportada por cuatro abades, así como el brazo de san Jorge, que el rey había mandado traer del Palacio Menor, precedidos por el estandarte de la ciudad, el Sacramental que, custodiado por dos sargentos maceros, fue recibido con aclamaciones por el pueblo, que veía en él la independencia de la urbe frente a los abusos de los nobles y reyes. La figura menuda de don Pedro se inclinó ante el arcón, y los bucles dorados de su cabello, sujetos por un fino aro de oro, se derrumbaron sobre sus hombros. El camarlengo real, el *conseller en cap*, los marqueses de Montcada, Pallars y Urgell, imitando a su rey, cayeron de rodillas.

El pueblo se postró sumisamente de hinojos ante la que decían milagrosa Cruz de la Salvación y la urna del santo Inocente, en medio de un silencio imponente. Sólo en momentos de máxima gravedad, lo restos de la santa abandonaban la tumba catedralicia. En medio de una conmovedora devoción, escoltaban las reliquias los miembros del Consejo de Ciento, el obispo Savall, los prebendarios catedralicios y los maestros de los gremios barceloneses con sus guiones. Un mar de cruces y capuchas pardas de los monjes de las órdenes religiosas ocultaban sus tonsuras, seguidos de los disciplinantes del Profeta. Lentamente cubrieron el trecho procesional entre la catedral y la nueva iglesia de Santa María del Mar, atravesando las calles del Bisbe y la *plaça* de l'Àngel, donde harían estación las santas reliquias.

Isabella, en compañía de los cómicos, se encaramó en las gradas del Palacio Real Mayor y pidió la protección de la santa, mientras la muchedumbre se apretujaba en la plaza de la Llana y en las calles de la Boria, de Carders y Montcada, persuadida de que la pestilencia se extinguiría al conjuro de la intervención de los restos de la Patrona y de las penitencias de los *barcelonins*. Los atemorizados ciudadanos rezaban en actitud contrita y alzaban sus brazos ante la cruz penitencial y los estandartes con las sagradas imágenes.

Las oraciones y los golpes de los flagelantes se fueron perdiendo camino de Santa María, mientras Barcelona se asemejaba a una ciudad conquistada, no por la fuerza de las armas, sino por los disciplinantes y por las riadas de gentes que procesionaban cantando letanías.

—*¡De profundis clamabi ad Te, Deum!* —oraba el Profeta con su voz de ultratumba.

Isabella se apostó tras Penas y su esposa, para evitar un mal encuentro con el Pilós, quien no debía andar muy lejos. De improviso, cuando se inclinaba frente a la rugosa cruz, sintió clavada en sus ojos una mirada que para ella significaba la más amarga de las pesadillas. El Pilós la observaba con impudicia y con el bordón la señalaba, amenazándola con una mueca de reto y los dientes contraídos por la rabia. A Isabella, sobresaltada y muda, le corrió un frío por la espalda y notó que perdía el dominio de los nervios. La amenaza le produjo náuseas. No podía hablar y el sudor afloró en su frente. Ya ni en compañía de la familia de comediantes se veía segura.

«Por las llagas de Cristo, no puede ser. Otra vez no. Socórreme Señor mío.»

La muchacha, aterrada, acopió todas sus fuerzas. Se soltó de Jacobo, que vio perplejo como se escabullía entre la agavillada concurrencia. Corrió en dirección a la posada, a la que llegó con el miedo corroyéndole el alma. ¿Qué podía hacer? Sus espantos habían retornado con virulencia, incapacitándola para moverse. Se echó en el jergón y lloró con angustia. Cuando secó sus lágrimas y tras unos instantes de reflexión, su mente se iluminó.

¿Qué era lo que más atraía a aquel mico lascivo de Pilós? «Mi cabellera —pensó—. Sin ese reclamo tardará en dar conmigo.» Sin pensarlo tomó unas tijeras y un espejo de bronce bruñido y se la cortó casi al rape. Los dorados mechones cayeron al piso como si fueran alas de crisálidas. Luego tomó un ungüento de Lorenzana y se tintó las greñas de color azabache. Se vistió con un jubón de villano, se calzó unas botas y echándose al hombro la faltriquera de sus pertenencias, echó a andar por la calle de Escudillers y el callejón de Trentaclaus, mirando con el rabillo del ojo por si la seguía el Pilós. Sin aliento, sin apenas fuerzas, sostenida únicamente por el miedo, asió el pomo del cuchillo.

—Si me cogen esos miserables, no dudarán en arrancarme la vida —masculló abatida—. Pero antes me mataré.

Sin perder un instante se internó en el camino del Raval, con la intención de ocultarse en la iglesia de Nazaret, el oratorio del monasterio cisterciense, y acogerse a sagrado si fuera necesario. Penetró en la nave, iluminada con cirios coronados de cera fundida. Creía desvanecerse y se arrodilló en un rincón para pasar inadvertida. Estaba exhausta por la penosa evasión y todo su cuerpo se resentía de un dolor paralizante.

Se acurrucó entre sus ropas y caviló que se hallaba en manos del caprichoso destino. El catafalco de Viernes Santo, cubierto con unos paños oscuros le parecían las alas negras de la muerte, bajo el rígido rostro del Crucificado. Se resguardó en la oscuridad, horrorizada al percatarse de que algo dentro de ella había muerto tras un largo período de deterioro. A cada instante le venía a la mente la imagen aterradora del Pilós, con las cejas revueltas, observándola babeante, el vello espinoso del pecho y la boca lasciva tras el pliegue amenazador de su mentón.

«Hijo del Diablo —musitó—. Rey Jesús, Madre Gloriosa, salvadme de este acoso, os lo ruego; y devolvedme a Diego, pues contra el corazón nada se puede.»

Los clérigos consagraban los santos óleos, confesaban a los feligreses y salmodiaban el Oficio de Tinieblas, pero ella se sentía frágil, desamparada y pequeña.

—*Dominus iluminatio mea et salus mea, ¿quem timebo?* «Dios es mi luz y mi salvación; ¿a quién voy a temer?», entonaba el coro de frailes, e Isabella se reconfortó.

Las palabras, la música sacra y el consuelo de la liturgia se fundían como plomo en su alma. Volvía los ojos hacia la puerta continuamente, y pensó en Diego para sosegarse. El azul verdoso de las vidrieras reflejaba el resplandor de los velones, iluminando las columnas, las arcadas y el crucifijo del altar mayor, que parecía mirarla y protegerla, como intercesor del Mal y del Bien en la tierra.

La noche abrazó su tristeza. Una noche huérfana de la luz de la luna.

Isabella se asemejaba a un cervatillo sedado, con la desgarradora punzada del abandono y ese frío en las entrañas que sólo conocen los muy desesperados. La vigilia se le hacía eterna y la soledad insoportable. En cierto momento cesó en sus rezos. Todo le parecía vacío y las velas encendidas se le asemejaban a luciérnagas que penetraban en su cerebro, volviéndola loca. ¿Se podía continuar viviendo en aquel desamparo, acosada por aquel bravucón lujurioso, vulnerable y sin el calor de una mano amiga?

Quitarse la vida le pareció durante unos segundos peligrosamente agradable.

Su vida se había convertido en un callejón sin salida. ¿Cómo podría cerrar la herida de la separación de Diego si no era de esa manera? Sentía todo el dolor del mundo en su pecho y la pesadilla atroz de la presencia invisible del Pilós la angustiaba. Le horrorizaba enfrentarse a aquel sujeto. No tendría fuerzas para hacerlo. Y sus amigos, los cómicos, nada podrían frente al grupo de bravucones que acompañaba al Pilós.

Poco a poco decidió no sobrevivir. Estaba decidido. Se quitaría la vida. Estaba desesperada y su brío había desaparecido. Pensó en una muerte nada ingeniosa, tirarse desde las murallas al vacío, envenenarse con opio o efedra o lanzarse al mar con una piedra atada al cuello. Sería traumático al principio pero después no sentiría dolor, sino la nada. Todo acabaría, sus dudas, sus miedos, sus desesperaciones y el hambre que le roía las tripas.

Era su forma de sublevarse contra su destino. Dios tendría compasión de su alma y no la condenaría al fuego eterno. Como despedida del mundo que la rodeaba levantó los ojos buscando consuelo y una razón para no abandonarlo, y tras un largo rato de meditación mirando al ara, la halló en la sonrisa melancólica del Crucificado que presidía el altar. El Salvador, cubierto de sangre y coronado de espinas, derramaba de sus labios una confianza y un perdón ilimitados.

Su mirada estática expresaba perdón. Permaneció fija en la figura envuelta en nubes de incienso, y sus ideas suicidas se difuminaron paulatinamente como el cantero borra con su dedo el trazo equivocado del lápiz de plata. Sintió vergüenza de sí misma y rogó al Señor que perdonara su flaqueza, únicamente achacable a la desesperanza. Lloró arrepentida por dudar de la trascendencia de una vida humana, y se quedó dormida en un rincón del templo.

Al amanecer le llegaron los trinos de los pájaros. Una luz almibarada que dejaban traslucir los ventanales como gigantescos caleidoscopios, la serenó. Anduvo el sábado de Gloria escondida entre la iglesia, junto a los devotos e indigentes y en los claustros del monasterio, abiertos para celebrar los oficios de Tinieblas y de la Resurrección. El Pilós no asomó sus barbas por Nazaret y la muchacha dio gracias al cielo por su oportuna protección.

Algo había roto el normal desarrollo de los acontecimientos, y el Pilós no era de los que arredraban por nada. Había jurado perseguirla y se extrañaba de no haberlo visto por allí. ¿Quizás su disfraz y el lugar sagrado la habían protegido?

Dejó la iglesia abacial el domingo de Pascua. Sin dejar de mirar a uno y otro lado, echó a andar sin temor. Escondida tras la recua de asnos de un alfarero, se internó en el Call, el barrio judío de Barcelona, donde ningún cristiano se atrevía a entrar. Extrañamente, en los días que había permaneció en Nazaret y aquella mañana en la judería, el Pilós no daba señales de vida. Al tercero, armándose de valor, Isabella se acercó hasta el mesón, apenada, sucia, cansada y envuelta en su toca.

Los comediantes, con caras preocupadas, le reprendieron por haber escapado.

—¿Acaso crees que no te hubiéramos defendido con nuestras vidas? —se enfureció Jacobo Penas—. Tu cazador no ha comparecido por aquí. Y te aseguro que lo hubiéramos recibido como se merece.

—El miedo me sigue invadiendo, pero he recuperado el dominio de mí misma. Gracias por vuestros desvelos. Y esa cofradía del demonio, ¿sigue en la ciudad?

—¿No te has enterado, Isabella? —se extrañó Jacobo—. Creíamos que habías regresado al conocer la noticia. El Profeta ha sido apresado y se ha producido un alboroto jamás conocido en este reino. Los guardias del obispo Francesc Savall y del prelado de Gerona han detenido al Profeta de Aínsa. Los eclesiásticos andan a la gresca con el rey por una discusión de competencias. Aprovecharon que había abandonado Barcelona, donde era persona intocable como huésped del rey y del *consell*, y lo han apresado fuera de la ciudad. Se lo tenía merecido ese embaucador.

El gesto de júbilo de Isabella no estaba exento de asombro.

—Al fin el cielo hace justicia. Sus actos criminales no eran admisibles a los ojos del Creador —suspiró como si una venganza largamente deseada se hubiera cumplido—. ¿Y de qué lo acusan?

—De violaciones, asesinatos de clérigos, incendio de juderías y por suplantar la personalidad de un santo eremita, fra Guifré de la Creu. Aseguran que es un impostor y un viejo enemigo de la iglesia, de nombre fray Anton el Matarife, que en otro tiempo fue buscado por los justicias del obispo por ser un destacado *turlupin*.

—Había muchos de esos herejes franceses en su comitiva y yo fui testigo de sus desmanes. Supe que ese falso profeta era un estafador, pero ¿quién iba a creerme si lo denunciaba? —se lamentó Isabella, a quien se la veía gozosa con la nueva.

—Esa secta herética proliferó años atrás en Francia, Provenza, el Rosellón y Cataluña. Yo conocí a varios de ellos en Compostela —recordó Jacobo—. Dicen creer en una iglesia espiritual, pobre y libre de obispos y clérigos haraganes, pero ellos no andan cortos en desmanes y atrocidades. Son una chusma anárquica que ha engañado durante años a los pobres crédulos de la fe. Muchos *turlupins* han perecido en la hoguera, y éste penderá pronto de una soga, aun en contra de la voluntad del rey Pedro.

Las palabras de Jacobo retumbaron como un trueno en sus sienes y sonrió:

—Espero que la ejecución sea lenta y dolorosa.

—«La justicia es mía», dice el Señor —replicó Isabella, como envuelta en una nube de delicia—. Pero aún anda un diablo suelto.

—No lo creo. Sus seguidores se han esfumado como la niebla después de los arrestos —siguió hablando Jacobo—. Tenían miedo a ser inculpados. Ese Pilós debe andar muy lejos de aquí, querida. Tus cuitas han concluido. Da gracias a lo Alto y descansa.

—Todo era una falacia —dijo llena de contento—. Y la justicia, estando siempre tan cerca de la mentira y de los poderosos, al fin ha obrado de un modo justo.

—Estos falsos profetas que dicen intimar con lo oculto se aprovechaban de personas fácilmente sugestionables y de ingenuos crédulos. Se los ganan mediante palabras, drogas y brebajes y los asustan con las penas del Infierno. Pero en realidad ocultan un mundo de vicios, engaños, mentiras, dinero, bacanales y robos —aseguró la actriz, que abrazó a la conversa con tierno afecto.

—Pues muchos de esos iluminados y flagelantes, abandonados a su albur, han regresado a sus hogares, decepcionados y con las bolsas magras —garantizó Penas.

—¿En qué creerán ahora? —preguntó Isabella, que acarició el cabello de Lorenzana, recordando a Melisenda.

—Que aparecerá otro iluminado y creerán ver en él al Mesías del Juicio Final.

—Pobre humanidad, Jacobo. La vida es un don ingrato.

—Y desgraciadamente no apta para débiles, sino para lobos sanguinarios.

Los días que siguieron a la Pascua de Resurrección, la ciudad seguía melancólica y silenciosa tras las detenciones. Pero la actividad de la villa portuaria se reanudó, aunque, según se aseguraba en los mentideros y plazas de Barcelona, se seguía hablando de la enemistad entre el monarca aragonés y el arzobispo Savall y la detención del Profeta que expiaba sus culpas en las mazmorras. Isabella, en compañía de Jacobo y Lorenzana, pateó la ciudad intentando buscar un último rastro de Diego, sin lograrlo. Los flagelantes, exorcizadores del Anticristo y del azote negro se habían esfumado. Isabella suspiró, aunque desconfiaba aún de la maldad del Pilós.

«¿Puedo respirar ya tranquila? Creo que ese infame aún sigue por aquí.»

Pero había llegado el momento de regresar a Zaragoza.

Isabella, envuelta en la capa y seguida de Jacobo, acudió a los almacenes de la compañía Astolfi. La carta de su tío Mauricio le facilitó las cosas. Reconfortada, se dispuso a emprender el viaje y esperaba que sus tíos la acogieran con su proverbial afecto, a pesar de la decepción y del fracaso de su errada búsqueda. Era tal su impaciencia por poner fin a su infructuosa experiencia, y huir de la amenaza del Pilós, que rogó a los arrieros que aceleraran sus diligencias para salir antes de tercia.*

Se despidió de sus amigos los comediantes y regaló a Lorenzana su vestido de raso y unos florines de plata. Entre lágrimas se abrazaron, e Isabella se desplomó entristecida en el carruaje. Se sentía confortable con la sansera, un braserillo diminuto donde ardían sarmientos secos, que habían puesto a sus pies.

«¿Dónde te hallas Diego?», gimió mientras se arrebujaba en la capa.

Seguía sintiendo por él una tremenda atracción física y un hambre de posesión que se había convertido en el eje de su alma. Desde que se conocieron en Zaragoza, un fuego devorador la consumía. Especuló que si al fin aparecía Diego y no se retractaba de su ofensiva acción, lo obligaría a cumplir una penitencia pública. No lo creía un hombre libertino, pero sí un embustero, por el que sufría un tormento enloquecedor.

Cruzaron la plazoleta de Sant Jaume, donde se alzaba el árbol de la horca, cuando un perro rabioso le ladró, alertándola. Sus ojos se clavaron en la tabla de los ajusticiados y sus piernas le temblaron. «Pero ¿existe en la tierra la justicia completa del Juez Terrible?», se preguntó estupefacta.

—Me resisto a creerlo, Dios mío —masculló entre dientes.

«*Castrado per violació*», explicaba a los transeúntes una tabla.

Contempló a Pilós, fieramente torturado, con sus atributos viriles y las manos cortadas. Dos muñones sanguinolentos, la entrepierna en carne viva y su brutal cara se distinguían por los agujeros de la picota, mientras rogaba la gracia de la muerte con un llanto lastimero. Parecía un jabalí cazado y bañado en su propia sangre. Isabella no sintió lástima, antes al contrario, alabó la inexorable equidad del destino y percibió un regocijo copioso, una liberación radiante, como si se bañara en un río de felicidad.

—¿No os habéis enterado señora? Se ha producido un escándalo sin precedentes tras el encarcelamiento de ese iluminado, el

* Nueve de la mañana.

Profeta —le explicó un soldado de la escolta al verla tan sorprendida—. Éste es uno de sus cofrades más íntimos; también ha sido apresado por los soldados del obispo, que llevaban tiempo tras él, pues había cometido fechorías sin límite en su jurisdicción. Ese castrado, tras la procesión del Viernes Santo, se ofreció a una hermosa joven para presentarla ante el santón para que la bendijera, y lo que hizo fue mancillarla y violentarla cerca del muladar del Cagalell. Resultó ser una doncella de la familia del *conseller* Marimón. Ya nunca más podrá atropellar a ninguna chiquilla decente ese miserable violador.

—¡Ojalá se pudra ahí para siempre! —exclamó y escupió en el suelo.

Isabella había franqueado los límites de lo humano y sintió que la probidad de Dios se había cumplido inexorablemente con aquellas dos bestias, el Profeta y el Pilós, aunque recordaba a los inocentes que habían perdido la vida por su causa, como su padre, su hermano, el cura y su coima y tantos judíos, así como la cándida Melisenda. Sin embargo, como una vencedora de las tentaciones del Maligno, se apartó de la ventanilla y ahogó un improperio, no sabía si de liberación o de satisfacción.

Luego murmuró saciándose con su tormento: «El castigo os ha venido de lo alto. Adorabais al demonio y un espíritu vil habitaba en vuestra alma, miserables». Con la mirada perdida se olvidó de su perseguidor y abandonó la urbe marinera entre el piafar de las caballerías y las voces de los arrieros. Le parecía que aún seguía viva en medio de una muerte lenta, o muerta tras una experiencia pavorosa.

Su mente había estado demasiado embotada, oscurecida por el sufrimiento para casi abocarla al más terrible de los pecados, el suicidio. El resultado de sus pesquisas no había podido alcanzar más desastroso colofón. Había penetrado en las tenebrosidades de la infamia con la ceguera de la bondad y con la esperanza de volar como una avecilla libre, y había chocado contra la adversidad, como choca la luz contra un muro, o una mariposa contra el cristal. La pesadumbre se le enredó en el corazón semejante a una hiedra; y la desolación se convirtió en la medida de su alma. «El viaje, como mis deseos de encontrar a Diego, empezó con miedo e inquietud y concluye en fracaso y decepción. Pero ahora veo el mundo de un modo diferente.»

El cielo se cubrió de una bruma gris, que a Isabella le pesaba como una piedra de molino. Había partido para hallar la verdad y se había encontrado con el mal.

Retornaba a Zaragoza derrotada y con el alma repleta de amargura.

El rabino de justicia

Diego comenzaba a impacientarse, pues el plazo para regresar a Alejandría expiraba.

El algebrista era consciente de que su carácter había sido forjado por los monjes de San Juan de la Peña y que su personalidad independiente para enfrentarse a las vicisitudes de la vida era fruto de las sabias enseñanzas de fray Bernardo y del abad Berenguer, más que por su sangre regia o judía. Siempre había anhelado la ternura de un regazo materno, pero ésa era una circunstancia que aceptaba como suya.

Al día siguiente Zakay lo mandó llamar. Acudió a la cita animado: había ordenado en su mente las confidencias de su abuelo y creía en sus palabras. Éste, al verlo ante sí, le besó las mejillas y le rogó que en adelante lo tuteara, pues lo consideraba de su sangre. Diego aceptó.

—¿Sigue tu alma sedienta de saber sobre tu infancia? —le preguntó afable.

Diego se encogió de hombros, aunque aún precisaba de más consuelo.

—Sí, abuelo Zakay; y no lo consideres como un reproche: ¿No sopesasteis el daño que causabais a un niño al privarlo del calor de una familia?

—Era el precio que habíamos de pagar, Diego. Muerta tu madre y yo caído en desgracia, no cabía otra solución. Doña María de Aragón se opuso a que una criatura de sangre real fuera educada por preceptores judíos. Yo lo aprobé, pues nuestro pueblo siempre ha sido blanco de suspicacias y desprecios.

—Y me colocasteis a buen recaudo en una fría abadía. Los reyes siempre intentan ocultar sus pecados y mantener limpia la estirpe, aunque sea a costa del dolor de otros —se pronunció serio.

A Zakay le pareció que su nieto se adentraba en los terrenos de la impertinencia.

—La infanta María protegía a su hermano don Joan —le aseguró grave—, a su pequeña hija Blanca y a ti. No lo dudes nunca. Formabais la trilogía de la presión de el Tuerto. Aragón se jugaba mucho en la apuesta. Tras la muerte de su marido se resguardó en lugar sagrado, pues no se fiaba de nadie. Ingresó como monja en un monasterio y se dedicó al cuidado de Blanca, la princesa niña tan deseada por castellanos y aragoneses. Actuó contigo, su sobrino, como con ella misma, y siempre te amparó. ¿Si no cómo ibas a tener un trato de tanto privilegio en San Juan?

—Curiosa mujer doña María.

—Y por su astuto proceder, nacida para la alta política —ratificó el *nasí*—. Veló por ti hasta que murió, guardando en el más estricto secreto tu paradero. Debía callar para protegerte y viendo la posición de desamparo en que quedamos los Elasar, con mi vida deshecha y objeto de calumnias por boca de el Tuerto, me procuró cartas ante el rey de Aragón, su padre, que me protegió con su poder. Ése fue el motivo de enclaustrarte.

—¿Después de esto recalasteis en Besalú?

Zakay concluyó su explicación apoyando su artrítica mano en su hombro.

—Así es —corroboró afable—. Acepté el ofrecimiento de mi hermano Simón, el padre de Josef. Lejos del boato cortesano y con mi futuro incierto rehice mi vida, oculté tu existencia y desde allí seguí tus progresos. Y si no ando listo, fray Berenguer y doña María te hubieran hecho monje del Císter y después te hubieran nombrado abad. Pero tu sangre Elasar decidió y mis dineros te abrieron las puertas de los Estudios Generales, las matemáticas, la geometría y el álgebra.

—¿Y se acallaron los rumores tras mi ocultación, abuelo Zakay?

Sus ojos estaban medio cerrados, pero en ellos se adivinó el regocijo.

—Más aún, Diego, y aunque no soy hombre rencoroso, al poco de recalar en Besalú recibí del perseverante don Garcilaso de la Vega la noticia más dulce con la que podía halagar mis oídos. El nuevo rey de Castilla, Alfonso XI, había inaugurado su mayoría de edad y su reinado ajusticiando a su maledicente tío Juan el Tuerto. ¡Sea su alma maldita para siempre en las tinieblas! La muerte de ese hijo de Satanás, que tantas villanías había perpetrado, supuso el inicio de mi nueva vida en paz en la judería de Besalú junto a Yehudá, tu tío, muy joven aún.

Diego pensó que aún podía saber algo más de su pasado.

—¿Vive aún ese noble caballero, don Garcilaso? —preguntó interesado.

El anciano lo miró con recelo, como si el nombre de aquel noble castellano no le inspirara confianza y quisiera eliminar su recuerdo. ¿No resultaba extraño?

—Creo que sí, en su casa solariega de Alcalá de la Selva, en el condado de Gúdar, pero no puede revelarte más —cortó con tono enérgico, incluso desagradable, y prosiguió—: Después uní mis fuerzas, mi bolsa y mis conocimientos con Jacint Blanxart, y el resto ya lo conoces. Ésta es la verdad que se te ocultó durante tantos años. Toda la verdad, hijo.

«Las cenizas de la vida se dispersan, pero debajo quedan las ascuas», reflexionó Galaz, a quien la narración le había seducido después de tantas decepciones.

—¡Por el Gallo de la Pasión! —confesó el joven exhausto—. La realidad supera a mis fantasías. ¿Y por qué no me revelaste esto antes y tuve que soportar carga tan pesada?

Algo más sereno, aunque con el gesto cansado, el *nasí* respondió:

—Porque di por sentado que reconocerías a Conrado Galaz como padre y que no te harías preguntas sobre tu pasado. Juré ante doña María no hablar de ello, y no hubiese pasado nada si fray Bernardo, por razones de conciencia, no hubiera hablado. Ruego tu perdón, pero comprende que tenía el deber de callar. Por ser hijo de quien eres, debías alcanzar una madurez de estudio y respeto. Ése era el plan. Nada más.

—Tú deberías conocer que a un Elasar no puede ofrecérsele un señuelo tan seductor como el sello del Nejustán.

—No te falta razón, mi querido Diego —y sonrió—. No te separes nunca de él.

Diego pensó: «¿Quién soy yo para juzgar a personas perdidas en el tiempo y motivadas por circunstancias adversas?». Prefería las palabras verdaderas a las que sonaban agradablemente a sus oídos para halagarlo.

—Siéntete judío como un Elasar si así lo decides —le rogó Zakay—. Pero si renuncias a nuestra estirpe, nada te reprocharemos. Pero ten la seguridad de que en nuestro corazón hallarás el hueco de afecto que dejó mi malograda Séfora, tu madre, a la que tanto te asemejas. Sus mismos ojos almendrados, el pelo oscuro y sedoso. No la lloraré lo suficiente hasta que muera.

—Déjame un tiempo para asimilar estas revelaciones. Después, mi corazón me dictará qué credo seguir y a qué sangre pertenecer. Lo comprendes, ¿verdad abuelo?

—¡Claro! —replicó el anciano—. Ya nada se puede reparar. Las cosas fueron así, y es llegado el tiempo de enmendar el mal, reparar y perdonar.

No obstante el corazón le decía a Diego que aún le quedaba una pieza por encajar, y que allí, ante su abuelo Zakay, debía callarla. Intuía que no le había dicho toda la verdad sobre la muerte de su madre Séfora y que tal vez don Garcilaso supiera más. Algo le decía en el corazón que su abuelo ocultaba un capítulo deshonroso de aquellos años. ¿O era una presunción descabellada? Esa visita la dejaría para su regreso a Aragón; hasta entonces la ocultaría en lo hondo de su mente. No quería herir el corazón del anciano.

Repentinamente, Diego Galaz se sintió, tras mucho tiempo, más sereno.

No vio a Zakay en los días siguientes. El *nasí* se hallaba retirado en oración, por lo que se procuró la compañía de su recién conocido tío Yehudá, el único hermano de su madre. Era un personaje en extremo sencillo, de carácter vacilante y ajeno al sueño idealista y religioso de su padre. Siendo un *hasidim*, acompañaba a su padre por respeto, como cayado para sus piernas. Consideraba a Diego como un hijo y no se separaba de él. Le contó que poseía una casa en Guadalajara, pero vivía en Palermo, donde lo aguardaban su esposa Abigail y dos hijas de corta edad. Administraba los asuntos de La Roda en la isla italiana y la añoranza de su familia lo mantenía en estado de impaciencia. No anhelaba otra cosa que acabar con aquella enajenación de su padre y retornar cuanto antes a Sicilia.

Anduvieron por las dependencias de la comunidad y Diego se maravilló de la piedad y laboriosidad de la comunidad de *hasidim*, que aunaban la oración con el estudio. Cumplían la regla esenia y la Ley de Moisés en su pureza original. Notó rasgos de extrema pobreza en sus miembros y la observancia de una obediencia ciega al maestro Neptalí Megas y a su abuelo, como *mebaqqer* de Occidente.

Cumplían el celibato los más viejos, pero los más jóvenes convivían con sus esposas e hijos en cobertizos apartados. También observó la sujeción a estrictas normas de convivencia y gobierno, que según Yehudá habían calcado de los manuales esenios. Trabajaban por grupos en las acequias, en los hornos, en las escribanías o en las cisternas, mientras otros oraban, elevando al cielo letanías interminables de salmos bíblicos. Los novicios se dedicaban a una curiosa tarea que asombró al físico. Quemaban las plantas de los alrededores del mar de la Sal y con ello fabricaban una ceniza pastosa que llamaban *borit*, una pasta con propiedades medicinales para rejuvenecer la piel que luego revendían a los caravaneros nabateos y sirios para distribuirlas por las droguerías de Europa, la India y Catay.

—Aquí aseguran que con esa pasta limpiaron el cuerpo de vuestro Cristo cuando fue descendido de la cruz. Vuestro Mesías conocía las enseñanzas esenias y las practicaba —le aseguró Yehudá.

Cada tarde visitaba a los amanuenses en el *scriptorium*, un lugar que lo atraía por su olor a *atramentum* y a pellejo rancio, así como por su admirable recopilación de rollos, vitelas y manuscritos en arameo antiguo. Seis calígrafos los reproducían con una acabada maestría, mientras otros alisaban con cristales y bolas de plomo las badanas de cabritillo, o afilaban los cálamos indios, limpiaban las péndolas de plata o cortaban las puntas de sandáraca. Allí aguardó, admirando la delicada tarea, hasta la caída de la tarde, cuando Yehudá lo requirió para acompañarlo al refectorio.

No obstante, los planes mesiánicos de su abuelo le preocupaban, pues la violencia antijudía, lejos de aminorar, se acrecentaba, y no dejaba de recordar la matanza que le dio la bienvenida a Jerusalén. Llegaban noticias desalentadoras de Galilea y de la Decápolis, con atropellos cometidos por los bárbaros *sarrasin* del gobernador de Jerusalén, que se había propuesto acabar con los *hasidim* y sus sueños mesiánicos persiguiéndolos por todo el país.

—Abuelo Zakay, pongamos tierra de por medio y comencemos juntos una nueva vida en Aragón, Barcelona, Alejandría o Sicilia. Todo esto no es sino una locura.

—No, hijo. Mi sino ya está trazado en el cielo. Debo cumplir con mi destino y expiar mi gran pecado con el servicio al Altísimo. Si un enloquecido como yo persevera en su delirio, puede terminar siendo un sabio —le confesó, y un velo de tristeza cruzó su semblante—. Desde que murió Séfora, mi signo ha sido huir, siempre huir, como si presintiera a mi espalda un fantasma que exige el precio de mi vida.

Debía convencerlo para abandonar aquel desierto de muerte. Pero ¿consentiría sin antes presenciar la aparición del *Zonara*? No obstante, una de las frases que más repetía el anciano tenía intrigado a Diego: «¿Por qué alude constantemente a su gran pecado? ¿Oculta algún escándalo del pasado?».

El alma de Diego Galaz se había sosegado como se serena el niño tras el llanto. Ya no maldecía los hechos de su pasado. En cambio le irritaban los sueños visionarios de su abuelo sobre el *Zonara*, pero lo respetaba y oía absorto los relatos sobre sus padres. Gradualmente se aferró con afecto a la fugaz imagen de Séfora Elasar y del refinado príncipe Joan de Aragón, y los amó.

«Don Joan llamaba a tu madre *blanc ocell*, pajarillo blanco, por su dulce voz.»

«Dante, el florentino, dice que el amor y un gentil corazón son una misma cosa, y la ternura, el reposo de la pasión. Pero fue un amor malogrado y condenado.»

Del rostro de Diego se borró el halo de nostalgia que lo acompañaba, mientras en la profundidad de su alma resonaban voces que lo reconciliaban con su ayer. Se sentía como un hombre entre dos leyes y dos creencias, pero le seducía que su madre hubiera mostrado clarividencia sobre las plantas y sus propiedades curativas y que se inclinara hacia las enseñanzas astrológicas y geománticas, como él mismo. Poco a poco, aquella mujer que apenas si había tenido tiempo para disfrutar de la vida, ocupaba su corazón, donde aún se debatía en el misterio su principesco padre.

—Siento como si el veneno que destilaba mi alma se hubiera volatilizado. Ya no me siento a la deriva, sino como un hombre nuevo —repetía Galaz a sus familiares.

La empatía entre abuelo y nieto, de la que no podía excluirse a su tío Yehudá, aumentaba cada minuto que compartían en el desierto del mar Muerto, a cientos de leguas de Aragón. Zakay y Yehudá lo acompañaban hasta el *scriptorium*, donde en medio de una atmósfera de sosiego, le explicaban los principios de la *Misná*, la tradición oral judía, y los comentarios de la *Guemará*, que según el *nasí* conformaban el sagrado Talmud, el saber moral de Israel, que Diego escuchaba con desconocido agrado. Le insistía que por la sangre de su madre Séfora ben Elasar, debía sentirse como descendiente del sumo sacerdote Sadoq, pero Diego se resistía a convertirse en un circunciso y vivir el drama que sufría el pueblo judío.

—Qué felices hubieran sido tu madre y tu abuela Esther, mi esposa, de haber presenciado la celebración de la *Bar Miztva*, la confirmación de los trece años. Sin duda hubiera sido más sonada que los esponsales de un rey. Pero no nos lamentemos, de nada sirve. Ahora somos dichosos por haberte recuperado.

Diego intuía que los días para el regreso se habían acortado y que llegaría tarde a la partida de *La Violant*, lista para zarpar en Alejandría, si no se apresuraba. Aguardaría la fiesta judía del *Schawuot* y partiría solo o con ellos, antes del final del verano, aunque su abuelo se mostraba intransigente en abandonar la comunidad.

Una mañana canicular, después de cumplir con el baño ritual, Zakay lo convocó a la biblioteca, donde los copistas transcribían un antiquísimo tratado del *Libro de los Jubileos* y la regla esenia *Hagu*, desenterrados de una cueva próxima y seguramente escondidos del saqueo por los *magarriyah* siglos atrás. Olían a almendras rancias y su color era como la mies segada. Diego contempló arrobado su cuidada caligrafía y pasó sus dedos por el papiro. De inmediato percibió una gran emoción, pues uno de los amanuenses le aseguró que respiraron el mismo aire del Cristo de Nazaret.

Pilas de grimorios, pliegos de papiro, palimseptos y pergaminos, se alineaban en las mesas, junto a los secantes, plumas, cálamos y cuernos de tinta, con los que creaban primorosas miniaturas. Compareció también el gran rabino, Ben Megas, al que al fin conoció, un hombre de cara inexpresiva, diminuto, obeso, de ojillos zarcos y de movimientos inquietos, del que emanaba una caduca autoridad. Reinaba el silencio en la sala y el hombrecillo bisbiseó una oración entre dientes. Luego, como si ritualizara un ceremonial, dio unos pasos hacia delante y hacia atrás y frente a la Torah, y tras colocarse en el *almenor*, un estrado donde explicaba las Escrituras Sagradas, declamó:

—Dios nuestro, colma de bienes a Israel y restablece los muros de tu Ciudad Santa. En ti están depositadas nuestras esperanzas, Señor de los Ejércitos.

Zakay ben Elasar extrajo de los estantes unos cilindros agrietados que le presentó a Diego como la Torah, la médula de la fe hebrea, compuesta según sus parsimoniosas palabras, por los cinco libros de Moisés, los de los Profetas y los escritos Sapienciales. Extendió ante sus ojos un rollo que despedía un aromado olor a algalia y destapó un jarrillo de miel. Consumando un rito secular vertió una gota en el pergamino ante la sorpresa de Diego que no comprendía el mágico ritual que oficiaban en su honor.

—Diego, hijo de Sefora Elasar, hija de Zakay y Esther, cuando un chiquillo judío inicia sus estudios de la Torah, se derrama miel de Judea sobre el papiro, aclarándole que su lectura resultará tan dulce como un panal. Desde hoy, si lo deseas, puedo explicarte la *Misná* y la *Gemará* y entrar en la comunidad del pueblo de Israel.

Ante la delicadeza mostrada de su ascendiente, no pudo por menos que aproximarse, tomarle las manos y manifestarle:

—Zakay ben Elasar, he tardado en hallar mi origen y aunque con el alma atravesada en la garganta, al fin he recibido mi recompensa: conocerlo.

—Algo que no has mendigado, pero que te correspondía por justicia, Diego.

—Pero ahora mi corazón me dicta que está entre lo más hermoso que ha ocurrido en mi vida —admitió—. Acepto mi sangre y mi genealogía.

Ben Megas se incorporó y le besó las mejillas, tras su abuelo y Yehudá. Le regaló un papiro enrollado en una tesela de cuero con el primer capítulo del Génesis y le brindó una fraternal bienvenida a la estirpe de Abraham.

—Al haber nacido de hembra judía te has convertido en hijo de la Alianza. Así que ambas familias servirán a Dios como depositarios legítimos de los vasos sagrados en el Santuario, como ya hicieron nuestros antepasados en el Templo. Nada más sublime para un hebreo.

El algebrista estaba conmovido y el corazón se agitaba en su pecho.

—San Agustín asegura que sólo se puede creer en algo, si se hace con libertad. De lo contrario carece de valor. Esperaré para asumir mis creencias religiosas —manifestó con cautela Diego, a quien le costaba admitir que hombres tan eruditos aceptaran ese delirio mesiánico—. ¿Creéis, gran rabí, que realmente comparecerá el Mesías próximamente en Palestina?

Los ojillos de Megas centellaron en sus cuencas arrugadas, irritados por la pregunta. Diego lo percibió y pidió excusas. ¿Había blasfemado contra Dios o la causa mesiánica?

—Óyeme, hijo —se explicó—. Un día, hace años, tuve una visión de esperanza, semejante a la del profeta Enoc. El oráculo divino me transmitió la misión de pregonar por el mundo la llegada del Hijo del Hombre que despojará a los paganos mamelucos de su trono y ensombrecerá el rostro de los falsos reyes. Será el cayado de elegidos en Eretz Israel, entre los que nos hallaremos los fieles *hasidim*. Veremos prodigios celestes, no lo dudes ni por un momento.

—Pero guardaos del gobernador Amir —le recordó Diego—. Fui testigo de la cruel matanza de *hasidim* en las murallas de Jerusalén.

—No nos encontrará. Existen cientos de cuevas y sinagogas donde podríamos escondernos. Dios nos protege con su manto en estos desiertos infinitos.

«¿Por qué todos los soñadores religiosos sueñan con un paraíso exclusivo para ellos?», pensó Diego.

—No obstante, abuelo Zakay, te lo rogamos Yehudá y yo: partamos hoy mismo hacia Alejandría —le encareció con ternura—. Quedarse en este lugar podría ser arriesgado y los *sarrasin* os buscan. Vuestra sentencia está escrita. Vuestro celoso afán de esperar al Mesías puede acarrearos la muerte a manos de esos mamelucos. Si os encuentran os degollarán sin compasión y no podréis cumplir vuestra sagrada misión.

El *nasí*, con la mirada de reconocimiento, afirmó:

—Te honra tu afecto. Pero te digo como el gran rabino, estamos persuadidos de la inminente llegada del *Zonara*, el jesita, descendiente de Jesé, el padre del rey David. Nos hallamos en manos de Elohím, el Altísimo. Desecha tus temores Diego.

Dejando traslucir su impaciencia dijo con dramática dignidad:

—No me cautivaría verte morir ahora que te he hallado al fin, abuelo Zakay.

—La misión del judío consiste en invitar a la humanidad al reino de la Paz, que traerá en breve el Elegido. Y en ese empeño perseveraré. Como dice el *nasí* Isaías, «Habitará el lobo con el cordero, el leopardo se acostará con el cabritillo, y el niño jugará con el áspid». Nada receles. Para finales del verano regresaremos a Alejandría para proclamar al mundo, judío y gentil, la buena nueva. —Cerrando los ojos, Zakay penetró en un silencio beatífico y luego suplicó—: Dios, concédeme la visión del *Zonara*, aunque sea lo último que mis ojos vean.

De repente el anciano se sumió en un intenso cansancio, provocado por la emoción del momento. Ben Megas lo ayudó a sentarse y con los dedos untados con aceite y miel marcó la frente de Diego Galaz, que lo dejó hacer.

—«*Baruj atá, Adonai, melej ha-olam*», «Bendito eres, Señor Dios nuestro, rey de la eternidad» —imploró el rollizo rabino, que le dedicó una sonrisa franca.

Diego pensó que tenía que improvisar un nuevo destino.

Aquel lugar le pareció un oasis de paz y sosiego inolvidables. Sintió que la emoción le sofocaba, y percibió un misterio que nunca podría esclarecer. ¿Era únicamente una sensación o una mudanza radical en su espíritu?

El calor se le hizo opresivo.

En aquel lánguido amanecer, Diego no oyó la piedra moliendo maíz, ni la carraca convocando a los rezos. Había llegado el día anunciado con un estallido de luz. El aire ardía como un hornillo. Según las predicciones de Ben Megas, la manifestación del

Zonara ante el pueblo elegido, coincidiría con la más jubilosa de las fiestas judías desde que sus antepasados se asentaran en la Tierra Prometida, el *Shawuot*, que concluía aquel domingo. En algún lugar de Eretz Israel se manifestaría al mundo el Hijo de Dios.

Expectantes, los *hasidim*, precedidos por Ben Megas, el Rabino de Justicia, una cohorte de rabinos y Zakay ben Elasar, iniciaron la procesión de la Cosecha. Descendieron de otros retiros y de las cuevas otros muchos ascetas, que se unieron a la comitiva de esperanzados por el *Zonara*. Portaban en sus manos un haz de gavillas y adornaban sus túnicas con *lulabs*, cordoncillos de oro semejantes a los retoños del trigo.

—Oye, Israel, Yahvé es nuestro Dios, Adonai es único —proclamaban.

Se alineaban a uno y otro lado de una carreta tirada por dos bueyes uncidos y aderezados con brazadas de avena y hojas de sicómoro, que portaba un tabernáculo con hogazas de pan. En pleno desierto lo ofrendarían a Yahvé, con los ojos puestos en dirección a Jerusalén, al monte Sión y a su Templo, lugares sagrados donde el *Zonara* se manifestaría al mundo. Diego, desde los roquedales, los contemplaba fascinado. Mientras caminaban lentamente, Megas entonaba antífonas que quebraban el aire, contestadas por los santones con el familiar canto conocido por Diego, al que se le erizaba la nuca al escucharlo.

—El Mesías comparecerá en Israel y las gentes fluirán como un río hacia el monte Sión, como un rebaño de ovejas por las praderas de Gilad y Hebrón.

—¡*Milhamah,* guerra, *milhamah,* Señor! —oraban.

—«Una estrella sale de Jacob y un cetro surge de Israel. Y cuando Él aparezca aplastará a los paganos y a los impíos hijos de Set. Espada despierta y hiere al pastor» —rogaba el rabino—. Quienes quiebren la Alianza serán barridos cuando la Gloria de Dios, el Mesías, el Maestro único, se manifieste en este día. Hoy contemplaremos la salvación, hermanos. Preparad vuestros espíritus y abrid vuestros ojos.

—*Milhamah, Milhamah* —gritaban—. *Am Jisrael Chaj*, «Israel vivirá eternamente».

La comitiva ascendía ladera arriba, como un gigantesco gusano que se arrastrara entre los pedregales. Pero súbitamente todo pareció detenerse. Remolinos de polvo y un ruido ensordecedor surgieron tras los altozanos, como si una manada de onagros salvajes se mostrara ante ellos. A menos de un tiro de piedra, irrumpieron como una plaga de langosta y con la furia de mil demonios. Una patrulla del gobernador mameluco de Jerusalén se precipitaba por las pendientes enarbolando alfanjes y arcos. Las negras figuras, como el vuelo de la muerte, se lanzaban sobre los sorprendidos *hasidim* como un huracán en primavera. La bruma caliginosa los había ocultado, hasta que los bufidos y los cascos de los caballos atronaron los caminos de Jericó y las quebradas de Mird, desgarrando la quietud del Hibert Qumran.

Del fondo del alma de Diego Galaz, que se quedó petrificado, surgió una alarmada tristeza, mezclada con el encanto de lo que había podido hacer junto a su abuelo.

—Han caído en la trampa de la muerte y sus sueños se han evaporado de golpe —se lamentó, ahogando un grito de alarma y desesperación—. ¡Dios protégelos!

El algebrista se parapetó tras los muros del cenobio y agudizó sus sentidos para salvar la vida. Con pavor observó los movimientos de la tropa. Luego se fijó en el jefe que los mandaba, y a su lado, como lugarteniente de la muerte, descubrió un rostro amigo. ¿Cuántos traidores latentes viven en el mundo cotidiano, prestos a esperar el momento oportuno? Pero no podía sospechar que aquel hombre lo fuera. Casi sin habla y con los ojos desorbitados, musitó estupefacto:

—No, no puedo creerlo. ¡Maldito seas!

La última herida

Hubo un momento en que Diego se dio cuenta de lo rápidamente que es demasiado tarde. En sólo un instante reinó una espantosa confusión entre los alaridos de pánico.

Pero su sorpresa al divisar a los que dirigían la matanza no disminuía: entre el capitán de la horda y el confaloniero que izaba el estandarte del Profeta, a horcajadas sobre un camello, destacaba la figura contrahecha de un viejo conocido, Neemías el Cojo. Su barba dividida, la faz de hiena, la muleta a su espalda en bandolera, la cabeza rala moteada de greñas desordenadas y sus ojos pitañosos, le resultaban inconfundibles.

—¡Bellaco cabrón de los infiernos! —chilló impotente Diego.

¿Era tan cruel que venía a presenciar el exterminio de aquellos hombres compasivos y santos? ¿Cómo podía un judío traicionar a sus hermanos? ¿Quizás no cobraría la recompensa si no les ponía en bandeja al rabí Megas? ¿Huía de Jerusalén para no dar explicaciones de su cobardía? ¿Era en realidad un musulmán al servicio del gobernador? Diego, consternado y rojo de ira, no se pudo dominar y gritó con odio:

—¡Bastardo traidor! Me engañaste y yo mismo te conduje hasta aquí. Dios mío, nunca me lo podré perdonar. —Pero sus palabras fueron ahogadas por la barahúnda de clamores y galopadas

Los alertó impotente desde la distancia alzando los brazos, pero sus avisos quedaron apagados por la algarabía. Sus presagios se habían cumplido; y tal como aconteciera a su llegada de Jerusalén, los mercenarios del sultán caían como rayos de muerte sobre la crédula procesión de los ascetas *hasidim.* Algunos, lejos de aguardar la muerte como mansos corderos, les hacían frente heroicamente, mientras otros se ofrecían sumisamente al sacrificio.

Dios, en vez de enviarles al Mesías, les mandaba al siniestro ángel exterminador y su cohorte de asesinos. Diego se ocultó en los arcos del acueducto, donde era difícil que lo sorprendieran. En pocos instantes la procesión se convirtió en un caos y las cabezas rodaban como fardos por la montaña, mezclándose la sangre con la tierra de la planicie.

Saeteaban sus cuerpos, que caían erizados como puercoespines, mientras otros corrían hacia el oasis de Ain, o rodaban por los repechos, perseguidos por los jinetes negros que se servían de látigos para rematarlos. Diego advirtió desde su escondrijo que algunos lograban escapar ocultándose en el palmeral. De repente estalló un alarido atroz contestado con júbilo por los otros asesinos, y el estruendo de los rugidos y las armas pareció acallarse.

Un guerrero *sarrasin* blandió la cabeza de Ben Megas. Al parecer habían cumplido el objetivo esencial del asalto. Habían encontrado y abatido al gran rabino de Jerusalén, el guía más buscado de los *hasidim* y la presa más deseada por el gobernador Ibn Amir, que aquella noche dormiría más tranquilo en el lecho de plumas de su harén, rodeado de sus favoritas. Decapitado al cabecilla del movimiento *liberador* de Israel, y al que creían muy lejos de Palestina, cumplía con creces su misión.

—*¡Allahu akbar!*, ¡Alá es grande! —vociferaban los asesinos negros.

Diego, imposibilitado de ayudar por la distancia, contemplaba la matanza. Súbitamente se le ocurrió una disparatada idea. Ayudado por la confusión, serpeó velozmente entre el pedregal. Con sigilo se acercó al palomar donde las aves mensajeras revoloteaban inquietas. Pensó que colocarle un mensaje en sus anillas resultaba ilusorio, pero si les concedía la libertad, tal vez aquellas torcaces volaran a las comunidades cercanas y su inesperada presencia evitara una nueva carnicería.

Desconocía si podía servir para algo, pero bruscamente separó el cerrojo, y una bandada de no menos de treinta palomas batieron sus alas perdiéndose en los cielos, rumbo a Farán, Sin, Madián, Sinaí y las llanuras de Sefela. Le ardía la boca y la respiración se le entrecortaba. Una vez más, el mal y el fanatismo le presentaban su cara más sórdida. ¿Qué habría sido de los Elasar, padre e hijo?

Rematado el gran rabino, los *sarrasin* irrumpieron en el cenobio, lo saquearon e incendiaron los chamizos haciendo salir a los niños y mujeres de los jóvenes ascetas. A algunas las arrastraron y ataron como bestias en una hilera que fue conducida a empellones hacia el camino de Qumran, para ser vendidas como esclavas en Damasco. Lanzaban lamentos de muerte al contemplar a sus maridos entre un amasijo de cráneos deshechos, sanguinolentos y aplastados.

Como nefasto colofón, del lugar que ocupaba el *scriptorium* escapó un fuego devorador que reducía a cenizas la prodigiosa compilación de rollos bíblicos de la comunidad. «Qué pérdida tan irreparable —pensó Diego—. Tras un hombre civilizador, siempre se esconde una caterva de incivilizados destructores.»

—*¡Al Hamdu li-lah!*, ¡Alabado sea Alá! —coreaban tras la matanza.

Regresó al escondite del acueducto mientras la chusma asesina escupía sobre los muertos, se orinaba en ellos y violaba salvajemente a las esposas de los místicos delante de los ojos de sus hijos, mientras otros agitaban en sus venablos los testículos, manos y cabezas de los muertos. En las cuevas se observaba una actividad devoradora. Los místicos trepaban por las laderas y se perdían en el laberinto de las cuevas excavadas en la montaña. Pronto un hedor acre a papiro, carne y azufre quemados, se expandió por la meseta haciendo el aire irrespirable. ¿Por qué no asesinaban a los otros *hasidim*? Estaba claro que lo habían seguido hasta allí y que sólo les interesaba el Rabino de Justicia, Ben Megas. Decapitada la cabeza, el cuerpo moriría por sí solo. Con la escasa visibilidad, Diego no podía ver la suerte que habían seguido sus parientes. «¿Qué delito han cometido estos hombres? ¿Era necesario un exterminio tan cruel de inocentes?», se lamentó.

Una vez más el principio se cumplía inexorablemente: los pacíficos y sabios sucumbían ante la barbarie, el terror y la intransigencia. Diego se movió por el pasadizo que comunicaba el acueducto con los pilones de abluciones y salió a la luz con prudencia; avistó a los brutales sicarios del sultán a menos de treinta pasos.

Súbitamente se oyó un cuerno de guerra y los *sarrasin* más rezagados iniciaron la retirada dejando tras de sí la desolación. Sus siluetas, difuminadas por el sol, y los turbantes de los carniceros se perfilaban sobre el horizonte como jinetes apocalípticos. Después se hizo el más lúgubre de los silencios. Los bueyes de la carroza vagaban sin rumbo, ajenos a los llantos, mientras una columna de humo anunciaba que la comunidad de *hasidim* de Qumran había quedado convertida en cenizas. El sueño de la aparición del *Zonara* había concluido sin mérito y de una forma indigna.

«Los sueños mesiánicos suelen acabar así, sin gloria, sin enviado, sin salvación, con ceguera pertinaz, con sangre, truncados por la intolerancia —pensó abatido—. El hombre siempre se comporta igual y repite la historia una y otra vez con idénticos resultados de desastre, dolor y desesperanza. Pero ¿qué sería de la humanidad sin sueños imposibles y sin doblar la rodilla para luego levantarla?»

La desbocada fe del *nasí* se había quebrado sin honor, como un viejo cántaro.

En cuanto desaparecieron los carniceros mamelucos, fueron apareciendo de entre las frondosidades del oasis los asustados beduinos, una pareja de *hasidim* heridos que apenas si podían sostenerse y la chiquillería que habitaba en las inmediaciones del mar de la Sal. Diego, al pasar por el cobertizo, recibió en el brazo el estadillo de unos tizones que ardían junto a la cal viva. Corrió a la alberca e introdujo el brazo quemado, mientras chillaba de dolor. Untó la quemadura con barro y se unió a la comitiva de dolientes, mientras un frío aterrador le corría por la espalda. La quemadura lo punzaba pero sus ojos exploraron vacilantes buscando a los Elasar. No hubo que buscar mucho. Cerca de la higuera donde habían mantenido sus primeras confidencias, el cadáver de su abuelo Zakay ben Elasar, *nasí* de Aragón, yacía con las manos entrelazadas en el pecho, con el cuello cercenado y la sangre reseca.

—Tal como querías tus huesos quedarán para siempre en la Tierra Prometida, lejos de tu Guadalajara natal —musitó Diego cerrándole los ojos—. Viniste desde Sefarad para encontrar entre estos pedregales una muerte estéril, corriendo tras las sandalias de Mesías imposibles, que no hacen sino enloquecer a Israel. Has traspasado en paz la barrera entre el mundo terrenal y el celeste. Que el Dios de tus padres te tenga a su diestra. Amén.

Su mirada fija y sin vida mostraba una inconmensurable serenidad. En sus labios no se advertía ningún gesto de espanto, sino de serena aceptación, como si aguardara aquella muerte tan horrenda. Permaneció en silencio, con el cuerpo inmóvil en su regazo, hasta que le cubrió la cara con su tailasán. Una de sus lágrimas se le deslizó por la barba cayendo sobre el cuerpo de su abuelo, al que, a pesar de su contradictoria personalidad, había comenzado a amar.

Más adelante se amontonaban más cadáveres, pero no halló a Yehudá. Los examinó uno a uno y comprobó que no había heridos, sólo muertos salvajemente destrozados. Anduvo largo rato, pero los despojos de su tío no aparecían. El sol estaba en todo lo alto y sudaba copiosamente. Siguió el camino que habían hecho los *hasidim* que se habían deslizado por los terraplenes, pero tampoco lo halló entre ellos. El olor a putrefacción comenzó a adueñarse de la atmósfera y los buitres sobrevolaban los aires del desierto de Judea. Alguno perros sarnosos olisqueaban la sangre que empapaba los cañizales, en tanto que Diego rastreaba, durante más de una hora, entre el vergel, hasta la orilla del mar. El corazón le dio un vuelco y sus entrañas se agitaron, pues tres cuerpos inertes flotaban en sus orillas. «¿Qué prodigio ocurre en estas aguas que los cadáveres no se hunden?», se preguntó, ignorando el portento de la alta salinidad del mar Muerto.

Volvió pesadamente el primero y constató que había ido a morir al mar, como el segundo, que presentaba un profundo corte en el pecho. El otro, emergía boca arriba y la sangre desfiguraba su rostro. Lo zarandeó e identificó con gozo que se trataba de Yehudá, el hermano de Séfora, su madre. Lo atrajo a la orilla y comprobó que respiraba. Una saeta sarracena le había atravesado un brazo, del que manaba un reguero de sangre y una herida mellada, fruto de un latigazo, le había descuajado el cabello tras la oreja, arrancándole la piel y la encarnadura, desde la cabeza hasta el hombro.

Lo arrastró hacia el cobijo de una tienda beduina, donde con la ayuda del viejo que ya había conocido, lavó su quemadura y restañó las heridas con llantén. Transido de dolor Yehudá recuperó el sentido a la caída de la tarde y aceptó estoicamente la muerte de su padre. Pedía agua con ansiedad y Diego le dio a beber sorbos de un jarabe de ajenjo, hasta que entró en un sueño intranquilo.

En aquel atardecer fatídico y entenebrecido, los pájaros del oasis de Aín no cantaron, como sumándose al dolor de los vivos.

Al día siguiente, entre sahumerios de *kaddish* y los cantos fúnebres, se enterraron los cuerpos de los hermanos abatidos en las planicies de Qumran, en un funeral discreto al que acudieron los asustados ascetas de las grutas esenias, que como hormigas afloraban de los huecos excavados en la roca. Con las cabezas embadurnadas de ceniza se daban golpes de pecho, golpeaban sus brazos y se lamentaban por la pérdida de sus hermanos y por el fin del sueño mesiánico. Un *hasidim* malherido, que apenas si podía mantenerse en pie, se tocó con un *tallit* y cumplió con la liturgia. Echó polvo del desierto en los ojos y órganos genitales de los muertos y depositó una moneda de cobre, un siclo, en cada una de las bocas de los difuntos. Tras completar los rituales círculos en derredor de la fosa, moviendo adelante y atrás su cabeza, rogó:

—Elohím Adonai, que Metatron, el arcángel que anota las buenas acciones de tus hijos, los conduzca hasta tu presencia. Concédenos a los supervivientes el valor necesario para seguir aguardando sin desalentarnos la venida del Mesías.

Ningún epitafio inmortalizaría el lugar donde habían sucumbido aquellos hombres en infructuoso sacrificio. Luego, como un ejército derrotado, los que habían sobrevivido al ataque desaparecieron por las trochas de Jericó. El delirio de aquel puñado de locos piadosos lo había conmocionado. Diego, airado, se propuso arrebatar de las manos de la muerte cuanto le quedaba de su sangre, su tío Yehudá ben Elasar, que debatía entre la vida y la agonía.

—Que sus muchos sufrimientos descarguen sus culpas, Señor.

—La muerte debe sernos tan conocida como nuestra propia sombra —musitó Diego apagado.

Diego ascendió hasta las escarpaduras del Qumran y alzó su mirada consternada hacia el norte. Con dolor contempló el curso del Jordán, que espejeaba entre el verdor de sus orillas y las dunas del desierto de Judea, matizadas de color ocre. Todo era silencio, el silencio de la muerte.

Su espíritu se sosegó, a pesar de su desolación.

Al menos no retornaba a Alejandría con las manos vacías.

Tres días permaneció en el oasis con Yehudá, abrasado por la calentura.

A cambio de unos *zuzs* de plata que guardaba en el cinturón, consiguió leche fresca de camella, queso y las hierbas que necesitaba para bajarle la fiebre a Yehudá y sanar sus heridas, que limpiaba con agua del mar bíblico y un bálsamo de tragacanto, polvo de alcrebite y oximiel, que había aprendido de un códice de la biblioteca de San Juan de la Peña, llamado *Los buenos consejos de los Monjes*, en el que fray Bernardo le dejaba husmear. El viejo nómada compuso también un electuario que elaboró a partir de la pulpa de las palmeras que aplicó en sus contusiones para evitar que se emponzoñaran.

—Sin compasión, un hombre ya no es humano —le aseguró el viejo por su valor.

Aprovechando que unos ovejeros seguían ribera abajo, Diego compró un asnillo a los beduinos, pues había perdido el suyo en la irrupción de los mercenarios, y los siguió para protegerse de los salteadores de caminos. A los lejos observó a algunos ascetas de las cuevas que también emprendían la huida con destino a los monasterios del Sinaí, enterados de las terribles represalias emprendidas por el gobernador contra los judíos de Jerusalén, Cesarea, Ascalón y Tiberíades. Se sentía como un delincuente, por lo que desestimó el regreso por Jerusalén para evitar malos encuentros.

Después de dos días enteros sufriendo el sol bochornoso del estío, alcanzaron el oasis de Ras, donde descansaron para recuperar fuerzas, con Yehudá aún enfermo y con aspecto de moribundo. Diego pudo curar la llaga de su brazo, que exhalaba un líquido blancuzco. Yehudá, animado por su sobrino, brindó una nueva ocasión a la vida, pero su salud era muy precaria. Con la compañía de los pastores se internaron en el camino de Gat, frente a Filistea, donde el agua de los pozos escaseaba. Desde allí, padeciendo dificultades sin límite, sin fuerzas y acuciados por la sed y el hambre, se aventuraron solos por el peligroso camino de Jaffa, infectado de bandidos.

El algebrista confiaba en la recuperación de Yehudá, pero a veces pensaba que su estado, a veces agónico, lo conduciría a la tumba. El herido deliraba, y con la mirada ausente, apenas si hablaba, mientras rogaba a Adonai con un hilo de voz seguir la misma suerte que su padre.

—Adonai, no pruebes más a tu siervo y déjame morir en Eretz Israel —rogaba.

Diego pretendía llegar antes de finales de septiembre al puerto de Jaffa, para desde allí zarpar rumbo a Alejandría. Ya no era posible embarcar en *La Violant*, pero hallarían la forma de hacerlo antes del invierno en alguna nave cristiana que los llevara a Barcelona, Sicilia o Marsella. Ese empeño le quitaba el sueño a Diego, que sacaba fuerzas de flaqueza para seguir arreando el jumento sobre el que se moría Yehudá.

Polvo, desiertos de espantosa soledad, secos zarzales, olor nauseabundo a sirle de las ovejas y la inquietud por un Yehudá agobiado por una pavorosa calentura, alarmaban a Diego. Con los labios secos y la piel requemada, el herido rezaba constantemente, mientras trepaban como cabras por los torrentes de Palestina al oír cascos de caballerías, supuestamente de bandidos. Yehudá rogaba una y otra vez a Diego que lo abandonara en cualquier poblado, pues con la rémora que significaba él mismo no llegaría a tiempo antes de que cerraran los puertos mediterráneos.

—Juntos iniciamos este viaje y juntos lo terminaremos. Dios nos concederá bríos.

A pesar de las penurias, se presentaron en las inmediaciones de Gat, exhaustos, con los pies descarnados, las vestiduras raídas y hambre en el estómago. Diego, temiendo por la precaria energía de Yehudá, decidió descansar unos días. Le quedaban pocas monedas, pero las empleó en emplastos y en pagar a un físico fenicio, que curó con pericia a su tío. Con las fuerzas algo recuperadas reanudaron el camino, pero las leguas se le hacían interminables y a veces veían espejismos que hacían sonreír de placer al enfermo. Carecían de agua y desconocían dónde hallarla.

Un anochecer eligieron un abrupto lugar para descansar, tras unas rocas que los harían invisibles a los salteadores, muy cerca de unos zarzales. Diego, recordó una artimaña aprendida de fray Bernardo y decidió valerse de ella, pues, sedientos y sin agua, les iba la vida en conseguirla. Cogió del morral tres vejigas vacías, y las introdujo en otros tantos tallos de las plantas espinosas, que por allí crecían, atándolas por su abertura, ante el asombro de su tío, que no daba crédito a lo que veía, achacando la singular práctica al cansancio.

—Aguardaremos al amanecer, Yehudá. Este breñal nos salvará la vida.

—Hijo, no se puede extraer agua de un espino, eso sólo lo consiguió Moisés —le recomendó, considerando que el sol lo había trastornado—. Moriremos de sed. Mi *nefesh** se halla presto para abandonar mi cuerpo mortal y encontrarse con el Altísimo.

—No desesperes, Yehudá. Vela por ti un Elasar —le animó sonriendo.

La noche transcurrió sin sobresaltos pero con oscuras pesadi-

* Alma, aliento o impulso del hombre.

llas. Diego se despertaba con los chillidos de las hienas y los trotes lejanos de los corceles y las voces de los ladrones. Yehudá abrió los ojos apremiado por la sed, que pedía sin apenas voz.

Pero prodigiosamente, cuando un sol rosado compareció tras los montes de Judea, observó un prodigio que le alegró el rostro por vez primera. Despertó a Diego, que con júbilo desató las vejigas con sumo cuidado, comprobando tal como había pronosticado, que con la transpiración nocturna, centenares de gotas se habían adherido a la piel, dejando en el fondo el poso de fresco rocío, suficiente para beber unos sorbos que significarían su salvación, pues antes del ocaso alcanzarían los poblados cercanos a Gaza, cuyas majadas se divisaban en lontananza. Yehudá Elasar, con unas ojeras profundas y mientras se humedecía la boca y tragaba las gotas, apretó la mano de su sobrino en señal de gratitud y de admiración.

—Verdaderamente, Diego, eres un hombre de recursos, como el abuelo Zakay. He pasado de ser un cadáver, a convertirme en un hombre con esperanzas de vivir. Sin ti nunca hubiera podido regresar y abrazar a mi esposa y mis hijas —dijo, y lloró.

—No sé si nos ha salvado el cuartillo de mi sangre judía, o el de la aragonesa, pero con la ayuda de Dios y nuestra firme voluntad lo conseguiremos. Somos unos Elasar, ¿no? —lo alentó asentándolo en el jumento, que trotó oliendo el agua lejana.

—El pueblo hebreo está condenado a vagar de un sitio para otro en un éxodo sin fin. Es nuestro signo, sobrino —deploró Yehudá—. Caminemos y roguemos a Dios.

El calor crepitaba agobiante. Chillidos de chicharras y de cuervos acompañaron la última etapa de su viaje. Yehudá, apático y depauperado, se asió al asnillo y cantó un salmo bíblico con un tono de voz patético:

«Dios dirige el camino de sus devotos y permite la guerra entre sus hijos y los hijos del mal. Él dispone nuestro destino, pues sin Él nada se mueve en el mundo.»

Diego no dejaba de manifestar su impaciencia y trató de sonreírle con nerviosismo, pero con una mueca cómplice. ¿Llegarían a tiempo?

Prosiguieron la marcha hacia Jaffa, tras llenar sus cantimploras en la aldea, comer dátiles, descansar y dormir, cuando la desesperación comenzaba a quebrantar su moral. Salieron al amanecer y pronto se tropezaron con una caravana de Tiro que traficaba con cristales del monte Carmelo. La herida del cuello de Yehudá supuraba, produciéndole escalofríos, por lo que los acemileros se aprestaron a ayudarles por unos siclos de plata. Diego le procuró leche fresca, lo que le permitió recuperar algo de fuerzas. Antes de arribar a la blanca Azoto, la caravana soportó tormentas acompañadas de rayos. A medida que avanzaban, el tiempo empeoró y los caminos se hicieron impracticables. Pero al fin, cayendo la noche, se presentaron ante las atalayas del puerto de Jaffa, andrajosos y exhaustos. Al aspirar la vigorizante brisa del Mediterráneo, sus ánimos mejoraron y lágrimas de agradecimiento a Dios, se deslizaron por sus pómulos. Un chaparrón los caló hasta los huesos; apenas si veían un palmo ante sus ojos. Diego se sentía extenuado y Yehudá, al límite de su vitalidad.

Con las ropas desgarradas, con barbas de semanas, parecían dos moribundos que muy pronto serían rescatados por el Ángel de la Muerte. En el barrio de los pescadores tomaron posada en El Solferín —el escriba—, un antro fiable donde pululaban las rameras y los marineros frigios, los más desalmados del mar Interior. Allí se propusieron recuperar las energías y durmieron tan profundamente, como hacía semanas que no lo hacían. Al fin las penalidades parecían concluir y por el momento habían salvado la vida, aunque los piojos se los comieran vivos. Al día siguiente habría tiempo para buscar una galera que levara anclas hacia Alejandría.

Sin embargo y para su desaliento, el mal tiempo no aminoró y unas mareas intempestivas imposibilitaron la actividad del embarcadero. Ningún capitán se atrevía a hacerse a la mar con aquellos violentos flujos que ahuecaban las velas peligrosamente y con los vientos de poniente que se clavaban como alfanjes. Como la situación se prolongó durante días, las tabernas se llenaron de remiches, cómitres, piratas y chusma marinera, decididos a invernar unos meses y dar por concluida su actividad.

—¡Dios de los Ejércitos, por sólo unos días no hemos podido embarcar! Jacint, Isabella, el abad y mis amigos creerán que he muerto. ¡Qué desdicha!

—Todo por mi culpa, Diego —se lamentó su tío—. He sido una rémora para ti. El peso de sentirme vivo ha servido para hundir el barco de tus deseos. Lo siento.

—He recuperado el sentido de mi vida, tío. ¿Te parece poco? Descansaremos y después el Señor proveerá.

Diego no pudo sentirse más consternado, pues tendría que esperar en Jaffa hasta que pasaran los fríos. Isabella no lo comprendería y Blanxart se intranquilizaría al no verlo comparecer. La preocupación envolvió al tío y al sobrino, que se encerraron sobre sí mismos, abatidos y desalentados. ¿Cómo sobrevivirían en el puerto sin apenas recursos y con Yehudá enfermo? Su supervivencia estaba pendiente de un sutil hilo. No tenían apenas dinero, no conocían a nadie y no iban a propalar a los cuatro vientos que eran damnificados de la matanza de *hasidim*. Sin embargo, dos o tres meses de inmovilidad servirían al menos para que Yehudá se recuperara.

Arrojados de sí los malos humores, una tarde que conversaban frente a una jarra de vino de Qyos, Yehudá mostró ante los ojos de su sobrino un pergamino atado con un junco que guardaba en un bolsillo interior de su túnica. Su tono era enigmático y Diego se exasperó, pues tartamudeaba.

Al fin, con lágrimas en los ojos le relató que su padre Zakay ben Elasar, dos días antes de su inmolación, en presencia del rabino Ben Megas y unos testigos, había expresado su voluntad por la que declaraba herederos únicos de sus bienes y de su participación en La Roda a él mismo, y a su dilecto nieto que había alegrado sus últimos días. Cedía a Diego Galaz Elasar —así lo había escrito— las mansiones de Besalú y Alejandría y la mitad de los consorcios de la encomienda; y a Yehudá sus casas de Guadalajara, Barcelona, en el barrio judío del Call, y la de Palermo. Rogaba también que anualmente se le dispensara un óbolo a la Academia Alejandrina de Algebristas. Una rúbrica formal y el Nejustán lacrado así lo determinaban.

El algebrista lo contempló con asombro, pues no esperaba aquel inesperado legado. Con una complicidad y afecto sin límites, miró a su tío en un ambiguo estado de perplejidad y satisfacción. Después de rumiar el testamento, le manifestó con la sinceridad en los labios:

—La noticia me resulta muy grata. Pero no lo puedo aceptar. No creo ser merecedor de nada, Yehudá. Tú debes ser su único heredero —le soltó.

Pese a su negativa, que creía sincera, le sostuvo la mirada con gravedad.

—Acéptalo sin reverencias, pero también sin suspicacias, Diego. Para la ley mosaica un testamento es tan sagrado como su Dios. En mi corazón había quedado un vacío que tú has llenado con tu afabilidad —declaró incluso amenazador—. Ocúpalo tú, Diego, y tenme para siempre por un padre y un amigo.

—Soy un desconocido para vosotros. Y podría ser un impostor —le advirtió—. No, no puedo aceptarlo.

Yehudá guardó silencio, mudo, desconcertado y sin saber qué decir.

—El corazón y la sangre no pueden simular. No hagas de ti un blasfemo hacia Adonai y un déspota desapegado. Y aunque sólo sea en recuerdo de mi hermana, admítelo. Que su sufrimiento tenga un premio en ti, por favor. Estás obligado.

—¿Tan importante es para ti, Yehudá? —quiso desinteresarse.

—Sí, y preferiría tirarme a esas aguas y morir si no cumplo la orden de mi padre.

Se hizo un mutismo espeso y tenso. Lo agradeció con una mueca mustia, como si aquel acto fuera una acción dramática y no un trance gozoso.

—Sea por mi madre. Acepto la herencia de Zakay ben Elasar.

Yehudá suspiró y lo abrazó largamente, como se abraza al mejor amigo.

Le palmeó luego el hombro mientras trocaba sus lágrimas por una sonrisa. Diego Galaz recordó el papiro comprado en Alejandría de *La Sabiduría de Amen-em-Opet* y se preguntó si había sido un aviso del destino.

Luego bromearon sobre su bolsa cada vez más exigua, pero aparcaron sus problemas para el día siguiente. Diego se imaginó a Isabella paseando de su brazo en las hermosas tardes otoñales de Zaragoza, gozando de las delicias de la vida y aislada del mundo. ¿Lo querría así su destino esquivo? ¿Lo aguardaría tras año y medio de ausencia? ¿Lo creería?

Diego vendió el burro en el mercado y preguntó por la suerte que habían corrido las comunidades de *hasidim*. Pocos se atrevían a contestarle, y los que lo hacían, hablaban de matanzas y del olvido del Señor de su pueblo, pues el Mesías no había comparecido en Israel como predecían los devotos, quienes, en desbandada, habían abandonado sus retiros secretos y se habían dispersado por Galacia, Bitinia, Sicilia y el Ponto Euxino, cubriendo su huida con un velo de misterio.

—Los milagros del cielo no existen, Yehudá. Aquello que juzgamos maravilloso y divino no es sino una forma deslumbradora de la creación misma. Nada más.

—El más indestructible de los milagros no es sino la fe de creer en ellos. Pero haber vuelto a la vida sí ha sido para mí un milagro.

Diego le dedicó una mirada de estimación. Apreciaba a aquel hombre sencillo que el azar había puesto en su camino, como único eslabón de su sangre entre el presente, el futuro y el pasado. Y no pensaba prescindir de él.

La nueva realidad de su vida se asentaba lentamente en su alma.

Días después, y con la bolsa vacía, el magín de Diego, acuciado por la necesidad, reflexionó sobre el modo de sobrevivir. Paseaba con Yehudá por el zoco de las especias de Jaffa, donde se vendían bálsamos, potingues para féminas, electuarios y drogas, cuando una especulación que, de salir exitosa, podía servirle para subsistir, tomó cuerpo en él.

—Yehudá, creo tener una solución que tal vez cubra nuestras necesidades y los pasajes hasta Alejandría. Pero antes hemos de gastar cuanto nos queda —le comunicó.

—Eres un continuo arcón de sorpresas, Diego. Tu abuelo vivió dichoso las últimas semanas de su vida, pero soy yo quien está gozando de tus agudezas.

Efectivamente, tras unos días de actividad afanosa componiendo elixires en la posada, Diego y Yehudá, bajo un toldo deshilachado y tras una mesa atiborrada de redomas y frascos, se anunciaban a los compradores como aromadores* de Alejandría. Grupos de mujeres con los rostros ocultos, eunucos y criados, se acercaban a leer el rótulo que proclamaba las excelencias de sus productos.

AFRODISÍACOS EGIPCIOS Y DABIDS** DE ROSAS PARA EMBELLECER EL CUTIS. JACOB Y YEHUDÁ ELASAR. AROMADORES.

Habían gastado hasta el último siclo. Si fracasaban, les aguardaban nuevas privaciones, hambre y penurias, y quizás la esclavitud si no pagaban las deudas del mesón El Solferín. Pero las fórmulas que escamoteara al hermano Bernardo en la biblioteca de San Juan les produjeron importantes beneficios, hasta el punto de que Yehudá le sugirió discutirlo con Jacint Blanxart y unir aquellos productos a la nómina con los que traficaba La Roda.

Ya sólo cabía esperar que el cielo enviara bonanzas y aires dóciles. El corazón de Diego se colmó de alegría al conocer por boca de un capitán de galeras, que si para mediados de febrero permanecían los cielos impolutos, se reanudaría la actividad portuaria y los fletes de barcos, el trajín de pasajeros y mercaderías en el puerto de Jaffa. Frente a él, el Mediterráneo rielaba con reflejos rojizos, como de fuego, y las cimeras de las palmeras ya no se

* Entendidos en las propiedades curativas de las plantas.

** Electuario o fórmula magistral de farmacopea.

cimbreaban con el furor invernal del viento. Los olivos refulgían como espejuelos en las colinas y en los huertos florecían los almendros. Diego lo creyó como un favorable auspicio.

Un tiempo nuevo, el de la reparación, se convertiría en la dimensión de su nueva vida.

La tierra añorada

Un amanecer que germinaba moteado de nubes cenicientas, otorgó una singladura venturosa hacia Alejandría a Diego Galaz Elasar y su tío, que viajaban en una nave griega sobre un lecho marítimo manso y añil, y con la bolsa llena.

Los días se alargaban y las brumas cargadas de humedad daban paso a días incomparablemente dulces. En Alejandría, Diego rindió visita al rabino Tibbon, a quien le confirmó que tenía sangre judía y le aseguró un pronto regreso para aprender en la Academia, por la que sentía una tentadora seducción.

—Mi nueva realidad se va asentando en mi vida, rabino, pero me será difícil olvidar la muerte de mi abuelo Zakay, de Ben Megas y de sus seguidores. Qué orgía de sangre y qué ceguera, todo por defender ideas opuestas. Ya nada puede perturbarme viendo lo que vi en Tierra Santa —deploró Diego.

—A veces el hombre hace de su fe un sueño sin despertar. Ellos erraron. Eso es todo.

—Pero nadie debe morir por creer, rabí. La tragedia estaba en mí. Ellos eran felices, aunque su corazón sufriera. ¿Por qué permite Dios estos sacrificios inútiles?

—Su voluntad es nuestra paz hijo mío. Nuestros ojos no pueden ver a Dios, si no es a través de las lágrimas. Que Adonai el Justo los tenga en el seno de Abraham —dijo el judío, que rezó en silencio acompañado por un entristecido Galaz.

El hebreo sabía que aún precisaba asumir los sucesos vividos y que a todas luces habían agriado su carácter comunicativo. Con afabilidad posó su mano en el hombro y le hizo un ofrecimiento que alegró su faz.

—Aguardamos tu regreso a Alejandría Diego Galaz Elasar. Un maestro del álgebra como tú siempre será bienvenido en esta casa. Aquí te esperan secretos inagotables. La gematría, el método del análisis numérico de la Cábala, que te oculté la otra vez, es la razón de ser de esta Academia de Talmudistas —le confesó.

Diego le dedicó una mirada interrogativa.

—¿Queréis decir maestro que estudiáis la Proporción Sagrada y la comprensión matemática de la naturaleza, la que contiene las medidas del universo?

—Así es, Galaz. Además esta institución de algebristas pasa por ser la única de Oriente donde aún se instruye en las Siete Artes Liberales que se enseñaban en Toledo hace siglos, la alquimia, la medicina, la *specula* o ciencia de los espejos, la geomántica, las imágenes y la Cábala. Te esperamos. Sé que algún día tu espíritu inquieto te traerá aquí.

El visitante emergió como de una visión y un brusco fulgor surgió en sus ojos.

—Ciudad de mentes impacientes que pronto visitaré, os lo aseguro, *micer* Tibbon. Sólo ansío descifrar esos manuscritos que atesoráis en este templo y que mis ojos pudieron contemplar. Los signos secretos que admiré me sedujeron de tal forma, que mi mente no los ha olvidado —reconoció con entusiasmo—. Hermes, la serpiente, el triángulo pitagórico y el sagrado Nejustán. ¿Os acordáis rabí?

—El Creador te ha tentado con la visión de la críptica sabiduría y sé que regresarás. Algún día los Hombres Sabios, y no los guerreros, serán los dueños de la tierra, estoy seguro, Diego —le declaró ofreciéndole sus brazos abiertos.

Al salir, Diego contempló la puesta de sol y sintió una euforia furtiva.

Diego emprendió el viaje con Yehudá desde Alejandría a Occidente en una nave portera de la sociedad catalana de La Roda, que atendía al marinero nombre de *La Monaguina*. Rumbeaba menos garbosa que *La Violant*, pero era bogadora y recia, y la mandaba un hermano de Jaume Felip, de nombre Agustí, marinero sesudo y poco hablador. Recalaron en Atenas un amanecer lluvioso con un aguaviento que había convertido la escollera en un lodazal. Diego recogió el morral y rogó a Yehudá que lo acompañara, pues había de cumplir con una promesa hecha en la iglesia de San Pedro de Sirena, en el Pirineo aragonés.

—No he podido pagar mi deuda con el capitán Galaz. Después de lo que me reveló tu padre y sé por un almogávar amigo, debo cerrar ese asunto como un cristiano de bien —le participó, y en silencio tomaron el camino del consulado catalán.

Guarecidos en capotes, se dirigieron al torreón que ocupaba el cónsul Albert Rocabertí. Con la barba chorreándole y el cabello pegado a la frente Diego preguntó por el legado del rey. De inmediato el *conseller* lo recibió, mostrándole lo mejor de su hospitalidad. Diego le relató la historia de su supuesto padre, el adalid de almogávares Conrado Galaz, que lo había dejado al cuidado de los monjes de San Juan para enrolarse con el senescal Montcada en la empresa de Oriente, omitiendo su relación con Zakay ben Elasar y la familia real. Deseaba cerrar su memoria, pero no en falso.

—Con esta declaración firmada por el almogávar Joan Astún ante su capitán, desearía señor cónsul que se restituyera su honra y fuera enterrado en sagrado, a fin de que su alma no vague eternamente en las tinieblas —le rogó, aun sabiendo que escondía asuntos turbios concernientes a la corona.

—Singular historia la que me narráis, *mestre* Galaz —apuntó Rocabertí y leyó en silencio la confesión, sorprendiéndose—. Veamos, llamaré a mi secretario y nos traerá los pliegos de la leva de Montcada. Os aseguro que ardo en deseos de daros una satisfacción para dignificar la memoria de vuestro padre, creedme.

Al cabo, un amanuense de modos petulantes dejó en la mesa

un anaquel de latón con protocolos en los que resaltaban las cintas descoloridas de la cuatribarrada aragonesa. Examinó y repasó una decena de documentos y un papel carcomido, en el que Diego observó el sello de la cancillería siciliana. El cónsul lo tomó en su mano y lo releyó, primero con sorpresa y luego con alarma, mirando de reojo al algebrista, que se inquietó por el proceder misterioso del catalán. Pasaron unos momentos de forzado silencio, hasta que el caballero frunció el ceño, y unas gotas de sudor le surcaron la frente. No era bueno lo que había leído. Resultaba evidente. Caviló, movió la cabeza y en un rasgo de amistad le tendió el billete.

—Siento defraudaros, *mestre* Galaz. No deseo ni recusar ni dispensar de culpa alguna a vuestro padre, pero esta orden aclara una muerte alarmante. Y aunque lo descarga del pecado de suicidio, quien lo firma lo incrimina del de avaricia y de un grave enfrentamiento contra el soberano de Aragón. Se trata de una sentencia de muerte. Leedlo, os lo ruego. Parece como si el rey don Jaime deseara quitárselo de en medio porque había amenazado a la corona con contar trapos sucios de la corte. ¡Mala cosa Galaz!

Diego miró al cónsul de arriba abajo con confusión. Luego lo leyó con decoro.

—*Ex consensu regis dominus noster Jacobus secundus, necare ducem Conradus Galacis. Auri sacra fames hominibus. Dixi. Comes Foedericus*, «Con el consentimiento del rey nuestro señor Jaime II, os ordeno que eliminéis al capitán Conrado Galaz. Detesto el hambre de oro en los hombres. He dicho. El conde Federico».

Diego no dejó traslucir su alarma. Nada debía a aquel hombre muerto por su avaricia, cuya conducta venía a confirmar la opinión de Zakay de que había intentado sacar dinero de su conocimiento de secretos reales; el rey Jaime, para eliminar un estorbo, o una boca comprometedora, había ordenado a través del conde un homicidio callado a cientos de leguas de Aragón. Su intento de chantaje le había costado la vida.

—Así que fue sacrificado para sellar sus labios. Otra víctima más de la trama —farfulló Diego con vocablos ininteligibles—. La cólera de los reyes es una cosa cierta. *In quorum manibus iniquetates sunt*, en cuyas manos no hay sino abusos.

Rocabertí quiso ejercitar sus dotes diplomáticas y quitó hierro al asunto.

—Seguramente le tendieron una trampa, o aprovecharon la coyuntura del robo para quitarlo de en medio. Montcada actuaba así. El oro sirve muchas veces para probar a los hombres; y vuestro padre, como humano, cayó en sus sucias redes. No debió echar un pulso al rey, pues los secretos de los monarcas suelen herir fatalmente a sus súbditos —reflexionó—. ¿Qué puedo hacer por vos y por su memoria? Un capitán de Aragón no merece un recuerdo tan mezquino.

Para Diego sólo era una broma del albur, pero llevaba su apellido.

—¿Me concedéis licencia para inhumar sus restos y enterrarlos en tierra bendecida? Partimos mañana para Palermo y esta tarde, antes del ángelus, me gustaría cumplir con esa piadosa acción y salvar en parte su honorabilidad —dijo—. Gracias, *senyer conseller*, por vuestra comprensión y reserva.

—Mantenía una deuda con vos y me ha complacido serviros, *mestre* Galaz. Quedad tranquilo, contad con mi total discreción —le prometió estrechándole la mano.

Rocabertí se arrellanó en el sitial de alto respaldo y sacudió su rapada testa con gesto de incredulidad. El día no abría y el resplandor de las antorchas volvía su piel en una tonalidad cetrina, como la un cuervo.

Una lluvia desapacible se desplomaba a cántaros, absorbiendo la escasa claridad de la tarde. Las cimas de la Acrópolis y el Partenón apenas si se percibían con el tupido velo de agua. Yehudá, dos mozos de la galera y Diego ascendían por el enfangado camino del cementerio cubiertos con capotes marineros engrasados con aceite de ballena. Sin embargo, al llegar al camposanto se detuvieron confusos ante la espectacular visión que distinguían frente a ellos.

Luchó contra su aturdimiento y miró con respeto a un regimiento de almogávares, que parecían aguardarlos, como un ejército surgido de ultratumba. Diego detuvo sus zancadas sin acertar a darle sentido a lo que veía. ¿Se trataba de una broma del cónsul? A la escena no le faltaba dramatismo, pero era de una belleza majestuosa.

—Por la Santa Corona de Espinas, ¿qué significa este alarde? —murmuró atónito.

El cónsul Rocabertí, jinete sobre un caballo de guerra con los belfos rosados y chorreantes, permanecía al frente de la unidad, formada marcialmente ante los muros del cementerio, con gallardetes, picas y timbales. Los aguardaban inmóviles como estatuas y empapados hasta los huesos, prestos a cumplir con un acto de dignidad. El cónsul hizo una pausa en la que arreció el repique de los tambores. Luego los silenció con un gesto autoritario de su guante de hierro y exclamó:

—*Mestre* Galaz, los restos de vuestro padre ya reposan en sagrado. Sus compañeros lo han querido de esta manera, pues así restituyen la consideración de uno de los suyos. ¡Respetemos su memoria, soldados de Aragón!

El algebrista comprendió que se hallaba ante una demostración de camaradería del regimiento almogávar de Grecia, que ya conocía de su estancia en el campamento. De repente sonaron los roncos cuernos de guerra y un repique de atabales.

—¡Por Aragón y el rey don Pedro, honor al capitán de almogávares Conrado Galaz! —gritó Rocabertí sobre su montura, mientras blandía su espada de batalla.

—¡Honor al adalid! —respondieron a una, en un formidable grito de rebato.

Diego no pudo contestar. Su garganta se le había quedado seca y su alma vibraba intensamente, como si cien arpas tañeran al unísono en sus oídos. ¿Se merecía aquella honra el capitán Galaz? Las siluetas de los aguerridos montañeses del Pirineo, armados con escudos, aceros y chuzos, se recortaban confusas entre la tupida lluvia. A la voz del mando sonaron los timbales, las trompas de guerra y los tímpanos. Diego se detuvo unos instantes ante la tumba de Conrado Galaz que le señaló el cónsul real, en un lugar de privilegio entre los oficiales.

En tanto rezaba una plegaria por su alma, un vozarrón inició el canto de una emotiva *Salve Regina*, que hizo temblar los sepulcros y los pliegues más hondos de los hispanos que allí se encontraban. Sobre las lápidas, grabadas en latín, castellano y catalán, se leían nombres y hazañas del tiempo antiguo, de los soldados muertos en Atenas. La cruz de bronce dorado estaba rodeada de flores y los ecos marianos retumbaron como un atabal de batalla en las escarpaduras de la Acrópolis.

Diego y Yehudá contemplaban emocionados la pompa castrense, los velludos pechos de los almogávares impertérritos, sus barbas recias, los rostros invadidos de cicatrices y los músculos torneados de los montañeses, que rendían el tributo a uno de sus adalides, denigrado en otro tiempo. Diego los miró cara a cara y percibió el sentimiento de fidelidad que reinaba en sus gestos.

—¡Aur, aur, adalid Galaz! —gritaron a los cuatro vientos—. *¡Desperta ferro!*

A la orden de Rocabertí, la columna, sin descomponer la formación y mientras miraban a una al *magister* Diego Galaz rindiéndole los gallardetes, azconas y picas, descendieron colina abajo, entre un cerrado diluvio. Relampagueaban sus capacetes de hierro, las crines mojadas de las cabalgaduras, el agua cayendo por sus brazos desnudos y el plateado de los arneses y chuzos, en una visión fantasmagórica. El capitán del rey Galaz no había podido obtener mejor reconocimiento a sus desconocidos méritos. Y en la lejanía se perdía un son que erizó los cabellos a Diego, pues lejos de allí, aquel bendito lugar redoblaba su añoranza y le sonaba a cantos de arcángeles.

—¡Aragó, Aragó, Aragó! —clamoreaban su grito de combate.

La tensión que lo había embargado cesó y una marea de gozo por el deber cumplido, le subió hasta el corazón. Diego Galaz Elasar nunca se envilecía a sí mismo y cumplía sus promesas. Su ánimo inconmovible y un corazón desprendido seguían constituyendo el norte de su vida. Resultaba suficiente para quien le dio su nombre y su apellido.

—Qué ilógico y caprichoso es el destino de los hombres. Todo acabó.

Atenas, a pesar del contumaz aguacero, atraía los sentidos y la mirada de Diego. Nada impuro parecía ensuciarla y contempló su serena belleza. La misma que en otros tiempos amparó a sus maestros algebristas y a los filósofos hedonistas y epicúreos, que él leía con avidez. Una agitación vibró en su alma, como si ráfagas de aire limpio escaparan de su interior. Liberado, un tiempo nuevo se abría ante sus ojos. Conrado Galaz de Atarés ya no era un fantasma inconmovible en su mente. Había muerto para siempre.

Su tío Yehudá no pudo dejar de advertirlo.

Al fin los mares se vieron libres de vientos y borrascas. La galera realizó algunas escalas comerciales en el mar griego, en Andros y en la isla de la Hydra, para cargar tanino de Quíos y quermes para los tejedores barceloneses, clavo, azafrán y azúcar, para luego recalar en Knossos, cuya leyenda sobrepasaba en gloria a Grecia y a Roma. Diego se ensimismó en su inmensidad y meditó echado contra la amurada sobre el futuro de su existencia y la actitud que habría tomado Isabella ante su decisión de alargar el encuentro y su promesa de volver. ¿Seguiría siendo la muchacha que había conocido y amado? Los remos batían con monotonía las aguas mediterráneas, hasta que la azulada silueta de Sicilia compareció frente a la proa.

El crepúsculo iluminaba a la Dama de los Tres Valles, como llamaban a Palermo los marineros, protegida por los farallones rocosos de Catalfano y Pellegrino. La travesía había concluido, y Diego y Yehudá se recuperarían en la casa de los Elasar de los estragos sufridos en los desiertos de Palestina.

La familia Elasar recibió fervorosamente a Diego. Amaban cada día más al nuevo miembro del clan de ojos candorosos y carácter espontáneo; Abigail, la esposa de su tío, una mujer de pelo azabache y piel olivastra, lo halagaba con desvelos, instándolo a quedarse a vivir con ellos. Diego rechazó la invitación, aunque con desazón, pues pensaba constantemente en Isabella y anhelaba vehementemente regresar a Barcelona. ¿Lo aguardaría aún?

—La inquietud consume mi alma, pero mi vida ha quedado unida a los Elasar para siempre. Regresaré cuando arregle un asunto del corazón —les prometió agradecido—. He recuperado a mi familia y no pienso abandonarla. Dios es mi testigo.

Diego percibía una sensación desconocida en Palermo, la Ziz fenicia, la Paleópolis griega, la Balharm árabe y la Matorana normanda, cuyos vestigios visitó y donde recobró los bríos y puso en orden sus sentimientos. Mientras zarpaba para las Españas participó en las fiestas judías en la casa de su tío Yehudá, un vergel de lujuriante vegetación cercano al palacio de la Zisa, con una fuente y bancales de rododendros y arrayanes que restañaron las heridas del alma y del cuerpo. Era un oasis de paz, donde tomó decisiones sobre el futuro que reveló a su tío Yehudá, el cual las aprobó.

—Ardo en deseos de hacer partícipes de mi nueva identidad a quienes amo, tío. He encontrado una vereda segura y no la deseo abandonar. Volveré pronto.

—Ahora tenemos un proyecto común que defender. Esperaré tus noticias, sobrino.

Se despidió de Yehudá y Abigail, dos almas insobornablemente cercanas, y de sus hijas con un destello espontáneo de cariño hacia su recién estrenada familia.

Al zarpar la galera de La Roda una constelación de reflejos iluminaban el mar, en un haz de luz ilusoria, que parecía emerger del fondo de las aguas.

Si agradable fue su estancia en Sicilia, el regreso a Barcelona se convirtió en un deleite tras sus andanzas por el extremo del mundo. Ya no le afectaba el vaivén del mar. Iba descalzo por la cubierta, cantaba salomas marineras, jugaba a los naipes y dados con los remiches y con su capuz embreado se subía a las vergas para encender los fanales, cuando las sombras ennegrecían los cielos azules y la luna trazaba en las aguas caminos de azófar. La lluvia, la intemperie y el tiempo habían descolorido su capa, y una barba cerrada de color castaño enmarcaba su rostro.

Arribó en un barco siciliano para guardar el efecto de sorpresa con el que pretendía rodear su regreso. Nubes plomizas ocultaban el astro de luz. Desembarcó en el pantalán justo dos años después de su partida en *La Violant* que, según sus noticias, fondeaba en la dársena, oculta entre el mar de mástiles, velas y bolardos que sujetaban los bitones. Aspiró la brisa y se complació de pisar la tierra que amaba.

Rondaba un día desapacible y nubarrones encrespados ocultaban la luz matutina, fundiéndose en un gris cargado, el cielo, el mar, las techumbres de los tejados y el Pórtico de Forment. Sorteó a un enjambre de galeotes y a unos oficiales del rey que se empeñaban en guardar su formación. Cayeron unas gotas, desatándose después un aguacero que cubrió de opacidades la Lonja y la Fuente del Ángel. Olía a tierra mojada, a salitre, a especias y a pescado podrido, el olor familiar de la Ribera. Aguardó a que escampara y tras salvar los tablones del Mercat del Born, dobló la esquina del *carrer* de Montcada, donde confiaba hallar a su inveterado amigo, *l'honorable senyer* Jacint Blanxart.

Lo recibió el mayordomo que ya había conocido en su primera estancia en Barcelona, el cual, tras demandarle hoscamente su nombre, desapareció pateando sin compasión a los canes que ladraban como endriagos. Apareció la desgarbada figura del Cargol con sus habituales ropones borgoñones y, tras de él, la sombra opulenta de Lucetta, que desapareció medio desnuda escaleras arriba, ocultándose de su mirada. La sorpresa y el contento zigzaguearon en los ojillos del armador catalán, que brillaron con un fulgor de sorpresa. No pudiendo contener su emoción, se turbó ostensiblemente.

—¡Por las bocas del Averno! Hoy es el día más feliz de mi vida. El hijo pródigo ha vuelto. Ven a mis brazos —y se fundieron en un prolongado apretón.

—Salud Cargol. Nuestras estrellas se vuelven a juntar, hermano.

El armador se detuvo, lo observó y balbució con incredulidad:

—Conocí a un maestrillo demente llamado Diego Galaz de Atarés, luego me separé de un osado, y aún más loco, Jacob de Sefarad. Ahora, ¿recupero quizás a un desconocido Elasar? Tu barba de zelote bíblico así parece proclamarlo. Me da la sensación de que existe un sugestivo capítulo de tu vida que desconozco y que me vas a contar. Santa Eulalia ha velado por ti y te ha traído salvo, *redeu*. Bebamos por tu feliz regreso, hermano.

—Mi curiosidad casi me acarrea la muerte, Jacint, viejo amigo. Escucha.

Después de una cena en la que no faltó una aromática escudella, costradas de mariscos, setas con salsas de almendras, cinamomo y jengibre, tortas de yemas de huevo y vino del Priorato, prodigaron las confidencias, las exclamaciones del armador catalán, incrédulo ante sus palabras, que alcanzó el paroxismo cuando Diego le anunció la trágica desaparición de su socio Zakay ben Elasar, la verdadera historia de Conrado Galaz el adalid de almogávares, y la pasmosa noticia sobre la identidad de sus padres. Estupefacto, Blanxart fue incapaz de asumirlo, hasta el punto de resbalársele el copón de resolí que sostenía en las manos, cuando oyó el nombre del príncipe Joan d'Aragó.

—Si esa revelación no hubiera salido de los labios de Zakay, no la creería. Pero posee rasgos de verosimilitud. Recuerdo que en las largas vigilias que pasábamos ante ábacos y pergaminos en Alejandría y sobre la cubierta del barco, me reveló que era depositario de un secreto sobre su hija muerta, que me haría palidecer si lo conociera. ¡Y *redeu* que lo ha conseguido! Veo que la trama cortesana sobre la que me preguntabas ignorante y que a mí me intranquilizaba, se maquinó realmente. Pero nunca imaginé que tú figuraras como actor de privilegio junto a tan esclarecidos comediantes.

Diego se sentía feliz por haber logrado lo que buscaba. Era evidente.

—Y por irreal que parezca, yo, un algebrista sin cátedra donde enseñar, soy hijo de una judía y de un infante de Aragón. Un bastardo que por mor del azar fui pieza de cambio en el tablero de dos reyes rivales. Ni yo mismo puedo creerlo, Jacint.

—¿Y vas a hacer alguna reclamación? —se interesó el catalán.

—En modo alguno, Jacint —adujo con vehemencia—. Prometí a mi abuelo no remover el pasado. No me siento obsesionado por pertenecer a ninguna casta real. Bastantes desgracias sufrieron los Elasar por mezclarse con el oropel palaciego.

El mercader se encogió de hombros y brindó por el éxito logrado y por su fe.

—Tienes razón, Diego. Los monarcas no suelen querer a sus bastardos. ¡Mándalos al diablo y empieza a vivir!

—Asumiré la de los Elasar y respetaré la de mi supuesto padre el capitán Galaz, al fin y al cabo, un noble ajeno a mi existencia. En San Juan y las universidades donde estudié se me conoce como el *magister* Galaz. ¿Por qué cambiarlo ahora? Ambos murieron y tan sólo me queda Yehudá como eslabón que me une a la sangre de mi madre Séfora, la gran perdedora de esta trágica historia de falsarios. Me llamaré Diego Galaz Elasar.

—Obras con sabiduría —le corroboró el barcelonés—. Dejar las cosas como quiso el destino, es lo más provechoso para tu futuro.

Diego hizo una mueca de misterio y, acercándose, le afirmó:

—Jacint, a ti no puedo ocultártelo, pero has de saber que aún falta una pieza por encajar en el jeroglífico de mi pasado que me hurga las tripas como un hurón hambriento. Algo revolotea en ellas que no me encaja, porque me pregunto: ¿asesinaron a mi madre o murió de parto?

Blanxart lo miró con desilusión.

—No tienes remedio, Diego. Deja tu pasado en paz —le aconsejó con cordial reproche.

—No puedo, lo siento. Es superior a mis fuerzas. Mi mundo se derrumbó como un castillo de naipes en cuestión de horas cuando fray Bernardo se sinceró conmigo. He permanecido desorientado como una birlocha china durante meses. Ahora lo único que me importa es concluir mi búsqueda. ¿Comprendes, hermano del alma? —se defendió, indócil como un león.

Jacint le dedicó una mirada de complicidad y le sonrió.

—Siendo así, debes buscar ese capítulo que cierra la historia —lo animó.

—No quiero modificar mi destino, pero ni mi abuelo ni mi tío Yehudá, despejaron mis dudas sobre la muerte de esa frágil mujer que vivió entre una jauría de perros, mi madre. Lo han mantenido en medio de una nube de misterios. Flujos, pérdidas de sangre en el antiparto, ausencia de un físico en el alumbramiento, ruptura con su marido, no son señales naturales en una hembra hebrea que anuncia una nueva vida. Sus explicaciones me sumieron en el desaliento, e insistía una y otra vez en que arrastraba una culpa que nunca redimiría. ¿No te parece extraño y revelador?

Lo miró directamente a los ojos y no pudo contener una mueca de malestar.

—¿Y eso qué tiene que ver, Diego? Es la reacción natural de un padre dolido y zarandeado por una pugna permanente entre dos reinos rivales. ¿Consideras que pudo tratarse de un episodio más de la trama y que a tu madre la asesinaron? —preguntó.

Las facciones de Galaz se agitaron y adoptó la actitud de un hombre herido.

—Jacint, amigo mío, resulta incuestionable que dos partidos irreconciliables compitieron por manejar el trono de Castilla, entonces en un precario equilibrio, y que obraron con crueldad, sin miramientos, sin piedad, como lo hacen los reyes. Durante la travesía desde Jaffa a Barcelona no hice más que reflexionar y creo que mi madre pudo ser eliminada. Su relación con don Joan comprometía los proyectos del soberano de Aragón, aterrado con que se supiera que su hijo tenía descendencia con la hija del almojarife real de Castilla, un judío, por tanto de raza abyecta y mal vista.

El armador se resistía a aceptar las teorías catastrofistas de su amigo.

—Pero ¿quién pudo ser el ejecutor de tal iniquidad? ¿No estará muerto? Yo que tú lo olvidaría todo, Diego. Eres demasiado ávido de disparates. Vive en paz.

—No puedo cerrar en falso el origen de mi vida. Me falta un eslabón de importancia capital para mí. Creo que se lo debo a mi infeliz madre —afirmó con gravedad—. En un principio sospeché del sedicioso Juan el Tuerto, un hijo de mala madre y cabrón de los infiernos. Pero a nadie más que a él interesaba nuestra pervivencia. Constituíamos un arma impagable para enfrentarla al príncipe Joan d'Aragó, convertido entonces en arzobispo de Toledo y chantajearlo si fuera menester. Una judía hechicera y un bastardo, dos saetas dirigidas al corazón mismo de las ambiciones catalanoaragonesas en Castilla.

—¿Y entonces, Diego? —apuntó Jacint en tono preocupado.

La voz de Diego se elevó.

—Recapacité y la lógica me lo dictó. Deseché la idea de que el bando catalán deseara mi muerte, o la de mi madre, Séfora Elasar, pues al fin y al cabo llevaba en su vientre su sangre. De haberlo pretendido me hubieran eliminado en casa del adalid Galaz, y en paz. ¿No hubiera sido lo más lógico? Así que otra mano, la de un noble castellano, se afirmó en mi cerebro.

Unos instantes de tensión se adueñaron de la sala. Blanxart, que lo miraba de hito en hito, tomó un sorbo de vino; mientras recapacitaba, no dejaba de reconocer que aquel hombre, por su sagacidad y generosidad, era digno de la cuna que pregonaba.

—¿Quién pudo entonces perpetrar semejante atrocidad sin que se advirtiera?

A modo de respuesta, unas enérgicas palabras resonaron contra los muros.

—Pues sencillamente el que se decía protector de mi abuelo y de mi madre. El todopoderoso don Garcilaso de la Vega, valido de reyes, mayordomo real, conde de Gúdar y preceptor de la princesa Blanca de Castilla y de Aragón —exclamó convincente.

—¿Y quién es ese personaje que señalas como pieza clave en esa partida de ajedrez?

Diego sacudió la cabeza con crispación, pues su solo nombre lo inquietaba.

—Un ruin y desalmado caballero, actor capital en la trama, valedor de los príncipes María de Aragón y Pedro de Castilla y tutor de la pequeña Blanca, hija de ambos, cuyos derechos defendió con uñas y dientes, acudiendo incluso al veneno y al crimen —se expresó contundente y con la ira en su mirada—. Yo, como hijo bastardo del infante aragonés, constituía un peligro para la honra de mi padre; y como perro fiel y a sueldo del rey Jaime II, aun siendo castellano, estaría dispuesto a convertirse en verdugo de quien fuera con tal de proteger a la niña y a los infantes de Aragón. La cicuta, la delación y el perjurio eran práctica usual en la corte en aquellos años turbulentos. Y él era el feroz guardián del honor de mi padre don Joan.

Jacint no podía dar crédito a la imaginación de su amigo.

—¿Y cómo lo demostrarás? Aquella maquinación se diluyó como el humo hace veinte años. Ya nada es como fue. Don Pedro murió en Granada luchando contra los nazaríes. La «enigmática dama de negro», María de Aragón, su esposa, murió según me dices recluida en los claustros de San Pedro de Sirena. Blanca pasó a mejor vida en las Huelgas burgalesas siendo aún niña. El rey Jaime II, tu abuelo y tu padre don Joan yacen bajo lápidas suntuosas. Zakay goza de la presencia de Dios y Conrado Galaz duerme el sueño eterno en Atenas. No queda ningún actor de aquella farsa, ni tan siquiera el joven rey de castilla, don Alfonso Onceno, que murió de la peste negra en Gibraltar —le advirtió firme—. Y Garcilaso, ¿vive aún?

—Según mi tío sí. Se retiró a sus posesiones en la frontera de Aragón, a dos días de cabalgada de Tortosa —le anunció con un gesto triunfal—. Lo visitaré y confrontaré su declaración con ciertos sucesos oscuros que habrá de explicar el muy bellaco. El tiempo de mis vacilaciones concluyó hace tiempo, Jacint. Si no ha fallecido, le pediré explicaciones y aún puedo clavarle un puñal en el corazón a ese falsario cortesano.

Jacint lo miró con aprecio, dándole a entender que erraba buscando venganzas.

—Sólo el devenir de un hombre es hermoso y merece la pena vivirlo, Diego. Busca a Isabella, entierra cuanto antes el pasado y sé feliz —le aconsejó amistosamente.

—No puedo, Jacint. Siempre al lado de cada mortal hay un semejante que con su maldad y envidia te impide ser feliz y he de desenmascararlo —se desahogó.

—No te portes como un loco, Diego. Por escudriñar el pasado puedes perder tu porvenir con ella. Deja todo y coge hoy mismo el camino de Zaragoza.

Galaz le palmeó el hombro con gesto de paz y de camaradería.

—Mi futuro será más bello si sello el ayer y reconcilio mi espíritu, Jacint. Que el Creador y el Santo Evangelio vengan en mi socorro. Deseo correr y entregarme en brazos de Isabella. Su hermosura brilla en mi alma como el primer día de la creación. Pero antes he de cerrar la cadena del pasado, uniendo el último eslabón.

Las velas se habían consumido como el vino de Chipre de la jarra.

Aquella noche, Diego pudo comprobar que la intensa pena que contraía su corazón desde niño se había extinguido. Diego, entre los vidrios de su alcoba, distinguió las luces almibaradas de los barcos, que oscilaban como ojos de sirenas en el mar.

Después de cinco días de ociosidad en casa de Blanxart, en los que banquetes se habían sucedido sin freno, hasta el punto de que cada comida concluía en un bacanal, decidió rendir visita a Garcilasso de la Vega. ¿Qué impedía a Diego cumplir con sus proyectos de exigir una explicación al que creía asesino de su madre? Jacint abrió en su honor un tonel de vino cluniacense del Auxerrois, para celebrar el encuentro. La víspera de la partida recuperó su antiguo aspecto, se aseó y se cubrió con sus mejores galas, calzas divisadas de dos colores, bonete empenachado y jubón *all'italiana*.

El sol otoñal lamía la gibosidad verdosa de Montjuich y decidió visitar primero la Pia Almonia donde aún debía hallarse Romeu Bassa. Para su sorpresa, el pilluelo había sufrido en aquellos dos años una pasmosa transformación. Había crecido más de dos palmos y una melena de pelo rubio hermoseaba su rostro. El muchacho se aferró a su mano y la besó con un gesto de agradecimiento, que conmocionó al algebrista.

—Romeu, más que un grumete, te has convertido en un auténtico marinero.

El chico, que vestía un jubón lucido y una chaqueta y birreta de paño de Holanda, se sonrojó mientras le sonreía con gratitud.

—*Senyer* Diego, no lo creeréis, pero he rezado a san Jorge todos los días por vuestro feliz regreso y hace unos días soñé que juntos surcábamos las aguas del Mediterráneo. El sueño de mi padre se hará realidad gracias a vos. Yo, convertido en un hombre de mar. Sé leer y escribir, además de interpretar portulanos y cartas de marear.

—Pues probablemente tus fantasías se hagan realidad, Romeu. Y si tu madre lo aprueba, me acompañarás el próximo verano a Alejandría. Tengo muchos proyectos para ti. La Roda, de la que soy copropietario, precisa de amanuenses despiertos y letrados. ¿Te seduce la idea?

—Jamás pude ni soñarla —confesó ensanchando su sonrisa.

Diego se veía como en un espejo en aquel mozalbete abandonado de todos, ahora que se había quitado el velo del desconocimiento y había llegado a comprender los manejos que habían convertido su pasado en un campo de dolor. Ya no tendría que llevar una máscara prestada.

Su destino era únicamente suyo, sin fingimientos ni mentiras.

Blanc ocell

Fray Bernardo se lo había avisado más de una vez: «Diego, hijo, no es posible tomar venganza de una villanía si no es cometiendo otra peor. Las venganzas castigan pero no borran el dolor, y son propias de mentes angostas y aturdidas».

¿Debía finalizar entonces el episodio de sus búsquedas con un silencio? ¿No le pedían las cenizas de su madre una reparación?

Con estos pensamientos se lanzó al trote por el camino real de Tortosa, jinete de un impetuoso ruano. Lo acompañaban dos criados armados de Blanxart, a pesar de que creía innecesaria aquella visita.

—No conviene a mi alma inquieta dejar un solo cabo suelto —murmuraba Diego.

Yehudá le había asegurado que el viejo Garcilaso, en otro tiempo omnipotente mayordomo real de Castilla, embajador en Aragón, plenipontenciario en la Santa Sede de Aviñón y cónsul en las cancillerías de media cristiandad, amén de leal confidente del infante don Pedro y de su esposa doña María, «la Dama de Negro», era un aristócrata refractario a sus semejantes, misántropo y reservado. Aunque Zakay le había asegurado que en otro tiempo se había comportado como valedor ferviente de los Elasar, Diego lo ponía en tela de juicio y lo hacía autor o cómplice de la muerte de su madre, por simple eliminación de sospechosos.

Y estaba dispuesto a hundirle una daga en la garganta si confesaba su delito.

«Hoy se van a introducir los duendes del pasado en la plácida vida de ese viejo carcamal y asesino. Pero ¿será capaz ese miserable por una cabriola del destino, de hacer naufragar mis suposiciones? Espero que la cólera no me rinda y que aún viva», pensó.

Era la hora de nona, y se oía el aullido de los lobos. Una niebla pertinaz ascendía por las piedras de los torreones y las casonas del pueblo. Una rata acorralada por unos chiquillos chilló cuando Diego detuvo el trote del corcel ante la casa. Garcilaso de la Vega vivía en un caserón de escudos partidos cercano a un puente de piedra, que olía a heno y cuadra, de la montaraz villa de Alcalá de la Selva, bajo las murallas de un castillo roquero, cuyo perfil infranqueable se recortaba en el firmamento. Se oía el crujido de las botas y el piafar de las cabalgaduras que retumbaban en los muros, ennegrecidos por el hollín de las lumbres.

Se hizo anunciar al maestresala que lo recibió fríamente en el pórtico. Unos criados juntaban una jauría de alanos, otros empacaban paja en el establo, mientras unos mozos herraban un palafrén de soberbia estampa, el preferido de su amo. Al verlo cesaron en su quehacer y lo observaron con recelo. Al poco regresó el ayuda de cámara, indicándole cortésmente el aposento de su señor. Un criado con librea lo acompañó al salón de armas donde flotaba un halo de olor a alhucema.

Galaz ascendió por unas escaleras de piedra y oyó las risas de unas planchadoras que jugueteaban con las hilanderas de la casa solariega. La esquila de la ermita de la Virgen de la Vega tocaba a oración y de las cumbres descendía un frío intolerable, mitigado por una lumbre que ardía en la estancia, donde dormitaban tres mastines que apenas si gruñeron ante su aparición.

Diego hubo de esforzarse en descubrir al anciano patricio, embutido entre las gualdrapas de un sitial y unas pieles y cobertores, que torpemente se frotaba su pierna gotosa expuesta al calor de las ascuas. El octogenario caballero, un hombre mustio, apenas si se movía. Sólo sus manos se alzaron al verlo entrar. Su nariz encorvada, los escasos pelos despeinados y las bolsas amoratadas de los ojos, le hacían parecerse al buho sabio de la Minerva pagana.

Una alcándara con tres azores encapuchados se apostaba cerca de un ventanal que crujía con el viento. Doloridamente dejó escapar un quejido contrayendo su rostro en el que relampagueaba una mirada que sugería una voluntad decidida, aunque marchita. Parecía un hidalgo salido de una crónica del pasado, ataviado con el hábito de Santiago, jactancioso y con unos dientes inclinados en todas direcciones que hacían sisear su voz. Una docena de libros de Lucano, Llull, Ovidio, el *Roman de Renart*, tumbos de pergaminos y un antifonario de Fulda, se amontonaban en los anaqueles de la cámara.

Cuando lo tuvo ante sí, Diego sintió repulsión.

—Salud joven Aragón Elasar —lo saludó de forma enigmática, turbándolo—. Acomódate en ese escabel frente a mí. No oigo bien, ¿sabes? Has tardado demasiado tiempo en venir. Te he esperado durante años, aunque la verdad es que gozaste de escasas posibilidades de sobrevivir. Muchos y muy influyentes personajes de Castilla y Aragón quisieron manejarte, e incluso eliminarte de la escena. ¿Lo sabías? Te pareces a Séfora, tu madre, un portento de prudencia, hermosura y belleza de alma.

Con semejantes palabras de salutación, Diego se quedó desarmado.

«¿Con qué torpeza inadmisible intenta ocultar su culpa en la muerte de mi madre?», pensó Diego, que aún pareciendo cruel, le espetó en la cara.

—Sí, pero sólo vos lo intentasteis para proteger a la infanta Blanca y al príncipe Joan de Aragón. Si no, ¿por qué me ocultó vuestra ama doña María de los ojos del mundo? Para vos hubiera sido más fácil eliminar a mi madre y el fruto que llevaba en su vientre y así alejar un gran problema que pudiera perjudicar a vuestra querida niña Blanca y a mi padre. Vos, aun siendo castellano, fuisteis un hombre fiel a los hijos de rey Jaime; y por limpiar su sospechosa conducta, hubiérais sido capaz de todo. ¿O no suponía un baldón para el cardenal, mi padre, tener una amante judía y un hijo del pecado? ¿Qué tenéis que alegar a esto *messire*?

Los ojos del *maiordomus regius* de la Vega se fijaron como dagas en las retinas del recién llegado, pero no se inmutó. Antes bien, le replicó en tono de afabilidad:

—En otro tiempo esas palabras te hubieran costado caro y te hubiera atravesado con mi espada, pero ahora nada me produce la menor inquietud. Al fin y al cabo, todo es mentira en este mundo y mi honor de caballero envejeció hace muchos años. ¿De qué vanagloriarme si la parca me aguarda con su guadaña? Corren malos tiempos y una vida vale menos que una pieza de cobre. Todo me da igual.

—No os creía un urdidor de fábulas con vuestra distinción —insistió Diego.

Las rugosas facciones del caballero se contrajeron con gravedad.

—Te veo erróneamente orientado. ¿Qué quieres saber?

Con la satisfacción de que no podía rebatirle sus argumentos sonrió mordaz.

—El nombre del malnacido que provocó la muerte de mi madre, señor Garcilaso —exigió impetuosamente, sumiendo la sala en el mutismo que produce la insolencia.

El noble caballero lo miró de arriba abajo con gesto inalterable.

—Al comparecer en esta casa he presupuesto que has estado con tu abuelo Zakay ben Elasar. Debiste pregúntaselo a él. ¿Vive todavía? —replicó con mordacidad—. Él lo sabe con todo lujo de detalles. ¿Por qué vienes a mí con estas inculpaciones?

—Zakay murió el pasado verano y me legó una única duda —le soltó irascible.

—¡Claro está! El culpable no suele confesar su fechoría ni incluso a los de su sangre —replicó terminante, emergiendo de su senil letargo.

Diego, estremecido, saltó del escabel. ¿Qué barbaridad profería aquel ruinoso vejestorio? ¿Deseaba incrementar aún más sus desdichas? Sus facciones evidenciaron primero ira y después curiosidad. Tan sorprendente contestación hizo que dudara de sus hipótesis. Se sintió como si le hubiesen quitado la tapadera que cubre la vida, permitiéndole ver su mecanismo y la verdad de su contenido. Mil conjeturas, unas erróneas y otras posibles, enredaron su mente alarmada. Garcilaso debía explicar aquella acusación.

—Explicaos señor. Culpáis a mi abuelo, un hombre cabal que gozó de la confianza de tres reyes —le exigió Galaz con la mirada encendida.

El noble anciano dejó escapar un suspiro de cansancio.

—Sosiega el ardor de tu juventud —le reclamó molesto—. El espantoso suceso que voy a revelarte lo haría igualmente ante el santo Evangelio y en presencia de cien obispos, o ante el tribunal de Dios. A estas alturas de la vida hasta la verdad me parece un bálsamo. Préstame oídos, Diego. Como tú, yo también sentí gran afecto por tu abuelo, al que protegí cuando lo necesitó. Se trataba de un hombre de talento poco común. Sin embargo un lastre erróneo en asuntos de fe y dogma referido al Mesías hebreo lo hacían comportarse como un fanático de la ley mosaica.

—Conozco esa faceta de su personalidad, pues murió en mis brazos, víctima de esa causa absurda. Con él perecieron un puñado de judíos arrebatados.

El cortesano cerró sus párpados de batracio, sumergiéndose en una meditación en la que llegó a rezar. Al abrirlos, manifestó paternal:

—Lo que voy a revelarte no te hará precisamente feliz —le confió afable—. Tu abuelo era una autoridad venerada en las comunidades judías de Hispania. Así que por vergüenza trató de ocultar a toda costa la gravidez de su hija Séfora, a la que yo también admiré por su sublime encanto y donosas maneras. Zakay, a pesar de amarla con adoración, detestaba la presencia en su estirpe levita de una adúltera, convertida además en la concubina de un príncipe cristiano, perdona mi crudeza. Aquel baldón acabó arrastrándolo a la locura. Su mente se trastornó por el escándalo y, siendo un hombre guía de creyentes, no tuvo reparos en consultar a alcahuetas de las que hacen conjuros, para detener el embarazo por las bravas.

Entre gestos nerviosos, Diego abrió sus ojos desorbitadamente. No lo podía aceptar.

—Me resisto a creerlo —arguyó consternado—. Un hombre tan devoto…

—Pues esta es la verdad, amigo mío. Y que mi alma arda en los infiernos toda la eternidad si falto a la verdad. Hablas con un caballero de sangre noble —afirmó subiendo el tono de su cascada voz—. Tu madre se negó rotundamente a secundarlo y tomar ningún potingue de brujas, pues eras el fruto de una relación deseada. De modo que desafiando la autoridad paterna asumió gallardamente su embarazo, incluso sin paticipárselo a tu padre don Joan, propuesto en aquel entonces para el solio toledano como cardenal primado de los reinos de Hispania.

—Me resulta inconcebible, *messire* de la Vega —balbuceó desconcertado.

—Pues es la verdad, Diego —continuó—. Zakay, perturbado el juicio, la apartó del mundo, como si estuviera encarcelada, y aguardó angustiado tu nacimiento. Luego secretamente adquirió a unos drogueros de la judería de Guadalajara, los Bonnín Bennasar, un elixir vómico que acabara con la criatura que llevaba en su seno. Los boticarios le aseguraron que tomado entre los alimentos meses antes del alumbramiento, desprendería muerta la criatura nonata, sin levantar sospecha alguna ni producir ningún mal a la parturienta, aunque eso sí, sacrificando al ser de sus entrañas. Pero ¡qué fatal sarcasmo del destino! El Creador maneja otro tipo de lógicas y nos deja a los mortales como estúpidos ante sus providencias. Ocurrió justo al revés.

La locuacidad de Diego se había diluido. Ya no hablaba, sólo escuchaba.

—Tu abuelo desató un demonio difícil de dominar, Diego —siguió narrando—. Dios quiso que aconteciera justamente lo inverso. Que tú vivieras y que tu madre nos dejara desvalidos de su hermosura, de sus nobles sentimientos y de la calidez de su carácter, pues era una mujer excepcional de alma y de cuerpo —admitió Garcilaso con un halo de desazón que lo hizo suspirar—. Expiró como una avecilla herida, presa de convulsiones, mientras las parteras te purificaban. Nada pudieron hacer para salvarla. ¡Dios mío!

Diego se imaginó la imagen, las comadronas encerradas en una angosta habitación, los lloros, las carreras, las voces, el llanto de niño, él, los forcejeos por intentar salvarla; y al final su muerte, un féretro anónimo y la fría tumba. ¡Qué horror!

—Pero ¿puede un padre ser tan infame? —protestó Diego—. Zakay se deshonró a sí mismo y a cuantos llevamos su sangre. Me cuesta admitirlo.

—Si es guiado por equívocos principios religiosos, tristemente sí, Diego —sentenció—. La raza humana es un tremendo error del Creador, créeme. Pero ocurrió tal como te he relatado y si me das una oportunidad lo probaremos juntos.

—¿Y por qué no acudió Zakay a físicos hebreos para salvarla? —le preguntó.

—Lo hizo al comprobar su desatino, pero ya era demasiado tarde. El flujo se la llevó irremisiblemente en dos días. Cuando murió, su tez, antes del color de la miel, se semejaba al frío alabastro por el veneno que había tomado, no por mi mano como tú has supuesto, sino por la de tu abuelo Zakay, su padre. Él, jugando con el diablo, la mató.

Diego comenzó a comprender la verdad auténtica. La trama había sido mucho más vasta e infame de lo que imaginaba. La imprevista revelación acabó por conducirle a un mutismo desolado. Luego exclamó:

—¡Por las Santas Espinas! No puedo creerlo, señoría. Mi abuelo Zakay la mano que vertió la ponzoña asesina. ¡Qué triste sino el mío!

Sumido en un recuerdo infame, el anciano dejó soltar una lágrima peregrina.

—Que pierda mi alma si falto a la verdad un ápice, Diego —aseguró el anciano, estremecido—. No obstante, cuando tu abuelo me refirió los pormenores del infortunio lo hizo sumido en una profunda melancolía. Él nunca quiso matarla, simplemente confió en médicos y elixires equivocados. Arrepentido de su error, no se quitó la vida por no dejarte desvalido. No quería desertar dejando a merced de la codicia de el Tuerto a un niño indefenso. Excúlpalo, pues lo cegó la honra de un apellido mancillado. Ya pagó su purgatorio.

Si no se había disparado la imaginación del caballero, aquello resultaba pavoroso. Diego cubrió su rostro con las manos y maldijo a Zakay en su interior.

—Monstruo abominable. Comencé a quererlo y ahora lo detesto. Se comportó con su hija como un monstruo abominable. Al fin comprendo el significado de sus palabras al despedirse de mí en el monasterio de San Juan y las súplicas en Palestina rogando clemencia a Dios por un pecado que se resistió tozudamente a revelarme —recordó con asco—. Las extraía del libro sagrado de los Números, según me confesó y con ellas rogaba a Dios el perdón.

El anciano de la Vega lo cortó y declaró con ironía:

—Exactamente del capítulo catorce, versículo dieciocho del libro de los Números. Las recitó muchas veces ante mí, alzando los brazos. La primera vez se las escuché al expirar tu madre, en un lamento desgarrador, mesándose los cabellos y arañándose la cara. Jamás las he olvidado: «*Yahvé, el perdonador de la infamia y el crimen, nada deja impune y castigará la iniquidad de los padres en sus propios hijos hasta la cuarta generación*».

—¿Cómo se puede ser tan cínico e invocar una maldición para los de su sangre? —se preguntó Diego, que se mesaba los cabellos con ira.

—Olvídalo. Un simple mortal no puede arrogarse una facultad divina. Una maldición es tan sólo un viento molesto que sopla. Luego cesa para no volver.

—Pero ¿por qué me lo ocultó? —se revolvió Galaz—. Debió decírmelo.

—Acababa de conocerte y no le concediste tiempo para intimar —lo exculpó, revelando apego por Zakay—. No lo juzgues severamente. La pesadumbre llegó incluso a arruinar sus deseos de vivir y con su culpa vagó errabundo de un lugar a otro rogando a Dios la muerte. Renunció a lo que más quería y su corazón estaba hecho trizas. Los hombres cometemos errores a lo largo de la vida, pero sólo el Creador ha de considerar los motivos que nos movieron a actuar de esa manera. Sé clemente con él.

—No me deseó antes de nacer, señor De la Vega, está claro.

—Fue una decisión guiada por la obcecación, y ciertamente la envenenó, pero sin quererlo —contestó—. Pero desde que aspiraste el primer soplo de aire, reprobó su yerro protegiéndote en todo momento. Obró en connivencia con mi señora María de Aragón, que te cuidó con esmero, pues el Tuerto te buscaba para perjudicar a tu padre. Después, Zakay procuró tu sustento y educación, y expió su culpa con acciones piadosas. Acepta esta irrebatible verdad, como que pronto he de presentarme ante el tribunal terrible de Cristo. Y si deseas probarlo, visita con tu tío Yehudá a los drogueros Bonnín Bennasar de Guadalajara, y siendo quienes eres, te lo corroborarán con todo lujo de detalles.

Resistirse a aquella revelación, le parecía fútil, y regodearse con los detalles, doloroso para ambos. Diego callaba, mientras el mayordomo real proseguía. Al fin y al cabo, los equívocos de su pasado quedaban lacrados, y ya se había despertado a la verdad. Sentía una bienhechora liberación y decidió creer a aquel caballero, quien al perder a sus amos y a la presa a la que defendió, ya no tenía razones para mentir.

—Fuiste heredero de una funesta herencia —siguió el caballero—, pero piensa que ser hijo de Séfora, la flor más bella de Sefarad y del príncipe Joan de Aragón, te convierte en un ser singular. Tu madre era tenida en Castilla por una *judía sulamita*, o sea una mujer alabada por su pueblo, debido a su saber, bondad y belleza. Conocía como nadie Las Tablas de Zag, el decálogo astronómico del rey Alfonso el Sabio, conocía las propiedades curativas de las plantas e interpretaba los derroteros astrales.

—Una mujer culta, molesta —corroboró Galaz.

—No quiero injerirme en asuntos ajenos, pero no te aferres a sangre alguna, pues todas sin excepción son puras heces. Los reyes, y conviví con tres, son tanto o más ruines que cualquier porquero de una zahurda de cerdos. Y qué decir de los usureros de narices corvas de las aljamas. ¿De qué futuro disfruta en estos reinos un marrano, un judío o un converso? Son el blanco de las iras de este pueblo fanático, el nuestro, engañado por un clero inculto. Vuela libre. No pertenezcas a nadie, Diego.

Al algebrista parecieron desvanecérsele sus recuerdos. No se sentía atado a nada tras haber sobrevivido a imposturas y ambiciones.

—Gracias por vuestras revelaciones y consejos, señor. Habéis contribuido a abrir mis ojos a una verdad que deseaba interpretar. Contadme como amigo y perdonad mi intemperancia, achacable sólo a una ofuscación irreflexiva.

—No has de dármelas, y sí excusar la rudeza de este viejo por allanar tu alma, cuando mi propósito era proporcionarte luz y consuelo. Pero sí te ruego que aceptes mi hospitalidad por este día. Hemos de conversar sobre Séfora, de la que has heredado sus gestos, sus ojos y el color de su pelo. Te reconfortará. Séfora era tenida por una mujer ilustrada. Algo insólito en una hembra de su tiempo.

—Algo me descubrió mi abuelo, al que el cielo absuelva, pues a mí me resultará enojoso —replicó—. Ahora mismo una barrera insalvable se alza entre nosotros dos.

El viejo cambió el rumbo de la plática. Alzó la mano y señaló su biblioteca.

—Todos estos libros que ves ahí los compré a su dictado y gasté una fortuna en su adquisición —y le señaló los *Anales* de Tácito, la *Filosofía* de Aristóteles y el admirado *Carmina de mystica philosophia* de Heliodoro y el *Calila e Dimna* persa—. Yo, como muchos nobles, apenas si sabía leer en mi juventud. Hoy me deleito ojeando sus páginas y absorbiendo su saber. Y se lo debo a tu madre. ¿Cómo olvidar su delicada voz cuando nos recitaba trovas en la corte, o componía donosas cantigas, con don Joan arrobado a sus pies? Hasta el joven rey Alfonso XI la oía ensimismado y enrojecía cuando tu madre le dedicaba alguna letrilla. Fueron tiempos felices, rotos únicamente por la ambición del Tuerto y por la estupidez humana.

—Será para mí una fuente de satisfacción escuchar vuestros relatos.

—Antes te mostraré un libro peculiar y muy próximo a mi corazón. Perteneció a tu padre y más tarde a tu madre. Se intercambiaban libros, a la par que sentimientos de afecto. Encierra una dedicatoria y un papel prendido a una flor marchita, con unos versos ofrendados a su belleza.

El anciano le rogó que extrajera de los anaqueles un compendio iluminado con miniaturas que atendía al nombre del *Roman de la Rose*, y que narraba los sueños de un poeta recluido en un jardín edénico. Diego notó que de sus hojas sobresalían pajas de avena que servían de separadores. Al alzarlo, una octavilla amarillenta de papiro se escapó de su interior y mansamente planeó hasta posarse en su mano. Diego, animado por De la Vega, la expuso a la luz del candil y descubrió unos conmovedores versos en catalán, escritos con pulcras letras sajonas. Abajo, cerca de la firma en la que se leía, *Joan D'Aragó*, sobresalía un lacre estampado con tres escudos heráldicos, el cuatribarrado aragonés, la cruz del condado barcelonés y un san Jorge lidiando con un dragón.

—El sello de mi padre. Me hubiera gustado conocerlo —confesó.

Súbitamente se detuvo en el examen del papel y en una flor seca pegada a él, y se sorprendió. «¿Qué es esto?», se dijo recreándose en los pétalos resecos, que parecían prestos a deshacerse en el pliego. Cosida con hilo negruzco, la flor desecada de acónito, desentonaba en aquel madrigal amoroso. Diego permaneció en silencio observando la flor marchita y en su mente se sucedieron irrevocables conclusiones. Dudaba que aquel capullo consumido por el tiempo, que fray Bernardo hubiera identificado como «veneno de lobo», hubiera sido colocado allí por el enamorado príncipe don Joan. Estaba seguro que había sido adherido al poema por su madre Séfora, pues la extraña flor no simbolizaba el amor sino todo lo contrario, la muerte y la destrucción. ¿Era una advertencia para una mente avisada? ¿Una pista para denunciar su muerte?

En Perpiñán y en la abadía de San Juan la usaban los físicos con finalidades abortivas y en el catálogo de plantas proscritas por la santa Iglesia, el temido índice o *Scarapsus,* aparecía condenado su uso por considerarlo diabólico y mortífero. No le cabía duda, no estaba allí por azar. Séfora, mujer entendida en farmacopea, muy bien pudo darse cuenta de que trataban de provocarle el parto con aquel veneno, y al hallarse enclaustrada y apartada del contacto humano, sagazmente decidió divulgar a la posteridad, o a quien pudiera interpretarla, la felonía de que era objeto. «Me están envenenando con acónito», parecía proclamar a la posteridad. Y el tornadizo albur había querido que el fruto de sus entrañas, a quien en verdad querían aniquilar, supiera por su mano la auténtica verdad de su envenenamiento.

Aquel papel había conmocionado su corazón.

Ya no le cabía la duda, su madre había sido envenenada.

—¿Has encontrado algo que te haya sorprendido? —se interesó De la Vega, extrañado por la tardanza—. Es tan sólo una lisonja galante de tu padre a su dama, Séfora Elasar, una mujer de talento y sublime perfección.

—Excusadme, me había trasladado con mi imaginación a otros tiempos —simuló, sin poder aceptar que en aquel libro acariciado por los autores de sus días encontrara la clave final de sus búsquedas, la pieza definitiva que se ensamblaba en el jeroglífico de su vida, culminando sus búsquedas.

«Todo ha acabado —pensó—. Al fin hallé la verdad de las verdades. Ahora comprendo el pesar del alma atormentada de mi madre, a la que amo más que nunca.»

—Gracias, *messire*. Habéis contribuido a tranquilizar mi espíritu.

—Lo celebro por la memoria de tu madre —se alegró el viejo caballero.

Era cuanto poseía de sus padres, su único asidero, la única presencia en el tiempo, la evidencia que necesitaba para concluir su empresa. Lo contempló y sus manos temblaron. Luego, recibiendo la luz del hogar, y con voz balbuciente, declamó los versos de su padre don Joan destinados a su amada Séfora, que cobraron vida en su corazón.

«*Blanc Ocell, l'enyorament e el gran desir, quan llunvats vos ets, que ieu hai per vos me cuida alcir desesperats quaix viu mon cor. E bien lici porai tost morir per vos per pauc no mor, si en breu deçai no us vei tornat si breu no n'hay güirença.* Joan d'Aragó», «Blanco Pajarillo, la añoranza y el mucho deseo que de vos tengo, a punto están de matarme, y bien pudiera ser que pronto muriese por vos, si en breve aquí no os veo volver. Cuán lejos estáis de mí, casi desesperado vive mi corazón, y a poco moriré, si en breve no tengo curación. Juan de Aragón».

—¿Y cómo llegó a vuestras manos, don Garcilaso? —preguntó interesado.

—A ti no puedo ocultártelo —testificó cordial—. Tu abuelo ordenó quemar sus tratados y escritos, pues el Tuerto andaba husmeando pruebas inculpatorias para delatarla al obispo como hechicera. ¡Jodido bastardo! Yo lo rescaté antes de que se convirtiera en pasto de las llamas. Pensaba regalártelo en cuanto pisaras esta casa, y ese día ha llegado. Yo ya he gozado de él y a ella le hubiera agradado que tú, su hijo, lo disfrutaras para siempre.

—No lo sabéis bien cuánto lo pudo desear mi madre, señor —replicó, y el anciano compuso una mueca de incomprensión.

—¿Visitarás el sepulcro de tu padre? Se halla en la catedral de Tarragona.

—Resulta para mí un deber ineludible, *messire* De la Vega. Gracias eternas. Al fin he hecho las paces con mi pasado y he cicatrizado la última herida de mi alma.

Diego sintió una inusitada calma pues al fin había reconstruido los pedazos rotos de su pasado, ordenando el rompecabezas de su origen y colocado su última pieza. El sendero de su ansiado retorno para encontrarse con Isabella estaba libre. Pronto los puertos nevados se llenarían de jaurías de lobos y ningún mortal osaría cruzarlos. Sus ansias de reparación lo empujaban a no demorarse un solo día más en hacerse cargo de su casa de Besalú, aunque hubiera de transitar por sendas heladas.

Desde la ventana Diego contempló cómo los matacanes de la villa eran cubiertos por el manto crepuscular. Comenzó a llover y las inmediaciones del caserón se convirtieron en un cenagal. Era la noche de San Jorge y Diego no pudo conciliar el sueño. Los viajes lo habían agotado y aún debía visitar la catedral de Tarragona. ¿Por qué? ¿Seguía aún encadenado por un misterio oculto que lo atrajera con una fuerza a la que no podía sustraerse? En su mente seguía sonando el verso de don Joan ofrendado a su madre, Séfora, como una música que hiciera florecer en su corazón desconocidas emociones. Vencidos sus ojos, Diego se sumió en un profundo sopor en el que resonaba el canto de una mujer que acariciaba con ternura sus cabellos, mientras entonaba una balada sobre «el blanco ruiseñor».

Celajes púrpuras tachonaban el cielo de Tarragona, prestándole a las piedras de la catedral la tonalidad del bronce dorado.

Diego, acompañado por Jacint Blanxart, abandonó avanzada la mañana una posada de notables sutilezas gastronómicas, La Augusta, donde habían pernoctado. Sortearon a una piara de cerdos que hozaban en las escorias y atravesaron el *carrer* de la Merceria, saltando sobre el barrizal. Penetraron en la silenciosa fábrica del templo, que los monjes de Santes Creus habían construido con no pocos esfuerzos y con las limosnas del pueblo agradecido. Un sol nimbaba una luz que lamía las agujas del templo, que se incrustaban como flechas en el firmamento.

Del claustro les llegaba un ligero olor a incienso y el arrullo de las palomas en las techumbres. Entre el escaso flujo humano, Diego caminaba por la nave alumbrada por cirios parpadeantes. De pronto se volvió como si alguien los observara. Se detuvo en la capilla mayor y la escrutó como si buscara algo escondido en ella. Jacint se quedó dos pasos atrás, extrañado por la inexplicable conducta de su amigo, imposibilitado desde hacía rato para emitir una palabra de lo que se disponía a hacer.

Entre un halo de irrealidad y de la aureola de una luz acuática, el algebrista se acercó hasta un sepulcro cincelado en mármol que presidía la *capella*. Se quedó observando la espiritualidad que emanaba de las facciones de la imagen yacente, abrazada al báculo episcopal. La perfección de sus aristas y de los elementos vegetales, le conferían una poderosa grandeza. Diego observó el reborde poliédrico, la solemnidad del rostro afilado e imperturbable de la estatua, los párpados serenos y la nariz aquilina del cardenal Joan de Aragón. ¿Era en realidad su padre aquel cúmulo de huesos, cenizas y damascos deshilachados que ocultaban el sepulcro? Sólo Séfora lo sabía.

«La conspiradora muerte, la dominadora, la que se carcajea de los mortales, la que no conoce de estirpes ni sangres y a todos iguala y a todos llega», caviló.

En la mente de Diego brotaron los recuerdos y las palabras de Zakay y de Garcilaso, pero no rezó una oración, ni tan siquiera admiró la deslumbrante imagen, pues parecía como si hubiera comparecido en aquel lugar para soltar el lastre de su pasado. En unos segundos eternos sintió que ya no necesitaba el asidero de sus orígenes. Aquel pensamiento le dio ánimos; y esbozando un rictus de satisfacción, extrajo un pergamino de su cinturón. Ante la estupefacción de Blanxart, recitó un poema:

—«*Blanc Ocell, l'enyorament e el gran desir...*»

Al concluir la declamación, una lágrima, recordando a Séfora Elasar, su madre, afloró mansa hasta llegar a sus labios y deslizarse luego por la barbilla. Y como tocado por el demonio de la demencia, dándole la espalda a Jacint, que ya no se sorprendía de su proceder, musitó unas palabras dirigidas al sepulcro:

—No toméis mi indiferencia como un acto de animosidad, ni tan siquiera como una muestra de ingratitud o de reproche, *senyer* Joan de Aragón. Se trata de un sentimiento de confusión, nada más. Si sois realmente mi padre, sólo Aquel que habita en nuestros corazones lo conoce, y claro el *blanc ocell*. Descansad en el sueño eterno.

Y emergiendo de su transitoria locura, mientras la capellanía entonaba en la *capella* de Santa Tecla el *Tantum Ergo* ante el Santísimo, salieron al alboroto del atrio.

—Jacint, sé que me has tomado por loco, pero te aseguro que los hombres hemos de romper con los fantasmas del pasado alguna vez o el futuro nos será esquivo. ¡Ea, salgamos para Barcelona! Pasaremos unos días juntos y hablaremos de los negocios de La Roda; luego he de partir cuanto antes para Besalú y conciliar mi corazón con el de una mujer. El temor a perderla me hace temblar.

—Qué no serás capaz de hacer —ironizó Jacint—. Nos espera un jabeque en la rada, *maestrillo*, y un buen vino del Penedés en mi casa. ¡Vámonos!

Era un día de frío intenso que descendía desde el otero donde había estado enclavado el hipódromo romano, y los dos viajeros se estremecían bajo sus tabardos de piel. Diego adoptó una compostura templada, como de quien ha concluido un negocio con pingües provechos para sú bolsa, su paz y su reputación.

Diego Galaz, desde aquel día, ya no volvería a ser el mismo.

Regreso amargo

Deseoso de concluir con sus especulaciones y aguardar noticias de Isabella, Diego arribó a Besalú un atardecer otoñal inusitadamente apacible, un mes antes de que las nieves hicieran intransitables los caminos de sirga del río Fluviá.

Millares de hojas secas alfombraban el puente e inmediatamente fue ganado por su sobrecogedora quietud del pueblo. La ligereza del aire, los muros almenados, las aristas de la atalaya de Sant Vicenç, que se escondían entre los álamos, lo complacieron más que cuando sus ojos contemplaran la santa Jerusalén, la Atenas de los filósofos, la Barcelona marinera, o la exuberante El Cairo.

Recorrió el meandro de las travesías del antiguo poblado celta de Sebeldenum, como aún nombraban algunos lugareños a Besalú, con los sentidos despiertos por las fragancias. Caminó sin rumbo fijo por las cercanías de la abadía de Sant Jacint, cuya torre parecía disputar un lugar a las nubes, esbelta como un ciprés.

Anhelaba conocer el caserón familiar de Zakay, que según Yehudá se hallaba, no en la judería, sino tras las bordas del monasterio benedictino, y que por decisión propia, sería a partir de ahora su hogar. Pero antes decidió saludar a Josef y a su familia que, con ansiedad, lo aguardaban impacientes desde hacía tiempo. Cruzó el arco de entrada de la aljama y al poner los pies en la casa, se expresó consternado, pero risueño.

—Vuestro tío Zakay no ha podido regresar conmigo ni cruzar de mi mano el puente de Besalú —les refirió tras ser acogido con extremada simpatía—, como os prometí. Murió en mis brazos, en Palestina, mirando a la santa Jerusalén, cuya tierra seca le sirvió de sudario.

Diego no pudo dominarse y los abrazó, tras mostrarles el testamento de don Zakay y el pellejo que le había regalado el rabino Megas con los versículos del Génesis. Cenó en su mesa y, aliviado por haberse deshecho del peso de sus búsquedas, contestó a un torrente de preguntas sobre su tío y el anillo del Nejustán.

Al igual que sucedió con Blanxart, los rostros de sus parientes delataron conmoción, cuando les relató la agotadora búsqueda de Zakay y su no menos pasmoso origen, que los unía a la misma estirpe.

—Espero que me aceptéis como uno de los vuestros, aunque no apostataré de mis creencias cristianas, pues hijo de la Iglesia nací y en su seno moriré. Es sabido que marché de aquí cristiano viejo. Pues bien, retorno con más de un cuartillo de sangre judía en mis venas, de modo que me vinculo a vosotros y al grupo de semitas conversos que proliferan por estos reinos —les descorrió la cortina del enigma.

Josef, como si oficiara un arcaico ritual, alzó los ojos y tocándole la frente declaró:

—*Adonai Elohenu, Adonai Ekhod.* —Yahvé es nuestro Dios, Yahvé es único—. Diego, te unes al sufriente pueblo elegido, a la raza proscrita que paladea el acíbar de la tribulación desde que los romanos rasgaron el velo del Templo de Jerusalén.

—Me uno a una sangre que amaré en recuerdo de mi madre Séfora Elasar —contestó y los abrazó con sentimiento.

Al día siguiente una ventisca gélida azotó Besalú, mientras el sol se transformaba en un disco opaco moteado de nubes negruzcas. Los días habían comenzado a acortarse y el viento ululaba golpeando las contraventanas y cargando de humedad el aire. Los espesos bosques del horizonte se balanceaban como las velas de navíos fantasmagóricos, mientras a lo lejos retumbaba la tempestad. Diego deseaba preparar su viaje a Zaragoza, pero estaba de un crispado malhumor. Hasta pasados cinco días, no partía un grupo de frailes limosneros, lacayos del barón y mercachifles de Besalú, y debía aguardar. De repente oyó la aldaba del portón.

Josef entró frotándose las manos, arrebujado en un capote de piel de oveja, acompañado de su recatada esposa, una mujer de rostro exótico que lucía unos ojos grandes y oscuros. El droguero le entregó una esquela de Isabella, que le aguardaba desde meses atrás. Olía a lavanda y Diego leyó sus rasgos indecisos, como si le fuera la vida en lo que había escrito.

—Pensé que antes de emprender el viaje, debería dártela.

Diego, impaciente, deseaba comprobar si las ascuas del afecto seguían vivas en la conversa. Nervioso se le resbaló de las manos, la recuperó y se dirigió hacia el ventanal, donde la ojeó con fruición. Pero el ademán que germinó en sus ojos denotaba una agridulce decepción. Su rostro se tornó céreo como el sol de la mañana.

> A Diego Galaz de Atarés.
>
> Por si te hallaras en Besalú. Salud y bien.
>
> Dudo que algún día leas esta carta que rezuma decepción, pues resulta evidente que has olvidado tus promesas y a mí. Te escribo a la casa de los Elasar de Besalú, conocidos de mi tío Mauricio, para saber de ti y comprobar si la infidelidad ha ganado tu corazón, como las señales lo evidencian. Yo no dudo en proclamar que he caído en la indolencia del desánimo, pues cometí el error de dar por supuesta tu lealtad en nuestro amor. Fui una ilusa, pues iluminaste mi mundo con tu mirada y creí en tus falsas promesas, cuando no me has prestado atención alguna.
>
> Has traicionado mi confianza, persuadiéndome de cuán ingrato eres. ¿Se ha desvanecido mi nombre de tu mente?
>
> Todo ha sido una fábula por tu parte. ¿Qué estorbo se ha interpuesto entre nosotros? Juramos sobre el relicario del Grial. ¿Lo has olvidado? Me hice ilusiones, pero en la distancia los hombres obráis con igual mezquindad ante un compromiso de afecto. Yo, amigo mío, esperaba un milagro. ¿Qué milagro? Sencillamente, que nuestro amor fuera eterno, que arrancara barreras con fuerza

sobrehumana, que disolviera la distancia entre dos seres humanos desconocidos y derribase los muros levantados por esta sociedad lastrada de prejuicios sobre los judíos y los conversos.

Imaginaba que el milagro llegaría de la manera más simple.

Pensaba que las pasiones son como los vientos, que son necesarias para dar movimiento a todo, aunque a menudo sean causa de huracanes y que el amor derretiría cualquier malentendido que hubiera entre nosotros. ¿Has probado tal vez otros placeres? ¿Dónde se halla la pasión que me ofrendaste y la identificación de nuestras voluntades que pregonaste a mis oídos crédulos? He sufrido la daga de los celos, y hasta he sospechado del viento, de las nubes, de los correos que arribaban a Zaragoza, y de ese aborrecido sello del Nejustán. Los que no han sufrido no saben nada de la vida. No conocen ni el bien ni el mal, no conocen a los hombres ni se conocen a sí mismos. De modo que en mi destierro el recuerdo de la felicidad ya no es felicidad; el recuerdo del dolor es todavía más dolor.

Tu desprecio, Diego, quebró mi facultad para comprender, y me hundí en un infierno de nostalgias que mis familiares creyeron locuras. Mirado desde fuera, no hice otra cosa que el más espantoso de los ridículos, pero la añoranza de tus promesas habían desorientado mi corazón, que se convirtió en el caótico guía de mi mente. Así que ante el vacío en que me hallaba, y como única parte agraviada, no tenía otra opción que echarme a los caminos y encontrarte. Era la única manera de verificar, como aseguraba mi tío Mauricio, que lo del armador Jacint Blanxart era una enorme mentira.

No podía estar especulando eternamente sobre tu paradero y condenarme a una existencia vacía después de pregonar ante mis familiares que nos habíamos prometido amor eterno. Pero como no se puede amar y odiar a la vez, arrastrada por el ímpetu de mis más puros sentimientos, y al no saber de tu regreso, que me cifrabas para el día de San Andrés, me uní a una hermandad de disciplinantes que se dirigían a Barcelona para embarcarse a Tierra Santa.

Mis tíos, aunque reticentes, no se negaron ante mi deseo de redención, pues mujeres de alta alcurnia y monjas de conocidos conventos aragoneses acompañaban a su guía, que a la postre resultó ser un falso hombre de Dios y el causante de la muerte de mis familiares. Me embarqué en el alocado peregrinaje, superé los más indecibles peligros y el terror que se cernió sobre mí.

Cubrí la distancia que separa Zaragoza y Barcelona con el propósito de buscar el vínculo perdido de mis afectos, que se hallaban en un callejón sin salida, y sólo hallé el mal.

No soy mujer para resignarme y fui tachada de desequilibrada y excéntrica por las encorsetadas damas de Zaragoza, pues mi decisión no se consideraba apropiada según la decencia cristiana. Pero obré según mi conciencia. Creía que era una mujer frágil en un mundo gobernado por hombres, que no nos permiten tomar decisiones propias, pero me enfrenté a los más viles avatares, desprecié la autocompasión y la piedad de los demás, y para mi alegría, no hallé en mí ningún signo de debilidad.

Irrumpí en un mundo que no conocía, y en menos de dos meses me convertí en andariega de Dios, cómica de caminos, doncella acosada, suicida paralizada por el dedo de Cristo y finalmente novia despechada. Pernocté al sereno, en cobertizos para cerdos, en mugrientos jergones, en posadas infames, y sufrí frío, hambre y sed, buscando tu sombra perdida, rodeada de pícaros, violadores y gentes de la más baja estofa, como si mi decisión hubiera sido una tentación del diablo y no una decisión honesta, emanada de un corazón apasionado.

He vivido demasiadas miserias y uno de los capítulos más amargos de mi vida, pero ahora he comprendido que quienes no han sufrido, no poseen el alma pura. No conocen ni el bien ni el mal, ni se conocen a sí mismos. Detesto cuanto me rodea, pues he perdido lo que más amaba. Te busqué un mes entero en Barcelona, durante la Semana de Pasión, con el callado temor de que los dos hubiéramos cambiado y alimentada por los fugaces momentos de éxtasis que pasamos juntos.

Franqueé el límite de lo permisible, y hasta un despreciable rufián se vanaglorió de que vertiría mi sangre de doncella en uno de aquellos sucios caminos que transité. Sin embargo, la cruda realidad de tu falsedad y tu misteriosa desaparición, golperon con rudeza mi alma, que se sumió en la decepción y el desconsuelo.

No tuve ninguna prueba de que zarparas a Oriente, pues tu nombre no figuraba en el Consulado del Mar, en las listas de pasajeros, tripulantes o peregrinos a Jerusalén.

Todo el mundo me aseguraba que Jacint Blanxart no había regresado de sus periplos allende el mar, y que por lo tanto nadie podía haberse embarcado en su galera. Mientras esperaba verte aparecer en cualquier esquina de Barcelona, me horrorizaba pensar que habías muerto por la epidemia, y en mi desgracia me percaté de que algo dentro de mí había muerto silenciosamente. ¿Por qué urdiste semejante fingimiento? ¿Existe otra mujer? ¿Quizás una laguna infamante en tu vida? ¿Ya no te mueve el mismo interés? ¿Quiénes son en realidad ese niño y esa mujer de los que me hablabas?

He comprendido sin embargo que el sufrimiento y la muerte forman parte de la vida y también la certeza de mi fragilidad. Regresé abatida y sin fe, roída por el resentimiento, humillada, enferma de una pulmonía atroz, y desgarrada por el mal del amor, aunque con mi virginidad intacta. Y hasta hoy, la sola mención de tu nombre me acarrea una oleada de náuseas, te lo confieso. Ni una maldita carta, ni una línea de recuerdo, ni un pliego que sirviera de bálsamo a mi decepción.

La prueba de tu ausencia era fuego que me quemaba el alma, y ni los ríos de las lágrimas enfriaron mi desesperación. Te habías convertido en un enigma y me hallé incapaz de cualquier rasgo de imaginación para comprender las causas de tu olvido y de tu desaparición. Me he adaptado con una indiferencia brutal al sufrimiento de verme abandonada; pero lo que has hecho es monstruoso.

Antes de comenzar, nuestro cariño ya ha tocado fondo y ha sido sofocado, pero no tienes que compadecerte de mí. Es muy difícil amar ante el desprecio, pues todo se convierte en daño y sombras. Sin embargo, animada por mi primo Nicolás, que sigue creyendo en tu palabra, he decidido concederle una segunda oportunidad a nuestra relación. No obstante si has decidido no volver nunca más, culparé a los astros y al destino, no a ti. Rezaré al cielo, pero no pediré milagros. Me tragué tus conjuros de amor y te he llegado a odiar infinitamente.

Si para las celebraciones de las Ánimas Benditas no tengo noticias tuyas, entenderé que nuestro amor fue tan sólo un cometa fugaz que traspasó el cielo de Zaragoza. Y mi corazón quedará libre de compromisos.

ISABELLA SANTÁNGEL

Diego miró a sus primos con unos ojos glaciales. No podía creer lo que había leído. ¿Qué colosal malentendido había ocurrido? ¿Por qué no lo había creído, siendo honestos sus sentimientos? ¿Isabella había salido en su busca sola por el mundo, mezclándose entre lo más ruin y poniendo en riesgo su vida? ¿Qué locura se había apoderado de su razón? Le resultaba pasmoso, pero se sentía injustamente desdichado.

Cerró los ojos y pensó que aquella búsqueda desquiciada y el sello del Nejustán, eran los culpables de haber perdido al amor de su vida. Sintió como si el reloj de arena de su existencia se hubiera detenido en aquella hora infausta. Se volvió sobre sus pasos y masculló reproches incoherentes, rasgando el papel en mil pedazos. Los Santángel eran una familia de arraigo en Zaragoza e importunarlos podría ser aún peor. Había despreciado su suerte y había arrojado la perla más codiciada de su existencia al barrizal.

—He pagado un precio muy alto por mi larga ausencia —afirmó desolado.

Josef, advirtiendo la desazón de su pariente, hizo un aparte con su esposa, extrañada de su conducta.

—¿Qué te ocurre Diego? —preguntó Josef preocupado.

—Isabella estuvo en Barcelona como peregrina. Fue a buscarme, pues su tío Mauricio hizo indagaciones. Le aseguraron que Jacint Blanxart no había recalado en Barcelona, por lo que pensó que yo la había engañado.

—Pero eso no es cierto, ¿verdad, Diego?

—¡Evidentemente que no, Josef! Pero así lo parecía, y yo había hecho promesa de callar y no revelar las singladuras de *micer* Jacint. Tu tío Zakay y Blanxart negociaban con mercancías clandestinas amparadas por una bula del rey. Su barco no recala en el embardero barcelonés, sino en una playa oculta, y sus movimientos no están registrados en el Consolat de Mar. ¿Comprendéis? Los genoveses y venecianos iban tras una mercancía desconocida. Yo, a todos los efectos, ni había zarpado de Barcelona, ni me encontraba con Blanxart. Pero ¿cómo demostrarlo?

Diego, sentado en un escabel, se sumió en la desesperanza.

—Diego —le informó Josef—, has de saber que al poco de tu partida hacia Barcelona, Mauricio Santángel, sabiendo que te encaminabas a esta judería a conocer tus orígenes, y a través de nuestra comunidad judía, se dirigió a mí para interesarse por tus trajines, pues eras amigo de su hijo y al parecer pretendiente de su sobrina Isabella. Yo, a pesar de mis recelos, le informé de tus pasos, y que te encaminabas a Barcelona a hablar con el *senyer* Blanxart. Metí la pata sin quererlo. Pero ¿quién iba imaginar semejante retahíla de equívocos y reacciones fatales?

—Nadie tiene la culpa, sino una concatenación de adversidades. Pero Isabella parece castigarme con el olvido, pues no ha confiado en mí y cree rotas mis promesas, hasta el punto de fijar una fecha para la ruptura, que ya he sobrepasado con creces —se lamentó—. Nuestro compromiso se ha roto, como atestigua esa carta. ¡Jamás me lo perdonaré, por todos los diablos!

—¿Lo crees así, Diego? ¿Tú, un Elasar, bajas los brazos cuando has sido capaz de cruzar el mundo y arrostrar trances insospechados? —lo alentó—. No te desanimes.

—En el amor soy el más vacilante de los guerreros y se me desarma fácilmente, Josef. No ha sido capaz de esperarme y su carta resulta terminante. Ha abandonado las blanduras de su confortable casa, y sola se ha echado a los caminos a buscarme. Es una mujer valiente que yo no merezco. La olvidaré, ¡qué remedio!

Josef no podía verlo sufrir, e insistió.

—En una hembra, semejante osadía es una virtud nada desdeñable. Pocas en estos reinos tienen esos redaños, con los apestados y salteadores que invaden los caminos. Yo diría que aún está deseosa de verte. Tan sólo está dolida —dijo, y colocó su dedo en la boca en gesto reflexivo.

La esposa de Josef, lo miró con su intensa mirada y manifestó con un sesgo sentimental:

—Esto lo vamos a arreglar de familia a familia, apelando a la sangre judía de los Santángel, y a la obligación de guardar nuestras tradiciones, aunque sean conversos.

En la mirada del algebrista brotó una repentina luz de esperanza.

—¿Y cómo Miriam? Parecen despreciarme. Asumiré mi fracaso, dejadlo.

—Tal como hubieran hecho mi tío Zakay o mi padre Simón. Acudiendo a nuestras sagradas costumbres —lo animó Josef—. Por primera vez te vas a beneficiar de los ancestrales usos de los judíos de Sefarad. Invitaremos a los Santángel a Besalú, a la celebración judía de la *Hannuká*, la fiesta de las Luces, en la que recordamos la victoria de Judas Macabeo sobre los asirios. Es práctica antigua acoger a familias judías de otras ciudades, conversos o no, y no se negarán. Con estos festejos nos unimos a las festividades cristianas de la Natividad del Cristo y convertiremos tu regreso en una fiesta imborrable. Déjanos hacer a nosotros.

Miriam sonrió en el evidente propósito de ayudar a su primo.

—¿Posees aquí alguna prueba de tu viaje a Oriente?

Diego se sumió en una profunda cavilación, y al poco dijo exultante:

—¡Claro que sí, y terminantes además! En Lalibela le compré unas estatuillas egipcias y un anillo en Atenas con el signo de Afrodita, la deidad del amor. Tengo además la carta rubricada por el cónsul real de Atenas, mi contrato en *La Violant*, y claro está la última voluntad de Zakay, firmada y sellada en Qumran.

—¡Qué más pruebas precisa una mujer! —exclamó Josef—. Con los monjes limosneros del convento le enviaremos tus presentes y las pruebas. Y que el ángel de la muerte cierre mis ojos, si no suplica tu regreso.

Una sonrisa complaciente afloró en la faz de Diego.

—Gracias Josef. Esa hembra es la más bella creación de Dios, y la necesito.

—Celebraremos vuestro encuentro con una fiesta a la medida de nuestra alegría. A ti Diego, te corresponderá encender la *menorah*, el candelabro de los siete brazos, un honor para quien desciende directamente del gran Sadoq, el sabio entre los sabios —dijo la mujer, satisfecha, y Diego le respondió con una mirada de afecto.

Josef levantó sus brazos al cielo y emitió un canto de Isaías:

«Si me olvido de ti, Jerusalén, que olvide mi diestra y se pegue mi lengua a mi paladar. Regocijaos con Jerusalén todos los que la amáis y en tu Luz, mi Dios, vemos nuestra luz. Andábamos a tientas como ciegos y sumidos en las tinieblas y tu bondad nos ha devuelto la sangre de nuestra sangre. Gracias, Adonai.»

Diego se despidió confortado de sus parientes. Ascendió a su cámara y abrió la escribanía que le regalara fray Bernardo, al que dedicó un cálido recuerdo. Desde el ventanal de su nueva mansión se extasió con los senderos de luz que salpicaban los matacanes de Besalú, bajo el lánguido sol otoñal. Sacó de su morral un sobado fajo de pliegos que alisó con una bola de cuarzo, así como un lápiz de plata de cantero y unas plumas de grulla. Limpió una péndola de plata, su favorita. Los vitrales de los postigos dejaban filtrar una luz que invitaba al sosiego.

Escribiría una carta a Isabella explicándole las causas de su tardanza, y rogándole considerara su drástica decisión, y otra a su tío Mauricio, expresándole su amistad y rogándole excusas. Se las enviaría con los regalos y los protocolos sellados a través del habitual correo de los monjes benitos, y dejaría al azar el alivio de su maltratado corazón. Abrió el cuerno de tinta *atramentum* y sumergió la pluma. El cálamo voló ágil, arañando las rugosidades del papiro.

A Isabella Santángel, en Zaragoza. *Salutem*.

Mi dulce aparición, nunca mi corazón se adormeció en el descuido y si te esforzaras en comprender, no haría falta perdonar. Unas desdichadas circunstancias han dictado mi ausencia, créeme. He regresado para recuperarte después de mi dilatado viaje. Y no cejaré en el empeño.

Los mortales, ricos o pedigüeños, pequeños o grandes, necios o inteligentes, somos objetos ciegos en manos de la Providencia, ¿Y qué hacer ante ello? No me comporté como un loco de atar sino como un hombre de honor. La grandeza de espíritu de un ser humano no se revela solamente en la capacidad de persistir, sino en la de volver a empezar.

Sé que estos dos años de ausencia, según narra la carta enviada a los Elasar de Besalú, pueden sonarte a olvido, y que tal vez ni recuerdes ya mi nombre, pero puedo jurarte por la salvación de mi alma que unos son los proyectos de los hombres y otros los designios del Altísimo, quien me tenía preparado un cúmulo de pruebas asombrosas antes de despejar las incógnitas de mi nacimiento, al fin desvanecidas. La huida a Oriente me la dictó mi conciencia, no el albur ni el olvido. Los mortales estamos sujetos a una perpetua variación del azar y a él hemos de someternos.

Si antes de cada acción pudiésemos prever sus consecuencias, y nos pusiéramos a pensar en las consecuencias inmediatas y más tarde en las posibles, no llegaríamos siquiera a movernos de donde el primer pensamiento se origina.

Así que, en pos de esa averiguación, me embarqué en Barcelona, como lo prueban los documentos que te incluyo, abocándome a un más que probable naufragio, cuando aún me inspira la audacia de la juventud. Recalé en Atenas y Alejandría, luego en el País de los Aromas, Palestina y finalmente en Jerusalén, Qumran y el mar Muerto, soportando una tragedia tras otra, que ni los mismos griegos idearían.

¿Por qué dudaste de mi palabra, Isabella? ¿Tan desdichada te hallabas para arrostrar los peligros de un viaje insensato e injustificado que pudo costarte la vida? ¿Tan ineludible era tu necesidad para dejarte envolver con la cantinela de un iluminado? ¿Acaso te complació la idea de una promesa incumplida, cuando fue el infortunio el que se cebó en mí?

Me tiembla el alma al pensar que bien pudiste cavar tu propia sepultura con semejante desvarío, que te hubieras evitado con sólo creerme, aunque tu tío te hubiera aportado esas pruebas tan poco concluyentes. Ardo en deseos de que me cuentes con tus propios labios esa proeza, que yo considero la prueba más hermosa de un amor irrefrenable. Me siento desolado y a la vez enternecido. ¿Cómo pudiste ser tan temeraria?

Sin embargo, ahora me parecen despreciables las amargas obsesiones que asolaron mi vida como una tempestad, y que al fin y a la postre la lluvia de la verdad ha clarificado. He vivido un tiempo de impiedad en tierras tan extrañas como lejanas, pero aquellos nostálgicos posos han quedado sepultados en el olvido y ya no me aguijonean como antaño. Vuelvo con varias cicatrices en mi cuerpo, pero la vida se ha convertido para mí en una excitación, después de esta ruptura que ha dividido mi sangre en dos fracciones antagónicas, la judía y la cristiana, y que ya te elucidaré con todo lujo de detalles. Soy medio cristiano y medio hebreo, pues llevo sangre de los Elasar.

Tú conoces como nadie mis temores, y mis inquietudes y lees el libro de mi espíritu como el mejor de los maestros. Y aunque me observo como un ser insignificante, poseo la certeza de que me aguarda una existencia rodeada de corazones afectuosos, a cuyas alas me abandono, aunque comprendo que el tiempo todo lo transforma y que la felicidad y la vida son efímeras.

Mi turbulento pasado, roto en pedazos y reconstruido, se ha desvanecido como un mal sueño y he obtenido la recompensa de la aurora, o sea de la verdad. El *nasí* Zakay ben Elasar, el hombre que buscaba, me ha revelado el nombre de mis padres, por lo que, liberado de esa carga, me hallo dispuesto a consumar junto a ti el ciclo más hermoso de nuestras vidas.

Al fin he rehecho el edificio inconcluso de mi ser, como un cantero paciente que colocara piedra sobre piedra, sustrayéndolas del desorden del ocultamiento.

Como tú misma, tus padres, tus tíos y Nicolás, porto en mis venas sangre judía, pues nací del vientre de Séfora, hija del *nasí* Zakay, con lo que la aversión de tu tío Mauricio hacia mí disminuirá, pues al parecer soy descendiente del sumo sacerdote Sadoq, el levita, como proclama el gran rabino de Zaragoza de mi anillo. El alejamiento y las incertidumbres me hacían temer lo peor y tu carta ha penetrado en mi corazón como una cuchilla, desbaratando mis intenciones. Pero no dudes que te he añorado en la distancia, manteniéndome las fuerzas tu sola evocación.

He de hablarte, si aún deseas cimentar tu futuro conmigo, de Zakay y Yehudá ben Elasar, de Romeu Bassa, del príncipe Joan de Aragón, de Séfora ben Elasar, de Garcilaso de la Vega, y de mi amigo y socio Jacint Blanxart, el Cargol. Los estimarás, pues han jugado un papel trascendental en estos dos años y en nuestro devenir.

No desertaremos de nada, y con nuestro afecto a la espalda, hallaremos la dicha que anhelamos, si tú aún lo deseas. Pero ¿eres capaz de arriesgarte y abandonar lo que más quieres? Poseo una casa en Besalú, donde deseo retirarme, pero también negocios en Barcelona, Palermo y Alejandría, donde me aguarda una sabiduría insondable en la Academia de Algebristas de Onías, y que habré de atender, pues ante todo me siento algebrista. Antes visitaré mi casa, el monasterio de San Juan, tan querido para mi alma. El nuevo abad y algunos monjes han de saber por mis labios mi verdadero origen y los sucesos que conmocionaron sus vidas.

No abandonaré el territorio conquistado de tu corazón a pesar de tus reproches. Nuestra relación partió de una afinidad de sentimientos, de una simpatía de almas, de una admiración personal que bendecirá el Dios de nuestros padres, que ruego nos preserve del morbo negro. La fortaleza de un ser humano se revela no solamente en la facultad de subsistir en un mundo de adversidades, sino en la de levantarse y volver a empezar. Un alma satisfecha con el pasado no teme al futuro y a partir de ahora viviré, soñaré, amaré y trataré de reconciliarme con la vida a tu lado.

Le escribo otra carta a tu tío Mauricio, donde le narro mi relación de parentesco de sangre con los Elasar, a la par que le envío una invitación de mis parientes, para visitar Besalú en el fasto judío de la *Hannuká*, que coincide con la Pascua de la Natividad de Nuestro Señor, y rogarle la bondad de tu mano. Para esa fecha emplazo tu decisión, si aún existe un resquicio de amor en tu dulce corazón. Y hasta entonces cada tarde, mi amada Isabella, esperaré tu arribada en el puente de Besalú.

Que Jesucristo y Santa María nos alienten.

Dixit. Diego Galaz Elasar. En el condado de Besalú.

Diego se quedó sumido en un hondo silencio. El fulgor selectivo de la luz del crepúsculo, aquella supraterrena mezcla de atardecer y sombras, hizo que el algebrista pensara que aquellas palabras clarificarían los malentendidos. Unos cuantos signos apresurados trazados sobre el pliego le habían ayudado a remover su alma, liberándola de la maleza de la frialdad y la sinrazón.

La luna sajaba el cielo y barría la escasa luz del horizonte de Besalú.

Te esperaré en el puente de Besalú

Con prontitud, Diego, con la ayuda de los Elasar, dispuso la mansión de su abuelo Zakay a su gusto, pues si bien no estaba decorada según la estética hebrea, los signos mosaicos sobresalían en las habitaciones.

La adornó con tapices holandeses, divanes y cortinas nazaríes, bargueños de madera tachonada, candelabros argentados, pebeteros y símbolos cristianos, pues tanto él mismo como los Santángel, aun acarreando sangre del pueblo elegido, eran cristianos conversos. Diez días después, un correo regio de la Aljafería zaragozana que se dirigía al Summus Portus, le entregó a Diego Galaz una carta que le enviaba el físico real Mauricio Santángel, pero que en realidad era una misiva de Isabella. Olía a perfume de rosas, y a Diego, antes de quebrar el lacre y desatar los lazos de bramante rojo, le temblaron las piernas.

> A mi amado Diego, de Isabella, tu hermana del corazón.
>
> Cuando el hielo había congelado mi corazón, tu carta ha supuesto el más grato bálsamo que una mujer enamorada y deshecha en lágrimas pudiera soñar. Aguardé impaciente a que se desgranaran los días en que permaneciste alejado de mí. Pero ¿acaso mi corazón sabía qué empeños te apartaban de mi lado? ¿Por qué había de negárseme la más indispensable dicha? ¿Acaso habéis visto la mano del diablo en mi búsqueda por el hecho de ser mujer?

Ahora comprendo que el verdadero valor de un hombre se halla en su constancia.

Se nos predica que la felicidad está en obtener bienes materiales, pero yo la concibo como vivir al lado del amigo, del esposo y del amante y de recorrer juntos el camino de la vida, pues sólo Adonai conoce el presente, el pasado y el futuro.

La paciencia comienza con lágrimas, aunque al final siempre sonríe.

Mi espíritu se ha serenado con tus explicaciones, pero no me arrepiento de lo que hice, pues te he amado con todo el ardor de mi adolescencia. Mis pies se han llenado de ampollas, han sangrado por los caminos como los de Cristo, mis pulmones casi estallan y he sentido el cuchillo de los celos; pero ¿se me puede reprochar el haber actuado por demasía de amor? Podrás comprender que únicamente la irresistible fuerza del afecto me hizo tomar esa decisión, y que tenía que rendirme sólo a la evidencia. No hay que desdeñar el poder del amor, amado Diego.

No fue una flagrante contradicción de mi alma, sino un modo de consolarla. Y no perseguía una quimera, sino a ti. Me embarqué en una misión, no para impresionarte sino para recuperarte y de paso para liberar mi vida. No transcurrió ni un solo día que no rezara a la Madre de Dios para que volvieras al nido del afecto y que te protegiera de la pandemia y de los naufragios. Temí que hubieras perecido, o que te hubieran obligado a tomar una decisión no deseada, pero mis plegarias han alcanzado su premio.

Según me cuenta mi tío, que acepta la gentil invitación de los Elasar y la tuya propia, tu poso de sangre hebrea te enaltece, y sostiene que ni el más osado fabulador del zoco de los especieros de Zaragoza hubiera ideado dos años de acontecimientos tan insólitos.

Ahora soy dichosa, pues cuando había perdido la esperanza de recuperarte, tu apasionada carta hizo que me sintiera como si hubieras venido hasta mí en persona, y en mi alma sonaron campanadas de gloria. Ahora nada ni nadie se interpondrán entre nuestro amor, y anhelo la vida que me tienes dispuesta. Perdona mis despechadas expresiones, sólo achacables al temor de haberte perdido y a un insoportable vacío que me conducía a la enajenación y que mi corazón creyó excusas para abandonarme.

En estos momentos, percibo una inefable armonía y no experimento inquietud ni pesar. He sido libre de elegir mi camino y agradezco a Dios este beneficio. Junto a una mesa, donde se halla una clepsidra que pertenecía a mi padre, he depositado las estatuillas egipcias que compraste en el País de los Aromas y que espero se conviertan en los genios de nuestra fortuna, y también he colocado en mi mano el anillo de Atenas, que reluce como cien soles.

Desde que murieron mis padres me había convertido en una desheredada, y mi fe en mi familia y en mi ley vacilaban hasta el punto de desear repudiarlos. Ahora la paz reina en los pliegues de mi alma. Disipados mis miedos, y si los caminos lo permiten, para la Natividad de Cristo cruzaré el puente de Besalú y te abrazaré.

Rezo para que ese momento llegue.

En Zaragoza. Tuya, ISABELLA SANTÁNGEL

Diego contempló con arrebato el papel y lo olió.

Ajeno a lo que la rodeaba e inmune a cualquier dolor, la releyó.

Isabella representaba para él el paradigma de la afabilidad. La presentía tan indefensa que no pudo contenerse y silenciar su impaciencia por verla.

Y aunque el invierno no se había manifestado con toda su crudeza y el puerto de Sant Esteve seguía abierto al tránsito de caballerías, recelaba de que las calzadas de Lérida, Manresa, Vic o Gerona, se hallaran practicables. Desde el ventanal, con la noche colmada de luceros, Diego perdió su mirada en la distancia, mientras imaginaba el momento en el que sintiera el fuego de su piel amielada, olería el pefume de su cabello de oro, y se sumiría en la blandura de su pecho.

Fuera ululaba el viento y aullaban los lobos. Acosado por la soledad se juró a sí mismo que ya jamás atravesaría los páramos de la ausencia, por los que había transitado. Ya había sufrido bastante y desmontado con privaciones el museo de su triste pasado.

Llegó el neblinoso mes de la Pascua de la Natividad. Hacía frío, pero no nevaba. Diego avistaba desde el ventanal el puente, y sus ojos soñadores huían hacia el río, que relucía con la helada. El gris de los sillares combinaba con el limpio cielo que se abismaba sobre Besalú.

Imperceptiblemente, Diego alargó su cuello y miró hacia el septentrión. Le había parecido distinguir un jinete envuelto en un abrigo de marta cibelina, que precedía a un carro que se acercaba hacia al puente, entre unas recuas de acémilas. Un cúmulo de evocaciones se le escaparon de sus recuerdos y la impaciencia lo inquietó. De súbito, un intenso fulgor de dicha asomó en el rostro del algebrista.

—¡Nicolás Santángel! —exclamó alborozado.

Saltó del sitial donde se hallaba recostado, tirando al suelo una copa de hidromiel, y cogió al vuelo el capote. Corrió por las callejas, y con la respiración ahogada alcanzó el torreón del puente, donde aguardó con el corazón agitado. El rescoldo de la duda crecía en su estómago y sus deseos se atropellaban. Percibía una inefable esperanza y no podía dominar su excitación. «¿Y si Isabella no viene con ellos enojada por mi ausencia o por las diferencias con su tío?», se decía.

La traílla de asnos cruzó la pontana, que quedó vacía de viandantes y cabalgaduras. El carro se detuvo en el arco que abría el puente y de él descendieron Mauricio Santángel, su esposa e Isabella, escoltados por Nicolás, que lo saludaba desde el arco con la mano enguantada. En el otro extremo, Diego, con un jubón verdemar y con el cinturón de gemas engastadas, del que pendía una daga.

La reposada vida de Besalú se paralizó y los rumores de la vida cesaron.

Entre el espejismo de la torrentera, Diego creía vivir un instante de alucinación. En Isabella habitaba la luz y sus ojos recorrían los suyos deseando abrazarse. Deslizaba sus chinelas turquesas por las losas más que las pisaba, y su sonrisa, entre dos hoyuelos fascinantes, lo habían prendido en un instante largamente anhelado. La llama de sus cabellos se derramaba por la garnacha de color caléndula, donde brillaba la cruz regalada por fray Bernardo con reminiscencias del Santo Grial.

La visión de Isabella, tan plenamente hermosa, le provocó una sucesión de imágenes del pasado. Seguía recordando su incitadora mirada del color del cielo, y la vio empujada por el aire, con el rostro risueño y con aquella mirada púdica y a la vez pícara, y se enterneció.

Diego, envuelto en un mágico sortilegio, avanzó con un gesto acogedor.

El puente se había convertido en un párvulo universo; jamás olvidaría cada paso que los acercaba. Isabella respiraba entrecortadamente. Parecía haber perdido la noción del tiempo. Cuando la tuvo frente a sí, insólitamente suave, Diego la apretó en un abrazo e intentó retener aquel tiempo en su memoria, para no olvidarlo jamás. Y más allá de un cordial afecto, le reveló:

—He cumplido mi promesa y te he esperado en el puente de Besalú.

—Me has restituido el deseo de vivir, Diego —le sonrió la muchacha, a la que la emoción retenía sus palabras.

—Sean testigos de nuestro pacto las aguas que ya no retornarán nunca a este puente, Isabella —contestó, y en sus labios emergió un brillo goloso.

—Ya nada me atormenta, si acaso el miedo a ser desmedidamente dichosa.

—La felicidad no consiste en conseguir nuestros deseos, sino compartirlos —añadió Diego—. No existe felicidad lejos de nuestros semejantes y la nuestra será ver hijos juguetear a nuestro alrededor. Nos acosa la peste negra, la guerra, la impiedad y el odio entre credos.

Aquel hombre generoso dominaba sus actos y anhelaba entregarse a una oleada de halagos. Al fin, cuando habían cosechado la paz de sus corazones, sus semblantes revelaban la dicha de un amor encadenado por el indeleble vínculo de la verdad.

Una escarcha nívea, como la seda de Palmira, iba recubriendo las cumbres de Besalú. La aspereza de los murallones había desaparecido mientras se dirigían a la casona de Zakay ben Elasar. Era el tributo de perfección que la naturaleza concedía al encuentro entre Isabella Santángel y Diego Galaz Elasar.

En medio del abrazo, Diego no pudo evitar sentirse satisfecho de la búsqueda que había acometido dos años atrás y concluido venturosamente. Se mantuvo unos segundos contemplando a Isabella. Algo insensible y nostálgico se había fundido en su interior y comprendió que en la existencia de los seres humanos aparecen instantes mágicos y efímeros durante los cuales la verdad se les revela, como si el destino desentrañara de golpe el misterio de los sentimientos.

Diego pensó que, aunque el tormento no había deteriorado ni la hermosura de Isabella ni sus emociones, desde aquel preciso momento nada podía volver a ser lo mismo. La miró a los ojos y le confesó:

—El mundo sin ti, Isabella, era un lugar incompleto y tan triste como el hueco que deja un tesoro robado. Tuve que ir al fin del mundo para encontrar la pieza que faltaba en mi vida. Y una vez encontrada, ningún mal viento entrará por ella.

La joven conversa percibió una fuerte sacudida interior. Más calmada gracias a la feliz conclusión de su relación con Diego, le dedicó una mirada de amor que le brotó desde dentro. Aquella imprecisa vulnerabilidad que había advertido en sus pupilas, excitó su afecto por él.

Besalú fulguraba envuelta en una calma de cándido silencio.

Ahora la vida de Diego ya no era un enigma, sino una secuencia completa de certezas y verdades.

Índice

Impreso en Litografía Rosés, S.A.
Energía, 11-27 (Polígono La Post)
08850 Gavà (Barcelona)